AF191633

STEPHANIE K. JULES

ERBE AUS SCHWARZEN

FEDERN

VELANDIR

BAND 1

»Velandir – Erbe aus schwarzen Federn« ist ein fiktionales Werk. Namen, Figuren, Ereignisse und Orte sind entweder ein Produkt der Fantasie der Autorin oder sie sind fiktional gebraucht.

Bibliografische Information der Deutschen Nationalbibliothek: Die Deutsche Nationalbibliothek verzeichnet diese Publikation in der Deutschen Nationalbibliografie; detaillierte bibliografische Daten sind im Internet über http://dnb.dnb.de abrufbar.

© 2024 Stephanie K. Jules
1. Auflage
Lektorat/Korrektorat: Frei & Fantastisch Lektoratsservice | freiundfantastisch-lektorat.de
Covergestaltung: Jaqueline Kropmanns Designerin | jaqueline-kropmanns.de
Innengestaltung/Karte: Stephanie K. Jules
Kapitelzierden: Freya Petersen

Verlag: BoD • Books on Demand GmbH, In de Tarpen 42, 22848 Norderstedt
Druck: Libri Plureos GmbH, Friedensallee 273, 22763 Hamburg

ISBN: 978-3-7597-8287-8

STEPHANIE K. JULES

ERBE AUS SCHWARZEN FEDERN

VELANDIR

VELANDIR

Schattenwald

MIDR...

Gezeiten-Meer

DIMMHALL

KÔLHAVE

Gilbblut-Passage

FABULA

AMBERHALL

GRASSMOO...

DIREVEIN

Eisbucht

BAYRUN

TEÔS

Quvosnari

See des vergessens

ÂSGULA

Die Nebelfelder

EBONRUN

DAGÔNREN

KÔSUMITRA

SUJET

Knochenbucht

Anmerkung

Danke, dass du mein Buch in die Hand genommen hast. Das bedeutet mir sehr viel. Bevor du dich auf eine Reise nach Velandir begibst, möchte ich dich jedoch auf einige Dinge hinweisen, die im Buch erwähnt werden.

Dieses Buch enthält einige Szenen von Mord, Tod, und auch Menschenopfern.

Die Charaktere handeln nicht immer logisch und teilweise moralisch fraglich. Trotzdem hoffe ich, du wirst sie genauso lieben wie ich. Mit allen Ecken und Kanten.

Höre niemals auf zu träumen!

Die Elfennôl

-Talami-
Elementare der Erde

-Adhair-
Elementare der Luft

-Eltani-
Elementare des Feuers

-Wai-
Elementare des Wassers

-Die Vanden-
Gezeiten-Orden

-Fennôl-
Elementarwesen der Elfennôl

Ein Glossar befindet sich ab Seite 475

1
KODALINE

»Bei Dûwal! Nein, Kodaline! Nein, nein, nein!«

Zum wiederholten Male schlug mir Professor Berengier mit seinem Stock auf den Hintern. Zischend rieb ich mir über die bereits wunde Stelle. Immer trug er diesen blöden Stock bei sich. Und zum wiederholten Male seufzte er schwer. Immer die gleiche Reihenfolge: Stock auf Hintern, seufzen. So lief es ab, wenn er mich mit den Übungen piesackte, bei denen ich mich auf mein Element konzentrieren sollte. Luft. Um die Macht der Elfennôl anwenden und damit die Fennôl beschwören zu können, musste ich sie erst mal richtig beherrschen.

Natürlich scheiterte ich kläglich. Und das seit Monaten. Wie erbärmlich.

»Konzentriere dich auf die Luft, die du atmest und die durch deine Lungen strömt.«

Ich schnaubte zynisch, was er bemerkte und mit einer missmutig hochgezogenen Augenbraue quittierte. Der Professor konnte leicht daherreden, er beschwor die Luft ohne Mühe und zauberte in dem Moment eine Windhose herbei. Sie fiel über mich her, wirbelte mich herum und ließ mich dann zerzaust stillstehen. Mit dem Rücken zu ihm gewandt, was mir einen erneuten Schlag auf den Hintern einbrachte. Seine Art zu sagen: Das war Mist, mach es nochmal!

»Autsch«, fluchte ich und schaute ihn durch schmale Augen an. Mein Hintern brannte. Irgendwann würde ich seinen Stock zu Eschenhölzchen verarbeiten. Der Professor wirkte nie müde. Sein silbernes Haar trug er zu einem Knoten am Hinterkopf gebunden und er kämpfte besser in seiner langen, bestickten Robe, als ich in einer Hose. Trotz seines Alters, was Gerüchten zufolge jenseits der achtzig lag, bewegte er sich anmutig und grazil wie ein Fae. Zumindest stellte ich mir vor, sie würden sich so bewegen. Gesehen hatte ich noch keine, wie sonst niemand seit Hunderten von Jahren.

Nate lachte hinter mir und legte mir eine Hand auf die Schulter. Sofort warf ich ihm einen giftigen Blick zu.

»Nathaniel, an deiner Stelle würde ich mich nicht darüber lustig machen«, rief der Professor meinem besten Freund zu. »Du warst nicht besser.«

Sofort verspannte Nate sich. »Ja, Sir«, gab er kleinlaut von sich und rieb sich den Nacken. Auch Nate hatte Schwierigkeiten, noch größere als ich, und schwer damit zu kämpfen. Er schämte sich dafür, aber zeigen wollte er es nicht.

Der Professor kam auf uns zu und stütze sich mit beiden Händen auf den verhassten Stock. Langsam ließ er seine grünen Augen zwischen uns hin und herschweifen. »Nun, ich weiß ehrlich gesagt nicht, was ich noch mit euch anstellen soll.« Erneut seufzend blickte er zu Boden. In mir kam Schamgefühl auf und die Hitze stieg mir in die Wangen. Wütend, nach all den Monaten keine Verbesserung meiner Kräfte festzustellen. »Vielleicht fordere ich euch nicht genug«, sinnierte er und blickte grübelnd nach oben, als spräche er gar nicht mit uns.

»Ich denke, daran liegt es nicht«, widersprach Nate. Beiläufig rieb er sich über eine Stelle an seiner Kehrseite, die ebenfalls unter den Stockhieben litt. Um nicht zu lachen, presste ich die Lippen aufeinander.

Mit einem Schmunzeln richtete der Professor seinen wissenden Blick auf Nate. »Das reicht euch anscheinend nicht als Anreiz.« Grübelnd hob er sein Kinn und tippte mit einem Finger gegen das Holz. Wie bitte? Drohte er uns etwas noch mehr Schläge an? »Für heute seid ihr aber entlassen. Wir sehen uns morgen, wenn das Licht in dieser Kuppel im Zenit steht.«

Oder einfach: um die Mittagszeit. Verdammt, wie ich das Training hasste. Am besten aß ich vorher nichts, sonst würde ich das Mittagessen womöglich wieder ausspucken.

»Gehabt euch wohl. Und bleibt nicht zu lange auf, damit ihr morgen fit seid«, flötete der Professor, während er zu einem der Ausgänge ringsherum schlenderte.

»Schon wieder einen Tag verplempert«, nörgelte ich und stampfte ebenfalls zu einem Ausgang. »Es gibt schon Abendessen.«

Nates Schritte kamen immer näher und er holte zu mir auf. »Jetzt grummle doch nicht so.« Ein böser Seitenblick traf ihn, doch er schmunzelte nur.

»Ich könnte dir auch mal auf deinen Hintern schlagen, dann werden wir ja sehen, wer grummelt«, zischte ich.

Nate lachte laut auf und schüttelte den Kopf. Trat aber ein paar Schritte zur Seite, was mich grinsen ließ. Durch einen langen Flur, von dem aus Türen zu den Studierzimmern abgingen, kamen wir in den großen Speisesaal. Schon jetzt füllten viele Schüler die Halle, obwohl es erst seit ein paar Minuten Essen gab. Gierig wie Kolkras.

»Ich stelle mich schon mal an. Mal sehen, womit sie uns heute überraschen«, scherzte Nate und ging zwischen den Tischen entlang zur Essensausgabe.

Derweil setzte ich mich an unseren Stammplatz. Im Acadiasaal blieben wir wie immer unter uns. In einem der hinteren Bereiche, wo wir meist unsere Ruhe hatten. Zum

Glück blieb uns der Besuch von Tefrika Pidarnoi erspart, die heute anscheinend fehlte. Nate nannte sie zurecht die Hexe von Dagônren, worüber ich mich köstlich amüsierte. Nicht nur einmal hatte sie einer anderen Schülerin den Freund ausgespannt. Hinterlistig und giftig. Und mehr als einmal hatte sie mich Monster oder Schwarzauge genannt, nachdem meine Augen eines Tages plötzlich schwarz geworden waren. In meiner Kindheit war es vorgekommen, weshalb sich niemand mit mir abgeben wollte. Außer Nate. Doch ich hatte es nicht kontrollieren können, konnte ich immer noch nicht. Dieses Phänomen war auch lange nicht mehr aufgetreten. Meine Mutter hatte es damals bereits gesehen, als sie und mein Vater mich als Findling aufgenommen hatten, doch sie konnte sich nicht erklären, was passiert war. Weder sie noch ich wussten, was davor geschehen war, bevor sie mich gefunden hatte. Beim Gedanken an meinen Vater schluckte ich den Klumpen in meinem Hals herunter und atmete tief durch.

»Was ist los?«

Nates Stimme riss mich aus den Gedanken. Blinzelnd starrte ich auf meine Hand, die ich zur Faust geballt hatte. Langsam lockerte ich die Finger. Er hielt zwei tiefe Teller in den Händen und zog irritiert eine Augenbraue hoch, während er einen vor mir abstellte.

»Ach, nichts Wichtiges«, winkte ich ab und schaute auf den Teller. Es gab Suppe. »Danke.« Genervt und angewidert hob ich den Löffel und ließ den Inhalt wieder in den Teller fallen. Dem strengen Geruch nach handelte es sich unter anderem um Rostflunder und Waldmuschel. Ich schaute in Nates haselnussbraune Augen. »Wünschst du dir nicht auch oft, aus Fabula rauszukommen und in der Welt umherzureisen? Oder noch besser, zur Elite des Königs zu gehören?«

Das war es, was ich mir aus tiefstem Herzen wünschte. In Kôsumitra im Vertex zu wohnen, zur Elite zu gehören, den

König zu beschützen und meine Eltern Stolz zu machen. Auch wenn mein Vater es nicht mehr erleben konnte. Stattdessen wohnte ich mit zwanzig noch zu Hause, arbeitete mit Magnus, dem scheußlichen Freund meiner Mutter, auf einer Ohri-Farm und konnte meine Kräfte nicht nutzen. Grandiose Leistung. Über vier Jahre hinweg, je drei Monate im As Vâr und As Terâr müssten sie diese Schule besuchen. Aber nur dort durften wir Schüler unsere Macht einsetzen, da die speziell angefertigte Kuppel aus Hâilkiva verhinderte, dass die Kolkraveni angelockt wurden. Sollte ich jemals einem dieser Schattenwesen begegnen, die jedem mit magischen Fähigkeiten die Kräfte entziehen konnten oder den Lebensatem, würde ich sterben. Und Kolkras zum Beispiel waren Meister der Lüfte. Ich war nichts. Meine Brust zog sich schmerzhaft zusammen.

»Doch, Koda, natürlich. Mehr als du wahrscheinlich ahnst. Aber wir können es uns nicht einmal leisten, auch nur eine Woche zu verreisen. Eins wird es daher leider immer bleiben«, sagte er, während er meine Hand nahm. »Ein Traum.«

Seufzend blickte ich auf unsere Hände, spürte die Schwielen an Nates Fingern durch seine Arbeit in der Lederverarbeitung. Das Pflichtgefühl gegenüber unseren Familien ließ uns anscheinend beide nicht los. Sollte das unser Leben sein? Getreide und Leder? Die Wut über alles durchflutete meinen Körper. Es reichte! Das wollte ich mir nicht länger antun.

Entschieden knallte ich den Löffel auf den Tisch. »Wir hauen ab, Nate.«

Gerade schob er sich einen Löffel voll Suppe in den Mund, hielt inne, ließ ihn in den Teller fallen und starrte mich an.

»Was?«

»Ganz genau. Wir verschwinden von hier. Ich habe keine Lust mehr, mich fertigmachen zu lassen.«

Da prustete Nate los. So laut, dass sich andere nach uns

umdrehten und ich tiefer in den Stuhl sank. Solche Aufmerksamkeit konnte ich wirklich nicht leiden. Energisch stieß ich ihm über den Tisch hinweg gegen die Schulter.

Als er mein beleidigtes Gesicht sah, verstummte er, rieb sich den Nacken und räusperte sich. »Du meinst das wirklich ernst, Koda?«

»Sehe ich so aus, als ob ich spaße?«, stieß ich hervor.

Amüsiert neigte er den Kopf. Seine warmen, braunen Augen leuchteten. »Nein, so ernst habe ich dich noch nie gesehen. Außer …« Er verzog den Mund, sprach nicht weiter, doch ich wusste, was er meinte.

»Und? Willst du dich lieber weiter quälen lassen, bis dein Hintern ganz wund ist, und du nicht mehr sitzen kannst?«

Nate schnaubte. »Garantiert nicht.« Mit der flachen Hand schlug er auf den Tisch.

Erneut schoss die Hitze durch meine Adern, da sich schon wieder Schüler zu uns umdrehten. Verdammt. Doch auf mein Gesicht trat ein triumphierendes Lächeln. »Also gut. Morgen, bevor die Dämmerung eintritt, verschwinden wir.« Nachdenklich biss ich mir auf die Lippe. »Zumindest für den Anfang aus dieser Schule.«

Nate spiegelte mein Lächeln, was ihn etwas verwegen aussehen ließ. »Bevor die Dämmerung eintritt«, wiederholte er. Zur Besiegelung unserer Entscheidung kreuzten wir die Löffel.

***

Mir brummte der Schädel. Als ich nach oben blickte, fühlten sich meine Augenlider dermaßen schwer an, dass ich sie kaum offenhalten konnte. So weit es ging, ließ ich meinen Blick kreisen. Anscheinend lag ich in einem großen Raum. Oder Saal? Ich konnte es nicht sagen, denn alles lag im Dunkel, bis auf schmale Lichtsäulen, die den Raum durchschnitten. Säulen aus hellem

Marmor. Ein riesiger Kronleuchter warf glitzernde Punkte an die Decke, sodass sie aussah wie ein Sternenhimmel. Mehr konnte ich nicht sehen.

Plötzlich beugte sich jemand über mich, mein Herz setzte aus. Sein Gesicht lag ebenso im Dunkel, starrte mich an – jedenfalls glaubte ich das. Er redete mit mir, aber ich konnte ihn nicht verstehen; als wären meine Ohren in Watte gepackt. Ich öffnete den Mund, aber es kamen keine Worte heraus. Meine Glieder gehorchten mir nicht, als ich versuchte, mich zu bewegen. Panik überkam mich. Auf einmal packte dieser Jemand meine Schultern und schüttelte mich. Es schien, als würde er schreien. Mein Kopf brummte stärker, als nach einer langen Nacht mit Kutpan. Er hörte nicht auf, mich zu rütteln, ich wollte ihn anschreien, aufzuhören. Endlich hielt er inne. Irgendetwas oder irgendwer erregte seine Aufmerksamkeit, denn er blickte erschrocken auf …

Ruckartig fuhr ich hoch. Blinzelte ein paar Mal, um die Verschwommenheit aus meinen Augen zu verdrängen. Mein Blick fiel auf die karge, weiße Steinwand, an der nur ein paar Gemälde von Landschaften in Velandir hingen. Auf einem der Bilder pflückte ein Kind Eytelia Blumen. Im Hintergrund war ein Waldrand zu sehen, über dem ein Schwarm Vögel kreiste. Ich ließ meinen Blick weiterwandern, vorbei an dem kleinen Fenster, durch das die Dämmerung trüb wirkte. Im Augenwinkel nahm ich eine Bewegung wahr, kreischte laut auf und wirbelte herum. Doch der Schrei brach abrupt ab, als ich erkannte, wer sich neben mir befand.

»Nate! Bist du wahnsinnig? Was machst du hier?« Hastig presste ich mir eine Hand auf mein pochendes Herz. Schweißgebadet und außer Atem war ich. Mit amüsierter Miene, die Arme hinter seinem Kopf verschränkt, saß er zurückgelehnt auf dem Stuhl neben meinem Bett. Wippte darin vor und zurück. Seufzend ließ ich mich zurück in die Kissen fallen und zog die Decke bis über den Kopf. Nicht schon wieder!

»Labu Savîn, Koda. Hattest du erneut diesen Traum?«

Zerknirscht setzte ich mich auf und sah ihn grimmig an. Jetzt wünschte er mir auch noch einen guten Morgen. Normalerweise war er der Morgenmuffel von uns beiden. Wieso war er schon wach? Wieso bei Dûwal war er so gut gelaunt? Er rutschte an die Kante des Stuhls, stütze sich mit den Ellbogen auf den Knien ab, und sah mich erwartungsvoll an.

»Ja, Nate, ich hatte diesen Traum. Aber nicht nur deshalb sehe ich so aus, sondern auch, weil mich jemand fast zu Tode erschreckt hat. Und dieser Jemand hat mich anscheinend dazu noch beim Schlafen begafft«, stieß ich hervor. In letzter Zeit verfolgten mich Albträume, aus denen ich mit Kopfschmerzen und zitternden Händen erwachte. Immer war es dieser Traum.

Nate schnaubte belustigt. »Gestern hast du noch entschlossener gewirkt, als du sagtest, dass du von hier fort willst. Meine Sachen sind schon gepackt. Von mir aus können wir gleich los.«

»Das habe ich gesagt, nicht wahr?« Gedankenverloren strich ich mit dem Daumen über das Zeichen an meinem rechten Handgelenk. Drei ineinanderlaufende Spiralen, die ein Dreieck bildeten. Das Zeichen der Adhair, zur Beschwörung der Fennôl. Vorausgesetzt natürlich, man beherrschte seine Mächte, was ich verflucht noch eins nicht tat. Aufgewühlt vergrub ich das Gesicht in den Händen, rieb nachdenklich darüber.

Seufzend ließ ich sie sinken, sah auf meine Decke. »Ich bin mir nicht mehr sicher. Natürlich freue ich mich sehr auf meine Mutter. Aber auf Magnus? Die Arbeit auf den Ohri-Feldern? Dann denke ich, bleibe ich lieber hier und lasse mich weiter von Professor Berengier quälen.« Seit dem Moment, als Magnus vor unserer Tür gestanden und meine Mutter ihn mir als ihren Lebensgefährten vorgestellt hatte, hasste ich ihn. Da Nate schwieg, blickte ich von der Bettdecke auf in sein Gesicht. Die Art und Weise, wie er mich ansah, wirkte irgendwie gruselig.

»Willst du mich so lange anstarren, bis ich zustimme?«

Plötzlich stand er auf, setzte sich auf die Bettkante und nahm meine Hand. Mein Herzschlag beschleunigte sich, während seine warmen Finger sich mit meinen verschränkten.

»Und was bleibt uns hier?«, fragte Nate. Blinzelnd fokussierte ich ihn. »Wir sind ständig deprimiert, weil wir es nicht hinbekommen, unsere Macht einzusetzen. Daran gehen wir noch kaputt.« Mit seinem Daumen strich er über meinen Handrücken und ich genoss seine Berührung, das leichte Kribbeln.

Mit der freien Hand schlug ich die Decke weg, woraufhin Nate meine Hand sofort losließ und mich perplex anschaute. Beinah ängstlich. Vielleicht lag es daran, dass ich nur ein knappes Höschen und Top trug. Ich beugte mich vor und schloss die Arme um seinen Hals. Nach kurzem Zögern drückte er mich fest an sich. Bei ihm fühlte ich mich geborgen. Aber heiliger Dûwal, seit wann hatte er solche Muskeln? Er streichelte über meinen Rücken und verdammt, das brauchte ich einfach. Die Berührung, die Körperwärme. Ich seufzte schwer.

»Was ist los, Koda?« Seine Brust vibrierte, während er sprach.

»Ach … es ist nichts, ich genieße nur die Streicheleinheiten«, nuschelte ich.

Daraufhin lachte er in meine Haare hinein. Ich vergrub mein Gesicht in seiner Halsbeuge, sog seinen holzig-herben Duft mit der süßen Note ein. Am liebsten hätte ich den ganzen Tag in seinen Armen verbracht, doch es ging nicht.

Nate stupste mich an. »Hey, ich habe gehört, dass der König neue Anwärter für die Elite sucht. Ist das ein besserer Anreiz, von hier zu verschwinden?«

Frustriert ließ ich den Kopf gegen seine Schulter sinken, und wie selbstverständlich streichelte er über mein Haar.

»Und was soll ich dem König vorführen? Meine kaum vorhandene Macht? Meine mäßigen Kampfkünste? Du kannst wenigstens mit einem Schwert umgehen. Meine Fertigkeiten mit dem Doppelklingenschwert lassen hingegen immer noch zu wünschen übrig. Bei einem Kampf würde ich gnadenlos versagen und mich blamieren. Vermutlich würde ich mir selbst den Kopf abschlagen.«

Seine Schultern bebten vor lachen. Dieser Fiesling. »Ach, so schlecht bist du gar nicht mehr. Du kannst immerhin jeden dritten Schlag abwehren.«

Hastig hob ich meinen Kopf und drückte ihn beleidigt von mir weg.

Er schnitt eine Grimasse. »Wenn der König mich auswählen würde, dann würde ich ihm sagen, dass ich nicht ohne dich gehe.«

»Und das würde der König bestimmt berücksichtigen«, erwiderte ich ironisch. Nate hatte recht. Es blieb ein Traum.

Und in diesem stand ich auf einem Podest neben dem König. Dieser trug einen schweren Umhang aus purem Goldgarn bestickt, der sich zu seinen beiden Seiten über den Thron aus obsidianschwarzem Marmor ergoss. An seinen dicken Fingern trug er Ringe, deren Edelsteine so groß waren, dass es ihm bei dem Gewicht schwerfallen musste, seine Hand zu heben. Über meiner schwarzen Uniform trug ich einen Brustpanzer und Schulterstücke aus Leder und ein Doppelklingenschwert in einem Bandelier auf dem Rücken. Die Menschen in dem Thronsaal richteten sich alle dem König zu, sahen zu ihm auf, sogar zu *mir*. Sie traten einzeln zum Thron vor, um kleine Präsente zu überreichen, während ich alles beobachtete. Dieses Gefühl der Anerkennung war unbeschreiblich.

Dann erwachte ich meist, und meine Stimmung sank

sofort, weil ich wieder an das öde Leben erinnert wurde, in dem ich gefangen war.

Seufzend neigte ich den Kopf und lächelte Nate träge an. Er hob seine Hand, glitt mit den Fingerknöcheln über meine Wange und erwiderte meinen Blick eindringlich. Heiliger Dûwal, bitte nicht. Ich kannte diesen Ausdruck. Sein Gesicht kam meinem schon so nah, dass sein Atem meine Wange kitzelte. Mein Herz klopfte.

»Ich muss mich waschen.« Eilig sprang ich aus dem Bett und zog mir den türkisen, seidenen Morgenmantel an, bevor ich im Bad verschwand. Man konnte es nicht wirklich Bad nennen, sondern eher einen Raum, in dem ich mit einem Schritt vom Waschbecken bis zur Toilette kam und mit einer Drehung vor der kleinen Wanne stand. Nun, immerhin hatte ich eine. Beim Blick in den Spiegel erschrak ich. O'Jeminh! So hatte Nate mich gesehen!

Mein Spiegelbild erinnerte mich an eine Banshee. Blasse Haut, tiefe Augenhöhlen, zerzauste Haare. Einzig meine Haarfarbe unterschied sich – ein sattes Rotbraun statt eines fahlen Grau oder Schwarz. Zumindest wurde die Todesfee von einigen so beschrieben, die sie angeblich gesehen hatten. Die Beschreibungen gingen weit auseinander. Manche beschrieben sie als Geistergestalt mit verzerrtem Gesicht und zerfetzten Kleidern. Andere als junge Frau mit bleicher Haut, traurigem Gesichtsausdruck und schneeweißen Haaren. Eines hatten jedoch alle Erzählungen gemein: Den ohrenbetäubenden Schrei, den die Banshee ausstieß, um den eintretenden Tod von jemandem innerhalb eines Tages vorherzusagen.

Frustriert stieß ich Luft aus und vergrub die Hände in meinen Haaren. Störrisch wie immer. Ich schnappte mir ein Tuch, wusch mich zügig und schlüpfte in die beige Stoffhose und helle Tunika, die über dem Wannenrand lagen.

Als ich in mein Zimmer zurückkehrte, stand Nate mit dem

Rücken zu mir, die Hände in den Hosentaschen versteckt, und schaute durch das kleine Fenster.

»In Ordnung, verschwinden wir von hier«, sagte ich und blieb vor dem Bett stehen. Er drehte sich zu mir um, ein schelmisches Grinsen auf den Lippen.

Bevor alle aufwachten, schlichen wir uns über die Gänge des Schlaftraktes hinaus. Zum Glück bewachte niemand die Schultore. Jedoch das Außentor des Schulgeländes. Nate und ich wussten zum Glück, wann die Wachposten ihre Schicht wechselten, und passten den Moment genau ab. Wir kratzten unsere letzten Binare zusammen und bestachen den schuleigenen Kutscher, uns mitzunehmen.

Stundenlang fuhren wir von Ebonrun nach Midrun. Den Pfad unterhalb des Vosnarigebirges entlang, der durch einen gruseligen Wald führte, gerade als die Sonne hinter dem Horizont verschwand. Besonders das Heulen oder Jaulen der Tiere ließen meine Nackenhaare zu Berge stehen. Bei jedem neuen Geräusch zuckte ich zusammen. Nate bemerkte es, nahm meine Hand und drückte sie besänftigend.

»Schisser«, flüsterte er.

Trotz der Dämmerung hoffte ich, dass Nate meinen vernichtenden Blick sah.

Es war bereits Nacht, als wir kurz hinter der Grenze von Amberhall aussteigen mussten. Für eine Weiterreise bis Fabula reichte unser Geld leider nicht aus.

Nun hieß es laufen. So ein Mist!

2
KODALINE

Der Tag entpuppte sich als sonnig und angenehm warm, was in den westlichen Landen untypisch für diese Jahreszeit war, besonders an den Grenzen zu den Gezeiten-Meeren. Da das große Erntefest Cynheai bevorstand, traf es sich allerdings gut. Zu diesem Anlass wurde üblicherweise gebacken, getanzt und getrunken. So viel Essen gab es das ganze Jahr über nicht. Seit über einem Tag waren Nate und ich schon unterwegs und mich plagte ein solcher Hunger, dass ich beinah Schnittblatt gepflückt hätte. Doch ich hatte keine Lust auf Pusteln und Juckreiz und ließ es daher bleiben. Je mehr ich an das Essen auf dem Cynheai dachte, desto schlimmer wurde es. Mein Magen knurrte und Nate schmunzelte, was ich mit einem Hieb in seine Rippen quittierte.

Die Sonne schien auf mein Gesicht und brachte mich sofort zum Lächeln. Einen Moment blieb ich stehen, schloss die Augen und atmete dabei tief ein. Ein Geruch von frisch geschnittenem Gras und der süße Vanilleduft von Eytelia-Blumen lagen in der Luft. Eine leichte Brise wehte über die von der Sommersonne teils ausgetrockneten Weiden.

In Dagônren, wo sich die Schule befand und was in der Mitte des Landes lag, vermisste ich diesen Duft schrecklich.

Dort gab es nur verdorrte Felder, so wie in vielen Teilen Velandirs. Der Weg führte uns weiter über die Wiese und einen kleinen Hügel hinab, vorbei an den wenigen Sträuchern mit den roten Blumen der Eytelia. Die länglichen, geschlossenen Blüten öffneten sich zu großen, spitz zulaufenden Blättern mit dicken Stempeln, als sie meine Bewegung spürten. Auf Berührungen hin versprühten die langen Staubblätter in der Mitte einen glitzernden Blütenstaub, der betörend duftete und eine berauschende Wirkung hatte, sofern man ihn einatmete. Ich konnte nicht anders, als eine davon zu pflücken. Das tat ich immer, wenn ich diese Blumen sah.

»Was ist los?«, fragte Nate, der mein Grinsen bemerkte.

Schmunzelnd schüttelte ich den Kopf. »Es ist nur … ich musste gerade daran denken, wie meine Mutter einmal den Staub eingeatmet und kurz darauf angefangen hat zu singen. Dann meine Hände nahm und mit mir durch unser Haus getanzt ist. Sie war so gut gelaunt, dass ich sogar etwas Süßes zu Abend essen durfte. Ich war natürlich begeistert, Magnus hingegen hat es rasend gemacht, wie wir um ihn herumgeschwirrt sind.«

Nate lachte, während wir auf dem Hügel stehen blieben, von dem aus man mein Zuhause bereits sehen konnte. Es lag nur noch ein paar hundert Mittar entfernt. Die Wasseroberfläche des Gezeiten-Meeres auf der rechten Seite glitzerte im Sonnenlicht und auch die Getreidefelder vor uns glichen einem Meer aus Gold wegen der leuchtenden, gelben Farbe des Ohris.

»Und, bist du bereit?«, fragte er.

»Meine Mutter zu sehen, ja. Ich mache mir mehr Sorgen wegen Magnus.« Aus Reflex nahm ich seine Hand und sanft drückte er meine. Wie so oft, wenn es mir schlecht ging und er mich trösten wollte.

»Falls er etwas Unpassendes sagt, schlag ich ihn liebend

26

gern für dich.«

Ich prustete laut los. »Dann hast du nachher aber wunde Knöchel, denn Magnus Nefaris sagt meist nur unpassende Sachen.«

»Damit komme ich schon klar. Es geht schließlich um dich. Niemand soll dir wehtun!«

Sakra, darauf wusste ich nichts zu erwidern, also lächelte ich ihn nur an. Sein Blick ließ mich schlucken. Mit seinem kantigen Kinn, den Bartstoppeln und verwuschelten, braunen Haaren wirkte er sehr anziehend. Kein Wunder, dass die Mädels in der Schule hinter ihm herliefen wie brünstige Faliseara. Am schlimmsten war Tefrika Pidarnoi mit ihren langen, lockigen Haaren, ihren Kurven und dem Gesicht einer Fae. Sie klebte an ihm wie ein ekeliges Geschwür.

»Dann wollen wir mal«, sagte ich schließlich und ging voraus. Wir durchquerten das Ohri-Feld, ein Getreide, aus dem hauptsächlich Kutpan gebrannt wurde. Plötzlich fing Nate an zu lachen. »Was ist los?«

»Weißt du noch, als wir beinah eine ganze Flasche Kutpan getrunken haben und deine Mutter dich kotzend über einem Eimer gebeugt gefunden hat, während ich dir die Haare zurückgehalten habe?«

»Erinnere mich doch nicht daran«, antwortete ich gequält. Ein hochprozentiges Gesöff, mit dem ich vorübergehenden Gedächtnisschwund und zweitägiges Erbrechen in Verbindung brachte. Trotzdem musste ich grinsen. Es verging mir auf der Stelle, als ich Magnus vor dem Werkzeugschuppen sah.

Seine dunkelbraunen Augen fixierten mich. Er überragte mich um gut einen Kopf. Kerzengerade wie ein Wärter stand er da, beide Hände in die Hüften gestemmt und ein dümmliches Grinsen aufgelegt. »Na, sieh einer an. Prinzesschen ... Was verschafft uns die Ehre? Oder haben sie euch aus Mangel an Talent von der Schule geworfen?«, fragte er spöttisch.

»Etwas anderes würdest du doch nicht erwarten«, erwiderte ich trotzig und ballte meine Hände zu Fäusten.

»Da hast du allerdings recht. Wenn du dich auf die Magie konzentrieren würdest und nicht ständig mit den Gedanken beim Teachâin wärst, wäre es vielleicht anders. *Vielleicht.* Ich will heute noch einiges schaffen, und da das Wetter mitspielt, wäre es schön, wenn ihr mich in Ruhe lasst. Es sei denn, ihr wollt helfen.«

»Ich kann mich kaum zügeln«, erwiderte ich sarkastisch. Magnus bedachte mich mit einem finsteren Blick und wandte sich dann ab. Ich spürte Nates Hand auf meinem Rücken.

»Komm, gehen wir zu deiner Mutter und lassen diesen Arsch weiterschuften.«

Kaum hatte besagter Arsch es erwähnt, musste ich an Teachâin denken, der Kampfkunst mit dem Doppelklingenschwert. Wie gerne wollte ich selbst eins dieser hochwertigen Schwerter in der Hand halten. Beide Seiten mit kurzen, breiten, entgegengesetzt geschwungenen Klingen versehen, die beim schnellen Drehen des Schwertes wie Kreisel rotierten.

Leider konnte Nate schon länger nicht mit mir trainieren, da er sich oft in Kôlhave aufhielt, der Hauptstadt von Dimmhall an der Westküste, um Sattlerarbeiten zu übernehmen. Aber er hatte mir vor einiger Zeit ein Schwert aus Holz geschnitzt. Auch das schmerzte, wenn man es an unerwünschten Stellen des Körpers abbekam. Erinnerungen an das letzte Training kamen mir in den Sinn.

»Wo ist deine Deckung, Kodaline Ophelia Bridai?«

»Lass mir doch mal die Chance, mich zu wehren! Und hör auf, mich so zu nennen!«

»Deine Gegner warten auch nicht darauf, dass du bereit bist. Außerdem ist das nun mal dein Name, Stâmha.«

Immer wenn Nate es wirklich ernst meinte, benutzte er meinen Zweitnamen. Und ich hasste es. Ebenso wie den

Kosenamen *Stâmha – Schatz*. Auch das wusste er, denn er hatte mir danach mit einem breiten Grinsen im Gesicht zugezwinkert.

Aus meiner Gürteltasche holte ich den bronzenen, schweren Haustürschlüssel und steckte ihn ins Schloss. Vor Nervosität bekam ich schwitzige Hände. *Klack.* Langsam stieß ich die Tür auf. Sofort kroch mir ein vertrauter Geruch in die Nase und ich seufzte sehnsüchtig. Unsere Taschen legten wir erst mal neben der Tür auf der Treppe ab, die ins obere Stockwerk führte. Der Boden knarzte, während wir Richtung Küche gingen. Im Türrahmen blieben wir stehen und entdeckten meine Mutter, die summend vor der Anrichte in einer Schüssel rührte.

Kurz räusperte ich mich. »Makâi, Amair. Ich bin wieder da.«

Vor Schreck ließ meine Mutter beinah die Schüssel fallen, ihre blauen Augen wurden groß, während sie sich zu uns wandte. Sofort stellte sie die Schüssel auf der Arbeitsfläche ab, stürzte auf mich zu und warf die Arme um mich.

»Mo Amâ. Was machst du schon hier? Solltet ihr nicht noch bis nächsten Monat in Dagônren sein?«

So nannte sie mich oft: *mein Herz.* Wie es auch mein Vater getan hatte. Wahrscheinlich sagte sie es zum Andenken an ihn und um seine Worte in Ehren zu halten.

Vorwitzig hob ich eine Augenbraue. »Die wichtigere Frage lautet, wieso kochst du Minesh, wenn du dachtest, dass ich nicht da wäre?«

Sie nahm mein Gesicht in ihre Hände und verzog den Mund. »Magnus hat den Fasan besorgt, also habe ich beschlossen, Minesh zu kochen. Tut mir leid, wenn du dich hintergangen fühlst.«

Magnus. Bei seinem Namen verzog ich angewidert das Gesicht, woraufhin meine Mutter mich tadelnd ansah.

»Na ja, der Grund, warum wir hier sind, ist … es ist

alles so deprimierend. Verdammt, wir sind Versager. Es war einfach kaum auszuhalten, den anderen Lehrlingen zuzusehen, wie sie ihre Macht ohne Schwierigkeiten einsetzen. Man darf außerdem nur in der Kuppel Magie wirken und kommt daher den ganzen Tag nicht raus. Da bekommt man Beklemmungen.«

»Die Magie wird sich schon irgendwann zeigen. Wird das irgendwelche Konsequenzen für uns haben, dass ihr einfach verschwunden seid?«

Scheinbar irritiert legte ich die Stirn in Falten. »Wie kommst du darauf, wir wären einfach abgehauen?«

»Weil ich dich kenne, Kodaline Ophelia.« Lächelnd wandte sie sich an Nate. »Nathaniel, schön, auch dich hier zu haben«, sagte sie und strich ihm über den Arm. »Du bleibst doch zum Essen?«

»Nur wenn es für alle reicht, Misses Bridai.«

Sie winkte ab. »Aber natürlich. Und bitte, Nathaniel, du kehrst schon seit Jahren hier ein und aus, nenne mich Fina.«

»Nate bleibt bis nach dem Cynheai. Vielleicht tanzen wir ja dieses Jahr mal zusammen.« Zwinkernd stieß ich ihm in die Seite.

Lächelnd stupste er mich zurück. »Wer weiß.«

Meine Mutter legte eine Hand auf ihre Brust. »Ihr zwei seid wirklich allerliebst.«

Stöhnend rollte ich mit den Augen. »*Amâir*!«

Nathaniel zuckte nur mit den Schultern, als dachte er *So sind Mütter nun mal*. Leider hatte er nicht so viel Zeit mit seiner verbringen können, da sie beim Aufruhr in Kôsumitra vor sechzehn Jahren spurlos verschwand. Sein Vater hatte ein paar Jahre nach dem Vorfall wieder geheiratet.

»Nach dem Essen richte ich dir das Gästezimmer her. Ihr solltet euch ausruhen, wenn ihr morgen auf das Fest möchtet.«

»Danke … Fina«, sagte Nate und meine Mutter lächelte

ihn an. »Koda, ich muss noch etwas im Dorf besorgen für morgen.«

»Gut, zu zweit wird es wohl schwierig, aber wir können mit Sicherheit unsere Stute…«

»Nein, bleib ruhig hier und ruh dich aus.«

Irritiert blinzelte ich ihn an. Wollte er mich nicht dabei haben? In meinem Magen rumorte es, doch ich versuchte, diesen Gedanken zu unterdrücken. »Okay«, gab ich nur zurück.

Wir halfen meiner Mutter, den Tisch zu decken, und machten uns über das Essen her. Irgendwann gesellte sich auch das Ekel Magnus dazu. Dûwal sei Dank, ohne einen blöden Spruch zu bringen.

Nach dem Nachtisch saß ich zusammengesackt auf dem Stuhl, strich mir über den viel zu vollen Bauch und fürchtete, zu platzen. Nathaniel hatte auch ordentlich zugeschlagen und lümmelte genauso auf seinem Stuhl.

Magnus sah uns beide mürrisch an. »Setzt euch gefälligst gerade hin.«

»Lass doch gut sein, Magnus«, sagte meine Mutter ruhig.

»Während des Essens gehört es sich, aufrecht zu sitzen, oder nicht?«

Bei seiner harten und schroffen Stimme zuckte meine Mutter kaum merklich zusammen.

Mein Kiefer mahlte, ich könnte ihn erwürgen. »Sag mir, Magnus, ist es nicht auch unhöflich, so spät zum Essen zu kommen, dass die anderen schon fast fertig sind?« Mit hochgezogener Augenbraue sah ich ihn herausfordernd an.

»Freches Stück! Einer muss ja schließlich die Binare reinholen.«

»Du meinst, um sie direkt in Kutpan umzusetzen?«, rutschte es mir heraus, bevor ich die Worte zurückhalten konnte.

Magnus stand so ruckartig vom Stuhl auf, dass er beinah

umkippte. »Du kleine …«

»Es reicht!«, warf Nate dazwischen.

Ich schaute Magnus funkelnd an, er erwiderte den Blick mit zusammengekniffenen Augen. Er gab ein Brummen von sich, bevor er sich setzte und wieder seinem Essen widmete. Wahrscheinlich sagte Magnus nichts zu Nate, weil der mittlerweile stärker war als er. Mit einem tiefen Seufzer stand meine Mutter auf und räumte Nates und ihren Teller ab. Dieser half ihr dabei, auch die restlichen Teller und Schüsseln abzuräumen.

Verdammt, ich musste hier weg! Weg aus Fabula, weg von Magnus. Aber dann dachte ich an meine Mutter. Bei den Vanden, ich konnte sie doch nicht mit diesem Dreckskerl allein lassen. Während wir den Abwasch erledigten, aß Magnus zu Ende. Dann stand er auf, ließ alles stehen und liegen und ging wortlos aus der Küche.

»Warum lässt du dir das gefallen?«, fragte ich meine Mutter. Aufgebracht wedelte ich mit den Händen herum. »Du findest doch einen besseren Mann als ihn.«

»Ach, Koda, es ist nicht so einfach. Dank Magnus haben wir dieses schöne Haus und ein gutes Leben.«

»Das können wir auch ohne ihn haben«, keifte ich.

Meine Mutter drehte sich zu mir und streichelte mir über die Wange. »Ich weiß, mein kleiner Sternenhäher. Aber er ist es auch nicht wert, dass wir seinetwegen sterben.«

Verdutzt sah ich sie an und folgte ihrem Blick zu meinem rechten Unterarm. Gedankenverloren hielt ich eine Hand über das Zeichen an meinem Handgelenk, das der Adhair. Ich runzelte die Stirn und schnaubte bitter.

»Na ja, allzu viele Sorgen würde ich mir nicht machen. Meine Kräfte sind eh zu schwach. Wahrscheinlich schaffe ich es nicht einmal, eine Fledermaus herbeizurufen.« Tatsächlich hatte ich es aber ein Mal geschafft, den Staub einiger Eytelia Blüten aufzuwirbeln und im Haus zu verteilen. Seufzend wandte ich mich ab, als meine Mutter meine Hand ergriff. »Ich glaube an dich, mo Amâ.« Ein warmes Lächeln erschien auf ihrem Gesicht. »Und auch an dich, Nathaniel.«

Er lächelte meine Mutter an, aber das Lächeln erreichte seine Augen nicht. Für ihn musste es auch unerträglich sein, er fühlte sich genauso unvollkommen und nutzlos. Was natürlich nicht stimmte, aber mir ging es nicht anders. Meine Hoffnung, jemals meine Kräfte nutzen zu können, schwand.

»Vielleicht sollten wir nach Kôlhave gehen, wo der König nach Bewerbern sucht, und um eine Aufnahme in die Elite betteln«, sagte Nate ohne eine Spur von Humor.

Meine Mutter sah ihn stirnrunzelnd an und ich schnaubte zynisch.

»Natürlich, warum nicht«, spottete ich. Ein bitterer Beigeschmack lag auf meiner Zunge. Schließlich zuckte ich mit den Schultern. »Eine andere Chance haben wir vermutlich nicht.«

3
CAYDEN

Sakra! So ein Mist, verdammter.

»Pass auf dein dreckiges Mundwerk auf *CC*. Sonst wirst du einen Kopf kürzer«, sagte Melcon, der ältere der Dawnsteg-Brüder, und ließ seine Hand über seinem Zeichen der Eltani schweben. Es bildete eine aus Spiralen geformte Flamme, gefangen in einem Dreieck.

»Nenn mich nicht noch einmal so!«, presste ich mit zusammengebissenen Zähnen hervor. Melcon ließ die Hand sinken und stemmte dann beide Fäuste auf seine fülligen Hüften. Ich hatte ihn schmaler in Erinnerung gehabt.

»O je, jetzt bekomme ich aber Angst. Vielleicht sollte ich Verstärkung rufen?« Übertrieben fuchtelte er mit beiden Armen.

Ich schnaubte verächtlich, da bereits vier weitere Männer hinter ihm standen. Die Schlägerbande von Asgûla, der ich früher leider auch angehört hatte. Das hatte man davon, wenn man in den dunklen verlassenen Gassen von Asgûla umherstreifte, um keinem Menschen zu begegnen. Dafür stolperte man dann über so ein Pack. Irgendjemand hatte mich verpfiffen. Ich hätte ahnen müssen, dass *Die flüsternde Narrenschenke* nicht unbedingt ein Ort des Vertrauens war.

»Du weißt, was dann passiert. Sicher, dass ich es wert bin, uns allen die Kolkraveni auf den Hals zu hetzen?«, fragte ich. Die beiden Brüder tauschten einen grübelnden Blick. Anscheinend war es ihnen nicht in den Sinn gekommen, dass die Nutzung ihrer Kräfte sie herlocken würde. »Ich meine, es wäre bestimmt interessant zuzusehen, wie sie mir oder auch einem von euch reizvollen Geschöpfen die Kräfte abzapfen, aber mal ehrlich …«, sagte ich zu den Dawnsteg-Brüdern und dem Rest ihrer Bande, einer dümmer als der andere. »Wollt ihr das wirklich?« Langsam ließ ich den Blick über das Gesindel schweifen und achtete auf ihre Gesichter. Manche wirkten beunruhigt, sie wussten, was passieren konnte. Anderen wiederum schien es egal zu sein, ob sie ihre Macht und womöglich ihr Leben verlieren würden.

»Bis die auftauchen, bist du schon tot.« Diesmal sprach der jüngere und schlaksige Bruder Almor, was mich wunderte. Denn er redete fast nie. Hatte ich ihn überhaupt schon reden hören?

Früher waren wir zusammen durch die Gassen gestreift, nur Unfug im Kopf, und Almor war immer unser stummer Begleiter gewesen. Oder eher unser Anhängsel. Melcon und ich waren genervt davon gewesen, ihn ständig mitschleppen zu müssen. Heute hätte ich alles dafür getan, meinen Bruder dabei haben zu können.

Kopfschüttelnd breitete ich die Arme aus. »Ich muss zugeben, es verletzt mich ein wenig, dass ihr euch so sehr meinen Tod wünscht.«

»Hör zu C-C«, sagte Melcon gedehnt.

Der Penner wusste genau, wie sehr ich den Namen hasste und ich zwang mich, ruhig ein- und auszuatmen. Verdammt, ich wollte ihm gern die Zähne rausschlagen, weil er mich absichtlich so nannte. Melcon bemerkte meine Anspannung und sie amüsierte ihn sichtlich. O´Jeminh. Ich flehte, dass er mir die Kraft und Ruhe gab, damit ich nicht selbst den

Fenrir rief und diesem Elend ein Ende bereitete.

»Auf dich ist ein Kopfgeld ausgesetzt. Leider wollen sie dich lebendig, also würden wir deinen Tod nur als allerletzten Ausweg riskieren«, sagte Melcon.

»Mir war gar nicht bewusst, dass ich so begehrt bin.« Melcon hob die Hand und betrachtete seine Finger, als wäre ihm dieses Gespräch ziemlich lästig. Pah, nicht nur ihm! Ich hatte mich auf eine Portion getrocknetes Fleisch mit Schattengemüse und dazu ein paar Gläser Kutpan gefreut. Oder einem Cognac. »Wenn ich mich also weigere, mit euch zu kommen, werdet ihr eure Bestien auf mich hetzen - und die Kolkraveni auf uns alle wohlbemerkt.« Einige der Männer nickten. Was für Trottel hatten die beiden Brüder da angeheuert? »Und falls ich euch ohne Widerstand begleite, passiert nur mir etwas bei der Auslieferung, während ihr vielleicht reich werdet?«

Melcon fing an zu lachen. »Nicht nur vielleicht. Eins muss man dir lassen C ... Verzeihung, *Cayden*, du bist ganz schön pfiffig für einen gesuchten Verbrecher.«

Wahrscheinlich pfiffiger als sie alle zusammen. »Nun, da ich noch nicht gefasst wurde, bin ich das wohl.« Es war auch nicht sonderlich schwer, der Truppe der größten Dummerjane und Fetzenschädel in ganz Velandir zu entkommen. Nicht einmal mit ihren von den Vanden gegebenen Mächten, sie konnten die Magie nicht einsetzen, ohne sich selbst zu gefährden. Also was nützte es ihnen, in der Überzahl zu sein? Trotzdem wurde die Bande ziemlich lästig, und ich musste mir schnell etwas überlegen, um sie loszuwerden.

»Nun gut, verehrtes Publikum ...« Eine Verbeugung andeutend, nahm ich beiläufig eine murmelgroße Kugel aus der Brusttasche meiner Weste. Während ich mich aufrichtete, verschränkte ich die Arme hinter dem Rücken. »... ich muss euch leider verlassen, da ich noch anderweitig zu tun habe.«

»Cayden Carvost, der Possenreißer«, spottete Melcon.

»Immer ein paar schlaue Sprüche auf Lager.«

»Schön, dass es dir auffällt«, erwiderte ich.

»Es reicht jetzt, du Komiker. Wir bringen dich zu Lord Alart, tot oder lebendig!« Sein Kopf nahm allmählich den Rotton einer Tomate an.

Es wurde Zeit zu verschwinden. Aber Melcons Worte ließen mich aufhorchen. Was machte Lord Alart hier in Asgûla? Müsste er sich nicht beim König und seinem Nichtsnutz von Sohn einschleimen und um sie herumschwarwenzeln wie ein schmieriger Schlammfisch? Seltsam. »Tut mir leid, beim nächsten Mal vielleicht …«

Während sie nach den Schwertern und Dolchen an ihren Gürteln griffen, löste ich die Arme vom Rücken und schleuderte die Kugel zu Boden. Sie zerbrach, entfaltete sofort eine Wolke dunklen Rauchs und verhüllte die ganze Umgebung mit einem magischen Schleier. Wie ein Kokon legte er sich um die Brüder und ihre Begleiter. Nach und nach verstummten ihre Flüche. Ohne Zeit zu verschwinden, machte ich auf dem Absatz kehrt und lief die Gasse herunter, bog erst nach links ab, dann rechts Richtung Stadtkern. Das Schöne an den Rauchkugeln war, dass sie nicht nur die Sicht nahmen, sondern auch die Geräusche eindämmten. Also hatten sie nicht gehört, in welche Richtung ich gelaufen war. Und sie konnten nicht aus dieser Rauchwolke entkommen, sondern mussten warten, bis sie sich auflöste. Magie war doch was Feines.

Nachdem ich noch ein paar weitere Haken durch die Stadt geschlagen hatte, befand ich mich nun im nördlichen Teil, dem Händlerviertel. Ich bog noch einmal rechts ab in die nächste Straße. Mein Blick fiel auf ein Geschäft mit dem Schriftzug *Gloom Bekleidung*. Es wäre wahrscheinlich nicht verkehrt, wenn ich mir andere Sachen besorgte, jetzt wo die Dawnsteg-Brüder wussten, was ich trug. Verdammt, ich mochte meinen hellgrauen Mantel mit dem weißen

Pelzkragen. Besonders die dezenten feinen Stickereien mit den Sichelmonden und Ornamenten. Doch hier wäre er zu auffällig.

Während ich das Geschäft betrat, erklang ein Glöckchen, bevor die Tür sich hinter mir schloss. Schon trat ein gesetzter älterer Mann mit Wohlfühl-Bäuchlein aus einer Tür im hinteren Bereich des Ladens. Während er mich beäugte, zog er seine buschigen grauen Augenbrauen nach oben. Sein Blick sagte *Was sucht denn so ein halbstarker Junge bei mir?* Nun, mit vierundzwanzig war ich zwar ausgewachsen, doch er hatte vielleicht recht. Auf den ersten Blick entdeckte ich nur Herrenmäntel mit Pelerineumhang, manche weit geschnitten, andere etwas figurbetonter, und Hemden mit Spitzenvolants, in hellen und dunklen Stoffen. Igitt! So etwas konnte ich unmöglich tragen.

»Vidâi. Wie kann ich Ihnen behilflich sein?«

Zumindest sprach er es nicht aus, dass ich hier seiner Meinung nach nichts verloren hatte. »Äh … ja, ich grüße Sie ebenfalls. Ich … suche etwas Modernes, ohne Firlefanz. Hätten Sie da etwas?«

Seine Stirn kräuselte sich noch mehr. »Ohne Firlefanz?«

Der alte Mann verstand mich wohl nicht. »Ich meine etwas Schlichtes.«

Seine Augenbrauen und Mundwinkel zogen sich nach oben. »Oh, aber ja. Da habe ich genau das Richtige für Sie«, flötete er und deutete mir an, ihm zu folgen. Im hinteren Bereich zeigte er auf einige Mäntel, die an der Wand hingen. Irritiert blinzelte ich, denn für mich unterschieden sich diese nicht von denen am Eingang des Ladens. Als ich ihn ansah, nickte er mir auffordernd zu. Na gut! Seufzend nahm ich irgendeinen Mantel vom Haken, bevor ich noch mit ihm diskutieren musste. Damit führte er mich unnötigerweise zu einer Kabine. Trotzdem ging ich hinein, zog den alten Mantel aus, schlüpfte in den neuen und trat aus der Kabine vor einen Spiegel. Der Verkäufer machte große Augen und lächelte zufrieden.

»Dieser Mantel steht Ihnen außerordentlich gut.«

Ich wandte mich meinem Spiegelbild zu und starrte mir erstaunt entgegen. Zu meiner Überraschung musste ich ihm zustimmen. Ich sah umwerfend aus in dem Mantel. Schwarz, fast bodenlang und leicht tailliert, die dezente Pelerine besaß eine großzügige Kapuze, ideal um mein Gesicht zu verhüllen. Eine Knopfleiste verlief über die Brust bis zur Hüfte. Die Ärmel waren schmal geschnitten und hatten breite Manschetten.

»Wissen Sie, ich hätte da noch eine passende Ergänzung, die Ihnen die Sprache verschlagen wird.«

Sein Enthusiasmus amüsierte mich. »Und was wäre das?«, fragte ich geduldig.

Geschmeidig ging er in die Knie. Entweder wirkte er älter, als er war, oder er war noch sehr fit für sein Alter. Er reichte mir einen schwarzen Hut und ein paar Lederhandschuhe. Ich setzte den Hut auf, der die Form eines flachen Zylinders mit breiter Krempe hatte. Mit aller Macht verkniff ich mir ein Lachen und gab stattdessen ein Grunzen von mir.

»Na sehen Sie, ich sagte ja …«

»O nein, auf keinen Fall«, fiel ich ihm ins Wort. Etwas erschrocken blinzelte er mich an. Ich räusperte mich und versuchte, nicht so schroff zu klingen. »Es ist nur, ich finde, er steht mir absolut nicht. Aber ich werde den Mantel und die Handschuhe nehmen.«

Schon breitete sich wieder ein zufriedener Ausdruck auf dem faltigen Gesicht aus. Sofort riss er mir Mantel und Handschuhe aus den Händen und eilte damit zum Tresen. Derweil packte ich meine alten Sachen aus der Umkleide und folgte ihm. Er hatte den Mantel schon fein säuberlich gefaltet und wollte ihn gerade einpacken.

»Warten Sie bitte.« Er hielt in der Bewegung inne. »Ich

werde den Mantel direkt anziehen. Würden Sie diesen stattdessen einpacken?« Ich legte ihm meinen alten Mantel auf den Tresen, den er mit einem verunsicherten Blick entgegennahm.

»Nun, mit den Handschuhen macht das 300 Binare und 50 Raknea.«

Mein Mund öffnete sich, aber nichts kam raus. Was rechtfertigte bitte diesen Betrag? Versteckte sich Goldgarn in dem Mantel?

»Aber weil Sie mir so sympathisch sind … sagen wir zusammen 200 Binare und 50 Raknea?«

Als hätte er meine Gedanken gelesen. »Da sage ich nicht nein«, antwortete ich zufrieden.

Die Hände in die Taschen meines neuen Mantels gesteckt, die Kapuze tief ins Gesicht gezogen, stapfte ich die Straße weiter hinunter. Irgendwie musste ich meine restlichen Habseligkeiten aus dem Drecksloch von Narrenschenke holen. Meine Schritte führten mich weg vom Händlerviertel und wieder Richtung Taverne im Westen.

4
KODALINE

Draußen in der Natur zu sein, auf den weiten Wiesen und Feldern, erfüllte sie mit Freude. Vögel zu beobachten, vor allem die mit den schimmernd blauen Federn. Doch als sie ihrer Mutter erzählte, sie habe Kolkras auf dem Feld nahe dem Wald gesehen, reagierte diese aufgebracht. »Ich möchte nicht, dass du dich den Wäldern näherst. Wie oft soll ich das denn noch sagen?« Sie seufzte, sammelte sich und fügte hinzu: »Du bleibst erst mal im Haus und gehst nur in meiner oder deines Vaters Begleitung raus auf die Felder, hast du verstanden?« Mahnend hob sie einen Finger.

Das Mädchen war verwirrt. »Aber wieso? Ich möchte —«

»Keine Widerrede! Und jetzt geh bitte in dein Zimmer, bis ich dich zum Essen rufe.« Das Mädchen wurde wütend und als die Mutter es ansah, blickte sie erneut in die dunklen, blau schimmernden Augen und erschrak.

Das Mädchen fragte sich, warum seine Mutter so verängstigt wirkte. Der Moment verflog schnell wieder, denn es war ihr eigentlich auch egal. Sie zog eine beleidigte Schnute und stapfte in ihr Zimmer. Warum durfte sie nicht die Vögel beobachten?

Seit einer Weile lief ich in meinem Zimmer auf und ab.

Nate war bereits seit ein paar Stunden unterwegs. Was machte er nur so lange? Vor dem Fenster blieb ich stehen und sah mir den Sonnenuntergang an. Wie sich die Farben von orange, über zartrosa und dann zu einem hellen Blau änderten. Fast wie von selbst trommelten meine Finger auf die Fensterbank. Irgendetwas war anders. Schon in Dagônren war etwas anders zwischen uns gewesen, es fühlte sich anders an. Und aus irgendeinem Grund fühlte ich mich rastlos und aufgewühlt.

Erst als der Himmel das Licht vollständig verschluckt hatte, wandte ich mich vom Fenster ab. Mit wenigen Schritten stand ich vor dem Kleiderschrank und öffnete ihn. Langsam strich ich über jedes Kleidungsstück. Ein frustriertes Seufzen entfuhr meiner Kehle. Es gab nichts, was annähernd für ein Fest angemessen wäre. Eine Stoffhose, eine Lederhose, ein paar Wams und Tuniken. Aber Kleider? Mist. Frustriert setzte ich mich in meinem langen Kuscheloberteil im Schneidersitz aufs Bett. Es klopfte leise an der Tür und ich zuckte erschrocken zusammen. Ich sah auf die Uhr, fast Mitternacht.

»Herein«, flüsterte ich. Nate schlich ins Zimmer und schloss vorsichtig die Tür. »Hast du Angst, wir werden erwischt bei … was auch immer?«, fragte ich ihn amüsiert.

»Es ist schon spät, ich möchte niemanden wecken«, antwortete er leicht errötet.

Schmunzelnd sah ihn an und hob eine Augenbraue. »Was du nicht sagst.«

Nate setzte sich auf die Bettkante und drehte sich zu mir. »Ich habe eine Überraschung für dich.«

»Wirklich?«, fragte ich aufgeregt.

Er nickte und reichte mir ein in braunes Papier verpacktes Päckchen.

Sofort begann ich, es auszupacken. Fliederfarbener Stoff kam zum Vorschein und ein weiter Ausschnitt mit Spitzenborte. Aufgeregt sprang ich vom Bett auf und hielt das Bündel mit ausgestreckten Armen nach oben, um es im Ganzen anzusehen. Ein schlicht geschnittenes Kleid, aber der Rock und das Dekolleté waren mit diagonal angeordneten weißen Tüllblüten verziert.

»Nate, es ist wunderschön.« Sorgfältig legte ich das Kleid auf mein Bett. Im nächsten Moment warf ich ihm jauchzend die Arme um den Hals, mit so viel Schwung, dass ich uns beide umriss. Er landete mit dem Rücken auf der Matratze und ich halb auf ihm.

»Kannst du öfters in die Stadt fahren und mir so was Schönes mitbringen?«

Seine Umarmung verstärke sich, während er lachte. »Das sollte ich wohl machen.«

Seine Arme strichen meinen Rücken auf und ab und ein angenehmes Kribbeln breitete sich in meinem Körper aus. Als ich den Kopf hob, sah ich in seine haselnussbraunen Augen, die mich forschend ansahen. Ohne nachzudenken, fuhr ich mit den Fingern durch sein kurzes hellbraunes Haar und lächelte sanft. Er drückte mich mit einer Hand näher an sich, mit der anderen zog er meinen Kopf zu sich und presste seine Lippen auf meine. Schockiert riss ich die Augen auf und wurde stocksteif, da wir wirklich das taten, was wir taten. Doch seine Lippen waren so weich und warm. Nein, verdammt! Das durfte nicht sein. Nach zu vielen Sekunden löste ich meinen Mund von seinem und rückte keuchend von ihm ab.

»Nate, warte …« Irritiert warf er mir einen Blick zu. »Wir sollten das nicht machen.«

Er stützte sich mit den Ellbogen aufs Bett. »Aber … ich dachte … Verdammt!« Stöhnend setzte er sich auf und fuhr sich mit den Händen durchs Haar. »Es tut mir leid, Koda … ich … ach, ich weiß auch nicht«, seufzte er.

»Nein, mir tut es leid. Mit meiner Geste habe ich wohl falsche Signale gesendet. Hör zu Nate, du weißt, dass ich dich mag. Sehr sogar.« Zur Bestärkung drückte ich seine Hand.

»Ja, das weiß ich.« Er nickte und strich mit dem Daumen über meinen Handrücken.

»Wir kennen uns jetzt schon so lange. Du bist mein bester Freund, und ich möchte nicht ... nein, ich habe Angst, das alles dadurch kaputt zu machen.« Es tat mir leid, ihn so verletzt zu sehen und mein Herz pochte mir bis zum Hals.

Er küsste meinen Handrücken. »Ich sollte schlafen gehen«, sagte er und versuchte, zu lächeln, was ihm aber sichtlich schwerfiel. Während er Anstalten machte, aufzustehen packte ich sein Handgelenk.

»Nate ...«

»Schon gut, Koda, du hast ja recht. Du bist mir zu wichtig, um unsere Freundschaft durch eine schief gelaufene Liebelei zu gefährden.«

Liebelei. So wie er das sagte, tat es weh und ich schluckte den Kloß herunter.

»Labu Noctar, Koda.« Mit einem trägen Lächeln wandte er sich ab und verschwand durch die Tür.

»Gute Nacht, Nate.« Mist, dass sich etwas geändert hatte, war also nicht nur Einbildung gewesen. Doch ich konnte das nicht zulassen. Eine innere Blockade ließ es nicht zu. Grummelnd packte ich die Decke und ließ mich auf die Matratze fallen.

***

Blinzelnd öffnete ich die Augen und stöhnte genervt, da mir die Sonnenstrahlen direkt ins Gesicht schienen. Verdammt, ich hatte vergessen, die Gardinen zuzuziehen. Ich drehte mich nochmal um und kuschelte mich in die Decke. Doch in meinem Kopf schossen die Gedanken bereits wirr umher. Über meine Mutter und Magnus, das nicht vorhandene Doppelklingenschwert und Nate. Was nun, nachdem wir die Schule verlassen hatten? Weiterschlafen konnte ich vergessen. Seufzend schlug ich die Decke zurück, schwang mich aus dem Bett und zog mir den Morgenmantel an. Hätte Nate mir gestern nicht dieses schöne Kleid geschenkt, wäre das wohl das edelste Gewand, was ich besaß.

Hoffentlich führte die gestrige Situation nicht dazu, dass es unangenehm zwischen uns wurde. Am besten verhielt ich mich einfach so, als wäre nichts passiert. Ich eilte ins Bad, was meinem Zimmer gegenüber lag. Neben der Waschschüssel stand ein Krug Wasser mit Waldmandelblättern und dreiblättrigem Coakum. Die Waldmandel duftete herrlich süß, wohingegen das Coakum dem Wasser eine reinigende und desinfizierende Wirkung verlieh. Grinsend dachte ich an Magnus, der eines Tages fluchend aus dem Bad gerannt war und gemeint hatte, er würde wie die persönliche Strôpa des Königs duften. Für mich war es schockierend gewesen zu erfahren, dass der König eine Konkubine hatte.

Heute entschied ich mich für eine beige Stoffhose sowie meine dunkelgraue Baumwolltunika. Ich brauchte dringend neue Kleidung. Bevor ich die Treppe herunter nahm, horchte ich kurz an der Tür zum Gästezimmer. Meine Ohren vernahmen ein leichtes Schnarchen und meine Mundwinkel zuckten. Ich ließ Nate schlafen und schlich mich hinunter in die Küche. Meine Mutter stand am Herd und es roch nach Eiern und Speck. Es gab Omelett. Mein Magen knurrte augenblicklich.

»Guten Morgen, Amâir«, sagte ich und küsste sie auf die Wange. Dann setzte ich mich mit einer Portion an den Küchentisch.

»Guten Morgen, mo Amâ. Hast du gut geschlafen?«

»Nicht besonders.«

»Wie schade. Wann kam Nathaniel eigentlich gestern wieder? Ich habe ihn gar nicht gehört.«

Gut so!

»Es war fast Mitternacht. Er hat mir etwas Schönes aus Fabula mitgebracht.«

»Ach ja?«

»Es …« Gepolter von oben ließ mich innehalten und kurze Zeit später stand Magnus in der Küchentür. Ein missbilligender Blick traf mich, dann ging er zu meiner Mutter und gab ihr einen Kuss auf die Schläfe. Innerlich schüttelte es mich. Widerlich. Ich konnte nicht länger hinsehen und starrte sofort wieder auf den Teller. Würgegeräusche konnte ich mir allerdings nicht verkneifen. Als ich den Ausdruck in Mutters Gesicht sah, hustete ich und tat so, als hätte ich mich verschluckt.

»Und Kodaline, bestimmt freust du dich schon auf den Abend voller Heiterkeit, Tanz und Völlerei, was?« Ohne den Blick auf mich zu richten, hängte Magnus seinen schwarzen Mantel über die Stuhllehne und setzte sich mir gegenüber.

»Aber ja, Magnus, es ist der Höhepunkt des Jahres. Jeden Tag arbeite ich so hart darauf hin. Hoffe, dass der Ohri, den ich sorgfältig pflücke und sortiere, in Form von Backwaren und anderen Köstlichkeiten wieder zu mir zurückkehrt.« Meine Augen fixierten ihn, bevor ich mir genüsslich eine volle Gabel mit Omelett in den Mund schob. Er verdrehte natürlich die Augen.

Während ich mich bereits meiner zweiten Portion Omelett widmete, kam Nate in die Küche. »Guten Morgen«, brummte er in die Runde.

Ja, so kannte ich ihn. Ein Morgenmuffel wie er im Buche stand, mit zerzausten Haaren wie bei einem Baumhörnchen. Aber ich sollte frühlingsfrisch aussehen, wenn er mich morgens weckte und auch noch begaffte.

»Guten Morgen Nathaniel, komm setz dich. Wenn du Glück hast, hat Koda dir noch etwas vom Omelett übriggelassen.«

Sie zwinkerte mir zu, als sie meinen ungläubigen Blick

und vollgestopften Mund bemerkte. Ein für diese Uhrzeit untypisches Schmunzeln zeichnete sich auf Nates Gesicht ab.

Schnell schluckte ich die Bissen herunter. »Da du immer für zehn Mann kochst, müsste sogar ich mich anstrengen, um alles aufzuessen.«

Nate und meine Mutter lachten herzhaft, Magnus zeigte keinerlei Emotion. Wie hatte ein solches Ekel jemanden wie meine Mutter finden können, und wie zur Hölle konnte sie ihn bloß mögen?

Ruckartig stand er auf, packte seinen Mantel und verließ die Küche. »Wir sehen uns heut Abend«, sagte er beim Hinausgehen.

»Wie meinst du das? Wohin gehst du?«, fragte meine Mutter verwundert.

Er blieb im Türrahmen stehen. »Ich … ähm … habe etwas im Schuppen auf dem Feld vergessen und treffe mich noch mit einem potenziellen Abnehmer in Fabula.« Seine Augen verengten sich. »Aber das geht dich eigentlich nichts an.«

Hatte ich gerade richtig gehört? Drohend richtete ich meine Gabel auf ihn. »Wag es nicht, so mit meiner Mutter zu reden, sapristi …«

»Verdammter was?« Bedrohlich baute er sich vor mir auf. »Du sagst mir nicht, wie ich mich zu benehmen habe. Ich bin dir keine Rechenschaft schuldig, du kleine Göre.«

»Genug!«, schrie meine Mutter und ich fuhr vor Schreck zusammen. Sogar Magnus zuckte leicht. Als er sich dessen bewusst wurde, räusperte er sich, straffte seine Schultern und rannte zur Tür hinaus.

»Amâir, bitte, wenn ich noch länger mit ihm unter einem Dach leben muss, bringe ich ihn irgendwann um.« Ich stand auf und stellte meinen Teller neben ihr auf der Spüle ab.

Sie seufzte schwer. Vermutlich war sie sich der Situation schon lange bewusst. »Was soll ich deiner Meinung nach machen, mo Amâ?«, fragte sie versöhnlich.

»Du musst jetzt auch an dich denken. Schick den Paskaveri auf die Insel, damit wir Ruhe haben.« Die Insel – Grassmoor. Vor Jahrzehnten noch ein Teil des Festlandes mit Angrenzung an Midrun und Amberhall, doch durch die Erdbeben hatte sich dieses Stück Land gelöst. Nun gediehen dort üppige Gemüseanbauten, die sehr beliebt, aber auch teuer waren.

»Kodaline Ophelia!«

»Mea Vabanu«, sagte ich reumütig, auch wenn es mir nicht leidtat, ihn beleidigt zu haben.

***

Nachdem ich gebadet hatte, saß ich auf dem Bett und las ein wenig in meinem Buch Geschichten aus Velandir. Eigentlich hatte ich die Zeit mit Nate nutzen wollen, indem er mich im Teachâin unterrichtete, aber nach dem Ärger heute Morgen wegen Magnus war mir die Lust daran vergangen.

Wie so oft schlug ich die Seite mit einem Gedicht von einem gewissen Matârgus auf.

ICH KOMME AUS TIEFSTER FINSTERNIS, DOCH IST MEIN HERZ NICHT KALT

GESTEIN UND GEBEIN UM MICH HERUM

ICH LEBE TAUSEND LEBEN, DOCH WERDE ICH NICHT ALT

DIE SEE, SO FROSTKLIRREND WIE EIS

ICH STERBE VIELE MALE, ABER BIN NIE WIRKLICH TOT

DEM HIMMEL SO NAH

ICH KÄMPFE GEGEN MONSTER UND DÄMONEN, DOCH NUR WENN DU BIST IN NOT

FEUER UMGIBT MICH, SO HEISS WIE IN DER UNTERWELT

Seufzend schlug ich das Buch zu. Wie immer wurde ich nicht schlau daraus. Nach einem Blick auf die Uhr beschloss ich, mich langsam für das Fest umzuziehen. Nahm das Kleid vom Bügel und streifte es über. Während ich vor dem Spiegel neben dem Fenster den Rock glattstrich, klopfte es an der Tür.

»Komm rein«, sagte ich nur.

»Hey Koda, ich wollte wissen, wann …« Nate blieb abrupt stehen und starrte mich an. Seine aufgerissenen Augen glitten von unten nach oben, ehe er sich räusperte. »Ich … äh, ich wollte wissen, wann du los möchtest …« Seine Wangen röteten sich.

Sein Verhalten ließ mich schmunzeln, doch ebenso stieg Hitze in mein Gesicht. »Sobald ich fertig angezogen bin. Könntest du mir bei dem Kleid helfen?«

Blinzelnd und verwirrt sah er mich an und ich drehte ihm den Rücken zu, damit er die offene Schnürung sehen konnte.

»Oh, ja, natürlich«, erwiderte er schnell, als er verstand.

Ich wunderte mich etwas über seine Begriffsstutzigkeit, fand es aber ziemlich amüsant und süß.

»Das Kleid steht dir wirklich gut«, murmelte er.

»Danke, Nate, du siehst aber auch gut aus«, antwortete ich wahrheitsgemäß.

Er trug eine schwarze enganliegende Hose aus glänzendem Stoff, passend dazu eine schwarze Jacke mit V-Ausschnitt aus demselben Material, die bis zur Hüfte reichte und durch eine seitlich verlaufende Knopfleiste unterhalb der Brust verschlossen wurde. Am Kragen und an den Ärmeln blitzte heller Stoff hervor. Er sah verdammt gut aus. Verdammt!

Nate zuckte wegen meiner Worte zusammen, da er wohl nicht mit einer Antwort gerechnet hatte. »Nicht annähernd so gut wie du.« Er trat hinter mich und fing an, das Band zu schnüren. Dabei streiften seine Fingerspitzen meinen Rücken, berührten meine Schulterblätter. Nur einen Hauch, was mir Gänsehaut bescherte. Dann umfasste er meine Schultern und schaute mir über den Spiegel in die Augen.

Wie von selbst wanderte meine Hand zu seiner und drückte sie kurz, bevor ich mit den Fingern über das Mal an meinem Oberarm strich, das ich bereits seit meiner Kindheit hatte. Drei gleich breite, waagerechte, blassrosa Linien,

49

parallel übereinander. Wie verblasste Narben. Keiner hatte mir sagen können, was das war.

»Man sieht es kaum.« Er konnte meine Gedanken lesen. Ein befangenes Lächeln umspielte seine Lippen, ehe er sich vorbeugte und meine Halsbeuge küsste. Flüchtig, zart.

Ich holte scharf Luft, während ein Prickeln über meinen Rücken sauste. »Nate«, hauchte ich. Die Angst, dass es schief laufen könnte, packte mich erneut. Doch ich wusste absolut nicht, warum es mich beinah schon in Panik versetzte. Nate ließ meine Schultern los und wandte sich zum Gehen.

»Ich weiß, Koda. Deine Kette passt sehr gut zu dem Kleid. Lass dir ruhig Zeit, ich warte unten.«

Automatisch griff ich nach dem Amulett an meiner Halskette. Ein Auge aus Lexandrith, das je nach Licht die Farbe wechselte und, wie ich glaubte, auch nach Gefühlslage des Trägers. Diese Kette hatte ich bereits besessen, als Fina mich damals gefunden hatte. Daher vermuteten wir, dass sie von meinen leiblichen Eltern stammte, weswegen ich sie nie abnahm. Jetzt leuchtete der Stein in einem dunklen Lila. Ein letztes Mal betrachtete ich nervös mein Spiegelbild, bevor ich tief durchatmete und nach unten ging.

5
CAYDEN

Beim Diaful! Konnte nicht ein Mal etwas so laufen wie geplant? Dass ich mir wegen dieser dämlichen Gipsköpfe neue Kleidung hatte kaufen müssen, versaute mir alles. Jetzt hatte ich kaum noch Geld, musste aber trotzdem irgendwie nach Kôlhave gelangen. Endlich raus aus Asgûla, mit den schwelenden Straßen, dem Geruch von Ruß und Eisen in der Luft. Rund um das Stadtzentrum war es eigentlich eine nette Stadt, mit gemütlichen Gassen und Restaurants und Tavernen, die zum Verweilen einluden. Dennoch machte das große und prunkvolle Ratsgebäude in der Mitte der Stadt, vor dem ich nun stand, viel her. Natürlich nicht so imposant wie das protzige Schloss des Königs, aber für diese Stadt ebenfalls pompös. Adlige und andere hochwohlgeborene Prahlhanse verbrachten hier ihren Aufenthalt so angenehm wie möglich, solange sie hier waren und taten, was auch immer sie taten.

Der Anblick bereitete mir Magenschmerzen. Die einst hellbraunen Backsteine der Fassade waren durch die Witterung teilweise dunkel geworden. Doch die linke Seite des Gemäuers war noch nicht so alt wie der Rest. Es verhöhnte mich, wegen der Dummheit, die ich vor ein paar Jahren begangen hatte. Damit musste ich leben, aber ich hasste diese Stadt deswegen.

Je weiter man sich vom Stadtkern entfernte, umso stärker wurde der Gestank von Fabriken, und umso mehr wurde das Gesindel und die Armenviertel. Apropos Gesindel: Was wollte mein lieber Freund Lord Alart hier? Dass er sein lauschiges Leben am Hof freiwillig unterbrach, konnte ich mir nicht vorstellen. Irgendetwas war da im Busch. Er musste im Auftrag des Königs hier sein. Wie konnte es sein, dass so ein Dreckskerl König wurde, und keiner sich gegen ihn auflehnte oder ihn gar umbrachte?

Auf eine Begegnung mit dem Lord konnte ich jedenfalls verzichten, denn unsere letzte war nicht ganz friedlich verlaufen. Ziemlich explosiv sogar. Mit dem Daumen strich ich über die Narbe an meiner Unterlippe und musste unweigerlich an Darren denken. Die Erinnerung schnürte mir immer noch die Luft ab und schmerzte unfassbar in meiner Brust. Könnte ich doch nur die Zeit zurückdrehen. Ich war so dumm gewesen, hatte nicht nachgedacht und nur gewollt, dass die Verantwortlichen für das Leid ihre gerechte Strafe erhielten. Heute wusste ich es besser.

Ich brauchte einen Neuanfang. Irgendwie musste ich es schaffen, auf eines der Schiffe zu kommen, die zweimal im Monat von Kôlhave über das Gezeiten-Meer zu den westlichen Ländern fuhren. Falls das Geld nicht ausreichte, wäre ich gezwungen, als Bootsmann oder Schlimmeres anzuheuern. Allein bei dem Gedanken an die lange Überfahrt wurde mir schon schlecht. Aber wenn ich in zwei Wochen in Kôlhave sein wollte, um ein Schiff zu erwischen, musste ich schnellstens meinen Kram holen und mich verziehen. Am besten zu Pferd. Was mich vor ein weiteres Problem stellte, aber darum würde ich mich später kümmern.

In Gedanken versunken, hatte ich gar nicht bemerkt, dass ich mich schon in der Seitenstraße befand, an dessen gewundenem Ende die Taverne lag. Verdammt, ich musste wachsamer sein! Ich zog die Kapuze tiefer ins Gesicht und beschleunigte meine Schritte. Es dämmerte bereits, nach und nach wurden die Laternen entzündet. Bevor ich die *Narrenschenke* betrat, schaute ich mich noch einmal nach möglichen Beobachtern um. Es schien alles in Ordnung zu sein. Der stämmige alte Wirt sah mich direkt, als ich um die Ecke des Eingangsbereichs bog und auf die Treppe zusteuerte, die hinter der Theke nach oben führte.

»Ah, Anwyl. Schön, dich noch einmal zu sehen, bevor du morgen abreist.«

Ich blieb stehen und drehte mich zu ihm. Bei dem Anblick, wie er mich angrinste und seine gelben Zähne entblößte, bekam ich das kalte Grausen. Er mochte ein feiner Kerl sein, manchmal etwas ruppig, doch im Grunde genommen charmant, immerhin stellte er mir das Zimmer für den halben Preis zur Verfügung. Aber seine Erscheinung war zum Davonlaufen.

»Auch schön, Sie zu sehen, Mister Holm. Ich hätte mich in jedem Fall noch von Ihnen verabschiedet und mich für Ihre Großzügigkeit bedankt.«

Er winkte ab. »Schon gut, schon gut, Junge. Aber merke dir für das nächste Mal, mich Yllius zu nennen«, sagte er väterlich. »Und jetzt geh mir aus den Augen, ich muss weitermachen.«

Mir entwich ein dreckiges Lachen, welches er erwiderte, bevor ich mich zur Treppe wandte und in den ersten Stock ging. Ich hätte Yllius gern meinen richtigen Namen gesagt, aber sicher war sicher. Solange er die Wahrheit nicht kannte, konnte er da auch nicht in meine Probleme mit reingezogen werden. Die Dielen knarzten, während ich auf das mittlere Zimmer zuging und aufschloss. Als Erstes ließ ich meinen Blick nach rechts zum Bett und zur Kommode schweifen, dann nach links zu dem Tisch, doch ich fand keine Anzeichen für ungebetene Gäste. Verdammt, ich verhielt mich schon paranoid. Hinter mir schloss ich die Tür. Eilig griff ich unter das Bett, zog meine Tasche hervor und stellte sie auf das Bett. Stopfte die paar Hosen und die Tunika sowie mein Lederwams hinein. Ich hob den Boden in der leeren Schublade an, sodass der zweite zum Vorschein kam, ebenso wie der Beutel mit meinem restlichen Geld. Diesen stopfte ich in die Innentasche meiner Weste.

Plötzlich drangen von unten laute Stimmen bis in mein Zimmer, ich schlich zur Tür und legte ein Ohr an das Holz, um zu lauschen.

»Hör zu … ist kein Spiel … sind nicht allein, alter Mann …«

Sakra, so verstand ich kaum etwas. Langsam öffnete ich die Tür und verzog das Gesicht, als die Scharniere quietschten. Sofort hielt ich inne. Die Person sprach jedoch weiter, also hatten sie mich zum Glück nicht gehört.

»Ich warne dich noch ein letztes Mal. Sag mir, wo wir Cayden Carvost finden, und wir lassen dich ohne Schaden davonkommen. Wenn nicht … nun, das siehst du dann.«

Mein Puls stieg. Zum Diaful! Schon wieder diese elendigen Brüder. Durch den Spalt in der Tür spähte ich durch das Geländer bis in den Schankraum. Sie hatten Yllius an einen Stuhl gefesselt. Nur Melcon und Almor konnte ich entdecken. Wo versteckte sich der Rest dieser Vollpfosten?

»Ich sagte euch doch schon, ich kenne keinen Cayden Carvost. Ich gebe euch die Gästeliste, wenn ihr wollt«, krächzte Yllius. Eine Faust landete im Gesicht des alten Mannes. Er keuchte auf und Blut lief ihm aus der Nase.

Meine Hände ballten sich zu Fäusten und mein Herz raste. Almor schlug erneut zu. Auch wenn ich ihnen am liebsten die Kehlen aufgeschlitzt hätte, konnte ich nicht riskieren, sie hier anzugreifen. Dann dächten sie womöglich, Yllius hätte mich versteckt, und das könnte ihn das Leben kosten.

So leise wie möglich schloss ich die Tür. Hastig schnappte ich mir die Sachen vom Bett, warf mir die Tasche über die Schulter und packte die Landkarte vom Tisch. Dann eilte ich zum Fenster auf der anderen Seite des Zimmers, öffnete es und spähte hinaus.

Es waren über drei Mittar bis nach unten. Zu hoch, um zu springen, daher entschied ich mich doch lieber für das Regenrohr. Ehe ich mich hinausschwang, warf ich noch einen letzten Blick zurück. Das Zimmer wirkte so, als wäre niemand hier gewesen.

Langsam hangelte ich mich an dem Regenrohr hinunter. Ein schlechtes Gewissen plagte mich, dass ich Yllius mit diesen verdammten Bastarden zurückließ. Der Hinterhof, in dem ich landete, war zum Glück dunkel und verlassen. Auf Gesellschaft konnte ich verzichten. Vorsichtig bewegte ich mich auf die Hausecke zu, hinter der die Straße lag, als sich in den Schatten zwischen den Häusern irgendetwas regte. Über meinem Kopf blitzte etwas auf. Ehe ich reagieren konnte, traf mich ein dumpfer Schlag an der Schläfe, dann verdunkelte sich alles.

***

Ich öffnete ein Auge, nicht mehr als einen Spalt. Das andere Lid folgte und sofort schoss mir ein pochender Schmerz in den Schädel. Verfluchter Mist! Beim Versuch, mich aufzusetzen, bemerkte ich, dass meine Handgelenke am Rücken aneinandergefesselt waren. Sakra, was zum Henker sollte das?

Schnell sah ich mich um und runzelte die Stirn. Hinter mir befand sich eine Fensterfront, die bis an die hohe Decke reichte, mit goldenen Gardinen und Volants. Zu meiner rechten stand eine riesenhafte Anrichte aus dunklem Holz mit Schnörkeleien und Abbildungen von Wasserwesen an der Wand. Auf der anderen Seite ein ebenso massiver Kamin, dessen Öffnung an das Maul eines Fenrir erinnerte, mit Eckzähnen an den Kanten. Ich saß auf einer Ottomane, die, wie auch der Rest der Sitzgruppe in der Mitte des Raumes, in dunkelgrünen Stoff gehüllt war. Auf dem Boden lag ein unfassbar hässlicher Teppich. Wieso kam mit dem Reichtum gleichzeitig der schlechte Geschmack? Wenn mich nicht alles trügte, steckte ich im Ratsgebäude. Sonst gab es keine derart luxuriös eingerichteten Gebäude in Asgûla.

»Na super«, murmelte ich. Diaful! Das hatte mir noch gefehlt.

Eine Tür neben der Anrichte schwang auf und Lord Alart kam hereingeschlendert, die Dawnsteg-Brüder im Schlepptau. Sofort schoss mein Puls in die Höhe. Natürlich! Verdammte Bastarde! Ich hätte es besser wissen müssen. Zum Schluss folgte ein Typ, so groß wie ein Schrank. In seiner Gegenwart fühlte ich mich sofort zaundürr. Was gaben sie dem nur zu essen?

»Ah, Mister Carvost. Es freut mich, zu sehen, dass Sie Ihr Nickerchen beendet haben. Ich hoffe, es war erholsam.«

Seinen Sarkasmus schlug ich dem Lord in Gedanken gleich aus dem faltigen Gesicht.

»Was mache ich hier?«, fragte ich tonlos.

Ein amüsierter Laut kam aus seiner Kehle. »Direkt auf den Punkt, nicht lange herumschweifen, wie?«

Ich erwiderte nichts, sondern starrte ihn nur resigniert an.

Ihm wurde klar, dass ich nicht antworten würde, und er verschränkte schmunzelnd die Arme hinter dem Rücken.

»Nun gut, wie Sie ja sicherlich wissen, werden Sie steckbrieflich gesucht. Für Ihre vierundzwanzig Jahre ist die Liste Ihrer Vergehen bereits sehr lang. Und die Belohnung für Ihre Auslieferung ist wirklich beachtlich. Vor allem für jemanden wie …« Mit einer herablassenden Handbewegung deutete er in meine Richtung. »… Sie.«

Das Zeichen an meinem Handgelenk fing an zu jucken.

»Ich nehme das als Kompliment. Und weiter?«

»Da Ihnen in diesem Fall normalerweise der baldige Tod droht, habe ich ein gewiss überaus interessantes Angebot für Sie.«

Meine Stirn legte sich in Falten. In den Gesichtern der Brüder las ich ebenfalls Überraschung. Anscheinend hatten sie wie ich mit etwas anderem gerechnet.

»Ich werde seit zwei Jahren gesucht. Und jetzt, wo Ihr mich endlich … nein, entschuldigt bitte … wo diese Döspaddel es geschafft haben, mich zu fassen …« Dabei nickte ich in die Richtung von Melcon und Almor. »… wollt Ihr mir ein Angebot machen?« Mit einer hochgezogenen Augenbraue schaute ich den Lord misstrauisch an.

»Wenn es nach mir ginge, würden Sie morgen am Galgen hängen.«

Wie charmant. »Da habe ich wohl Glück, dass es nicht nach Euch geht.«

»Der König befindet einige Ihrer Fähigkeiten anscheinend für nützlich und bietet Ihnen deswegen die Chance, dem Urteil zu entgehen.« Er klang beinah gelangweilt.

Aber verdammt, jetzt hatte er meine volle Aufmerksamkeit. »Ich höre.«

6
KODALINE

In der Dämmerung erreichten wir mit der Kutsche die holprige Straße Richtung Norden. Die weiten Ohri-Felder schwebten an uns vorbei. Als ich nach links sah, näherte sich die Sonne gerade dem Horizont über dem Gezeiten-Meer. Ich liebte diesen Anblick. Das Wasser funkelte wie Diamanten. Erst als die Sonne beinah verschwunden war, blickte ich zu Nate. Auf dem ganzen Weg hatte er kein Wort gesagt. Ich hatte gehofft, unser gestriger Kuss hätte keine Auswirkung auf unsere Freundschaft, denn genau davor hatte ich Angst.

Er starrte auf die kargen Hügel, die jetzt rechts von uns auftauchten. Dahinter kam schon Fabula zum Vorschein, das durch Fackeln und Laternen in gemütliches Licht getaucht wurde. Die Landschaft Velandirs war durch jahrhundertelange Erdbeben zerklüftet. Man erzählte sich, das Land sei aus dem Feuer entstanden, hatte sich immer weiter geformt, bis das Wasser hinzugekommen war, und sich durch das karge Land gezogen hatte. Ein fruchtbares Idyll mit den mächtigen Bäumen Innismaer mit ihren gewundenen Ranken und überhängender Krone erblühte. Vogelgesang wurde durch das Dröhnen von Wasserfällen begleitet. Das Volk der Fae hatte dieses Land beherrscht, doch seit die Fae fort waren, gab es dieses Idyll nicht mehr. Wie sie hierhergekommen waren, konnte nicht überliefert werden. Viele Gelehrte behaupteten, die Fae wären nicht das erste Volk gewesen, das Velandir bewohnt hatte. Doch das würde vielleicht für immer ein Geheimnis bleiben.

»Nate?« Jetzt drehte er sich zu mir um, aber ich wusste überhaupt nicht, was ich sagen sollte. »Na ja, du … seit gestern … Ist bei dir alles in Ordnung? Und sei bitte ehrlich.«

Er sah mich eindringlich an und seufzte. »Wenn du auf den Kuss anspielst, dann … nein, Koda, es ist nicht alles in Ordnung. Ich habe zwar gesagt, du hättest recht mit dem, was du angeführt hast. Aber das bedeutet nicht, dass es mir nichts ausmacht.« Eilig wandte er den Blick wieder ab und mein Puls stieg. Er war sauer, auch, wenn man es ihm nicht ansah.

Soeben fuhren wir in die Stadt hinein. Die Pflastersteine ließen die ganze Kutsche vibrieren. Die Straßen waren so schmal, dass gerade einmal eine kleine Kutsche darüber fahren konnte. Durch die Laternen, die alle paar Mittar standen, die Häuschen und die lebendigen Straßen wirkte Fabula wie eine eigene kompakte Welt. Am Ende der Hauptstraße kamen wir kaum noch durch die Menschen, die sich aneinander vorbeidrängelten. Von hier aus konnte ich schon das große rote Festzelt sehen.

»Am besten steigt ihr hier aus, bis wir hier durch sind, ist der Abend vorbei«, bemerkte Hafgan vom Kutschbock aus.

»Danke fürs Herbringen«, sagte Nate und stieg aus.

Gerade trat ich auf die oberste Stufe, als vor meiner Nase eine Hand auftauchte. Verwundert sah ich hoch und blickte in Nates Gesicht. Seinen Blick konnte ich nicht deuten. Dennoch froh über diese Geste, ergriff ich seine Hand. Sie fühlte sich wie immer schwielig, aber warm an.

»Amüsiert euch gut, ihr zwei. Ich habe ungefähr bis Mitternacht hier zu tun, vielleicht bin ich vorher fertig. Wenn ich euch also mit zurücknehmen soll, seid pünktlich hier«, sagte Hafgan mit einem Augenzwinkern.

Ich winkte ihm nochmal, ehe wir in der Menge verschwanden. Von allen Seiten wurde gedrängelt. Jemand rempelte mich so heftig an der Schulter, dass ich fast nach hinten gekippt wäre. Zum Glück hielt Nate mich mit einer Hand in meinem Rücken fest.

»Danke«, sagte ich. Etwas überwältigt von den vielen Menschen. »Wenn es schon hier auf den Straßen so voll ist, wie wird es dann erst im Festzelt sein?«

»Tja, dann müssen wir wenigstens keine Angst haben, umzukippen, wenn wir ein Toffee-Bier zu viel hatten«, scherzte Nathaniel.

Ich lachte laut los. »Das stimmt.« Da er wieder Witze machte und falls seine Laune so blieb, bestand doch noch Hoffnung, dass wir den Vorfall von gestern Abend vergessen könnten.

Während wir uns den Weg zum Festzelt bahnten, blickte ich hauptsächlich auf die Schultern oder Rücken anderer, da ich kleiner als die meisten war. Rechts von uns reihten sich Häuser aneinander, jedes davon in einer anderen Farbe gestrichen. Nach einer gefühlten Ewigkeit lichtete sich die Menge etwas und wir fanden uns auf dem Marktplatz wieder, auf dem das Festzelt stand. Dahinter ragte der Uhrturm der Kirche in den Himmel, an dem bereits Sterne leuchteten. Die Uhr zeigte acht an und ich staunte nicht schlecht.

»Puh, wir waren insgesamt fast zwei Stunden unterwegs.«

Nate sah zur Uhr hoch und nickte. »Ich hoffe, nachher ist nicht mehr so viel los, sonst müssen wir schon zeitig aufbrechen, um rechtzeitig zu Hafgan zu kommen.«

Lächelnd nickte ich.

»Sollen wir?«, fragte er und hielt mir seinen Arm hin.

»Gerne, mo Sânh«, sagte ich kokett und hakte mich bei ihm unter. Für die Anrede handelte ich mir einen skeptischen

Seitenblick ein.

»Du erwartest jetzt aber nicht, dass ich dich wie eine Adlige Dame anspreche, oder?« Ehe ich antworten konnte, zog er mich mit sich. Ehrlich gesagt hätte ich das gern gehört und war etwas beleidigt. Aber immerhin benahm er sich wieder normal.

Die meisten Menschen schienen sich draußen zu tummeln, denn im Zelt konnten wir uns freier bewegen als auf den Straßen. Die hohe Decke schmückten Stoffbahnen in Grün, Gold und Schwarz, die in Wellen über die gesamte Länge drapiert worden waren. Grün und Gold symbolisierten die fruchtreiche Ernte, Schwarz die Königsfarbe. Lange Tische mit Sitzgelegenheiten reihten sich an der rechten Seite. An der linken stand ein riesiges Buffet. Augenblicklich meldete sich mein Magen zu Wort, immerhin hatte ich nur gefrühstückt. Wie von selbst bewegten sich meine Beine in diese Richtung, doch Nate hielt mich auf.

»Was soll das?«, fragte ich energisch.

»Wollen wir nicht erst mal etwas zu trinken holen, eine Runde drehen, oder uns einen Platz suchen?«

Ungläubig starrte ich ihn an. »Wenn du nicht möchtest, dass ich dir vor Hunger ein Stück aus dem Arm oder Bauch beiße, gehen wir jetzt da rüber.«

Er prustete los und schüttelte den Kopf. »Du bist ein kleiner Vielfraß.«

Übertrieben schockiert boxte ich ihm auf die Schulter. Lachend warf er den Kopf in den Nacken, während er meinen Arm wieder unter seinen hakte und uns in Richtung Buffet bugsierte. Es beruhigte mich, ihn wieder lachen zu hören.

Am Buffet griff ich nach dem Erstbesten, was vor mir lag und biss genüsslich in einen Zitronenschnapper. Das kleine Küchlein kribbelte unglaublich auf der Zunge. Beim heiligen Dûwal … Ingwer-Haselnusspfannkuchen. Den Schnapper noch nicht zu Ende gekaut, nahm ich einen davon und biss auch da mit geschlossenen Augen hinein, um den intensiven Geschmack zu erleben. Ich seufzte verzückt. Plötzlich tippte mir jemand auf die Schulter und ich drehte mich mit vollem Mund und irritiertem Gesichtsausdruck um. Tefrika Pidarnoi stand vor mir. Bei den Vanden, die hatte mir noch gefehlt. Die abscheulichste Person in ganz Velandir. Im Traum hatte ich sie bereits im Schlaf erdrosselt, an einem Felsen gekettet in den Fluss geworfen, an den Fenrir oder eine Harpyie verfüttert. Es gab so viele Möglichkeiten und es fiel mir immer schwer, mich zu entscheiden.

»Kodaline Bridai, dich hätte ich nicht hier erwartet. Nachdem Berengier dich rausgeworfen hat, glaubte ich, du würdest dich verkriechen. Ist das zu fassen?«, fragte sie schrill und überdreht und warf dabei ihre blonden Locken über die Schulter.

Rausgeworfen? Das hättest du wohl gern, Giftkröte. »Nein, wirklich nicht zu fassen«, äffte ich sie mit noch halb vollem Mund und wenig charmanter Mimik nach. Gekonnt wie immer, ignorierte sie meine Bemerkung und richtete ihre Aufmerksamkeit auch schon auf Nate. Ihr Lächeln wurde so zuckersüß, dass ich meine Köstlichkeiten fast wieder ausgespuckt hätte.

»Nathaniel Terbis, bist du es wirklich? Du musst ja in den letzten zwei Jahren durchgehend trainiert haben.« Sie legte ihre Hand auf seine Schulter, ließ sie weiter runtergleiten, umfasste seinen Bizeps und drückte zu. Dabei weiteten sich ihre blauen Augen und funkelten lüstern.

Bevor ich mich erneut verschluckte oder ihr eine verpasste, atmete ich tief durch. Noch vor einer Woche hatte sie ihn gesehen. Wieso brabbelte sie so einen Mist?

Nate ließ sich nichts anmerken und schüttelte elegant ihre Hand ab. »Nein, meine liebe *Teffy*. Ich besitze keinen hübschen Adelstitel. Das heißt, dass ich für mein Geld hart arbeite und mir den Arsch aufreißen muss. Daher kommen meine Muskeln.«

Ihr Mund klappte auf, und wieder zu. Dann wurden die Augen zu schmalen Schlitzen und ihr Gesicht rot. Ich presste meine Lippen fest zusammen, um nicht loszulachen. Wutentbrannt und schnaubend machte sie auf dem Absatz kehrt und verschwand in ihrem purpurnen Kleid in der Menge.

In dem Moment brach das Lachen aus mir heraus. »Bei den Vanden, Nate!«, japste ich laut. »Ich glaube, ich habe sie noch nie sprachlos erlebt.«

Er sah mich ein wenig überheblich an. »Ja, das glaube ich auch. Ich wusste, dass sie diesen Namen hasst.« Seine schelmische Art gefiel mir gut an ihm.

»Hör auf, so zu gucken, ich bekomme schon Muskelkater.« Demonstrativ fasste ich mir an den Bauch.

»Es wird Zeit zu tanzen«, sagte er unvermittelt. Nun klappte mein Mund auf. Nathaniel wollte tanzen? Bevor ich reagieren konnte, packte er meine Hand und zog mich hinter sich her. Er hatte einen ziemlich flotten Schritt drauf und ich musste aufpassen, dass ich nicht über meine Füße stolperte. Die rechteckige Tanzfläche zierte ein Fischgrätenmuster. Wir blieben in der Mitte stehen und Nate drehte mich so, dass wir uns gegenüber standen. Ich blickte mich um und sah die anderen tanzenden Paare an. Plötzlich fühlte ich mich beobachtet und unsicher. Nate trat näher an mich heran und legte den freien Arm um meine Taille. Seine Finger der anderen Hand verschränkten sich mit meinen. Mein Herz begann schneller zu schlagen. Wer hatte diese blöde Idee noch gleich?

Wir sahen einander an. Ein neues Lied begann, und wir fingen an, uns zu bewegen. Ein Schritt zurück, zwei zur Seite, und wieder einen nach vorne. Immer wieder schaute ich nach unten, aus Sorge, ihm auf die Füße zu treten.

»Koda …«

Fragend sah ich zu ihm auf.

»Was suchst du da unten?« Amüsiert musterte er mich.

Meine Wangen glühten. »Ich … äh, möchte mich nicht vertanzen oder dir auf die Füße treten«, nuschelte ich eher.

»Das klappt besser, wenn du nicht ganze Zeit darauf achtest, was du tust.«

Skeptisch hob ich eine Augenbraue. »Und das weißt du, weil du schon so oft getanzt hast?« Er hatte noch nie auf dem Cynheai getanzt. Zumindest nicht mit mir. Und wenn er mit anderen getanzt hatte, ging es mich nichts an. Und je länger ich daran dachte, desto mehr stach mir etwas ins Herz. So ein Mist.

»Ganz genau. Ich bin ein besserer Tänzer, als du ahnst«, raunte er und führte mich in eine Drehung. Zog mich wieder zu sich und griff dabei meine andere Hand. Wir standen uns so nahe, dass ich seinen Atem im Gesicht spürte. Nur unsere Arme, die wir vor uns hielten, trennten unsere Oberkörper voneinander. Dann stieß er mich wieder weg, ließ eine Hand jedoch nicht los, führte mich erneut in eine Drehung und ich prallte an seine Brust. Sofort legte er seinen Arm wieder um meine Taille, damit ich nicht taumelte.

»In der Tat, ich hatte keine Ahnung, was für ein Angeber du bist«, neckte ich ihn außer Atem. Verdammt, wie anstrengend.

»Na ja, da ich so viel Zeit in Kôlhave verbringe, kennt man die ein oder andere Taverne, wo getanzt wird.« Er kaute verlegen auf der Unterlippe herum.

Ein Pikser. Noch einer. »Oh«, sagte ich nur und schaute auf meine Füße.

»Hey, was soll dieses bedröppelte Gesicht?« Er hörte auf zu tanzen und ich tat es ihm gleich. Dann schob er mein Kinn mit seinem Zeigefinger nach oben, damit ich ihn ansehen musste. Seine haselnussbraunen Augen sahen mich besorgt an.

Ich schluckte schwer. Verdammt!

»Koda, ich weiß nicht …« Seufzend fuhr er sich durchs Haar und hielt inne. Er schaute sich um und ich runzelte die Stirn. Da nahm er meine Hand und führte mich von der Tanzfläche in eine ruhigere Ecke. »Also, warum schaust du so bedrückt?«

»Ich … ich … weiß es nicht, Nate.« Und das war die traurige Wahrheit. Ich konnte nicht sagen, was ich fühlte. Ständig redete ich mir ein, dass da nicht mehr wäre. Doch das Herz tat verräterische Dinge. Seufzend sah ich zu Boden. Nein, das wäre wirklich eine blöde Idee.

»Ich kann echt nicht sagen, was gerade in dir vorgeht, aber es sieht für mich so aus, als seist du Eif...«

Ehe er aussprechen konnte, richtete ich mich auf die Zehenspitzen auf, packte ihn am Kragen und presste meine Lippen auf seine. Ein überraschtes Keuchen drang aus seinem Mund und er stand nur stocksteif da. Zögerlich erwiderte er den Kuss, bewegte seine Lippen an meinen. Flüchtig ließ ich meine Zunge über seine Lippen gleiten und vergrub meine Hände in seinem Haar. Dann packte er mich und zog mich fester an sich. Ein tiefer Laut entkam seiner Kehle und er küsste mich so hitzig, dass mir im ersten Moment die Luft wegblieb. Ich schlang meine Arme um seinen Hals und erwiderte den Kuss innig. Unsere Zungen führten den gleichen Tanz auf, wie wir eben auf der Tanzfläche. Mit seinen Händen fuhr er meinen Rücken entlang.

Heilige Scheiße, damit hatte ich nicht gerechnet und ich fühlte mich ganz zerbröselt. Seine Lippen lösten sich von meinen, er küsste mich erst auf die Wange, glitt dann weiter zum Hals und schließlich küsste er mein Schlüsselbein. Sein Dreitagebart kratzte dezent über meine Haut. Ein leichtes Kribbeln machte sich in meinem Körper bemerkbar und mir entfuhr ein Glucksen. Mein Atem ging schwer.

Plötzlich wurde mir etwas bewusst und ich blieb wie erstarrt stehen. Mein Herz raste los, ich riss die Augen auf und stieß Nate sanft von mir weg.

Keuchend sah er mich an, die Stirn in Falten gelegt. »Was ist los?«

»Nicht, dass es mir nicht gefällt, denn das tut es ... sehr sogar«, sagte ich ebenso außer Atem. »Aber wir werden schon beobachtet, und vielleicht sollten wir diese ... Aktivität auf später verschieben.«

Langsam drehte er den Kopf und schaute sich um, ehe sein Blick erneut auf mir ruhte. Ein belustigtes Funkeln lag in seinen Augen. Verlegen lächelte ich und er vergrub sein Gesicht an meinem Hals und lachte herzhaft. Mitfühlend klopfte ich ihm auf den Rücken. Als er sich beruhigt hatte, löste er sich von mir und richtete sich auf.

»Sollen wir an die frische Luft?«, fragte ich erheitert von seiner Lachattacke.

»Vielleicht keine schlechte Idee.« Mit einem Finger wischte er sich eine Träne unter dem Auge weg. Hand in Hand gingen wir zum Ausgang des Festzeltes. Ein komisches Gefühl. Schön, aber auch beängstigend.

Vor dem Zelteingang sah ich Magnus, der wild mit den Händen gestikulierte, konnte aber nicht erkennen, mit wem er sich offenbar stritt. Augenblicklich sank meine Laune. Nate drückte meine Hand, als wüsste er, was ich dachte. Wir kamen draußen an, Magnus stand noch immer da, allerdings allein. Seiner Miene nach zu urteilen, schien der Streit nicht so verlaufen zu sein, wie er vielleicht gewollt hätte. Auch wenn ich ihn abgrundtief hasste, war er immerhin mit meiner Mutter zusammen, daher zeigte ich guten Willen und blieb neben ihm stehen. Sein Blick verfinsterte sich noch mehr, als er mich bemerkte.

»Etwas nicht in Ordnung?«, fragte ich tonlos. Im Grunde war es mir egal, was nicht stimmte. Seine Aufmerksamkeit richtete sich auf meine mit Nates verschränkte Hand und sah wieder hoch zu mir. Ein gehässiges Grinsen erschien auf seinem Gesicht. Schon bereute ich meinen guten Willen.

»Nichts, worüber du dir deinen hübschen Kopf zerbrechen müsstest, Prinzesschen. Es geht dich nämlich nichts an.«

Langsam atmete ich ein und aus, um meinen Puls zu beruhigen. Magnus steckte die Hand in die Innentasche seines schwarzen Mantels und kramte darin herum. Nach einigen Sekunden holte er das Gesuchte hervor und hielt mir einen Umschlag hin. Skeptisch beäugte ich zuerst ihn, dann Magnus.

»Nimm ihn schon«, zischte er.

Langsam griff ich danach und dachte derweil darüber nach, wie ich ihn töten könnte. Ich hasste es, wenn er mich Prinzesschen nannte, ich hasste es, wie er mit uns sprach. Es musste wie ein Unfall aussehen. Meine Mutter würde das überstehen. Wahrscheinlich würde ich auf seinem Grab tanzen, zusammen mit Nate, denn das konnte ich ja jetzt.

Plötzlich hielt er Nate einen weiteren Umschlag hin. Dieser schnappte ihn sich, bevor Magnus etwas sagen konnte. Nach einem letzten grimmigen Blick wandte er sich mit wehendem Mantel von uns ab und wurde von der Menge verschluckt, als er Richtung Stadtmitte ging.

»Was sollte das denn?«, fragte Nathaniel verwirrt.

»Ich habe keine Ahnung«, antwortete ich, während ich immer noch in die Richtung schaute, in die Magnus verschwunden war. Ich steckte mir den Umschlag in meinen Ausschnitt und sah zu Nate, der mich amüsiert anschaute.

»Eine interessante Wahl für die Aufbewahrung. Bist du gar nicht neugierig?«

Neckisch sah ich ihn an, dann rieb ich seufzend mit den Händen über mein Gesicht. »Doch schon, aber das hat Zeit bis zu Hause, ich bin doch ganz schön erledigt.«

Nate steckte seinen Umschlag in die Jackentasche, die sich auf jeden Fall besser als Aufbewahrungsort eignete. Bestimmt pikste er dort nicht so. Ohne eine Antwort nahm er wieder meine Hand und wir gingen über den Marktplatz zurück, der nun nicht mehr so überlaufen war und wir konnten gemütlich schlendern. Wir redeten nicht viel auf dem Weg zu Hafgan. Es war so seltsam. Seit Jahren waren wir befreundet, kannten uns fast in- und auswendig. Aber jetzt fühlte sich alles neu an. Alles kribbelte in meinem Körper. Als würde er es bemerken, warf er mir einen Seitenblick zu und lächelte.

»Was ist los?«, fragte ich neugierig.

Er schüttelte den Kopf. »Ach nichts, es ist nur … Das habe ich mir schon lange gewünscht, weißt du?«

Ich spürte, wie Hitze in meine Wangen stieg und biss mir auf die Unterlippe.

»Du musst nicht antworten, Koda …« Schnaubend fuhr er sich durchs Haar. »Das wäre mir, glaub ich, sogar lieber«, sagte er und drückte dabei erneut meine Hand.

Während ich ihm zuhörte, schaute ich geradeaus. Ein Ruck am Arm ließ mich innehalten und ich drehte meinen Kopf in seine Richtung.

Nate wirkte ernst. »Ich weiß, du hast Bedenken, weil wir unsere Freundschaft gefährden könnten, aber ich weiß, dass es klappen wird.«

Hoffentlich stimmte das.

Nachdem wir weit nach Mitternacht wieder bei mir zu Hause ankamen, schlichen wir die Treppe nach oben. Es war still und dunkel. Meine Mutter schlief natürlich schon, sie blieb nie lange wach. Ob Magnus zurück war, wusste ich nicht, doch das interessierte mich auch nicht. Vor dem Gästezimmer blieben wir stehen. Keiner von uns wusste, wie wir uns verhalten sollten, und ich strich mir nervös eine Strähne hinter mein Ohr. Nate schaute mich erwartungsvoll an.

»Also … auch wenn wir jetzt, nun ja …«, stammelte ich. »Wir sollten es vielleicht langsam angehen.« Nate lächelte schief, nahm mein Gesicht in beide Hände und beugte sich zu mir herunter. Dicht vor meinem Gesicht stoppte er und sein Atem kitzelte auf meinen Lippen. Ich musste schwer schlucken.

»Das verstehe ich.« Seine Augen schlossen sich und er drückte mir einen sanften Kuss auf die Lippen. Nur ganz kurz. »Gute Nacht, Koda.«

Er drehte sich um und ging in sein Zimmer. Langsam schloss ich die Tür zu meinem eigenen hinter mir und lehnte mich mit dem Rücken dagegen. Seufzend ließ ich den Kopf gegen die Tür sinken und schloss die Augen. Was für ein Tag. Etwas pikste mich in die Brust, da fiel mir der Umschlag wieder ein, den Magnus uns gegeben hatte. Nachdem ich das Papier aus meinem Ausschnitt geholt hatte, strich ich mir erleichtert über das Dekolleté. Mit einem Eschenhölzchen von meinem Nachttisch zündete ich die Kerze darauf an und machte es mir auf dem Bett gemütlich. Erst einmal musste ich den geknüllten Umschlag glattstreichen. Mein Herz schlug hörbar laut in meiner Brust, als ich ihn genauer betrachtete. Es gab nichts Ungewöhnliches an einem versiegelten Brief, auch nicht daran, dass er mit Wachs versiegelt worden war. Aber das Siegel …

Zwei sich anschauende Kolkras mit ausgebreiteten Flügeln, umschlungen von Ästen. Und in der Mitte ein Buchstabe. T. Taraîn.

Das königliche Siegel.

7
CAYDEN

Ein Angebot vom König. Das stank zum Himmel. Taraîn machte niemals etwas ohne Hintergedanken und hielt sich immer alle Möglichkeiten offen. Bevor unser Feigling von Vater meinen Bruder und mich verlassen hatte, hatte er uns Geschichten erzählt. Nicht nur, um uns zum Schweigen zu bringen, sondern auch als Warnung, sich niemals in Schwierigkeiten zu befördern. Eine Zeit lang hatte es funktioniert, doch bereits kurz nachdem er fort gewesen war, hatte ich quasi auf der Straße gelebt. Zu Hause hatte ich es nicht ausgehalten. Draußen hatte ich jeden provoziert, auch ohne Grund, mich geprügelt und war auf jede Gefahr zugelaufen, anstatt zu verschwinden. Vermutlich eine Trotzreaktion. Meine Strafakte war gewachsen, wodurch ich auch Lord Alart kennengelernt hatte.

Das schlimmste Vergehen meines Lebens, durch das Menschen gestorben waren, hatte mich zu einem zum Tode verurteilten Verbrecher auf der Flucht gemacht. So war ich in dieser Misere gelandet. Denn ein Angriff auf die königlichen Schergen war ein Angriff auf die Krone selbst. Der König konnte Menschen, die er für nutzlos erachtete, ohnehin nicht leiden, erst recht nicht, wenn sie versuchten, etwas zu stehlen, das ihm gehörte. Wobei sich natürlich darüber streiten ließ, ob ihm wirklich alles gehörte. Doch am meisten hasste er Menschen, die keine magischen Fähigkeiten besaßen.

Der Freund meines Vaters war einer dieser Menschen gewesen. Womöglich wäre es niemandem aufgefallen, wenn er nicht seine Arbeit in der Fabrik verloren hätte, in der das gewonnene Oriwyd verarbeitet wurde. Er hatte Geld gebraucht, König Taraîn hatte die Steuern erhöht und die ärmere Bevölkerung ums Überleben kämpfen müssen. Sie wurden noch mehr mit Dreck beworfen, als ohnehin schon. So auch meine Familie. Eines Tages war der Freund meines Vaters dabei erwischt worden, wie er Oriwyd bei einem Händler gegen Binare eintauschen wollte. Dafür wurde er monatelang im Verlies in Kôsumitra festgehalten. Man munkelte, dass es einen Raum im Vertex geben sollte, wo Gefangene einfach so verschwanden, und er wäre irgendwo von den Fennôl in Stücke gerissen worden. Nun, den meisten Männern in den Spelunken konnte man keinen Glauben schenken, wenn manche von ihnen sogar eine Banshee attraktiv fanden.

Während König Tidus regiert hatte, war alles anders gewesen. Er hatte Straftäter zwar durchaus ins Exil geschickt, aber niemanden aus Willkür getötet. Wenn, ging es dann um weit mehr als einen gestohlenen Apfel. Doch diese Zeiten waren nun vorbei und König Taraîn hatte sich bisher nicht um mein Leben geschert. Warum also jetzt?

»Und wie genau sieht dieses Angebot aus?«, fragte ich.

Lord Alart sah mich mit einem triumphierenden Grinsen an. »Sie werden mehr erfahren, wenn Sie einwilligen.«

Verdammter Mistkerl! Ich wusste es. »Ich fühle mich zwar geehrt, dass der König ausgerechnet mich auserwählt hat, und bin froh, dass ich so dem Tod entrinnen kann. Dennoch würde ich gern ein paar Einzelheiten erfahren, bevor ich zusage und wahrscheinlich meine Seele verkaufe.«

Jetzt lachte er lauthals los. Bei dem krächzenden Geräusch rollten sich meine Fußnägel hoch.

»Sie stellen Forderungen? An den König?«, fragte er überrascht. »Sie können froh sein, dass wir Sie nicht früher erwischt haben.«

Er konnte froh sein, dass ich gefesselt war. Ich saß immer noch auf dem Sofa, um das er herumschlich wie ein schmieriger Wurm.

»Ich denke, jemand in Ihrer Position kann sich keine Forderungen leisten und sollte ein Angebot annehmen, das Sie das aus dieser misslichen Lage befreit.«

Sofort spannte ich meinen Kiefer an und biss die Zähne so fest zusammen, dass ich das Gefühl hatte, sie würden abbrechen.

»Was soll das werden?«, fragte Almor auf einmal.

Überrascht wendeten sich Lord Alart und die anderen in seine Richtung. Genau wie ich. Alart verengte die Augen.

»Wie war das bitte?«

»Es hieß, wir sollen diesen Dreckskerl fassen und hierherbringen. Nicht einmal einen Kratzer durften wir ihm zufügen«, knurrte Almor. Oh, jetzt fing es an, interessant zu werden. Gebannt schaute ich zwischen den Brüdern und Alart hin und her. »Uns wurde für seine Auslieferung eine Belohnung versprochen. Und jetzt soll er für den König arbeiten?«, blaffte er den Lord an. Jung, dumm und ahnungslos.

Melcon stieß ihn mit dem Ellbogen in die Rippen. »Sei still«, raunte er.

»Warum soll ich still sein?«

Kaum merklich schüttelte ich wegen dieses jugendlichen Leichtsinns den Kopf. Mittlerweile wusste ich besser, wie mit diesen Adeligen umzugehen war. Mit Trotz kam man dabei jedenfalls nicht weit.

»Verzeihen Sie vielmals meine Neugier, aber geht es Sie

beide irgendetwas an, was mit Mister Carvost passiert?«
Alarts Stimme klang ruhig, aber ich konnte die Warnung
darin hören.

»Verzeiht bitte, Lord Alart, meinem Bruder fehlt es ein
wenig an Erfahrung im Umgangston mit den Obrigkeiten.«
Melcon strafte ihn mit einem bösen Blick.

Um nicht loszulachen, biss ich mir auf die Zunge.
Manieren? Das kannten beide nicht. Almor kniff die Augen
zusammen und funkelte erst Melcon finster an, dann Lord
Alart. Schon damals hatte er nur Widerworte gegeben,
wenn Melcon ihm etwas befohlen hatte. Zum Beispiel
als er Schmiere hatte stehen sollen, während Melcon und
ich versucht hatten, in eines der schöneren Häuser einzu-
brechen, um nach etwas Wertvollem zu suchen. Stattdessen
hatte er plötzlich neben uns gestanden und stolz einen Sack
mit grünen Acruwi-Früchten hochgehalten, die so sauer
schmeckten, dass sich alles im Körper zusammenzog. Doch
nicht nur das, Almor hatte gleich noch einen Gardisten
mitgebracht, der uns allesamt festgenommen hatte.

»Aber aber, Ihr Bruder möchte natürlich das, was ihm
zusteht. Sie haben mir den Gesuchten überbracht, und somit
steht Ihnen auch die Belohnung zu«, sagte Alart, doch es
klang eine Spur zu sarkastisch. Langsam drehte er den Kopf
zu dem Berg von Mann. »Rafmar, mein Lieber. Begleite die
netten Herren schon mal in den Versammlungssaal, wo wir
alles Weitere besprechen werden.«

Die Brüder schauten sich an, Melcon wirkte skeptisch,
Almor dagegen zufrieden und seine Mundwinkel zuckten.
Ein mulmiges Gefühl machte sich in meiner Magengegend
bemerkbar, weil mir die Situation komisch vorkam. Der
Blick, den Lord Alart mit seinem lieben Rafmar austauschte,
während die Brüder durch die Tür vorausgingen, bestätigte
mein Gefühl. Berechnend und eiskalt. Mit kaum mehr als
einem Nicken zeigte Rafmar an, dass er verstand. Mir lief

es kalt den Rücken herunter. Almor warf mir noch einen höhnischen Blick zu, bevor er verschwand.

Die Tür schloss sich hinter ihnen und Stille kehrte in dem Raum ein. Alart blieb bei den hohen Fenstern stehen und blickte auf die Stadt, verlor dabei kein Wort. Falls die beiden Brüder eine Belohnung erhalten sollten, wäre er den anderen doch sicherlich schon gefolgt. Er strich sich sein weißes, schulterlanges Haar mit den Händen glatt. Seit unserer letzten Begegnung hatten sie sich etwas gelichtet und einige Falten im Gesicht waren hinzugekommen. Was für ein schäbiger alter Mann. Die Ärmel und Säume seiner blauen Robe waren mit wellenförmigen Ziernähten in Gold versehen. Alart kleidete sich immer passend zu seinem Element. Als Wai.

Ein laut hallender und schmerzverzerrter Schrei ließ mich zusammenfahren. Ein weiterer folgte. Dann kläglich jammernde Laute, die scheinbar durch das gesamte Gebäude widerschallten. Schwer schluckend schloss ich die Augen, versuchte, die Geräusche auszublenden. Langsam verblassten die Schreie, ich öffnete die Augen und warf einen Blick zu Alart, der noch immer zum Fenster hinaus schaute und keinerlei Reaktion zeigte. Diaful! Meine Hände ballten sich zu Fäusten. Leider hinderten mich die Fesseln daran, damit auf sein Gesicht einzuschlagen oder sie um seinen schmalen, faltigen Hals zu legen und zuzudrücken.

Ich räusperte mich. »Wenn das die Art von Belohnung ist, die mir nach Zusage des Angebots ebenfalls zusteht, dann … nein, danke. Steckt es Euch sonst wo hin.« Wieder folgte ein krächzendes Lachen. Angewidert verzog ich das Gesicht.

»Ich muss zugeben, ich mag Ihren Humor, Mister Carvost.«

»Wenigsten einer hier kann lachen«, erwiderte ich verbittert.

»Sie müssen das doch verstehen. Es geht hier ums Geschäft. Der König wird mir dankbar sein, ihm zehntausend Binare erspart zu haben.«

Mir klappte die Kinnlade herunter. »Die Belohnung für meine Auslieferung waren verdammte zehntausend Binare?« Das konnte nicht sein.

»Sie haben nicht gedacht, eine solch hohe Summe Wert zu sein, nicht wahr?«

Scheiße, nein! Wieso sollte ich das auch denken? Immer war ich wie Dreck behandelt worden, wenn ich bei kleineren Delikten erwischt worden war, jedes Mal. Zum Teil hatte ich mich sogar absichtlich erwischen lassen, wahrscheinlich auch aus Frust wegen meines Vaters. Auch, wenn er all das nicht mehr mitbekam. Manchmal auch einfach aus Langeweile. Einfach weil es mir egal war.

»Nun denn«, sagte Alart, wandte sich endlich vom Fenster ab und zeigte zur Tür. »Nach Ihnen.«

Skeptisch schob ich die Augenbrauen zusammen. »Moment mal, wohin gehen wir? Doch nicht in den *Versammlungssaal*, will ich hoffen?«

»Sie können mir in der Hinsicht vertrauen, wenn ich Ihnen versichere, dass Sie heute jedenfalls nicht sterben werden. Aber wie es weitergeht, liegt an Ihnen. Ich bringe Sie jetzt in Ihre vorübergehenden Gemächer. Auf dem Weg dorthin werde ich Ihnen zumindest eine Kleinigkeit über das Angebot erzählen.«

Gemächer? Was ging hier vor? Langsam stand ich auf, ließ die Ketten klirren, um darauf aufmerksam zu machen.

»O nein, die bleiben vorerst dran.«

Innerlich verfluchte ich ihn und nahm mir vor, ihm bei nächster Gelegenheit den Hals umzudrehen. Er deutete wieder zur Tür. Grummelnd verließ ich den Raum.

Wir betraten das Treppenhaus, das rechteckig angeordnet war. Beim Blick über das filigrane Metallgeländer blickte ich ungefähr dreißig Mittar in die Tiefe. Ganz schön viele Treppen, die ebenfalls rechteckig angelegt waren. Von außen konnte man die wahre Größe des Gebäudes nur erahnen.

»Wohin gehen wir denn nun?«, fragte ich.

»Nach unten«, sagte er nur.

Frustriert stieß ich Luft aus. »Also, erzählt mir von dem Angebot«, forderte ich ihn auf, während wir die erste Treppe hinunterstiegen. »Ich muss also nicht sterben?«

Alart nickte. »Richtig. Wenn Sie das Angebot annehmen, können Sie nicht nur weiterhin die saubere Luft atmen, sondern es wird die gesamte Anklageschrift gegen Sie fallengelassen.«

Die weiteren Schritte über starrte ich ihn einfach nur an, weswegen ich fast die Stufen der nächsten Treppe herunter segelte. Verdammter Mist!

»Ich habe geahnt, es würde Sie interessieren.« Sein Lachen echote durch die Hallen.

Wenn es bloß so einfach wäre. »Es klingt sehr verlockend«, antwortete ich, während wir die Treppe zum untersten Stockwerk nahmen. »Aber … es gibt doch bestimmt einen Haken, oder nicht?« Alart legte seine knochige Hand auf meine Schulter und ich wand mich sofort unter seiner Berührung. Gleich musste ich mich übergeben.

»Sie sind bei Dûwal nicht auf den Kopf gefallen.« Kurz klopfte er mir auf die Schulter, ehe er die Hand wegnahm. Den Vanden sei Dank! »Der Haken wird wohl sein, dass Sie einen Auftrag bekommen und keine Fragen stellen dürfen.«

Ich zog eine Augenbraue hoch. »Also darf ich nicht fragen, was für eine Aufgabe es ist?«

Alart schmunzelte. »Ihnen wird das Nötigste mitgeteilt. Ich meine Fragen, etwa wie: *Warum soll ich das tun? Wird jemand verletzt? Wie lange wird es dauern?* Sie stellen weder Fragen zu der Aufgabe, noch stellen Sie die Aufgabe als solche in Frage.«

Höhnisch stieß ich Luft aus. »Schon verstanden, Fragen jeglicher Art verboten.«

Mittlerweile waren wir unten angekommen. Der Lord führte mich nach links in einen düsteren, niedrigen Steingang. Vor dem Eingang bemerkte ich dunkle Flecken auf dem Boden, wie Farbspritzer. Beim Hineingehen entdeckte ich trotz des dürftigen Lichts weitere Flecken an der Mauer. Was für eine Sauerei. Mit einem Mal hatte ich einen Verdacht, worum es sich handelte, und heiße Wogen fluteten meinen Körper. Tief ein und ausatmen. Blut. Der leicht metallische Geruch bestätigte meine Vermutung. Die Geräusche mussten *ihre* Todesschreie gewesen sein. Ich schluckte meinen Ekel herunter, versuchte, mir nichts anmerken zu lassen. Von wegen Versammlungssaal.

»Tut mir leid, dass Sie das sehen mussten. Das Reinigungspersonal lässt in der Tat zu wünschen übrig.«

Jeminh, sapristi Diaful! Möge uns Dûwal beschützen. Wir waren zwar keine Freunde mehr gewesen, aber so ein Ende hatte ich ihnen nicht gewünscht. Bei Rafmars Statur wollte ich mir gar nicht vorstellen, was mit ihnen passiert war. Doch bei der Menge an Blut sah es aus, als wären die beiden hier ausgeweidet worden.

Wir bogen nach rechts ab, wo der Gang nur durch ein paar Fackeln erhellt wurde.

»Es ist wirklich eine Schande, was mit Ihrem Bruder passiert ist.«

Bei Alarts Worten spannten sich alle meine Muskeln an und ich ballte die Fäuste. »Wagt es nicht, ihn zu erwähnen. Haltet ihn gefälligst daraus.«

»Aber eigentlich ist *er* doch der Grund, warum Sie jetzt hier sind, nicht wahr? Schließlich haben Sie versucht, das Herz von Asgûla anzugreifen, da wollte Ihr Bruder nicht fehlen. Vicar Adinet genießt übrigens seinen Langzeiturlaub oben in den Bergen von Bayrun.«

»Was Ihr nicht sagt.« Dieser Bastard wusste genau, wem ich alles zu verdanken hatte, und wollte mich anscheinend provozieren. Meine Selbstbeherrschung kam allmählich an ihre Grenzen.

»Natürlich kann ich nachvollziehen, dass Sie nicht begeistert von unserer Politik waren. Vielleicht war sogar Ihre Familie davon betroffen, was sehr tragisch gewesen wäre.«

Mein Blut geriet immer mehr in Wallung. Doch Alart wirkte belustigt, als hätte er sich selbst einen Witz erzählt. Wären meine Hände nicht gefesselt, müsste ich mich schwer zusammenreißen, um ihn nicht zu erwürgen oder ihm meinen Dolch ins Herz zu rammen. Unglücklicherweise war er mir abgenommen worden, als die Brüder mich hierher gebracht hatten.

Besserwisserisch hob er den Zeigefinger. »Ach, ich vergaß, Ihre Familie *war* davon betroffen. Aber gleich ein solcher Racheakt?«

»Genug jetzt!«, zischte ich mit zusammengebissenen Zähnen.

Überrascht von meinem Tonfall sah der Lord zu mir, sagte jedoch nichts und wir gingen schweigend vorwärts. Je weiter wir in den stickigen Gang vordrangen, um so mehr hatte ich das Gefühl, zu ersticken. Irgendwann hielten wir an einer schweren Holztür und Lord Alart drückte dagegen. Knarzend schwang sie auf. Durch die offene Tür sah in in einen kahlen Raum hinein. Darin standen ein Feldbett und ein großer Zinnkrug. Irritiert blickte ich zu Alart.

»Da wären wir.«

»Wo wären wir?«, fragte ich gereizt.

»Das sind Ihre *Gemächer*, bis Sie sich entschieden haben.«

»Ihr macht wohl Scherze, auch wenn Ihr offensichtlich einen Stock in Eurem adeligen Arsch habt.« Als Antwort erhielt ich lediglich ein spöttisches Grinsen von Alart. Dieser nahm einen Schlüsselbund von dem Band um seiner Taille, schloss meine Ketten auf und gab mir einen überraschend kräftigen Schubs durch die Tür, ehe ich reagieren konnte.

»Morgen früh könnten Sie schon wieder draußen sein. Wäre das nicht herrlich? Oder Sie genießen noch etwas die Ruhe in diesem Bereich.« Was für ein Scherzkeks. »Es liegt an Ihnen, Mister Carvost, ob sie allein sterben oder eine klitzekleine Aufgabe für den König erledigen. Ich wünsche eine angenehme Nacht.« Mit diesen Worten schloss er die Tür, ein Klicken ertönte, während er den Schlüssel drehte.

Nur eine Kerze neben dem Bett beleuchtete die Ecke, wo ich mich befand. Es war feucht, kalt und stank modrig. Ich ging zur Tür und konnte gerade so durch die kleine vergitterte Öffnung darin schauen. Das ganze Verlies lag im Dunkel und als ich genauer auf Geräusche horchte, hörte ich nur das Ploppen von Tropfen, die von der Decke auf den Boden fielen. Kein Wunder, dass es hier so stank. Wer hätte gedacht, dass sich unter dem Ratsgebäude so ein Drecksloch befand?

Falls ich das Angebot annähme, wäre ich dann wirklich frei? Der König war genauso ein Bastard wie Alart und ich hatte eben gesehen, wie viel ihr Wort bedeutete. Aber wenn ich nicht einwilligte, würde ich hier sterben. Stöhnend legte ich mich auf das Bett. Es quietschte und die Federn drückten sich in meinen Rücken. Die Zellen, in denen ich früher ein paar Nächte hatte verbringen müssen, waren dagegen die reinste Wellnessoase. Wie entwürdigend. Noch entwürdigender würde allerdings mein Tod sein. Sollte ich gehängt werden, würde ich vor aller Augen mit eingenässter Hose herumbaumeln. Nein, das konnte nicht mein Ende sein. Nicht so.

Besser aufrecht sterben, als auf allen vieren leben.

Doch hier unten klappte es keinesfalls, aufrecht zu sterben, so niedrig waren die Decken.

Durch was oder wen ich meinen Tod fand, wollte ich selbst entscheiden.

Nach einigen Stellungswechseln und vor lauter Erschöpfung fiel ich in einen unruhigen Schlaf.

8
KODALINE

Eine gefühlte Ewigkeit schaute ich auf den Brief in meiner Hand. Ein Brief des Königshauses. Mit zitternden Fingern brach ich das Siegel und öffnete ihn. Eine Münze fiel heraus, direkt in meinen Schoß. Ich nahm sie zwischen Zeigefinger und Daumen und betrachtete sie. Die achtkantige Münze besaß feine Rillen und sah schon ziemlich alt aus. Das Relief eines Gesichtes war darauf zu erkennen. Eine Frau, die ich jedoch nicht erkannte. Schickte mir der König Almosen, weil er wusste, dass ich mir keine neue Kleidung leisten konnte? Schnaubend schaute ich auf den Brief.

In ziemlich krakeliger Schrift stand da geschrieben:

Verehrte Kodaline Ophelia Bridai,
Sie wurden auserwählt, als Anwärterin der Elitetruppe
des Königs anzutreten.
Falls Sie auserkoren werden, stehen Sie im Namen der
Krone,
zum Schutz des Kronprinzen und für Ebonrun ein,
solange Sie uns gute Dienste erweisen.
Loyalität und Gehorsam vorausgesetzt.
Ihr erster Treffpunkt ist an der Gilbóia-Passage in

zwei Tagen.
Wir erwarten Sie pünktlich zum Tomhar.
Hochachtungsvoll
Lord Alart
Königlicher Berater und Oberhaupt des Rates

Beim. Heiligen. Dûwal.

Ungläubig starrte ich auf den Brief. Vom Königshaus. Ich las ihn erneut, verharrte danach in der ersten Zeile und rümpfte die Nase. Woher zur Hölle kannten sie meinen Zweitnamen? Und doch … Nein, das konnte nicht sein. Da musste ein Irrtum vorliegen. Mein Kopf schoss hoch und sofort sprang ich vom Bett auf, rannte zur Tür und riss sie schwungvoll auf. Gerade als ich durch die Tür hechtete, stieß ich mit dem Kopf gegen etwas Hartes und stolperte zurück. Nate griff meine Hand, damit ich nicht umfiel. Im ersten Moment war ich leicht benommen, fing mich aber schnell wieder.

»Koda, es tut mir leid. Geht es dir gut?«, fragte er und hielt noch immer meine Hand fest. Ich fasste mir mit der freien Hand an den Kopf und grinste. Augenblicklich leuchteten seine Augen auf.

»Du hast einen ganz schön harten Schädel.« Demonstrativ strich ich über die angehende Beule oberhalb meiner Stirn. Er drückte mir einen Kuss auf die Stelle, dann grinste er mich neckisch an.

Vor lauter Duselei hatte ich fast vergessen, warum ich zu ihm hergewollt hatte. »Nate, hast du den Brief gelesen? Sakra, hast du überhaupt den gleichen bekommen? Wenn …« Blinzelnd schielte ich auf Nates Finger, den er auf meinen Mund presste.

»Ganz ruhig, Koda. Ja, ich habe ihn gelesen. Und deinem Verhalten nach zu urteilen, steht in deinem dasselbe drin.« Trotz des Lächelns wirkte er überhaupt nicht glücklich, während er meinen Mund wieder freigab.

»Also heißt das ... sind wir ... Gehören wir jetzt zur Elite des Königs?«, quiekte ich und wunderte mich selbst über meinen schrillen Ton.

Schmunzelnd schüttelte er den Kopf und nahm mein Gesicht in seine Hände. »Zur Elite noch nicht, erst mal sind wir Anwärter. Hätte mir das jemand heute Morgen gesagt, hätte ich ihn für wahnsinnig gehalten. Aber wir haben es schwarz auf weiß. Also muss es stimmen, oder?« Dann presste er seine Lippen auf meine.

Jedoch ließ ich den Kuss nicht lange zu, ich war viel zu aufgekratzt. Die Elite des Königs. Des *Königs!* Heiliger Dûwal. Ich drückte ihm noch einen flüchtigen Kuss auf und ging hinüber zum Kleiderschrank. Stirnrunzelnd wandte ich mich ab und stapfte zum Fenster, starrte in die Nacht. Rastlos trommelte ich auf die Fensterbank, bis sich warme Finger um mein Handgelenk schlossen. Mein Blick glitt von Nates Hand in sein Gesicht.

»Was guckst du denn so?«

Amüsiert zog er eine Augenbraue hoch. »Ich frage mich, was du da tust.«

Überfordert schnaubte ich. »Keine Ahnung, ich bin viel zu aufgedreht. Wie soll ich jetzt noch schlafen?«

Nachdenklich schaute er nach oben und strich sich übers Kinn. »Du könntest die Hausbar plündern, dann schläfst du bestimmt wie ein Baby.«

»Und stehe wahrscheinlich auch nicht wieder auf, falls du dich an unsere letzte Plünderung erinnerst.« Ich verdrehte die Augen, ehe ihm die Zunge raus streckte.

Er packte mich mit beiden Armen, zog mich an sich und ließ sich rückwärts auf mein Bett fallen. Überrascht kreischte ich.

»Psst, nicht so laut, Koda, du weckst noch deine Mutter auf oder Magnus, was noch schlimmer wäre«, flüsterte er, als wir auf dem Bett lagen.

»Ist mir egal. Dann kann ich ihm die Neuigkeit direkt unter die Nase reiben«, trällerte ich. »O Jeminh, wir müssen bereits morgen los ... ich muss packen.« Ehe ich wie eine Irre aufspringen konnte, hielt Nate mich glucksend fest, strich mein Haar zurück.

»Und deswegen sollten wir jetzt versuchen zu schlafen, auch wenn es dir wahrscheinlich sehr schwerfallen wird. Du kannst morgen packen.« Seine warmen Lippen berührten meine Stirn. Ich rollte mich zur Seite und stützte den Kopf auf einen Arm, während er aufstand und sich zu mir drehte.

»Versuch, etwas zu schlafen.« Er zwinkerte mir zu und ging bereits auf die Tür zu.

»Nate, warte ...« Fragend neigte er den Kopf. »Kannst du mir bitte noch helfen, mein Kleid zu öffnen?«

Etwas blitzte in seinen Augen auf, das ich nicht deuten konnte, während er zum Bett kam und sich setzte. Irritiert drehte ich mich auf den Bauch, damit er die Schnürung lösen konnte. »Du hast etwas anderes erwartet?«

Seine Finger hielten inne. »Was? Nein, Blödsinn. Auch, wenn ich natürlich nichts dagegen hätte, jetzt schon ...«

»Verstanden«, unterbrach ich ihn überspitzt. Nachdem er mein Kleid geöffnet hatte, drehte ich mich um. Scheinbar belustigte ihn mein Gesichtsausdruck, denn er brach in Gelächter aus. Dafür boxte ich ihm auf den Arm, während ich mich aufsetzte. Nate wurde ernst und mein Herz klopfte wild, als er langsam näher kam. Scheiße, in meinem Kopf herrschte ein völliges Durcheinander. Die Angst, vorschnell zu handeln, das Verlangen, das ich nicht ignorieren konnte, der Brief, der mein Leben veränderte.

Seine warmen Lippen drückten sich auf meine. Erst bewegten sie sich vorsichtig, sanft, dann wurde sein Kuss inniger, fordernder und ich erwiderte ihn. Ein warmes Kribbeln schoss durch meine Glieder, in meinem Bauch herrschte Aufregung. Eine Gänsehaut jagte meine Wirbelsäule entlang, während seine Hände über meinen Rücken fuhren. Dann löste er sich so schnell von mir, dass ich nach vorn kippte.

»Dann werde ich jetzt mal schlafen gehen.«

Mein Mund klappte auf. Was …? »Ist das dein Ernst?« Ihm tanzte deutlich der Schalk im Nacken.

»Du hast doch selbst gesagt, wir sollten es langsam angehen. Obwohl es mir schwerfällt, jetzt aufzuhören, hast du recht. Das holen wir nach, Koda. Versprochen. Ich hoffe bald.« Schelmisch zwinkerte er mir zu, stand auf und strich noch einmal über meine Wange. »Labu Noctar.«

»Versprochen.« Es klang eher nach einer Drohung. »Gute Nacht, Nate.«

Seufzend schaute ich ihm nach, bis er die Tür leise schloss. Nun sollte ich versuchen zu schlafen. Einfacher gesagt als getan. Mein Blick fiel auf die brennende Kerze auf meinem Nachttisch und ich rutschte näher heran. Als Adhair beherrschte ich die Flammen nicht und nur dürftig meine eigenen Kräfte, aber ich wollte etwas anderes versuchen. Mit gespreizten Fingern hielt ich eine Hand vor die Kerze, schloss die Augen und konzentrierte mich. Wie uns der Professor immer wieder erklärt hatte. Meine Handfläche kribbelte, das Gefühl breitete sich langsam bis in meine Fingerspitzen aus. Ein leichter Lufthauch streifte mein Gesicht und ich öffnete die Augen. Ein Luftstrom wirbelte nach oben, drehte sich in einer Spirale wieder nach unten, wehte so dicht an mir vorbei, dass mir die Haare ins Gesicht flogen. Der Wind rauschte über die Kerze, sodass ich im Dunkeln saß. Ich schnaubte frustriert. So war das nicht geplant.

»Das kann doch nicht so schwer sein«, fluchte ich leise. Kerzenlicht auslöschen konnte ich zumindest. Da es jetzt schon dunkel war, konnte ich ebenso gut versuchen zu schlafen. Ich zog mir das Kleid über den Kopf und warf es achtlos in den Raum. Schlüpfte unter die Decke und ließ mich in die Kissen fallen. Meine vielen Gedanken wirbelten in meinen Kopf herum, ich versuchte erfolglos, sie zu ordnen. Zur Beruhigung atmete ich tief ein und aus, schloss dabei die Augen. Wieder einmal. Ich konnte nicht genau sagen, wie lang ich wach lag, bevor ich von Kôsumitra träumte, vom Schloss, das gewaltig sein sollte, vom Prinzen, der nicht sonderlich beliebt war, von König Taraîn … und davon, Fabula zu verlassen.

***

Lange bevor die Sonne aufging, wachte ich auf. Es wunderte mich, dass ich überhaupt hatte schlafen können. Zermürbt rieb ich mir den Schlaf aus den Augen und schwang mich aus dem Bett, zog die darunter liegende Reisetasche hervor und legte sie darauf. Mein Blick wanderte zu meinem Kleiderschrank. Ich öffnete die Flügeltüren und starrte mit vor der Brust verschränkten Armen in den Schrank. Minuten vergingen. Grummelnd schloss ich den Schrank und entschied, das Packen auf nachher zu verschieben. Ich schlich ins Bad, wusch mich schnell aber gründlich. Über das Bustier zog ich eine beige Tunika, darüber ein kurzes Wildlederwams, welches vorn mit fünf Schnallen verschlossen wurde. Dazu die passende Wildlederhose mit Zierkreuz-nähten. Zu guter Letzt zog ich meine dünnen Lederstiefel mit Gamaschen an.

Und nun? Was brauchte ich noch? Welchen Weg würden wir nehmen? Bei den vielen Fragen bekam ich Herzrasen. Ich griff nach meinem wadenlangen Ledermantel mit Pelzbesatz am Kragen und legte ihn auf das Bett. Mittlerweile ging die Sonne am Horizont auf und erste Sonnenstrahlen schienen durch das Fenster auf mein Bett. Pünktlich meldete sich mein Magen zu Wort. Ignorieren konnte ich das Knurren nicht, ich musste etwas essen.

Leise ging ich hinunter in die Küche und schaute nach, was wir da hatten. Milch, Eier und Mehl. Perfekt. Ich öffnete die Ofentür, legte kleine Holzscheite auf die noch vorhandene Glut und blies ein paar Mal kräftig hinein. Während ich eine Schüssel packte, hielt ich kurz inne und horchte. Die Holzdielen oben im Schlafzimmer von meiner Mutter und Magnus knarzten. Ich hoffte sehr, es war meine Mutter. Alle Zutaten verquirlte ich in der Schüssel zu einem Teig. Schritte polterten auf der Treppe und Magnus kam in die Küche gestürmt, funkelte mich nur grimmig an.

»Ich wünsche dir auch einen guten Morgen, Magnus«, sagte ich schnippisch, während ich die Pfanne auf den Herd platzierte und prüfte, ob das Feuer ausreichte.

Er nahm sich ein Glas aus der Anrichte neben der Tür, stellte sich hinter mich und füllte sich Wasser aus der Karaffe hinein. »Hör mit diesem Gehabe auf, Prinzesschen. Sarkasmus steht dir nicht.« Dann setzte er sich an den Tisch.

»Findest du?«, fragte ich beiläufig, als ich drei Teigkleckse in die heiße Pfanne schöpfte. Es zischte und blubberte. Sofort entfaltete sich der himmlischer Duft und ich atmete ihn tief ein. Plötzlich kam mir ein Gedanke, den ich gestern vor lauter Euphorie verdrängt hatte. »Magnus, von wem hast du diese Briefe bekommen?« Mein Herz pochte. Er saß mit dem Rücken zu mir, und ich sah, wie sich er anspannte.

»Wieso ist das wichtig?«, zischte er.

»Nun ja, du warst den ganzen Tag unterwegs, abends sehe ich, wie du dich mit jemanden streitest. Und dann zauberst du auf einmal zwei Briefe vom König beziehungsweise Lord Alart hervor? Es interessiert mich, wer sie dir gegeben hat.« Vorsichtig wendete ich die Pfannkuchen.

»Es interessiert dich«, wiederholte er. »Niemand von Bedeutung, nur ein Bote. Das enttäuscht dich vielleicht jetzt.«

Nachdenklich starrte ich auf seinen Rücken. Nebenbei

nahm ich die Pfannkuchen aus der Pfanne und goss die nächsten Kleckse Teig hinein.

»Außerdem solltest du froh sein, eine solche Chance zu erhalten. Gerade du!«, sagte er spöttisch.

»Natürlich bin ich froh ...« Moment mal. »Woher weißt du überhaupt, was in dem Brief steht?« Aus dem Augenwinkel heraus schielte er zu mir, doch er schien zu zögern.

»Ganz einfach, ich habe das Siegel gebrochen und reingesehen.« Immer noch wirkte er angespannt und wandte den Blick wieder ab.

»Du hast was?«, fragte ich fassungslos. »Wieso liest du meine Briefe?« Das konnte doch nicht wahr sein! Hitze schoss durch meinen Körper.

»Ich wollte wissen, ob du vielleicht etwas ausgefressen hast. Was natürlich nicht der Fall ist. Aber dennoch ... dass du auserwählt wurdest, macht mich stutzig. Und es ist unerklärlich für mich.«

Da hatte er leider recht, denn mir war es auch unerklärlich. Doch irgendetwas an seiner Aussage stimmte nicht. Wie hatte er den Brief geöffnet, ohne das Siegel zu beschädigen?

»Aber ... ich bin froh, wenn ich dich bald nicht mehr um mich habe. Genau wie deinen Freund Nathaniel, den Wrathaî.«

Mir blieb der Mund offen stehen, als ich das hörte. *Wrathaî*, so bezeichnete man Menschen ohne magische Fähigkeiten. Es hieß so viel wie Nichtsnutz oder Versager. Das hatten wir in Dagônren oft genug zu hören bekommen. Nicht nur Nate, sondern auch ich. Beinah hätte ich niedere Magie durch Tränke oder andere Hilfsmittel genutzt, um ihnen einen Denkzettel zu verpassen. Zu dumm, dass diese Art der Magie verpönt war. Weil der Gezeiten-Orden irgendwann beschlossen hatte, magische Tränke zu brauen wäre eine niedere Form der Magie. Dabei hätte ich ihnen gern weh getan.

Auch bei Magnus zog ich es manches Mal in Erwägung. »Auch ich werde froh sein, dein altes, bärtiges Gesicht nicht mehr sehen zu müssen. Da sind wir ausnahmsweise einer Meinung.« Er lachte kehlig und rau. »Aber wenn ich mitbekomme, dass du meine Mutter schlecht behandelst oder noch einmal dieses Wort benutzt, werde ich dich töten.« Keine Spur von Sarkasmus lag in meiner Stimme.

Magnus drehte den Kopf, sein Blick wanderte in meine Richtung und er zog eine Augenbraue nach oben. »Wir alle tun das, was wir tun müssen«, sagte er. Dann stand er auf und verließ die Küche. Seltsam. Keine Wut. Kein blöder Spruch. Was meinte er damit?

Wieder hörte ich die Holzdielen und kurze Zeit später erschien meine Mutter, die zu recht überrascht wirkte. Wahrscheinlich, weil ich noch nie vor ihr wach gewesen war, geschweige denn Frühstück gemacht hatte.

»Guten Morgen, Amâir«, trällerte ich fröhlich.

Sie kam um den Herd herum und blieb vor mir stehen. Sah mich eindringlich an, ehe sie ihre Hand hob und sie auf meine Stirn legte. »Was ist los, Kodaline? Bist du krank oder hast du etwas angestellt?«

Lachend gab ich ihr einen flüchtigen Kuss auf die Wange.

»Es gibt Neuigkeiten, die ich dir erzählen muss.« Fragend zog sie die Augenbrauen hoch. »Wir … Nate und ich wurden vom König als Anwärter der Elite auserwählt, also besteht die Möglichkeit, dass wir uns ihr irgendwann anschließen können.« Quiekend hüpfte ich auf und ab. Meine Mutter sah mich schockiert an und ich hörte auf zu hüpfen. Sie wirkte blass. »Mama? Was ist denn, freust du dich nicht für mich?«

Sie blinzelte und schüttelte den Kopf. »Oh, doch, natürlich freue ich mich für dich.« Sie nahm meine Hand. »Es ist nur so … ich werde aus Angst um dich wahrscheinlich nicht mehr ruhig schlafen können. Und ich bin traurig, da ich dich dann kaum noch zu Gesicht bekommen werde.

Es ist egoistisch von mir, ich weiß«, sagte sie mit einem gequälten Lächeln.

»Für mich wird es auch nicht einfach, dich hier zu lassen. Bei ihm.« Sie umarmte mich, ich erwiderte die Umarmung und drückte sie fest. Ein Geräusch riss uns aus den Gedanken und wir schreckten hoch. Nate stand in der Küche und sah uns neugierig an.

»Tut mir leid, ich wollte euch nicht unterbrechen«, sagte er ruhig.

Ich winkte ab. »Schon gut.«

Unsicher blieb er vor dem Tisch stehen und rieb sich den Nacken. Sein Blick huschte zu meiner Mutter, dann zu mir. Schmunzelnd überwand ich die Distanz und gab ihm einen flüchtigen Kuss. Mit einem nervösen Kribbeln wandte ich mich wieder meiner Mutter zu, die mit offenem Mund verdattert dastand. Ich setzte ein liebreizendes Grinsen auf.

»Was … Seid ihr etwa …? Oh, ich freue mich so für euch.« Sie kam zu uns und nahm uns beide in den Arm.

»Aber wann ist das denn passiert?«

»Gestern war ein überaus ereignisreicher Abend.« Mein Blick glitt zu Nate, der mich verschmitzt ansah.

»Wer hat euch eigentlich die Botschaft überreicht?«, fragte meine Mutter. Nate und ich tauschten einen besorgten Blick. Meine Mutter schaute uns abwechselnd an. »Was ist?«

Seufzend stieß ich Luft aus. »Magnus hat uns Briefe gegeben. Angeblich wurden sie ihm durch einen Boten überbracht. Aber ich weiß nicht, wann er die Briefe bekommen hat.«

Wut funkelte in den Augen meiner Mutter, was ich selten zu sehen bekam. »Soso, und ihm ist nicht eingefallen, es mal zu erwähnen«, sagte sie gefährlich ruhig.

»Wir müssen heute noch los, wenn wir in zwei Tagen an der Gilbôia-Passage sein wollen«, bemerkte Nate.

»Wie sollen wir so schnell —«

In dem Moment ertönte draußen ein Wiehern. Gleichzeitig näherten wir uns dem Küchenfenster und sahen hindurch. Vor unserem Haus standen drei Pferde, zwei braune mit seidig schwarzer Mähne und ein Schimmel mit ebenso weißer Mähne und Magnus auf dem Rücken. Ich kniff die Augen zusammen. Auf den Absätzen machte ich kehrt und eilte hinaus. Nach den schnellen Schritten hinter mir zu urteilen, folgten mir meine Mutter und Nate.

»Wen hast du bestohlen, Magnus?«, fragte ich noch im Gehen und blieb dann mit verschränkten Armen vor dem Schimmel stehen.

»Du kannst ja ganz witzig sein, Prinzesschen.« Ein gekünsteltes Lächeln umspielte seine Lippen. »Keine Sorge«, sagte er und stieg ab. »Es hat alles seine Richtigkeit. Sie sind eine Leihgabe des Königs.«

Perplex blinzelte ich.

»Wie bitte?« Nate stellte sich neben mich.

»Ihr könnt es mir glauben. Auch wenn ihr das meiner Meinung nach nicht verdient habt.« Meine Mutter boxte ihm gegen die Wade und er wich überrascht zurück. Wahrscheinlich hatte er nicht damit gerechnet, dass sie auch mal austeilen würde.

»Wann wolltest du mir sagen, dass meine Tochter uns verlassen und als Mitglied der Elite den Kronprinzen beschützen wird?«

»Dafür war keine Zeit. Ich musste noch einiges für ihre Reise vorbereiten.«

Stirnrunzelnd sah ich zu Nate, der wiederum mit den Achseln zuckte.

»Nun«, sagte Magnus. »Ihr solltet euch beeilen, wenn ihr rechtzeitig am ersten Treffpunkt ankommen wollt.«

»Warum tust du das?«, fragte ich misstrauisch.

»Was genau meinst du?«

Stöhnend rollte ich die Augen. »Uns helfen.«

Ein ekelerregendes Grinsen erschien auf seinem Gesicht.

»Wenn alles geregelt ist, kann deine Mutter wenigstens ruhig schlafen.«

Mit angespanntem Kiefer sah ich ihn an, erwiderte jedoch nichts darauf. Vermutlich lag ihm etwas anderes auf der Zunge, war aber zu feige, es in Gegenwart meiner Mutter zu sagen. Kopfschüttelnd schnaubte ich und drehte mich zu meiner Mutter um. Nun hieß es bereits Abschied nehmen.

9
KODALINE

Zwölf Jahre waren vergangen, seitdem ich mich das erste Mal an der Grenze befunden und in einem der Häuser dort übernachtet hatte. Die Landschaft zeigte sich rau und felsig, doch zwischendurch immer wieder grün. Genau das machte sie wunderschön. Die Gilbôia-Passage bezeichnete einen Abschnitt von zerklüfteten Felswänden und steilen Klippen. Wir ritten die schmale Passage entlang, auf der es schon öfter tödliche Unfälle gegeben hatte. Die meisten Verunglückten waren Grenzarbeiter, die zu tief ins Glas geschaut hatten und dann wagemutig an den Rändern die Passage entlang balancieren wollten und dabei abrutschten. Oder sie hatten sich einer Mutprobe gestellt, die gehörig danebenging. Ich versuchte jedenfalls, genau in der Mitte zu reiten.

Bilder von blutüberströmten Menschen, die die Klippen hinuntergestoßen wurden, blitzten mit einem Mal auf und ich zuckte zusammen, als ein kreischender Vogel mich wieder in die Realität riss. War das eine Erinnerung gewesen? Aber wann beim verdammten Diaful sollte das passiert sein? Der Wind trieb das Salzwasser über die Klippen herüber und ohrfeigte mich. Fluchend zog ich mir das Tuch über die Nase, das Nate mir vor Betreten der Passage gegeben und geraten hatte, es umzulegen. Das hielt den Wind nur bedingt auf, jedoch blieb mein Gesicht trocken. In einiger Entfernung vor uns sah ich den Wachturm, der schon seit Hunderten von Jahren auf einem Hügel stand. Durch die Witterung zersetzte sich langsam, aber sicher die Steinmauer an der Meeresseite. Der Gardist oben im Wachturm ließ uns nicht aus den Augen, während wir uns der Grenze nach Midrun näherten. Bestimmt hatte er einen wahnsinnigen Ausblick auf die Gebirge vom Ouvosnari, vielleicht sogar bis Fabula. An einige Dinge konnte ich mich noch erinnern. Früher hatte ich Angst vor den Gardisten gehabt und meine Mutter hatte mich über die Grenze tragen müssen.

Auf der linken Seite, an der die Passage breiter wurde, standen eine Handvoll kleiner Wohnhäuser, in der die Gardisten und andere Grenzarbeiter mit ihren Familien wohnten. Und dazwischen stand immer noch die Holzhütte, in der wir damals übernachtet hatten, bevor wir aus Sujet fortgegangen und nach Amberhall gereist waren. Die Rüstungen der Gardisten sahen anders aus. Damals waren es einfache Lederrüstungen nur mit Brustpanzern und Armschutz. Nun bedeckte entweder dickes Leder oder Edelstahl fast jeden Zentimeter ihrer Körper, und jeder trug Federelemente an den Schultern. Alles in schwarz gehalten, bis auf rote Einfassungen an Schultern und Kragen. Die Farben des Königs. Wir hielten vor einer Taverne, über dessen Eingang ein breiter silberner Schild thronte, wobei das Schildhaupt zwei symmetrisch, spitz nach außen laufende Elemente besaß, umrankt mit goldenen, verschlungenen Ästen. Auf der Schildmitte prangte ein in Rot dargestellter Kangarak und ein schwarzer Fenrir, die ineinander verschmolzen. Das Wappen von Midrun faszinierte mich.

Während ich vom Pferd rutschte, verzog ich das Gesicht und stöhnte derart qualvoll, dass Nate lachte. Meine Beine waren steif und ich bewegte mich wie ein Greis. Wenn ich mir vorstellte, wochenlang zu Pferd zu reisen, wurde mir schlecht.

Außerdem fiel es mir nicht leicht, meine Mutter zurückzulassen, auch wenn ich wusste, dass sie ohne mich zurechtkommen würde. Ich schob eine Hand in die Innentasche meiner Jacke und tastete nach dem Beutel, den sie mir unbemerkt zugesteckt hatte. Niemandem sollte ich davon erzählen und ihn nur im Notfall benutzen.

Nate trat neben mich. Schnell zog ich die Hand aus der Jackentasche. »Kannst du dich noch daran erinnern, als ihr damals nach Amberhall gegangen seid?«, fragte ich ihn.

Er schaute sich um, als wäre ihm erst jetzt klargeworden, wo wir uns befanden. »Nur schemenhaft würde ich sagen. Ich war noch so klein, da hat sich kaum etwas eingeprägt.«

Aus dem Gebäude trat ein dunkel gekleideter Mann, wohl nicht älter als dreißig, und auf eine Art wirkte er bedrohlich. Mit seiner großen Statur, den braunen Locken, dem kantigem Gesicht und den cognacfarbenen Augen sah er jedoch sehr attraktiv aus. Er trug breitere Schulterstücke als die restlichen Gardisten und einen langen Umhang. Sein Blick fiel auf Nate und mich und er steuerte auf uns zu. Mein Puls beschleunigte sich.

»Kodaline Ophelia Bridai, Nathaniel Terbis, es freut mich, Sie begrüßen zu dürfen. Kommandant Ilian Sûdrac. Ich hoffe, Sie hatten eine angenehme Reise.«

Bei der Erwähnung meines Zweitnamens verspannte ich mich. Der Kommandant verbeugte sich knapp und wir taten es ihm gleich.

Verlegen räusperte ich mich. »Ähm, bitte nur Kodaline Bridai.

Einer seiner Mundwinkel zuckte kaum merklich und er nickte. »Sie werden die Reise mit drei weiteren Anwärtern fortsetzen, damit Sie so sicher wie möglich vorankommen.«

Drei weitere Anwärter?

Mit einem höflichen Lächeln ignorierte er meinen fragenden Gesichtsausdruck. »Bitte folgen Sie mir.«

Der attraktive Kommandant führte uns in das Gasthaus. Einige Wärter saßen an der Theke auf der linken Seite, in der hinteren Ecke auf der rechten Seite stand ein großer Rundtisch mit einer Karaffe in der Mitte. Zwei Männer und eine junge Frau saßen am Tisch.

Der Kommandant blieb stehen, eine Hand ruhte auf seiner Schwertscheide an der Hüfte, mit der anderen deutete er auf die junge Frau ganz links mit den schneeweißen Haaren und bronzener Haut. Sie sah aus, als stammte sie aus Bayrun im Norden, aber die Haarfarbe war sehr ungewöhnlich. Sie trug eine kleine Narbe unter ihrem linken Auge.

»Raia Satos, eine Eltani«, informierte uns der Gardist.

Knapp neigte sie den Kopf, was wir ebenfalls taten. Im Uhrzeigersinn ging er weiter. »Khalees Shaprun, ein Wai.«

Ein nervöses Kribbeln breitete sich in mir aus. Verdammter Mist, wie ich solche Vorstellungsrunden hasste. Erneut verbeugten wir uns. Khalees trug Markierungen in Form von kleinen Dreiecken über und unter dem rechten Auge. Ob er zu den Shiolteki gehörte? Seine Haare waren zu einem Knoten auf dem Kopf gebunden. Wie die meisten Männer aus Bayrun. Zu guter Letzt deutete Ilian Sûdrac auf den Mann auf der rechten Seite mit dunklem, vollem Haar und ziemlich genervter Miene. Eine Narbe verlief von seinem Nasenrücken quer bis über seine linke Augenbraue, was ihm ein verwegenes Aussehen verlieh.

»Cayden Carvost, Talami.«

Unbehaglich trat ich von einem Fuß auf den anderen, ehe ich Luft holte, um die Vorstellung schnell hinter mich zu bringen, aber der Gardist kam mir zuvor.

»Das sind Nathaniel Terbis und … Kodaline Bridai, Adhair.«

»Ihr seid beide Adhair?«, fragte Cayden.

»Ja«, schoss ich sofort zurück, bevor eine unangenehme Pause entstand. Der grimmige Typ schnaubte und ein Mundwinkel zuckte leicht. Was für ein arrogantes Arschloch. Schnell setzte ich mich den anderen gegenüber und deutete Nate, sich ebenfalls zu setzen.

Der Kommandant verschränkte die Hände auf dem Rücken. »Nun, ich würde vorschlagen, dass Sie sich vor der Reise noch einmal ausruhen. Morgen bei Sonnenaufgang geht es los. Es wird ein langer Weg, da Sie ohne Pferde auskommen müssen.«

Mit offenem Mund starrte ich ihn an. Einerseits jubelte ich innerlich, dass ich nicht über Wochen hinweg stundenlang im Sattel sitzen musste, andererseits war diese Entfernung zu Fuß eine Herausforderung.

»Was soll denn dieser Mist?«, fragte Cayden, der sogar noch grimmiger schauen konnte. »Wir sollen über dreihundert Vamittar zu Fuß zurücklegen? Mit zwei Mädchen im Schlepptau und immer schlechter werdendem Wetter?«

Mein Puls beschleunigte sofort und am liebsten hätte ich ihm eine Ohrfeige verpasst. Es reichte, wenn Magnus mich als solches bezeichnete. Nate spannte sich neben mir an. Raia schickte Cayden einen Blick, bei dem er eigentlich in Flammen hätte aufgehen müssen. Und ich meinte, ein Glühen in ihren Augen zu erkennen.

»Bezeichne mich noch einmal als Mädchen und ich mache dich selbst zu einem«, zischte sie.

Jetzt zuckten meine Mundwinkel. Cayden lachte lautstark. Es klang echt und tief und direkt wirkte sein Gesicht entspannter. Wie der Kommandant hatte er eine breite, aber markantere, geradezu perfekte Kieferpartie. Ein paar Strähnen von seinem längeren Haar fielen ihm in die Stirn. Er fing meinen Blick auf und sofort setzte er ein schelmisches Grinsen auf. Schnell schaute ich weg. Mist!

Noch immer grinsend wandte sich Cayden an Raia. »Wir

werden uns blendend verstehen.«

Diese verdrehte schnaubend die Augen und schien anderer Meinung zu sein.

»Auf der Reise wären Pferde eine zusätzliche Last oder gar eine Gefahr, weil sie oft als Beute gesehen werden«, bemerkte der Kommandant.

»Und wir nicht?«, entgegnete ich.

Ilian Sûdrac wandte sich mir zu und nickte. »Es ist natürlich nicht ungefährlich und ich rate Ihnen, immer wachsam zu sein. Pferde fallen jedoch in das natürliche Beuteschema der meisten Wesen.« Er ließ den Blick von einem zum anderen wandern. »Sehen Sie es als erste Prüfung an. So wird sich zeigen, ob jeder von Ihnen dem Druck und unvohergesehenen Problemen gewachsen sind.«

Unvorhergesehene Probleme? Am besten fragte ich gar nicht erst nach, welche Wesen auch anderes als Beute ansahen. An seiner Entscheidung gab es wohl nichts zu rütteln. Cayden starrte den Kommandanten giftig an. Ich schüttelte den Kopf und lächelte in mich hinein.

»Wie schon erwähnt, es wäre gut, wenn Sie sich ausruhen. Sie übernachten im Gästehaus gegenüber dieser Taverne, hier sind die Zimmerschlüssel. Doch um Ihre Stimmung ein wenig aufzuheitern, habe ich eine kleine Aufmerksamkeit vom König.« Der Kommandant legte die Schlüssel auf den Tisch, löste einen Lederbeutel vom Gürtel und schmiss ihn ebenfalls auf den Tisch, wobei es klimperte. Sein Blick schweifte zum Schluss zu mir und er zwinkerte mir zu. Dann ging er mit wehendem Umhang aus der Taverne.

Irritiert blinzelte ich ihm hinterher und wandte mich an Nate. »Ich denke, wir hören besser auf das, was er sagt.«

Scheinbar gedankenlos nickte er. »Ja, das sollten wir wohl tun.« Noch immer schaute er durch die offene Tür, durch die der Kommandant zuvor verschwunden war.

Ich knuffte ihn in die Seite. »Machst du dir etwa Gedanken

wegen ihm?«

Nate kniff die Augen zusammen. »Nein, ich mag nur seine überhebliche Haltung nicht.«

Das kaufte ich ihm nicht ab, hielt aber den Mund. In dem Moment, als ich einen Blick auf den Beutel warf, griff Cayden danach und wog ihn in der Hand. Ein anerkennendes Pfeifen kam ihm über die Lippen und er schaute hinein. Wenn hier jemand eine sehr überhebliche Haltung hatte, dann *er*.

»Was ist drin?«, fragte ich. Als Antwort warf er den offenen Beutel wieder auf den Tisch, sodass klimpernde Münzen zum Vorschein kamen. »Ah, Reisegeld, wie nett.«

»Man könnte es auch Blutgeld nennen, wenn wir wegen des Königs auf dem Weg krepieren«, ätzte Raia.

Verdutzt starrte ich sie an, überrascht von ihren schroffen Worten. Allerdings hoffte ich auch, sie scherzte nur. »Ähm, gut … wer soll das Geld verwalten?«

»Ich kann das gern übernehmen, doch ich befürchte, dass ich dann allein reisen werde. Und auch nicht nach Kôsumitra.« Cayden schien belustigt von seinen eigenen Worten, denn er grinste.

Raia hob eine ihrer ebenso hellen Augenbrauen. »Daran kann ich gerade keinen Nachteil feststellen. Also nimm es, wenn du willst.«

Khalees, der bis jetzt nichts gesagt hatte, prustete auf einmal los. Nate und ich stimmten mit ein.

Cayden verzog das Gesicht zu einer Grimasse. »Dann nimm du es, zänkisches Weib.«

Um nicht erneut zu lachen, presste ich die Lippen zusammen. Anscheinend amüsierte es Raia ebenfalls, dass er sie so nannte, und sie sah ihn spöttisch an.

Ich bedeutete Nate, dass ich mich zurückziehen wollte und er schien das zu befürworten, als er hastig aufstand und sich zwei Schlüssel schnappte. Wir nickten den anderen zu und gingen zum Ausgang. Dabei spürte ich ihre Blicke auf mir ruhen. Eine Gänsehaut rieselte über meine Wirbelsäule und ich drehte mich noch einmal um.

Raia sah mich eindringlich an, während sie die Flamme der Kerze auf dem Tisch flackern und Funken sprühen ließ. Ein mulmiges Gefühl kroch durch meine Knochen. Offenbar beherrschte sie ihr Element meisterhaft. Wahrscheinlich taten das alle am Tisch. Und ich war neidisch auf Raias Kurven. Ihre Tunika saß perfekt und sie hatte ein umwerfendes Dekolleté. Cayden hatte ein paar Mal ungeniert darauf gestarrt.

Nate und ich schlenderten auf das Gasthaus zu. »Es passiert wirklich. Und ist dir eigentlich klar, dass wir im Vertex wohnen werden?« Er nahm meine Hand und drückte sie.

»Ja, das weiß ich. Ich bin schon gespannt, wie es dort ist.«

Vertex, der gesamte Komplex aus dem Schloss, dem Sanctum, in dem der Gezeiten-Orden wohnte, dem großen Marktplatz und einigen Wohnhäusern, in denen nur Auserwählte wohnen durften. Sobald wir fertig ausgebildet wären, würden auch wir dort leben.

Nate schien abwesend zu sein und ich sah ihn besorgt an. »Was ist los?«

»Ich … ich frage mich einfach, warum wir diese Einladung vom König erhalten haben. Wie du bereits erwähnt hast: Was können wir ihm schon bieten?« Er wirkte so niedergeschlagen.

Doch ich fühlte mit ihm und teilte seine Zweifel. »Das frage ich mich die ganz Zeit. Vor allem, nachdem wir die anderen kennengelernt haben. Nun sind wir hier, nicht wahr? Irgendeinen Grund wird es haben.« Ich versuchte, ihn ein wenig aufzuheitern, allerdings reagierte er nicht darauf.

»Nur *welchen* Grund?«

Im Flur des Gästehauses blieb ich stehen, nahm sein Gesicht in beide Hände und zog ihn zu mir, um ihn zu küssen. Er lächelte nur verhalten, wandte sich ab und lief dann mit gesenktem Kopf zu seinem Zimmer.

Nates Verhalten dämpfte meine Hysterie, während ich mein Zimmer neben seinem betrat. Mein Blick wurde direkt von dem Bett angezogen. Darauf lagen Kleidungsstücke aus dunklem Leder, Fell und andere Dinge. Meine Augen weiteten sich. Eine Lederrüstung, bestehend aus Schulterschutz und Tassetten. Die einzelnen Teile der Rüstung hatten die Form von Blättern, die überlappend angeordnet waren. Die an einem taillenlangen Korsett befestigten Tassetten reichten seitlich über die Oberschenkel und waren mit Fell unterlegt. Am Schulterschutz hingen Lederriemen, die diagonal über die Brust verliefen. Als ich noch genauer hinsah, entdeckte ich eine Prägung auf einem der Blätter. Mein Mund blieb offen stehen, als ich das Muster erkannte.

Das Wappen des Königs, die einander anschauenden Kolkras mit ausgebreiteten Flügeln, umschlungen von Ästen. Ich konnte es nicht fassen. Neben der Rüstung lag etwas Längliches unter einem Leinentuch. Vorsichtig griff ich nach dem Gegenstand und bekam Schnappatmung, als ich das Tuch entfernte. Mein Herz schlug mir bis zum Hals.

»Heilige Scheiße«, flüsterte ich. Ich hielt ein Doppelklingenschwert in den Händen. Eine kurze, breite, leicht gebogene Klinge auf jeder Seite. Gehalten von einem in grau-schwarzem Leder gehüllten Griff. Die Proportionen schafften eine ideale Gewichtsbalance, um gleichmäßige und präzise Schwünge zu ermöglichen. Jedoch hoffte ich, dies nie im echten Kampf erproben zu müssen. Sogar ein Bandelier aus hochwertigem Leder lag dabei, um das Schwert auf dem Rücken tragen zu können. Schwer seufzend stellte ich mich vor meine Habseligkeiten. Wo sollte ich bloß noch den ganzen Proviant verstauen? In meinen kleinen Lederbeutel passte nur das Geld, das für die gesamte Reise reichen musste. Dann den Trinkbeutel, den meine Mutter mir extra besorgt hatte.

Mit zusammengekniffenen Augen betrachtete ich meine neuen Habseligkeiten.

Handelte es sich bloß um einen puren Zufall, dass es gerade ein Doppelklingenschwert war? Woher sollte der König meine geheimsten Wünsche kennen? Es sei denn, er konnte hellsehen.

Wie dem auch sei, noch nie im Leben war ich glücklicher gewesen.

10
CAYDEN

Das hatte mir noch gefehlt. Es reichte nicht, dass ich diese Reise antreten musste, um die verdammten Strafen loszuwerden und nicht meinen Kopf zu verlieren. Zu Fuß! Das hatte der werte Lord natürlich nicht erwähnt, genauso wenig, dass ich mit einer Zicke, einem Mäuschen, einem komischen Kerl mit Akzent und einem Möchtegern-Krieger reisen sollte.

Zugegeben, das Mäuschen war ganz süß. Auch wenn sie anscheinend mit diesem Schönling zusammen war, wäre es für mich ein Leichtes, sie auseinanderzubringen. Aber ich konzentrierte mich am besten nur auf den Auftrag. Sobald er erledigt war, konnte ich als freier Mann ein Schiff nehmen und Velandir den Rücken kehren. Trotzdem fragte ich mich, was an ihr so besonders war, dass gerade *ich* dafür sorgen sollte, sie unversehrt nach Kôsumitra zu bringen.

Der Lord hatte ausdrücklich betont, dass ich keine Fragen stellen durfte, wenn ich mich bereiterklärte, das Angebot anzunehmen. Sollte ich mich weigern oder den Auftrag in Frage stellen und nicht zu Ende führen, würde ich eingesperrt werden und auf meinen Tod warten. Die Gedanken verdrängte ich und wandte mich den noch am

Tisch sitzenden Anwärtern zu, wie Kommandant Ich-bin-der-Schönste-im-Land zu uns gesagt hatte.

»Hey«, sagte ich und nickte dem Kerl mit den pechschwarzen Haaren in komischer Knoten-Frisur zu. Seine Augenfarbe erinnerten mich an guten Cognac, nur mit dunklem Rand um die Iriden. Das brachte mich auf die Idee, mir gleich einen zu bestellen, das brauchte ich unbedingt.

»Kali, richtig?«

Die Frau mit den weißen Haaren neben ihm, Raia, grunzte amüsiert und schüttelte den Kopf.

»Fast, ich heiße Khalees«, sagte er mit diesem Akzent, durch den er ein paar Buchstaben verschluckte.

Ups. Namen konnte ich mir nie merken. »Wo kommst du her?«

»Meine Familie kommt ursprünglich aus Direvein, aber ich bin früh nach Teôs gereist, um von dort aus zu arbeiten und meiner Familie Geld zu schicken. Ich hoffe, irgendwann komme ich wieder zu ihnen.«

Familie. Das Wort war mir mittlerweile fremd. Für mich hatte es keine Bedeutung mehr, aber ich verstand sehr wohl die Bedeutung, die es für andere hatte.

»Daher der Akzent«, sagte ich schließlich nur. »Was ist so besonders an dieser Insel? Außer vielleicht der Gemüseanbau.« Automatisch sah ich zu Raia, die mich wiederum giftig ansah.

»Ich kenne dich zu wenig, um mit dir ein nettes Gespräch zu führen. Doch ich weiß, ich kann dich nicht leiden«, bemerkte sie.

Eine verbale Ohrfeige, aber nun gut. »Damit komme ich klar. Trotzdem glaube ich, dass wir uns blendend verstehen werden.« Ich zwinkerte ihr zu und erntete ein Augenrollen und eine nicht sonderlich nette Geste.

Khalees grinste mich an. »Das wird eine spann' Reise.«

Kurz grübelte ich über die Worte nach. »Du meinst eine

spannende Reise?« Er nickte. Stimmt, das würde lustig werden.

Der langgliedrige schlaksige Kellner kam vorbei und ich hob die Hand. »Ein Glas eures besten Cognacs bitte.« Khalees sah mich erwartungsvoll an. Mein Mundwinkel zuckte, während ich zwei Finger hochhielt. Der Kellner nickte und schritt eilig davon. Ansonsten war in der Taverne nicht viel los. Nur die Grenzarbeiter waren nach getaner Arbeit in der Schenke, aßen und tranken. Was sollte man hier bitte auch sonst machen? Mich würde es wahnsinnig machen. Dann lieber ein gesuchter Verbrecher sein und nie genau wissen, was als Nächstes passieren würde.

Nach kurzer Zeit kam der Kellner mit zwei bauchigen Gläsern zurück, in denen die bernsteinfarbene Flüssigkeit schwappte.

»Prikâi«, sagte ich, während ich Khalees zuprostete. Ich setzte das Glas an und trank einen kräftigen Schluck, wobei ich das Gesicht verzog. Brennend bahnte sich die Flüssigkeit meine Kehle hinunter bis in meinen Magen. Ein verdammt starker Cognac, doch umso besser. Damit konnte ich meine Gedanken für einen Moment ausblenden. Während ich das Glas leerte und zu Khalees sah, hustete er los und klopfte sich auf die Brust. Er fand ihn anscheinend auch stark. Ein Grinsen konnte ich mir nicht verkneifen.

»Passend für Diaful«, keuchte er und räusperte sich.

»So merken wir, dass wir leben, was?«, sagte ich und hob das Glas in Sicht des Kellners, woraufhin er nickte.

»Tja, da ich nicht vorhabe, mit Kopfschmerzen aufzuwachen, werde ich jetzt schlafen gehen. Vielleicht solltet ihr das auch tun.« Raia stand auf und ging ohne ein weiteres Wort.

»Seid ihr verwandt?«, fragte ich.

Khalees schaute mich verdutzt an. »Wie kommst du darauf?«

»Abgesehen von der Haarfarbe seht ihr euch ziemlich ähnlich. Ihr seid beide groß und habt bronzebraune Haut.« Jetzt fing er an zu lachen. »Du bist echt witzig, Carden.« Schnaubend stieß ich die Luft aus. »Die Revanche für Kali, was? Kein Problem, aber mein Name ist Cayden.« In diesem Moment kam der Kellner wieder mit zwei gefüllten Gläsern.

»Nein, wir sind nicht verwandt, um auf deine Frage zu antworten. Aber ich kenne sie schon ein wenig länger.« Seine Finger griffen um das Glas und er drehte es gedankenverloren in seiner Hand. »Besser gesagt, unsere Familien kennen sich schon länger. Wir wurden einander versprochen, ohne einander zu kennen.«

Skeptisch zuckten meine Augenbrauen nach oben. Was für ein Mist.

»Das wollten wir uns natürlich nicht gefallen lassen und rebellierten. Meine Eltern waren etwas verständnisvoller und nach ein paar Wochen der Bestrafung war es für sie wieder in Ordnung. Aber Raias Eltern …« Khalees schüttelte bekümmert den Kopf. »Sie duldeten ihre Entscheidungen nicht, abzulehnen und sich gegen sie zu stellen. Also wurde sie verstoßen.«

Schockiert richtete ich mich auf. »Wie, einfach so? Weil sie keinen Fremden heiraten wollte? Warum solltest du der Auserwählte sein? Bist du ein Prinz? Oder stinkreich?«

Ich erntete einen missbilligenden Blick. »Ich denke, es ging ihnen darum, einen weiteren Wâi in der Familie zu haben und somit den magischen Anteil zu erhöhen, da Raias Mutter keine Magie beherrscht.«

»Wie selbstsüchtig.« *Genauso wie du*, meldete sich mein Gewissen.

Khalees nickte und trank sein Glas in einem Zug leer, gefolgt von einem Huster. »Du solltest wissen, wir sind ein stolzes Volk, doch leider oberflächlich. Ansehen zählt mehr als das Wohl der Kinder … So, ich werde nun ebenfalls schlafen gehen, denn auch ich möchte morgen ausgeruht sein. Labu Noctar.«

Mit seinem Akzent hörte sich jedes Wort ulkig an. Dann strich er gedankenverloren über die gewellten Linien und der Welle in Form einer Spirale an seinem Handgelenk.

»Kann ich dich ab jetzt Khal nennen? Khalees ist so lang.«

Mit einem hinterlistigen Funkeln in den Augen sah er mich an. »Du kannst es ja probieren.« Kurz nickte er, steckte die Hände in die Taschen und verließ pfeifend die Taverne.

Meine Mundwinkel zuckten. »Labu Noctar. Ich werde auf jeden Fall gut schlafen.« Ich kippte mir das Getränk in den Rachen, schüttelte mich kurz und wollte gerade gehen, da hielt mich der Kellner mit seinen knochigen Fingern am Arm fest.

»Tut mir leid, Sir. Aber wie gedenken Sie zu zahlen?«

Sir? Wie alt sah ich für ihn aus? Sakra, das auch noch. Nicht einmal ein Willkommensgetränk war drin? Wie erbärmlich. Natürlich hatte ich das Geld, das wir bekommen hatten, Raia gegeben. Mir kam da jedoch eine fabelhafte Idee …

11
CAYDEN

Glockenklänge. Tief und laut. Noch einmal. Ich öffnete ein Auge und schloss es sofort wieder. Es dämmerte nicht einmal. Scheiße! Stöhnend zog ich mir die Decke über den Kopf. Glocken? Hier stand gar keine Kirche, jedenfalls war mir keine aufgefallen. Wieso zum Diaful klangen Glocken? Mein Kopf brummte. Zu viel Cognac. Viel zu viel. Nachdem alle Gäste weg waren und ich den Kellner Girwin davon überzeugt hatte, einen mit mir zu trinken, hatte er mir seine Lebensgeschichte erzählt. Sonderlich spannend war sie nicht gewesen. Trotzdem hatte er nicht aufgehört und dabei hatte es umso mehr Drinks gegeben. Und alle umsonst. Girwin hatte mehr und mehr gelallt, als ich ihm meine Geschichte zumindest annähernd erzählt hatte.

Lor Alard hatt' ich hergeschickt? Wie gemein. Aber nett von ihm, dasser die Kosten übernimmt.

Schon hatte es Drinks aufs Haus gegeben. Was ich jetzt definitiv bereute. Knurrend warf ich die Decke von mir und stand auf. Mein Schädel pochte und ich machte einen Schlenker. Verdammt, das war zu schnell. In dieser feuchten und kalten Steinhöhle, die man Haus nannte, holte ich mir noch den Tod. Was für ein Drecksloch! Neben dem Bett, dem ich Rückenschmerzen verdankte, gab es einen abgetrennten Badbereich und ein kleines Tischchen mit einem Stuhl vor einem winzigen Kamin. Ohne Holz. Noch etwas benommen torkelte ich ins Bad und schöpfte eiskaltes Wasser in mein Gesicht. Scheiße, kalt! Aber das hatte ich dringend nötig.

So viel hatte ich das letzte Mal an dem Tag getrunken, an dem sich alles verändert hatte. Nachdem ich meine Familie zerstört hatte. Nein, die war schon zerstört gewesen, ich hatte sie endgültig zerrissen. Es kam mir wie eine Ewigkeit vor. Bevor meine Gedanken noch weiter abschweiften, hielt ich den Kopf über die große Schüssel und schüttete mir den Krug mit dem Eiswasser darüber.

Mein Atem stockte. »Sakraaaaaa!«

Eilig trocknete ich mich ab. Während ich mir meine Lederhose anzog und das Hemd überwarf, kamen mir wieder Alarts Worte in den Sinn.

Denken Sie daran. Wenn der Auftrag scheitert, wenn Sie scheitern, bekommen Sie gar nichts, außer den Tod!

Sehr aufmunternd. Fein, es konnte ja nicht so schwer sein. Bevor ich die restlichen Sachen einpackte, warf ich einen Blick auf die Karte von Velandir und überlegte mir den besten Weg. Zu Fuß durch zwei Länder. Ich fasste es immer noch nicht. Wir würden dafür doppelt so viel Zeit benötigen als mit Pferden. Von der Gefahr, die dort draußen lauerte, mal abgesehen. Dieser Kommandant musste wohl noch nie so weit laufen. Nach einer Weile unnützen Karte-Anstarrens sammelte ich alles ein, schulterte mein Gepäck und ging hinaus. Draußen atmete ich die frische, kalte Luft ein, eigentlich genau, wie in meiner Bleibe. Gegenüber dieser sah ich das Mäuschen und den Schönling in die Taverne gehen. Irgendwie wirkten sie angespannt.

Keine Fragen stellen! Mit niemandem darüber reden!

Verbote stellten ein Problem dar, denn dadurch wollte man es erst recht tun oder wissen. Warum war das Mädchen so wichtig? War es vielleicht eine Prinzessin und deswegen kostbar? Eine Entführung könnte eine Menge Lösegeld bedeuten. Aber warum setzte man sie dann der Gefahr aus, die diese Reise ohne jeden Zweifel darstellte? Man hätte sie genauso gut in eine Kutsche setzen können, flankiert von Gardisten. Aber das sollte mir egal sein. Hauptsache, ich konnte das Land nach Ausführung des Auftrages als freier Mann verlassen und neu anfangen. Falls ich auch noch eine Prinzessin entführte, erschwerte das sehr wahrscheinlich meine Chance, lebend bis nach Kôsumitra zu kommen. Pff, Prinzessin … sie wäre durchaus eine hübsche Prinzessin. Mit einem wirklich süßen Hintern in dieser engen Hose. Seufzend schloss ich die Augen und fuhr mir durchs Haar. Verdammt! Diese nervige Angelegenheit dauerte Wochen. Als wäre ich nicht schon genug bestraft worden. Mit zusammengekniffenen Augen sah ich zum Eingang der Taverne, in dem die beiden verschwunden waren. Aus unerklärlichem Grund flutete Hitze meinen Körper.

Der Untergrund fing leicht an zu beben und einzelne Steine vibrierten, tanzten über den Boden. Grenzarbeiter und ein paar Frauen mit ihren Kindern blieben wie erstarrt auf dem Weg stehen und gaben erschrockene Laute von sich. Wie aus einer Trance erwacht, nahm ich die Umgebung erst jetzt richtig wahr. Nach ein paar Augenblicken hörte das Beben auf und die Steine bewegten sich nicht mehr. Keuchend sah ich mich um.

Mit langen tiefen Atemzügen versuchte ich, meinen Puls zu beruhigen. Scheiße, war ich das? Oder war es ein normales Beben gewesen? Zumindest wäre das nicht undenkbar, da es in letzter Zeit in Velandir immer häufiger dazu kam. Kein Schimmer, ob ich das konnte, aber trotzdem hatte ich das mulmige Gefühl, dass es mit mir zu tun hatte. Mit schnellem Herzschlag eilte ich rüber zur Taverne.

Drinnen erwartete mich die ganze Reisetruppe am

selben Tisch wie gestern. Anscheinend hatte ich zu lange geschlafen. Oder Khalees und Raia hatten sich an mir vorbei geschlichen. Auf dem Weg zu ihnen kam mir der schlaksige Girwin entgegen, mit ziemlich breitem Grinsen im Gesicht. Die Klette. Abrupt blieb ich stehen, damit er mich nicht umrannte.

»Oh, Cayden, mein Freund, ich hoffe, du hattest eine nicht zu kurze Nacht?« Er zwinkerte dämlich. Warum war er so fröhlich, verdammt?

»Passt schon, Girwin.« Seine Augen leuchteten auf, anscheinend weil ich mich an seinen Namen erinnerte. Mich wunderte es selbst ein wenig. »Tut mir leid, aber ich werde erwartet.« Ohne eine Entgegnung abzuwarten, drängelte ich mich an ihm vorbei.

»Oh, ja. Ja, natürlich. Ich komme gleich zu euch.« Er flitzte hinter die Theke.

Alle Augenpaare waren auf mich gerichtet, während ich an den Tisch trat. Na super. Zur Begrüßung nickte ich knapp. Keiner sagte etwas. Der Schönling schaute mich an, als wäre ich ein Eindringling und Raia sah schon wieder genervt aus. Wahrscheinlich weil ich als Letzter hier ankam.

»Labu Savîn, Cayden. Gut geschlafen?«, fragte Khalees. Auch er zwinkerte mir zu. Was war denn los? Hatte ich etwas gemacht, wovon ich nichts mehr wusste?

»Hallo, Khal, aber ja. Wie ein Stein.« Und *auf* Stein. Seine Augen verengten sich zu Schlitzen, weil ich ihn so nannte.

Ich verspürte den Drang, zu Kodaline zu schauen, dem Mäuschen. Unsere Blicke trafen sich, als sie mich ebenfalls ansah und auf einmal stand mein gesamter Körper unter Strom. Ein Gefühl, wie vom Blitz getroffen zu werden. Ihre Augen weiteten sich ein wenig, dann schaute sie schnell weg, als hatte sie dasselbe verspürt wie ich. Mein Atem beschleunigte sich, als hätte ich bereits das ganz Land durchquert. Was zur Hölle …?

Auch ich wandte mich ab und sah unseren Kommandanten Sûdrac auf uns zukommen.

»Makâi, guten Morgen.« Er verbeugte sich leicht vor allen. Dieses Verbeugen nervte mich ungemein.

»Ich hoffe für Sie alle, dass Sie meinen Rat befolgt haben und früh ins Bett gegangen sind.« Er schaute sich um. »Wenn nicht … nun, dann haben Sie ein paar harte Tage vor sich.«

Was du nicht sagst, du Klugscheißer!

»Sind Sie sicher, dass wir den ganzen Weg, den man zu Pferd in mehr als einer Woche zurücklegt, zu Fuß bewältigen sollen? Wir werden doppelt so lang benötigen«, wandte ich ein.

Sûdrac musterte mich von oben bis unten und zog überheblich eine Augenbraue hoch. »Dann würde ich vorschlagen, nicht zu Trödeln.« Während er sich umdrehte, schaute er zu Kodaline, einen Moment zu lang, bevor er erneut zum Reden ansetzte. »Also, wie bereits erwähnt, ist es zu Pferd gefährlicher. Zwar dauert es ohne länger und ist zweifelsfrei anstrengender, wie Mister Carvost richtig erkannt hat, aber es obliegt mir, zu entscheiden, wie Sie ihre Reise antreten.«

Die Liste der Personen, die ich erwürgen wollte, wurde immer länger.

»Auf dem Tisch liegt eine Karte, auf der ich die empfehlenswerte Route markiert habe.« Sûdrac schaute zu mir. »Auch diesen Vorschlag würde ich an Ihrer Stelle berücksichtigen.«

Paskaveri! Genervt verdrehte ich die Augen.

»So, und nun muss ich mich verabschieden. Ich wünsche Ihnen allen eine sichere Reise. Mögen Dûwal und die Vanden Sie beschützen.«

Er machte auf dem Absatz kehrt und verließ die Taverne. Weil niemand sich rührte, griff ich nach der Karte. Plötzlich klatschte noch jemandes Hand darauf, sodass ich sie nicht zu mir ziehen konnte. Mein Blick wanderte hoch, ins Gesicht von Kodalines Begleiter.

»Nate«, flüsterte sie. Ihre Stimme jagte mir unerklärlicherweise einen Schauer über den Rücken.

»Wieso glaubst du, einfach die Karte an dich reißen zu können? Das kann ich ebenso gut«, grollte er.

Nachgebend hob ich die Hand. »Schon gut. Bevor du dich weiter unnötig aufregst …«

»Nathaniel«, seufzte Kodaline.

Meine Mundwinkel zuckten. »Genau, Nathaniel … ich will nur mal einen Blick darauf werfen. Ansehen, welchen Weg unser Freund für uns eingezeichnet hat. Eine Karte habe ich nämlich selber.« Wütend schnaubte er und ließ die Karte los. Kodaline strich ihm über den Arm. Wie niedlich. Khalees schüttelte grinsend den Kopf und Raia sah immer noch genervt aus. Konnte sie auch anders schauen?

»Vielleicht sollte keiner von euch beiden die Karte haben«, sagte Raia schroff. »Ihr wisst schon, wenn zwei sich streiten …«

»Lassen wir Cayden doch die Karte, und die andere bekommt einer von euch«, entgegnete Kodaline. »Außerdem können wir auch zusammen auf die Karte schauen.«

Sehr diplomatisch. Und freundlich. Sie wirkte nicht wie eine Anwärterin für die Elite. Vielleicht sollte ich sie deswegen beschützen? Doch warum gerade ich? Der Schönling konnte es vermutlich genauso tun.

»Von mir aus«, antwortete Nathaniel gleichgültig. Kodaline schob die Karte zu Khalees und Raia.

»Ich bin keine gute Kartenleserin, ich hab es eher mit Kräutern. Also, welchen Weg zeigt er uns an?«, fragte sie die beiden und legte den Kopf in die abgestützte Hand.

Raia starrte sie einen Augenblick an, ehe sie den Blick auf die Karte senkte. »Er schlägt den Weg unterhalb des Vosnari-Passes vor.«

Es kränkte mich ein wenig, dass sie anscheinend mit Kodaline in einem normalen Ton reden konnte. Lag es daran, dass ich keine Frau war?Dann dachte ich sofort über ihre Worte nach, über die markierte Route von Sûdrac.

»Durch den Wald, der zum Teil auch Moorland ist? Ohne mich.« Ich verschränkte die Arme vor der Brust.

»Warum? Hast du Angst vor Bäumen?«, fragte Nathaniel. Natürlich bemerkte ich den sarkastischen Unterton. Aus einem Augenwinkel sah ich, wie Kodaline ihm in die Seite stieß. Innerlich lachte ich. Vielleicht auch äußerlich, weil sie mich böse anfunkelte.

»Jetzt reißt euch zusammen! Wir sind noch nicht einmal losgegangen und das Testosteron geht schon mit euch durch«, fauchte Raia.

Damit nichts Dummes aus meinem Mund herauskam, presste ich die Lippen aufeinander, denn ich hasste es, wenn mich jemand so anblaffte.

Khalees griff sich ans Kinn und sah auf die Karte. »Cayden hat recht.« Aller Aufmerksamkeit lag bei ihm. »Der Weg ist zwar kürzer, aber ich will nicht von einer Nymphe oder einem Baumgeist gefangen werden. Man kommt dort nie wieder weg.«

Kodaline legte ein Puppengesicht auf, schaute Khalees mit ihren großen Augen gebannt an. Nathaniel schien es zu nerven, dass er meiner Meinung war.

»Was passiert mit einem, wenn man von ihnen geschnappt wird?«, fragte Kodaline. Wie ein neugieriges Kind, das Geschichten hören wollte. Aber mit ihren vollen rosa Lippen und den großen, grünen Augen sah Kodaline keinesfalls kindlich aus.

»Man sagt, sie locken dich mit einer Melodie, die dir die Sinne raubt. Wenn du einmal in ihren Fängen bist, kommst du nie wieder von dort weg. Und verhungerst.«

Kodaline zog eine Grimasse und schob irritiert die Augenbrauen zusammen. »Verhungern? Aber was machen sie mit dir?«

Sie wirkte so unschuldig. Mir wurde auf einmal heiß. Nein, verdammter Mist! Keinerlei Gedanken mehr darüber.

Khalees lächelte. Anscheinend froh, Geschichten erzählen zu können. »Im Grunde nichts, sie tun dir nicht weh … im Gegenteil, sie wollen mit dir und der Natur eins sein. Sie hätscheln und tätscheln einen regelrecht wie eine Mutter ihr geliebtes Kind. Führen Erde und Wasser durch die Äste zu dir. Und da ist das Problem, denn sie brauchen nur Wasser und Erde. Aber du? Du kannst zwar einige Zeit nur mit Wasser überleben, doch …«

Kodaline schaute nach oben, als stellte sie sich das Geschilderte bildlich vor, dann nickte sie langsam. »Ich verstehe. Aber woher weißt du das? Wenn alle sterben, die in ihre Fänge geraten, von wem stammen dann diese Geschichten?«

»Einige wohl von Zeugen. Anderes ist Hörensagen und weiteres Hörensagen. Aber ich möchte nicht herausfinden, ob es stimmt.« Nachdrücklich schüttelte Khalees den Kopf.

»Die andere Möglichkeit ist der Vosnari-Pass. Was könnte schlimmstenfalls passieren?«, fragte Nathaniel.

Raia zuckte mit den Schultern. »Was überall sonst auch passieren kann. Aber vermutlich am ehesten ein Angriff eines Barghest, vielleicht eines Gryffons. Oder am schlimmsten einer Harpyie. Wobei, da wären noch die Kolkraveni .«

»Wenn es sonst nichts ist«, bemerkte ich beinah teilnahmslos.

»Dann nehmen wir den Weg durch den Wald«, sagte Nathaniel.

Stöhnend legte ich die Hände aufs Gesicht und rieb mir über die Augen. »Es sind nicht nur die Nymphen und Baumgeister, die eine Gefahr darstellen. Im Moor lauern noch andere Kreaturen darauf, dich in die Krallen zu bekommen. Und die wollen nicht eins mit dir sein, stattdessen bist du dann *in* ihnen – tot. Irgendwann verdaut. Im schleimigen …«

»Wir haben es verstanden, Cayden!« Kodaline sah angewidert aus.

Raia verzog ebenso angeekelt das Gesicht. »Stimmen wir ab«, schlug sie dann vor.

»Gute Idee«, pflichtete Kodaline ihr bei.

Khalees nickte. Genervt brummte ich, nickte aber ebenfalls.

»Also gut, wer ist dafür, dass wir den Weg durch den Wald gehen?«, fragte Raia. Nathaniel hob die Hand, Raia ebenfalls. Wenn Khalees oder Kodaline noch die Hand heben würden, wäre es beschlossen. Aber es tat sich nichts.

»Tja, dann …« Triumphierend klatschte ich in die Hände. »Auf zum Vosnari-Pass.«

Nathaniel brummte.

»Na schön. Die Mehrheit hat bestimmt. Jetzt sollten wir aber keine Zeit mehr verlieren«, sagte Raia kühl. Sie stand bereits auf, als Girwin endlich an unseren Tisch kam. Den hatte ich total vergessen.

»Entschuldigt bitte, heute ist komischerweise irrsinnig viel zu tun«, quäkte er und lachte nervös.

Raia baute sich vor ihm auf, sie befand sich mit ihm beinah auf Augenhöhe. Oh, oh! Auch wenn ich sie erst seit einem Tag kannte, ahnte ich, dass es keine freudige Reaktion werden würde. »Ist dir aufgefallen, wie lange wir hier schon sitzen? Wir haben eine sehr anstrengende Reise vor uns, und ich hätte gern noch einen Tee getrunken, bevor wir aufbrechen. Aber rate mal … jetzt gehen wir. Also bekomme ich *keinen* Tee. Geh mir verdammt noch mal aus den Augen!«

Girwin schreckte zurück und sah mich verängstigt an. Entschuldigend hob ich nur die Schultern. Raia rauschte mit ihren Sachen an ihm vorbei. Als ich zum wiederholten Male zu Kodaline linste, grinste sie. Meine Haut fing an zu glühen. Sakra! Ich sollte mich selbst ohrfeigen und mich zusammenreißen. Es würde nicht gut ausgehen. Schnell nahm ich meinen Kram, drehte mich um und stürmte zum Ausgang.

Raia stand mit verschränkten Armen vor der Brust vor dem Eingang, daneben ihre Tasche. Sie hatte sich ihren dunklen Umhang übergeworfen und mit den fast weißen Haaren wirkte sie regelrecht bedrohlich. Vielleicht lag es auch an ihrer dauerhaft düsteren Ausstrahlung.

Vorsichtshalber stellte ich mich auf die andere Seite.

»Also … Khal und du kennt euch schon länger?«, fragte ich nach einem Moment unangenehmer Stille. Langsam drehte sie sich zu mir, immer noch die Arme verschränkt. Die Augen schienen Funken zu sprühen wie die Glut des Feuers. Falsches Gesprächsthema, Cayden. Schnell räusperte ich mich und sah schnell woanders hin, da ich ihren durchbohrenden Blick nicht länger ertragen konnte. Ihr wollte ich nicht gern nachts auf den Straßen begegnen.

»Schön, dass wir das klären konnten, *CC*.«

Jetzt wandte ich mich doch langsam zu ihr und funkelte sie an. Wie kam sie auf diesen Spitznamen? Freude blitzte in ihren Augen, als sie mich ansah. »Wieso nennst du mich ausgerechnet so?«

Unbeeindruckt von meiner Reaktion zuckte sie mit einer Schulter. »Ich kenne deinen Namen und hielt dich einfach nicht für einen Typen, der auf solche Spitznamen steht. Und ich hatte offensichtlich recht.«

Was für ein Miststück. Allmählich kamen die anderen heraus und ich trat einige Schritte zurück. Als wir versammelt vor der Taverne standen, blickte ich nochmal in die Runde. Das würde in jedem Fall interessant werden. Jetzt erst fiel mir der lange Holzstab in der Farbe von Knochen auf, den Khal bei sich trug. Ein dickes schwarzes Lederband wickelte sich um die Mitte des Stabs und bildete den Griff. Ich hatte davon gehört, dass bestimmte Völker früher solche Stäbe aus sehr stabilem und widerstandsfähigem Holz zum Kampf benutzt hatten. Doch ich hatte nicht gewusst, dass einige das anscheinend immer noch taten. Jedenfalls hielt ich lieber geschmiedeten Stahl in den Händen.

»Damit kämpfst du, wenn uns jemand angreift?« Fragend sah er mich an. Ich nickte mit dem Kinn zu dem Stab und sofort bildete sich ein verschmitztes Grinsen auf seinem Gesicht.

»Das tue ich. Ich nenne ihn *Windsplitter*.«

»Wieso das?«

»Wenn es zu einem Kampf kommen sollte, wirst du verstehen«, antwortete er.

Skeptisch zog ich eine Braue nach oben, doch erwiderte nichts darauf. Mir fiel jetzt der längliche, in ein Leinentuch gewickelte Gegenstand auf, den Kodaline auf ihrem Rücken trug. »Was versteckst du da?«

Fragend drehte sie sich um und wirkte angespannt, als sie merkte, dass ich sie meinte. »Meine Waffe.«

»Ein Doppelklingenschwert«, ergänzte Nathaniel.

Ungläubig schossen meine Brauen in die Höhe. »Wow! Eine ziemlich kostspielige Waffe. Und damit kannst du umgehen?«

Kodaline kniff die Augen zusammen. »Natürlich, sonst hätte ich es nicht dabei.«

Das würden wir im schlimmsten Fall ja noch erfahren.

»Aber du weißt schon, dass du es vorher auspacken musst, bevor du es benutzen kannst?« Ergebend hob ich die Hände, als sie mir einen Todesblick zuwarf.

»Idiot«, murmelte sie.

Schmunzelnd wandte ich mich ab. »Na dann mal los. Ich hoffe, ihr habt euer bequemstes Schuhwerk an«, sagte ich. Als Antwort bekam ich sofort genervtes Stöhnen und Augenrollen. Alle waren so verkrampft. Heiliger Dûwal, ich betete, dass wir diese Reise überstanden.

Wir liefen die Straße entlang, die Richtung Osten führte.

Mehr und mehr wurde sie zu einem Pfad aus Gras, Stein und Geröll und die Landschaft dominiert von grasbedeckten Hügeln. Teilweise durch die Sonne ausgetrocknet, aber auch durch andere Einflüsse, die sich nicht erklären ließen. Früher war alles viel grüner und der Boden fruchtbarer gewesen. Entweder bildete ich es mir nur ein oder im Boden leuchtete tatsächlich etwas bläulich. War ich vielleicht noch betrunken?

Es folgte ein tiefer gelegenes Tal, durchzogen von einem Bach. Kurz ließ ich den Blick über die Hügel schweifen und weiter zur Seite bis zum Meer. Doch so schön die Landschaft auch sein mochte, so richtig genießen konnte ich sie nicht. Je näher wir dem Gebirge kamen, umso karger wurde sie. Immer wieder sah ich so unauffällig wie möglich zu Kodaline, die vor mir lief. Bei ihr hatte ich ein merkwürdiges Gefühl, als würde ich sie kennen, was nicht sein konnte. Doch dieses Gefühl … Bevor ich zu sehr in den Gedanken versank, dachte ich an meine Zukunft. Ohne Flucht, ohne Angst haben zu müssen, vom Fenrir oder einem anderen Fennôl gefressen zu werden.

12
KODALINE

Wieso starrte mich dieser Cayden die ganze Zeit über an? Meinte er vielleicht, ich würde es nicht mitbekommen? Seltsam, aber ich spürte seine Blicke auf mir, auch wenn ich ihn nicht sehen konnte. Als wären wir irgendwie verbunden. Was absolut unmöglich war und grauenhaft wäre, bei diesem arroganten, aufgeplusterten Schnösel. Dieser schnieke schwarze Mantel mit Pelerine, so etwas trugen doch nur Adelige oder eben reiche Schnösel. Auch wenn ich gestehen musste, dass er recht passabel aussah. Markante Kieferpartie, gerade Nase und ein Mund mit kantigen, aber anziehenden Linien. Passend zu der Narbe, die über Nase und Augenbraue verlief, zog sich eine weitere von seiner Unterlippe bis schräg übers Kinn. Was seinem Aussehen nicht im Geringsten schadete. Als ich in der Taverne in seine hellen Augen gesehen hatte, war es wie der Blick zum Mond gewesen. Magisch und fesselnd. Doch da war noch etwas … ein prickelndes, fast elektrisierendes Gefühl, was ich absolut nicht deuten konnte. Woher er wohl die vielen Narben hatte? Trotz des Mantels erkannte ich breite und muskulöse Schultern, wie Nate sie hatte.

Dieser riss mich aus meinen Gedanken, als er mich am

Arm streifte. Ich versuchte, mir nichts anmerken zu lassen, aber Cayden hatte etwas Irreführendes an sich, was mich beunruhigte. »Nein, verdammt!«

Nate schaute zu mir. »Was meinst du?«

Bei den Vanden, ich hatte es laut ausgesprochen. »Äh, nichts weiter.« Ich sah Nate nicht ins Gesicht, denn dann hätte er vermutlich gesehen, wie ich rot anlief.

Wir gingen stetig Richtung Osten und entfernten uns immer weiter von der Küste. Bei einem Blick nach hinten konnte ich in der Ferne nur noch erahnen, wo Fabula lag. Die Landschaft in Velandir war durch jahrhundertelange Veränderungen der Erdschichten zerklüftet. Während das alles langsam an mir vorbeistreifte, dachte ich an mein Heim.

Wie es meiner Mutter wohl jetzt ging? Sie hatte zwar gesagt, ich sollte mir keine Sorgen machen, immerhin sei sie die Mutter und müsste sich um mich sorgen, aber ich konnte es einfach nicht lassen. Dass mir eine andere Frau das Leben geschenkt hatte, wusste ich schon lange. Das änderte jedoch nichts daran, dass ich sie so liebte wie vermutlich jedes Kind seine leibliche Mutter. Als ich sie einmal gefragt hatte, warum ich denn so anders aussähe, mit meinen rotbraunen Haaren und den grünen Augen, hatte sie es mir zunächst nicht sagen wollen. Doch eines Tages hatte sie mich ins Wohnzimmer gerufen.

Du bist ein kluges Kind, Koda, und deine Fragen sind berechtigt. Ich fand dich damals ganz verängstigt in einem Hinterhof in Kôsumitra. Mir war nicht klar, wo du herkamst und wo deine Eltern waren, doch ich wollte dich keinesfalls allein zurücklassen. Wir haben die Menschen in Sujet gefragt, ob sie von einem vermissten Mädchen gehört hätten, aber keiner wusste etwas. Also beschloss ich, dich aufzunehmen.

Zwischendurch machte sie eine Pause und lächelte gedankenverloren.

Du weißt, wie wichtig du uns bist, oder, Koda? Dein Vater

und ich, auch wenn wir nicht blutsverwandt sind, lieben dich wie unser eigen Fleisch und Blut. Vergiss das niemals!

Über meine leibliche Mutter hatte sie mir nichts sagen können, nicht woher sie kam, wie sie aussah oder ob sie überhaupt noch lebte. Ab und zu hatte ich daran gedacht, nach ihr zu suchen, doch hatte ich mich aus Angst immer wieder dagegen entschieden. Auch weil ich wütend war und mich fragte, wieso sie mich verlassen hatte. Gerade machte ich mir eher Gedanken darüber, wie Magnus meine Mutter während meiner Abwesenheit behandelte. Meine Drohung ihm gegenüber meinte ich ernst. Falls ich heraus fand, dass er sie mies behandelte oder ihr sogar weh tat, wäre er der Erste, der mein Doppelklingenschwert an der Kehle zu spüren bekäme.

Während ich neben Nate herlief, spannten sich meine Muskeln an und ich verkrampfte. Wie von selbst griff meine Hand an die Halskette, die ich seit meiner Kindheit trug.

»Ihr geht es gut. Mach dir keine Sorgen.«

Erschrocken zuckte ich zusammen. Dann entspannte ich mich, legte den Kopf in den Nacken und lächelte Nate an. Er wusste auch ohne ein Wort, was in mir vorging. Wahrscheinlich lag es daran, dass wir uns schon so lange kannten. Wir hatten fast unser ganzes bisheriges Leben miteinander verbracht.

»Im Grunde weiß ich, dass du recht hast.« Seufzend hob ich die Schultern. »Du weißt, ich rede nicht oft von meinem Vater … aber gerade jetzt vermisse ich ihn unheimlich. Oft frage ich mich, wie unser Leben verlaufen wäre, wenn …« Der Ende des Satzes kam mir nicht über die Lippen. »Es ist nur, damals schien alles so einfach. Er wusste immer einen Ausweg. Er war mein Held.«

Nate legte den Arm um mich und drückte mich an sich.

»Wahrscheinlich hätten wir uns nie kennengelernt, wenn ihr nicht nach Fabula gekommen wärt.«

Da hatte er auch wieder recht. »Am Anfang konnte ich dich gar nicht leiden«, gestand ich ihm und setzte einen unschuldigen Gesichtsausdruck auf.

»Wie bitte? Das ist doch gelogen«, sagte er gespielt entsetzt und knuffte mich.

Raia warf uns einen Schulterblick zu, der jemanden zu Eis gefrieren lassen könnte. Wieso sah diese Frau immer so gereizt aus? Skeptisch sah ich zu Nate auf, der versuchte, sich das Lachen zu verkneifen. Dann schaute ich zu Cayden, der ebenfalls so wirkte, als würde er am liebsten jemanden verprügeln. Was stimmte denn mit ihnen nicht?

Einzig Khalees machte einen zufriedenen Eindruck. Wegen seiner pechschwarzen Haare, die hinten zu einem hohen Knoten gebunden waren, vermutete ich, dass er zum Volk der Shiolteki gehörte. Sie sollen vor sehr langer Zeit die Meister des Krieges gewesen sein.

Aus den Geschichten ging hervor, dass sie hoch gewachsen und schlank gebaut waren und somit wendig im Kampf. Manche nur bewaffnet mit einem Stock aus Weidenesche, die meisten trugen jedoch ein geschwungenes Schwert bei sich. Die Zeichen über und unterhalb seines Auges waren auch ein Hinweis.

Die meisten der Shiolteki waren Wai, die ihre Macht besser beherrschten als alle anderen. Damit hatten sie die verdorrten Teile des Landes bewässern sollen, doch selbst ihre Macht hatte nicht ausgereicht, um die Erde fruchtbar für irgendein Gemüse zu machen. Sie waren Kämpfer, die ihresgleichen suchten, aber niemand konnte mit Gewissheit sagen, warum nur noch so wenige von ihrem Volk übrig waren.

Mir fiel etwas anderes auf, allerdings nicht an Khalees, sondern an Cayden. Vielleicht war es nur Einbildung, aber im Vergleich zum Rest liefen seine Ohren leicht spitz zu, kaum wahrnehmbar. Es sah aus, als sei hineingeschnitten worden. Als Kind wurde er bestimmt damit aufgezogen.

Kinder konnten grausam sein, das wusste ich selber nur zu gut.

Langsam atmete ich tief durch. Allmählich ging mir die Puste aus. Körperliche Arbeit auf den Feldern hin oder her, so lange Märsche forderten mich. Den ganzen Tag waren wir nun schon unterwegs und langsam machte sich auch mein Magen bemerkbar. Aus dem Augenwinkel sah ich Nates breites Grinsen. Anscheinend hatte er das Knurren gehört.

»Das Raubtier muss wohl bald gefüttert werden.«

Achselzuckend hielt ich mir eine Hand an den Bauch und streckte ihm die Zunge raus.

»Am besten suchen wir uns einen Platz zum Rasten«, sagte Khalees. Hatte er mein Magenknurren etwa auch gehört? Sakra ...

Wir waren die letzten Stunden durch eine grüne Steppe gelaufen, durchzogen von ein paar Hügeln. Von einem Hügel aus hatte ich Felsen gesehen, die in Form der Elementsymbole angelegt worden waren. Von irgendwoher vernahm ich ein leises Rauschen. Ich neigte den Kopf, um genauer zu horchen.

»Hört ihr das?«, fragte ich.

Alle blieben stehen und verstummten. Raia und Nate schüttelten die Köpfe. Khalees sah nachdenklich aus und kniff konzentriert die Augen zusammen. Caydens Blick lag auf mir. Er beäugte mich eindringlich mit einer undurchsichtigen Miene. Meine Wangen glühten, weil er mich so unverhohlen anstarrte, doch ich hielt dem Blick stand.

»Ein Fluss ...«, raunte er.

Verdutzt darüber, dass er es hörte, zuckten meine Brauen hoch. Ein Mundwinkel von ihm verzog sich nach oben.

»Richtung Süden«, fügte ich hinzu. Ich konnte ihn überhaupt nicht einschätzen und wusste nicht, wie ich sein Verhalten deuten sollte.

»In Ordnung, gehen wir nach Süden«, gab Raia vor.

Der Rest nickte und wir setzten uns wieder in Bewegung.

Neben mir spürte ich Nates Anspannung und er ließ Cayden nicht aus den Augen. Verübeln konnte ich es ihm nicht. Ich hakte mich bei Nate ein, der mit seiner anderen Hand meine erfasste und sie leicht drückte.

Das Rauschen kam näher und wurde immer lauter.

»Ihr beide habt Ohren wie ein Gryffon«, bemerkte Raia. Khalees nickte zustimmend. Als Antwort lächelte ich nur schwach. Erst als wir eine schmale Schlucht erreichten, sahen wir den Fluss. Das Flussbett lag ungefähr in zehn Mittar Tiefe. Einige flacher gelegene Grasflächen bildeten das Ufer, steile Wege führten nach unten. Wie konnte ich das gehört haben? Bis hierhin waren es mindestens noch fünfhundert Mittar gewesen. Meine Aufmerksamkeit wurde allerdings von etwas abseits des Flusses erregt und ich steuerte automatisch darauf zu.

***

Es war nicht mehr als eine Ruine. Die Mauern verliefen rechteckig mit Unterbrechungen, wo sich einst eine Tür oder ein Fenster befunden hatten oder die Mauern inzwischen ganz eingefallen waren. Durch einen noch erhaltenen Rundbogen ging ich weiter hinein. An dem verbliebenen Gemäuer schlängelten sich Ranken aus Singrün empor. Sie verschlangen alles, was sie berührten. Hier und da blitzte Gestein hervor, als versuchte es, sich Luft zum Atmen zu verschaffen. Die Ranken bewegten sich auf einmal und kletterten langsam noch weiter die Mauer hinauf. Kurz schaute ich zurück, doch Nate war wohl bei der Gruppe geblieben. Mit erhöhtem Puls setzte ich einen Fuß vor den anderen.

In dem Gewirr aus Grün und Graubraun fiel mir etwas leuchtend Blaues an dem Gestein auf. Vorsichtig trat ich näher heran, da sprang es mir entgegen. Schreiend machte ich einen Satz zur Seite. Mit pochendem Herzen sah ich zu der Stelle, wo dieses Ding landete. Meine Augen weiteten sich und ich musste über mich selbst lachen. Es war bloß eine kobaltblaue Schuppen-Burmesin, eine schlangenartige Echse mit kleinen Flügeln, die es ihr erlaubten, kurze Distanzen zu fliegen. Im Kopf ging ich die Bücher durch, die ich über Wesen in Velandir gelesen hatte. Ein Biss zwickte vielleicht etwas, aber mehr auch nicht. Das Gift, das sie verteilte, reichte nicht aus, um eine ernsthafte Gefahr darzustellen. Die Burmesin sah mich mit ihren, für ihren Körper, großen, schwarzen Murmelaugen an. Dabei bäumte sich der Vorderkörper auf.

»Das bringt dir auch nichts«, schnaubte ich belustigt. Als hätte sie verstanden, dass sie sich besser nicht mit mir anlegen sollte, begannen ihre Flügel wild zu schlagen und die Echse schwebte mit einer Geschwindigkeit davon, die mich staunen ließ.

In der Nähe gab es einen kleinen Wald und ich beobachtete Kolkras, die gerade über die Baumwipfel flogen. Ich verfolgte ihre Bewegungen. Sie kreisten auf ihrem Weg nach oben, drehten Schleifen und ihr glänzend schwarzes Gefieder wurde durch die Sonne reflektiert. Dadurch schimmerte es noch intensiver blau also sonst. Als Kind hatte ich es geliebt, sie zu beobachten. Dabei hatte ich immer ein Gefühl von Leichtigkeit und Freiheit empfunden, als wäre ich selbst da oben in den Lüften. Meine Mutter hatte es mir immer verboten, ihnen zu nahe zu kommen. Natürlich war mir damals nicht klar, welche Gefahr möglicherweise von dieser Art von Vögeln ausging, da Kolkraveni sich in solche verwandeln konnten.

Vor mir wedelte irgendwer wild mit einem Arm hin und her.

»Jemand zu Hause?«, fragte Raia genervt.

Noch leicht benommen blinzelte ich. »Was? Ja, ich war nur in Gedanken.«

»Das war nicht zu übersehen«, entgegnete sie und schaute

mich nachdenklich an, als könnte sie erahnen, was mir durch den Kopf ging.

Ich spürte etwas an meinem Stiefel, doch da war es schon zu spät. Mit einem Ruck wurde ich zu Boden gerissen und prallte keuchend auf die Erde. Hastig blickte ich an mir herunter, sah die Schlingen der Singrün-Ranke um mein Bein gewickelt. Sie versuchte, mich zu sich zu ziehen, und ich krallte mich an das einzige Objekt in der Nähe.

»Verdammt, bist du verrückt? Du reißt mich gleich mit, wenn du nicht loslässt«, keifte Raia. Im selben Moment griff sie nach etwas an ihrem Gürtel und schüttelte meine Hände von ihrem Stiefel ab. Sie packte die Schlingen an meinen Füßen und schnitt sie mit ihrem Dolch durch, wodurch die Ranke zurückschoss. Seufzend richtete sie sich auf und steckte die Waffe zurück in ihren Gürtel.

»Hilfst du mir, Feuerholz zu sammeln? Die Idioten prügeln sich fast darum, wo sie das Lager aufschlagen, wo sie Feuer machen sollen, und noch wegen anderen unsinnigen Krams«, sagte sie mit einer wedelnden Handbewegung. »Bevor ich ihnen noch wehtue, dachte ich mir, ich suche lieber nach Holz.« Erwartungsvoll sah sie mich an.

Langsam stand ich auf und klopfte Erdklumpen von meiner Kleidung ab. Im ersten Moment glotzte ich sie mit offenem Mund an, weil sie so tat, als wäre ich nicht gerade von Unkraut angegriffen worden. »Äh, ja klar, ich helfe dir. Und Danke.« Bevor sie auch mir wehtun wollte, stimmte ich lieber zu. Raia verzog ihren Mund. Es sollte vermutlich ein Lächeln sein, doch es machte mir Angst. Bei den Vanden!

Wir gingen einen kleinen Hügel hinauf, wo der Wald anfing, und ich warf einen Blick zurück. Dabei kam mir der Gedanke, dass wir bei einem eventuellen Angriff vom Wald aus nicht vorgewarnt werden würden. Wir könnten in einen Hinterhalt geraten. Als wir den Waldrand erreichten, drehte ich mich zu Raia. »Wir müssen wohl heute Nacht abwechselnd Wache halten. Falls wir angegriffen werden, würden wir es sonst nicht kommen sehen.«

Jetzt schaute sie zu der Stelle, wo sich wahrscheinlich unser Lager befand. Man konnte es von hier aus nicht erkennen.

»Oder wir dürfen kein Feuer machen. Wenn es dunkel ist, würde das natürlich auf uns aufmerksam machen«, sagte ich und zuckte dabei mit den Schultern.

»Auch wenn noch nicht Winter ist, sind die Nächte dennoch schon ziemlich frostig. Die Jungs streiten sich doch eh um alles, dann können sie gleich knobeln, wer als erster Wache hält.« Raia sah ein wenig verbittert aus.

***

Wir entschieden später gemeinsam, das Lager unter einem kleinen Felsvorsprung in weniger Entfernung unterhalb der Ruinen zu errichten, wo wir nicht sofort entdeckt würden, falls wir ein Feuer machten. Jeder hatte ein Zelt aus Imôlyt aufgebaut, einem Stoff, der die Kälte wie eine Hauswand abschirmte, jedoch leicht wie Seide war. Perfekt für diese Reise, auch weil es sich nachts wirklich stark abkühlte. Ich war froh, dass der König uns die Zelte neben der Rüstung und dem Schwert mitgegeben hatte. Großzügig von ihm. Sehr großzügig, wenn ich es mir genau überlegte.

13
KODALINE

Nate und Khalees machten sich auf den Weg, um etwas zum Essen zu besorgen. Da keiner Lust auf Trockenfleisch und Dattelbrot hatte, gingen sie auf die Jagd. Mir wäre es ja lieber, Cayden würde Khalees begleiten, aber das Einzige, was er anscheinend nicht konnte, war jagen.

»Was tust du hier?«, fragte Cayden unvermittelt, als nur wir drei am Feuer saßen. Er bemerkte meine Verwirrung und kratzte sich am Kopf. »Ich meine, ich hätte nicht gedacht, dass sich so jemand wie du der Elite anschließen will.«

Sofort schnellte mein Puls hoch. »Und was meinst du bitte mit *so jemand wie ich?*«

Neugierig musterte er mich, vielleicht etwas zu genau, wenn ich mir sein Grinsen besah. »Nun ja, du entsprichst nicht der üblichen Auswahl und wirkst nicht gerade brutal, wenn ich das so sagen darf. Es kommt auch nicht oft vor, dass von all den Bewerbern überhaupt Frauen ausgewählt werden. Wenn ich mich recht erinnere, kam das sogar noch nie vor.« Dass Raia auch eine Frau war, schien ihm entgangen zu sein.

Mein Herz schlug immer schneller in meiner Brust.

»Ich bin auch überrascht darüber, dass neuerdings solche arroganten, selbstverliebten Schnösel auserwählt werden«, zischte ich. Er fing schallend an zu lachen. Was für ein Idiot! Raias Kopfschütteln entging mir nicht, auch nicht ihr Augenrollen. Mit zusammengekniffenen Augen sah ich sie an.

Abwehrend hielt sie die Hände hoch. »Wenn ihr euch die Köpfe einschlagen wollt, tut euch keinen Zwang an. Es ist mir egal.« Sie stand auf und verschwand Richtung Fluss.

Eine Weile saßen wir schweigend am Feuer. Mit einem Ast stocherte ich in der Glut herum und Funken stoben in die Luft.

»Ich gehe mir die Beine vertreten oder hast du Angst, allein hier zu bleiben?«, fragte er.

Über das Feuer hinweg blickten wir uns an. Während er aufstand, wirkte sein Gesicht durch die Schatten, die darauf fielen, bedrohlich.

Schnaubend schüttelte ich den Kopf. »Mach dir keine Sorgen, ich überlebe auch einen Moment ohne dich.«

Sichtlich amüsiert über meine Worte ging er pfeifend Richtung Ruine. Auch, wenn es mir einen Stich versetzte, hatte er recht. Wieso war ich auserwählt worden? Alle hatten mehr Erfahrung in vielen Sachen, ich würde sagen in allem. Nate war geschickt mit dem Schwert, sonst hätte er mir nicht Teachâin beibringen können. Was ich immer noch nicht perfekt beherrschte. Khalees musste noch eine andere spezielle Fähigkeit haben, neben seinen, wie ich mir vorstelle, beachtlichen Schwertkünsten und der Kampfkunst mit dem langen Holzstab. Bei Raia und Cayden war ich nicht so sicher. Die jagten wahrscheinlich alle durch ihre bloße Anwesenheit in die Flucht. Also warum ich? Hatte Magnus womöglich etwas damit zu tun, um mich loszuwerden?

Ein lauter Schrei ließ mich aufschrecken. Raia! Beim Aufspringen rutschte ich kurz weg und wirbelte Staub und Kies auf. Es war vom Fluss her gekommen, daher rannte ich, so schnell ich konnte, dorthin. Der Himmel färbte sich bereits in ein dunkles Blau, ich sah die Umgebung erst nur schemenhaft. Allmählich gewöhnten sich meine Augen an die Dunkelheit, während ich den schmalen Pfad zum Fluss herunter lief. Dann sah ich sie. Am Ufer liegend klammerte sie sich an einen größeren Felsen. Der Mond trat hinter einer Wolke hervor und tauchte alles in einen silbernen Schein. Ich sah an ihrem Körper hinab zu den Beinen und erstarrte.

'Jeminih, eine Nixe! Diese bösartigen Flossenbiester. Sie hatte ihre Krallen in Raias Bein geschlagen und versuchte, sie in den Fluss zu zerren. Ihre grünen Haare schlängelten sich in alle Richtungen und … fauchten. Oder hatte ich mich verhört? Aber nein, sie fauchten. Ein Fächerkamm verlief von ihrem Steiß über den ebenso grünen Schwanz bis zur Flosse. Ihre Haut glitzerte eisblau.

»Scheiße!« Mir fiel erst jetzt auf, dass ich gar keine Waffe dabei hatte. Mein Schwert lag versteckt unter meiner Decke am Feuer. So etwas passierte, wenn man keinerlei Erfahrung mit solchen Expeditionen hatte. Ohne nachzudenken, hob ich einen großen Stein auf und sprintete zu ihnen. Noch im Laufen warf ich den Brocken mit aller Kraft auf die Nixe. Er verfehlte sie ganz knapp, nur das Wasser neben ihr plätscherte aufgewühlt und spritzte. Sie fauchte mich an und zeigte ihre dunklen, spitzen, eng aneinander gereihten Zähne. Verdammt. Im Werfen war ich echt eine Niete. Genau wie im Beschwören eines Fennöl.

Raia starrte die Nixe wutentbrannt an und trat mit dem freien Fuß nach ihrem Kopf. Die Nixe kreischte und ließ Raias Bein los. Anscheinend hatte diese einen Treffer gelandet. Bevor sie die Krallen erneut ins Fleisch bohren konnte, rollte sich Raia zur Seite und sprang auf die Füße. Sie holte zischend Luft. Am Unterschenkel auf ihrer Hose waren dunkle Flecken zu sehen.

Doch anstatt sich vom Fluss zu entfernen, ging Raia wieder einen Schritt auf die Nixe zu, die das Wasser am Ufer wild kreischend mit dem Schwanz aufwirbelte. Dabei zog Raia mit beiden Händen je einen langen Dolch aus ihrem Hüftgürtel.

Bevor ich sie zurückhalten konnte, ließ die Nixe ihre krallenbewehrte Hand vorschnellen. Metall blitzte auf und Raia wirbelte herum, schlug in einer Drehung den Arm der Nixe mit dem Dolch nach unten, die schmerzverzerrt schrie, wahrscheinlich durch die Klinge verletzt. Erneut drehte Raia sich und schwang den anderen Dolch waagerecht durch die Luft. Warme Tropfen landeten auf meinem Gesicht und ich zuckte erschrocken zurück, da es sich sicher nicht um Flusswasser handelte. Der Schrei der Nixe ging in ein Gurgeln über. Es plätscherte einmal kurz, bis nur noch der reißende Fluss vor uns rauschte. Raia entfernte sich vom Ufer und kam auf mich zu, ließ den leblosen Körper der Nixe hinter sich zurück.

»Ist was?«, blaffte sie. Humpelnd und ebenfalls mit blutgesprenkeltem Gesicht, schritt sie an mir vorbei.

Wieder blieb ich mit offenstehendem Mund zurück. Die Methode mit dem Stein hatte sich womöglich nicht für einen derartigen Angriff geeignet. Im Nachhinein betrachtet, war es eigentlich ziemlich idiotisch gewesen. Doch dadurch hatte ich Raia wenigstens eine Sekunde Ablenkung verschafft, sodass sie angreifen konnte. Aber hatte sie sich dafür bedankt, dass ich es versucht hatte? Meine Zähne knirschten und ich ballte meine Hände zu Fäusten.

Langsam näherte ich mich dem Fluss. Beobachtete die Oberfläche, die zum Glück vom Mond beleuchtet wurde. Falls da noch etwas lauerte, sollte ich es erkennen können. Außer es versteckte sich am Grund und konnte auch so alles genau beobachten, was sich an Land abspielte. Ich verdrängte den Gedanken und hockte mich hin, hielt die Hände kurz hinein und warf mir etwas Wasser ins Gesicht, um das Nixenblut abzuwaschen. Dann wiederholte ich den Vorgang, rieb mir über die Wangen und Stirn, weil ich das Gefühl hatte, es klebte wie klebrige schwarze Begymen-Masse an mir.

Ein kleines Plätschern ließ mich aufschrecken. Es kam aus der Nähe der toten Nixe. Um meinen Puls zu beruhigen, atmete ich tief durch. Einen Augenblick rührte ich mich nicht. Weitere Sekunden vergingen, aber nichts passierte. Also stand ich auf, hielt bis zu einer sicheren Entfernung den Blick zum Fluss gerichtet. Was bedeutete, ich ging so lange rückwärts, bis etwas Abstand zwischen dem Ufer und meinen Füßen bestand, dann erst drehte ich mich um.

Auf dem Weg zum Lager versuchte ich, runterzukommen. Mein Herz wummerte noch immer. Mit solch einer Attacke hatte ich nicht gerechnet. Verdammt, damit musste ich aber rechnen. Schon aus einiger Entfernung konnte ich die anderen sehen. Nate und Khalees waren wieder da und auch Cayden saß am Feuer. Hatte er den Schrei denn nicht gehört? Die Ruine war nicht weit entfernt, er musste es gehört haben. Oder war er so egoistisch, dass ihm alle anderen egal waren?

Am Lager angekommen, ging ich geradewegs ins Zelt, um mein Buch *Geschichten in Velandir* zu holen, was ich eingepackt hatte. Auch wenn Nate sich deswegen über mich lustig gemacht hatte. Darin zu lesen, gab mir auch innere Ruhe und einen gewissen Frieden.

Alle bis auf Raia sahen zu mir, als ich mich auch ans Feuer setzte.

»Hey«, flüsterte Nate. »Wo warst du denn? Ich hatte mir schon Sorgen gemacht.«

»Ich … hab mir die Beine vertreten und mich unten am Fluss gewaschen«, log ich. Ganz bestimmt wollte ich nicht diejenige sein, die direkt rumjammerte. Vielleicht sollte ich mich mal mit Raia unterhalten, um zu klären, warum sie so gereizt auf mich reagierte.

»Magst du etwas vom Fasan?«, fragte er mit einem liebevollen Lächeln.

»Danke, ich hatte eben schon *Fisch*.« Das Ereignis am Fluss hatte mir sogar den Appetit auf Fasan versaut. Möglichst unauffällig schaute ich zu Raia. Tiefe Wunden mussten an ihrem Unterschenkel sein, was sie sich jedoch nicht anmerken ließ. Unter ihrer Hose blitzte heller Stoff durch. Ein Verband, wie ich vermutete.

Khalees beugte sich vor und musterte die Blutflecken auf Raias Hose. »Was ist da passiert?«

Gleichgültig zuckte sie mit den Schultern. »Nichts weiter.«

»Nichts weiter?«, schoss ich zurück. »Eine verdammte Nixe hätte dich beinah in den Fluss gezerrt und vermutlich gefressen. Das nennst du nichts weiter?«

»Richtig. Aber ein Stein hätte sie auch nicht davon abgehalten.« Raia sah mich mit amüsiert funkelnden Augen an.

Hitze stieg mir ins Gesicht. Dieses Biest.

»Eine Nixe?« Nate blickte verwirrt zwischen Raia und mir hin und her, doch weder sie noch ich gaben Antwort. Auch Khalees zog fragend die Augenbrauen in die Höhe und Cayden lachte, als hätte jemand einen Witz erzählt.

Das Gespräch mit ihr hatte sich erübrigt. Obwohl ich beeindruckt war, wie geschickt sie mit den Dolchen umging, wollte ich jetzt bestimmt kein Wort mit ihr reden. Es waren noch keine zwei Tage vergangen. Wie sollte das während der Reise weitergehen, wenn wir uns womöglich gegenseitig an die Gurgel gingen?

Die Vorstellung deprimierte mich, doch eigentlich sollte es mir egal sein. Schließlich war ich auserwählt worden, aus welchem Grund auch immer. Ich war auserwählt worden!

Schon bald könnte ich der Elite des Königs angehören und für ihn kämpfen, wenn es sein musste. Ich musste noch geschickter mit dem Schwert werden, doch dafür würde ich alles tun. Die Elite stand in der Hierarchie noch höher als die Gardisten, sogar als Kommandant Sûdrac. Schließlich waren sie ausschließlich für den Personenschutz der königlichen Familienmitglieder verantwortlich.

Also reckte ich das Kinn. Ich ließ mich nicht unterkriegen. Mein Ziel war zum Greifen nah.

14
KODALINE

Es schien so, als hegte Kodaline einen Groll gegen Raia und umgekehrt ebenso. Dann dieser kurze, böse Blick zu mir. Bei den Ruinen hatte ich einen Schrei gehört, aber ich hatte ihn eher der Kategorie *O nein, da ist ein pelziges kleines Tierchen* zugeordnet. Dass es doch etwas ernster gewesen sein musste, hatte ich erst begriffen, als ich zum Lager zurückgekommen und Raia damit beschäftigt gewesen war, ihr Bein zu verbinden. Wenn auch mit Murren und Knurren. Aber auf Nachfrage hin hatte sie nur die Augen verdreht und gesagt, es könne mir egal sein. Eigentlich hatte ich gar nicht lachen wollen, aber manchmal verhielt ich mich eben unpassend. Nein, fast immer.

Nathaniel gab Kodaline einen flüchtigen Kuss und ging in eines der Zelte, die mit den Öffnungen einander zugewandt standen. Stöhnend verdrehte ich die Augen. Vielleicht etwas übertrieben, aber nun ja ... unpassendes Verhalten. Kodalines Kopf wirbelte zu mir herum, ihre Augen verengten sich zu Schlitzen und sie hielt das Buch in ihren Händen krampfhaft fest. Was wollte sie hier mit einem Buch?

»Willst du mir irgendetwas sagen?«, zischte sie.

»Nein, eigentlich nicht«, antworte ich wahrheitsgemäß.

»Warum gibst du dann immer unpassende Kommentare von dir oder zeigst solche reizenden Reaktionen?«

Eine bessere Antwort als ein Schulterzucken konnte ich ihr nicht geben.

Weil es Spaß machte? Weil ich eigentlich nicht hier sein wollte? Weil ich schon längst hätte auf einem Schiff davon segeln können, anstatt Wochen oder Monate mit euch zu verbringen? Das konnte ich schlecht sagen. Kodaline stieß ein leises Seufzen aus und sah in die Flammen. Raia saß etwas entfernt, den Rücken zu uns gewandt. Schweigend saßen wir noch eine Weile da, nur das Knistern des Feuers untermalte die Stille.

»Wie seid *ihr* hierher gekommen? Als Anwärter der Elite, meine ich«, fragte Kodaline und unterbrach die Stille.

»Vor ein paar Monaten habe ich mich offiziell beworben. In Teôs gab es einen Tag, wo ein Abgesandter des Königs Bewerber empfing. Und das waren nicht wenige. Ich habe mir keine großen Hoffnungen gemacht. Aber anscheinend habe ich mich nicht blöd angestellt.« Wegen seines nuschelnden Akzents musste ich mich konzentrieren, damit ich Khal verstand, wenn er so viel erzählte.

»Und was genau musstest du da machen?«, fragte Kodaline, sie sich anscheinend brennend dafür interessierte. Sie schien aber etwas aufgewühlt zu sein, denn sie strich sich nervös die Haare hinter ihr Ohr.

Khalees grinste. »Dieser feine Lord hat gefragt, welche Fähigkeiten ich hätte. Und als ich sagte, ich sei Wai und könne außerdem gut mit Schwertern umgehen, sollte ich etwas vorführen.«

Kodaline wirkte konfus und trotz des Feuers erkannte ich, dass sie ein wenig blass um die Nase wurde. Was hatte sie nur? Dann huschte ihr Blick zu mir und sah mich forschend an.

»Und du?« Ihre Stimme klang nicht annähernd so freundlich wie Khal gegenüber.

Verdammt! Was sollte ich sagen? »Nun ja, Lord Alart und ich sind sozusagen alte Bekannte. Da hat er ein gutes Wort für mich eingelegt.« Durch jahrelanges Training konnte ich lügen, ohne rot zu werden.

»Einfach so?«, hakte sie nach.

Frauen – so schrecklich neugierig. Nicht so leicht damit durchzukommen, hatte ich befürchtet. Ich holte tief Luft.

»Ich habe gehört, dass der König auf der Suche ist, und als ich zufällig auf den Lord gestoßen bin, habe ich mich mit ihm unterhalten. Er weiß, wie ich kämpfe. Von daher … Er konnte den König überzeugen, dass ich eine Bereicherung wäre. Noch dazu als Talami.« Das reichte hoffentlich auch den anderen als Erklärung.

Kodaline hob eine Augenbraue, dann nickte sie langsam. »Das wird sich wohl noch herausstellen.«

Augenrollend schüttelte ich den Kopf. Wenn Kodaline so wertvoll war und Nathaniel bei ihr war, wieso sollte ich dann für sie verantwortlich sein? Es ergab für mich einfach keinen Sinn. »Was ist mit euch beiden?«

Bei dieser Frage zuckte sie leicht zusammen. »Wir, ähm … also bei Nate war es so wie bei Khalees. Er hatte sich beworben, als er … in Kôlhave war. Er ist ein guter Schwertkämpfer.« Sie knabberte an ihrer Unterlippe. Das hatte sie auch an dem Abend getan, als wir uns zum ersten Mal getroffen hatten. Anscheinend fühlte sie sich unwohl oder war angespannt. »Bei mir war es wohl ähnlich, aber ich musste meine Fähigkeiten nicht unter Beweis stellen. Wahrscheinlich hat der Freund meiner Mutter ein gutes Wort für mich eingelegt, damit er mich loswird.« Achselzuckend schaute sie zu Boden. Das schien nicht die ganze Wahrheit zu sein.

»Wieso sollte er dich loswerden wollen?«, fragte Khalees.

»Auch wenn ich gern zur Elite gehören würde, eine Freude wollte er mir bestimmt nicht machen.« Ein bitteres Lächeln erschien auf ihrem Gesicht. »Wir haben nicht gerade ein freundschaftliches Verhältnis.«

Soso. Was war wohl mit ihrem Vater? Verdammt, egal. Ich hatte sowieso kein Interesse auf solche Familiendramen.

»Was ist am Fluss passiert?«, fragte ich stattdessen.

Ihr Blick huschte zu mir, dann wieder zu Boden. »Wie Raia gesagt hat: Nichts weiter.«

Khalees schüttelte den Kopf. »Sie hat mir gesagt, sie sei gestürzt und in Dornengestrüpp gelandet.«

»Warum hat sie denn nicht gesagt, dass euch eine Nixe angegriffen hat?«

Raia fuhr zu uns herum. »Weil es für Raia kein großes Ding war. Jetzt ist es eine tote Nixe.« Schmunzelnd fixierte sie Kodaline. »Und solltest du nochmal jemandem helfen wollen, nimm dein Schwert mit.« Sofort wandte sie sich ab.

Kodaline schnaubte. Die ganze Zeit knibbelte sie schon an ihren Fingern, ihre Gefühle konnte sie schwer verbergen. Sie richtete den Blick wieder ins Feuer.

Es schien eine gewisse Spannung zwischen den beiden zu geben. »Nun gut, anderes Thema.« Kurz streckte ich mich. Der Baumstamm eignete sich keinesfalls zum Sitzen. Khalees setzte sich ebenfalls aufrechter hin, als wollte er gleich wieder eine Geschichte erzählen. »Also …«, fing ich an, während ich überlegte, worüber ich reden sollte. »Du und der Schönling, ja?« Besser formulieren konnte ich es nicht und es interessierte mich wirklich.

Langsam hob Kodaline den Kopf. »Diese Frage meinst du doch nicht ernst oder?«, zischte sie.

»Es interessiert mich einfach. Ich finde ihn ein wenig seltsam.«

Mit zusammengekniffenen Augen sah sie mich an. »Pff … Das denke ich auch von dir.«

Khalees legte beschwichtigend eine Hand auf ihren Arm und wirkte beunruhigt. »Kodaline, als wir zusammen jagen waren … da habe ich ihn reden gehört. Mehr zu sich selbst. Er hat wohl gedacht, ich hörte ihn nicht.« Er hob die Schultern und Kodaline sah ihn irritiert an. »Er sagte: *Ich werde dich finden, Amâir, ich werde dich nicht enttäuschen, und* sie *auch nicht.* Als ich mich bemerkbar machte und fragte, ob alles in Ordnung sei, nickte er knapp und ging stumm davon.«

Auf einen Schlag wirkte sie traurig. Ließ bedrückt den Kopf sinken und umklammerte krampfhaft ihr Buch. »Wie ihr ja mit Sicherheit wisst, breiteten sich in den Völkern Unruhen aus, nachdem König Tidus gestorben ist. Nates Mutter ist damals in Kôsumitra verschwunden, als der Kontinent in Aufruhr war, kurz bevor Tidus' Sohn Taraîn an die Macht gekommen ist.«

»Ich kann mich gut an diese Zeit erinnern. Auch in Teôs haben wir die Auswirkungen dieses Aufstandes zu spüren bekommen. Viele Fabrikarbeiter verloren ihre Arbeit. Mein Vater eingeschlossen. Ein weiterer Grund, warum ich hier bin. Nur noch eine Handvoll arbeiteten in der Fabrik und die Menschen hatten kaum mehr Geld für Essen«, sagte Khalees leise und in sich gekehrt.

Auch ich erinnerte mich leider an diese Zeit. Die Zeit, als unser Vater kaum noch zu Hause gewesen war und unsere Mutter ihre Wut an uns ausgelassen hatte. *Nichtsnutz* hatte er mich genannt, kurz bevor er gegangen war. Nachdem er dann fort gewesen war, hatte sie erst jede Menge Kutpan getrunken, bis sie irgendwann angefangen hatte, geringe Dosen Bittersüß zu konsumieren, um sich in den Rausch zu flüchten. Zähneknirschend verbannte ich die Gedanken, konzentrierte mich wieder auf das Gespräch und sah, wie Kodaline nickte.

»Man behauptet, es wäre ein Unfall gewesen. Ich persönlich glaube, Tidus ist ermordet worden, aber keiner kann es mit Gewissheit sagen. Aber das Handelsgeschäft und die Wirtschaft laufen seitdem gut, besonders die Farmer profitieren, was jetzt nichts zur Sache tut. Nun ja, Nate konnte nie damit abschließen, weil er nicht weiß, was mit seiner Mutter passiert ist. Sie wurden irgendwann getrennt. Er hat sich geschworen, sie zu finden. Und das kann man am besten, wenn man zurück an den Anfang geht. Und ich kann ihn verstehen. Er hofft immer noch, sie zu finden.« Ihr giftiger Blick traf mich. »Was du mit Sicherheit nicht verstehen kannst.«

Irgendwie hatte ich das Gefühl, sie konnte mich nicht leiden. Mal abgesehen davon, dass sie mit ihren Behauptungen total falschlag und sie damit nervte, war sie doch verdammt süß. Und ich war es gar nicht gewohnt, von Frauen derart zurückgewiesen zu werden. »Also zum einen kann ich dir sagen, dass der jetzige König ein Bastard ist. Zum anderen … ich kann es sehr wohl nachempfinden, wenn ein Familienmitglied verschollen, entführt oder verstümmelt wurde.«

Kodalines Augen weiteten sich. »Cayden … ich …«

Mit erhobener Hand unterbrach ich sie. »Schon in Ordnung.« Auch wenn die schmerzvollen Erinnerungen wieder aus den hintersten Winkeln meiner Gedanken herausgekommen waren. Doch ich wollte ihr kein schlechtes Gewissen machen.

»Schon bald soll Taraîns Sohn Malos in die königliche Gesellschaft eingeführt werden, wie es so schön heißt. Allerdings soll er ein solcher Zärtling sein, dass viele die Befürchtung haben, er sei dem Druck nicht gewachsen. Gerüchten zufolge hat er sogar seinem Vater und auch dem Hauptmann der Garde mal bei der Jagd aus Versehen einen Pfeil durch den Arm gejagt, weil er vom Fasan aufgeschreckt wurde«, fuhr Kodaline fort.

Khal kicherte gehässig. Ein Lachen konnte ich mir auch nicht verkneifen, und Kodaline lächelte, wenn auch etwas verhalten. Falls das stimmte, bei den Vanden, dann waren wir alle in Gefahr. Er war eine Gefahr für sich selbst.

Mein Blick fiel wieder auf das Buch mit dem abgewetzten braunen Ledereinband in Kodalines Händen, das sie immer noch fest umklammerte. »Was liest du da eigentlich?«

»Geschichten in Velandir.« Bedächtig fuhr sie mit einem Finger über den Buchrücken.

»Steht denn da etwas Interessantes drin?«, fragte ich.

»Alles, was darin steht, ist interessant«, schoss sie zurück.

»Schon gut, es wird wohl so sein.« Ich schnaubte genervt und sie warf mir prompt einen bösen Seitenblick zu.

»Lies uns doch einfach mal irgendetwas vor. Ich liebe Geschichten«, bat Khalees.

Das glaubte ich sofort. An dem Abend in der Taverne war mir schon aufgefallen, dass an Khalees ein Geschichtenerzähler verloren gegangen war. Scheinbar liebte er es ebenso, welche zu hören.

Erst seufzte Kodaline schwer, schlug dann aber das Buch willkürlich auf und legte einen Zeigefinger auf die Seite.

»Als die Kolkras die Lüfte beherrschten – Es war eine friedliche Zeit, denn die Menschen, ob mit oder ohne magische Fähigkeiten, und die Elfennôl lebten in Harmonie mit den Vanden und respektierten einander. Alle Seiten waren zuvorkommend und hilfsbereit. So vergingen die Jahrhunderte.

Doch überall gibt es leider auch die Sehnsucht nach mehr.

Mehr Erfolg, mehr Geld, mehr Macht. Sei es die Macht, einflussreich zu sein, oder eine Macht, alle Wesen dieser Welt zu befehligen.

Der Erste seiner Art hieß Balôr. Er experimentierte mit Menschen und den Kolkras. Versuchte, Menschen ohne magische Begabung mit den Kolkras zu vereinen, um ihnen deren Fähigkeiten zu verleihen. Es folgten Experimente mit jenen Menschen, die selbst magische Fähigkeiten besaßen, um sie so zu verstärken. Er tötete fast all seine Versuchsobjekte und testete es schlussendlich an sich selbst.

Er entnahm Knochenmark der Kolkras und injizierte es sich, ohne zu wissen, in welcher Konzentration er es verabreichen musste. Und die fremden Körperzellen mutierten.

Da er seine neu erwachte Macht nicht kontrollieren konnte, versank das Land mehr und mehr im Chaos. Die Kolkraveni, wie die Mutierten von nun an genannt wurden, waren entstanden.

Die Einzigen, die eine Chance hatten, gegen sie zu bestehen, waren die Vanden. Sie beherrschten alle Elemente, und konnten die Kolkraveni mit Hilfe des Kangarak-Vogels bekämpfen. Doch leider vermehrten sie sich mit den Jahren immer mehr. Man hat den Kampf verloren, und der Kangarak verschwand.«

Kodaline schlug das Buch zu, niemand sagte im ersten Moment etwas.

Mir schwirrte der Kopf, ich atmete tief durch. »Das ist wirklich … interessant … und total ekelhaft. Dieser Balôr war wohl nicht ganz richtig im Kopf.«

»Das kann man wohl so sagen«, erwiderte Raia, die plötzlich heranhumpelte und sich zu uns ans Feuer setzte. Das verletzte Bein streckte sie nach vorn aus.

Kodaline schüttelte sich. »Auch wenn ich das schon vorher gelesen habe, ist es schrecklich und mir sträuben sich immer noch die Nackenhaare.«

»Mich würde das Verschwinden dieses gigantischen Vogels interessieren«, meinte Khalees.

Wir sahen zu ihm, während er sich gerade die Haare wieder zusammenknotete. Mich wiederum würde interessieren, wie lang diese Haare wirklich waren.

»Er war nicht das einzige Wesen, das spurlos verschwand. Aber es wird ihn gegeben haben, denn sonst würden sie wohl kaum Figuren und Statuen von ihm bauen«, bemerkte Kodaline.

Nachdenklich rieb ich mir übers Kinn. »Warum heißt die Geschichte eigentlich *Als die Kolkras die Lüfte beherrschten* und nicht etwa *Als ein Geisteskranker experimentierte* oder *Der Untergang Velandirs*? Das wäre doch sehr viel dramatischer.«

Kodaline sah mich genervt an. »Es geht wohl vielmehr darum, dass die Kolkras und womöglich auch der Kangarak wirklich die Lüfte beherrschten, bevor Balôr seine Experimente begann.«

Ich dachte über ihre Worte nach und nickte. »Das macht durchaus Sinn. Kudra Atâmi.«

Jetzt bebten ihre Nasenflügel und sie funkelte mich wütend an. Also hatte sie die Bezeichnung *schlaues Mädchen* anscheinend verstanden.

Schnaubend wandte sie sich an Khalees. »Der Legende nach hat sich in Kôsumitra ein Roch aufgehalten und alle im Dorf getötet. Es soll dort außerdem ein Kampf zwischen einem Kangarak und einem Roch stattgefunden haben. Manche sagen, er sei sogar stärker und größer gewesen als der Kangarak, weswegen dieser verschwand.«

»Beide Vögel sind eine Legende, aber ein Roch … das sind wohl alles nur Hirngespinste«, sagte ich.

»Man hat eine einzige Zeichnung von ihm gesehen, gegenübergestellt zu einem Kangarak. Wenn er wirklich so riesig gewesen war, hätte ihn doch mal jemand gesehen«, wandte Raia ein.

Belehrend hob ich den Zeigefinger. »Es müssen ja manche überlebt haben, sonst gäbe es nicht solche Geschichten oder?« Wieder schenkte Kodaline mir einen finsteren Blick.

»Aber warum hat er sich denn Kolkras für seine Experimente gesucht und nicht einen anderen Vogel?«, fragte Khal.

Alle sahen nachdenklich ins Feuer, was langsam niederbrannte.

Kodaline schaute in den Nachthimmel, als gäbe er Antworten. »Kolkras sind unglaublich wendig und schnell, verschleppen ihre Beute fast lautlos. Aber ich kann nur durch Überlieferungen sagen, wie sich das dann auf die Menschen ausgewirkt hat oder auf Balôr, denn Dûwal sei Dank bin ich noch keinem Kolkraveni begegnet.«

»Woher weißt du das dann alles?«, fragte ich sie.

Demonstrativ hielt sie ihr Buch hoch und zog überheblich ihre Augenbrauen nach oben. Schnaubend verdrehte ich die Augen. Sie stand auf und packte ihre Decke unter den Arm, ihr Buch drückte sie an ihre Brust, als wäre es ihr kostbarster Besitz. »Es ist spät, ich lege mich schlafen. Gute Nacht.« Sie sah erst Khalees, dann mich an.

Wieder durchfuhr mich dieses Kribbeln wie ein Blitzschlag. Bildete ich mir das vielleicht nur ein? Ich schaute ihr hinterher, wie sie Richtung Zelt verschwand. Zu ihm. Sie schlief natürlich nicht allein. Es sollte mir nichts ausmachen. Ich kannte sie nicht und es gäbe nur Probleme, Freund hin oder her. Trotzdem zog sich meine Brust bei dem Gedanken zusammen, wie er sie berührte. Kiefermahlend ballte ich die Fäuste. Sakra, Schluss damit! *Was kümmerte sie dich?*

»Ich werde auch schlafen gehen und mein Bein ruhig legen. Diese verfluchte Nixe hatte scharfe Zähne«, sagte Raia.

Amüsiert sah ich sie an. »Gibst du es endlich zu?«

Raia stemmte sich vom Baumstamm hoch, erwiderte meinen Blick mit zynischem Grinsen und humpelte Richtung Zelt. Nicht, ohne mir eine unflätige Geste zu zeigen.

Lachend schüttelte ich den Kopf. »Und mir sagt man nach, ich wäre kompliziert. Pech, dass du nicht in der Nähe warst.«

Khal rieb sich den Nacken. »Auch wenn es so war, hätte ich gegen eine Nixe nicht viel ausrichten können, außer zu versuchen, sie zu beruhigen. Solange ich sie nicht selbst beschwöre, gehorchen sie mir nicht. Ziemlich sture Biester.«

Mir war gar nicht bewusst, dass es Nixen in diesen Gegenden gab. Man verband mit diesen Wesen automatisch das Meer. Zu wissen, dass sie auch in Flüssen lebten, war beunruhigend. Es erklärte trotzdem nicht diese Spannungen zwischen ihr und Koda. »Wir sollten die beiden im Auge behalten, bevor jemand eines verliert.«

Daraufhin lachte Khal herzhaft. »Das sollten wir. Ich werde

mich nun aber auch hinlegen. Es wird noch anstrengend genug. Labu Noctar.« Khalees nickte mir zu und verschwand in einem Zelt.

Nun war ich allein und musste die erste Wache halten. Ich starrte ins Feuer und sah zu, wie die Funken in der Nachtluft wirbelten. Das Knistern hatte eine hypnotische Wirkung und je länger ich in die Flammen starrte, umso müder wurde ich. Doch ich musste Wache halten, also atmete ich tief ein und setzte mich aufrechter hin. Meine Gedanken schweiften zu dieser Reise, den Elite-Anwärtern.

Was hatte sich der König hierbei gedacht? Er suchte nach fähigen Kämpfern als Schutz für seine Mimose von Sohn. Und dann nahm er Frauen in die Elite auf? Zugegeben, Raia besaß mit Sicherheit genug Talent und ließ sich bestimmt von niemandem einschüchtern. Und wie Kodaline reagiert hatte, als sie erfahren hatte, wie Khalees als Anwärter ausgewählt worden war ... Die Geschichte mit dem Freund ihrer Mutter kaufte ich ihr jedenfalls nicht ab. Was verbarg sie? Und was verbarg der König?

Irgendetwas passte hier nicht zusammen.

15
KODALINE

An einem Donnerstagmorgen kam die Mutter ins Zimmer des Mädchens und fragte, ob sie fertig angezogen sei, als sie es schon auf dem Höckerchen vor ihrem kleinen Frisiertisch sitzen sah. Das Mädchen nickte stumm.

Die Mutter trat hinter das Mädchen und nahm die Bürste vom Tisch, begann, die Haare zu kämmen und dann den oberen Teil mit einer schwarzen Schleife zusammenzubinden. Das Mädchen sah durch den Spiegel in das Gesicht ihrer Mutter und beobachtete die Träne, die gerade über ihre Wange lief. Aber sie tat so, als hätte sie nichts bemerkt und lächelte, als ihre Mutter ihren Blick erwiderte.

Eine Stunde später gingen sie Hand in Hand hinter den in schwarzen Mänteln gekleideten Männern her, die den hellen Sarg zum Stadtfriedhof trugen. Sie folgten dem schmalen Weg, der von der weißen Kirche aus einen kleinen Hügel hinaufführte, und blieben nach einigen Mittar an der Stelle stehen, wo ein tiefes schwarzes Loch in der Erde klaffte.

Eine Kerze brannte noch, als ich unser Zelt betrat. Für jeden stand ein eigenes Zelt zur Verfügung, aber da wir beide ... nun ja, jetzt brauchten wir nur eines. Während ich gekrümmt dastand, zog ich mein Cape aus, dann schmiss ich meine Stiefel, Hose und Tunika vor unser provisorisches Bett. Nur in Unterwäsche schlich ich zu ihm und setze mich neben ihn. Der Schein der Kerze ließ ihn weich und jungenhaft wirken. So erinnerte er mich an die elfjährige Version von ihm. Sorgenfrei, abenteuerlustig wie ich. Bereit, das Land zu erkunden.

Er trug noch sein Hemd. Vermutlich war er so fertig gewesen, dass er einfach so eingeschlafen war. Der tiefe V-Ausschnitt gab einen Teil seiner Brust preis. Ich beobachtete, wie sie sich langsam hob und senkte, im gleichmäßigen Rhythmus seiner Atmung. In all den Jahren hatte ich nie richtig bemerkt, wie muskulös Nate war. Jetzt konnte ich nicht wegsehen. Ich beobachtete eine Zeit lang das Spiel seiner Muskeln, wenn er im Traum zuckte, bis seine Atmung unregelmäßiger wurde. Erst als meine Augen höher wanderten, bemerkte ich, dass er mich ansah. Hitze schoss mir ins Gesicht und ich wandte sofort den Blick ab. Nate nahm mein Kinn, drehte es zu sich und strich mit seinen Fingern über meine Wange. Seine Augen funkelten und ich erkannte den Schalk darin.

»Das muss dir nicht peinlich sein«, flüsterte er. »Das geht den meisten Frauen so.« Schockiert sah ich ihn an. Er gluckste und drehte sich zur Seite, hob die Decke hinter sich als Einladung an, ihm Gesellschaft zu leisten. Meine Mundwinkel zuckten.

Ich kuschelte mich an ihn und sofort zog sich eine Gänsehaut über seinen Rücken.

»Heiliger Dûwal …« Er holte scharf Luft, als ich meine Füße zwischen seine Beine schob, meine kalte Hand unter sein Hemd krabbelte und auf seinen Bauch legte. »Gut, das habe ich verdient«, gab er kleinlaut zu.

»O ja«, flüsterte ich.

Nate legte seine Hand über meine und verschränkte unsere

Finger ineinander. Selig atmete ich ein und schmiegte mein Gesicht an seinen warmen Rücken. Es dauerte nicht lange, bis die Traumwelt mich mit auf die Reise nahm.

Der König saß auf seinem Thron und schaute auf seine Gäste in dem riesigen Thronsaal. Ich stand neben ihm, trug einen langen Mantel, eine enge Stoffhose und glänzende Stiefel in den Farben des Königs. Obsidianschwarz. Goldene Verzierungen mit filigranen gestickten Ornamenten zierten den Mantel. Am hohen Kragen sahen zwei Gryffons einander an. Auf der anderen Seite des Throns stand Nate. Er lächelte mich an, was ich erwiderte. Auch er hatte einen langen Mantel an, doch anstatt Gryffons zierten Kolkras seinen Kragen.

Leichte Schmerzen im Nacken weckten mich auf. Desorientiert blinzelte ich, bevor ich bemerkte, dass ich auf Nates Arm lag. Draußen herrschte noch Dunkelheit. Vorsichtig drehte ich den Kopf. Nate lag auf dem Rücken und schlief weiterhin seelenruhig. Mein Blick wanderte weiter, und ich schluckte, als ich auf seinen nackten Oberkörper starrte. Die Decke hatte er wohl während des Schlafs herunter bis zum Bauch geschoben. Wann hatte er sich ausgezogen? Auch bei schwachem Kerzenlicht bemerkte ich seine Bauchmuskeln und kaute auf meiner Lippe herum.

Ein Geräusch von draußen riss mich aus den Gedanken und ich zuckte zusammen. Das musste Cayden sein, der zum Zeitvertreib vermutlich irgendeinen Blödsinn trieb. Langsam und leise schälte ich mich aus der Decke und schlich zum Zelteingang. Schob den Vorhang beiseite und spähte durch den schmalen Spalt.

Während ich das Lager beobachtete, fiel mir eine dunkle Gestalt auf, die sich dem Feuer näherte. Da diese vor dem Feuer stand, konnte ich nur einen groben Umriss erkennen. Danach zu urteilen, die eines Mannes. Doch seine Schultern waren breiter als Caydens, so wie seine ganze Statur. Mein Puls beschleunigte sich. Er drehte den Kopf, schien nach etwas zu suchen, doch ich konnte sein Gesicht nicht erkennen. Dann verschwand er und verschmolz mit der Nacht. Seltsam.

Nach Cayden suchend ließ ich den Blick schweifen. Keine Spur von ihm. Hitze stieg in mir auf. Zum Diaful! Wo steckte er? Wie konnte er das Lager verlassen, wo doch alle anderen schliefen? Leise fluchend zog ich mir Hose, Tunika und Stiefel an. Ein kurzer Blick zu Nate versicherte mir, dass er noch immer ruhig schlief. Dann trat ich raus ins Freie und verharrte einen Augenblick. Mist. Hastig kehrte ich um und schnappte mir das Doppelklingenschwert, in der Hoffnung, es nicht gebrauchen zu müssen. Dann begab ich mich so leise wie möglich auf die Suche nach Cayden. Ich versuchte, nicht bei jedem Geräusch zusammenzuzucken oder zu schreien. Alles in Ordnung. Der Mond schien hell, sodass ich auch weiter vom Feuer entfernt etwas sehen konnte. Das Heulen eines Barghests ertönte und verschaffte mir eine Gänsehaut, aber dieser Hund aus der Unterwelt war nicht in der Nähe. Meine Schritte führten mich Richtung Ruine. Einem Gefühl folgend, vielleicht auch Instinkt.

Darauf bedacht, keine Geräusche zu verursachen, näherte ich mich den Überresten des Bauwerkes. Ich bewegte mich auf den mit dünnen Ranken bewachsenen Torbogen zu, der ins Innere der Ruine führte. Dem Gemäuer blieb ich jedoch fern, denn ich wollte nicht erneut in den Fängen des Singrün landen. Am oberen Rand des Bogens waren in der Mitte vier ineinander verwobene Dreiecke abgebildet. Dieses Symbol hatte ich noch nie gesehen, auch nicht in den Büchern, die ich besaß. Was bedeutete es? Und leuchtete es tatsächlich Blau? Nein, wahrscheinlich bloß eine optische Täuschung. Das Mondlicht ließ die Umgebung wie einen vergessenen Ort aussehen, einen Garten. Nicht irgendeinen Garten, es erinnerte mich an den Innenhof des Anwesens eines legendären Anführers, das ich von Bildern aus Lehrbüchern kannte. Ob es tatsächlich so ausgesehen hatte, konnten nur er oder Zeitzeugen sagen, doch diese Bilder waren aus Überlieferungen zustande gekommen. Und dieser Anführer war ein Fae gewesen. Ein Angehöriger jenes Volkes, das Jahrhunderte lang hier gelebt und regiert und stets mit allen anderen Wesen Frieden gehalten hatte. Bis Balôr und die Kolkraveni gekommen und die Fae endgültig durch die Vanden vertrieben worden waren. Die Hohepriester aller Völker der Elfennôl.

Viele mochten sie verehren und loyal zu ihnen stehen. Aber ich war der Meinung, dass den Vanden die Macht zu Kopf gestiegen war. Wegen ihrer fanatischen Vorstellung von vollkommener Macht durch vereinte Elementare hatten sie immer mehr Missmut bei den Völkern auf sich gezogen. Der König hatte hinter ihrem Streben gestanden, wodurch es zu den meisten Aufständen gekommen war.

Etwas Schimmerndes erregte meine Aufmerksamkeit und ließ mich wieder klar sehen. Durch kleine Risse in den verbliebenen Bodenplatten schien hellblaues Licht hindurch. Vorsichtig näherte ich mich, kniff die Augen zusammen und hielt die Hand über einen der Risse. Es fühlte sich warm an, irgendwie kribbelig. Was war das nur? Früher hatte es viele Erdbeben in Velandir gegeben, die die Landschaft stark verändert hatten. Der Ouvosnari Berg zum Beispiel war vor nicht allzu langer Zeit förmlich aus dem Boden geschossen und überall durchzogen tiefe, breite Furchen das Land. Doch hellblaues Licht, das herausdrang?

Im Augenwinkel bemerkte ich noch ein Aufblitzen an einer Mauer, neben den Ranken des Singrün. Ein Grinsen breitete sich auf meinem Gesicht aus. Eine Schuppen-Burmesin. Mit Sicherheit *die* Burmesin, die gestern aus dem Gebüsch gesprungen war, weshalb ich mir fast in die Hose gemacht hätte.

»Du schon wieder«, flüsterte ich. »Lauerst du mir auf?«

Vorsichtig näherte ich mich der Mauer, die Burmesin bewegte sich ruckartig ein wenig zur Seite. Mit ihren Kulleraugen musterte sie mich. *Keine wilden Tiere anfassen!*, hörte ich die Stimme meiner Mutter im Kopf. Nun, in solchen Dingen war ich wohl immer noch ein Kind, denn wie automatisch streckte ich die Hand aus. Die Burmesin schnüffelte kurz daran, ehe sie drauf lief. Die kleinen Krallen piksten etwas durch meine Tunika, während sie meinen Arm hinaufkletterte. Mit der anderen Hand streichelte ich vorsichtig über die kleinen Schuppen, die sich seidig und warm anfühlten, was mir ein Lächeln entlockte. Im nächsten Moment sah ich zu, wie sich scheinbar in Zeitlupe der im Verhältnis zum Körper relativ große Mund öffnete und sich die Zähne blitzschnell in meinem Oberarm versenkten.

»Sakra«, zischte ich, packte das Tier mit der freien Hand, um es loszureißen. Doch es hatte sich festgebissen. Mistvieh! Süß und hinterhältig, genau wie Cayden. Ich zog und zerrte an der Echse, aber es brachte nichts, außer Schmerzen im Arm. Wütend und fluchend stapfte ich durch die Ruine auf den Fluss zu. Vielleicht würde ich einen Fisch finden, in den sie lieber ihre Zähne reinhauen würde. Ich stolperte über einen Stein und blieb dann abrupt stehen, als Cayden vor mir auftauchte. Trotz der Dunkelheit sah ich im Mondlicht deutlich seinen überraschten Gesichtsausdruck, gefolgt von einem Stirnrunzeln.

Er deutete auf meinen Arm. »Brauchst du Hilfe?«

»Wo denkst du hin? Nein, das ist mein neues Accessoire. Ich dachte, es würde sich gut zu meiner Tunika machen«, zischte ich. Vor lauter Anstrengung, diese Echse loszuwerden, atmete ich schwer. Cayden grinste verschmitzt. Hätte er nicht so verdammt süß ausgesehen, hätte ich ihm die Echse an den Kopf geworfen, vorausgesetzt ich wäre sie losgeworden.

Während er auf mich zukam, hob er beiläufig einen Zweig auf. Dicht vor mir blieb er stehen, sein Atem streifte mein

Gesicht und ich hielt automatisch die Luft an. Dann nahm er das Maul der Burmesin zwischen seine Finger und öffnete es noch weiter, woraufhin sie fauchte. Ich wollte ebenfalls fauchen, denn die Zähne schrappten über meine Haut. Der Unterkiefer löste sich endlich auch aus meinem Fleisch. Cayden steckte schnell den Zweig in ihr Maul, bevor sie sich wieder in mir festbeißen konnte. Erleichtert stöhnte ich auf, als diese hinterhältige Echse weg war, fasste mir an die Wunde und schaute auf meine Hand. 'Jeminh, die Tunika färbte sich rot.

Cayden brachte die Burmesin an den Waldrand.

»Schlag sie bewusstlos, wenn es sein muss«, rief ich ihm nach. Über die Schulter sah er mich an, eine Augenbraue hochgezogen, ein Mundwinkel zuckte. Die Schuppen-Burmesin war zwar giftig, aber für Menschen nicht lebensgefährlich. Dennoch brannte die Wunde und die ganze Zeit hatte sie Gift in mein Blut gepumpt. Am besten machte ich mich auf die Suche nach dreiblättrigem Coakum zum Desinfizieren, damit sich die Wunde nicht so schnell entzündete. Ein kurzer Schwindel überkam mich und etwas benommen folgte ich Cayden zum Wald. Keine gute Idee, der wilden Bestie wieder entgegenzulaufen. Die ersten Bäume ließ ich hinter mir, als mich jemand am Handgelenk packte. Ein Schrei wollte sich aus meiner Kehle befreien und ich riss den Kopf herum, aber Cayden legte mir schnell die Hand auf den Mund. Augenblicklich spürte ich ein Prickeln auf meinen Lippen und die Härchen in meinem Nacken stellten sich auf. Schnaufend starrte ich ihn an, und er ließ die Hand sinken.

»Was soll das?«, fluchte ich leise.

»Das wollte ich dich auch gerade fragen«, bemerkte er spitz. »Du kannst dort nicht reingehen. Vor allem nicht nachts, im Dunkeln, und erst recht nicht allein.« Gleich drei Anweisungen hintereinander. Beeindruckend.

Spöttelnd salutierte ich vor ihm. »Jawohl, Sir. Tut mir leid, Ihre Befehle missachtet zu haben.«

Cayden schob verärgert die Brauen zusammen. »Es ist gefährlich, aber nur zu …«

Seufzend verdrehte ich die Augen. »Ich suche eine bestimmte Pflanze, um meine Wunde zu desinfizieren. Falls es dir nicht aufgefallen ist, ich habe eine blutige Bisswunde am Arm.«

Ohne Antwort packte er den Arm und ich zuckte zurück. Er umfasste meine Schulter und drehte mich ein wenig, sodass ich im Mondlicht stand. Dann sah er sich die Wunde an, sein Gesichtsausdruck wirkte besorgt. »Es sieht nicht tief aus.«

Unsere Blicke trafen sich. Bei den Vanden. Seine Augen schienen silbrig, wie die glänzende Oberfläche eines Sees. Seinen Ausdruck konnte ich nicht deuten, fühlte mich aber plötzlich wie elektrisiert. Ich blinzelte.

»Deine Augen …«, fing ich an. Verdammt! Hatte ich das wirklich laut gesagt?

»Was ist mit meinen Augen?«, fragte er. Kam einen Schritt näher, so nah, dass ich den Kopf in den Nacken legen musste, um ihn anzusehen. Ich nahm seinen Duft wahr, nach zerriebenen Blättern, mit einem Hauch frischer Zitrone und einer süßen Vanille-Note. Als wäre ich zu Hause und ginge über die mit Eytelia Blumen übersäten Wiesen. Heiliger. Ein Knacken von irgendwo im Wald weckte mich aus dieser Trance und ich sprang automatisch zurück. Da fiel mir auf, dass Cayden die ganze Zeit mein Handgelenk festhielt. Auch er wirkte wie benommen und zuckte ein wenig zusammen.

»Was war das?«, flüsterte ich. Einen Moment lang gaben wir keinen Laut von uns, versuchten, leise zu atmen.

»Ich denke, nichts, was uns fressen will.« Cayden ließ mich los, räusperte sich und ging in Richtung der Ruine. Keine

Emotionen zeigen, wie? Das konnte er gut. Während ich ihm hinterhersah, entdeckte ich zum Glück dreiblättriges Coakum an einem Baumstamm. Schnell pflückte ich ein paar Stiele und eilte Cayden hinterher. Wegen der Ablenkung durch die Echse hatte ich fast vergessen, weshalb ich ihn eigentlich gesucht hatte.

»Hey, warte«, rief ich. Er ging einfach weiter. Paskaveri, verdammter. Mit schnellem Schritt holte ich auf. Mir schwirrte etwas der Kopf. Wir erreichten die Gemäuer der Ruine, da packte ich mit der freien Hand seinen Arm, um ihn zum Anhalten zu bewegen. Genervt drehte er sich zu mir. Das trieb mit nur noch mehr die Hitze ins Gesicht.

»Was ist denn? Ich möchte noch etwas schlafen, bevor wir weitergehen.«

Das konnte doch nicht sein Ernst sein? »Warum bist du nicht im Lager geblieben?«, fragte ich schroff.

Er zog eine Augenbraue hoch und setzte ein schelmisches Grinsen auf. »Ich hatte mich schon gefragt, warum du des Nachts mit einer Echse am Arm rumläufst.«

Meine Hände ballten sich zu Fäusten. »Diese Echse hatte ich nur am Arm, weil du nicht im Lager warst und Wache gehalten hast. Und ich mich deswegen auf die Suche nach dir gemacht habe, wobei mir dieses schuppige Etwas aufgelauert hat.« Ich stützte mich an einem Stück Mauer ab, als mir erneut schwindelig wurde und ich leicht verschwommen sah. Cayden lachte herzhaft über den Vorfall. Ich sollte ihn einfach verprügeln. »Weißt du eigentlich …« Plötzlich verlor ich das Gleichgewicht und sackte zusammen. Spürte nur noch starke Arme, die mich auffingen.

16
KODALINE

Nur schemenhaft nahm ich die Umgebung wahr, als würde ich schweben. Aber mein Kopf fühlte sich so schwer an. Durch schmale Schlitze sah ich flackerndes Licht, das immer heller wurde. Wildes Gemurmel, dunkle Schatten, die die Helligkeit durchbrachen. Wasser tropfte auf mein Gesicht. Heiliger Dûwal, hoffentlich handelte es sich um Wasser und nicht um Blut.

Auf einmal fühlte sich mein Körper wieder bleiern an, ich spürte unter mir etwas Weiches und Warmes. In der Ferne rief jemand meinen Namen. Und nochmal, jedoch schon näher. Langsam erlangte ich das Bewusstsein zurück, ebenso die Fähigkeit, die Bilder und Geräusche zu sortieren. Nate, der meinen Namen rief. Cayden und Khalees, die vor mir saßen. Sogar Raia sah ich. Und zu allem Überfluss regnete es. In meiner Hand spürte ich noch immer die Stiele der Pflanze und öffnete die Faust.

»Coakum«, murmelte ich. Mir fiel es schwer, auch nur einen Buchstaben auszusprechen. Meine Zunge fühlte sich wie ein Klotz an.

»Was meint sie?«, fragte Cayden. Ich war zwar etwas weggetreten, stöhnte und verdrehte aber trotzdem die Augen.

»Dreiblättriges Coakum«, antwortete Raia. Wir waren uns zwar nicht sonderlich sympathisch, aber mit Kräutern kannte sie sich offensichtlich etwas aus, denn sie nahm die Blätter aus meiner Hand. »Holt mir Wasser, damit ich die Wunde versorgen kann«, blaffte sie alle an. Richtig so!

Es dauerte nur Sekunden, bis Khalees einen Krug mit Wasser brachte und sie das Coakum hineingab. Raia packte den Stoff der Tunika an meiner Schulter und riss ihn ab. Vor Schreck zuckte ich zusammen. Sie runzelte die Stirn, während sie den Arm inspizierte, und kümmerte sich nicht weiter um meine zerfetzte Kleidung.

Nervös neigte ich den Kopf, doch ich konnte nicht genug sehen. »Wie schlimm ist es?«

Raia schaute mich an, sagte aber nichts, sondern wandte den Blick ab und tunkte ein Stück Stoff ins Wasser mit dem Coakum. Mit einem Mal seufzte sie schwer. »Also die Wunde ist nicht sonderlich tief, aber trotzdem hast du eine ziemlich große Menge Gift abbekommen.« Es klang irgendwie, als würde noch mehr kommen. Sie wrang den Stoff aus und legte ihn mir auf die Wunde.

Zischend holte ich Luft und verzog das Gesicht. Sakra, das brannte wie Feuer! »Irgendetwas verschweigst du mir«, presste ich hervor.

Sie wich meinem Blick aus, tauschte stattdessen Blicke mit den anderen.

»Sagt schon«, fauchte ich. Hielten die mich für so schwach, dass ich nichts vertragen konnte?

Nate holte Luft. »Es ist …« Unsicher kratzte er sich am Hinterkopf. »Na ja, das Mal, das du seit deiner Kindheit am Oberarm hast …«

Ich nickte mechanisch. »Was ist damit, Nate?«

Er wirkte durcheinander und ich bekam ein mulmiges Gefühl. »Es ist … das … Die Linien sind auf einmal schwarz.«

Meine Augen weiteten sich. Den Kopf drehte ich so weit

herum, dass ich mir den Hals verrenkte, um etwas sehen zu können. Der Stoff auf der Wunde war im Weg, daher riss ich ihn herunter. Raia wollte protestieren, blieb aber still, nachdem sie mir in die Augen gesehen hatte. Mein Herz trommelte los. Heiliger Dûwal, verdammter. Tiefschwarze Linien verliefen jetzt über meinem linken Oberarm und sie brannten. Es könnte am Gift liegen. Verwirrt schaute ich zu Nate, der sofort meine Hand nahm. Cayden fuhr sich mit der Hand über den Nacken und drehte sich weg.

Khalees musterte das Mal. »Euren Gesichtern nach zu urteilen, sah es nicht immer so aus.« Er runzelte die Stirn, wie alle anderen.

Ratlos schüttelte ich den Kopf. Was hatte das zu bedeuten?

»Ich befürchte, das werden wir beobachten müssen, bis wir jemanden finden, der sich mit so etwas auskennt«, meinte Raia.

Entgeistert richtete ich mich an sie. »Der sich damit auskennt? Womit denn, Diaful?« Als Antwort bekam ich von ihr nur ein Achselzucken. Toll.

»Nun, es wird schwierig, jemanden zu finden, der sich damit auskennt. Doch wir müssen wissen, womit wir es zu tun haben.«

Verblüfft schaute ich zu Cayden. Er konnte tatsächlich auch beinah sinnvolle Antworten geben.

Nate strich mir eine Strähne hinters Ohr. »Das wird schon wieder, Koda.«

Zermürbt rieb ich mir über das Gesicht. »Es ist mitten in der Nacht, ich bin müde und es regnet. Wir können uns morgen darüber Gedanken machen.« Augenblicklich schoss der Schmerz in meinen Arm und ich fluchte stöhnend.

»Ich lege dir noch einen Verband an.« Sofort holte Raia Verbandsmaterial und legte es erst mal zur Seite. Sie suchte etwas und wirkte genervt, als sie es nicht fand. Dann sah sie zu mir und grummelte irgendetwas. Grob schob sie mich beiseite und holte den Stoff hinter mir hervor, den ich mir eben vom Arm gerissen hatte, und schmiss ihn in den Krug.

»Nun denn, auf ein paar wenige Stunden Schlaf.« Damit verabschiedete sich Cayden und verschwand im Zelt.

Aus dem Staub machen konnte er sich fabelhaft. Er hatte sich nicht einmal dafür gerechtfertigt, dass er einfach das Lager verlassen hatte. Wütend blickte ich ihm nach, bevor stechender Schmerz mich wieder erfasste und auf den Arm starren ließ. Raia wrang den Stoff aus und legte ihn auf die Wunde. Meine Atmung beschleunigte sich und ich presste die Kiefer aufeinander. Nate hielt weiterhin meine Hand und fuhr mit dem Daumen über meinen Handrücken.

»Festhalten«, befahl Raia. Ich hielt den Stoff an Ort und Stelle, bis sie den Verband zur Hand hatte und übernahm. Sie wickelte ihn mehrmals um den Arm und schob das Ende unter den Verband. »Das sollte fürs Erste genügen.«

Möglichst grimmig sah ich sie an. »Grobian.« Khalees und auch Nate lachten. Bei Raia meinte ich den Anflug eines Lächelns zu erkennen. »Danke, Raia.« Ihre Miene verhärtete sich. Anscheinend konnte sie nicht gut mit Nettigkeiten umgehen.

»Du kennst dich offensichtlich gut mit Kräutern aus, wenn du genau gewusst hast, was gegen das Gift helfen wird«, bemerkte Khalees anerkennend.

Unbeeindruckt zuckte ich mit den Schultern. »Ich bin keine Heilerin, aber ich habe mich schon seit meiner Kindheit mit Kräutern beschäftigt und schnell gelernt, welche wogegen wirksam sind. Oder welche giftig sind.«

»Das könnte uns von Nutzen sein, sollte mal wieder jemand von irgendwelchen Kreaturen gezwickt werden.« Khalees zwinkerte mir zu und ich musste grinsen. »So, dann gehen wir jetzt noch etwas schlafen. Ruh dich aus, Kodaline. Labu Noctar.«

»Ich halte Wache«, bestimmte Raia und setzte sich auf

den Baumstamm. Khalees nickte dankend und ich tat es ihm gleich.

Wir verschwanden in den Zelten. Beim Gedanken an den morgigen Tag seufzte ich gequält.

***

Der Regen trommelte auf das Zeltdach. Stöhnend zog ich die Decke über den Kopf, neben mir bewegte sich Nate.

»Labu Savîn«, raunte er. Legte seinen Arm über meinen Bauch, zog mich an sich und drückte mir einen Kuss aufs Schlüsselbein. Sofort lief mir ein Schauer über den Rücken und ich bekam Gänsehaut.

»Guten Morgen«, antwortete ich grinsend.

Seine Finger streiften sanft über meinen Bauch. »Wie geht es deinem Arm?«

Vorsichtig bewegte ich ihn, nur um sofort scharf Luft zu holen. »Anscheinend noch nicht viel besser.«

Nate legte seinen schweren Kopf auf meinen Bauch und sah mich mitfühlend an. Lächelnd erwiderte ich den Blick, strich durch sein kurzes Haar. Nate küsste ringsherum um meinen Bauchnabel, streifte mit einer Hand meinen Schenkel entlang bis zu meinem Knöchel, was meinen ganzen Körper kribbeln ließ. Ein Kuss folgte dem nächsten, er liebkoste meine Taille. Sein Mund ging auf Wanderschaft, erneut holte ich scharf Luft. Aber diesmal nicht vor Schmerzen. Mein Herz schlug wie wild.

»Nate«, flüsterte ich und fuhr ihm durch die Haare. Seine Hand glitt von meiner Wade nach oben zur Hüfte und er folgte der Spur mit seinem Mund. Sein heißer Atem traf auf meine kühle Haut, doch innerlich glühte ich. Stöhnte, als er den Hügel meiner empfindlichen Mitte küsste. Erschrocken schlug ich mir die Hand auf den Mund. Viel zu laut! Sanft, aber bestimmt zog ich ihn an den Haaren hoch. Der fiebrige

Glanz in seinen Augen ließ mich schlucken. »Nicht hier, Nate. Uns kann jeder hören.«

Er wirkte amüsiert, weil ich immer leiser gesprochen hatte, und presste seine Lippen auf meine. Mein Mund öffnete sich automatisch und verschmolz mit seinem. Als ich mich auf die Seite drehen wollte, löste ich mich von ihm und keuchte schmerzvoll. »Verdammt!« Ich presste die Lippen fest zusammen und legte eine Hand auf den Verband. Die Stelle fühlte sich heiß an und pochte schmerzhaft.

Nate stützte sich auf den Ellbogen und sah mich besorgt an. »Es tut mir leid, Koda.«

Während ich mich aufsetzte, seufzte ich gereizt. »Du kannst nichts dafür.« Vorsichtig beugte ich mich vor und gab ihm noch einen Kuss. Der Regen ließ mittlerweile zum Glück nach. Mir fiel etwas ein und ich drehte mich noch einmal zu ihm. »Du musst mir beim Anziehen helfen.«

»Natürlich helfe ich dir, ich habe dir ja auch beim Ausziehen geholfen.« Er zwinkerte mir zu. Kopfschüttelnd verdrehte ich die Augen.

Er half mir in die Tunika, was sich mit der Verletzung an meinem Arm nicht einfach gestaltete. Um mir in die Hose zu helfen, ging er in die Knie und hielt sie mir hin, sodass ich leichter einsteigen konnte. Während er aufstand, zog er sie langsam nach oben, seine Finger kitzelten auf meiner Haut. Knopf für Knopf schloss er die Hose, sah mich dabei eindringlich an. Dann beugte er sich zu mir und ich schlang meinen gesunden Arm um seinen Hals, während unsere Lippen sich berührten. Seine Hände glitten meinen Rücken entlang und ich konnte mir ein leises Keuchen nicht verkneifen. Viel zu schnell lösten wir uns voneinander.

Sanft streifte er mit den Fingerknöcheln über meine Wange. »Könnt ich doch ewig bei dir weilen und an deiner Seite ruh'n …«

Überrascht hob ich die Brauen und meine Lippen verzogen

sich zu einem Lächeln. »Doch musst du nun von mir eilen, zu viel ist hier noch zu tun ...«, beendete ich das Gedicht. Er hatte tatsächlich in meinem Buch gelesen.

»Allerdings bist du doch diejenige, die gerade gehen will.« Seine Lippen kräuselten sich. »Doch ich komme dir zuvor.« Grinsend ließ er meine Hand los und ging hinaus.

Draußen hörte ich auch schon Raia und Khalees, wie sie diskutierten. Meine Sachen waren so gut wie verpackt, bereit zum Abmarsch. So bereit, wie ich sein konnte. Beinah stieß ich mit Cayden zusammen, der direkt vor dem Zelt stand, den Mund zu einem breiten Lächeln verzogen.

Irritiert schob ich die Brauen zusammen. »Warum grinst du denn so blöde?«

Er knuffte mich mit dem Ellbogen. »Das weißt du ganz genau.« Pfeifend ging er zum Feuer.

Aus meinem fragenden Gesicht wurde allmählich ein schockiertes. O Scheiße! Er hatte uns gehört. Mein Blick fiel auf Nate, der wiederum Cayden grummelig ansah. Mit heißen Wangen folgte ich Cayden zum Feuer.

Der Anblick der Wunde erschreckte mich, während Raia noch einmal den Verband wechselte. Sie war gerötet und sah leicht entzündet aus. Enttäuscht seufzte ich. Bestimmt irrte ich mich, bei einem Blick auf mein Mal, oder konnte schwarz noch schwärzer werden?

Raia tätschelte mir die Schulter. »Das wird schon.«

Nett von ihr, mich beruhigen zu wollen, aber so etwas von ihr zu hören, machte mir Angst. Außerdem halfen ihre Worte leider auch nicht viel. Vielleicht konnte sie mir anders helfen. »Hör mal, Raia, würdest du mir vielleicht irgendwann mal ein paar Tricks zeigen, wie du kämpfst?«

Verwundert neigte sie den Kopf, wirkte aber amüsiert.

»Das sollte ich vermutlich, damit du deinen nächsten Echsenangriff abwehren kannst.« Während sie davonging, zwinkerte sie.

Missmutig verzog ich den Mund, schnaubte dennoch amüsiert.

Während des Frühstücks und beim Zusammenpacken redeten wir kaum. Jeder von uns füllte noch einmal seinen Trinkschlauch auf. Schweigend machten wir uns auf den Weg Richtung Ouvosnari-Berg.

Durch den anhaltenden Regen waren wir alle nach vielen Stunden nass bis auf die Knochen. Zumindest fast alle. Khal schritt mit trockener Kleidung daher, da die Regentropfen einen Bogen um ihn machten, als umgäbe ihn ein unsichtbarer Schild. Das Wasser gehorchte ihm. Faszinierend, das zu sehen. Leider konnte er den Effekt nicht auf jeden von uns ausweiten. Das übe er noch, hatte er kurz erwähnt. Meine Hose klebte an mir, wie die ekeligen Razzfliegen an Essensresten. Zum Glück blieb ich durch den Mantel wenigstens obenrum einigermaßen trocken und ich vergrub mein Gesicht bis zur Nase im Pelzkragen.

Die Landschaft wurde rauer und hügeliger. Weniger Grün, dafür umso mehr Felsen und Ödnis. Dennoch waren wir nie allein. Manche Geräusche, die wir hörten, jagten mir eine solche Angst ein, dass es mir fröstelte und ich gerne kehrtgemacht hätte. Ich betete, dass ich diese Kreaturen nicht zu Gesicht bekam.

Wieder nagte die Frage an mir, wieso ich auserwählt worden war. Und Nate. Alle bis auf Cayden hatten sich um einen Posten beworben. Hatten ihre Fähigkeiten unter Beweis stellen müssen. Vielleicht könnte Nate es mit seinen Kampfkünsten wettmachen. Aber ich? Hatte in meiner Freizeit Teachâin geübt und war auf Feldern herumgehüpft, bis ich schließlich auf einem Fest einen Brief bekommen hatte, der alles veränderte. Einfach so. Oder verschwieg mir Nate womöglich, dass er sich ohne mein Wissen beworben und es irgendwie geschafft hatte, den König zu überzeugen, mich ebenfalls einzuladen?

In Dagônren hatte er noch gesagt, er würde der Einladung nur folgen, wenn auch ich eingeladen werden würde.

War das etwa alles ein mieser Scherz? Doch falls nicht …

Diese Gedanken ließen mich nicht los, während wir weiter und weiter liefen und es bereits später Nachmittag sein musste.

Worauf hatte ich mich eingelassen?

17
CAYDEN

Kodaline, dieses Früchtchen. Ließ sich noch vor dem Frühstück verwöhnen. Wenn ich mir genauer vorstellte, wie sie stöhnend auf dem Boden lag …

Mein Hals trocknete augenblicklich aus und ich schluckte schwer. Sakra! Hatte ich es derart nötig? Seufzend schaute ich in den grauen Himmel, ich sollte aufhören, darüber nachzudenken. Ein Regentropfen traf genau mein Auge und ich stieß einen fluchenden Laut aus. Kalt und feucht. Das erinnerte mich stark an die Bleibe bei meinem Freund Alart. Wenn ich ihn das nächste Mal sah, würde ich ihn erwürgen.

Nicht nur, dass ich Regen hasste, ich hasste auch diese Aufgabe. Die Aufgabe, über die ich nicht sprechen durfte und nur das Nötigste erfuhr. Und dann diese geheimnisvolle Schönheit vor mir, deren Haarfarbe wie die Erde an der Küste der Knochenbucht im Süden des Landes leuchtete.

Da war etwas an ihr, was ich nicht erklären konnte, dieses Mal an ihrem Arm ebenso wenig. Derartiges hatte ich noch nie gesehen. Und ich hatte bereits einiges erlebt. Wenn es vorher nicht so ausgesehen hatte, dann musste es eine Verbindung mit dieser Echse geben. Lag es vielleicht am Gift? Aber warum sollte dieses Mal darauf reagieren?

Es sah jedenfalls keineswegs wie Leberflecke aus. Es gab möglicherweise jemanden, der mehr darüber wusste, doch den würde ich nur im äußersten Notfall aufsuchen. Unsere letzte Begegnung war, wie so viele andere, nicht verlaufen wie gedacht.

In diesem Moment schielte Kodaline über die Schulter. Nicht zu offensichtlich, aber ich war mir sicher, der Blick sollte mir gelten. Wegen gestern plagte mich ein schlechtes Gewissen. Sie hatte mich gesucht und sich dabei verletzt. Und sie hatte recht mit dem, was sie gesagt hatte. Ich war schuld. Wie immer. Eine Bürde, die ich mein Leben lang mit mir herumtragen würde. Bereits vor einem Jahr hatte ich mich damit abgefunden. Bei meinem Bruder hatte ich versagt. Wenn ihr jedoch dadurch etwas passierte, könnte ich mir ebenso gut das Schwert durchs Herz stoßen, denn ich wusste nicht, ob ich noch eine weitere Last aushielte. Abgesehen davon wäre ich dann ganz sicher ein toter Mann.

Zum Glück hörte der Regen nach schier endloser Zeit auf. Vor uns erhob sich ein größerer Hügel.

Khal hob einen Arm. »Stopp.«

Alle machten Halt. Nathaniel und Khalees tauschten Blicke und gaben sich komische Zeichen. Dann ging einer rechts um den Hügel herum, der andere links. Fragend zog ich eine Augenbraue hoch. Raia machte sich auf den Weg, den Hügel zu erklimmen.

»Sie sind auf der Pirsch«, sagte Kodaline mir im Vorbeigehen, da sie vermutlich mein irritiertes Gesicht gesehen hatte. Amüsiert kräuselte sie die Lippen, ein wenig triumphierend und mit einem Du-weißt-eben-nicht-alles-Blick. In einigen Schritten hatte ich sie eingeholt und wir kletterten nebeneinander die ungefähr zwanzig Mittar bis zum höchsten Punkt des Hügels. Auf den rutschigen Steinen konnte man sich gut auf die Fresse legen.

»Dann wünsche ich ihnen viel Erfolg auf der Pirsch. Ich

könnte was zu essen vertragen.«

Kodaline stöhnte genervt und verdrehte die Augen. »Du bist unmöglich.«

Zufrieden über ihre Reaktion lief ich grinsend neben ihr her. Raia hatte schon fast den Fuß des Hügels erreicht, als ein schriller Schrei ertönte. Ich riss den Kopf herum. Dort, wo sich gerade noch Kodaline befunden hatte, sah ich bloß eine Staubwolke und Geröll. Sie selbst rollte den Hügel in einer Geschwindigkeit hinunter, in der ich nicht hinterherkam. Das durfte doch nicht wahr sein! War sie verflucht, dass sie so viel Pech mit sich trug?

»Koda!« Sofort rannte ihr nach. Nur knapp entging sie einem Zusammenstoß mit einem großen Felsen. Unten, von wo aus Raia nur hilflos zusehen konnte, wurde sie unsanft von vielen kleineren Felsen aufgehalten. Schmerzverzerrt schrie sie auf. Sakra, ihre Wunde!

Das letzte Stück ließ ich mich den Hang hinunterrutschen, um schneller bei ihr zu sein. Raia kniete bereits vor ihr. Gesteinsstückchen schlitterten, als ich vor ihnen abbremste. Raia richtete sie auf, lehnte sie mit dem Rücken an einen Felsbrocken. Kodaline verzog ihr Gesicht, schloss die Augen und ließ den Kopf gegen den Stein sinken. Dabei fasste sie sich an den verletzten Arm. Eine Träne lief ihr über die Wange. Verdammt!

Ich hockte mich vor sie. »Geht es dir gut?«

Langsam hob sie den Kopf und öffnete ihre Augen. Blitze trafen mich durch ihren Blick. »Aber natürlich, Cayden, ich bin nur einen kleinen Hügel runtergekullert, habe meinen Knöchel aufgeschlagen, mir den Kopf gestoßen, wo ich wahrscheinlich eine Beule bekomme, und bin mit dem Arm, der eh schon schmerzt, an den Felsen geknallt.« Dann fügte sie keuchend hinzu: »Halviti.« Um dem noch mehr Ausdruck zu verleihen, verdrehte sie dabei die Augen.

Verärgert verzog ich die Lippen. »Hey, ich wollte doch

nur wissen, wie es dir geht.«

»Das ist dir doch eh egal«, fauchte sie. Es folgte ein langer Seufzer. »Du hast recht ... tut mir leid.«

Mein Mund stand verblüfft offen, da sich noch nie jemand bei mir entschuldigt hatte. Schon gar keine Frau. Nun, es hatte mit Sicherheit bis jetzt keinen Grund dazu gegeben.

»Nein, es muss dir nicht leidtun. Das war auch eine dämliche Frage von mir.« Vorsichtig legte ich meine Hand auf ihre Schulter. Es schien ihr auch nichts auszumachen, dass ich sie ohne nachzudenken eben beim Spitznamen gerufen hatte. Und er gefiel mir.

Koda lächelte mich schief an, ihre grünen Augen leuchteten verräterisch. Es kam mir so vor, als hatte sie gewollt, dass ich so reagierte. So, sie wollte also spielen? Mit Vergnügen. Auf einmal zuckte sie zusammen und schüttelte meine Hand ab. Irritiert wandte ich mich um und Nathaniel tauchte in meinem Blickfeld auf. Ah, ich verstand. Sein Gesicht wirkte mürrisch. Hinter ihm folgte Khalees mit einem Markhorschwein auf der Schulter. Ein hässliches Tier mit dunkler nackter Haut und langem Rüssel. Aber gerade rechtzeitig. Mein Magen knurrte.

»Was ist passiert?«, rief Nathaniel alarmiert und rannte auf Koda zu. Hockte sich vor sie und strich ihr über das strahlend rotbraune Haar.

»Es geht schon wieder.« Kodaline versuchte aufzustehen, wobei sie leise stöhnte. Vermutlich hatte sie überall Schmerzen, worüber ich besorgt die Stirn runzelte. Es lag noch ein weiter Weg vor uns und sie sah aus, als wäre sie unter die Räder einer Kutsche geraten. Mehrmals. Unmöglich, sie heil ans Ziel zu bringen. Es schien so, als wollte Dûwal meine Aufgabe sabotieren und mich auf die Probe stellen. Nathaniel stützte sie und umfasste ihre Taille. Dieser Anblick sollte mich nicht stören. Seine Hand um ihren Oberkörper, die er bis auf Brusthöhe hochschob. Ihr Arm haltsuchend um seinen Nacken gelegt. Ärgerlicherweise beschleunigte sich mein Puls dennoch und ich biss die Zähne fest aufeinander.

»Alles in Ordnung?« Plötzlich stand Raia neben mir und warf mir einen süffisanten Seitenblick zu.

Genervt sah ich weg. »Ja, alles in Ordnung«, knurrte ich durch zusammengebissene Zähne.

Raia lachte spöttisch und ging zu Khalees, der das Schwein einige Mittar entfernt auf den Boden gelegt hatte und mit irgendetwas einrieb. »Wir sollten versuchen, bis Einbruch der Nacht kurz vor dem Vosnari-Pass zu sein, dort ist es sicherer«, sagte er. Raia nickte nur.

»Willst du das Schwein bis dahin tragen?«, fragte ich.

Khal prustete und schaute mich amüsiert an. »Ich kann zwar nicht mit so vielen Muskeln spielen wie du, aber ich habe Ausdauer.« Dabei tippte er sich auf die Nase.

Schmunzelnd erwiderte ich seinen Blick. »Das werden wir sehen.«

»Wirst du. Und das Fleisch wird köstlich. Dann ist es durch meine Spezialmischung gut durchzogen und bleibt bis dahin auch frisch.« Sichtlich stolz gab er dem Schwein einen Klaps. Irritiert zog ich die Augenbrauen hoch.

»Wie weit?« Alle sahen Kodaline an, die nun keuchend aufrecht stand.

»Wie weit was?«, fragte Raia verwirrt.

Koda verzog das Gesicht. »Wie weit ist es noch bis zum Vosnari-Pass?«

»Mindestens fünfzehn Vamittar, eher sechszehn oder siebzehn.« Khalees musterte sie von oben bis unten. »Vielleicht sollte ich dich tragen, dann kann sich Cayden um das Schwein kümmern.«

Wütend starrte ich ihn an. Alle lachten, auch Koda, die kurz darauf zusammenzuckte und sich an den Bauch fasste.

»Kümmere du dich um das Schwein. Ich habe eher etwas für die schönen Dinge übrig.« Kodalines Blick nach zu urteilen wollte sie mich erwürgen und Nathaniel … nun, als würde er mich umbringen wollen. Ich konnte es ihm nicht einmal verübeln. Aber da musste er sich hinten anstellen.

»Wenn jemand Koda trägt, dann bin ich das«, gab Nathaniel zurück.

Reviermarkierung, alles klar.

»Gut, wenn ihr euch nicht mehr aufführt wie brünstige Alpitar, können wir endlich mal los.« Raia ging fluchend voraus, Khalees schulterte das Schwein. Doch als Nathaniel Koda schon huckepack nehmen wollte, hielt sie abwehrend die Hand hoch. Er sah sie stutzig an.

»Ich muss nicht getragen werden wie Vieh. Ich gehe auch zu Fuß.« Dann lief sie Raia auf eine sture, entzückende Weise hinterher, wenn auch langsam und mit sichtlichen Schmerzen.

Das hatte ich nicht erwartet. Eine echte Kämpfernatur, wie es schien. Oder einfach zu Stolz, um sich helfen zu lassen. Nathaniel brauste wütend an mir vorbei. Khalees sah zu mir und zuckte mit den Schultern, trotz Schwein. Schweigend folgten wir den anderen.

18
CAYDEN

»Musst du mal Pause machen oder schaffst du das mit dem Schwein?« Wir liefen nun schon mehrere Stunden über unebene Wege und kurze Waldstücke. Inzwischen blieb nur noch Ödnis.

»Auf keinen Fall Pause machen.« Khalees sah mich triumphierend an.

Ich lächelte schief, schaute dann nach vorn zu Kodaline. Sie versuchte, es zu verstecken, aber mit dem linken Bein hinkte sie bei jedem Schritt. Nathaniel ging neben ihr. Immer wenn sie stolperte, griff er direkt ein und hielt sie fest. Schnell sah ich wieder weg.

Die Dämmerung setzte bereits ein und weit gekommen waren wir noch nicht. In diesem Tempo würden wir nie in Kôsumitra ankommen. Dieser idiotische Kommandant hätte uns Pferde geben sollen! Dann hätten wir diesen blöden Gebirgspass bereits hinter uns oder wären sogar schon in der Nähe von Asgûla. Wobei mich da nichts und niemand hinzog. Eine Unverschämtheit, mich von da aus erst mal zur Gilbôia-Passage zu jagen, nur um mich wieder in die andere Richtung laufen zu lassen.

Immer mehr Steine erschwerten den Weg, hier und da

blitzte zwar etwas Grün auf, aber diese Landschaft blieb einsam und karg. Zumindest hoffte ich, dass wir niemanden trafen, denn auf eine unerwartete Begegnung konnte ich verzichten. Das ständige Auf und Ab ließ uns schwer atmen. Bis auf Khal, verdammt. Koda musste völlig fertig sein, und bergauf fiel sie wie erwartet ein wenig zurück. So konnte das nicht weiter gehen. In mir keimte ein Gedanke, bis ich schließlich stehen blieb und wartete, bis Koda zu mir aufschloss. Nathaniel verschwand gerade hinter einem Hügel, Dûwal wusste, was er da trieb. Vermutlich pinkeln.

Koda löste ihren Blick vom Boden und runzelte die Stirn, als sie mich bemerkte. »Was willst du?« Charmant wie immer.

»Es tut mir leid, aber das muss sein. Ich tue das für die Allgemeinheit.«

Skeptisch kniff sie die Augen zusammen. »Was zur Hölle meinst …« Sie kreischte, während ich sie packte und vorsichtig huckepack nahm. Darauf bedacht, nicht ihren verletzten Arm zu berühren.

»Cayden, lass mich sofort runter«, brüllte sie. Dafür, dass sie Schmerzen hatte, strampelte sie ganz schön kräftig mit dem unversehrten Bein.

Raia und Khalees drehten sich neugierig um, er grinste schelmisch, Raia schüttelte wie erwartet genervt den Kopf und wandte sich schnell wieder nach vorn. Beide gingen weiter voran, während ich ihnen mit dem schönen Gepäck folgte. Wohin Nathaniel gegangen war, interessierte mich ehrlich gesagt herzlich wenig.

»Hör auf, so zu zappeln.« Damit sie mir nicht entglitt, verstärkte ich den Griff. Jetzt klopfte sie mir mit einer Faust auf meinen Rücken. Echt niedlich. »Hey, wir sind schon viel zu lange unterwegs. Ich verstehe, dass du zu Stolz bist, um dich tragen zu lassen. Aber wenn ich nicht bald etwas zu essen bekomme, drehe ich durch und beiße einfach ein Stück aus deinem Hintern raus.« Erbost darüber schnaubte sie und grummelte Unverständliches hinter meinem Rücken. Bestimmt nichts Nettes. Nathaniel kam hinter einem Felsen hervor auf uns zu gestürmt. Na, jetzt konnte ich mir etwas anhören.

»Verrätst du mir bitte mal, was du da machst?« Die Hände zu Fäusten geballt, funkelte er mich wutentbrannt an.

»Selbstverständlich. Ich trage deine Freundin bis zum Pass, wie du es hättest tun sollen. Bald wird es dunkel und wir haben noch ein ganzes Stück vor uns. Und ich habe Hunger.«

Mit offen stehendem Mund starrte er mich an. Ehe ich weiter gehen konnte, hielt er mich am Arm zurück. »Deine Arroganz wird dir irgendwann zum Verhängnis. Lass sie sofort runter!« Seine Stimme klang bedrohlich langsam.

Mein Puls beschleunigte, da ich auf solche Töne allergisch reagierte. »Warum regst du dich so auf? Ich trage sie doch nur und begrapsche sie nicht.« Auch wenn ihr süßer Hintern zum Greifen nah war, konnte ich mich beherrschen, ihm nicht einen Klaps zu geben. »Außerdem ist Arroganz mein zweiter Vorname.«

Nathaniel schnaubte. »Dann lass *mich* sie tragen.«

Plötzlich packte er Koda am Bein und zerrte daran. Koda schrie vor Schmerz auf und Nathaniel zuckte erschrocken zurück. Wohl aus Reflex legte sie ihren Arm um meinen Hals, um nicht den Halt zu verlieren, würgte mich allerdings.

»Koda«, krächzte ich. Sie rutschte etwas, doch ich konnte sie halten. Endlich lockerte sie den Griff um meine Kehle und ich nahm einen tiefen Atemzug. Mein Herz schlug schnell in meiner Brust. Kiefermahlend wandte ich mich an den Schönling. »Hast du einen Knall? Du weißt doch, dass sie Schmerzen hat. Ich lasse sie nicht fallen, ich begrapsche sie nicht, also beruhige dich und lass mich sie tragen.«

Nathaniel, der verhalten auf den Boden gestarrt hatte, hob den Kopf und trat näher. »Tut mir leid, Koda. Ich möchte nicht, dass du noch mehr Schmerzen hast. Wenn es für dich in Ordnung ist, ist es für mich auch in Ordnung.«

Kodaline seufzte. »Cayden trägt mich bis zu unserem Ziel.«

Bitte was? So weit es ging, reckte ich den Kopf nach hinten, konnte ihr Gesicht jedoch nicht sehen. Sein Gesicht konnte ich ebenfalls nicht sehen, aber ich spürte seine Wut und die giftigen Blicke, die er mir zuwarf. Fluchend stampfte er davon. So viel dazu, es sei für ihn in Ordnung. Es interessiert mich nicht, dass er sich beleidigt fühlte, aber er sollte es nicht an ihr auslassen.

Bevor ich etwas sagen konnte, tippte sie mir energisch auf den Rücken. »Wehe du sagst jetzt irgendetwas. Behalte es für dich.«

Ich stieß die Luft aus und presste die Lippen aufeinander. Doch diese verzogen sich zu einem breiten Grinsen, weil sie mich so gut einschätzen konnte.

Mit der zusätzlichen Last gestaltete es sich gar nicht so einfach, über die unebenen Flächen zu gehen. Ab und zu ächzte Koda, wenn ich stolperte oder ins Rutschen geriet. Seitdem sie gesagt hatte, dass ich sie tragen soll, hielt Nathaniel sich fern. Auch wenn ich ihn nicht leiden konnte, machte ich mir deswegen Gedanken, um ihretwillen. »Meinst du, das war die richtige Entscheidung?«, fragte ich und wartete ab, ob ich eine Faust im Rücken spüren würde. Aber nichts passierte.

Stattdessen seufzte sie schwer. »Weiß ich nicht. Es ist jetzt nicht nur so dahergesagt, dass ich gerade kaum Schmerzen habe, aber es liegt wohl auch an meiner Bequemlichkeit.«

Leise lachte ich, und sie gab mir tatsächlich einen Klaps. Jede Synapse meines Körpers sprühte Funken. Heiliger. »*Das* werde ich mir merken.«

Koda kicherte wie jemand, der etwas Unartiges gemacht hatte, und es genau wusste. Eins der schönsten Geräusche, die ich seit langem hörte. Daran könnte ich mich gewöhnen. *Nein, könntest du nicht! Du hast einen Auftrag!* Ich atmete tief durch. Wieder schwor ich mir, Alart umzubringen, wenn ich die Gelegenheit bekam. Verdammt!

Endlich erreichten wir den Punkt, an dem wir Halt machten. Der Horizont zeichnete sich inzwischen graublau ab. Langsam ließ ich Koda von meinem Rücken gleiten. Sobald ihre Füße den Boden berührten, drehte ich mich zu ihr und hielt zur Sicherheit ihre Hand.

Dabei trafen sich unsere Blicke und ich versank in ihren grünen Augen, stand schwer atmend vor ihr. Wieder überkam mich das Gefühl, wie elektrisiert zu sein. Koda blinzelte ein paar Mal, als würde auch sie ein komisches Gefühl wahrnehmen. Ein Stück weit von uns entfernt entdeckte ich Nathaniel, wie er uns beobachtete, seine Nasenflügel geweitet und seine Gesichtszüge verhärtet. So hatte ich ihn noch nie gesehen und ich versuchte, mir mein Unbehagen nicht anmerken zu lassen. »Alles soweit in Ordnung?«, fragte ich Kodaline stattdessen.

Ohne mich anzusehen, nickte sie. »Danke, dass du mich bis hierher gebracht hast.«

»Es war mir ein Vergnügen. Auch, wenn es eine schwere Last war, die ich mir aufgehalst habe.« Verschmitzt lächelte ich sie an, ehe sie mir daraufhin gegen die Schulter boxte. Aber ihre Lippen formten sich ebenfalls zu einem kleinen Lächeln. Die spitzen Fingerknöchel schmerzten mehr als vermutet und ich rieb über die Stelle.

»Wer macht Feuer?«, fragte Khalees und wandte sich erwartungsvoll an Raia.

Diese stöhnte genervt. Wenn uns schon eine Eltani begleitete, musste die dazugehörige Macht natürlich auch ausgenutzt werden. »Etwas Holz wäre trotzdem von Vorteil.«

»Ich denke, das reicht.« Nathaniel kam in diesem Moment mit einem Stapel Äste zu uns und schmiss ihn auf den Boden. Wann hatte er das geholt? Alle warfen sich einen überraschten Blick zu.

»Wunderbar«, bemerkte Khaelees. »Danke, Nate.«

Nathaniel stiefelte zu seinem Rucksack und löste den Zeltstoff. Dann baute er das Holzgerüst zusammen, befestigte den Stoff darüber und legte die Matten ins Zelt.

Dann marschierte er hinein und blieb darin. Nach ein paar Augenblicken folgte Kodaline ihm jedoch. Jetzt wurde wahrscheinlich wieder gekuschelt. Daneben bauten die anderen ihre Zelte auf. Seufzend machte ich mich ebenfalls daran, meinen Schlafplatz vorzubereiten, obwohl ich wegen des harten Untergrundes ebenso gut draußen schlafen könnte. Hauptsache, ich blieb trocken.

»Wisst ihr, was toll wäre? Ein zusammengeknäuelter Stoff, der einfach in die Luft geschmissen wird und als fertiges Zelt auf dem Boden landet.« Dafür erntete ich skeptische Blicke, doch ich fand die Idee grandios.

»Dann wollen wir uns mal um das Schwein kümmern«, sagte Khalees freudig. Er legte das Holz zusammen und baute eine Vorrichtung, um das Schwein über dem Feuer braten zu können. Mit Blick auf Raia deutete er zu der Feuerstelle, woraufhin sie sich schnaubend an die Arbeit machte. Sie rieb sich die Hände und hielt die gespreizten Finger über das Holz. Ihre Augen waren geschlossen und sie murmelte etwas vor sich hin. Ein Funken hüpfte auf einen der Äste und züngelte sich zum nächsten. Rauch stieg auf und dann fing das ganze Holz mit einem *Wusch* Feuer. Sie beherrschte ihr Element.

Khalees verbeugte sich vor ihr, woraufhin sie sogar zurücklächelte, wenn auch sehr zurückhaltend. Kodaline kam wieder aus dem Zelt und setzte sich zu uns ans Feuer und brachte die Teller aus Tonerde mit, die uns großzügigerweise mitgegeben worden waren.

Mittlerweile dämmerte es und frischte auf. Sie hatte sich ihr Cape angezogen und schlang es noch enger um ihren Körper. Irgendetwas stimmte nicht. Das Feuer warf warmes orangenes Licht auf ihr Gesicht, trotzdem fiel mir auf, dass ihre Augen gerötet waren. Sie wirkte traurig und hatte anscheinend geweint. Wenn, tat sie es leise für sich, denn hier bekam man davon nichts mit.

»Möchtest du reden?« Ich hielt die Stimme gesenkt und fragte erst gar nicht, ob etwas nicht stimmte. Das war offensichtlich. Faviti!

»Nein, möchte ich nicht.« Resigniert starrte sie ins Feuer.

Einen Moment sagte keiner etwas, aber dann nagte eine andere Frage an mir. »Warum bist du so erpicht darauf, zur Elite zu gehören? Ich muss zugeben, du zeigst auf jeden Fall vollen Körpereinsatz, bist regelrecht versessen darauf.« Ohne mich anzusehen, schnaubte sie verächtlich. »Aber was versprichst du dir davon?«

Ihr Kiefer mahlte. »Ich hoffe auf ein besseres, aufregendes Leben. In dem ich mein Hobby zu meiner Berufung machen kann.« Noch immer hielt sie den Blick aufs Feuer gerichtet. »Vor allem weg von Magnus. Auch wenn ich meine Mutter sehr vermisse.«

»Wer ist das? Hat er dir wehgetan?«, fragte Raia.

Kodaline lachte zynisch. »Das soll er ruhig mal versuchen. Nein, er ist leider der Gefährte meiner Mutter.«

Ein einstimmiges Raunen ging durch unsere Runde, als verstünden alle, was sie durchmachte.

»Was ist mit dir, Cayden? Was führt dich nach Kôsumitra?« Raia hob herausfordernd eine Augenbraue.

So nah wie möglich bei der Wahrheit zu bleiben, schien das Beste zu sein. »Für mich ist es auch eine Chance, meinem alten Leben zu entfliehen.« Ich fand, das klang durchaus plausibel.

»Das ist der einzige Grund?« Ihr Blick durchbohrte mich. Wusste sie etwas von meinem Auftrag und wollte mich aushorchen? Doch woher sollte sie davon wissen?

Ich schüttelte den Kopf. »Natürlich auch wegen der hohen

Entlohnung. Elite-Soldaten verdienen das Doppelte als ihre niederen Kollegen.«

»Und sind doppelt so gefährdet«, fügte Khalees hinzu. Er zückte ein Messer aus seinem Hüftgürtel und stach in die Flanke des Schweins, schnitt ein Stück heraus und legte es auf einen Teller. Diesen reichte er Kodaline. Dann fuhr er fort, bis jeder ein Stück Fleisch auf dem Teller hatte.

Koda verzog ihren Mund. »Du hast den König einen Bastard genannt, also kannst du ihn nicht sonderlich leiden. Warum machst du es?« Sie war wirklich pfiffig. Das war gar nicht gut.

»Du kennst doch bestimmt die Redewendung *Ein Kolkra hackt dem anderen kein Auge aus.*«

Ohne eine Miene zu verziehen, starrte sie mich an. »Nein, kenne ich nicht.«

Darauf konnte ich nichts erwidern, sondern blinzelte nur. »Genug von mir. Was ist mit dir, Raia? Du bist wie ein Siegelbuch.« Khalees hatte zwar schon etwas von ihrer Vergangenheit erzählt, aber da war ich wirklich zu betrunken gewesen, um mir alles zu merken.

Vorwurfsvoll sah sie mich an. »Das soll auch so bleiben.« Sie rupfte das Fleisch auseinander und aß ein Stückchen.

Meine Mundwinkel zogen sich in die Breite. »Oh, dann ist es bestimmt eine interessante Geschichte, wenn du sie nicht erzählen willst.«

Abrupt stand sie auf, legte den Teller beiseite und eilte davon. Ziemlich empfindlich, wenn sie gar keinen Spaß verstand. Khalees schüttelte den Kopf. Tja, da hatte ich wohl erneut etwas Unpassendes gesagt. Aber jetzt konzentrierte ich mich erst mal auf das Schwein.

Nach ein paar Bissen wandte ich den Blick nach links, da Kodaline seit einiger Zeit keinen Mucks von sich gegeben hatte. Mit geschlossenen Augen lag sie in die Decke gekuschelt vor einem Baumstamm und sah so friedlich aus. Die Decke hob und senkte sich gleichmäßig. Ohne nachzudenken, streckte ich eine Hand aus, strich eine Haarsträhne aus ihrer Stirn und ließ meine Finger über ihre Wange gleiten. Ihre Haut fühlte sich weich und warm an. Durch die Flammen des Feuers sahen ihre Haare aus wie heiße Glut. Kodaline regte sich und ich zog schnell die Hand weg. Scheiße. Was zum Henker machte ich hier?

Ihre Lider öffneten sich einen Spalt, sie sah mich an und … lächelte. Hatte sie die Augen wirklich auf? Vielleicht träumte sie. Ja, ganz sicher träumte sie und bestimmt nicht von mir. Wenn, dann wahrscheinlich davon, mir eine zu verpassen. Vermutlich brachten diese Bilder sie zu diesem amüsierten Gesichtsausdruck.

»Sag mal, Cayden …?«, fragte Khalees und zog meinen Namen in die Länge.

»Mhm?«

»Warum hast du denn so ein seliges Lächeln auf den Lippen?« Mit seinem Ellbogen stieß er mir in die Rippen. »Möchtest du uns nicht an deinen glücklichen Gedanken teilhabenlassen?«

Mein Puls beschleunigte. Sakra. Scheiße! »Was? Ach … es ist nichts, hab nur gerade an frühere Zeiten gedacht, das ist alles.« Ich versuchte, es so gelassen wie möglich zu sagen. Aber seinem Gesichtsausdruck nach zu urteilen ließ er sich wohl nicht so leicht täuschen. So ein verdammter Mist!

Warum kreisten meine Gedanken ständig um sie? Ich hasste es, was sie in mir auslöste. Was, konnte ich nicht einmal beschreiben, aber ich hasste es. Das war nicht ich und es musste aufhören. Ich konnte nicht zulassen, dass sie den Auftrag womöglich gefährdete.

19
KODALINE

Wildes Geschrei machte dem Mädchen Angst. Dunkle Gestalten mit langen Umhängen und Kapuzen drängten eine Menschenmenge eine Treppe hinunter. Ihre Mutter hielt sie fest an der Hand und zog sie hinter sich her. Weg vom Gedrängel. Gegenüber gab es eine weitere Treppe, die sie hinunterliefen. Sie war schmal und steil und führte in einen ebenso engen Steingang. Hinter ihr schrie eine Frau, ihre Mutter konnte es nicht sein, denn die lief neben ihr. Das Mädchen rümpfte wegen des feuchten und modrigen Gestanks die Nase. Nie ließ sie die Hand ihrer Mutter los. Sie liefen weiter durch den dunklen Gang, in dem nur ein paar Fackeln dürftig Licht spendeten.

Bei jedem Schritt schabte das Leder über meine Ferse, als würde es die Haut langsam abschmirgeln. Ich konnte kaum laufen und verzog das Gesicht vor Schmerzen. Es gelang mir nur schwer, mir nichts anmerken zu lassen, aber ich hatte keine Lust, eine noch größere Last für die anderen zu sein. Diejenige, die sich von einer Echse beißen ließ. Die, die ein schwarzes Mal trug, das brannte, einen Hügel hinunter kullerte, sich dabei den Kopf stieß und den Knöchel aufschlug. Eine wandelnde Katastrophe.

Was hatte ich mir dabei gedacht? Ich sollte gar nicht hier sein!

Einige Stunden waren wir nun unterwegs, vielleicht auch einen ganzen Tag. Das Zeitgefühl hatte ich längst verloren und den Stand der Sonne konnte ich aufgrund der vielen Wolken nicht ausmachen. Cayden hatte bis jetzt kein Wort mit mir gesprochen. Wirkte genervt, wie anfangs. Gestern hatte er sich so nett verhalten und mir mit dem Zelt geholfen, aber auch da hatte ich schon eine gewisse Distanz gespürt. Hatte ich etwas nicht mitbekommen? Vielleicht hatte ich im Traum irgendetwas Blödes zu ihm gesagt. Keine Ahnung, ob ich im Schlaf redete.

In dieser Nacht hatte ich zum ersten Mal seit längerer Zeit wieder diesen Traum gehabt. Meinen Albtraum. Es war mir immer noch ein Rätsel, ich wurde daraus einfach nicht schlau.

Auch Nate verhielt sich mir gegenüber kühl seit gestern. Meine Erklärung, dass ich mich allein wegen der Schmerzen weiter von Cayden hatte tragen lassen, konnte ihn nicht überzeugen. Er akzeptierte zwar meine Aussage, aber die Sache war noch nicht erledigt. Denn als ich heute Morgen aufgewacht war, hatte er schon gepackt und sich mit Khalees unterhalten.

Schnellen Schrittes eilte ich zu ihm. »Hey Nate, hast du dich wieder mit Cayden gestritten, während ich geschlafen habe, oder was ist passiert?«

Er zuckte nur mit den Schultern. »Khalees hat eine blöde Bemerkung ihm gegenüber abgelassen, und seitdem benimmt er sich so. Aber er ist doch eh immer wütend auf irgendwen oder irgendetwas«, brummte er mit einer ähnlichen Miene wie Cayden. Was war denn nur los mit allen?

Besorgt neigte ich den Kopf. »Und bei dir ist alles in Ordnung?«

»Klar, wieso fragst du?«, erwiderte er monoton.

»Na ja, du siehst auch weit entfernt von glücklich aus. Tut mir leid wegen …«

»Entschuldige bitte, dass ich nicht immer so aussehe, als ob mir die Sonne aus dem Arsch scheint«, zischte er. »Es sind nicht alle ständig so gut drauf wie du.« Damit war das Gespräch beendet, stellte ich fest, als er seinen Schritt beschleunigte und mich zurückließ.

Mir blieb der Mund offen stehen, ehe ich den Kloß in meiner Kehle hinunterschluckte. Warum auch immer, waren alle in mieser Stimmung. Und wenn man das Gefühl hatte, man selbst sei der Grund, glich es einem kleinen Schlag in die Magengrube. Wieso behauptete Nate, ich wäre immer gut drauf? Tse, ich wünschte, dem wäre so. Meine Augen begannen zu brennen und ich konnte nicht verhindern, dass sich eine Träne den Weg über meine Wange bahnte.

»Warum hast du Augenwasser, Kodaline?«

Hastig wischte ich die Träne fort und starrte Khalees verwirrt an. Er hatte wirklich einen speziellen Akzent.

»Warum hab ich was?«, fragte ich mit trockener Kehle und räusperte mich.

»Tränen, Koda. Er möchte wissen, warum du weinst.« Raia berührte beim Reden für einen Wimpernschlag meinen Arm.

Abwehrend schüttelte ich den Kopf. »Es ist nichts weiter.« Natürlich ging ich nicht darauf ein, denn ich wollte nicht wie eine verweichlichte Möchtegern-Soldatin rüberkommen. Keiner sagte etwas. Wenigstens löcherten sie mich nicht mit Fragen. Skeptisch richtete ich den Blick zu Raia. »Warum bist du eigentlich nicht mehr so giftig zu mir?« Erst wirkte sie überrascht, ehe sie anfing zu lachen. Jetzt zog ich selbst überrascht die Augenbrauen hoch.

»Ich verstecke die Tatsache nicht, dass ich dich nicht sonderlich leiden kann, aber … meine Meinung über dich hat sich etwas gebessert.« Dann klopfte sie mir auf die Schulter. Natürlich auf die verletzte. Zischend zuckte ich zusammen, und schnell zog sie die Hand weg.

»So ein Mist, tut mir leid, Kodaline.« Es klang zumindest so, als meinte sie es ernst. »Mach dir keine Gedanken über die zwei. Das sind beides Dummerchen.« Raia deutete auf Cayden und Nate und schenkte mir ein versöhnliches Lächeln.

Mir fielen erst jetzt ihre ungewöhnlichen Augen auf. Helle, nach außen hin violette Augen, mit schwarzem Rand um die Iriden. Sowas hatte ich noch nie gesehen. Durch ihre weißen Haare stachen sie hervor. Darüber hinaus machten ihre Kurven mich wirklich neidisch. Bereits als wir uns vorgestellt worden waren, hatte ich ihre Rundungen bemerkt. Ihre lila Tunika saß etwas enger, dazu trug sie einen breiten Leder-gürtel, bestückt mit Messern und Dolchen. Ihre Lederhose rundete ihr beneidenswertes Aussehen ab. Durch ihren pelzbesetzten Umhang sah man trotzdem, was sie hatte.

Misstrauisch kniff sie die Augen zusammen. »Warum gaffst du mich so an?«

Verunsichert blinzelte ich. »Ich habe nur … deine Augen sind so außergewöhnlich. Da konnte ich irgendwie nicht wegsehen.«

Ihre Lippen kräuselten sich und sie schnaubte. »Vielleicht kann ich dich jetzt sogar noch besser leiden.« Wir sahen uns an und lachten gleichzeitig laut los.

Khalees sah erst besorgt aus, als wären wir beide verrückt geworden, stieg dann aber ins Gelächter mit ein. Nate beobachtete mich und auch Cayden musterte uns. Sie hatte recht, ich ließe mich nicht von den beiden runterziehen. Cayden kannte ich außerdem noch gar nicht lange, er konnte mir also egal sein. *Ist er aber nicht …*

»Sei still!«, zischte ich durch zusammengepresste Zähne meinem Unterbewusstsein zu. Unsicher warf einen Seiten-blick zu Raia und Khalees und zuckte entschuldigend mit den Schultern. Zu Recht sahen sie mich entgeistert an.

Nur Spinner redeten mit sich selbst.

Vor uns erhob sich ein massiver Berg, bedeckt mir einer Schnee- und Eiskappe. Zwar waren wir bestimmt noch zehn Vamittar entfernt, aber durch seine Größe schien es, als läge er direkt vor uns. Rings um uns herum wurden die Hügel zu Bergen, die teilweise wieder mit Wäldern bedeckt waren. Dazwischen lag der Vosnari-Pass.

Bei dem Gedanken, diesen Berg zu erklimmen, stöhnte ich jetzt schon. Nate und Cayden gingen einige Schritte voraus. Natürlich nicht nebeneinander.

Plötzlich tauchten aus dem Wald, der sich links bis über den Berg erstreckte, vier dunkel gewandete Gestalten auf und stellten sich uns in den Weg. Ungefähr zehn Mittar von uns entfernt. Wie erstarrt blieben wir stehen. Caydens Hand zuckte sofort zum Heft seines Schwertes, während mein Puls in die Höhe schoss. Wo waren sie hergekommen? Hatten sie uns aufgelauert? Ihre Gesichter konnte man wegen der großen Kapuzen nicht erkennen. Nur nett plaudern wollten sie bestimmt nicht.

»Wen haben wir denn da? Ihr seid wohl kaum einfache Wanderer, so seht ihr gewiss nicht aus. Habt ihr euch verlaufen?«

Das Gesicht des großen Mannes, der vor den anderen stand und redete, konnte ich nicht sehen, aber ich spürte seinen Blick auf mir. So sehr ich auch versuchte, unter den Kapuzen etwas zu erkennen, es gelang mir nicht. Außer, dass sie Masken trugen. Welche Gruppe von Männern trugen Masken? Ich hatte schon den Verdacht, es handelte sich um Männer der Vanden. Doch ihr Verhalten sprach dagegen, und sie verließen nie den Vortex.

Nate drehte sich langsam zu mir um, in seinen Augen lagen Angst und Besorgnis. Mein Herz trommelte wild in meiner Brust. Mein Doppelklingenschwert hatte ich auf den Rücken geschnallt. War ich bereit zu kämpfen? Nein, verdammt, definitiv nicht. Auf so etwas war ich nicht vorbereitet worden. Außerdem lag das letzte Training mit Nate Wochen zurück, noch vor dem Cynheai. Raia hielt ihre Hände fest am Gürtel, ihre Messer griffbereit. Nate hatte wie Cayden sein Schwert am Gürtel befestigt und stützte seine Hand auf den Schwertknauf. Khalees hatte seinen Kampfstock ebenfalls auf dem Rücken. Niemand machte jedoch Anstalten, eine Waffe zu zücken.

Einer der in schwarze Umhänge gehüllten Männer bewegte sich von einem Bein aufs andere. Er wirkte nervös und sehr jung, seine Körperhaltung unterschied sich von der der anderen. Nicht so überheblich und stolz.

»Nun denn. Was könnt ihr uns anbieten, damit wir euch eures Weges ziehen lassen?« Wieder sprach der größte von den Männern. Verwirrt schaute ich die anderen an. Allen stand Wut ins Gesicht geschrieben.

»Ich kann Euch eine direkte Fahrt in die Unterwelt bieten, wenn Ihr uns aufhalten wollt.« Natürlich musste Cayden provozieren.

Der Mann lachte daraufhin kehlig, wobei es mir kalt den Rücken hinunterlief. »Lasst mich einen Vorschlag machen, dann sehen wir weiter.« Er hob den Kopf und deutete mit einer Hand in meine Richtung. Hektisch drehte ich mich um, aber hinter mir stand niemand. Ein unbehagliches Gefühl schlich sich bei mir ein. Er meinte mich!

»Gebt uns das Mädchen, dann könnt ihr euren Weg ohne Verletzungen fortsetzen.«

Nun lachte Cayden lauthals und Raia sah verdutzt zu mir. Nate schaute den Mann wutentbrannt an und seine Fingerknöchel traten weiß hervor, während er den Griff um sein Schwert verstärkte.

»Wieso wollt Ihr gerade *sie*?«, fragte Cayden. Berechtigte Frage. Ganz bestimmt würde ich nicht mit ihnen gehen.

Der Mann neigte den Kopf. »Sagen wir einfach, so ein

hübsches Anhängsel hat doch jeder gern. Und sie würde gut zu meiner Sammlung passen.«

Fassungslos klappte mein Mund auf. Bitte? Ich hörte wohl schlecht. Was für ein Widerling. Ich war doch keine *Strôpa*.

»Überlasst sie uns ohne Gegenwehr, oder wir holen sie uns.« Sein hochmütiges Grinsen sah ich auch aus dieser Entfernung. Es blitzte unter seiner Maske hervor.

»Ihr könnt es ja versuchen.« Nates Stimme erkannte ich beinah nicht wieder. Mit diesem eisigen Unterton und er zeigte dazu ein boshaftes Grinsen.

Cayden sah ihn verblüfft an und neigte hochachtungsvoll den Kopf. Sogar in einer solchen Situation noch zu Scherzen aufgelegt. Ich schüttelte nur den Kopf. Er hingegen wedelte gelangweilt mit einer Hand. »Mein Motto lautet sowieso: Besser aufrecht sterben, als auf allen vieren leben. Also nur zu.«

Was zum …? »Ich will ganz bestimmt nicht sterben«, presste ich hervor. Cayden, du Idiot!

»Nun, eure Entscheidung …« Der Maskenmann nickte seinen Männern zu und im nächsten Moment landete eine Kugel zwischen uns allen auf dem Boden.

Der Erdboden erbebte, Steine hüpften. Schmale Risse bildeten sich in der Erde, die in einem rasanten Tempo auf uns zu liefen. Der Boden brach weiter auf und eine breite Spalte zog sich von den Kapuzenmännern aus durch unsere Mitte. Wir taumelten zurück.

Cayden und Nate standen auf der einen Seite, Raia, Khalees und ich auf der anderen. Die Erde bebte unaufhörlich. Während ich wieder zu den Männern schaute, fiel mir einer von ihnen im Hintergrund auf, der etwas abseits stand. Ich beobachtete, wie er unter dem Umhang einen Ärmel seines Mantels hochschob. Meine Augen weiteten sich und ich hielt unweigerlich die Luft an. Mit zitternden Händen griff ich über die Schulter und packte mein Schwert.

»Sakra! Bitte nicht.« Schnell eilte ich an Raias Seite. »Sie rufen *sie*.« Aus Angst, es laut auszusprechen, flüsterte ich. Ganz langsam drehte sie sich mit entsetztem Blick zu mir. Dann blickte sie zu den Männern und als sie sah, was ich gesehen hatte, riss auch sie die Augen weit auf.

Ein Heulen ertönte hinter uns, es kam näher. Übelkeit stieg mir die Kehle hoch, ich tauschte einen angsterfüllten Blick mit Raia. Plötzlich nahm sie meine Hand.

»Möge der heilige Dûwal uns beschützen.«

20
KODALINE

»Nun ... jetzt, da die Kräfte schon freigesetzt sind, können wir ruhig auch ein wenig die Sau rauslassen, nicht wahr?«

Blinzelnd starrte ich Raia an. Was redete sie da? Dann schwang sie den Umhang zurück und schob den linken Ärmel ihrer Tunika ein Stück nach oben, entblößte die Flamme der Eltani. Drei Spiralen, die sich zu einer Flamme formten, umrandet von einem Dreieck, das die Macht binden sollte. Mit geschlossenen Augen presste sie die Hand auf das Mal.

»*Tulhem minûr.*« Mit diesen Worten beschwor Raia einen Fennôl.

»Welcher Fennôl wird erscheinen?«, fragte ich besorgt. Die Feuerwesen waren mächtig. Entweder erschienen die Erinnyen, eine von drei boshaften Schwestern oder der Kerberos, ein dreiköpfiger diabolischer Hund. Hinter uns ertönte plötzlich ein Knurren.

Ich schluckte schwer. »Der Kerberos?« Raia schüttelte den Kopf und ich bekam schwitzige Hände. Am besten gar nicht erst umdrehen.

»Eine der Erinnye. Welche wird sich zeigen. Sie sind sehr eigenwillig.« Sie deutete auf meinen Arm. »Was ist mit dir?«

Scheiße! Wild schüttelte ich den Kopf. Aus irgendeinem

bescheuerten Grund beschloss ich, mich doch umzudrehen. Glühend rote Augen, schwarzes zottiges Fell und sehr lange Fangzähne waren es, die der Barghest mir zeigte. Er stand nur noch einige Mittar von uns entfernt. Mein Herz raste, ich konnte kaum atmen. Heiliger Dûwal.

»Worauf wartest du?« Raia zog mit jeder Hand einen Dolch aus ihrem Gürtel.

»Ich kann nicht.« Stattdessen erstarrte ich, wie eine Statue. Es ging nicht. Das schaffte ich nicht. Weder kämpfen noch meine Macht nutzen. Was zum Henker hatte ich mir dabei gedacht, zur Elite gehören zu wollen? Meine Fähigkeiten waren sehr begrenzt. Zu begrenzt, um das hier durchzustehen.

Auf einmal klatschte eine Hand auf meine Wange, die daraufhin sofort brannte. Mein Kopf fuhr herum. Raia hatte mir eine Ohrfeige verpasst. »Autsch«, schrie ich und fasste mir an die getroffene Stelle. »Wofür war das?«

»Denke nicht darüber nach, was du womöglich nicht kannst. Glaube an dich und deine Macht.« Sie reckte das Kinn in Richtung des Barghests. »So, erst mal kümmere ich mich um dich, Zotteltier.«

Mit der Hand an der Wange starrte ich sie an. Der Barghest, der uns gegenüber stand, setzte zu einem Sprung an. Raia lehnte ihren Oberkörper zurück, drehte sich flink zur rechten Seite und riss den Dolch in ihrer linken Hand hoch. Der Barghest heulte auf, während er auf dem Boden landete. Die Klinge hatte ihn an der Flanke erwischt und einen langen, aber nicht tödlichen Schnitt hinterlassen. Jetzt bleckte er seine Zähne. Raia stand kampfbereit vor ihm.

Hilflos und verloren drehte ich mich im Kreis, sah Metall von Schwertern aufblitzen, dann blieb ich stehen. Ich schloss die Augen und atmete tief durch. Entschlossen schob auch ich den Ärmel meines Mantels und der Tunika nach oben. Blinzelnd betrachtete ich die drei ineinander laufenden Spiralen, die ebenfalls ein Dreieck bildeten. Also dann, es konnte nur schiefgehen. Die linke Hand hielt ich über das Mal und schloss erneut die Augen.

»Tulhem minûr«, murmelte ich. Einen Spalt breit öffnete ich ein Auge, linste, um zu sehen, ob etwas passierte. Gebrüll und Getose wogten um mich herum, doch es gab kein Anzeichen eines Fennôls. Einige Sekunden verstrichen. Noch immer nichts. Ich war ein Nichts. Verzweifelt ließ ich den Blick über das Chaos schweifen und suchte Nate.

Ein Schatten fiel plötzlich auf den steinigen Boden. Ich riss den Kopf hoch. Schwarze lange Schwingen, durch die das Sonnenlicht schien, schwebten über uns. Ein Kribbeln sauste durch meine Glieder. Die Erinnye, aber welche? Ihre dunkle Gestalt zierte eine Art Rüstung, ihre Haut darunter leuchtete hellgrün. Sie hatte weißes Haar und es wirkte, als sei es zum Teil auf Höhe der Schläfen zu zwei Hörnen geformt. Sie gab einen ebenso gellenden Schrei von sich, wie die Harpyen. Zumindest wurde mir das einmal erzählt.

Anstatt mich anzugreifen, wie ich befürchtet hatte, preschte sie über mich hinweg, sodass mir die Haare ins Gesicht wehten. Sie flog auf einen der fremden Männer zu, der erstarrte, ehe er schrie und zappelte, weil sie ihn packte und mit in die Lüfte hob.

Bei den Geschehnissen hatte ich die anderen völlig vergessen. Nate entdeckte ich am Waldrand, kämpfend mit einem Kapuzenmann. Dieser griff unaufhaltsam an, konnte Nates Verteidigung aber nicht durchbrechen. Der Gegner setzte zu einem weiteren Hieb an, Nate ging in die Hocke und schlug ihm mit der breiten Seite des Schwertes gegen die Fersen, dass er den Boden unter den Füßen verlor. Keuchend und fluchend landete der Kapuzenmann auf dem Rücken und hatte gleich ein Schwert an der Kehle. Wütend blickte er zu Nate hoch.

»Ergib dich, dann kannst du gehen und bleibst vielleicht am Leben.«

Der Kapuzenmann lachte schrill. Unwillkürlich zuckte ich zusammen.

»Wir werden ja sehen, wer am Ende übrig bleibt. Jetzt wird es doch erst interessant.« Seine Augen wanderten nach oben in den Himmel und ich folgte seinem Blick. Hatte der Fennôl mich doch gehört? Schwarze Vögel kamen auf uns zu, Gänsehaut benetzte meine Arme. Sie kreisten über uns, es schien, als lösten sie sich auf, verwandelten sich in schwarze Schatten. Mein Herz hörte auf zu schlagen, ich hörte auf zu atmen.

Bei allen Heiligen! Kolkravenis!

Die Schatten bewegten sich auf uns zu. Immer wieder hatte meine Mutter mich vor ihnen gewarnt.

Geh nicht zu nah an den Wald. Zum Abendessen bist du zu Hause. Ich möchte nicht, dass du dich diesen Vögeln näherst.

Was passiert denn dann?

Wenn sie dich erwischen, ist es wahrscheinlich zu spät. Sie zehren von deinen Kräften, entziehen deine Macht. Selbst deinen Lebenshauch, bis du nichts weiter bist als eine leere Hülle.

Nie war etwas passiert. Bis heute. Noch einmal versuchte ich, den Fennôl zu rufen. Aber bekam auch nach einigen Sekunden wieder keine Antwort. *Benutze deine Macht nie leichtfertig. Das lockt sie an.* Sehr witzig. Selbst wenn ich wollte, konnte ich sie nicht einsetzen.

Der große Kapuzenmann, der am Anfang gesprochen hatte, marschierte auf mich zu. »Wie es scheint, hat deine Macht versagt. Der majestätische Gryffon ist nicht gekommen. Dann hat er dir wohl auch noch nicht die Zukunft vorausgesagt?« Wieder dieses kehlige Lachen.

Es widerte mich an. Dennoch wurde ich das Gefühl nicht los, dass ich es schon einmal gehört hatte. Woher wusste er, dass ich den Gryffon gerufen hatte? Als Erd- und Luft-elementar konnte er von Talami und Adhair beschworen werden. Zumindest von allen außer mir. Auf Bildern hatte ich ihn schon gesehen, majestätisch, in der Tat, mit dem Oberkörper eines Raubvogels, kräftigen Schwingen und muskulösen Hinterläufen einer großen Katze. Doch wie konnte er verdammt noch mal ahnen, dass ich *ihn* gerufen hatte?

»Die Voraussagen des Gryffon sind jedoch tückisch. Nicht alles, was man sieht, passiert auch. Manchmal sind es keine Visionen, sondern einfach nur Träume.«

Sprach er etwa von …? Nein. Woher sollte er das nun wieder wissen? Mir wurde flau im Magen. Ehe ich etwas erwidern konnte, wurde ich ruckartig zur Seite gestoßen und ließ mein Schwert fallen. Um mich herum sah ich nur schwarz, während ich auf dem Rücken lag und mich hektisch aufrappelte. Ohne nachzudenken, stützte ich mich ab und sog scharf die Luft ein.

»Aah!« Stöhnend umfasste ich meinen Arm. Er schmerzte noch immer und die Stelle pochte. Ein anderes, komisches Gefühl schlich sich hinein. Ein heftiges Kribbeln, das meinen ganzen Körper durchfuhr. Schatten über mir. Mein Blick folgte jedoch dem dunklen Schleier vor mir. Lange Ausläufe des Schleiers waberten zur Seite, nach oben, breiteten sich immer weiter aus. Schnell sprang ich wieder auf die Beine.

Über die Kolkravenis hatte ich früher ein wenig erfahren, nachdem ich meine Mutter mit Fragen gelöchert und sie mir einige Dinge erzählt hatte. Unter anderem, dass sie ihre Gestalt ändern konnten. Und vor meinen Augen formte sich aus dem Schattenschleier gerade ein konturloser Körper. Sein Korpus festigte sich nicht wie bei Menschen, die Beine blieben weiterhin schemenhaft. Doch sein Kopf bekam schärfere Konturen und es entstanden dunkle Augen, schwarz funkelnd, und ein riesiges Maul mit spitzen Zähnen wie aus Oriwyd geschliffen. Die Hände festigten sich ebenfalls, jedoch waren keine Finger daran, sondern Klauen.

Ehe ich mich von dem Schock aufraffte, holte die Kreatur

mit einem seiner langen Arme aus. Für den Bruchteil einer Sekunde traf mein Blick Cayden und Nate, die nahe dem Erdspalt standen und zu mir sahen. Dann schlug die Kreatur mit einem schnellen Hieb zu. Ich kreischte in hohem Ton, stolperte, als ich instinktiv einen Schritt zurücktrat.

Die Klauen streiften meine Taille, erwischten zum Glück nur den Stoff meines Mantels, rissen daran und ich schälte mich verzweifelt aus dem Kleidungsstück, bevor sie mich aufspießten. Bei dem Versuch, sich davon zu lösen, hatten sich die Klauen darin verfangen und die Kreatur zerrte wild daran, um sich zu befreien. Diesen Moment nutzte ich, um Abstand zwischen uns zu bringen und mein Schwert aufzuheben. Meine Haut brannte. Da ein Ärmel meiner Tunika fehlte, weil er der Wundversorgung diente, bekam ich Gänsehaut am nackten Arm. Mein ganzer Körper zitterte mehr vor Angst, vielleicht aber auch wegen der allmählich einschleichenden Kälte. Lange hielt sich das Schattenwesen leider nicht mit meinem Mantel auf. Außerdem kam eine weitere Kreatur dazu und beide standen mir gegenüber. Heilige Scheiße! Nicht doch.

Die Kolkraveni stürmten auf mich los. Gleich zwei. Das würde mein Ende sein. Dennoch hielt ich das Schwert kampfbereit vor mir, wappnete mich mit allen Kräften, die ich hatte. Zu meinem Pech waren es nicht viele. O Amâir, wieso war ich von zu Hause fortgegangen? Wieso war ich hier? Wenn der König mich ausgewählt hatte, und Dûwal wusste den Grund, warum hatte er mich nur mit vier anderen Anwärtern auf den gefährlichen Weg geschickt? Ich erinnerte mich an das Training mit Nate.

Die Bewegungen müssen fließen, die Klinge ist ein Teil von dir.

Kurz bevor sie mich erreichten, hielten sie plötzlich kreischend in der Bewegung inne, sodass es in meinen Ohren schmerzte, die leuchtenden Augen und das Maul weit aufgerissen. Niemand bewegte sich. Rauschend und blitzschnell lösten sich ihre Gestalten auf und wurden wieder zu Schleiern aus schwarzem Rauch. Dann verschwanden die Schatten in die Lüfte. Blinzelnd und irritiert schaute ich ihnen hinterher, meine Arme zitterten. Da kam mir ein Gedanke und ich fuhr herum, aber hinter mir war niemand oder etwas. Ich atmete tief durch. Was auch immer sie vertrieben hatte, damit konnte ich mich jetzt nicht beschäftigen. Eilig rannte ich bis zum Rand des Spaltes, näher zu Nate, der mit dem Scheusal kämpfte, das eindeutig zu viel wusste. Er verpasste Nate mit dem Knauf des Schwertes einen Stoß an den Kopf, der schmerzvoll keuchend auf die Knie fiel. Schockiert schrie ich auf. Aber Nate rollte sich zur Seite weg, bevor der Mann ihm sein Schwert in die Brust rammen konnte.

Plötzlich stellte sich mir der nervös wirkende Mann in den Weg, der, wie ich vermutete, noch ziemlich jung sein musste. Er stand vor mir, das Schwert kampfbereit nach vorn gerichtet. Mir fiel auf, dass seine Hände zitterten.

Ich bezweifelte, dass er freiwillig hier war. Und mich überfiel ein wenig Mitleid. »Warum bist du hier? Hat man dich gezwungen?« Mit einer sanften Stimme versuchte ich ihn zu beruhigen und ihn dazu zu bringen, sein Schwert sinken zu lassen. Die Kapuze des Umhangs bewegte sich nach links und rechts. Ich presste die Lippen zusammen. »Du musst das nicht tun. Keiner kann dich zwingen, solche Dinge zu tun.«

Ein Kopfschütteln.

Seufzend ließ ich die Schultern sinken. Gerade noch rechtzeitig konnte ich den Angriff abblocken, als er sein Schwert schwang und sich auf mich stürzte. Keuchend stieß ich ihn weg und wirbelte zur Seite. Erneut schlug er zu und ich hielt dem Hieb mit meinem Schwert stand, obwohl bei dem Aufprall Schmerz durch meinen Arm fuhr.

»Warum tust du das?«, presste ich hervor. Die verkeilten

Klingen aneinanderdrückend standen wir uns gegenüber.

Blaue Augen starrten mich durch die schwarze Maske an.

»Wenn wir versagen, wird er uns töten.«

»Wer ist *er*?« Seine Worte verstand ich nicht. Doch als Antwort stieß er sich von mir ab und holte aus. Immer weiter drängte er vor und ich konnte nur zurückweichen und parieren. Mein Arm pochte und zuckte bei jedem Hieb, den ich abwehrte. »Hör auf«, flehte ich. »Bitte!«

Dann wirbelte er herum, holte Schwung für seinen nächsten Schlag und ich richtete das Schwert mit einer Klinge nach vorn aus. Er drehte sich, um seinen Hieb auszuführen, und lief dabei geradewegs in meine Klinge hinein. Mit erhobenem Schwert erstarrte er in seiner Bewegung. Ächzte. Mein ganzer Körper zuckte vor Schreck. Die Zeit schien stehenzubleiben.

Die Augen des Mannes, des Jungen, weiteten sich und richteten sich auf mich. Mein Entsetzen spiegelte sich in seinem Blick, während ich ihn anstarrte. Meine Atmung geriet außer Kontrolle und ich hielt das Schwert zitternd in beiden Händen. Langsam senkte er den Kopf und sah an sich hinunter, wo die Klinge in seiner Brust steckte.

Ruckartig zog ich sie aus seinem Körper, spürte einen Widerstand und erschauerte bei dem Gedanken, dass ich wahrscheinlich gerade an mehreren Rippen vorbei schrappte. Sofort fiel er auf die Knie.

Trotz des Umhangs und der dunklen Kleidung darunter sah ich, wie das Blut aus der Wunde sickerte, über die Brust den Bauch entlang, bis es von seinem Ledergürtel aufgehalten wurde. Ein Röcheln entkam seiner Kehle, doch ich sah ihn nur weiter an. Absurd. Ich stellte mir vor, wie meine Mutter damals Konfitüre eingekocht hatte und ich so dumm gewesen war, zu versuchen, ein volles Glas davon von der Tischkante zu holen. Es war natürlich heruntergefallen und zerbrochen. Der rote Inhalt hatte sich über mein Kleid ergossen. Vor mir lag jemand im Sterben und ich dachte an Konfitüre. Aber ich hatte noch nie jemanden ernsthaft verletzt. Es verstrichen nur Sekunden.

Noch einmal schaute er mich an, seine angsterfüllten Augen schimmerten durch die Maske. Mir schnürte es die Kehle zu. Wie ein Haufen nasser Ohri sackte er schließlich zusammen. Das Doppelklingenschwert zitterte immer noch in meinen Händen, doch ich konnte nicht loslassen. Wollte nicht loslassen. Panik durchströmte mich, jede Faser meines Körpers.

Plötzlich stand Cayden neben mir und umfasste behutsam meine Hände, die ich krampfhaft um den Griff des Schwertes klammerte.

»Ganz ruhig. Alles ist gut.«

Mein Kopf wirbelte in seine Richtung. »Was soll bitte gut sein?«, zischte ich. »Durch mein Schwert, durch *mich*, ist jemand gestorben. Ich habe ihn umgebracht.« Angewidert ließ ich das Schwert fallen. Dann suchte ich Nate. Das letzte Mal hatte er noch mit dem Anführer der Truppe gekämpft. Während ich den Blick über den Ort des Geschehens schweifen ließ, beschleunigte sich meine Atmung erneut und mein Herz wurde schwer.

Alle von diesen Männern waren tot. Das Gesicht und die Arme des Körpers, der mir am nächsten lag, waren ausgemergelt und die Haut sah fahl und grau aus. Wieder erfasste mich ein Schauer des Entsetzens, als mir bewusst wurde, dass dies das Werk eines Kolkraveni sein musste. Auch der Barghest lag mit geöffnetem Maul und blutüberströmten Fell auf der steinigen Erde, die zuvor leuchtend roten Augen waren verblasst. Die Erinnye konnte ich nicht mehr ausmachen, wahrscheinlich hatte sie ihren Leckerbissen geschnappt und war mit ihm davongerauscht.

Etwas weiter den Berg hinauf stand der Anführer, mit zerfetztem Umhang, aber ansonsten schien er keine schwere

Verletzung zu haben. Nate hatte anscheinend einen Weg über die Spalte gefunden und stand mit Raia und Khalees unterhalb von dem Fremden. Erleichtert seufzte ich, da es allen soweit gutging. Cayden fasste mein Handgelenk, doch ich schüttelte ihn ab und ging wütend zu den anderen. Nate sah mich kommen, als er nach hinten schaute. Er wirkte ebenfalls erleichtert und hielt mir seine Hand hin. Sofort ergriff ich sie.

»Nun, vielleicht habe ich euch unterschätzt.« In der Stimme des Anführers lag Verbitterung.

»Euer Hochmut hat fast alle von euch das Leben gekostet«, keifte ich. Ich trat einen Schritt nach vorn. Nate hielt mich fest, sodass ich seitlich zwischen ihnen stand. Ich wandte mich ihm zu und sah Unsicherheit in seinem Blick. Vermutlich wunderte er sich, dass ich so furchtlos auf den Fremden zuging, der meinetwegen den Tod von Menschen in Kauf genommen hatte. Denn das verstand ich selbst nicht.

»Was ist das?«, fragte der Kapuzenmann erschrocken. Ich wirbelte herum. Seine Augen waren auf mich gerichtet. Auf meinen Arm, wie ich feststellte. Er musste das schwarze Mal meinen.

»Das habe ich seit meiner Kindheit.« Was auch beinah der Wahrheit entsprach. Von der Veränderung der Farbe sagte ich besser nichts.

»Das … das ist … nein, das kann nicht sein.«

Mit gerunzelter Stirn blickte ich zu ihm.

»Was kann nicht sein?«, fragte Nate.

Als hätte er die Frage nicht gehört und wäre auf einmal weit entfernt, schüttelte der Mann den Kopf.

»Was kann nicht sein?«, hakte ich mit erhobener Stimme nach.

»Es ist unmöglich. Er hat mich belogen!«

Bevor einer von uns ihn zur Rede stellen konnte, warf er eine Rauchkugel zu Boden. Wir schreckten zurück und

Nate ergriff sofort meine Hand, als sich die dunkle Wolke um uns herum ausbreitete.

Wir konnten nur warten, bis der Rauch verflog. Mein Herz wummerte, weil ich nichts sehen konnte, und ich keine Ahnung hatte, was das alles zu bedeuten hatte.

21
CAYDEN

Eng zusammen gedrängt standen wir nun da, für meinen Geschmack etwas zu viel Körperkontakt. Jedenfalls mit speziellen Personen. Gegen engen Körperkontakt mit Kodaline hätte ich nichts einzuwenden. Meinen Vorsatz, ihr nicht mehr zu nahe zu kommen, hatte ich wirklich schnell verworfen. Verdammter Mist! Was stimmte nicht mit mir?

Langsam bewegte ich mich einen Schritt zur Seite, als jemand mein Handgelenk packte. Bestimmt nicht Kodalines Hand, dem Druck nach zu urteilen. Obwohl … sie wollte mich schließlich schon würgen. Raia? Doch dass gerade sie Angst zu haben schien, wunderte mich.

»Es passiert nichts.« Im nächsten Moment schlug ich mir gegen die Stirn, weil ich mich über mich selbst ärgerte. Sie hörte mich nicht. Die Rauchkugel dämmte alle Geräusche. Ich nahm ihre Hand und drückte sie leicht.

Heiliger, ich verweichlichte auf dieser Reise vollkommen. Langsam lichtete sich der Schleier des dunklen Rauchs. Meine Ohren vernahmen wieder Geräusche, durch den Rest des Nebels konnte ich bereits den Weg vor uns sehen.

An der Stelle, an der dieser verdammte Mistkerl stehen sollte, stand natürlich niemand mehr.

Dieser Feigling hatte sich aus dem Staub gemacht.

Raia schubste mich plötzlich von sich, und ich stolperte ein paar Schritte. »Sakra, was soll der Mist?«, fauchte sie.

Irritiert sah ich sie an. »Was das soll? Na, du hast doch …« Ich hielt inne, als ihr Blick erst zu Khal huschte, dann zum Boden und sie sich peinlich berührt das Haar zurückstrich. Meine Mundwinkel zuckten, weil mir klar wurde, dass sie meine Hand für *seine* gehalten hatte. Mit aller Mühe unterdrückte ich das Lachen, das mir im Hals steckte, während sie mir einen Wehe-du-erzählst-das-weiter-sonst-bist-du-tot-Blick zuwarf.

»Also, ist jemand verletzt?«, fragte ich stattdessen in die Runde. Ein frustriertes Seufzen entfuhr meiner Kehle, als mein Blick auf Nathaniels und Kodalines verschränkte Hände fiel. Ohne Kontrolle darüber, es aufzuhalten. Ein ekeliges Gefühl kroch meinen Hals hoch, als müsste ich gleich kotzen.

»Nein, alle bis auf ein paar Kratzer unversehrt, zumindest körperlich.« Khalees sah zu Kodaline, auch Raia starrte sie an. Stimmt, schon seltsam, was da eben passiert war.

»War das nur Zufall, dass sie hinter dir her waren?« Meine Stimme klang härter als beabsichtigt.

Koda drehte sich zu mir, die Stirn in Falten gelegt. »Wie meinst du das?«

»Ich frage mich nur, wieso sie ausgerechnet dich haben wollten. Raia ist auch eine Frau, zumindest biologisch.« Sofort rammte sie mir die Faust in den Magen und ich krümmte mich keuchend. »Au …« Ich unterdrückte ein Lachen und rieb mir den Bauch.

»Was willst du mich fragen, Cayden?« Kodaline wirkte ziemlich wütend.

Doch es war wirklich eigenartig, dass diese Männer gerade *sie* gewollt hatten. Besonders weil ich diese verdammte Aufgabe erledigen musste. Ich räusperte mich. »Wieso waren sie hinter dir her? Wer bist du wirklich und was verschweigst du?« Mit offenem Mund stand sie da, starrte mich an. Ihre kleinen Nasenflügel bebten, bevor sie Nathaniels Hand losließ und auf mich zustürmte. Überrascht zuckte ich zurück. Sollte ich ausweichen? Ihr Gesicht war gerötet vor Zorn, ihre Augen funkelten böse. So böse.

»Fragst du das allen Ernstes?«, brüllte sie, blieb dicht vor mir stehen und musste ihren Kopf in den Nacken legen. »Ihr kennt meinen Namen, wieso ich hier bin. Und auch, wo ich herkomme.« Dann machte sie wieder einen Schritt zurück, wobei ich mich etwas entspannte.

Im nächsten Moment schaute sie zu Boden und wirkte auf einmal sehr bedrückt. »Was er zum Schluss gesagt hat … es hatte mit meinem Mal zu tun.« Gequält umfasste sie mit ihrer Hand den Oberarm. »Aber ich weiß nicht, was er damit gemeint hat.«

Khalees trat neben sie und legte eine Hand auf ihre Schulter. »Ich glaube dir. Auch wenn wir noch herausfinden müssen, warum die Kolkraveni dich verschont haben.«

Verhalten sah sie zu ihm hoch. Blinzelnd schaute ich zwischen ihr und Khal hin und her. Was meinte er damit, dass sie Koda verschont hatten? Was war geschehen? Natürlich stellte sich Nathaniel auch unterstützend zu ihr. Raia blieb neben mir stehen, musterte Koda und schien zu überlegen, was sie machen sollte.

»Also … du weißt nicht, was er damit meinte, dass es unmöglich sei und wer auch immer ihn belogen hat?« Raia trat nun ebenfalls vor. Ganz ausgezeichnet, und ich war nun wieder der Arsch, der alles anzweifelte. Koda schüttelte den Kopf.

»Gehen wir erst mal weiter. Wir können auch unterwegs überlegen, was er gemeint haben könnte«, schlug Nathaniel vor. Wieder schüttelte Kodaline den Kopf. Alle beobachteten sie und warteten auf eine Erklärung.

»Wir können sie doch nicht einfach so hier liegen lassen.«

Ihr Kopf bewegte sich in eine Richtung und wir folgten ihrem Blick.

Drei leblose Körper lagen in einigen Abständen voneinander verteilt. Drei Männer, die diesen Kampf verloren hatten. Frauen verhielten sich einfach viel zu sentimental in solchen Sachen. Aber es hätten genauso gut drei von uns sein können.

Ich legte den Kopf in den Nacken und seufzte. »Na gut. Wir beerdigen Sie.« Als ich den Kopf wieder senkte, blickte ich in überwiegend überraschte Gesichter. Meine Brauen schoben sich zusammen. »Eigentlich würde ich eher den Barghest bestatten als diese Verräter. Aber ein Unmensch bin ich schließlich auch nicht.« Unbedeutend zuckte ich mit den Schultern.

Bei einem Blick zu Koda erkannte ich ein schwaches Lächeln auf ihren zart rosa Lippen. Bei diesem Anblick blieb mein Herz fast stehen. Eine kleine Regung im Gesicht von dieser Frau, und mein Hirn setzte aus. Verdammt, was zur Hölle stimmte denn nicht mit mir? Sonst war ich nie so trieb… Nein, irgendetwas stimmte nicht. Um zur Besinnung zu kommen, schüttelte ich den Kopf und räusperte mich. Mein Verhalten blieb leider nicht unbemerkt und Koda zog irritiert ihre Augenbrauen hoch. Sakra!

Ihre Mimik versteinerte jedoch rasch, während sie sich zu einem der leblosen Körper bewegte. Der Mann, gegen den sie gekämpft hatte. Den sie selbst getötet hatte. So etwas veränderte jemanden auf eine Art und Weise, die nicht erklärt werden konnte. Man übertrat eine unsichtbare Schwelle und es gab kein Zurück. Ich konnte mich noch gut an das Gefühl erinnern, als ich zum ersten Mal getötet hatte. Damals mit achtzehn. Sein Name hatte sich in mein Gedächtnis gebrannt. Rhu, gerade sechzehn geworden. Nur an den genauen Grund, weshalb ich ihn getötet hatte, konnte ich mich nicht mehr erinnern. Grausam, nicht nur seines Gedenkens wegen. Doch zu der Zeit hatte mich der Wahnsinn getrieben.

Vielleicht sollte mich diese Gedächtnislücke bis zum Schluss quälen. Wobei der Tod meines Bruders mich schon genug quälte. Diese Gedanken verdrängte ich schnell und richtete meine Aufmerksamkeit stattdessen wieder auf Koda. Sie kniete vor dem Mann und beugte sich über ihn. Nathaniel wollte zu ihr, aber ich hielt ihn an der Schulter zurück. Zuerst machte er Anstalten, sich loszureißen und öffnete mit zusammengekniffen Augen den Mund. Aber ich sah ihn eindringlich an und schüttelte den Kopf. Er verstand und schloss murrend den Mund.

Kodaline schob die Kapuze des Toten zurück, streifte langsam die Maske von seinem Gesicht. Sie ließ sich nach hinten sinken und die Hände mit der Maske darin in ihren Schoß fallen. Schockiert schlug sie sich eine Hand vor den Mund, stieß einen erstickten Laut aus, bei dem sich meine Brust zusammenschnürte.

Wir anderen fingen an, Steine zu sammeln, Koda schloss sich nach einer Weile auch an. Einige Zeit später standen wir an den Steingräbern der drei Männer. Auf einem lag eine schwarze Maske, die Koda dort platziert hatte. Eigentlich war es in einem solchen Fall üblich, die Leichen der im Kampf Gefallenen zu verbrennen. Aber das schien uns zu riskant. Durch das große Feuer und den Rauch würden wir nur auf uns aufmerksam machen.

Alle blieben stumm. Bis auf den Wind, der über die karge Fläche wehte und ein paar Vögel. Zwischendurch schaute ich in den Himmel, ob sich keine schwarzen Vögel oder Schatten näherten. Khalees atmete tief durch, tippte sich mit Zeige- und Mittelfinger auf sein Dreieck über der rechten Augenbraue, dann auf das unter dem Auge.

Tumâni ye nolieath, ôr vorna an te Weâi;
Kofatea ye nolieath, ôr vorna an te Eari
Vaigar ye nolieath, ôr vorna an tu Tâlam;

Senâi ye nolieath, ôr vorna an te Eltân

Demütig schaute er nach unten. Alles, was er sagte, verstand ich nicht, aber ich meinte, diese Zeilen wurden bei verschiedenen Völkern zu Ehren der Toten gesagt.

»Was bedeutet das?«, flüsterte Koda an Khalees gerichtet.

»Körper des Menschen, wie gleichst du dem Wasser; Schicksal des Menschen, wie gleichst du dem Wind; Geist des Menschen, wie gleichst du der Erde; Seele des Menschen, wie gleichst du dem Feuer.«

»Welcher Dialekt ist das?«

»Das ist Shiolteki.«

»Es ist wunderschön.«

Da bemerkte ich eine Träne in ihrem Augenwinkel. Meines Erachtens weinte sie zu oft. Diese Reise würde sie fertig machen, und wir hatten gerade mal ein Drittel geschafft.

»Ich möchte nicht die Stimmung vermiesen, aber wir sollten jetzt aufbrechen«, bemerkte Nathaniel. Er hatte recht.

Koda bewegte sich langsam von den Gräbern weg.

»Na, dann los. Ich brauche dringend etwas im Magen«, bemerkte sie, schnallte sich ihr Doppelklingenschwert auf den Rücken und schwang ihre Sachen über die Schulter. Auch ich konnte es kaum erwarten, etwas zwischen die Zähne zu bekommen. Während sie sich auf den Weg machte, hob sie ihren zerfetzten Mantel auf, verzog dabei leicht das Gesicht. Nachdenklich schaute ich ihr nach, überlegte, was mit ihr passiert sein könnte. Während ich mich mit einem der Kapuzenmänner hatte rumschlagen müssen, hatte ich keine Gelegenheit gehabt, nach den anderen zu schauen. Waren es die Kolkraveni, die sie angegriffen hatten? Die anderen liefen an mir vorbei und schlossen sich Kodaline an. Das konnte ich auch später noch klären. Nach einem letzten Blick auf die Steingräber folgte ich ihnen. Doch ganz ließen mich diese Gedanken nicht los.

22
CAYDEN

Es ging steil bergauf. Pferde wären sehr hilfreich gewesen. Auch ohne sie waren wir in ständiger Gefahr, nun waren wir die Beute. Dämlicher Kommandant.

Khalees lief neben mir her, wirkte in sich gekehrt. »Was denkst du?«, fragte ich ihn. Er gab ein leises Grummeln von sich. Ich rieb mir mit der Hand über den Nacken. »Glaubst du wirklich, was Kodaline gesagt hat?«

Skeptisch beobachtete ich ihn, während er seinen Haarknoten zurechtzupfte. Er bemerkte es und grinste schief vor sich hin. Es verging ihm sofort wieder und er wurde ernster.

»Ja, ich glaube ihr. Aber was auch immer mit ihrem Mal geschieht, und was dadurch womöglich mit ihr … wenn sogar die Kolkravenis die Flucht ergreifen, kann es vermutlich nichts Gutes sein.«

»Das dachte ich mir schon.« Schwer seufzend blickte ich in ihre Richtung. Sie lief weiter vor uns neben Nathaniel und Raia.

»Wir sollten sie im Auge behalten«, bemerkte Khalees.

Das tat ich sowieso schon, ich konnte gar nicht anders. Selbst wenn ich wollte, konnte ich mich nicht von ihr fernhalten. Irgendetwas zog mich zu ihr, als führte uns ein unsichtbares Band zusammen. Dieses elektrisierende Gefühl, wenn ich sie berührte oder wir uns ansahen. Ob es ihr genauso ging? Aber diese Verbindung, die weit über eine körperliche Anziehung hinaus ging, hatte schon vorher existiert, bevor sich ihr Mal verändert hatte. Damit konnte es nichts zu tun haben.

Khalees sah mich von der Seite an, während ich nickte. Seine Augen funkelten vorwitzig.

»Aber wahrscheinlich hast du sie die ganze Zeit schon im Auge, nicht wahr?«

Anscheinend musste ich mich mehr bemühen, unauffällig zu bleiben. Verdammt, ich wollte sie nicht so anzusehen und solche Gedanken haben. Ich hasste es, hasste, hasste, hasste es! Und doch konnte ich nicht anders. Was den Auftrag umso beschwerlicher machte. Ohne zu antworten, ging ich weiter, darauf bedacht, ein neutrales Gesicht aufzusetzen und ihm etwas vorzuschwindeln. Dann wanderte mein Blick zu dem Stock, den er auf dem Rücken trug.

»Lernen alle Shiolteki, damit zu kämpfen?«, fragte ich und deutete darauf, als Khal mich fragend ansah.

»Fast alle. Meist die Männer und auch nur diejenigen, die einen Tod in der Familie zu beklagen haben.«

»Und wieso nur dann?«

»Weil aus deren Knochen Elemente geschnitzt werden, die den Stab an beiden Enden zieren und ihm Stärke verleihen.«

Mir blieb der Mund offen stehen. »Ihr benutzt menschliche Knochen?« Entsetzt schaute ich mir den Kampfstock genauer an. Das, was ich anfangs nur für die Farbe von Knochen gehalten hatte, waren wirklich welche. Er nickte, mir kroch es eiskalt den Rücken herunter bei dem Wissen, dass es sich um Menschenknochen handelte.

»Knochenschnitzerei haben die Menschen auf der Insel schon seit jeher gelernt. Mir hat es mein Vater beigebracht, der es wiederum von seinem Vater gelernt hat. Ursprünglich wurden die Toten verbrannt, aus deren Knochen Anhänger, Armbänder und vieles mehr für die Hinterbliebenen geschnitzt wurden. Doch mittlerweile werden die Knochen nur noch für die Vollendung der Phân genutzt, so nennen wir die Stäbe.«

»Ich kann zumindest verstehen, warum du deinem Phân den Namen *Windsplitter* gegeben hast«, versicherte ich. Wie der Stab durch die Luft wirbelte, diese Schnelligkeit. In der Tat wie ein Splitter, der den Wind durchschnitt. Sofort bildete sich ein stolzes Lächeln auf seinem Gesicht, was mich ebenfalls grinsen ließ.

Wir liefen immer weiter bergauf, so langsam bekam ich schlechte Laune. So richtig schlechte Laune. Nach ein paar weiteren hundert Mittar erreichten wir zum Glück den höchsten Punkt des Vosnari-Passes und verweilten einen kurzen Moment. Wahrhaftig einmalig, dieser Ausblick. In weiter Ferne, östlich gelegen befand sich Asgûla, deren Lichter bis hierher schienen. Aus den Schloten der Fabriken stieg schwarzer Qualm auf. Die weniger schöne Seite dieser Stadt. Weiter südöstlich hinter dem Horizont lag bereits das Königreich Kôsumitra. Davor lag ödes, karges Land, bedeckt mit einem Nebelschleier. Das mussten die Nebelfelder sein, von denen die Leute in ihren Gruselgeschichten erzählten. Meist den Kindern. Oder besoffen in der Schenke. Dort sollten unheimliche Kreaturen ihr Unwesen treiben. Das Klima veränderte sich von Osten nach Westen schlagartig. Im Westen eher feucht, im Osten umso trockener und es wirkte so, als bestünde die diesige Luft nur aus Rauch.

»Heiliger Dûwal«, flüsterte Kodaline. Sie stand am äußersten Rand des Passes und sah wie gebannt hinab auf die Welt unter uns. Nathaniel trat neben sie und legte den Arm um ihre Schultern. Einige Sekunden starrte ich sie an, dann wandte ich mich ab.

Wir folgten auf der anderen Seite dem Weg ins Tal. Links

von uns erhoben sich kleinere Ausläufer des Ouvosnari. Auf einer freien Fläche stand ein einziges Haus. Klein, mit einem Schindeldach und schon ziemlich heruntergekommen. Eine wahre Bruchbude. Vor einer Felswand etwas abseits stand noch eine Scheune.

»Sollen wir klopfen und nachfragen, ob wir hier rasten dürfen?«, fragte Kodaline. Sie wirkte erschöpft, wie wir alle. »Ich habe einen solchen Hunger.« Während sie sich mit beiden Händen an den Bauch fasste, ertönte ein gequältes Geräusch aus ihrem Mund.

Unwillkürlich musste ich grinsen. Das konnte ich gut nachvollziehen. »Hier wohnt doch wohl keine Hexe, oder?« Alle drehten sich zu mir um.

»Sei nicht albern, es gibt keine Hexen«, erwiderte Raia.

Rechthaberisch verzog ich das Gesicht. »Sagt wer?«

»Alle. Das sind nur Sagen und Legenden. Genau wie die über die Fae.«

»Da wäre ich mir nicht so sicher«, merkte ich an.

»Die Bücher belegen, dass es die Fae sehr wohl gab«, entgegnete Koda, worauf Raia sie schief ansah. Triumphierend lief ich an Raia vorbei zum Haus. Sie schüttelte nur den Kopf.

Vor einer morsch aussehenden Holztür blieb ich stehen. Nachdem ich noch einmal tief eingeatmet hatte, klopfte ich kräftig. Dabei beschlich mich das Gefühl, die Tür würde einfach aus den Angeln fallen, wenn ich noch einmal dagegenschlug. Bei einem Blick zurück starrten die anderen gebannt auf mich und die Tür. Aus sicherer Entfernung. Feiglinge.

Drinnen rumpelte es, dann folgten kleine, aber feste Schritte. Mein Kopf schnellte wieder zurück zur Tür. Als diese geöffnet wurde, machte ich einen Satz nach hinten und kreischte. Scheiße. Diese Frau schien wirklich eine Hexe zu sein. Mit dunklem, von grauen Strähnen durchzogenem, schütterem Haar. Ihr Gesicht eingefallen und von enormen Furchen gezeichnet. Die fast schwarzen Augen lagen tief und dunkel in ihren Höhlen und sahen mich eindringlich an. Ihre abgewetzte Kleidung stand vor Dreck. Igitt. Sie roch auch so, wie ich mir das bei einer Hexe vorstellte, nach Moder und Verwesung. Langsam drehte ich mich nochmal zu den anderen um. Die Amüsiertheit in ihren Gesichtern verschwand in dem Moment. Schon klar, sehr witzig, dass ich mich einmal nicht unter Kontrolle hatte. Alle wirkten nun angewidert oder schockiert. Oder beides.

»Was wollen Sie?«, krächzte die alte Frau.

Ich versuchte meinen Ekel, und ehrlich gesagt auch etwas Angst, zu verbergen, und räusperte mich. »Wir sind auf der Durchreise und schon stundenlang unterwegs …« Die irren Augen der alten Hexe machten mich echt nervös.

»Red schon Jungchen!« Misstrauisch beäugte sie mich und verschränkte nun ihre dürren Ärmchen vor der Brust.

»Ha… haben Sie zufällig einen Platz … wo wir die Nacht verbringen können und … vielleicht sogar etwas Suppe übrig oder Ähnliches?« Die dunklen Augen musterten mich von Kopf bis Fuß, ehe sie an mir vorbei zu den anderen sah. Dann entblößte sie ihre gelben Zähne, die restlichen, die sie noch hatte. Heiliger, wenn ich nicht solchen Hunger hätte und vor Müdigkeit bald umfiele, würde ich sofort das Weite suchen.

»Ihr könnt in der Scheune schlafen. Und zufällig habe ich gerade einen großen Topf Suppe aufgekocht. Kommt rein«, sagte sie mit ihrer Reibeisenstimme und winkte uns ins Haus.

Nach kurzem Zögern folgte ich ihr mit vorsichtigen Schritten, die der anderen hinter mir kamen näher. Das Haus bestand nur aus zwei Räumen. Rechts an der Wand stand ein Kamin mit einer Kochstelle, auf der die Suppe über dem Feuer köchelte, gegenüber von der Tür war nur ein Fenster. In der Mitte des Raums befand sich ein großer Tisch mit Stühlen, links an einer kurzen Wand stand ein Schrank. Daneben befand sich der Durchgang zu dem abgetrennten

Raum, in dem nur ein schmales Bett Platz fand.

»Setzt euch, setzt euch«, krächzte sie und ging zum Feuer. Die anderen schauten skeptisch. Khalees setzte sich als erster hin und deutete mit einem Nicken auf die freien Stühle. Also nahmen wir Platz, wenn auch widerwillig.

»So, was führt euch denn in diese einsame Gegend?« Während sie Teller aus dem Schrank holte, fiel mir auf, dass sie leicht humpelte. Fragend sahen wir uns alle an. Sollten wir die Wahrheit sagen? Aber warum nicht, was war schon dabei?

»Wir sind auf den Weg nach K...« Weiter kam ich nicht, weil Raia mir den Ellbogen in die Rippen stieß. Keuchend atmete ich aus und holte tief Luft, bevor ich sie böse anfunkelte. Die Hexe kam an den Tisch und verteilte die Teller.

Ihre faltigen Lippen kräuselten sich und sah jeden von uns an. »Verstehe. Warum sollte man einer alten, fremden Frau auch trauen, nicht wahr?« Dann lachte sie mit ihrer rauen Stimme. Es hörte sich wirklich ein wenig irre an.

»Wir sind auf den Weg nach Kôsumitra.« So, Khalees hatte es gesagt.

Einen Moment verharrte die Frau in der Bewegung. Dann nickte sie langsam und humpelte noch mal zu dem Schrank.

»Ihr geht also zum König.«

»Ja. Haben Sie ihn schon einmal gesehen?«, fragte nun Kodaline.

Sie kehrte mit Löffeln wieder und legte sie auf den Tisch.

»Vor langer Zeit.« Ihre Augen sahen ins Leere, als befände sie sich in Gedanken an einem anderen Ort.

Kodaline rutschte unbehaglich auf ihrem Stuhl hin und her. Nach mehrmaligem Blinzeln kam die alte Frau in die Realität zurück und verzog die Mundwinkel, was wohl ein Lächeln darstellen sollte, mich aber in keinster Weise beruhigte. Erneut ging sie zur Kochstelle, um den Topf vom Feuer zu nehmen und zurück zum Tisch zu humpeln.

Nathaniel nahm ihr den Topf ab. Dankbar lächelte sie ihn an, zeigte dabei ihre noch vorhandenen Zähne. So ein Schleimer. Jedem schenkte sie eine Kelle Suppe ein, bevor sie sich selbst etwas eingoss.

Zufällig sah ich, wie Koda skeptisch in ihren Teller blickte und den Mund verzog. Auch ich musste zugeben, dass Suppe mit Innereien nicht zu meiner Lieblingsspeise gehörte.

Schweigend aßen wir, ich löffelte nur die Flüssigkeit, so wie Koda. Wenigsten hatten wir etwas Warmes im Magen. Vielleicht kam der anhaltende Gestank auch von den Zutaten der Suppe? Ein flaues Gefühl stieg in mir auf, doch hier war es vermutlich besser, als bei dem Mistwetter draußen zu sein. Und zu verhungern.

»Können Sie uns etwas über den König erzählen?«, durchbrach Kodaline die entstandene Stille.

Der Kopf der Alten fuhr zu ihr herum und sie sah Kodaline forsch an. »Da gibt es nicht viel zu erzählen.«

»Aber als Sie ihn getroffen haben … wie war er so?«, hakte sie nach. Neugierig wie immer.

Einen Moment lang dachte ich, die Hexe würde ihr die Hand abhacken, dem Gesichtsausdruck nach zu urteilen.

»Wenn du es unbedingt wissen willst, erzähle ich es dir«, antwortete sie widerwillig. Kodaline nickte zögernd.

Dann atmete die Hexe langsam ein und aus, als bereute sie, es angeboten zu haben. »Er ist ein großer König, mächtig, hat bedeutenden Einfluss auf das Land.«

Für mich klang es wie ein Vorwurf. Ich ließ den Blick schweifen. Kodaline bekam wieder runde Augen und setze ihr Puppengesicht auf. Alle anderen hörten auch gebannt zu.

»Mein Mann und ich haben damals auf dem Markt Schmuck verkauft. Selbstgemachten. Wir waren bei allen hoch angesehen, kann ich mit Stolz sagen. Doch Neider gibt es leider immer. Nachdem wir eines Tages unseren Verkaufstisch vorbereitet hatten, ging ich zum Bäcker und holte frischgebackenes Dattelbrot. Als ich zurückkam und mir noch einmal den Tisch anschaute, fiel mir eine Kette auf. Es war keine von unseren, sie hatte einen eingefassten Edelstein, den wir uns nie hätten leisten können. Aber mein Mann wusste auch nicht, woher sie auf einmal kam. Doch wir haben uns erst nichts weiter dabei gedacht.« Ihre Miene verhärtete sich und sie wirkte noch ärmlicher als vorher. »Am Mittag kamen Gardisten des Königs, einer von ihnen kam direkt zu uns und sah sich den Tisch an. Da entdeckte er die Kette. Sofort nahm er meinen Mann fest, ohne mir den genauen Grund zu nennen. Und am übernächsten Tag war mein Mann tot.«

Was bei Dûwal …

Keiner sagte etwas, als sie den Blick senkte und tief Luft holte. »Der König hatte ihn wegen Diebstahls aus der königlichen Schatzkammer hinrichten lassen. Jemand musste die Kette absichtlich dort platziert haben.« Bedrückt blickte sie auf den Teller vor sich. Durch die erdrückende Stille im Raum schien er noch kleiner. Nicht einmal Kodaline sagte etwas, die zwar den Mund öffnete, aber sofort wieder schloss.

Wehmütig, mit einem müden Lächeln, sah die alte Frau in unsere Runde. »Es ist lange her.« Dann wurde ihr Blick klar und ernst. »Ich kann euch nur den Rat geben, vorsichtig zu sein und ihm nicht zu vertrauen.« Ihre Augen wanderten, die an Koda hängenblieben. Nicht direkt an ihr, sondern an ihrem Hals. Ohne Vorwarnung streckte sie ihre knochige Hand nach Koda aus, ehe diese reagieren konnte, und zuckte zurück. »Eine solche Kette.« Völlig gedankenverloren starrte die Frau darauf.

»Was?« Koda runzelte die Stirn, schob ihre Hand weg und griff nach dem Stein, der wie ein Rubin funkelte. »Die habe ich, seitdem ich denken kann.«

Noch immer hielt die Frau die Hand ausgestreckt, als könne sie die Vergangenheit nicht loslassen. »Als sie meinen armen Merwyn fortholten, nahmen Sie die Kette mit. Auch wenn ich nur einen kurzen Blick darauf geworfen habe und meine Augen mit den Jahren schlechter geworden sind, so bin ich mir doch sicher, dass es dieselbe Kette ist.«

»Dieselbe? Vielleicht ist es eine ähnliche Kette«, gab Koda von sich.

»Warum sollten sie das tun, die Kette erst aus dem Schloss entwenden, eine Straftat inszenieren und sie dann wieder zurückbringen? Und wer gab sie Kodaline?«, fragte Raia, offensichtlich in Rage.

»Das kann euch wohl nur der König selbst sagen. Doch die Kette konnte ich stehlen, als ich kurze Zeit als Magd im Schloss gearbeitet habe, und gab sie einer Freundin.« Sie kam mir verträumt vor, doch dann richtete sie ihre Aufmerksamkeit wieder auf Koda und neigte den Kopf etwas. »Du bist Kodaline Ophelia, die Tochter von Fina und Deron Bridai, nicht wahr?«

Während sie den Namen aussprach, versank Koda tiefer im Stuhl, als wollte sie am liebsten unter dem Tisch verschwinden. Sie besaß tatsächlich einen Doppelnamen?

»Ophe…«

»Untersteh dich, Cayden!« Ihre Augen funkelten mich wütend an und ich presste die Lippen aufeinander. Sie versuchte, gelassen zu wirken, setzte sich wieder gerade hin. Ein miserabler Versuch. »Diesen Namen mag ich nicht sonderlich. Aber Sie … Sie kannten meine Eltern?«

»O ja, lange bevor ihr nach Fabula gezogen seid. Du hattest wirklich Glück, dass Fina dich gefunden und sich um dich gekümmert hat, als du ganz allein warst. Dass von Deron – deinem Vater – zu hören, hat mich tief getroffen. Dich vermutlich umso mehr.«

Anscheinend hatte Koda also ebenfalls einen Verlust zu beklagen. Grüblerisch kniff ich die Augen zusammen. Das klang so, als wäre Fina nicht ihre leibliche Mutter. Mitfühlend legte die alte Frau ihre knorrige Hand an Kodas Wange. Nicht doch …

»Aber wie kannst du diesen Namen nicht mögen? Du trägst schließlich den Namen einer Königin, du solltest ihn mögen und dich geehrt fühlen. Deine Mutter hat dir diesen Namen gegeben, weil Königin Ophelia gutherzig war und sich um diejenigen gekümmert hat, die es schwer hatten. Auch um jene Menschen ohne magische Fähigkeiten.«

Daraufhin weiteten sich Kodas Augen. »Dessen war ich mir gar nicht bewusst. Bei den Vanden. Natürlich, Königin Ophelia, die Gemahlin von König Tidus.«

»Und nach seinem Tod für kurze Zeit die seines Sohnes, Taraîn«, fügte Raia hinzu. »Widerlich, wie ein Pokal herumgereicht zu werden.« Vor Ekel verzog sie das Gesicht.

»Die verschollene Königin.« Koda seufzte und senkte den Blick.

Richtig, keiner wusste, was mit ihr geschehen war. Der jetzige König Taraîn hatte die Herrschaft übernommen und bereits kurze Zeit danach, hatte sie niemand mehr gesehen. Was ein glücklicher Zufall.

Kodas Augen schimmerten leicht, als sie zu der Frau aufsah. »Wissen Sie, was mit der Königin geschah? Kannten meine Eltern sie womöglich?«

Nachdenklich schmälerten sich die Augen der Frau. »Nein, ich denke nicht, dass sie sich kannten. Leider weiß ich auch nicht, was mit der Königin passiert ist. Niemand kann das sagen.« Die alte Hexe schenkte ihr ein kurzes Lächeln, drehte sich um und ging zur Kochstelle.

Während ich Koda beobachtete, wirkte sie in sich gekehrt, schien in Gedanken. Sie starrte auf den Rücken der Frau.

»Wer war die Freundin, der Sie die Kette gegeben haben?«

Alle sahen gebannt zwischen Koda und der Alten hin und her, warteten auf eine Antwort.

»Ich denke, du weißt es schon«, antwortete sie.

Sofort griff Koda nach der Kette, schluckte schwer und rieb mit einem Finger über den Stein. Also ihre Mutter? In dem Moment verspürte ich selbst den Drang, nach der Fenrirfigur um meinen Hals zu greifen.

»Kannten Sie zufällig eine Frau mit lockigen braunen Haaren? Sie muss im Schloss gewesen sein und trug meist eine Kragenkette aus weißer Spitze mit weißen Perlen«, fragte Nathaniel plötzlich.

Langsam wandte sich die Frau an ihn. »Nun, es liefen viele im Schloss herum. Und ich habe mich nicht lange dort aufgehalten.« Doch dann schüttelte sie den Kopf. »Aber ich kann mich nicht an eine Frau erinnern, die zu deiner Beschreibung passt.«

Sein Kopf sank nach unten. Wer hätte gedacht, dass wir das gleiche Schicksal teilten? Dass wir nicht wussten, was mit unseren Müttern passiert war. Ohne ein weiteres Wort aßen alle zu Ende. Zumindest Khalees und Raia ließen sich nicht anmerken, dass die erkaltete Suppe total widerlich schmeckte. Kodas Gesicht wirkte schon leicht grün. Trotzdem bedankten wir uns und gingen geschlossen zu unserem Nachtlager. In der Mitte der Scheune verlief ein dicker Balken an der Decke, die Stützbalken trennten den Raum in zwei Bereiche.

»Ob meine Mutter wusste, woher diese Kette stammte?«, fragte sie an Nathaniel gerichtet, während sie in den hinteren Bereich der Scheune gingen.

»Ich denke schon. Sie kannten sich und deine Mutter muss auch gewusst haben, dass die Kette wertvoll war. Hätte Magnus es gewusst, dann hätte er sie an den Höchstbietenden verhökert.« Sie drehte sich um, ein schmales Lächeln auf ihren Lippen.

»Wie schrecklich das mit ihrem Mann für sie sein musste und immer noch sein muss.« Kodaline schüttelte den Kopf und setzte sich auf einen der Strohballen, die in der Scheune verteilt lagen. Zum Glück würden wir dadurch relativ weiche und warme Schlafunterlagen haben.

Ich lehnte mich an einen der Balken und verschränkte die Arme. »Ich sagte ja, der König ist ein Bastard.« Überrascht blickte Koda zu mir auf, als fasste sie es nicht, dass ich so etwas behauptete. Doch das würde ich auch weiterhin.

»Ich hätte gern gewusst …« Mit hochgezogener Augenbraue sah ich sie an, wartete, während sie auf ihrer Lippe herumkaute. »Hat der König denn keine Nachforschungen angestellt, wegen des angeblichen Diebstahls? Wenn sie bei allen hoch angesehen waren, muss er das doch hinterfragt haben.« Sie gestikulierte wild mit ihren Armen.

»Kodaline Ophelia, du bist furchtbar neugierig, weißt du das? Vielleicht wollte es der König auch so.« Seufzend rieb ich mir übers Gesicht. Zwei Augenpaare waren auf mich gerichtet, die mich angifteten, als ich die Hände sinken ließ. Kodas und Nathaniels. Beschwichtigend hob ich die Hände. »Schon gut, habe nichts gesagt.«

Raia und Khalees sahen amüsiert zu. Schön, dass ich sie unterhalten konnte.

»Mach dich nicht über diesen Namen lustig. Wenn ich so neugierig bin, dann weil ich mich für viele Dinge interessiere und auch viele Situationen hinterfrage. Dir ist anscheinend alles egal«, fauchte Koda.

Sofort durchschnitt eine imaginäre heiße Klinge meine Brust. »Das ist nicht wahr«, stieß ich hervor. Zumindest nicht ganz. Meine Kehle wurde trocken. Am besten sollte ich kurz an die frische Luft gehen, bevor ich etwas sagte, was ich direkt bereute. »In der Nähe muss es einen Bergsee geben. Ich werde die Gegend mal inspizieren. Ich hoffe, ihr könnt meine Abwesenheit verkraften.«

Und ich wollte so schnell wie möglich aus den Klamotten raus. Ich miefte und die Klamotten strotzten vor Dreck. Es widerte mich an. Ich widerte mich selbst an.

23
KODALINE

Nate saß neben mir und streichelte über meinen Arm, während ich an ihn lehnte, den Kopf auf seine Schulter gelegt. Meine Gedanken kreisten. Vielleicht war ich doch etwas zu schroff zu Cayden gewesen. Meine Worte schienen ihn wirklich getroffen zu haben. Ein winziges Pochen im Arm riss mich wieder ins Hier und Jetzt. Die Schmerzen hatten zum Glück ein wenig nachgelassen. Die Bisswunde verheilte langsam, aber das schwarze Mal blieb. Ob ich je eine Antwort darauf erhielte? Erneut driftete ich gedanklich ab. Bei den Vanden. Jetzt bekam ich tatsächlich ein schlechtes Gewissen wegen dieses Idioten.

Seufzend löste ich mich von Nate und stand auf. Fragend sah er zu mir hoch und hielt meine Hand. »Ich werde mich mal ein wenig frisch machen.«

Seine Augen huschten über mein Gesicht, bevor er verständnisvoll nickte. Er ließ meine Hand los, wobei seine Finger über die meinen glitten. »Sei vorsichtig.«

Ich nickte kurz. Es war nicht mal gelogen. Ich roch entsetzlich und fühlte mich ekelig. Aus meiner Tasche fischte ich eine saubere Tunika heraus. Sauber, aber leider vollkommen zerknüllt, trotzdem besser, als zu stinken. Draußen füllte die frische Bergluft belebend meine Lungen. Mittlerweile erschien der Mond am Himmel, obwohl die Dunkelheit der Nacht das Abendlicht noch nicht vollkommen verschluckt hatte. So konnte ich auch ohne Fackel noch genug sehen.

Instinktiv schritt ich nach links, dort führte ein Weg einen kleinen Hang hinunter. Schon von oben entdeckte ich den See. Während ich vorsichtig hinunterging, versuchte ich die Stille zu genießen, doch in meinem Kopf war es nicht still. Dieser aufwühlende Tag warf immer mehr Fragen auf. Warum zum Diaful hatte der König mich ausgewählt? Dann das schwarze Mal und die nicht gerade schmeichelhafte Geschichte über den König. Wollte ich im Dienst von jemandem stehen, und sei es der König, der Unschuldige umbrachte? Wohl kaum. Seit ich denken konnte, war es mein Traum, zur Elite zu gehören. Falls ich ablehnte, was dann? Niemals könnte ich wieder auf der Farm arbeiten. Auch wenn ich meine Mutter schmerzlich vermisste, konnte ich nicht zurück. Nur wo sollte ich dann hin? Vielleicht mit Nate nach Kôlhave? Noch einmal versuchte ich, die wirren Gedanken zu verdrängen, wenigstens bis morgen.

Am See angekommen, bewunderte ich die Spiegelung des Mondes auf der glatten Oberfläche. Ein kleines Stück traute ich mich näher ans Ufer heran, da bemerkte ich noch eine andere Spiegelung auf dem See. Länglich, breit. Sie bewegte sich. Mit wild schlagendem Herzen schielte ich nach rechts und hob den Kopf. Und erstarrte bei dem Anblick.

Cayden stand am Ufer. Er trug keine Schuhe. Mein Blick wanderte automatisch weiter hoch, entlang seiner dunkelbraunen Lederhose. Das Band der Schnürung war lose, die Hose saß locker auf seiner Hüfte. Schwer schluckend folgte ich den Konturen weiter hinauf zu seinem nackten Oberkörper. Der, wie ich zähneknirschend gestehen musste, perfekt aussah. Natürlich. Seine Muskeln wurden durch den Mondschein und das Schattenspiel noch stärker betont.

Plötzlich schoss Hitze in meine Wangen, ich biss mir auf die Lippe.

»Na, gefällt dir, was du siehst?«

Caydens Frage riss mich aus den Gedanken. Sein Gesicht zierte ein ziemlich schalkhaftes Grinsen. Mist, ich hatte ihn die ganze Zeit über angestarrt. Mein Blick richtete sich kurz gen Himmel, weil ich meinte, die Kolkras lachen zu hören. Der Boden mochte sich für mich auftun, um darin zu versinken!

»Konntest wohl doch keinen Moment ohne mich, wie?«, bemerkte er amüsiert über diese Situation. Seine verschmitzte Mimik nervte mich so sehr, dass ich sie ihm am liebsten aus seinem hübschen Gesicht geschlagen hätte. Anscheinend hatte ich nicht mitbekommen, dass er einen Schritt auf mich zugekommen war, denn jetzt stand er dicht vor mir. So nah, dass ich seinen Geruch wahrnahm. Wieder dieser herbe Duft, gemischt mit einer frischen, süßen Note. Caydens Augen wanderten über mein Gesicht und verharrten an meinen Lippen. Sakra, ich kaute schon wieder auf meiner Unterlippe herum. Seinen Gesichtsausdruck konnte ich wie so oft nicht deuten und ich schluckte schwer.

Eindringlich schaute ich ihn an. Meine Stimme durfte bloß nicht zittern. »Tut mir leid, dich enttäuschen zu müssen, aber ich wollte nur spazieren gehen und mich bei der Gelegenheit etwas frischmachen.« Dem Blick, den er mir zuwarf, versuchte ich standzuhalten und mir meine Gedankengänge nicht anmerken zu lassen. »Wenn ich gewusst hätte, dich hier anzutreffen, wäre ich woanders lang gelaufen.«

Eine seiner Augenbrauen hob sich. »Du kannst mich nicht leiden. Gut, das kann ich vielleicht akzeptieren. Aber behaupte nicht, dass mir alles egal wäre.« Sein Atem streifte mein Gesicht. Er stand so dicht vor mir, dass ich mich nur auf Zehenspitzen stellen müsste, um ihn … Halt! Was zur Hölle dachte ich denn da?

»Schluss damit!«

Cayden runzelte die Stirn. »Du könntest dir wenigstens anhören, was ich sonst noch zu sagen habe.«

»Was?« Doch schnell fiel mir auf, dass ich es laut gesagt hatte, und ich verdrehte die Augen. Genervt von mir selbst. »Nein, das habe ich damit nicht gemeint.«

»Soso, interessant« Er musterte mich abschätzend, ehe er den Kopf senkte. Seine Hände steckte er in die Hosentaschen und fuhr mit einem Fuß über das Gras.

Beinah hatte ich vergessen, weshalb ich hier war. »Hör zu, ich möchte mich … es …« Verdammt, es fiel mir noch schwerer, als ich dachte. »Ich entschuldige mich für das, was ich in der Scheune gesagt habe.« Cayden hielt in der Bewegung inne. »Jetzt würde ich mich gern etwas frisch machen.« Sein Kopf schnellte hoch, die Augen geweitet. »Allein!« Das betonte ich nochmals. Er nahm die Hände aus den Taschen und verdeckte damit seine Augen, aber seine Belustigung konnte er nicht verbergen und ich stöhnte genervt. »So meinte ich das nicht, du Kasper.«

Unter seinen Händen verzog sich sein Mund noch mehr, ehe er sich umdrehte. Nachdem er die Hände wieder sinken ließ, schlenderte er zu seinen restlichen Sachen, die auf dem Boden lagen. Was für ein Schelm. Links von mir befand sich ein größerer Felsen, auf den ich zuging und mich dahinter stellte. Während ich meine Tunika über den Kopf zog, stand Cayden mir wieder zugewandt und betrachtete mich unverhohlen. Die Arme vor der nackten Brust verschränkt. Gierige, unanständige Gedanken standen ihm ins Gesicht geschrieben.

»Könntest du dich vielleicht umdrehen? Oder netterweise ganz weggehen?« Mich vor ihm ausziehen wollte ich sicher nicht. Zum Glück trug ich noch ein Leibchen unter der Tunika. Lächelnd fuhr er sich durch die Haare, doch seine Augen blieben leer. Hatte er wirklich gedacht, er könnte zuschauen?

»Schon gut, ich gehe.« Er packte seine Sachen unter die Arme und ging davon. Immerhin hatte er seine Schuhe wieder an. Endlich konnte ich mich in Ruhe meiner Körperpflege widmen. Ich hockte mich ans Ufer und schöpfte mit den Händen Wasser. Heiliger, arschkalt! Dennoch summte ich, während ich das Wasser erst über den einen, dann den anderen Arm laufen ließ. Hektisch atmend wusch ich mich. Leider hatte das nichts mit einem schönen Bad gemein, oder auch nur einer lauwarmen Dusche. Einige Mittar von mir entfernt plätscherte es im Wasser. Sofort kippte ich vor Schreck nach hinten und krabbelte vom Ufer weg. An der Oberfläche bemerkte ich eine Bewegung. Um besser sehen zu können, kniff ich die Augen zusammen und stieß einen Augenblick später die Luft aus.

Nur ein Schlammfisch. »Du verdammtes Mistvieh!« Ein am Grund lebender, schmieriger brauner Fisch, so lang wie meine Elle. Er besaß zwei kleine Vorderläufe, einen breit gefächerten Schwanz und auf jeder Seite zwei dicht nebeneinanderliegende Augen. Offensichtlich lebte er nicht nur am Grund. »Los, verzieh dich. Hier gibt es nichts zu sehen.« Auch wenn es nur ein Fisch war, mochte ich auch nicht vor ihm entblößt dastehen. Wie dämlich.

Kopfüber tauchte er wieder unter. Für heute ließ ich es gut sein mit der Wäsche, das musste erstmal reichen. Mit Gänsehaut eilte ich zurück zum Felsen, nahm die zerknüllte Tunika in die Hände und hob sie an die Nase. Der frische Duft, den ich einatmete, erinnerte mich an zuhause und ich schloss die Augen. Eytelia Blumen. Dabei musste ich auch an meine Mutter denken und mich beherrschen, um nicht loszuheulen. Als hätte ich sie durch meine Erinnerung beschworen, entdeckte ich am Fuße des Felsens eine Eytelia Blume. Ich zog mir die frische Tunika über, pflückte die Blüte, ohne zu überlegen, und lief wieder den Hügel hinauf. Hoffentlich ohne weitere tierische Begegnungen. Ganz vorsichtig hielt ich die Blüte an die Nase und sog den Duft ein, um mich nicht aus Versehen von dem Blütenstaub in einen Rausch zu versetzen. Dieser herrlich frische und süße Geruch beruhigte mich.

In der Scheune erwartete mich eine überraschend gemütliche Atmosphäre. Die anderen hatten wohl ein paar Kerzen aufgetrieben und sie verteilt. Zwar war es hier nicht so warm wie im Haus, aber auf jeden Fall gemütlicher als im Zelt. In dem abgetrennten Bereich hatte Nate uns eine kuschelige Nische mit Stroh gezaubert, eine Decke darauf ausgebreitet und unsere Schlafdecken darüber gelegt. Sogar Kissen hatte er aus dem Stroh geformt. Richtig einladend. Nicht nur, weil ich völlig erschöpft war. Cayden lag angelehnt an einen Ballen in der linken Ecke der Scheune, immerhin hatte er sein Hemd an. Er schaute kurz unter seinen vollen Wimpern zu mir auf und sofort bekam ich Gänsehaut. Verdammt, was war das nur für ein merkwürdiges Gefühl? Raia bedachte mich mit einem seltsamen Blick, der mich stutzig machte, während ich an ihr vorbeiging. Nicht böse, aber … seltsam.

Ihre Augen funkelten herausfordernd. »Wie wäre es mit einer Trainingseinheit?«

Perplex blinzelte ich. »Jetzt?« Sie nickte. Verdammt, ich hatte mich doch gerade erst gewaschen und wollte einfach schlafen. Doch ich sollte ihr Angebot nicht ausschlagen. Seufzend nickte ich und schlurfte zu der gemütlichen Nische, aus der Nate verwirrt zu mir aufsah. Schulterzuckend holte ich mein Schwert.

»Darf ich zugucken?«, fragte Cayden.

»Nein!«, kam es aus Raias und meinem Mund gleichzeitig herausgeplatzt. Grinsend folgte ich ihr nach draußen. Auf der kleinen, geraden Fläche vor dem Schuppen blieb Raia stehen und drehte sich um. Stemmte eine Hand in die Hüfte.

»Zuerst musst du mal locker werden. Du bist so steif wie Khalees' Kampfstock.«

Empört verzog ich das Gesicht. »Das ist doch …«

»… die Wahrheit. Jetzt los, greif mich an.« Raia stellte sich in Angriffshaltung vor mich.

Murrend tat ich es ihr gleich und stellte mich ihr gegenüber auf. Mit beiden Händen packte ich das Doppelklingenschwert und schluckte. Angreifen. Bisher hatte ich nur mit stumpfer Klinge trainiert und bei dem Angriff dieser maskierten Männer hatte ich nicht wirklich gekämpft, sondern nur abgewehrt. Und jemanden ungewollt aufgespießt. Ein Kloß steckte mir im Hals bei dem Gedanken an den Jungen.

»Heute noch!«, blaffte Raia.

Blinzelnd nahm ich wahr, wie sie plötzlich auf mich zustürmte. In beiden Händen hielt sie ihre Dolche. Ihre Hand schoss nach vorne und ich hob reflexartig meine Arme, taumelte jedoch und stolperte über einen Stein. Ächzend landete ich auf dem Hintern. Raia steckte die Klingen in ihren Gürtel, hielt mir die Hand hin, um mir aufzuhelfen.

»Das war schlecht.«

Schnaubend ergriff ich ihre Hand und sie zog mich hoch.

»Du hast gesagt, *ich* soll angreifen. Darauf war ich nicht vorbereitet.« Wir standen uns gegenüber, sie hielt mich immer noch fest.

»Meinst du, deine Gegner sprechen sich vorher mit dir ab, wer zuerst angreifen darf? Du bist eine Träumerin.«

Diese Worte trafen mich unvorbereitet. »Bin ich nicht.«

Sachte stieß sie mir gegen die Brust. »Was willst du hier? Du kannst anscheinend nicht kämpfen und richtig wehren kannst du dich auch nicht.«

»Das ist nicht wahr!« Der Kloß im Hals wurde zu einem Klumpen. Raia lächelte mich eindeutig mit Hintergedanken an. Erneut schubste sie mich. »Hör auf damit!« Meine Finger krampften sich um den Schwertgriff.

»Sonst was?«

Mit einem Wutschrei stieß ich sie mit dem langen Griff

zurück, sodass sie einen Schritt taumelte. Sofort holte ich aus, Raia zückte blitzschnell zwei Langdolche und blockte damit mühelos meinen Angriff. Ihre Augen funkelten amüsiert. Erneut schnellte ihre Hand vor, ich drehte mich rechtzeitig zur Seite, um nicht aufgespießt zu werden. Sofort verkeilte ich ihren Arm mit dem Schwertgriff, so wie Nate es mir einmal gezeigt hatte. Ich riss ihn nach oben, doch Raia wand sich rasch aus der Falle wie ein schmieriger Schlammfisch.

Ihr Ellbogen traf mich im Rücken, keuchend wankte ich nach vorne. Fluchend wirbelte ich herum und holte aus. Die Klinge schlug im Boden ein. Verdammt, Raia bewegte sich viel zu schnell. Im Augenwinkel blitzte eine Klinge auf, doch diesmal konnte ich sie abwehren. Der nächste Hieb folgte, ich schwang das Schwert und schlug mit der anderen Seite zu. Das Metall klirrte und noch ehe Raia den nächsten Hieb vollziehen konnte, wirbelte ich das Schwert wieder herum, traf ihr Handgelenk und ihr Dolch flog in hohem Bogen davon. Schwer atmend stand ich da und folgte der Flugbahn, bis er dumpf auf den Boden aufschlug. Mit großen Augen wandte ich mich an Raia, die sich fluchend das Handgelenk rieb.

Dann sah sie zu mir und schüttelte schnaubend den Kopf.

»Dir fehlte beim letzten Mal anscheinend der richtige Anreiz.« Verdattert starrte ich sie an, während sie ihre Waffe aufhob und beide Dolche in den Gürtel steckte. »Es scheint nicht ganz aussichtslos mit dir zu sein. Aber genug für heute. Sei auf jeden Fall nicht so verkrampft und drehe deinem Gegner nie den Rücken zu.«

Mit offenem Mund schaute ich ihr nach, wie sie Richtung Schuppen verschwand, bevor ich ihr folgte. Drinnen erwarteten mich neugierige Blicke der anderen, die ich aber ignorierte.

Sofort ließ ich mich neben Nate ins Stroh fallen, der in unserem *Bett* lag. Ich kuschelte mich unter die Decke und zog die Tunika aus. Zum Glück hatte ich noch eine dabei.

»Liest du uns noch etwas aus deinem Buch vor?«, fragte Khalees.

Meine Mundwinkel zuckten, weil er wie ich, begeistert von Geschichten war. Allerdings hatte ich jetzt keine Lust mehr, irgendetwas zu tun. Um das Buch aus meiner Tasche zu holen, streckte ich mich etwas.

»Hier, lies du«, nuschelte ich und hielt es ihm hin. Wegen seiner langen Arme musste er sich nicht viel bewegen, um es fassen zu können.

Khalees blätterte kurz im Buch, ehe er sich räusperte.

»*Man sagt, bei manchen Menschen stammt die Magie von mächtigen Artefakten. Es gibt nur wenige davon, aber sie verleihen all denen, die mit ihnen in Kontakt kommen, ihre Kraft. Was jedem die Möglichkeit vermacht, sein inneres Potential zu entfalten. Als Amulett oder Talisman getragen, schenken sie große Macht. Manche Menschen ohne Begabung würden einiges riskieren, um solche Magie zu erlangen. Der Missbrauch hat jedoch Folgen, wie auch die Beschwörung der Fennôl … doch welche genau kann niemand sagen.*«

Ich sah in die Gesichter von Raia und Cayden, beide hatten die Mundwinkel hochgezogen. Auch ich schmunzelte, weil sich Khalees Akzent so herrlich anhörte.

»Sieh an. Solche Gutenachtgeschichten finde ich spannend. Aber woher wissen sie, dass der Missbrauch Folgen hat, wenn anscheinend niemand sagen kann, welche? Wer hat das geschrieben?« Cayden Arrogant Carvost.

»Qivaris«, erwiderte Khalees.

»Qivaris wer?«

»Mehr steht da nicht. Diese Art der Magie ist genauso gefährlich wie die Versuche von Balôr. Man weiß nie, welche Konsequenzen es hat«, antwortete Khalees.

Ich spürte Caydens Blick auf mir, hütete mich aber, aufzuschauen. Lieber drängte ich mich mit dem Rücken ganz nah an Nate, der seinen Arm um mich legte. Er küsste meine Halsbeuge, wobei sich meine Härchen an Armen und Nacken aufstellten. Es dauerte nicht lange, bis meine Augen flatterten und ich in die Traumwelt entführt wurde.

Hände packten meine Schultern und schüttelten mich. Das Gesicht, was sich über mich beugte, lag im Schatten. Er sprach zu mir, doch ich konnte ihn nicht verstehen. Ich wollte ihm etwas sagen, aber ich konnte nicht sprechen. Ich wollte meinen Arm heben, doch ich konnte mich nicht rühren. Dann schreckte er wegen irgendetwas hoch …

24
KODALINE

Träge öffnete ich die Augen, blinzelte einige Male, um mich ans Licht zu gewöhnen. Aber meine Lider wollten nicht offenbleiben. Scheiße, mein kompletter Körper fühlte sich schwer und empfindlich an. Stöhnend streckte ich mich mit geschlossenen Augen und reckte einen Arm zur Seite, wo Nate schlief. Meine Hand berührte jedoch nur die Decke. Unter einem Lid hervorspähend drehte ich den Kopf. Neben mir lag niemand mehr. Langsam setzte ich mich auf und rieb mir über die müden Augen, bis ich nicht mehr verschwommen sah, und schaute mich um. Verwundert betrachtete ich die verwaisten Schlafplätze von Raia und den anderen. Wie spät war es, dass alle schon wach waren? Ein Druck an meinen Schläfen machte sich bemerkbar. Dieses Mal lag es wohl nicht an meinem Alptraum, denn es war eine Weile her, dass ich ihn zuletzt gehabt hatte. Was, wenn es gar kein Traum war, sondern eine Vision, wie der Kapuzenmann angedeutet hatte? Ich seufzte schwer. Wohl eher nicht, denn der Fennôl war mir schließlich nicht erschienen, und so würde meine unzureichende Macht mir auch mit Sicherheit keine Visionen bescheren.

Hastig schnappte ich mir die Tunika, zog sie über und

schlug die Decke zurück. Da fiel mir der Teller auf, der auf einem Querbalken oberhalb unserer Schlafnische stand.

»Heiliger Dûwal, ich danke dir.« Oder vermutlich müsste ich eher Nate danken, der mir Rührei mit getrocknetem Fleisch bereitgestellt hatte. Sofort schaufelte ich das Essen in mich hinein. Der gestrige große Teller Suppe hatte mich kaum sattgemacht. Nun, schließlich war es nur Flüssigkeit. Kurz musste ich mein Schlingen unterbrechen, weil es mich am Arm juckte. Dann stopfte ich den nächsten Löffel in den Mund. Ein entzücktes Seufzen entfuhr mir, ehe ich den Teller fluchend beiseitestellte. Erneut musste ich mich am Arm kratzen. Wahrscheinlich lag es am Stroh, denn es pikste ein wenig. Die Sonne, die durch das kleine Fenster in die Scheune schien, blendete mich. Schützend hielt ich mir die Hand vor die Augen. Nicht das direkte Sonnenlicht machte mich blind, sondern eine Reflexion. Mit zusammengekniffenen Augen schaute ich in die Richtung, aus der das grelle Licht kam. Ein Spiegel. Quälend rappelte ich mich auf. Ich befürchtete zwar, dass mir mein Spiegelbild nicht gefallen würde, aber so konnte ich vielleicht das Schlimmste richten. In dem Moment kam Nate herein und blieb wie angewurzelt stehen, als er mich sah. Fragend hob ich die Augenbrauen.

»Koda, was hast du … ähm …«

Verwirrt schob ich die Brauen zusammen. »Was brabbelst du da, Nate?«

Verlegen rieb er sich den Nacken. Dann schaute er an mir vorbei und deutete mit dem Kinn in diese Richtung.

»Am besten du schaust mal in den Spiegel.«

O Mist, hatte sich das Mal erneut verändert? Langsam näherte ich mich dem Spiegel. Vielleicht ähnelte ich wieder einer Banshee, so fühlte ich mich jedenfalls. Der Spiegel hing relativ hoch, sodass ich mich nur ab dem Schlüsselbein und den Schultern aufwärts sah, doch das reichte aus.

Meine Augen weiteten sich vor Schock und mein Mund blieb offen stehen. Rote Flecken zierten fast meine gesamte sichtbare Haut bis zum Hals. Mein Gesicht Dûwal sei Dank nicht. Aber als ich an mir hinuntersah und die Ärmel meiner Tunika hochschob, stieg mein Puls. Hektisch hob ich mein Top und fand auf meinem Bauch weitere rote Flecken. Kurz schloss ich die Augen, als wollte ich beten, bevor ich mir die Hose so weit herunterschob, dass mein Oberschenkel zum Vorschein kam. Rote Flecken.

Wie in Zeitlupe drehte ich mich zu Nate und blickte ihn hilflos an. »Was passiert mit mir?«

»Mach dir keine Sorgen, das ist bestimmt nur eine allergische Reaktion.« Er sah mich mitleidig an. Na toll! »Aber was ist hier passiert?« Vorsichtig hielt er mein Oberteil hoch und fuhr behutsam mit den Fingern über meine Taille. Stirnrunzelnd sah ich herunter. Lange Striemen zierten meine Haut, neben den ekeligen roten Flecken.

»Ach, nicht schlimm. Ich habe mich anscheinend irgendwo gekratzt.« Die Krallen des Kolkraveni verschwieg ich lieber. Seufzend widmete ich mich wieder dem Ausschlag. »Aber ich vertrage doch Eier. Und auch getrocknetes Fleisch«, protestierte ich. Das konnte es nicht sein. Ebenso wenig das Echsengift, seit dem Biss waren Tage vergangen.

»Bist du sonst mit irgendetwas in Berührung gekommen?«

»Nein, außer gestern Abend am See war ich doch die ganze Zeit hier …« Etwas kratzte mich im Nacken und ich fasste mit einer Hand unter die Tunika, bekam dieses Etwas zu fassen. Mit gerunzelter Stirn holte ich es hervor und starrte auf meine Handfläche.

»Was ist das?«, fragte Nate ungeduldig.

Ich zuckte nur mit den Schultern. Wie kam so etwas in meine Kleidung? Die ganze Zeit am See war ich … Die Erkenntnis kroch heiß durch meine Adern. »Das darf doch nicht wahr sein!« Meine Stimme wurde mit jeder Silbe eisiger.

Nach einem kurzen Blick auf Nate rauschte ich an ihm vorbei ins Freie. Hinter mir hörte ich schnelle Schritte. Er folgte mir.

»Verdammt, Cayden« schrie ich, als ich ihn etwas abseits auf einem Felsen sitzend sah. Beiläufig bemerkte ich Raia mit ihren Dolchen und Khalees mit seinem Holzstab, wie sie gegeneinander kämpften. Sie unterbrachen den Kampf, als sie mich hörten. Cayden drehte sich genüsslich langsam zu mir um. Vor dem Felsen blieb ich stehen.

»Ich habe überall Ausschlag! Und ich meine wirklich *überall*«, raunte ich. »Was war das, Diaful?«

Ebenso gemächlich erhob er sich vom Felsen. »Rate«, erwiderte er sichtlich amüsiert und wippte auf den Füßen vor und zurück.

Schnell ging ich im Kopf die Möglichkeiten durch, wobei mir direkt der Gedanke kam, warum ich sein blödes Spiel überhaupt mitmachte. Frustriert stieß ich ein Seufzen aus.

»Schnittblatt«, murmelte ich.

»Sehr gut, Koda«, gab Cayden Beifall klatschend von sich.

Oh, dieser verfluchte … »Du … Halviti«, brüllte ich aufgebracht.

»Idiot«, übersetzte Nate an Cayden gerichtet.

Wild fuchtelte ich mit den Armen herum. »Tal lain pask! Weißt du eigentlich, wie das juckt?«

»So ein Mist«, gab Nate wieder an Cayden weiter. Er hatte Spaß dabei und das ließ mich beinah auch schmunzeln, wenn ich nicht so unfassbar wütend wäre.

»Verflucht seist du … pâ veai Faviti!«, zischte ich zum Schluss und drehte mich um.

»Du kleines …«

»Danke Nathaniel, ich kann selbst ein wenig Oartarik verstehen. Von daher weiß ich auch ohne deine nette Übersetzung, was Koda mir sagen möchte«, unterbrach Cayden ihn.

Wutentbrannt rannte ich zum See, um dieses Kraut abzuwaschen, das starken Juckreiz auslösen konnte. Und offenbar auch ekeligen Ausschlag. Verdammt, wieso tat er so etwas? Er musste es in meiner Tunika versteckt haben, während alle geschlafen hatten. Irgendetwas lief ganz mächtig quer bei ihm. Noch während ich den Hügel herunterstürmte, zog ich mir die Tunika aus.

»Sakra!« Jetzt musste ich die auch noch waschen und trocknen lassen. Am besten ging ich einfach angezogen in den See. Zum Glück schien die Sonne und es war einigermaßen warm. So würden die Sachen immerhin schneller trocknen. Doch wenn ich die Hose klamm anzog, würde sie nachher wie Begyme an mir kleben. Seufzend zog ich sie aus und legte sie an den Baumstamm einer springenden Pappel. Ehe diese Bäume die Wurzeln tief in die Erde schlugen, hüpften sie tatsächlich herum, bis sie die richtige Stelle gefunden hatten und sich dort niederließen. Sie legten oft viele Vamittare zurück. Diese hatte ihren Platz schon gefunden, denn die Wurzeln waren massiv. Ich hob einen kleinen Stein vom Ufer auf, warf ihn ins Wasser und wartete. Man konnte nicht vorsichtig genug sein.

Die kleinen schleimigen Fische waren mir vielleicht noch egal, aber eine Seeschlange oder womöglich fiese Wasser-nymphen garantiert nicht. Und ich wollte hier bestimmt keiner Nixe begegnen, obwohl ich mir nicht sicher war, ob es diese auch in Seen verschlug. Da das Wasser ruhig blieb und die Oberfläche keine Anstalten machte zu sprudeln, wagte ich einen Schritt hinein. Keuchend atmete ich ein und aus, hielt mir die Tunika schützend vor die Brust, was natürlich nichts nützte. Es war kalt. Scheiße. Sehr kalt. Immer weiter wagte ich mich hinein, bis mir das Wasser bis zur Hüfte reichte. Die Flecken brannten auf meiner Haut, ich meinte, es zischen zu hören, als das Wasser damit in Berührung kam. Die Tunika schwenkte ich im Wasser hin und her, damit die Reste vom Schnittblatt abgewaschen wurden. Dieser

Dreckskerl! Ich wurde nicht schlau aus ihm. Die Tunika wrang ich grob aus und schmiss sie ans Ufer. Noch einmal vergewisserte ich mich, dass sich in meiner Nähe keine bösen Wesen tummelten. Von dort, wo ich stand, konnte ich bis auf den Grund sehen. Entdeckte helle und dunkle Steine, und Schlammfische. Igitt! Langsam ließ ich mich tiefer sinken. Es zischte wirklich, als besäße das Wasser heilende Wirkung. Ich legte den Kopf in den Nacken, sodass nur noch mein Gesicht aus dem Wasser ragte. Für einige Sekunden schloss ich die Augen. Unter Wasser hörte ich Holz knacken, ich schreckte hoch und drehte mich schnell in Richtung des Ufers. Aber da war niemand. Mir wurde trotzdem mulmig, ich stieg aus dem Wasser und eilte zur springenden Pappel.

»Verdammt«, fluchte ich leise. Warum hatte ich kein Tuch zum Abtrocknen mitgenommen? Meine Haare waren klitschnass, das Wasser lief unaufhörlich meinen Rücken herunter. Ich packte sie mit beiden Händen und wrang sie ein paar Mal aus. Dann schwang ich den Oberkörper wiederholt nach vorn und wieder nach hinten. Das musste genügen. Hinter mir hörte ich ein Krähen, dann wieder das Knacken von Holz. Bevor ich mich umdrehen konnte, wurde ich zu Boden gerissen. Ich zischte vor Schmerz, als ich auf meine verletzte Schulter fiel. Instinktiv fing ich an, um mich zu schlagen und zu treten.

»Was …«, fauchte ich, bevor mir der Mund zugehalten wurde. Mein Herz raste. Ich lag seitlich auf dem Boden, spürte eine harte Brust, die sich gegen meinen Rücken drückte und einen starken Arm auf meinem Bauch.

»Sei ruhig«, raunte mir jemand ins Ohr. »Und hör gefälligst auf, mich zu kratzen und zu treten. Du zuckst wie ein Fisch auf dem Trockenen.«

Ich erkannte Caydens tiefe Stimme und rührte mich nicht. Sein Atem kitzelte an meiner Haut. Sofort durchfuhr mich ein Kribbeln, die Härchen an meinen Armen stellten sich auf und meine Atmung beschleunigte sich rasant. Die Reaktion meines Körpers auf ihn irritierte mich. So sollte es nicht sein. Er gab meinen Mund frei und bewegte sich zur Seite, sodass ich jetzt auf dem Rücken lag und er halb über mir. Ein weiteres Knacksen ließ uns beide zusammenzucken. Augenblicklich beugte er sich schützend über mich, drängte sich noch enger an meinen Körper. Nach ein paar Sekunden, als keine Geräusche mehr zu hören waren, hob er den Kopf, schaute sich erst um und drehte dann sein wirklich schönes Gesicht mit den markanten Gesichtszügen zu mir. Seine dunklen Haare fielen ihm in die Stirn. Wir waren uns gerade so nah, dass unsere Nasenspitzen sich fast berührten. Meine Augen folgten der Narbe von seiner Augenbraue bis zu seiner gemeißelten Nase, weiter zu seinem Mund, wo sich ebenfalls eine kleine Narbe an der Unterlippe befand. Ich konnte meine Hand gerade noch daran hindern, sein Gesicht zu berühren. *Reiß dich zusammen, verdammt!*

Ich blickte in seine Augen, die nicht nur bei Mondschein die intensive Farbe eines Gletschers zu haben schienen, sondern auch bei Sonnenlicht, mit einem Funkeln von Diamanten. Er musterte mein Gesicht und sah mich eindringlich an. Seine gleichmäßig geformten Lippen, die eher kantig waren, aber nicht weniger anziehend, waren leicht geöffnet und ich kaute auf meiner Unterlippe herum. Seine Augen wanderten kurz zu meinen Lippen. Mein Herz hüpfte schnell auf und ab und ich spürte, dass sein Herz genauso schnell schlug, schneller als normal. Wir atmeten rhythmisch im Gleichklang, als wären unsere Körper aufeinander abgestimmt.

Die Luft knisterte. Hitze stieg meine Wangen hoch. Nicht gut. Mir fiel auf, dass er obenrum nackt war. Ich trug nur mein Leibchen und ein Höschen. Gar nicht gut. Wieso hatte er denn bitte weder Hemd noch Tunika an? Er senkte den Kopf, neigte ihn etwas, fixierte mich mit seinen Augen, in denen Begierde loderte. Ein leichter Blitzschlag durchzuckte meinen Körper, als sich unsere Nasenspitzen berührten. Was bei …? Bevor seine Lippen sich auf meine legen konnten, schob ich meine Hand zwischen uns und drückte sie gegen sein Gesicht. Heilige Scheiße! Wollte er mich gerade echt küssen?

»Was soll das werden?«, flüsterte ich. Zugegeben, es gab bestimmt Schlimmeres, als mit einem gut aussehenden, halbnackten Mann auf dem Boden zu liegen. Dennoch war es mir unangenehm. Wegen Nate. Weil es mir gefiel. Scheiße …

»Autsch, meine Nase«, nuschelte er und zog meine Hand weg. Dieses verschmitzte Grinsen, das ich inzwischen gut kannte, erschien auf seinen Lippen, ehe er seinen Kopf etwas hob. »Anderen Frauen wäre der Grund egal, weshalb ich halbnackt auf ihnen liege. Sie würden wahrscheinlich darum betteln.«

Schnaubend verdrehte ich die Augen. »Ich bin aber nicht andere«, entgegnete ich.

»Oh, das ist mir sehr wohl aufgefallen.«

Schon wieder. Das Grinsen war seine Waffe. Seine Hand streifte über meine Schulter hinunter bis zu meinem Unterarm. Dabei folgten seine Augen der Bewegung seiner Hand. Dann glitt sein Blick weiter nach unten. Ich sollte ihn daran hindern, aber ich fühlte mich wie versteinert. Ganz langsam wanderten seine Augen wieder nach oben, und blieben an meinem Dekolleté hängen. Er griff nach dem Amulett.

»Hat es irgendeine Bedeutung?« Als benähme er sich gerade total normal, sah er mir wieder fragend in die Augen. Perplex blinzelte ich nur, woraufhin er seufzte. »Wenn du es unbedingt wissen willst, ich habe dort oben einen schwarzen Vogel in der Felswand gesehen, wie er gerade losgeflogen ist. Ich dachte, es wäre ein Kolkraveni. Es tut mir leid, dass ich mich geirrt und dich somit grundlos zu Boden geworfen habe.«

Skeptisch kniff ich die Augen zusammen. »Ich müsste wohl eher dich beschützen, denn vor mir haben sie ja anscheinend Angst, wenn sie sich kreischend in Luft auflösen.« Ich versuchte, ein ebenso verschmitztes Grinsen wie Cayden aufzulegen. Offenbar erfolgreich, denn er lachte herzhaft. Ein tiefes Lachen, bei dem mein Herz wieder hüpfte.

»Sieht ganz so aus. Schon seltsam, dass sie während des Angriffs einfach verschwunden sind. Hey, das war witzig. Du bist ja doch nicht so verstockt, wie ich dachte.«

»Wie bitte? Wieso dachtest du, ich sei verstockt?« Abrupt setze ich mich auf, die Beine seitlich angewinkelt. Damit ich ihm keine Kopfnuss verpasste, wich er mir aus. Beleidigt verzog ich das Gesicht und verschränkte die Arme vor der Brust, wobei ich aufpasste, dass mein Oberteil nicht verrutschte. Er saß mir nun gegenüber. Mir fiel eine Narbe auf seiner Brust auf, die diagonal von seinem Herzen bis zur Unterbrust führte. Was war mit ihm geschehen, dass er so viele Narben trug?

Cayden prustete. »Ach, komm. Du lachst so gut wie nie, bist verschlossen und direkt verlegen, wenn man eine anrüchige Bemerkung macht.«

Noch immer saß ich mit verschränkten Armen da, aber jetzt funkelte ich ihn böse an. »Das stimmt nicht. Du bist so von dir eingenommen, dass du gar keinen anderen wahrnimmst und so überhaupt nicht sagen kannst, wie jemand ist«, fauchte ich. »Und du genießt es wahrscheinlich auch noch, wie die ganzen Frauen dich anschmachten, weil du genau weißt, wie gut du aussiehst. Aber solche Männer wie dich, kenne ich leider zu genüge. Du spielst nur mit ihnen, und wenn dir das Spielzeug zu langweilig wird, suchst du dir dein nächstes.« Ich hatte mich so in Rage geredet, dass ich gar nicht merkte, wie schwer mein Atem ging. Langsam atmete ich durch die Nase ein und den Mund aus, um mich zu beruhigen. Definitiv Zeit zu gehen. Tal lain pask! Ich hatte keine Hose an. Sie konnte doch nicht weit weg liegen? Suchend drehte ich den Kopf. Ah! Etwa zwei Armlängen hinter mir.

»Sakra! Autsch, das schmerzt sehr.« Demonstrativ legte Cayden beide Hände auf seine Brust, genau auf die Narbe über seinem Herzen. »Du bist so liebreizend, wenn du wütend bist. Aber du findest mich also gut aussehend, ja?« Neckisch wackelte er mit den Augenbrauen.

Stöhnend verzog ich das Gesicht. »Bei Dûwal, ich muss gleich brechen.«

Triumphierend verschränkte er die Arme vor sich, als hätte er dieses Spiel gewonnen. Ich rutschte zurück bis zu meiner Hose, griff danach und streifte sie im Sitzen so weit wie möglich hoch. Dann stand ich eilig auf und zog sie mir über den Hintern. Automatisch strich ich die Hose glatt. Total überflüssig bei dem Leder, aber ich konnte gerade nicht klar denken. Seufzend hob ich meine Tunika auf, die schon wieder zerknüllt und feucht war. Vielleicht hatte Cayden recht mit dem, was er sagte. Ich war verkrampft, so wie ich mich gerade anstellte.

Er verfolgte jede meiner Bewegungen und meine Wangen glühten dabei. Was ging nur in seinem Kopf vor? Nein, wollte ich das wirklich wissen? Ehe ich mich abwandte, hielt ich doch nochmal kurz inne.

»Auch wenn du unausstehlich bist und ich dich nicht leiden kann …« Neugierig neigte er den Kopf und ich nahm einen tiefen Atemzug. »Danke, dass du bereit warst, mich zu beschützen.« Während ich mich wieder den Hügel hinauf begab, sah ich, dass sein Lächeln nach meinen Worten verblasste. »Ach, übrigens, die Sache mit dem Schnittblatt habe ich nicht vergessen«, rief ich ihm zu.

Als Antwort bekam ich sein schelmisches Grinsen zu sehen.

Ich drehte mich wieder zum Berg um und als ich aufblickte, riss ich erschrocken die Augen auf und blieb stehen. Mein Herz schlug mir bis zum Hals. Nate stand da. Verdammt, wie viel von dem, was gerade passiert war – was auch immer da passiert war –, hatte er gesehen?

25
CAYDEN

»… und wieso hast du nur Unterwäsche an und er ist obenrum nackt? Kann er sich kein Hemd leisten?«, brüllte Nathaniel.

Verdammt, er hatte uns gesehen. Natürlich konnte ich mir ein Hemd leisten. Aber warum sollte ich etwas anziehen, wenn ich es wieder ausziehen musste, um mich zu waschen? Wenigstens hatte ich meine Hose angelassen.

»Das hast du nicht ernsthaft gerade gesagt!«, schrie Koda.

Doch ich hatte nicht gehört, was Nathaniel zuvor gesagt hatte. Dafür waren sie schon zu weit entfernt. Wieso regte er sich dermaßen auf? Gerade musste ich mich zusammenreißen, ihm nicht die Faust ins hübsche Gesicht zu zimmern, weil er so mit ihr sprach. Gut, vielleicht hatte ich die Situation eben etwas ausgereizt, aber wer konnte es mir denn verübeln bei solch einer Frau? Mit diesen vollen rosa Lippen, den stechend grünen Augen, so groß wie bei einer verdammten Puppe. Dann der Körper, bei dessen Rundungen ich verrückt wurde und um Selbstbeherrschung ringen musste. Noch immer spürte ich ihre warme Haut unter den Fingern. Mein Blick glitt zurück zum Gewässer und ich schüttelte seufzend den Kopf. Vielleicht sollte ich mich kurz abkühlen. Es fiel mir schwer, mich bei ihr zurückzuhalten, egal, worum es ging. Ich war davon überzeugt, dass es eine Verbindung zwischen uns gab. Wie sonst könnten diese Spannungen und das Gefühl eines Blitzschlages erklärt werden, sobald wir uns nur ansahen oder gar berührten?

Ich hatte das Gefühl, sie schon lange zu kennen. Was natürlich totaler Quatsch war, wir kannten uns erst seit ein paar Tagen. Oder ein, zwei Wochen? Hier verlor man völlig das Zeitgefühl. Ich musste an den Auftrag denken und mich darauf konzentrieren. Aber was passierte, sobald Kodaline in Kôsumitra ankäme? Befände sie sich womöglich in Gefahr? *Quatsch, was redest du da?*

Obwohl der König ein Mistkerl war, glaubte ich nicht, dass er ihr weh tun wollte. Warum auch? Andererseits waren da die Strafen, die er an unschuldigen Menschen vollzogen hatte oder an jenen, die zwar ein Verbrechen begangen hatten, aber für die meisten bloß Razzfliegenschiss gewesen wäre. *Cayden, das kann dir egal sein!* *Ist es aber nicht.*

Na toll, ich führte Zwiegespräche mit meinem Gewissen. Ich verlor ihretwegen den Verstand. In Asgûla sollte ich jemanden suchen, der mir Antworten geben konnte. Doch wer könnte mir etwas über den König und Koda sagen?

Diese Gedanken schob ich erst einmal beiseite und ging zum See, um mich zu waschen und abzukühlen. Die Luft hatte sich bereits aufgefrischt und war bei Weitem nicht mehr so warm wie noch vor ein paar Wochen. Auf dem Weg zum See warf ich einen kurzen Blick zu der Stelle im Gras, auf der Koda und ich gelegen hatten. Sofort flutete ein warmer Strom meine Adern, fing an zu glühen. Verdammt, ich durfte nicht weiter darüber nachdenken, sonst drehte ich wirklich noch durch.

Vermutlich hatte sie meine nicht gerade dezente Narbe entdeckt, als ihr Blick länger auf meiner Brust verharrt hatte.

Auch wenn ich mir diese Narbe nicht im Kampf zugezogen hatte, war es eine der schmerzvolleren. Im Rausch hatte meine Mutter versucht, sich mit der Scherbe einer zerbrochenen Flasche die Kehle aufzuschlitzen und ich hatte sie daran zu hindern versucht. Sie hatte es zu Hause erledigen wollen, wo ich sie dann in einer Blutlache gefunden hätte.

Lass mich gehen CC. Es muss aufhören. Ich ertrage es nicht mehr.

Nachdem unser toller Vater uns schon Jahre zuvor verlassen hatte und dann auch noch mein Bruder fort gewesen war, hatte sie es regelrecht wahnsinnig gemacht. In den vergangenen Jahren hatte ich oft an einen bestimmten Tag des As Terâr gedacht, vor dem ersten Schnee. Meine Mutter hatte auf einer Decke aus Fenrirfell gesessen und meinen kleinen Bruder auf dem Schoß gehalten. Mein Vater und ich hatten etwas abseits mit Langschwertern gekämpft. Keines aus Holz, denn er hatte gesagt, dafür wäre ich schon zu groß. Ich war gerade zehn geworden. Als ich zur Seite gesehen hatte, hatte meine Mutter Darren in die Luft gehoben und vor Glückseligkeit gelacht. Ihre schwarzen Locken hatten dabei in der Sonne geglänzt. An diesem Tag hatte sie ein Seidenkleid getragen in einem kräftigen Grün wie die Blätter der springenden Pappel, die wie ein Schleier herunterhingen. Im nächsten Moment hatte ich etwas Hartes in der Magengrube gespürt und war keuchend zu Boden gesunken. Mir war die Luft weggeblieben, da mein Vater mir den Schwertknauf in den Magen gerammt hatte. Gleich darauf hatte er mit dem Schwert ausgeholt und ich konnte gerade noch ausweichen, um nicht aufgeschlitzt zu werden, doch er hatte mich an der Lippe erwischt.

Konzentriere dich Junge! Lass dich nicht von den Weibsbildern ablenken, sonst bist du tot!

Das war der letzte Tag gewesen, an dem ich meine Mutter so glücklich gesehen hatte. Inzwischen waren zwei Jahre vergangen, seitdem ich sie überhaupt gesehen hatte. Während ich mich wusch, schweiften meine Gedanken zurück zu Koda und zu … ihm. Bestimmt hatten sie sich so gestritten, dass sie wieder weinte und traurig irgendwo saß. Dann würde ich Nathaniel den Hals umdrehen. Irgendetwas an ihm störte mich gewaltig. Nicht nur, dass er mit Kodaline zusammen war und sie berühren konnte und … nein … Es gab noch etwas anderes, etwas, das er verheimlichte. Vielleicht verheimlichte es auch Kodaline, aus Liebe zu ihm.

Während alle über die Bewerbung für die Elitetruppe gesprochen hatten, hatte sie so nervös und verlegen gewirkt. Hatte sie sich den Platz vielleicht sogar erkauft, zusammen mit ihm? Er war ein guter Kämpfer, keine Frage. Aber sonst? Ich hatte noch keine seiner Fähigkeiten gesehen. Wobei, wenn ich recht überlegte, auch bei ihr hatte ich noch keine Fähigkeiten gesehen, außer die, sich bei jeder Gelegenheit zu verletzen.

»Sakra! Jetzt reichts aber.« Der Plan war, nach getaner Arbeit und Bezahlung ein Schiff zu nehmen und von hier zu verschwinden. Die Probleme der anderen konnten mir egal sein. Darum musste ich mir keine Gedanken machen, das hatte ich schon zu oft und zu lange getan.

Mit beiden Händen schmiss ich mir Wasser ins Gesicht. Ich musste wieder einen klaren Gedanken fassen. Auf einmal spürte ich ein leichtes Beben und am Grund des Sees brach die Erde ein Stück auf. Noch am Ufer kniend beobachtete ich, wie blaues Licht hindurch schien und viele kleine Luftblasen an die Oberfläche stiegen. Hastig richtete ich mich auf und entfernte mich ein Stück vom Ufer. Die Oberfläche des Sees blubberte und es entstieg Rauch. Mit erhöhtem Puls wartete ich einige Sekunden, doch nichts weiter geschah.

Verwirrt marschierte ich zurück zum Schuppen. Ich blickte noch einmal über die Schulter, der See lag wieder ruhig da. Was bei Diaful war das? Ob das Beben damals vor der

Taverne durch mich hervorgerufen worden oder etwas anderes gewesen war, wusste ich nicht. Doch so etwas, dieses blaue Licht, hatte ich noch nicht gesehen. Was bedeutete das für Velandir, falls die Beben sich über das ganz Land verbreiteten und vielleicht sogar stärker wurden? Ich hoffte, wir würden das nie erfahren müssen.

***

Oben an der Scheune angekommen, bemerkte ich das Chaos. Auf dem Boden lagen Klamotten, Geschirr und auch Strohballen. Raia und Khalees standen vor der Scheune, sie hatte die Hände wütend in die Hüfte gestemmt und er hinter dem Kopf verschränkt, als wäre er verzweifelt. Raia sah mich und stürmte direkt auf mich los. Sofort blieb ich stehen. Verdammt. Sollte ich wegrennen? Aber falls sie mich umbrächte, müsste ich mich wenigstens nicht mehr mit so vielen Fragen rumschlagen. Also entschied ich, es drauf ankommen zu lassen.

»Du kleiner Diaful, was hast du getan?« Ihre Stimme klang wie aus einer anderen Welt. Auf jeden Fall wirkte sie sehr wütend. Sie packte meine Schultern und schüttelte mich kräftig.

»Was soll denn das? Sag mir, was los ist«, sagte ich zerstreut. Dann hielt ich ihre Handgelenke fest, damit sie aufhörte, mich zu schütteln.

Ihre Lippen wurden zu schmalen Linien und die Nasenflügel blähten sich auf. »Nathaniel war außer sich vor Wut, als sie hier ankamen. Kodaline hat zuerst versucht, in Ruhe auf ihn einzureden, aber er wollte nicht hören.«

Ich konnte mir denken, worum es ging.

»Dann wurde sie zunehmend wütender, weil er ihr nicht zuhören wollte, und bla, bla, bla!«, zischte sie. »Sie hat irgendetwas davon gefaselt, dass sie jederzeit hinter ihm gestanden

hätte, egal was mit ihm wäre. Was auch immer das heißt.«
Raia nahm einen tiefen Atemzug, lief vor mir hin und her,
ihre Brust hob und senkte sich schnell unter ihrer lila Tunika.
Dass ich ihre Brüste anstarrte, wurde mir erst bewusst, als sie
auf einmal stehenblieb und ich trotz der schmalen Schlitze
ihrer Augen Funken darin sah. Verdammt, das wollte ich
wirklich nicht. Ich setzte ein entschuldigendes Gesicht auf,
woraufhin sie nur erneut tief einatmete.

»Daraufhin ist Nate wieder ausgeflippt, wie sie denn
so etwas sagen könnte.« Immer noch glühten ihre Augen,
während sie mich ansah. »Aber weißt du, welcher Name
oft gefallen ist?«

Nachdenklich rieb ich mir übers Kinn. »Darf ich raten?«

»Du *darfst* froh sein, wenn du diese Reise überlebst.
Und ich rede nicht von der Gefahr, die von den Lebewesen
ausgeht, denen wir begegnen könnten.«

In Ordnung. Ich nahm diese Drohung mit Fassung. »Sind
sie im Schuppen?«, fragte ich tonlos. Raia schüttelte den
Kopf und nickte mit dem Kinn zum Haus.

»Sie ist bei der Hexe.«

»Und er?« Die Frage erledigte sich, denn die Tür der
Scheune flog auf und Nathaniel stürmte mit Sack und Pack
hinaus.

Khal hielt ihn an der Schulter zurück und er blieb widerwillig stehen. »Wo willst du hin?«

Nathaniel schnaubte verächtlich. »Weg von hier. Wenn
ich auch nur einen Moment länger bleibe, bringe ich ihn
um!« Sein durchbohrender Blick traf mich, also war ich
eindeutig das Objekt der Begierde.

Im Grunde war zwischen Koda und mir doch nichts
passiert, nicht wirklich. Ich seufzte schwer. »Weswegen
denn, Nathaniel? Kannst du es nicht ertragen, dass sie mich
womöglich mag?«

Khalees versuchte, Nathaniel zu besänftigen, ohne auf

meine offensichtliche Provokation einzugehen. »Überleg es dir nochmal. Ihr gehört zusammen. Ja, er ist ein Idiot, aber er hat es nicht verdient zu sterben.«

Wenigstens er hielt zu mir, auch wenn ich nicht von ihm gedacht hätte, dass er mich einen Idioten nennen würde, und es mir wegen seines komischen Akzentes immer noch schwerfiel, ihn zu verstehen.

Nathaniel erwiderte Khals Blick eisig. »Nein, ich werde gehen!«

»Wenn du jetzt abhaust und sie im Stich lässt, wird sie dir das ewig nachtragen. Und sie wird es dir niemals verzeihen«, mahnte Raia ihn.

Nathaniels Kiefer mahlte. »Dann muss ich wohl damit leben.«

Für mich war *er* der Idiot, wenn er jetzt ging. Ehe ich etwas sagen konnte, packte Raia mich am Arm. Beleidigt sah ich sie an, doch sie schüttelte den Kopf.

Khalees schaute Nathaniel stur an. »Die Reise ist allein viel zu gefährlich.« Damit hatte er recht. Obwohl mir Nathaniels Sicherheit nicht so sehr am Herzen lag, wie Kodas.

Dieser legte den Kopf in den Nacken und seufzte. »Ich werde bis Asgûla gehen und dort auf euch warten. So viel Zeit habe ich, um einen freien Kopf zu bekommen.«

Für einen Moment sagte keiner etwas.

»In Ordnung. Wir sollten einen Treffpunkt ausmachen, kennst du eine Unterkunft?«, fragte Khalees.

»Wir treffen uns in der *Messingschale*, einverstanden?«

»Gut. In drei Tagen. Wo finden wir die Taverne?«

Nathaniel nickte. »Ihr müsst …«

»Ich kenne den Weg«, unterbrach ich ihn.

Straffer Zeitplan, den Khal da vorgab. Nathaniel starrte mich grimmig an, als sähe er mich wirklich lieber tot. Ich hätte ihm gern die Meinung gesagt, aber dann würde Raia mich umbringen. Er zog seinen dunklen Ledermantel an und schnallte sich sein Schwert um. Dann schritt er davon. Für Kodaline hoffte ich, dass er heil ankam. Langsam drehte ich mich zur Scheune, blickte auf das Chaos, das die beiden veranstaltet hatten. Und ich war der Auslöser. Immer wieder musste ich erstaunt feststellen, dass ich ein Händchen dafür hatte, Sachen zu zerstören. Bei meinem Bruder konnte ich es nicht wiedergutmachen, aber ich konnte versuchen, für Kodaline da zu sein. Auch wenn sie wahrscheinlich ziemlich sauer war.

Ich griff nach dem Anhänger um meinem Hals, dem Fenrir aus Holz, den mein Bruder zu meinem Geburtstag vor fünf Jahren geschnitzt hatte. Nicht perfekt, schließlich war mein Bruder erst zehn gewesen, und leider wusste ich es damals als halbstarker Bengel nicht zu schätzen. Sicherlich hatte es ihn viel Zeit gekostet, das Holz zu schnitzen und zu färben. Je länger ich darüber nachdachte, umso mehr Erinnerungen kamen mir in den Sinn. Kurz vor meinem Geburtstag hatten wir am Küchentisch gesessen und unsere Mutter hatte ihn gerügt, er sollte gefälligst die Hände vor dem Essen waschen. Mir waren die Schnitte an seinen Fingern aufgefallen, hatte mir aber nichts dabei gedacht. Doch es waren Schnitte gewesen, die er sich beim Schnitzen zugezogen hatte, und Reste seines getrockneten Blutes.

Hier CC, für dich. Habe extra noch ein Lederband besorgt. – Oh, danke dir, D. Sieht toll aus.

Mehr hatte ich nicht gesagt, sondern ihm den Kopf getätschelt. Was war ich doch für ein ignoranter Vollidiot. Mir kam ein weiterer Gedanke. Ein Plan, den ich ausreifen musste, ehe wir Asgûla erreichten. Aber erst einmal würde ich dieses Durcheinander beseitigen.

Zuerst kümmerte ich mich um das Stroh und klemmte mir einen Ballen unter den Arm, um ihn wieder in den Schuppen zu befördern. Am Eingang blieb mir jedoch der Mund offen stehen, während ich den Strohballen in den

Raum schmiss. Hatte hier Diaful persönlich gewütet? Das Stroh lag in einem Durcheinander auf dem Boden, kein Ballen war mehr ganz, außer dem einen, den ich gerade reingeworfen hatte. Die Kerzen waren von ihren Plätzen auf den Balken und Fensterbänken gefegt. Der Spiegel am anderen Ende lag in Scherben.

»Heiliger Dûwal.«

»Der kann da auch nicht helfen.« Der eisige, resignierte Ton in der Stimme ließ mich schaudern.

Ich wirbelte herum und stand vor Kodaline mit ihrem messerscharfen Blick. Bei ihrem Anblick schluckte ich schwer. Ihre Augen waren gerötet und hatten ihr Leuchten verloren. Dann wanderte mein Blick zu ihrer Unterlippe, auf der sie herumkaute, was mich fast wahnsinnig machte. Schaute weiter herunter zu ihren Fingern, die schon wieder an ihren Händen knibbelten. Natürlich hatte sie geweint. Wegen Nathaniel, diesem Arsch. *Nein, wegen dir!* Halt die Klappe!

»Koda, was passiert ist …«

»Nein, sag nichts!«, presste sie durch zusammengebissene Zähne hervor.

Fahrig fuhr ich mir mit beiden Händen durch die Haare.

»Es ist …«

Mit erhobener Hand brachte sie mich zum Schweigen, da bemerkte ich, dass sie zitterte.

Menschen verletzen. Das war das, was ich am besten konnte.

»Es tut mir leid.«

Dann brach sie in Tränen aus.

26
KODALINE

Das Mädchen stand in dem dunklen Steingang. Die Mutter war vorausgegangen, um nachzusehen, ob es dort einen Weg nach draußen gab. Sie blieb an der Stelle stehen, wie von ihrer Mutter befohlen. Setzte sich in eine Ecke, die Knie dicht an den Körper gezogen, und wartete. Endlose Minuten vergingen. Es war kalt und sie wünschte, sie hätte ihre Felldecke, die sie wärmte. Sie wartete weiter. Doch ihre Mutter kam nicht zurück. Die ständigen Geräusche, die von irgendwoher zu ihr herüberschallten, machten ihr Angst. Sie wusste nicht, ob sie dort bleiben, oder in die Richtung gehen sollte, in die ihre Mutter gegangen war. Das Mädchen entschied sich, ihrer Mutter zu folgen, und ging den Steingang immer weiter. Mal musste sie links einbiegen, mal rechts. Niemand begegnete ihr. Ihre Mutter war nicht mehr da. Sie war allein.

»Kannst du nicht mal aufhören, zu weinen?«

»Nein, kann ich nicht«, zischte ich.

»Du könntest es aber versuchen, oder?«

Schniefend schob ich die Brauen zusammen. »Ich habe leider keinen Hahn, den man auf und zudrehen kann, Cayden.« Ich würde ihn umbringen, irgendwann. Ich wusste noch nicht wie, aber genau das würde ich machen.

»Alles klar, verstehe. Ich dachte nur …«

»Du verstehst gar nichts. Nicht das Geringste!« Da er genau vor mir stand, versetzte ich ihm einen Stoß, rauschte an ihm vorbei und setzte mich auf den übrig gebliebenen Strohballen. Verzweifelt und wütend wegen Nate und darüber, dass ich nicht aufhören konnte zu heulen, hielt ich mir beide Hände vors Gesicht und schluchzte. Es hörte einfach nicht auf. Die Wut schnürte mir die Luft ab. Dadurch bekam ich auch nicht mit, wie Cayden sich neben mich setzte und den Arm um mich legte. Sofort wollte ich protestieren und aufstehen, stieß ihn weg von mir. Doch er schlang auch seinen anderen Arm um mich, schloss mich ein und ließ mich nicht los. Er drückte mich an sich und schaukelte uns leicht. Als wäre ich ein Baby.

Erst zögerte ich, aber dann schloss ich meine Arme um seine Taille und drückte mein Gesicht an seine Brust. Dabei zuckte er fast unmerklich. Diese Reaktion entlockte mir ein kleines Lächeln, gefolgt von einem Schluchzer. Seine Hand streichelte erst über meine Haare, dann über meinen Rücken, rauf und runter. Es beruhigte mich tatsächlich. Wie konnte Nate einfach weggehen? Auch wenn er sich verletzt fühlte, ich konnte es ihm nicht mal erklären. Cayden und ich hatten uns schließlich nicht geküsst. Dass Cayden mich im Grunde vor etwas hatte beschützen wollen, hatte ich Nate auch nicht sagen können. Er hatte nicht zuhören wollen. Und jetzt versetzte er mir einen Stich ins Herz, indem er einfach fortging. Zuvor hatte er mir noch vorgeworfen, ich würde mich für ihn schämen. Immer hatte ich zu ihm gestanden, hatte niemandem erzählt, wie es wirklich um seine magischen Fähigkeiten stand.

Wie konnte er mir das nur vorwerfen? Wie konnte er mich einfach allein lassen? Der Schmerz darüber bohrte sich in mein Herz. Cayden lockerte seinen Griff, als ich mich bewegte und zog sich etwas zurück, behielt eine Hand immer noch auf meinem Rücken. Ich löste mich von ihm und wischte mir wütend die Tränen weg. Seine Augen blickten warmherzig und verständnisvoll auf mich herunter. Bei den Vanden, ich musste grässlich aussehen nach der ganzen Heulerei. Mein Gesicht fühlte sich aufgequollen an wie ein Hefegebäck. Schnell wandte ich mich ab, doch Cayden nahm mein Kinn zwischen seine Finger und zwang mich, ihn anzusehen.

»Du musst dich nicht verstecken.«

»Und du musst nicht so einen Mumpitz erzählen, nur weil es mir nicht so gut geht. Bestimmt sehe ich aus wie eine Erinnye.«

Er schnaubte belustigt. »Das ist kein *Mumpitz*, du siehst wunderschön aus.«

Kopfschüttelnd prustete ich los. »Das ist wie in einem schlechten Märchen, wo ein hübscher Prinz sich an die, sagen wir mal, Blumenverkäuferin ranmacht und sie mit Komplimenten überhäuft, dass es nur so trieft. Und dann, wenn sie ihm aus der Hand frisst – das tut sie, denn er ist schließlich ein verdammter Prinz – so bezaubert von seinem Antlitz und eingelullt von seinen Liebesbekundungen, lässt er sie fallen wie einen gekochten Stachelrochen und rennt zur nächsten.«

Cayden legte den Kopf in den Nacken und lachte schallend auf. Überrascht von diesem Laut musste ich unweigerlich mitlachen. Noch immer spürte ich seine Hand auf meinem Rücken, die sich sanft auf und ab bewegte. Langsam verebbten die Lachgeräusche.

»Und was möchtest du mir damit sagen?«

»Auch wenn du ein Prinz wärst, würde ich dir nicht glauben, dass ich wunderschön aussehe. Ich habe mich schon öfter nach einer Heulattacke im Spiegel gesehen. Das ist alles andere als schön.« Sein Gesicht nahm ernste Züge an und er wirkte nachdenklich. Fragend legte ich den Kopf schief und betrachtete ihn. »Was ist denn los?«

»Es ist so, wie ich gesagt habe. Du kannst mir glauben oder nicht.« Er nahm die Hand von meinem Rücken und ich spürte sofort eine Kälte an der Stelle, wo sie gelegen hatte. »Und es tut mir wirklich leid, was passiert ist. Das wollte ich bestimmt nicht.«

Skeptisch hob ich eine Augenbraue. »Tut es dir nicht!«

Irritiert schaute er zu mir und musterte mein Gesicht. Da kniff er die Augen zusammen. »Du bist ziemlich durchtrieben.« Sein Blick bekam etwas Neckisches. »Durchtrieben mag ich am liebsten.« Wieder wackelte er mit seinen Augenbrauen. Stöhnend vergrub ich das Gesicht in den Händen. »Du bist anders, wenn du mit ihm zusammen bist.«

In mir krampfte sich alles zusammen. »Ich möchte jetzt nicht über ihn reden.«

Sein Blick tastete suchend über mein Gesicht, dann nickte er. Raia stand im Türrahmen gelehnt und beobachtete uns misstrauisch. Da fiel mir ein, dass ich den anderen unbedingt noch etwas erzählen musste.

»Ist Khalees in der Nähe? Ich habe etwas erfahren.«

***

»Und da bist du dir sicher?« Raia sah mich argwöhnisch an.

»So hat Myrna es mir erzählt.« So hieß die alte Frau, die uns gütigerweise aufgenommen hatte, uns in ihrer Scheune nächtigen ließ und uns auch heute zum Abendessen eingeladen hatte. Früher, auf dem Marktplatz im Vertex hatte sie viel mitbekommen, während sie vor dem Schloss gearbeitet hatte. Leider hatte sie auch gelitten.

»Es gibt also Rebellen, die gegen den König vorgehen wollen?«, fragte nun Khalees.

Ich seufzte. »Ihr wisst anscheinend nicht, wie es die letzten

Jahre in Kôsumitra und in den Landen zugegangen ist. Genauso wenig wie ich. Sie hat erzählt, er sei machtgierig, hinterhältig und skrupellos. Immer mehr Menschen seien verschwunden, und keiner weiß, wieso. Und wiedergekehrt ist niemand.«

»Aber das kann doch verschiedene Ursachen haben. Woher weiß sie, dass der König etwas damit zu tun hat?«

»Immer wurden sie auf Geheiß des Königs oder meist einem seiner Handlanger zum Schloss beordert. Sei es wegen des Verdachtes auf Diebstahl … und wir wissen, wie das enden kann, oder irgendwelcher angeblichen Ehrungen, Auszeichnungen und so weiter. Und niemand würde einer Einladung oder auch einer Anhörung fernbleiben oder? Doch sie kehrten nie mehr zurück, und keiner hat sie je wieder gesehen.« Von allen wurde ich skeptisch beäugt, was mich nervös machte. Doch ich konnte nur das wiedergeben, was Myrna mir erzählt hatte.

»Davon, dass Menschen einfach so verschwunden sind, habe ich gehört, aber wie du bereits sagtest, keiner weiß, wieso. Falls es wahr sein sollte, hat Myrna eine Ahnung, wo sich diese Rebellen aufhalten?«, fragte Cayden.

Ich schüttelte den Kopf.

»Aber nur deswegen stellen sie doch keine Armee auf, die eine Rebellion gegen den König führen will«, bemerkte Raia.

Entrüstet holte ich Luft, Cayden prustete los und Khalees war Raias Verhalten wohl schon zu bekannt, als dass er deswegen überrascht reagierte.

»Da ist wohl noch jemand skrupellos«, schnaubte Cayden belustigt.

»Reicht es nicht, dass der König anscheinend der Grund ist, warum Menschen verschwinden? Ach, und noch etwas …«, sagte ich mit erhobenem Zeigefinger, »… die meisten Menschen, die verschwanden, besaßen angeblich keine magischen Fähigkeiten. Also verschwinden größtenteils jene, die nicht über die Macht der Elfennôl verfügen. Ist das nicht auch ein wenig seltsam?«

Raia stöhnte genervt. »So habe ich das doch nicht gemeint. Ja, natürlich ist es schlimm, wenn Menschen verschwinden und man sie nie wiedersieht. Was ich sagen will, ist, dass da noch mehr hinter stecken muss. Und ja, das ist seltsam. Ihr habt euch ja einiges zu erzählen gehabt«, bemerkte sie spitz.

Meine Schultern zuckten. »Anscheinend mag Myrna mich. Aber ich habe eigentlich auch nur zugehört.« Als ich Cayden ansah, grinste er spitzbübisch. Sofort durchzuckte mich ein Gefühl, als wäre jede Faser in mir elektrisiert. Verflucht, was war das nur? Ich liebte Nate, aber … Es gab eine Art Verbindung, wie ein unsichtbares Band … auch wenn ich mich von Cayden fernhalten wollte, mich fernhalten *sollte*, so konnte ich es nicht. Das machte mich noch wahnsinnig.

»Außerdem kennt sie meine Eltern, kannte meinen Vater«, fuhr ich fort. Er war schon lange tot, und wie sich herausgestellt hatte, war er ermordet worden. Nur von wem, konnte Myrna mir nicht sagen. Doch wer hätte meinem Vater etwas anhaben wollen? Er war einfach glücklich mit seiner Farm gewesen, glücklich, seine Waren auf dem Markt an das Volk zu verkaufen. Nie war er auch nur ansatzweise gewalttätig gewesen. Wer also hatte ihn getötet, oder töten lassen? Mir wurde speiübel bei den Gedanken. Ich vermisste ihn so sehr. Meine Mutter vermisste ich ebenso. Auf die Frage, ob Myrna meine leiblichen Eltern kannte, hatte sie betrübt den Kopf geschüttelt.

Was, wenn der König wirklich so ein Scheusal war und es ein großer Fehler wäre, seiner Einladung zu folgen? Seit Beginn der Reise litt die Beziehung zu Nate bereits darunter.

»Wenn wir morgen aufbrechen, sehen wir weiter«, sagte Khal. Als ahnte er, was in mir vorging.

***

Viel zu früh öffneten sich am Morgen meine Augen. Hatte ich geträumt, dass eine Männerstimme den Namen Darren gemurmelt hatte? Nach dem gestrigen Abendessen bei Myrna, hatte sie uns Kutpan eingeschenkt. Erst hatte ich bei der Erinnerung an meinen letzten Absturz mit diesem Getränk die Nase gerümpft. Aber sie hatte drauf bestanden, also hatte ich es runtergekippt. Ein Nein wurde nicht akzeptiert. Seltsamerweise hatte sie bei Raia nicht darauf beharrt.

So lange hatte ich keinen Besuch mehr. Erst war ich euch gegenüber ziemlich skeptisch, besonders wegen ihm dort, hatte sie gesagt und mit dem Kinn auf Cayden gedeutet. Wir hatten uns alle das Lachen verkneifen müssen.

Cayden hatte daraufhin ihre Hand genommen. *Das verletzt mich zutiefst, meine Liebe! Und das, obwohl ich so charmant bin.* Dann hatte er ihr einen Kuss auf den Handrücken gegeben, weswegen sie entzückt errötet war. Und alle hatten laut gelacht. Nachdem sie ihre Hand wieder zurückgezogen hatte, hatten sich ihre faltigen Lippen geöffnet.

Aber ich habe euch ins Herz geschlossen, und heute wird zum Abschied gefeiert.

Kutpan, du edler Götterfunke,
Schlingel aus Ohri, nieder mit dir, du Halunke!
Runter in deine Kokori.
Du machst Eisgefilde warm, heiliger Schnappissimus.
Trinke Liebchen, trinke schnell, dann werden deine
Äuglein hell, rötet sich dein süßer Mund.
Trinken, ja trinken ist gesund.

Sogar ich hatte mitgesungen, was mir sonst echt peinlich gewesen wäre, aber es hatte Spaß gemacht. Erst weit nach Mitternacht waren wir zur Scheune zurückgekehrt und hatten uns schlafen gelegt. Den ganzen Abend hatte ich keine Minute an Nate gedacht. Zumindest nicht, nachdem

Cayden mich getröstet hatte. Wenn Nate das wüsste, würde er mir das nie verzeihen, aber er hatte mich im Stich gelassen. Das würde ich ihm auch nicht einfach so vergeben. Cayden war für mich da. Es hatte sich richtig angefühlt und ich hatte mich wirklich wohl gefühlt. Dass er so einfühlsam sein konnte, hätte ich ihm nicht zugetraut. Stöhnend rollte ich mich auf den Rücken und legte mir einen Unterarm über die Augen. Mein Körper versteifte sich. Langsam hob ich den Arm wieder und blickte mit klopfendem Herzen an mir herunter. Auf meinem Bauch lag ein Arm. Nicht meiner!

Erinnerungsfetzen flackerten plötzlich vor meinem inneren Auge auf.

Cayden hatte meine Eytelia-Blume gefunden, als wir wieder in der Scheune gewesen waren, und bevor ich dazu gekommen war, ihn zu warnen, hatte er die Blüte geschüttelt. Sofort hatte sie ihren glitzernden Staub versprüht und wir alle hatten ihn eingeatmet. Nachdem wir grundlos in Gelächter ausgebrochen waren, hatte Khal irgendwann den Zeigefinger gehoben und zu singen begonnen. *Ahnen und Legenden, mir juckt es in den Lenden, drum lasst die Strôpa …*

Er war abrupt verstummt, zum einen unserer schockierten Gesichter wegen, zum anderen, weil Raia ihm den Ellbogen in die Rippen gestoßen hatte. So etwas hatten wir gerade von ihm nicht erwartet. Von Cayden, ja. Wir hatten dem Blütenstaub die Schuld gegeben. Sekunden später hatten wir erneut einfach laut losgeprustet. Der Rest des Abends lag nur noch im Nebel.

Auch wenn ich innerlich betete, dass ich mich irrte, ahnte ich, wessen Arm da auf mir lag und ich drehte wie in Zeitlupe den Kopf nach links. Mein Puls beschleunigte rasant. Heiliger Dûwal! Verdammter Mist! Natürlich gehörte dieser Arm Cayden. Er schlief noch, bewegte jedoch träge seine Hand auf meinem Bauch, streichelte sanft darüber, was einen Kribbelschauer durch meinen Körper jagte. Immer noch rührte ich mich nicht. Dann war es kein Traum gewesen, Cayden musste den Namen im Schlaf gemurmelt haben. Warum lagen wir nebeneinander? Scheiße, nein …

Mit pochendem Herzen hob ich die Decke an und spähte darunter. Erleichtert atmete ich aus, weil ich noch Unterwäsche trug. Cayden bewegte sich neben mir und vergrub auf einmal seine Hand im Oberteil an meiner Taille. Schon wieder wurde ich stocksteif. Weil ich nicht wusste, wie ich reagieren sollte, und weil ich mich zusammenriss, nicht zu zucken. Seine Hand fuhr unter mein Leibchen, griff um meine Taille und streifte entlang der Rippen nach oben, in Richtung meiner Brust. Hitze breitete sich in mir aus. Aus Reflex packte ich seine Hand, bevor sie noch höher wanderte. Bei einem erneuten Blick nach links, bekam ich fast einen Schock und konnte gerade noch einen Schrei unterdrücken. Seine eisblauen Augen waren geöffnet und blickten mich an, klar und funkelnd.

»Bist du immer so verspannt? Du solltest mal deine Muskeln lockern.«

Seine Worte kamen verschwommen bei mir an, während ich blinzelte. Hatte ich das richtig verstanden? »Seit wann bist du wach, Cayden?« Ich versuchte, meine Stimme so fest wie möglich klingen zu lassen.

Er hob eine Augenbraue und ein Mundwinkel zuckte.

»Seit du dich auf den Rücken gedreht, und dann leise vor dich hin geflucht hast.«

Mir klappte die Kinnlade runter. »Du hast mich also wissentlich begrabscht?«

Unbedeutend schnalzte er mit der Zunge. »Du nennst es begrabschen, ich nenne es erkunden.«

Fassungslos starrte ich ihn an. »Erkunden? Wie weit wärst du gegangen, hätte ich dich nicht aufgehalten? Außerdem weißt du doch, dass ich einen Freund habe.«

»Interessant. Warum hast du mich dann nicht schon

früher gestoppt?«

Verdammt, warum hatte ich es nicht getan? *Weil es dir gefallen hat! Weil du es genossen hast und nur Angst hast, den nächsten Schritt zu wagen!*

»Halt den Mund!«

»Wieso? Die Frage war ernst gemeint. Du hättest mich schon früher aufhalten können, aber hast es nicht getan.«

Zum Glück ahnte er nicht, dass ich öfter Selbstgespräche führte. »Ich wollte dich nicht ... äh, weil ich nicht wusste ... Verdammt, Cayden, wieso hast du das getan?«

Nachdenklich rollte er die Augen zur Seite. »Nun, zuerst war ich doch etwas verdutzt, dass mein Arm den Weg zu dir gefunden hat. Aber verwunderlich ist es nicht.« Dann richtete er diese durchdringenden Augen wieder auf mich. »Du musst doch schon gemerkt haben, dass ich keinesfalls abgeneigt wäre.«

Mein ganzes Gesicht glühte und ich schluckte schwer.

»Jetzt nimm bitte deinen Arm runter von mir.«

»Natürlich, *Stâmha*, sobald du meine Hand loslässt« Sein schelmisches Grinsen war unübertrefflich.

Bei Dûwal, ich hielt noch immer seine Hand fest. »Nenn mich nicht so«, herrschte ich ihn an, hob seinen Arm und schleuderte ihn zur Seite. Ohne auf eine Reaktion zu warten, stand ich auf. Aber hinter mir hörte ich ihn lachen. Idiot! Wenn überhaupt, durfte nur Nate mich so nennen. Jedoch mochte ich diesen Kosename nicht unbedingt. Cayden wollte mich damit nur necken, konnte aber nicht wissen, dass ich solche Namen wie *Liebling* oder *Schatz* nicht leiden konnte. Ich suchte meine Hose, fand sie zum Glück in der Nähe der Schlafnische und bückte mich danach. Mitten in der Bewegung wurde mir bewusst, dass ich mein Hinterteil genau in Caydens Richtung streckte. Klasse, Kodaline! Hitze schoss in meinen Kopf, in meine Glieder, überallhin. Ich schnellte hoch und blieb so stehen. Im Klaren darüber, dass er mich beobachtete, wollte ich verhindern, dass er mein gerötetes Gesicht sah.

Er räusperte sich hinter mir. »Bist du sicher, dass du dich nicht an mich geschmiegt hast? Dafür, nicht von mir lüstern angesehen oder angefasst werden zu wollen, gibst du dir aber alle Mühe, es herauszufordern.«

Ich sprang förmlich in meine Hose und drehte mich mit Schwung um. Mittlerweile war er aufgestanden und stand nur in seiner Lederhose vor mir. Im ersten Moment lenkten mich seine Bauchmuskeln und seine Bizeps ab, ebenso die lange Narbe auf seiner Brust. Mein Augenmerk fiel auf seine Kette mit der Fenrirfigur, dann konzentrierte ich mich aber auf sein Gesicht. »Das war keine Absicht. Könntest du dir bitte auch etwas anziehen?«

»Hast du etwa unanständige Gedanken, wenn du mich ansiehst?«, fragte er zwinkernd. Nahm dann aber sein graues Hemd und zog es sich über.

Ich schloss die Augen und massierte mir zur Beruhigung mit Zeigefinger und Daumen die Nasenwurzel. Ganz langsam atmete ich durch. »Wer ist Darren?«

Sein gesamter Körper spannte sich an. Seine Augen sahen in die meinen, aber für einen kurzen Moment schien er woanders zu sein. Dann blinzelte er. »Woher kennst du diesen Namen?« Seine Stimme klang auf einmal rau und kalt.

»Du hast ihn vorhin im Schlaf gemurmelt.«

Mit beiden Händen fuhr er sich durch die dunklen Haare und seufzte. »Er war mein Bruder.« Dabei umfasste er anscheinend wie von selbst den Anhänger an der Kette.

War? Also lebte er nicht mehr? Ich traute mich nicht, zu fragen, doch das musste ich auch nicht, denn ehe ich etwas sagen konnte, packte Cayden seine Sachen und marschierte nach draußen.

27
Kodaline

Wir hatten beinah das Tal des Vosnari-Passes erreicht. Meine Füße schmerzten noch von den Blasen, die ich mir gelaufen hatte. Aber ich wollte nicht schon wieder als Mimose rüberkommen, die ständig Hilfe benötigte. Khalees und Cayden liefen vor, Raia und ich hinter ihnen. Immer wieder bemerkte ich Caydens kurze Schulterblicke, wenn er zur Seite sah.

Nachdem er ohne ein weiteres Wort den Schuppen verlassen hatte, stieg die Wut in mir auf. Wieso erzählte er nichts von sich? Es machte mich wahnsinnig. Erst einmal, weil er nichts erzählte und dann noch, weil es mir eigentlich egal sein sollte. Vor der Scheune hatten Khalees und Raia gestanden und auf mich gewartet. Die Blicke der beiden hatte Bände gesprochen.

Wir wissen es, du kleines Luder!

Sie hatten nicht vorwurfsvoll gewirkt, aber trotzdem waren mir Murmeln durch den Magen gekullert. Den Vanden sei Dank, war nichts passiert. Nie wieder würde ich Kutpan trinken. Wirklich nie wieder! Mein Kopf brummte und mein Magen konnte sich nicht zwischen Hungergefühl und Übelkeit entscheiden.

»Hast du mit Myrna eigentlich nur über den König gesprochen, oder gab es auch noch andere Dinge?«, fragte Raia und riss mich aus den Gedanken.

Verwirrt blinzelte ich. »Was meinst du?«

»Hast du sie zum Beispiel gefragt, ob sie sagen kann, was das für ein Mal an deinem Arm ist? Sie wirkte ja ziemlich kundig.«

Mein Körper versteifte sich, denn das hatte ich wirklich. Und ihre Reaktion ließ mich immer noch erschauern. Myrna hatte die Augen weit aufgerissen, komische Kreise oder Symbole in die Luft gezeichnet und etwas vor sich hingemurmelt. Eine Art Gebet vermutete ich. Dann hatte sie mir ihre kalte Hand auf die Stirn gelegt.

Kipôen uy Vaban! Möge Dûwal dich beschützen! Mae Vabanu!

Schmerz und Leid. Wer hörte das nicht gern? Aber auch auf mein Bedrängen hin hatte sie mir nicht mehr sagen wollen. Ich wusste nicht, was es zu bedeuten hatte. Ein *Tut mir leid* hatte auch nichts genützt.

»Sie … sie konnte mir dabei nicht helfen.« Vor Raia und den anderen erwähnte ich Myrnas Reaktion am besten gar nicht. Dann würden sie mich nur noch mehr wie ein Wesen aus einer anderen Welt betrachten.

Es dämmerte, als wir unter einem Felsvorsprung in ungefähr zweihundert Mittar Entfernung eine Taverne entdeckten. Dahinter lag ein See. Viel größer als der oben auf dem Pass.

»Eine Taverne mitten im Nirgendwo, in solch einer Gegend?«, fragte ich und runzelte die Stirn.

»Hier kommen mehr Gäste her, als es die Umgebung vermuten lässt«, entgegnete Khalees. Er hatte zu jeder Frage eine Antwort, außer natürlich auf die Frage, was mit meinem Mal passierte.

»Warst du schon einmal hier?«

»In der Tat, aber das ist schon eine Ewigkeit her. Und damals hieß die Taverne anders. Obwohl der jetzige Name *Der tänzelnde Kelpie* besser passt als *Das Wiesel-Gasthaus*.«

Da stimmte ich ihm zu. Wir näherten uns der Taverne, da fiel mir ein wunderschöner Rappe mit langer gewellter Mähne auf, der an der Ecke hinter der Hauswand stand. Er trug keinen Sattel, was nicht ungewöhnlich war, da Reiter ihre Pferde während der Rast meist absattelten. Aber dieser Rappe trug zudem weder Zaumzeug noch einen Strick, der irgendwo befestigt wäre. Entweder handelte es sich um ein sehr gehorsames Pferd oder es war seinem Besitzer ausgebüxt. Auf einmal blieb Khalees stehen und hob die Hand, die Finger gespreizt, als Zeichen zum Stoppen. Mit Stolperschritt hielten alle an, weil wir etwas überrumpelt waren. Eilig hüpfte Khalees hinter mehrere Durianbüsche. Ein Stechkraut, dass ziemlich unschöne Kratzer und Schrammen auf der Haut hinterließ, wenn sie damit in Berührung kam. Er bedeutete uns, ihm zu folgen, also sprangen wir ebenfalls hinter das Gebüsch. Uns allen stand die Verwirrung ins Gesicht geschrieben.

»Was tun wir hier?«, fragte Raia gereizt.

»Einer von uns muss suchen, sonst funktioniert das Spiel nicht«, bemerkte Cayden. Genervt rollte ich die Augen. Er zog alles ins Lächerliche. Doch meine Mundwinkel verzogen sich dennoch nach oben.

»Shh.« Khalees legte sich den Zeigefinger auf den Mund und sah zur Taverne. Aus dem Augenwinkel sah ich, wie sich Caydens Hand dem Durian näherte. Verdammter Idiot! Ohne Vorwarnung schlug ich seine Hand herunter, was ihn kurz aufschreckte, um dann direkt ein schmerzverzerrtes Gesicht zu mimen und dabei seine Hand zu halten. Ich schnaubte und verdrehte erneut die Augen.

Khalees wandte sich wieder zu uns. »Der Rappe ist ein Gestaltwandler.«

Meine Augen weiteten sich vor Aufregung. »Du meinst, das ist ein Kelpie?«

Er nickte und hockte sich dabei hin. Bei den Vanden, vor uns befand sich tatsächlich ein Kelpie. Ein Wasserdämon, der nichtsahnende Menschen, die sich auf seinen Rücken schwangen, in die Tiefen eines Sees verschleppte. Weil sich die lange Mähne um Arme und Beine schlang, konnte man sich nicht mehr befreien. Was dann folgte, waren natürlich Schauergeschichten, weil niemand erzählen konnte, was am Grund des Sees wirklich passierte. Vorzugsweise wandelte er als schöner, imposanter Hengst zu Lande.

Deswegen das Fehlen von Sattel und Zaumzeug. Ein Glück, dass Khalees es rechtzeitig erkannt hatte, sonst wäre *ich* wahrscheinlich der arme Tropf gewesen, der im See gelandet wäre.

Khalees kramte etwas aus seiner Tasche hervor.

»Du hast Lederriemen dabei?«, fragte Cayden mit hochgezogener Augenbraue. »Das wird wohl gegen eine Wasserratte, geschweige denn einen Gestaltwandler nichts nützen, meinst du nicht?«

»Sieh zu und staune«, erwiderte Khalees nur mit einem verschwörerischen Grinsen und verschwand hinter den Gebüschen. Wir sahen uns verdutzt an, doch Raia grinste genauso verschwörerisch wie Khalees. Anscheinend wusste sie, was er vorhatte. Auf allen vieren beugte ich mich so weit vor, dass ich seitlich am Durian vorbeischauen konnte. Bei einem Blick über die Schulter bemerkte ich Cayden, der hinter mir stand, sodass er über das Gebüsch schauen konnte. Zumindest hatte er das wohl vor, aber im Moment starrte er mir ungeniert auf den Hintern.

Frustriert stieß ich die Luft aus. »Das soll wohl ein Witz sein.« Ganz beiläufig sah er mir ins Gesicht, sein verschmitztes Grinsen aufgesetzt, dann schaute er Richtung Taverne. Unmöglich dieser Typ! Khalees hatte den Kelpie inzwischen fast erreicht. Ganz langsam näherte er sich, das Lederhalfter in einer Hand, bereit für … was hatte er nur vor? Der glänzende Rappe bewegte sich leicht, trat immer wieder mit einem Huf auf. Dabei graste er weiter. Vielleicht erwartete er Khalees schon, wartete auf seine Beute. Schneller als meine Augen folgen konnten, zog Khalees sich an der Mähne hoch und schwang sein rechtes Bein über den Rücken des Tieres. Alle Achtung. Es sah so einfach aus bei ihm. Sobald er drauf saß, riss das Pferd den Kopf hoch und die Augen blitzten leuchtend rot. Beim Versuch, ihm das Lederhalfter um den Kopf zu legen, schlang sich eine Strähne der Mähne um Khalees' Unterarm, sodass er ihn nicht mehr bewegen konnte.

Scharf holte ich Luft, aus Angst, er könnte von dem Gestaltwandler verschleppt werden.

Eine andere Strähne versuchte, seinen noch freien Arm zu packen, aber er drehte ihn und entwand sich den Schlingen. Der Kelpie stieg, hob die Vorderhufe und die muskulöse Flanke in die Höhe, doch Khalees saß fest auf dem Rücken. Dann auf einmal wendete der Kelpie und preschte mit ihm davon, über einen Zaun und Richtung See.

»O nein!«, schrie ich.

»Keine Angst.« Raia schien keinesfalls beunruhigt.

»Wie kannst du so ruhig bleiben?«, fragte ich aufgebracht. Ich glaubte, zu spinnen, aber es sah so aus, als galoppierte der Rappe mit Khalees über den See. Über das Wasser!

»Er kommt schon wieder. Vertraut mir.« Sie grinste siegessicher.

Ich setzte mich auf die Fersen und knabberte nervös an den Nägeln. Meine Hand wurde weggeschlagen und es zwickte auf meinem Handrücken.

»Autsch!« Zornig strich ich mir über die Stelle, ehe ich zur Seite schaute. Cayden, natürlich. Sein amüsierter Gesichtsausdruck verriet ihn.

»Du knabberst noch deine Nägel ab. Außerdem gibt das

hässliche Wunden, das sieht nicht schön aus.«

»Was interessiert es dich?«, fragte ich schnippisch.

Jetzt lächelte er mich zuckersüß an. »Deine Hände sollen heile bleiben, damit sie mir …«

»'Jeminh, Cayden! Jetzt halt den Mund, sonst stopfe ich ihn mit einem Feuerball«, zischte Raia. Endlich sagte ihm mal jemand anderes die Meinung.

Er verzog das Gesicht zu einer Grimasse, wie ein kleines beleidigtes Kind.

»Könnten wir uns wieder auf Khalees konzentrieren? Er ist immer noch nicht da«, merkte ich an.

Cayden rieb sich den Nacken. »Ja ja, schon gut. Ihr habt recht.«

Das war wohl seine Art der Entschuldigung, mehr erwartete ich auch nicht. In diesem Augenblick kam der Rappe angaloppiert, das Halfter um den Kopf und Khalees auf seinem Rücken. Mit großen Augen blieb mir der Mund offen stehen. Kurz vor uns bremste er ab und wirbelte etwas Kies auf. Khalees schwang ein Bein über den Hals des Rappen und rutschte mit den Füßen voran vom Pferd.

»Wie hast du das gemacht?«

»Man sollte sich nicht über so schlicht wirkende Lederriemen lustig machen«, sagte er mit einem tadelnden Blick zu Cayden. Sein Akzent kam wieder stärker durch. Raia und ich schauten zu Cayden, der verteidigend die Arme hob und mit den Schultern zuckte.

»Du hast ihm das Halfter angelegt und schon ist er fromm wie ein Lämmchen?« Meine Stimme klang schrill vor Überraschung.

»Einfach gesagt, ja. Er gehorcht mir bis zu einem gewissen Punkt. Sogar seine Magie kann ich mir zunutze machen. Man sollte es jedoch nicht ausreizen, weil er sich rächen würde, sobald er frei käme.«

»Wie können wir seine Magie nutzen?«

»Ein normales Pferd zum Beispiel kann nur eine, höchstens zwei Personen auf einmal tragen. Unser neuer Freund hier …«, sagte er und klopfte ihm auf den Hals, »… kann uns alle tragen.«

»Mit ihm wären wir bestimmt schneller in Asgûla«, merkte Cayden an.

Khalees grinste triumphierend. »Nicht nur schneller, es wird sein, als flögen wir .«

Asgûla, dort wartete Nate schon. So hatten wir es zumindest abgesprochen. Eigentlich sollte ich mich freuen, ihn wiederzusehen, aber mein Magen verknotete sich. Eine böse Vorahnung bahnte sich einen Weg durch meine Eingeweide. Ich wusste nur nicht, warum.

28
CAYDEN

Nur noch wenige hundert Mittar und wir würden Asgûla erreichen. Die ganze Nacht waren wir geritten, doch es kam mir nicht vor, als hätte ich stundenlang auf dem Rücken eines Pferdes gesessen. Genau genommen war es ein Wesen der Unterwelt. Wer konnte schon von sich behaupten, ein dämonisches Pferd geritten zu haben?

Die Zeit verflog. Eigentlich schade, denn vor mir hatte ich eine prachtvolle Kehrseite, die sich perfekt in meinen Schritt fügte. Wenn wir in der Herberge ankamen, musste ich womöglich erst mal ein eiskaltes Bad nehmen, um die Hitze in meinen Lenden zu vertreiben. Nach meinem Vorschlag, mich hinter Koda ans Ende zu setzen, hatte sie natürlich zunächst wild protestiert. Aber mit meinem Argument, ich könnte sie so besser davor schützen, während des Rittes vom Pferd zu fallen, hatte ich unser Duell gewonnen. Dafür hatte ich ein tiefes Grollen von ihr geerntet und sie hatte mir gedroht.

Wehe du lässt deine Finger nicht bei dir. Ich hacke sie dir ab!

Der Gedanke, Nathaniel wiederzutreffen, stieß mir sauer auf. Nicht nur, weil ich ihn nicht leiden konnte, sondern auch, weil ich ihm nach wie vor nicht traute. Irgendetwas verschwieg er. Nach dem Streit zwischen ihm und Koda hatte er sich aufgeregt, als sie erwähnt hatte, immer für ihn da gewesen zu sein, egal wobei. Warum war er deswegen so außer sich? Was stimmte nicht mit ihm? Ich musste es herausfinden. Nein, verdammt, der Auftrag war wichtiger! Lord Alart saß mir im Nacken, und damit auch der König. Noch immer ergab es für mich keinen Sinn, dass Koda ihnen von Bedeutung zu sein schien. Das musste ich herausfinden, obwohl ein Teil des Auftrags lautete: Keine Fragen stellen.

Die Umgebung erschien mir wieder klarer und ich stellte fest, dass wir an den ersten Häusern der Stadt vorbeiritten. Hier wohnten Fabrikarbeiter oder Menschen, die als Tagelöhner arbeiteten. Zwar gab es Grasflächen, doch die heruntergekommenen Baracken aus glattem Stein mit teils abgeplatzter Farbe und kaputten Scheiben trübten das Bild. Dagegen war Myrnas Haus ein Palast. Die Fabriken vor uns und ringsherum vermiesten mit ihren qualmenden Schornsteinen den Blick auf die sonst schöne Stadt. Von hier aus erkannte man sogar das Ratsgebäude, indem ich gefangen gehalten worden war. Die Wut darüber kochte in mir hoch und ich ballte die Hände zu Fäusten.

Plötzlich wurde mir wieder bewusst, dass es kein normales Pferd war, auf dem wir geradewegs in die Stadt ritten.

»Meint ihr, es ist ratsam, mit einem Kelpie durch die Stadt zu spazieren?«

Allgemeines Murmeln.

»Das ist es wahrscheinlich nicht«, antwortete Raia.

»Sehe ich auch so. Aber was machen wir mit ihm?«, fragte Koda.

»Es wird wohl ziemlich wütend sein, wenn wir es bis morgen oder wann immer wir auch weiterreisen, in eine Scheune sperren«, meinte Khalees.

»Mit Sicherheit, und ich habe keine Lust bis nach Kôsumitra auf einem Pulverfass zu reiten.«

Koda warf mir einen Blick über die Schulter zu. »Und ich habe garantiert kein Interesse daran, noch länger vor einem Lustmolch zu sitzen.«

Mir entkam ein belustigtes Grunzen. Wenn sie wüsste, welche durchtriebenen Gedanken in meinem Kopf rumschwirrten. Khalees und Raia lachten.

»Außerdem ist Nate dann wieder dabei. Ich denke, selbst ein Wasserdämon hat irgendwann seine Grenzen erreicht. Und es ist jetzt kaum mehr Platz.«

Meine Gedanken über ihn behielt ich für mich. Seinen Namen hatte ich schon wieder tief vergraben, bis Koda ihn genannt hatte. *Vergiss ihn, Cayden!* Seufzend atmete ich aus.

Koda drehte ihr hübsches Gesicht zu mir. »Was ist denn schon wieder?«

Wieso dachte sie, ich hätte ständig etwas zu nörgeln? Was ja oft der Wahrheit entsprach, aber das konnte ich ihr schlecht sagen. »Nichts.«

Zynisch schnaubte sie. »Wir sollten jetzt überlegen, was wir tun, bevor wir die Wohnhäuser erreichen«, presste sie hervor. Man hätte denken können, sie war genervt von unseren Neckereien. Dennoch mussten wir den Kelpie wirklich loswerden. »Können wir ihn nicht einfach ... aussetzen?«, fragte sie. »Er ist ja vorher auch ohne uns zurechtgekommen.«

Khalees lachte laut auf. »Eine interessante Wortwahl. Aber ich glaube, das wäre wirklich das Beste.«

»Fein, sollen wir ihn vor irgendeiner Haustür absetzen mit einer Schleife um den Hals?« Raia, immer so zynisch.

»Das wäre eine nette Geste«, konterte Kodaline. Anerkennend klopfte ich ihr auf die Schulter, wobei sie kurz zusammenzuckte, aber sich direkt wieder entspannte.

»Also gut, suchen wir uns ein nettes Fleckchen, wo wir ihn laufen lassen.« Khalees lenkte den Rappen vom Weg ab, auf dem wir uns gerade befanden. Abseits der Häuser und Fabriken blieben wir hinter einer Biegung stehen. Ich machte den Anfang und rutschte einfach über den Kelpiehintern nach unten, in der Hoffnung, nicht von den Hinterläufen umgenietet zu werden. Koda schob ungelenk ein Bein auf die andere Seite, blieb aber unsicher sitzen. Automatisch streckte ich meine Hände nach ihr aus und trat dichter an den Kelpie. Zuerst beäugte sie mich skeptisch und zögerte, doch dann stützte sie ihre Hände auf meine Schultern. Während sie nach unten rutschte, griff ich um ihre Taille, um sie zu halten. Ihre Hände lagen immer noch auf meinen Schultern und sie schaute zu mir hoch. Wir sahen uns in die Augen und sofort schlug der Blitz wieder ein. Ich verstand dieses Gefühl verdammt noch mal nicht. Langsam ließ sie die Arme sinken und streifte dabei kurz meine Brust. Unser beider Atem beschleunigte sich. Weil immer noch meine Hände um ihre Taille lagen, spürte ich, wie sich ihr Brustkorb schneller bewegte.

»Sakra! Nehmt euch ein Zimmer. Das ist ja kaum auszuhalten mit euch«, fauchte Raia. »Und jetzt geht mir aus dem Weg.«

Wir zuckten beide zusammen, als wären wir aus einer Trance erwacht. Khal bog sich vor Lachen. So ein verdammter Mist! Schnell zog ich die Hände zurück und steckte sie lässig in meine Hosentaschen, als hätten wir uns nicht gerade wirklich peinlich verhalten. Sogleich drehte Koda sich von mir weg und lief ein Stück vor, zurück zu dem Weg. Floh sie vor mir? Raia sprang mit Leichtigkeit vom Pferd und wischte sich die Hände an ihrem dunkelblauen, mit Goldstickerei verzierten Umhang ab. Wieso trug sie überhaupt so was Feines auf dieser Reise? Sobald Khalees abgestiegen war, führte er unseren dämonischen Freund noch weiter zwischen die angrenzenden Hügel. Er warf die Zügel über dessen Kopf und packte das Halfter, sah dem Kelpie dabei tief in seine roten Augen. Als würde es Khalees' unausgesprochene Worte verstehen, schlug das Pferd mit dem Kopf auf und ab. Vorsichtig nahm Khalees das Halfter ab, woraufhin der Kelpie sofort anfing zu buckeln. Dabei rammte er Khal, der einige Mittar weit geschleudert wurde. Dann galoppierte er Staub aufwirbelnd davon.

»Sei artig«, rief Khalees noch hinterher.

Ich bezweifelte, dass er darauf hörte.

***

Der Weg bis zum Stadtinneren dauerte zwei Stunden. Vielleicht weniger. Sicher war ich nicht, denn mein Zeitgefühl hatte den Geist aufgegeben. Die Müdigkeit zehrte an mir und ich hatte Hunger. Wir schlängelten uns durch die schmalen Gassen, am Händlerviertel vorbei bis zum belebten Stadtkern. Hier reihte sich eine Taverne an die nächste. Im Vorbeilaufen sah ich auch das Bekleidungsgeschäft, in dem ich meinen Mantel gekauft hatte, und schaute an mir herunter. Er entsprach nach wie vor nicht meinem Stil, aber ich musste mit dem Geld, was ich noch besaß, bis Kôsumitra auskommen. Irgendwann schloss ich zu Koda auf, ging neben ihr her und beobachtete sie. Seit einiger Zeit fummelte sie wiederholt an ihren Fingern herum. Eine Angewohnheit von ihr, wenn sie nervös war, wie ich schnell erkannt hatte. Bestimmt lag es an Nathaniel, den sie seit Tagen nicht gesehen hatte. Ich hoffte für sie, dass er sich nicht wieder wie ein Arsch aufführen würde. Warum ließ sie sich das gefallen? Zwischen uns war nichts passiert, was ich sehr bedauerte, aber wieso stellte er sich deswegen so an?

Ein lautes Grummeln riss mich aus den Gedanken. Überrascht, von ihr solche Töne zu hören, schaute ich Kodaline an, die ihre Hände auf den Bauch legte, ehe sie sehnsüchtig in meine Richtung sah. Ich wünschte, sie meinte tatsächlich mich mit diesem Blick, doch es ging nur ums Essen. Also lächelte ich aufmunternd. »Mir geht es genauso.«

Bevor ich jedoch in die Taverne ging, musste ich noch einen kleinen Umweg einschlagen. »Ihr könnt schon vorgehen, ich habe noch etwas zu erledigen. Sobald ich kann, komme ich zur *Messingschale*.«

Alle blieben stehen. Raia drehte sich um und sah mich misstrauisch an, die Arme vor der Brust verschränkt. »Was hast du denn jetzt hier zu erledigen?«

»Ich darf wohl noch das ein oder andere Geheimnis haben, oder? Es gefährdet aber nicht unsere Reise, falls euch das beruhigt.«

»Nö, nicht wirklich«, erwiderte Koda.

Blinzelnd schaute ich zu ihr und erkannte ein verräterisches Funkeln in ihren Augen. Sie wollte mich also provozieren. Meine Mundwinkel zuckten und ich taxierte sie wissend.

Khal schlug mir auf die Schulter. »Tu, was du tun musst.« Wie immer diplomatisch und bemüht, Streit zu umgehen. Oder ich überhörte den missbilligenden Unterton wegen seines Akzentes.

»Verlauf dich nicht, CC.«

Nur zwei Buchstaben, doch diese bewirkten, dass sich alles in mir zusammenzog. »Lass es, Raia«, knurrte ich.

Überheblich zog sie eine Augenbraue hoch und drehte sich lachend um. Was für ein Miststück. Ich spürte Kodas Blick auf mir, aber bevor sie oder Khal nachfragen konnte, eilte ich davon. Während die anderen ihres Weges gingen, bog ich bei der nächsten Abzweigung links ab. Auch wenn kein Kopfgeld mehr auf mich ausgesetzt war, weil ich simpel gesagt zur Hure des Königs ernannt worden war, fühlte ich mich verfolgt.

Immer schneller lief ich zurück zum Händlerviertel. Noch eine Abbiegung nach links und schon war ich da. Vor dem unscheinbaren Laden aus grauem Backstein, einem großen Fenster mit schwarzen Fensterläden und einer beinah undurchsichtigen Scheibe blieb ich stehen. Kein Schild wies darauf hin, was sich hinter dieser Tür befand. Es hatte sich doch manchmal bezahlt gemacht, durch die Stadt zu streunen. So lernte man interessante Menschen kennen. Manche hätten sie wahrscheinlich Verbrecher genannt. Ehe ich hineinging, sah ich mich noch mal um. Dann öffnete ich die Tür.

Der stämmige Mann mittleren Alters, der mich dahinter erwartete, hatte schon einiges erlebt, weswegen ihn eine große Narbe von der linken Wange bis zu seiner Schläfe zierte. Mit seinen stahlblauen Augen sah er mich grimmig an, während er kaute. Vermutlich seinen ekelhaften Tabak.

Ich schenkte ihm ein Lächeln. »Egeon, schön dich zu sehen.«

Verachtungsvoll spuckte er in den Topf, der auf dem Tresen neben ihm stand. »Wenn du auftauchst, bedeutet das entweder Ärger oder dass du etwas von mir willst. Wobei das eine das andere leider nicht ausschließt. Was ist es diesmal?«

»Im letzten Jahr hattest du doch deine Ruhe vor mir. Aber nun musst du mir einen Gefallen tun.«

»Ärger, ich wusste es.«

***

Es hatte doch länger gedauert, als geplant, aber das Ergebnis stellte mich mehr als zufrieden. Jetzt musste ich nur den richtigen Moment abwarten. Ich griff an den Lederbeutel, den ich am Gürtel trug, um mich zu vergewissern, dass er noch da war. Beim Betreten der Taverne fielen mir sofort drei Männer auf, die hinter der Bar an einem runden Tisch saßen.

Sakra!

Ein großer Dicker mit aschblonden Haaren und einer platten Nase, ein kleiner schmaler mit eben solchen Haaren, aber einer umso größeren Nase. Und einer mit muskulöser

Statur und dunklem Haar. Ich erinnerte mich an diese Gesichter, vor allem an das des Dicken, obwohl es früher anders ausgesehen hatte, bevor ich es zu Brei geschlagen hatte. Dass er das überlebt hatte, wunderte mich. Plötzlich wandte er den Kopf in meine Richtung und mein Herz trommelte los. Sofort ließ ich mich zu Boden sinken und verharrte einen Moment auf den Knien. Auf allen vieren krabbelte ich unter der Bar entlang, drängelte mich an diversen Beinen und weniger schönen Schuhen vorbei. Oh … Igitt, oder an Füßen ohne Schuhe. Wer trug denn keine Schuhe, verdammt, vor allem bei solchen Füßen?

Beim Herumkriechen wurde ich teilweise von den Gästen geschubst und beleidigt. Was ein Gesindel sich hier aufhielt. Widerlich. Ich kam in den hinteren Teil der Taverne. Nach einem kurzen Blick über die Schulter stand ich wieder auf, klopfte mir den Staub von Hemd und Hose, und sah auf. Verdammt dreckig hier. Koda und die anderen, die schon am Tisch saßen, starrten mich alle an. Raia und ihr stand ungläubig der Mund offen, Khal setzte einen mitleidigen, aber auch neugierigen Gesichtsausdruck auf, als wäre ich meschugge. Und da war er wieder, Nathaniel. Er saß zwischen Raia und Koda. Einzig er grinste. Die Art, wie er es tat, ging mir gegen den Strich. Ein kaltes, abschätzendes Grinsen.

»Hast du Freunde von dir entdeckt?«, fragte er.

»Nate …«, brummte Koda.

Mit erhöhtem Puls biss ich die Zähne fest zusammen und ballte die Fäuste.

Nathaniel zuckte mit den Schultern. »Was denn? Es wäre doch interessant, mehr über unseren lieben Cayden zu erfahren, oder nicht?« Sein Mund verzog sich zu einem Lächeln, aber es erreichte seine Augen nicht.

»Wenn es ums Kennenlernen geht, kannst du uns ja erst mal erzählen, was mit dir los ist. Und warum Koda immer hinter dir stehen musste.«

Sein Lächeln erstarb und seine Augen verengten sich.

»Das geht dich absolut nichts an.«

Meine Mundwinkel zuckten und ich setze mich neben Koda. Am liebsten würde er bestimmt über den Tisch auf mich springen.

»Gut, wenn wir uns dann alle zusammenreißen könnten, planen wir die weitere Reise«, keifte Raia.

»Wir sollten durch die Nebelfelder nach Kôsumitra. In einer Woche ist schon das Sheanoi«, sagte Khal. Ich wandte mich zu ihm. Das konnte nicht sein Ernst sein.

»Bist du irre? Du willst durch die Nebelfelder spazieren?«, fragte Raia verständlicherweise. Mir hatte dieselbe Frage auf der Zunge gelegen.

»Wenn wir rechtzeitig vor den König treten wollen, müssen wir das Risiko eingehen. Seine Bestrafungen sind grausam, selbst wenn man nur ein paar Stunden zu spät zu einem Termin kommt. Falls wirklich stimmt, was gesagt wird, können wir froh sein, wenn wir nicht getötet werden.«

»Wenn wir in den Nebelfeldern sterben, müssen wir uns keine Gedanken mehr darüber machen.«

Alle starrten Kodaline an, von der wir solche Sprüche am wenigsten erwartet hatten. Langsam ließ sie den Blick schweifen und bemerkte, dass sie angestarrt wurde, woraufhin sie mit dem Kiefer mahlte und hastig auf den Tisch schaute. Raia gluckste belustigt und tätschelte Kodas Hände, die auf dem Tisch lagen. Verwirrt sah sie Raia an, anscheinend überrascht von ihrem Verhalten und sie kräuselte die Lippen.

Khal lachte trocken und nickte. »Sehr richtig, Koda.«

»Na, dann hätten wir das ja geklärt.« Ich lehnte mich zurück und legte den Arm auf Kodas Stuhllehne. Sie sagte nichts, aber mir entging Nathaniels tobender Blick natürlich nicht. Es amüsierte mich.

Der Kellner kam und brachte uns Käse, Dattelbrot, Trauben und eine Portion getrocknetes Fleisch. Göttlich.

Dazu reichte er uns noch kleine Teller und eine Flasche Kutpan.

Koda verzog das Gesicht und stöhnte angeekelt. »Den könnt ihr gern austrinken, ich verzichte.«

Wir prusteten los, bis auf Nathaniel. Er konnte nicht wissen, warum uns die Aussage so amüsierte. Aber seit unserer kurzen Trennung verhielt er sich noch seltsamer als vorher. Noch distanzierter und mürrischer.

Koda stopfte sich eine Handvoll Trauben in den Mund. Der Saft quoll ihr beim Kauen aus einem Mundwinkel, doch es kümmerte sie wenig und sie wischte ihn sich einfach mit dem Ärmel ab. Unwillkürlich verzogen sich meine Lippen nach oben. Es hörte sich schnulzig an, aber bisher hatte ich keine Frau wie sie getroffen. *Natürlich denkst du das! Über jede!*

»Worauf müssen wir uns also einstellen?«, fragte Nathaniel schließlich.

»Auf den Tod«, antwortete Raia simpel.

Das nannte ich Zuversicht.

29
CAYDEN

»Das ist der Enthusiasmus, den ich hören will«, erwiderte ich an Raia gerichtet. Sie legte den Kopf schief und sah mich frustriert an. Als fragte sie sich, warum ich nicht mal den Mund halten und meine blöden Bemerkungen für mich behalten konnte. Tja, es ging einfach nicht.

Koda leckte ihre Finger ab. Wie gebannt schaute ich ihr zu und stellte mir vor, dass es meine Zunge wäre … Plötzlich bekam ich einen Ellbogen in die Rippen und zuckte zusammen. Koda funkelte mich an, weil sie anscheinend ahnte, was mir durch den Kopf ging.

»Dort liegen die Knochen Hunderter Toter«, fing Khalees an zu erzählen.

Das lenkte Koda zum Glück von mir ab, die sich sofort zu Khal wandte. Sie stützte den Kopf in die Hände und setzte ihr Puppengesicht auf, das ich so faszinierend wie bezaubernd fand. »Wirklich?«

»Es gibt eine Legende, die von einer Pilgerreise erzählt. Ein Königspaar pilgerte einst mit ihrem Gefolge zum nahe gelegenen Schrein der Erdgöttin Rigani Devi, auch große Mutter genannt. Da sich die Pilger nicht angemessen verhalten haben, wurden sie vom Zorn der Erdgöttin getroffen. Andere sehen die vielen Gebeine als die Überreste einer Armee oder einer Gruppe von Siedlern, die zeitgleich in einem schweren Sturm umgekommen sein sollen.«

Spöttisch schnalzte ich mit der Zunge. »Beides tragisch. Aber ich würde, glaub ich, den Tod durch eine Göttin vorziehen, als einen öden Sturm.«

»Gut, dass wir das geklärt haben«, entgegnete Koda. »Es leben also Untote dort?«

»Angeblich nicht nur die. Das kann niemand mit Gewissheit sagen, doch wir werden es schon bald sehen.«

Koda kaute wieder an ihrer Lippe und ich biss mir auf die Zunge. Es machte mich wahnsinnig, dass es eine unwillkommene Wirkung auf mich hatte.

»Ich würde vorschlagen, wir brechen morgen bei Dämmerung auf.« Raia sah uns reihum an. Alle nickten. »Und ich werde gleich bestimmt wie ein Stein umfallen und schlafen wie eine Tote. Labu Noctar.« Raia ging hinter uns entlang in den rückseitigen Bereich der Taverne und nahm die Treppe nach oben zu den Zimmern.

Auch Khal stand auf. »Labu Noctar. Wir sehen uns morgen. Hier sind noch eure Schlüssel.« Er legte zwei Zimmerschlüssel auf den Tisch, verbeugte sich kaum merklich und ging ebenfalls Richtung Treppe.

Nathaniel hatte sich auch erhoben und blickte erst mich abschätzend an, dann sah er zu Koda. Kalt und emotionslos. Was stimme denn jetzt wieder nicht? »Da ihr ja schon so viel Zeit miteinander verbracht habt, macht es euch bestimmt nichts aus, euch ein Zimmer zu teilen. Also wünsche ich euch eine gute Nacht.«

Überrumpelt öffnete Koda den Mund, streckte den Arm nach ihm aus. Doch ehe sie etwas sagen konnte, schnappte er sich einen der Schlüssel und verschwand einfach. Was zum …? »Nate, warte doch.«

Er reagierte nicht auf sie und lief weiter. Sie machte

Anstalten, aufzuspringen, hielt aber mitten in der Bewegung inne und setzte sich wieder. Die Lippen fest zusammengepresst, ehe sie schwer schluckte. Fahrig strich sie sich eine Haarsträhne ihres roten Schopfs hinters Ohr. Ich wollte etwas sagen, aber nichts kam heraus. Vielleicht aus Angst, etwas Falsches zu sagen. Ihr fiel es sichtbar schwer, die Tränen zurückzuhalten. Mit einem Räuspern überspielte sie, dass sie mit den Fingern über ihre Wangen strich und drehte sich halb zu mir, ein gekünsteltes Lächeln auf den Lippen.

»Perfekt. Ich werde dann schon mal in *unser* Zimmer gehen.«

»Koda …« Abwehrend hob sie die Hand, schüttelte den Kopf und nahm den letzten Zimmerschlüssel. Dann eilte sie hinter mir entlang und ich sah noch, wie sie mit gesenktem Blick die Treppe hinaufstieg.

Also gut, ich würde mir Nathaniel vorknöpfen. Von mir aus konnte er *mich* mies behandeln, von mir aus mit Dreck bewerfen, aber dafür konnte Koda doch nichts. Zorn stieg heiß in mir hoch, sogar meine Finger kribbelten. In wütenden Gedanken wanderte mein Blick in den vorderen Bereich der Taverne, da sah ich direkt in die Augen des Dicken mit der platten Nase. Sofort drehte ich mich weg. Vielleicht hatte er mich nicht erkannt. Hoffentlich hatte er das nicht.

Mit Herzklopfen sprang ich auf, lief schnurstracks zur Treppe und nahm zwei Stufen auf einmal. Es müsste Zimmer Nummer Elf sein, wie ich eben auf dem Schlüssel gelesen hatte. Sollte ich vielleicht bei Khal klopfen? Doch ich wusste seine Zimmernummer nicht. Also bewegte ich mich langsam bis ganz hinten durch und blieb vor der Tür mit besagter Zahl stehen. Ich atmete tief durch und klopfte leise an. Die Tür öffnete sich einen Spalt und ich wartete ein paar Sekunden, bevor ich das Zimmer betrat. Aus irgendeinem Grund bekam ich Herzklopfen und wischte mir nervös die Hände an der Hose ab. Koda saß auf dem Bett, das Kissen an ihre Brust gedrückt und ich bekam noch mit, wie sie sich über die Wange wischte. Ich seufzte schwer. Vielleicht war jetzt ein guter Zeitpunkt.

Langsam und vorsichtig ging ich um das Bett herum, das an der rechten Wand stand. Als läge vor mir ein wildes Tier, das ich nicht durch schnelle Bewegungen verscheuchen wollte. Vom Bett blickte sie zu mir hoch, während ich in den Beutel griff und ihr das in braunes Papier eingeschlagene Bündel gab. Skeptisch betrachtete sie es, als sie es annahm und sah mich dann mit hochgezogener Augenbraue an.

»Keine Angst«, sagte ich. »Du kannst es ruhig aufmachen, es passiert nichts Schlimmes, versprochen.« Demonstrativ hielt ich eine Hand hoch, legte die andere auf mein Herz als Ehrenzeichen. Dann löste sie die Kordel und wickelte das Bündel aus.

»Wehe, du machst wieder einen deiner idiotischen Scherze, über die nur …« Kodas Augen weiteten sich und sie hob ihren Kopf. Schaute mich mit ihren durchdringenden grünen Augen an. »Ist das dein Ernst?«

»Aber sicher«, antwortete ich und blickte sie aufmunternd an. »Wenn es um Metalle und Edelstoffe geht, mache ich keine Scherze.«

Koda schmiss das Kissen zur Seite und hüpfte vom Bett, während sie quiekende Laute von sich gab. Ich glaubte, vor Begeisterung. Schwungvoll nahm sie mich in den Arm, sodass ich kurz schwankte und mir die Luft wegblieb. Bevor ich reagieren und die Arme um sie schließen konnte, löste sie die Umarmung. Verdammt!

»O´Jeminh, Cayden. Er ist wunderschön.« Ihre Augen strahlten, ihre schönen geschwungenen Lippen bildeten ein noch schöneres Lächeln. Der Dolch hatte eine glatte und eine gewellte Seite, der Griff erinnerte an einen Schnabel und dessen Ende an Schwingen eines Greifvogels, sodass er gut in der Hand lag. Langsam ließ sie den Dolch sinken, ihr Lächeln verblasste. Und auf einmal liefen Tränen über ihr Gesicht, viele Tränen. Verdammt, nicht schon wieder!

»Koda, was ist denn?«

»Es ist nur, dass er mir so sehr gefällt. Das ist wahrscheinlich das Problem. Du, derjenige, der sich manchmal so fies benimmt, dass ich dich am liebsten erschlagen würde. Nate und ich hingegen kennen uns, seit wir Kinder waren, wir sind zusammen … oder waren es zumindest. Und ausgerechnet du schenkst mir so etwas Wertvolles.« Aufgebracht wedelte sie mit den Händen herum, und es folgte ein Schluchzer.

Meine Hand legte sich automatisch an Kodas Wange und ich strich mit dem Daumen sanft darüber. Dann vergrub sie das Gesicht in ihren Händen und ließ den Kopf gegen meine Brust sinken. Sakra, wie gern wäre ich mehr für sie als ihr Seelentröster. Doch das ging nicht. Alles, was ich tun konnte, war beruhigend über ihre Haare zu streichen. Mit der anderen Hand fuhr ich über ihren Rücken auf und ab. Meine Muskeln verspannten sich und ich presste meine Kiefer aufeinander. Ich hasste Nathaniel dafür, dass sie wegen ihm so viel weinte. Ich hasste diesen Auftrag, weil ich noch immer nicht wusste, was passieren würde. Ich hasste es, dass mein Leben von diesem Auftrag abhing. Und ich hasste es, was Koda in mir auslöste.

Sachte schob ich sie von mir, woraufhin sie irritiert und mit verheulten Augen zu mir aufsah. »Wir sollten versuchen zu schlafen. Morgen wird es anstrengend und eventuell auch gefährlich.« Erneut streifte ich ihr tröstend über die Wange.

Sie atmete schwer. »Du hast recht«, antwortete sie mit bebender Stimme.

Mit dem Dolch ging sie zum Bett und legte ihn auf das Nachtschränkchen daneben. Einen Augenblick stand sie mit dem Rücken zu mir und bewegte sich nicht. Irritiert ging ich zur anderen Seite des Bettes und drehte mich erneut zu ihr um. Im nächsten Moment packte sie den Saum ihrer Tunika, zog sie sich über den Kopf und warf sie, ohne hinzusehen, auf den Stuhl, der in der Ecke des Zimmers stand. Meine Augen weiteten sich. Nicht, dass ich das nicht gern sah, aber sonst hatte sie immer darauf geachtet, schnell etwas anzuziehen, wenn ich mich in der Nähe befand. Noch mehr überraschte mich allerdings die Tatsache, dass sie gerade anfing, auch ihre enge Lederhose vor mir auszuziehen. Das bestätigte meinen Vorwurf ihr gegenüber, wie viel Mühe sie sich machte, es herauszufordern. Mit einem kurzen Räuspern machte ich auf mich aufmerksam und drehte mich zu dem Fenster, auch wenn es mir wirklich schwerfiel, nicht weiter auf ihren Hintern zu starren. Durch die Spiegelung im Fenster sah ich, wie sie sich kurz zu mir umdrehte, sagte aber nichts. Dann warf sie auch ihre Hose auf den Stuhl und kletterte unter die Bettdecke.

»Hast du nicht gesagt, wir sollten schlafen?«

Jetzt drehte ich mich zu ihr, die Hände in den Hosentaschen. »Habe ich, wieso?«

Sie legte den Kopf schief. »Warum stehst du dann da wie eine Pappel, die Wurzeln geschlagen hat?«

Meine Mundwinkel zuckten. Dann schlenderte ich auf das Bett zu.

Irgendwie fand ich die Vorstellung seltsam, mit ihr in einem Bett zu schlafen. Obwohl wir bereits bei Myrna im Schuppen nebeneinander gelegen hatten, sehr nah. Doch das war ihr bestimmt unangenehm und ungewollt gewesen. Genauso wie jetzt auch. Warum zum Henker fiel es mir so schwer, mich vor ihr auszuziehen? Lächerlich. *Stell dich nicht so an!*

Entschlossen zog ich mir das Hemd aus und legte es auf das Nachtschränkchen auf meiner Seite. Als ich den Bund meiner Hose packte, schaute ich kurz auf, und Kodas Blick, den ich dabei auffing, ließ Hitze in mir aufsteigen. Unbemerkt hatte sie sich auf die Seite gedreht, den Kopf auf ihren Arm gestützt und starrte mich mit einem zuckersüßen Grinsen ungeniert an. »Ich sagte ja, du bist durchtrieben. Du legst es wirklich darauf an, oder?«, fragte ich mit zusammengekniffenen Augen.

Sie lachte herzhaft, drehte sich aber, ohne darauf zu antworten, auf den Rücken und schloss die Lider. Ihre Mundwinkel immer noch zu einem Lächeln verzogen. Wenigstens konnte sie wieder lachen.

***

Die Nebelfelder. Bis jetzt hatte ich mir nichts darunter vorstellen können. Doch nun wusste ich, woher sie ihren Namen hatten. Plötzlich begann eine Nebelbank, als gäbe es eine unsichtbare Barriere davor. Dichter Nebel waberte bereits hüfthoch um uns herum. Die Welt vor uns lag verborgen unter diesem trüben Schleier, so weit wir sehen konnten. Der süßliche Geruch von Verwesung lag schwer in der Luft und eine leichte Woge der Übelkeit überrollte mich. Neben mir würgte Koda, was ich mit Mühe unterdrücken konnte. Raia hatte sich ein Tuch um Mund und Nase gebunden, genauso wie Khal. Clever! Aber sie hätten uns ruhig vorwarnen können.

Nathaniel stand außen neben Khal und blickte finster über das Feld. Seit gestern hatten er und Koda nicht mehr miteinander geredet. Sie hatte gar nicht erst versucht, mit ihm zu reden, sondern hatte sich beim Frühstück demonstrativ neben mich gesetzt, mich freundlich angelächelt und rumgeblödelt. Allerdings hatte sie sich geniert, sich vor mir im Zimmer anzuziehen, bis ich mir das Kissen auf mein Gesicht gelegt hatte, damit ich ja nicht hatte linsen können. Bei ihrem Anblick, in ihrer engen schwarzen Hose, Lederstiefeln, einer grünen Tunika und breitem Taillengürtel, waren mir erneut unanständige Dinge durch den Kopf geschossen.

Ihre neue Waffe steckte nun in der Dolchscheide, die sie mit einer Schlaufe am Gürtel befestigt hatte. Zusammen mit dem Doppelklingenschwert auf ihrem Rücken sah sie jetzt aus wie eine Kriegerin. Eine heiße Kriegerin. Dazu passend trug sie einen fast bodenlangen dunklen Umhang. *Denke an den Auftrag! Denke an den Auftrag!* Mein Gewissen nervte. Irgendeine Verbindung gab es zwischen uns, das wusste ich. Auch wenn ich wusste, dass sie sich beim Frühstück nur so verhalten hatte, um Nathaniel zu ärgern und eifersüchtig zu machen, fühlte es sich dennoch an, wie ein Schlag ins Gesicht. Wahnsinn, ich fühlte mich benutzt, von einer Frau.

»Also«, sagte ich, verschränkte die Arme hinter dem Kopf und streckte mich. »Seid ihr euch sicher, dass wir hierdurch wollen?«

»Jetzt gibt es kein Zurück.« Durch das Tuch über Raias Mund hörte sich ihre Stimme gedämpft an.

Kehlig gepresst klingende Laute drangen vom Feld zu uns herüber. Obwohl mir nicht sonderlich kalt war, fröstelte es mir dermaßen, dass sich meine Nackenhaare aufstellten und auch die Härchen meiner Arme.

»Äh, was für … Wesen gibt es hier eigentlich?«, fragte Koda. Sie hielt sich die Nase zu, weswegen es undeutlich klang.

Khal machte eine ausladende Handbewegung. »Man nennt es auch das Feld der verlorenen Seelen, weil hier all jene umherirren, die von den Erinnyen gejagt und in den Wahnsinn getrieben wurden. Sie sind nicht tot, nicht wirklich. Es sind verrottende Kreaturen.«

Schemenhafte Gestalten schritten im Nebel voran. Tot waren sie nicht, wie Khal sagte, aber sie schlurften mit den toten Gliedern über das Feld. Das Frösteln wurde nicht weniger bei diesem Anblick. Mein Hals trocknete aus, denn sie kamen nicht allein. Mit Grauen beobachtete ich, dass diese Wesen, die eigentlich so gut wie tot waren, die Kolkravenis anlockten. Sie konnten doch keine Macht mehr besitzen, oder? Als ich einen Blick nach oben wagte, wurde ich eines Besseren belehrt. Fünf oder sechs Schatten schossen über uns her, weiter hinten auf dem Feld ertönten ein tiefes Bellen und Heulen. Noch mehr Gesellschaft. Mindestens vierzig oder fünfzig von diesen armen Schluckern, die wegen Wahnsinns zu Grunde gegangen waren, standen zwischen uns und der Königsstadt. Mein Puls schnellte hoch und mein Magen rumorte.

»Mit solch einem netten Treffen habe ich nicht gerechnet«, merkte ich bitter an.

Raia schlug ihren Mantel zurück. »Na gut. Geht am besten einen Schritt zurück.«

Ohne zu fragen, taten wir, was sie sagte. Sie streckte ihre Arme vor sich, schloss murmelnd die Augen und spreizte die Finger. Auf ihren Handflächen züngelte und flackerte es. Langsam zog sie die Arme zurück, um sie nach vorn schnellen zu lassen. Eine Flammensäule schoss aus ihren Händen, die sich einen Weg über das Feld bahnte. Ihre Macht hatte ich bisher nur erahnen können, doch was ich nun sah, war wahrhaftig infernalisch. Bis zum Horizont zog sich eine Feuerschneise, hinterließ nur Asche und Staub. Die Kolkraveni und einige der verrottenden Seelen waren immer noch übrig. Nathaniel kämpfte mit einer dieser Seelen und ich musste leider zugeben, dass er sich nicht dumm anstellte. Doch auch, wenn er ein guter Kämpfer war, waren wir weit entfernt von einer Freundschaft.

Ein stechender Schmerz im Arm ließ mich laut aufschreien und ich drehte den Kopf zur Seite. Die Zähne eines Barghest bohrten sich in meinen Unterarm, er zerrte an mir und wir drehten uns im Kreis. Ich verzog das Gesicht, weil ich das Gefühl hatte, mein Arm würde abgerissen. Das Blut tränkte mein Hemd und färbte es in ein dreckiges Braun. Wo war er so schnell hergekommen? Er hatte sich vollkommen geräuschlos angeschlichen. Verdammt, ausgerechnet der rechte Arm. Mühsam zog ich mit meiner linken Hand das Schwert und schlug dürftig gegen den Kopf des Barghest. Er jaulte auf und ließ von meinem Arm ab, woraufhin ich erleichtert stöhnte. Mit einem Hieb versuchte ich ihn zu treffen, aber er sprang zu schnell zurück und rannte davon. Mein Arm pochte und die Bisswunden brannten, doch es war mir in diesem Moment egal. Mir wurde bewusst, dass ich Koda aus den Augen verloren hatte. Ich steckte das Schwert ein, damit ich mit einer Hand auf die Wunde drücken konnte, und ließ den Blick schweifen. Hinter mir auf dem Feld sah ich sie.

Mir klappte der Mund auf und ich wich unweigerlich einen Schritt zurück. Den Schmerz in meinem Arm vergaß ich völlig. Mit ausgebreiteten Armen stand sie auf einer kleinen Anhöhe, keine zehn Schritte von mir entfernt, trotzdem schien es, als wären wir tausend Mittar voneinander getrennt. Ihr schwarzer Umhang wirbelte um ihren Körper wie ein Schwarm hungriger Kolkras. Je länger ich das Durcheinander um sie herum beobachtete, desto mehr meinte ich, es wären tatsächlich Kolkras. Was mich allerdings zurückweichen ließ, waren Kodas Augen. Sie hatten nicht mehr das leuchtende, intensive Grün, sondern funkelten nun schwarz mit einem blauen Schimmer. Der Wind nahm zu und beim Blick in den Himmel beobachtete ich, wie die Wolken anfingen, sich in einer Spirale zu drehen. Ein ohrenbetäubendes Kreischen ertönte und ich hielt mir die Ohren zu. Noch ein anderer Schrei erklang, kräftig und dunkel. Dann nahm ich Flügelschläge wahr und da dämmerte es mir. Mein Herz trommelte gegen die Rippen. Sakra!

Ich löste den Blick von Koda und wandte mich den Bergen zu, und sah eine Harpyie. Sie flog auf uns zu in einer Geschwindigkeit, die ich noch nie erlebt hatte. Verdammte Scheiße!

30
KODALINE

Während das Mädchen um die Ecke bog, hörte sie jemanden schreien. Es war ihre Mutter, da war sie sich sicher. Sie beschleunigte ihre Schritte und irgendwann rannte sie durch die Gänge. Hinter jeder Ecke hoffte sie, auf ihre Mutter zu stoßen. Das Mädchen fing an zu weinen, weil sie sich so allein fühlte und endlich ihre Mutter finden wollte. Irgendwann sah sie ein Licht, das nicht von den Fackeln stammte, und den Gang erhellte. Sie trat ins Freie, wo sie vom strahlenden Mondlicht begrüßt wurde, nichtahnend, dass es so hell leuchten konnte. Plötzlich packte sie jemand am Arm und sie schrie vor Schreck laut auf. Aus Verzweiflung biss sie demjenigen in die Hand und ebenjener ließ fluchend los. Dann lief das Mädchen durch die Nacht, so schnell sie konnte.

Die ganze Zeit hielt ich den Blick auf das Nebelfeld gerichtet, auf die friedlosen Seelen und die Schattenwesen. Ohne dass ich das Zeichen der Adhair berührt oder eine Beschwörung gesprochen hatte, war die Harpyie erschienen. Ihr starkes Flügelschlagen und ihr Kreischen drangen laut zu mir. Irgendetwas musste mit mir passiert sein, nicht nur weil ich die Fennôl nur mit meinem Willen rufen konnte, sondern auch, weil die anderen mich so schockiert ansahen. Sogar die Energie der Kolkraveni spürte ich und ich schloss die Augen, genoss das Gefühl von Macht.

Ein Befreiungsschlag aus dem Gefängnis in meinem Inneren, das mich seit meiner Kindheit festhielt. Langsam schaute ich mich um. Es kamen immer mehr verlorene Seelen und eine griff Cayden gerade an. Ich zückte mein Schwert und hielt die Klinge etwas nach oben gerichtet, sodass sie einen Sonnenstrahl reflektierte und gegen die Seele lenkte. Die Kreatur schloss kreischend die Augen und hielt sich die verrotteten Hände vors Gesicht. Diesen Augenblick nutzte Cayden und führte die rechte Hand über das Erdzeichen an seinem linken Handgelenk und murmelte die Beschwörungsworte. Das Zeichen der Talami bestand wie alle Symbole der Elfennôl aus drei Spiralen. Sie formten eine Baumkrone, umschlossen von einem Dreieck.

Im nächsten Moment ertönten ein donnerndes Grollen und ein Knurren, so tief, als käme es aus dem Schlund der Unterwelt. Alles wurde in finsteren Rauch gehüllt. Auf einem Hügel links von mir bemerkte ich etwas. In der dunklen Wolke erschienen leuchtend gelbe Augen, ein riesiges Maul entblößte messerscharfe Zähne. Eine monströse Pfote mit langen Klauen trat hervor, dann die andere, gefolgt von einem gewaltigen muskulösen Körper mit pechschwarzem Fell. Bei dem Anblick erschauderte ich und es kroch mir kalt den Rücken herunter. Überwältigend stieß ich die Luft aus und bemerkte erst da, dass ich sie angehalten hatte.

Der Fenrir heulte so laut auf, dass der Boden bebte, ehe er sich in Bewegung setzte. Seine ungeheure Größe minderte keinesfalls seine Schnelligkeit. Noch im Laufen schnappte er sich mehrere Seelen mit dem riesigen Maul und schleuderte sie durch die Luft, sodass die Körper durch die Wucht zerfetzt wurden. Daneben schnappte sich eine Harpyie ebenfalls eine Seele, flog mit ihr in die Lüfte und zerriss sie in zwei Teile.

Blut spritzte und Gedärme fielen vom Himmel. Angewidert verzog ich das Gesicht und schüttelte mich. Mir war nicht bewusst gewesen, wie stark Harpyien in Wirklichkeit waren. Jetzt würde ich den Himmel noch besser beobachten.

Was mir jedoch bewusst wurde, war, dass bis jetzt kein Kolkraveni versucht hatte, mich anzugreifen. Wie schon auf dem Vosnari-Pass verschonten sie mich oder gingen mir sogar aus dem Weg. Das sollte mir Angst machen, aber das Gefühl der Macht war einfach so unbeschreiblich, dass es mich nicht kümmerte. Einer jedoch griff den Fenrir an, versuchte, sich mit seinen klauenartigen Fingern an ihm festzukrallen, und biss seine scharfen, spitzen Zähne in die Schulter. Die riesige Kreatur stürzte und begrub den Kolkraveni und einige Seelen unter sich. Wenigstens nahm er so viele mit, wie möglich.

Erneut ließ ich den Blick über das Geschehen schweifen und entdeckte Nate ungefähr zwanzig Mittar von mir entfernt. Umzingelt von Seelen und einem Kolkraveni, der schon seine Klauen ausgefahren hatte und Nates Arm packte. Sekunden später schrie er los. Ohne lange nachzudenken, griff ich in den unter meinem Gürtel versteckten Beutel und holte eine Magiekugel heraus. Auch wenn die Kolkraveni ohnehin schon da waren, glaubte ich nicht, dass ich diese Art der Magie ohne Hilfe nutzen konnte. Mit aller Kraft warf ich die Kugel zu Boden und sie zerbrach. Der helle Rauch schwebte kurz über dem Feld, vermischte sich mit dem Nebel, bevor er dann wie von einem Schwamm in die Erde gesogen wurde. Wo hattest du die Magiekugeln nur her, Amâir?

Der Boden vibrierte und alle hielten in der Bewegung inne und starrten nach unten. An der Stelle, wo die Kugel zerbrochen und der Rauch aufgesogen worden war, riss die Erde auf. Ein kleiner Spalt öffnete sich, bahnte sich einen Weg durch den festen Grund in die Richtung, wo der Kolkraveni Nate gepackt hielt. Immer weiter, Stück für Stück brach der

Boden unter ihnen weg, riss alles in die Tiefe. Der Kolkraveni ließ von Nate ab und löste sich kreischend in einem
Schattenschleier auf, doch der Erdboden unter Nate hielt
und er stand jetzt nur noch auf einem kleinen Fleck Erde.
Er drehte sich einmal um sich selbst, um zu prüfen, was
passiert war, und schaute dann mit fassungslosem Gesicht
zu mir. Ratlos zuckte ich mit den Schultern. *Das war ich
nicht selbst, sondern die Magiekugel*, sagte ich in Gedanken
zu ihm. Aber das andere …

Das Echo der Magie hallte im Puls an meinem Hals,
meinen Handgelenken und Knöcheln nach und mein Herz
pochte heftig in meiner Brust. Langsam verschwand dieses
Prickeln und das Gespür für meine Gliedmaßen kehrte
zurück.

Der Fenrir hatte sich aufgerichtet und jagte die übrig-
gebliebenen verlorenen Seelen. Die Harpyie hatte sich, dem
blutverschmierten Maul und Krallen nach zu urteilen, offensichtlich sattgefressen, und flog kreischend davon. Sofort
lösten sich die Stürme am Himmel auf.

Khalees rannte zu Nate, um ihn wieder auf die andere
Seite zu holen. Zur gleichen Zeit kamen Raia und Cayden
auf mich zugelaufen.

»Beim vefluchten Heiligen …?« Mehr bekam Raia nicht
heraus.

»In mir steckt wohl doch ein Elfennôl«, bemerkte ich
sarkastisch.

Raia musterte mich argwöhnisch. »Dabei habe ich dir
diesmal gar keinen Arschtritt verpasst. Also was ist passiert?«

»Geht es dir gut?«, fragte Cayden aufgebracht, ehe ich
Raia antworten konnte.

Verwirrt runzelte ich die Stirn. »Warum sollte es mir
nicht gut gehen? Sehe ich nicht so aus? Ich fühle mich etwas
aufgewühlt, aber …« Dieses Gefühl, während die Magie
mich durchströmt hatte, konnte ich nicht beschreiben.

Doch irgendetwas stimmte nicht und instinktiv streifte ich unter meiner kitzelnden Nase entlang und schaute auf meine Hand, auf meine roten Finger. Ehe ich begriff, was passierte, schwankte ich zur Seite und meine Beine knickten um wie Eschenhölzchen, doch Cayden stützte mich.

»Nein, du siehst nicht gut aus und dir geht es auch nicht gut.«

Benommen blickte ich zu Cayden hoch, der seinen Arm um meine Taille legte und meinen Arm um seine Schultern. Beleidigt kniff ich die Augen zusammen und sah ihn giftig an. Sofort zuckte ein Mundwinkel von ihm nach oben. Ein genervtes Stöhnen von Raia holte mich aus den Gedanken zurück.

»Kannst du laufen?«, fragte sie.

Zögernd nickte ich, denn sicher war ich mir da nicht, aber ich wollte keine Last sein. Ständig beweisen zu müssen, dass ich es verdient hatte, hier zu sein, strengte mit der Zeit an.

»Sie muss sich ausruhen«, beharrte Cayden.

Raia brummte. »Sie hat doch gesagt, sie kann laufen.«

»Vielleicht sagt sie das auch nur so. Ist dir ihr Nasenbluten nicht aufgefallen? Außerdem hat sie nur genickt.«

»Sie ist schon groß, das kann sie wohl gut selbst einschätzen.«

Meine Augen huschten von Cayden zu Raia und zurück. Heiliger Dûwal, mir wurde schwindelig.

»Hier alles in Ordnung?«

Blinzelnd fixierten meine Augen Khalees, der mir gegenüber stand, und Nate, der mürrisch aussah, wie so oft in letzter Zeit. Was war nur in den Tagen geschehen, als er allein vorausgegangen war? Wie konnte das mit uns so schiefgehen?

»Ja, alles gut«, murmelte ich. Wieso machten alle so einen Wirbel darum?

»Nichts ist gut.« Nates Stimme versetzte mir einen Stich, so kalt klang sie. »Was bei den Vanden ist da gerade passiert,

Koda? Seit wann hast du diese Fähigkeiten?«

Ich löste mich von Cayden und zuckte mit den Schultern.

»Keine Ahnung …« Das konnte ich wirklich nicht sagen. »Etwas in mir sagte, ich sollte es tun … und ich tat es. Ohne nachzudenken, ob ich es kann.«

Nate musterte mich. »So sah das aber nicht aus.«

Dass er mir nicht glaubte, konnte ich ihm nicht mal verübeln. Er fühlte sich bestimmt grässlich und verraten, auch wenn ich nichts dafür konnte.

»Deine Augen …«, sagte nun Cayden.

»Was ist mit meinen Augen?« Alle sahen plötzlich besorgt aus, als ich in die Runde blickte. Khalees wollte etwas sagen, schloss den Mund aber wieder. Mein Puls beschleunigte sich.

»Sie sind … waren … dunkel und funkelnd«, stammelte Raia.

Verwirrt schüttelte ich den Kopf. »Dunkel? Wovon redet ihr denn da?«

»Schwarz, Koda. Deine Augen waren schwarz.« Nates Blick durchbohrte mich und mir sackte das Herz zu Boden. »Wie die der Kolkraveni.«

Alle Geräusche verstummten, noch nicht einmal die Atemzüge der anderen nahm ich mehr wahr. Das konnte unmöglich sein! Es musste eine logische Erklärung dafür geben. Aber welche? Es konnte nicht sein …

Ein Arm bewegte sich vor meinen Augen hin und her. Ich blinzelte und starrte Cayden an. Er ließ den Arm sinken, da fiel mir der dunkle Fleck auf seinem Ärmel auf. Sofort packte ich sein Handgelenk, ohne weiter über die Behauptungen nachzudenken. »Was ist passiert? Bist du schwer verletzt?«

Nate schnaubte augenblicklich, drehte sich weg und entfernte sich von uns. Ungläubig schüttelte ich den Kopf. Wieso reagierte er so? Schließlich hätte ich das auch jeden anderen gefragt. Raia legte ihre Hand auf meine Schulter und drückte sie kurz. Niemals hätte ich gedacht, dass sie mich einmal unterstützte, wenn man es so nennen konnte. Cayden räusperte sich, da bemerkte ich, dass ich noch immer sein Handgelenk festhielt. Schnell nahm ich die Hand herunter. Es war zu viel. Zu nah. Verdammt, Nate und ich mussten dringend reden.

Cayden drehte seinen Arm. »Es ist nicht schlimm.«

Aber ich glaubte ihm nicht und verwarf meine zuvor selbst auferlegten Verhaltensregeln gegenüber Cayden, da ich nicht wollte, dass er verblutete oder eine Infektion bekam. Seufzend griff ich nach seinem Handgelenk und schob den Ärmel hoch. Meine Stirn runzelte sich und ich warf Cayden einen bösen Blick zu, der theatralisch die Augen verdrehte.

»Ist es doch. Die Bisse sind tief.« Ich senkte den Kopf und kniff die Augen zusammen. Was zum Diaful …? Mit Zeigefinger und Daumen holte ich etwas Vergilbtes aus einer Wunde und hielt es vor ihm hoch, auch wenn es mich ekelte. »Willst du raten, was das ist?«

»Igitt, weg damit.« Er verzog das Gesicht wie eine verschrumpelte Stachelknolle und schlug mir das Stück Zahn aus der Hand.

»Die Wunden müssen gereinigt werden. Auf dem Weg sollten wir nach Coakum Ausschau halten.«

»Dann sollten wie schleunigst von diesen verfluchten Feldern verschwinden«, schimpfte Raia.

Wir nickten zustimmend und setzten uns in Bewegung.

***

Nachdem wir die Nebelfelder hinter uns gelassen hatten, fanden wir zum Glück schnell dreiblättriges Coakum. Cayden kannte sich, außer mit Schnittblatt, überhaupt nicht mit Kräutern aus, was sich wieder zeigte, als er giftiges Bittersüß pflückte. Die kleinen länglichen Blätter erinnerten an Minze, was schon zu vielen Unfällen geführt hatte. Wenn die Symptome nicht innerhalb von ein paar Stunden nach dem Verzehr behandelt wurden, konnte es tödlich enden. Da half auch kein Coakum, sondern man benötigte einen Trunk mit Stachelknolle. Wir rasteten kurz, damit ich das Coakum mit etwas Wasser zerreiben konnte. Während ich die feuchte Masse auf Caydens Arm verteilte, schnappte er hörbar nach Luft und schrie vor Schmerzen. Dabei gab er sonst immer vor, so ein harter Kerl zu sein.

»Deinem Gesichtsausdruck nach zu urteilen, gefällt es dir, mich zu quälen oder täusche ich mich?«, fragte er und biss sich in die Faust, da es wohl immer noch brannte. Tatsächlich lächelte ich. Er bedachte mich mit einem rachsüchtigen Blick, doch mit amüsiertem Funkeln in den Augen. Wir näherten uns bereits dem Süd-Osten des Landes und entschieden uns dazu, an der Küste entlang nach Kôsumitra zu reisen, also gingen wir weiter Richtung Osten. Diese Zeit wollte ich nutzen, um mit Nate zu sprechen. Eigentlich sollte es völlig normal sein, wir hatten immer über alles reden können. Warum fiel es mir jetzt so schwer? Ich atmete noch einmal tief durch und verlangsamte meinen Schritt, um mich bis zu ihm zurückfallen zu lassen. Kurz sah er mich an und schien genervt zu sein.

»Wir sollten uns mal unterhalten«, sagte ich geradewegs. Er erwiderte nichts und ich seufzte. »Du hast mir keine Gelegenheit gegeben, diese Sache mit Cayden zu erklären.« Schnaubend marschierte er weiter. In dem Versuch, die Fassung zu wahren, ballte ich die Fäuste und presste die Kiefer aufeinander. »Hör doch zu, Nate! Es ist nichts passiert. Und ja, es sah wahrscheinlich nicht so aus, aber der Grund, warum wir auf dem Boden lagen …«

»Der Grund ist mir egal«, brummte er und unterbrach mich.

»Verdammt, was ist los mit dir, Nate? Seit wir in Asgûla sind, benimmst du dich so seltsam. Das bist doch nicht du.

Mit Cayden war nichts, und hättest du mir mal zugehört, hätten wir das längst klären können. Ich habe dich nicht betrogen, es war ein Missverständnis.«

Jetzt seufzte er gequält und sah betrübt geradeaus.

»Die letzten Tage waren nicht einfach. Mir war klar, dass du mich nicht betrügst, aber anscheinend habe ich den Verdacht als Vorwand benutzt, um auf Abstand zu gehen. Immerhin scheinst du ihn gern zu haben und das macht mich eifersüchtig.«

Nachdenklich rieb ich mir über die Stirn. »Tut mir leid, das war nicht meine Absicht. Wieso wolltest du mich auf Abstand halten?«

»Mir gingen viele Dinge durch den Kopf und ich muss mir über einiges klar werden. Aber das kann ich dir nicht erzählen, noch nicht.«

Ein Stich in meinem Herzen ließ mich unmerklich zucken.

»In Ordnung«, sagte ich mit gesenktem Blick. Obwohl ich nichts verstand.

»Ich habe übrigens auch herausgefunden, wo meine Mutter ist.«

Ich riss den Kopf hoch. »Wirklich? Das ist toll, Nate, und wo ist sie?«

Einen Augenblick schaute er in die Ferne. »Nun ja, auf dem … Friedhof in Sujet. Dort liegt sie schon seit vierzehn Jahren.« Er klang resigniert.

Mein Mund trocknete aus. »Verdammt, Nate … es tut mir so leid. Ich wollte nicht …«

Unbedeutend winkte er ab. »Schon gut, Koda. Der Schuldige wird seine Strafe noch bekommen.«

Bei der Art, wie er redete, wurde mir mulmig. »Du weißt, dass sie jemand ermordet hat?«, fragte ich vorsichtig.

»Das weiß ich in der Tat, ja.« Auf seinen Lippen zeichnete sich ein Lächeln ab und er sagte es derart zufrieden, als lösten wir gerade ein Rätsel, statt über den Mord an seiner

Mutter zu reden.

»Und das freut dich?« Bevor ich die Worte zurückhalten konnte, hatte ich sie ausgesprochen. Aber sein Verhalten konnte ich nicht nachvollziehen.

Er warf mir einen Seitenblick zu. »Dass meine Mutter schon über ein Jahrzehnt verrottet und ich mich nicht von ihr verabschieden konnte? Wohl kaum.« Seine Stimme hatte einen eisigen Unterton. »Aber es freut mich wirklich, zu wissen, dass ihr Tod bald gerächt wird.«

»Nate«, sagte ich, hielt ihn am Handgelenk fest und stellte mich vor ihn. Seit langer Zeit sahen wir einander wieder an wie in Fabula, und ich blickte in seine haselnussbraunen Augen. Sah darin den alten Nate, den netten Jungen, der immer für mich da war und keinem etwas Böses wollte. Seine Hand hob sich und berührte mein Gesicht, seine Finger streiften über meine Wange und ich schloss für einen Moment die Augen. Dann spürte ich seine Lippen auf meinen und mein Herz trommelte. Ein zärtlicher, leidenschaftlicher Kuss entfachte und er drückte mich dabei an sich. Wärme floss durch meine Brust und den Rest meiner Glieder. Er presste meinen Körper so stark an sich, dass ich kaum Luft bekam. So leidenschaftlich und verlangend der Kuss auch sein mochte, fühlte es sich doch an wie ein Abschiedskuss. Deswegen schnürte sich meine Brust qualvoll zusammen.

Langsam lösten wir uns voneinander und er verschränkte seine Finger mit meinen. Noch einmal schaute er mich mit dem liebevollen Blick an wie damals auf dem Cynheai und ich hatte die Hoffnung, dass es zwischen uns wieder so sein würde. Dann sah er über mich hinweg und seine Mimik veränderte sich schlagartig. Sie wurde kalt und abschätzend. Stirnrunzelnd folgte ich seinem Blick und mein Puls beschleunigte sich. Cayden stand einige Mittar von uns entfernt auf einem Hügel.

Selbst von hier aus konnte ich den Blick aus seinen

eisblauen Augen auf mir spüren, ehe er sich finster auf Nate richtete.

»Beeilt euch. Wir wollen vor Sonnenuntergang in der Stadt sein.«

Ich drehte mich wieder zu Nate um und mein Herz raste bei seinem Anblick. Ungläubig musterte ich sein Gesicht, seine Lippen, die von einem berechnenden Grinsen umspielt waren. Er schien zu merken, dass ich ihn ansah, blinzelte ein paar Mal und seine Züge waren wieder die von Nate. *Was ist nur los, das du mir nicht erzählen willst?*

Er wollte etwas sagen, schloss den Mund aber unverrichteter Dinge. Seufzend wandte ich mich zum Gehen, und er folgte mir wortlos. Cayden hatte zu Raia und Khalees aufgeschlossen. Mir schwirrte der Kopf bei all den unerwarteten Vorkommnissen, mein Blick schweifte nach links zur Küste, an der die Meeresbrandung hart gegen die Felsen prallte und die weiße Gischt explosionsartig in die Höhe schoss. So aufgewühlt, tobend und ungezügelt wie die See, so fühlte ich mich inzwischen.

31
KODALINE

»Diese Reise ist wohl sehr aufwühlend für dich.«

Vor Schreck zuckte ich zusammen und legte eine Hand auf mein rasendes Herz. Raia lief auf einmal neben mir her, die Hände hinter dem Rücken verschränkt. Sie lächelte mitfühlend. So kannte ich sie gar nicht.

Zynisch schnaubte ich. »Das ist noch untertrieben.«

»Weißt du, dass ich jetzt eigentlich schon verheiratet wäre?«

Mein Kopf fuhr zu ihr herum und meine Augenbrauen zogen sich nach oben. »Woher sollte ich das wissen? Und mit wem?«

Sie sagte nichts, sondern schmunzelte nur geheimnisvoll und ich folgte ihrem Blick nach vorn, wo Khalees und Cayden vorangingen. Cayden konnte sie nicht meinen, hoffte ich zumindest. Nein, das wäre mir auch egal! Aber dann meinte sie … »Nein! Khalees?« Mir blieb der Mund offen stehen. Ein für sie untypisch befangenes Lächeln beantwortete meine Frage. »Aber ihr seid nicht … oder?«

»Nein, ich habe mich geweigert. Das war vor zwei Jahren, da war ich gerade mal einundzwanzig. Für meine Eltern schien diese Ehe richtig zu sein, weil sie einen Wai in der Familie haben wollten. Aber ich wollte keinen fremden Mann heiraten und allein meine Familie unterstützen. Ich fühlte mich verletzt, dass ihnen meine Fähigkeiten nicht genügten.«

Ich konnte mir gar nicht vorstellen, wie es war, von den eigenen Eltern so unter Druck gesetzt und zur Heirat gezwungen zu werden.

»Du musst wissen, die Shiolteki sind ein stolzes Volk.«

Also hatte ich recht mit meiner Vermutung, dass sie aus dem Norden stammte, genau wie Khalees.

Raia schaute zu Boden. »Sie wollten mich verheiraten, doch ich blieb ebenso stur und sagte nein. Daraufhin wurde ich aus der Familie verstoßen.«

»Was? Weil du nicht schon mit einundzwanzig heiraten wolltest, auch noch einen Mann, den du nicht kanntest, wurdest du verstoßen? Wie schrecklich! Das tut mir leid, Raia.«

»Ich kann ihnen wahrscheinlich nie verzeihen, aber mittlerweile bin ich darüber hinweg. Trotzdem denke ich oft, wenn ich damals anders gehandelt hätte …« Sie zuckte mit den Schultern.

Ich runzelte die Stirn. »Was meinst du?«

»Verehre die Wege der Vorsehung auch da, wo sie deinen trüben Augen oft ungerecht erscheinen.«

Weil ich sie vermutlich anstarrte, als spräche sie eine fremde Sprache, lachte sie amüsiert. Sie hatte ein wirklich schönes Lachen und sollte es öfter benutzen.

»Das heißt, manchmal sollte man die Dinge einfach akzeptieren, auch wenn sie einem ungerecht vorkommen, oder du Gefühle hegst, die du eigentlich nicht haben solltest. Halte dich nicht mit Fragen auf, die nicht beantwortet werden können.«

Noch immer unsicher, ob ich ihre Worte richtig deutete, wanderten meine Augen automatisch zu Nate und dann zu Cayden. Meinte sie etwa, sie wäre heute froh, wenn sie sich anders entschieden hätte?

»Bereust du es, weil sie dich deshalb verbannt haben?«

Sie schüttelte ihre schneeweißen Haare. Wieder schaute sie zu Khalees. Meine Augen weiteten sich, als ich begriff und meine Lippen verzogen sich zu einem breiten Grinsen. Raia bemerkte es und legte einen Zeigefinger auf ihren Mund.

Meine Augenbrauen zuckten überrascht hoch. »Er weiß es nicht?«

»Nein, und das soll auch erst mal so bleiben.« Ein drohender Blick traf mich.

»Für einen Feigling hätte ich dich nicht gehalten«, neckte ich sie. Dafür bekam ich gleich einen Fausthieb gegen die Schulter und rieb mir sofort die schmerzende Stelle. Wir sahen uns an und brachen gleichzeitig in Gelächter aus. Was so verdammt guttat. Vor allem hätte ich nie gedacht, mit Raia mal so herzhaft zu lachen, so laut, dass sich alle anderen nach uns umdrehten. Ihr Lachen verblasste, als sie auf mein Dekolleté sah. Ich folgte ihrem Blick und sah an mir herunter. Der Stein an meiner Halskette war nicht mehr türkis, sondern schwarz. Mein Herz machte einen Satz.

»Seltsam. Diese Farbe hatte der Stein noch nie.«

»Es sind einige Veränderungen an dir bemerkbar, was aber dein Wesen nicht unbedingt zu ändern vermag.«

Hoffentlich hatte Raia recht, denn ich hatte keine Ahnung, was alles zu bedeuten hatte.

Wir näherten uns einem kleinen Wald mit riesigen Dämmerweiden und springenden Pappeln. Es raschelte und knackte, weil die Bäume sich bewegten. Ein sentimentaler Singsang wurde vom Wind aus dem Wald zu uns herüber-getragen. Sofort blieb ich stehen, um genauer hinzuhören. Wieder ertönte eine Abfolge von höheren und tieferen Rufen, was einem Gesang nahekam. »Bei den Vanden«, flüsterte ich und bekam Herzklopfen.

Raia drehte sich zu mir und auch die anderen blieben stehen und drehten sich um.

»Wisst ihr, was das ist?«, fragte ich.

Khalees kniff die Augen zusammen, ehe sie sich weiteten. »Faliseara.«

Ich nickte aufgeregt und auch in Nates Gesicht erkannte ich Neugier und Aufregung. Doch als er registrierte, dass ich ihn beobachtete, schaute er weg. Meine Kehle schnürte sich zu. Wieso bloß redete er nicht mit mir?

»Wie schön, dass wenigstens ihr mehr wisst. Aber euch ist ja klar, niemand mag Klugschwätzer.« Cayden bekam von Raia die Faust in die Rippen, wobei er keuchte und sich an die Seite fasste. »Grobian!«

Amüsiert presste ich die Lippen zusammen, da ich sie auch schon so genannt hatte. Während ich an Cayden vorbei ging, richtete ich einen Finger auf ihn. »Wehe, du verschreckst sie.« Er salutierte vor mir, wie ich es auch schon vor ihm getan hatte. Belustigt schüttelte ich den Kopf und drehte mich wieder zum Wald. In dem Moment trafen sich Nates und mein Blick und ich erschrak wegen seiner finsteren Miene.

Zerknirscht wandte ich mich ab, versuchte, mir nichts anmerken zu lassen, auch wenn mein Herz schwer wurde in dem Wissen, dass es zwischen uns wahrscheinlich nie wieder sein würde, wie noch vor kurzem. War es diese Reise wert, meinen besten Freund und auch meine Liebe zu verlieren? Denn ich liebte ihn, aber inzwischen wusste ich nicht mehr, wie es um seine Gefühle mir gegenüber stand. Trotz des Kusses, der mich immer noch aufwühlte. Seit er allein vorausgegangen war, hatte er sich verändert. Verhielt sich kühl, distanziert und verschlossen. Und er wollte mir nicht sagen, was geschehen war, noch nicht. Worauf wartete er? Dass seine Mutter ermordet worden sein sollte, konnte ich mir nicht erklären. Dann wäre sie nicht nur bei dem Aufstand verschwunden, sondern wahrscheinlich noch am selben Tag oder Tage danach gestorben. Wenn ich mir vorstellte, dass sein Vater wochenlang nach ihr gesucht hatte, wie Nate mir einmal erzählt hatte, wurde mir ganz schlecht. Oh, Nate …

Während wir immer tiefer in den Wald vordrangen, wurden wir alle bedächtig ruhig. Jeden Schritt taten wir mit Vorsicht und ich lauschte den Geräuschen des Waldes. Auf dem Ast einer Pappel vor mir saß ein zitronengelber Vogel, der etwas mit dem Schnabel festhielt. Ich konnte nicht genau erkennen, was es war, aber es zappelte noch. Plötzlich flog er knapp an mir vorbei zu einem mit riesigen Dornen behangenen Busch und setzte sich auf einen der dünnen Äste. Im nächsten Moment schlug er die Beute mit einer Kopfbewegung auf die Dornen und spießte sie so auf. Vor Entsetzen über diese Grausamkeit des kleinen Lebewesens zuckte ich leicht zusammen.

»Wie schön ist doch die Natur, nicht wahr?«, bemerkte Cayden mit heiterem Grinsen im Gesicht.

Schnaubend schüttele ich den Kopf. »Pass auf, dass das niemand mit dir macht.«

Er grinste nur noch breiter. Genervt rollte ich die Augen und ging weiter. Nicht weit von uns entfernt sah ich sie durch eine kleine Lichtung hindurch, wo die Sonnenstrahlen von schimmerndem Fell reflektiert wurden. Eine Gruppe von drei Faliseara, vielleicht eine Familie. Sie hatten den grazilen Körper eines edlen Pferdes, jedoch einen schmaleren, feineren Kopf, mit einem zierlichen Geweih in der Mitte der Stirn. Das kurze Fell schimmerte in allen Farben, wobei grün dominierte, eine helle prächtige Mähne fiel beinah bis zum Boden. Der Schweif hatte ein bauschiges Ende. Eines der schönsten Wesen, das ich je gesehen hatte. Als könnte es meine Gedanken lesen, hob eines von ihnen den Kopf und gab einen Gesang wieder, wie wir ihn außerhalb des Waldes gehört hatten. Irgendwie hörte es sich traurig an, aber auch wunderschön. Ganz langsam bewegen wir uns vorwärts, um sie nicht aufzuschrecken. Keiner sagte etwas, während wir an ihnen vorbeigingen und beobachteten, wie die drei im

Galopp tiefer in den Wald verschwanden.

Plötzlich schrie Raia auf und ich drehte mich erschrocken zu ihr. Um ihre Arme schlangen sich Äste und hielten sie fest, versuchten, sie nach hinten zu zerren. Dann erst sah ich, was sich hinter ihr befand. Es war ein Baum. Nein, oder eine Dryade. Eine Baumnymphe?

»Sagtest du nicht, sie wären friedvolle Wesen?«, fragte ich und sah beunruhigt zu Khal.

»Das sind sie auch normalerweise. Doch in diesem Fall habe ich mich wohl geirrt. Ich bin mir nicht sicher, ob es eine Baumnymphe ist.«

»Ist ja überaus ärgerlich«, fauchte Raia. Sie kämpfte immer noch mit den Schlingen. Khal zückte seinen Dolch, den ich jetzt erst bemerkte, und preschte auf das Baumwesen los. Das war keine Dryade, das Aussehen passte nicht mit den Erzählungen überein. Es hatte kein Gesicht und die Baumkrone bestand nur aus verdorrten schwarzen Ästen.

Das Wesen schlug mit seinen Astausläufern nach Khal und erwischte ihn im Gesicht, woraufhin er zischend Luft holte. Ein langer, blutiger Striemen verlief nun über seine Wange. Mit Herzklopfen eilte ich zu Raia und packte eine Wurzel, die sich um ihren Knöchel wand und setzte meinen Dolch zum Schnitt an. Die Schlinge löste sich, in dem Moment peitschte ein Ast über mein Gesicht und ich stolperte schreiend zu Boden. Hastig wich ich den nächsten schlagenden Ausläufern aus, die auf den Boden schmetterten. Cayden kam zu Hilfe, schwang sein Schwert und durchtrennte die Schlingen, die einen von Raias Armen festhielten. Das Wesen schrie nicht, gab jedoch einen schrillen Laut von sich, der in den Ohren schmerzte. Kurz darauf lösten sich die anderen Schlingen von Raia. Das Baumwesen bewegte sich auf den Wurzeln fort von uns und verschwand im Wald.

»Alles in Ordnung?«

Keuchend hielt ich eine Hand an meine brennende Stirn

und schaute hoch zu Nate. Zögernd nickte ich und er half mir auf. Einen Herzschlag lang schauten wir uns an, doch er drehte sich hastig weg. In meiner Kehle saß ein fetter Kloß. Verdammt, Nate!

»Was war denn das?«, keifte Raia.

Khal zuckte nur mit den Schultern. Trotz der Situation musste ich mir ein Grinsen verkneifen, denn es sah irgendwie süß aus, wenn er so ungewohnt ahnungslos dreinschaute.

Es kam mir so vor, als durchlebten wir mein Buch *Geschichten in Velandir*, mit all seinen Wesen und Unwesen. Doch war es eine ganz andere Sache, diese Dinge zu erleben, die ich mir nie hätte träumen lassen.

***

Da lag sie, im Schoße einer Gebirgskette. Kôsumitra, die Stadt der Könige. Von unserem Standpunkt aus konnten wir alles überblicken. Ein freudiges Kribbeln durchströmte mich und mein Herz schlug wie wild. Eine hohe Mauer umgab den Vertex. Am Anfang standen Wohnhäuser für die einfachen Arbeiter, die entlang der runden Mauer arbeiteten. Dann folgte der große Marktplatz. Den Brunnen in der Mitte des Platzes konnte ich auch von hier aus gut sehen. Hinter dem Marktplatz reihten sich die Wohnhäuser terrassenförmig übereinander bis zu dem gigantischen Garten vor dem Schloss. Die Vanden residierten im Sanctum, im linken Teil des Schlosses. Äußerlich unterschied es sich jedoch nicht von dem restlichen dunklen Gemäuer. Ich war mir also nicht sicher, wieso dieser Teil des Schlosses so genannt wurde, wahrscheinlich weil sich der Gezeiten-Orden für heilig hielt, und die Bezeichnung mehr Bedeutung verlieh.

Wir liefen den Berg hinab zum Haupttor im Süden. Noch immer konnte ich mir nicht erklären, warum Nate und ich eine Einladung erhalten hatten. Vielleicht hatte er etwas herausgefunden, als er allein in Asgûla gewesen war und wollte mir davon nichts erzählen. Aber war es denn so schlimm, wenn er es mir nicht erzählte? Verdammt, ich musste mich mit ihm unbedingt aussprechen.

An dem zehn Mittar hohen Tor blieben wir stehen und legten alle den Kopf in den Nacken. Wofür brauchte man ein solch gigantisches Tor? Es kam mir bekannt vor, ein seltsam vertrautes Gefühl kroch in mir hoch, aber ich konnte mich nicht erinnern, jemals an diesem Tor gewesen zu sein. Bevor einer von uns den ebenso monströsen Türklopfer betätigen konnte, öffnete sich eine kleine Tür im Tor. Wie pfiffig.

»Euer Begehr?«, fragte ein kleiner, dicker Mann mit roter Hakennase. Obwohl es auf seinem Kopf schon ziemlich licht wurde, schätzte ich ihn auf ein mittleres Alter. Cayden musste sich ein Lachen verkneifen und presste die Lippen zusammen. Ich stupste ihn mit dem Ellbogen an. Der Mann trug einen Mantel mit den typischen Zeichen des Königs. Schwarz, am Kragen und Ärmelsaum mit feinen Stickereien des königlichen Wappens verziert. Die einander anschauenden Kolkras mit ausgebreiteten Flügeln und von Ästen umschlungen.

»Die Anwärter der Elite, auf Einladung des Königs«, antwortete Khalees und gab dem Torwächter einen Brief, wahrscheinlich den gleichen, den auch wir bekommen hatten. Er blickte jeden von uns an und deutete mit einem Nicken zu dem Männchen. Eine Aufforderung, ihm auch unsere Briefe zu übergeben, der wir folgten.

Der kleine Mann überflog mit wirren Augen jeden der Briefe, dann sah er auf und prüfte unsere Gesichter mit mürrischem Blick. »Geht bis zum obersten Viertel, rechts herum bis zum Ende des Weges, dann folgt ihr der darüberliegenden Straße ebenfalls bis zum Ende. Ihr werdet die Taverne nicht übersehen.«

Irritiert blinzelte ich, da er so schnell gesprochen hatte, dass ich den Anfang des Satzes schon wieder vergessen hatte.

Dann trat er beiseite, damit wir passieren konnten, und betraten den Vertex. Der Anblick dieser Stadt von Nahem überwältigte mich nun noch mehr, als er es aus der Ferne bereits getan hatte. Die Bewohner wuselten herum, Stimmengemurmel, mal laut mal leiser, drang zu uns. Die meisten wirkten hektisch und grummelig.

Wir liefen über den Markt, in dessen Mitte ein Brunnen mit einer Skulptur des legendären Vogels des Kangarak stand. Erneut durchströmte mich ein komisches Gefühl, als wäre ich schon einmal über den Platz gelaufen, und der Steinvogel war mir aus irgendeinem Grund unheimlich. Vielleicht mochte ich unsere Wanne zu Hause deswegen nicht. Zu Hause. Es schien schon eine Ewigkeit her zu sein, seit ich meine Mutter gesprochen hatte, und ich fühlte ein Stechen in der Brust. Sie fehlte mir. Hoffentlich ging es ihr gut und Magnus vergaß nicht, was ich zu ihm gesagt hatte. Ich würde ihn wirklich umbringen, sollte er etwas Dummes tun.

Meine Nase nahm einen vertrauten Geruch wahr, einen süßen, scharfen, himmlischen Duft. Irgendwo wurden Ingwer-Haselnusspfannkuchen zubereitet. Rund um den Brunnen standen verschiedene Händler mit Lederwaren, Waffenschmiede, es gab welche mit Gewandungen und Stoffen, Backwaren und allerlei Krimskrams. Backwaren, dort musste ich hin. Jemand hielt mich am Handgelenk fest und ich fuhr herum.

Nate. Ihn hatte ich nicht erwartet. »Wo willst du hin? Wir sollten zusammen bleiben.« Sein Gesichtsausdruck wirkte neutral, doch seine Sorge rührte mich, sie erinnerte mich an den alten Nate.

»Riechst du das etwa nicht?« Mein Lächeln wurde breiter. Er musterte mein Gesicht und ich entlockte ihm ein Lächeln. Wie hatte ich das vermisst. Bevor ich es mir anders überlegte, griff ich nach seiner Hand und zog ihn hinter mir her. Die anderen würden schon warten. Ich musste etwas essen! Die nette, braunhaarige Backwarenverkäuferin gab uns je zwei Ingwer-Haselnusspfannkuchen, obwohl ich nur einen für jeden bestellt hatte. Ehe ich etwas sagen konnte, winkte sie lächelnd ab.

»Einer geht aufs Haus. Ihr seht hungrig aus.« Dafür hätte ich sie küssen können, aber mein strahlendes Gesicht schien ihr als Dank zu genügen. Genüsslich und mit geschlossenen Augen biss ich hinein und stöhnte vor Verzückung. Auch Nate machte zufriedene Schmatzgeräusche und mein Blick huschte zu ihm. Dieser Moment gab mir Hoffnung, vielleicht war es für unsere Beziehung noch nicht zu spät. Ich musste erneut mit ihm reden, in Ruhe. Mein Herz sagte mir, dass er mich noch liebte.

»Hättet ihr nicht warten können? Ihr seid ja egoistisch.« Raia stand hinter mir, als ich mich umdrehte. Die beiden anderen ebenfalls, sie wirkten neugierig. Außer Raia natürlich, sie schien wirklich genervt zu sein.

Energisch schüttelte ich den Kopf. »Nein, tut mir leid, wenn es ums Essen geht, bin ich tatsächlich egoistisch. Dafür würde ich morden.«

Nate nickte. »Das stimmt. Stellt euch nicht zwischen Koda und ihr Essen.«

Alle sahen ihn verdutzt an, lachten aber dann. Sogar Caydens Mundwinkel zuckten. Es war zumindest ansatzweise ein Lachen. Wir schlenderten gemütlich über den Markt, jetzt in den Abendstunden, mit den brennenden Fackeln und Feuerschalen, war es besonders schön. An dem Stand einer älteren Frau, auf dem seltsame Dinge auslagen, blieb ich stehen. Mein Blick fiel auf ein langes Röhrchen mit feinen Schnitzereien an dem Ende mit der größeren Öffnung. Daneben lagen einige rechteckige Steine, jeweils mit verschiedenen Symbolen versehen. Die Frau, die sitzend mit einem Schnitzmesser etwas in einen Gegenstand ritzte, bemerkte mich und hörte mit der Arbeit auf. Graues, lockiges

Haar offenbarte ein leicht zerklüftetes, freundliches Gesicht. Glitzernde graue Augen, tief in ihren Höhlen platziert, blickten mich an.

Neugierig deutete ich auf das Röhrchen. »Was genau ist das?«

»Zum Rufen von Kangarak«, antwortete sie mit dem gleichen Akzent wie Khalees'.

»Als würde das funktionieren«, bemerkte Cayden im gewohnt charmanten Ton.

»Verzeihen Sie bitte seine Unsensibilität, er kommt nicht oft unter Leute.« Ich warf Cayden einen bösen Blick zu und er verdrehte die Augen.

»Mae Vabanu«, sagte er und verbeugte sich vor der Frau.

Verdutzt zog ich die Brauen nach oben. So höflich und voller Anstand kannte ich ihn gar nicht. Er steckte doch voller Geheimnisse. Als Antwort bekam er ein warmherziges Lächeln von der Frau.

»Sicher funktionieren, hier probieren.« Auffordernd nahm sie das Röhrchen und hielt es Cayden vor die Nase.

»Oh, nein, nein. Ich verzichte, danke. Ich bin auch ohne großen Vogel zufrieden. Außerdem ist ja gar nicht gesagt, ob er mir nicht die Augen auspickt, weil er mich nicht leiden kann.«

Meine Mundwinkel zogen sich nach oben und ich versuchte, meine Belustigung mit einer Hand zu verstecken.

Ihm entging das natürlich nicht und zog abschätzend eine Augenbraue hoch. »Was gibt es da zu grinsen?«

»Es ist nur witzig, dass du Angst hast, von einem Vogel verletzt zu werden, der eventuell gar nicht existiert. Allerdings bist du seit Wochen mit uns unterwegs, und dir ist noch nie der Gedanke gekommen, dass einer von uns dir ein Auge ausstechen, oder dir die Kehle aufschlitzen könnte, weil dich jemand nicht leiden kann?« Um mich herum brachen alle in Gelächter aus.

»Also ich hätte ihn einfach dem Kelpie überlassen«, sagte Khalees.

Raia nickte zustimmend. »Erstechen wäre viel zu langweilig für dich.«

Auch Cayden lächelte, was mich doch wunderte. Mit diesem Ausdruck schaute er mich an und ein Kribbeln durchströmte meinen Körper. Bei den Vanden ...!?

»Kodaline, ich muss schon sagen, das trifft mich zutiefst.«

Ungläubig verzog ich mein Gesicht. Natürlich, als würde er gleich vor Schmerzen vergehen.

»Solche Worte hätte ich von Nate erwartet, aber nicht von dir.«

Immer noch mit einem schelmischen Grinsen im Gesicht wanderte sein Blick zu Nate, der nur genervt aussah.

Nate schnaubte zynisch. »Stimmt, erstechen wäre zu langweilig. Ich hätte dich am liebsten den Kolkravenis zum Fraß vorgeworfen, als ich die Chance dazu hatte.«

Ein kurzes Zucken durchfuhr mich. Wie konnte Nate so etwas sagen? Es klang keinesfalls ironisch. Verdammt, ich musste ihn unbedingt fragen, warum er sich seit Tagen so seltsam benahm. Eben schien doch wieder alles in Ordnung gewesen zu sein.

Mit einem mulmigen Gefühl ging ich weiter, drehte mich nochmal zu der alten Frau um und setzte ein Lächeln für sie auf. Ihr Blick wurde auf einmal ernst und eindringlich, fast fordernd, und ich bekam Gänsehaut.

32
CAYDEN

Mit Nathaniel stimmte etwas ganz und gar nicht. Wir konnten uns zwar von Anfang an nicht leiden, aber den Tod gewünscht hatte ich ihm noch nie. Nun, zumindest nicht wirklich.

Doch das gerade eben war sein voller Ernst gewesen und das nahm ich ihm verdammt übel. Warum benahm er sich so seltsam, auch Koda gegenüber? In dem einen Moment lächelte er sie an und sie hielten Händchen, im nächsten verhielt er sich so kalt wie die Berggipfel. Deswegen konnte ich mich eben auch zu keinem Lächeln zwingen.

Jetzt waren wir auf dem Weg in unsere Herberge für die nächsten Tage, bevor wir unsere Räumlichkeiten im Schloss für die Zeit im Dienst als Elite beziehen würden.

Wobei, wir befanden uns jetzt in Kôsumitra, Koda war bis auf ein paar Blessuren unverletzt. Somit hatte ich meinen Auftrag doch erledigt, oder nicht? Das hieß, ich musste Lord Alart finden und ihm davon berichten. Dann konnte er alles Nötige in die Wege leiten und ich wäre hoffentlich bald ein freier Mann. Im selben Moment schnürte sich meine Brust zusammen und wie ein Blitz durchzuckte es mich. Wenn ich ginge, würde ich Koda nie wiedersehen. Aber ich könnte sie fragen, ob sie mich begleiten würde. *Mach dich nicht lächerlich!* Verdammte Scheiße. Doch, das konnte ich machen. Vielleicht würde sie Ja sagen und mit mir in eine neue Welt kommen?

Träum …

»Sei bloß still!« Erschrocken darüber, dass ich es laut ausgesprochen hatte, rieb ich mir über den Nacken und räusperte mich. Ich wurde noch wahnsinnig. Von den anderen erntete ich einen kurzen Seitenblick, doch sie liefen zum Glück unbeirrt weiter.

»Was ist los?«

Mein Puls schoss hoch und ich zuckte zusammen, als Koda auf einmal neben mir herging. »Nichts.« Ich versuchte, so neutral wie möglich zu klingen, dennoch wirkte sie irritiert von meinem Verhalten. Das konnte ich gut verstehen, denn ich war es selber. Am besten fand ich mich bereits jetzt damit ab, sie schon bald nie wieder zu sehen. Ich ballte die Fäuste, weil es mich dermaßen wütend machte. Was nützte also noch diese Fassade? Ohne ein weiteres Wort ging ich schneller voran. Ihr trauriges Gesicht wollte ich gar nicht sehen, weil sie mit Nathaniel schon genug Probleme hatte.

Wir erreichten den oberen Bereich der Stadt, in der Nähe des großen Gartens vor dem Schloss. Kurze Zeit später befanden wir uns vor der Herberge und meine Mimik entglitt mir, als ich den Namen las. *Die feenhafte Taverne* stand auf dem Holzschnitt über der Tür geschrieben.

»Ernsthaft?«, fragte ich gereizt. Reichte es nicht, dass ich Hunger hatte, mir mit diesen Verrückten die Füße wund gelaufen und dass sich Koda in mein Herz geschlichen hatte, wie eine unsichtbare Seuche? Jetzt auch noch Feen?

»Geh einfach!«

»Ist gut, Khal, brauchst nicht so unhöflich zu sein.«

Wirklich wütend hatte ich ihn noch nie gesehen, aber bei der Art, wie er sich zu mir umdrehte, wurde mir ein wenig bange. Während wir eintraten, boxte Raia mich schon wieder und ich holte scharf Luft. Kodas amüsiertes Gesicht entging mir nicht und versetzte mir einen weiteren Stich.

»Verdammt, Raia, wegen dir habe ich schon überall blaue Flecken auf meiner zarten Haut.«

»Dann pass besser auf, was aus deinem Mund kommt.«

Ich verschränkte die Arme vor der Brust. »Also diesmal weiß ich wirklich nicht, was ich Schlimmes gesagt haben soll.«

Einen Augenblick zögerte sie, zuckte aber dann belustigt mit den Schultern. »Gut, vielleicht hatte ich gerade einfach nur Lust dazu.«

Mit schmalen Augen funkelte ich sie an und wollte etwas erwidern, doch Khal stieß mich mit dem Ellbogen an, woraufhin ich meine Aufmerksamkeit nach vorn richtete und das Gesicht verzog. Wir wurden bereits von Lord Alart erwartet, mit diesem schleimigen Grinsen in seinem faltigen Gesicht. Alle versammelten sich im Schankraum, verbeugten sich und warteten darauf, dass etwas passierte.

»Willkommen. König Taraîn bat mich, Sie alle direkt zu ihm zu bringen, sobald Sie eingetroffen sind.«

»Und das hat nicht bis morgen Zeit?«, murrte ich.

Er schenkte mir ein extra süffisantes Lächeln, nahm die Hände hoch und legte die Fingerspitzen aneinander. Eine Geste, die mir zeigen sollte, wer das Sagen hatte.

»Nein, Mister Carvost, ich befürchte, dass das nicht möglich ist.« Kurz ließ er den Blick schweifen. Ein seltsamer Ausdruck huschte meines Erachtens über sein Gesicht, als er Nathaniel ansah. Diesen Gesichtsausdruck hatte ich auch damals bei ihm bemerkt, während er diesen Blick mit seinem Beschützer Rafmar ausgetauscht hatte, kurz bevor dieser die Dawnsteg Brüder hinausgeführt hatte.

»Ihre Sachen können Sie selbstverständlich hier lassen. Wenn Sie zurückkehren, werden diese bereits auf Ihren Zimmern sein.«

Lange Gesichter um mich herum. Jeder hatte sich heute Abend ausruhen wollen, aber wenn der König rief … verdammter Arsch! Lord Alart führte uns aus der Taverne und durch eine Seitenstraße auf einen Weg, der um den Garten herumführte.

Vor uns lag das Schloss, das mit dunklem Basalt in U-Form gebaute Ungetüm mit jeweils einem Turm links und rechts. Abgesehen von dem linken Teil, der von den Vanden bewohnt wurde, gehörte der Rest dem König. Beim Vorbeigehen bemerkte ich an der Außenwand des linken Teils eine kaum wahrnehmbare Farbveränderung in der Form einer Tür. Eine kleine Tür, sodass man sich ducken musste, um durchzugehen, aber ich war mir sicher, es sollte eine darstellen. Wurde dahinter etwas verschlossen? Und warum dann so klein? Vor dem Haupttor in der Mitte des Schlosses blieben wir alle stehen, da jeder ehrfürchtig nach oben schaute. Ja, auch ich. Es waren bestimmt fünfzig Mittar bis ins oberste Stockwerk.

Die Türme ragten noch höher in den Himmel. Vor den beiden Säulen, die das große Eingangstor zierten, saßen Kolkras aus Stein, als würden sie das Schloss schützen.

»Der König wartet.«

Alles blickte zu dem Lord und ich musste mir auf die Lippen beißen, damit mir nichts Dummes darüber kam. Wir folgten ihm ins Innere, in die riesige Halle, die wohl das Entreé bildete.

Am Ende führte an zwei Wänden je eine Treppe ins obere Stockwerk, wo sie zusammentrafen. Darunter verlief ein Flur weiter ins Innere des Schlosses. Rechts von uns befanden sich eine Tür und noch eine Treppe, die nach unten zu führen schien, genau wie auf der anderen Seite.

»Wo führen diese Treppen da hin?«, fragte ich Alart und deutete auf die Treppen links und rechts.

»Unten sind die Bibliothek, ein Ratssaal und eine Festhalle. Sie können gern an der Führung teilnehmen, die jeden Sonntag stattfindet.«

Ich konnte mich kaum halten bei dem Gedanken daran. Währenddessen gingen wir unter der Treppe hindurch in den langen Flur, in dem gedämpftes Licht durch schwere, geschlossene Vorhänge schien. Immer wieder führten Türen irgendwohin, doch wir liefen weiter geradeaus.

»Hier ist alles wie geleckt.« Raia schaute skeptisch von dem dunklen Marmorboden zu der hohen, Stuck übersäten Decke. Sie rümpfte die Nase. »Warum ist alles so dunkel?«

»Schwarz ist die Farbe des Königs«, antwortete Khalees.

»Deswegen muss man das Schloss doch nicht wie eine Gruft aussehen lassen.« Sie schien sich überhaupt nicht wohl zu fühlen. Mir ging es ebenfalls so.

Eine Biegung nach rechts, dann nach links und wir stoppten vor einer übertrieben hohen zweiflügeligen Tür. Wieso war hier alles so dermaßen groß? Musste der König irgendetwas kompensieren? Alart schob beide Türelemente nach innen auf. Wir traten in den Raum, der – Überraschung – riesig war, komische Fratzen zierten die hohe Decke. Ganz hinten ragten Fenster bis zur Decke, mit ebenfalls dunklen Vorhängen versehen.

Davor saß der König auf seinem Thron. Schwarze, metallische Federn bogen sich zu Armlehnen, ragten hinter ihm nach oben und fächerten breit auseinander, was ich zugegeben imposant fand. Taraîns längeres braunes Haar wurde von seiner schwarzen Krone mit Goldelementen an Ort und Stelle gehalten. Seine Nase war relativ breit und etwas krumm. Er trug einen roten Umhang um seine Schultern, darunter eine schwarze Tunika, die ziemlich gefährlich spannte und vielleicht nur durch den breiten Ledergürtel hielt. Sein Langschwert lehnte direkt neben ihm am Thron. Wir bewegten uns auf ihn zu und ich erkannte Misstrauen in seinen braunen Augen. Nur eine Sekunde lang schnellte sein Blick zu Koda, sein breiter Kiefer arbeitete und für diesen kurzen Augenblick meinte ich, etwas in seinem Gesicht aufflackern zu sehen. Neugier? Verärgerung? Dann war der Moment auch schon vorbei. Vermutlich nur eine Einbildung wegen Schlafmangels und Hunger. Wir blieben vor ihm stehen und verbeugten uns langsam. Erneut ließ er den Blick über uns schweifen, ehe er sein Haupt und seine Arme hob.

»Willkommen in Kôsumitra, meine lieben Anwärter. Wie alle wissen, findet morgen das Fômhar statt, zu Ehren der Vanden. Doch es ist viel mehr als das, es ist auch ein Fest zu Ehren meines Sohnes, der schon bald gekrönt werden soll, was ich zu diesem Anlass verkünden werde. Aus diesem Grund werden wir einen Maskenball veranstalten.«

Unauffällig warfen wir uns verwirrte Blicke untereinander zu.

»Ihr könnt den morgigen Abend noch genießen. Bis dahin werden sich andere um die Sicherheit Malos' kümmern. Ab dem darauffolgenden Tag werden die nötigen Schritte zu Ihrer Einführung eingeleitet. Habt einen schönen Abend meine Anwärter. Doch beachtet, dass Ihr euch hier an gewisse Regeln halten solltet.«

Im ersten Moment bewegte sich keiner von uns, bis Alart sich räusperte und uns mit einem Kopfnicken Richtung Tür wies. Jeder von uns verbeugte sich hastig, vielleicht etwas zu schnell, und verschwand mit einem weniger erlauchten Schritt nach draußen. Wie ich diese Gepflogenheiten bei Hofe hasste. Dort verabschiedete sich Lord Alart von allen, jedoch wartete ich, bis die anderen außer Sicht waren. Meine Glieder waren angespannt und meine Füße pochten. Wegen dieser mickrigen Ansprache mussten wir antanzen? Fassungslos schüttelte ich den Kopf.

»Wie läuft das denn nun ab, verehrter Lord?« Sein selbstgefälliges Lächeln wollte ich ihm am liebsten wieder aus der fiesen Visage schlagen.

»Etwas Geduld noch, Mister Carvost. Morgen werde ich mit König Taraîn Ihre Papiere fertigstellen und falls dann noch Zeit bleibt bis zum Maskenball, können wir den Papierkram erledigen und Sie können den Vertex als freier Mann verlassen.«

Durch schmale Augen musterte ich den Lord. »Woher weiß ich denn, dass Ihr mein Blut nicht auch überall verteilt, wie das der Dawnsteg-Brüder?«

Daraufhin lachte er krächzend. »Das ist eine berechtigte Sorge«, bemerkte er, sah mich mit seinen trüben blauen Augen abschätzend an und legte seine knochige Hand auf meine Schulter. Mir kam die Galle hoch und ich wollte sie abschütteln. »Aber Sie verlangen kein Geld oder Gold, sondern ihre Freiheit.«

Theatralisch legte ich eine Hand auf die Brust. »Ah, was habe ich doch Glück, dann frei, aber arm zu sein. Da habe ich vielleicht falsch verhandelt.«

»Seien Sie unbesorgt, für Sie springen auch noch ein paar Binare heraus. Wohl bemerkt keine Tausende.«

Ungelenk verbeugte ich mich, um seiner Berührung zu entkommen. »Ich danke Ihnen, Sir.« Mein Magen drehte sich um bei dieser Schleimerei.

Überheblich neigte er den Kopf. »Einen schönen Abend, Mister Carvost.«

Mit einem kurzen Nicken verabschiedete ich mich und lief schnellen Schrittes aus diesem von Heuchelei gefüllten Schloss. Vor dem Tor wurde ich von Nathaniel überrascht, der gegen die Wand gelehnt wartete. Als er mich sah, stieß er sich ab und kam in meine Richtung. Wollte er sich prügeln? Dann ließ ich ihn auf mich zukommen, damit ich Koda berichten konnte, dass ich nicht angefangen hatte, was sie zweifelsohne denken würde.

Auch er neigte mit überheblicher Mimik den Kopf. »Ich hoffe, du konntest deine Geschäfte zufriedenstellend klären.«

Abschätzend hob ich das Kinn. »Kann nicht klagen. Kümmere dich doch lieber um deine Probleme, statt dir Sorgen um meine Geschäfte zu machen.«

»Das werde ich.«

Mit einem boshaften Grinsen schaute er mir kurz in die Augen, ehe er an mir vorbei und ins Schloss ging. Ich sah ihm nach, während er hinter der Tür verschwand. Wusste er es? Wussten es noch andere?

Aber woher, und was wollte *er* im Schloss?

***

Ich betrat *Die feenhafte Taverne*, in der sich links und rechts runde und eckige Tische verteilten, und lief über die kaum abgenutzten Holzdielen geradewegs zur Theke. Der ältere Wirt blickte von der Theke auf und hob auffordernd die Brauen.

Nachdenklich stützte ich mich am Tresen ab. »Haben Sie Toffee-Bier?«

Der Hausherr nickte, schnappte sich ein Glas aus dem Regal hinter sich und schenkte mir vom Fass ein. Dann schob er mir die karamellfarbene Flüssigkeit vor die Nase.

»Danke. Und einen Kutpan bitte.« Diesmal holte er eine Flasche unter der Theke hervor und füllte etwas daraus in ein wirklich großes Schnapsglas. »Könnte ich das wohl mit aufs Zimmer nehmen?« Mit einem Finger zeigte ich auf das Bier und den Kutpan.

»Meinetwegen«, brummte er in seinen grauen Bart. »Die Gläser bringen Sie wieder.«

»Natürlich. Schönen Abend.« Ich schnappte die Getränke und lief dann um die Theke herum die Treppe hoch. Oben angekommen bog ich rechts um eine Ecke, hinter der Koda vor einem Zimmer stand und auf den Fußballen vor und zurück wippte. Eine kleine Flasche hielt sie fest umklammert.

Sie trug eine enge graue Stoffhose, die hellgrüne Tunika und dazu ihre Lederstiefel. An ihr sah wohl alles zum Anbeißen aus. Frustriert stieß ich Luft aus. Bald würden sich unsere Wege trennen. *Denke an deine Zukunft, verdammt!* Hatte sie sich ausgesperrt? Ihre angespannte Miene wich einer skeptischen, als sie mich bemerkte.

»Kommst du nicht mehr ins Zimmer?«, fragte ich.

Sie verdrehte die Augen. »Doch, Cayden. Und sonst würde ich bestimmt nicht wie eine Idiotin vor meiner Tür stehen.«

»Und wieso stehst du dann wie eine Idiotin vor *dieser* Tür?«

Mit zusammengekniffenen Augen verzog sie das Gesicht zu einer Grimasse. »Nate hat nicht geöffnet, als ich geklopft habe. Jetzt überlege ich, ob ich nochmal klopfen soll. Falls er schläft, möchte ich ihn nicht wecken.«

Mir kam ein Gedanke, wie ich sie weiter ärgern konnte. Lächelnd stellte ich mich vor sie an die Tür und trat ein paar Mal mit dem Fuß dagegen.

»Cayden, was soll das? Hör gefälligst auf«, keifte Koda und ich machte mir einen Spaß daraus. Ich konnte nicht anders.

»Du musst dich nicht so aufregen, er ist nicht da.«

Perplex blinzelte sie. »Was redest du da? Woher willst du das wissen?«

»Weil ich ihn gesehen habe, als ich aus dem Schloss raus bin. Er ist reingegangen.«

»Wieso sollte er ins Schloss gehen, allein? Wieso sagt er nichts?« Verwirrt runzelte sie die Stirn.

»Das musst du ihn selber fragen. Aber vielleicht bekommt er auch eine Führung durch das Schloss.« Dann ging ich zu meiner Zimmertür. Mein Blick wanderte zu meinen Händen, die die Gläser hielten. Wie lästig.

In dem Moment kam Koda seufzend zu mir und blieb seitlich von mir stehen. »Wo ist er?«

Nun starrte ich sie verwirrt an. »Wer?«

»Dein Schlüssel.« Schon wieder verdrehte sie die Augen.

Das wurde langsam zur Gewohnheit bei ihr.

»Hosentasche, linke Seite.« Sie ging um mich herum, griff ohne Zurückhaltung in meine Hosentasche und tastete nach dem Schlüssel. Kam dabei gefährlich nah an eine empfindliche Stelle und ein Kribbeln sauste über meinen Rücken. »Koda, da ist er nicht«, platzte ich heraus. Heiliger …

Ihre Hand hielt inne, wanderte wieder ein Stückchen höher und nach links. Dann bekam sie den Schlüssel zu fassen, holte ihn aus der Tasche und ich seufzte. Sie trat an die Tür und schloss auf.

Mit hochgezogener Augenbraue blickte ich auf sie herab, während sie die Tür nach innen aufschubste. »Danke«, sagte ich nur und trat ein. In ein zweckmäßig eingerichtetes Zimmer mit Doppelbett an der linken Wand, was eigentlich schon Luxus war. An der mir gegenüberliegenden Wand befand sich ein großes Fenster mit einem Kleiderschrank daneben. Ich schlurfte zu dem Tisch mit zwei Stühlen auf der rechten Seite und stellte die Gläser ab. Hinter mir knallte die Zimmertür zu. Sollte Koda ruhig zu Nate rennen. Mit ihm war sie ohnehin besser dran, und ich musste an mich selbst denken. Den Kutpan kippte ich gleich hinunter, der sich brennend seinen Weg bahnte.

»Warum warst du noch im Schloss?«

Erschrocken wirbelte ich herum, verschluckte mich fast am Kutpan, weil ich dachte, ich wäre allein. »Sakra, Koda. Was machst du noch hier?«

»Ich habe zuerst gefragt. Also, was hast du im Schloss gemacht?«

»Mich mit Lord Alart unterhalten.« Was nicht gelogen war, nur den Grund nannte ich wohl besser nicht. »Wird das ein Verhör?«

Energisch stemmte sie die Hände in die Hüften. »Wenn du nichts zu verbergen hast, wird es keins.«

Wieder diese sture Art an ihr, die wirklich nervte, ich aber auch zum Anbeißen fand. »Was willst du hören, Koda? Ja, ich war bei dieser Kanalratte. Wie du weißt, kannten wir uns schon vorher, und auch wenn ich ihn und die Schergen des Königs nicht leiden kann, habe ich mich kurz mit ihm unterhalten, weil ich etwas erfahren wollte.«

»Und was?«, fragte sie, während sie mit der Flasche in ihren Händen kämpfte. Sie entfernte den Korken und trank einen kräftigen Schluck von der rötlichen Flüssigkeit, ehe sich ihr Gesicht verzog.

»Überhaupt nicht neugierig, was? Ist das Gesöff wenigstens gut?«

»Sakris Diaful!«, keifte Koda und schaute mich mit brennendem Blick an. Jeminh, so wütend hatte ich sie noch nie erlebt. Nun ja, bis auf jenen Tag, als ich ihr Schnittblatt in der Kleidung versteckt hatte. »Tal lain Halviti!«, knallte sie mir an den Kopf. Hatte ich den Start dieses Streites verpasst?

Irritiert kniff ich die Augen zusammen. »Warum bist du so wütend?«

»Willst du mich verarschen?«, schrie sie. »Den einen Tag kannst du den Blick nicht von mir wenden, den anderen Tag, oder schon Stunden später siehst du mich nicht mal mehr an und bist regelrecht widerlich. Dann willst du mich küssen, jetzt bist du wieder distanziert. Nate und ich haben uns wegen dir getrennt.«

Überrumpelt blinzelte ich. »Was? Das ist doch …«

»Was ist los mit dir?«

Sie ließ mich nicht ausreden und zeigte mir eine unflätige Geste. Freches Ding. Ich wollte ihr erzählen, warum ich mich so verhielt, aber ich konnte ihr nicht die Wahrheit sagen.

»Koda …« Weiter kam ich nicht, denn im nächsten Moment stürzte sie sich auf mich und trommelte wütend auf meine Brust ein. Ich taumelte einen Schritt zurück, konnte mich aber schnell fangen. Verdammt, das war echt niedlich, wenn sie versuchte …

Zu spät sah ich Kodas kleine Faust aus dem Augenwinkel näherkommen, die kurz darauf mit einem dumpfen Knall mein Kinn traf. Mein Kopf wirbelte zur Seite, wodurch mir ihre Kraft erst bewusst wurde. Schockiert fasste ich mir an das pochende Kinn. Das durfte doch nicht wahr sein! Sie schlug mich? Schlagartig trieb es mir die Hitze in die Glieder. Erneut hob sie die Faust, diesmal erkannte ich es rechtzeitig und packte ihr Handgelenk, bevor sie wieder zuschlagen konnte.

»Sakra … Koda, hör mir zu«, brüllte ich ihr entgegen, lauter als beabsichtigt. Es schien aber zu wirken, denn sie zuckte zusammen und ließ den Arm sinken. Ich ließ ihr Handgelenk los, warf den Kopf in den Nacken und gab ein verzweifeltes Lachen von mir, was ich selbst noch nie gehört hatte. »Warum ich so bin?«, fragte ich aufgebracht und fuhr mir mit beiden Händen durch die Haare.

Seufzend schloss ich die Augen. »Ich bin Schuld, dass mein Bruder tot ist, Koda. Und mit ihm seine Freunde. Durch meinen Leichtsinn, meine Dummheit, weil ich kühl und lässig wirken wollte, sind alle gestorben.« Meine Stimme klang so ruhig und gefasst, dass ich mich über meine Beherrschung wunderte. »Seitdem mache ich, was ich will, mit wem ich will. Und es ist mir egal, wer dabei zu Schaden kommt.« Und nahm Aufträge an, um mir meine Freiheit zu erkaufen. Aber das konnte ich ihr nicht erzählen. Mein Herz pochte und meine Brust fühlte sich viel zu eng an, ich bekam kaum Luft. Kodas Mimik änderte sich schlagartig. Statt in vor Wut schäumende, schaute ich jetzt in gütige, verständnisvolle grüne Augen. Das machte es noch schwerer, verdammt.

»Wie?«, fragte sie ruhig nach einem Moment der Stille und stellte sich mit einem Schritt dicht vor mich. Ich wollte, nein *konnte* nicht erklären, was geschehen war. Ich hatte ihr schon mehr erzählt, als jedem anderen. Auch wenn alle mich hassten, so konnte ich es doch nur schwer ertragen, wenn sie mich hasste.

»Ich … es war dumm von mir … aber … ich kann es dir nicht erzählen. Zumindest noch nicht.«

Sie zog eine Grimasse. »Also ist das dein Schutzmechanismus, damit du keinen mehr zu nahe an dich ran lässt. Damit du nicht verletzt werden kannst.« Mehr eine Feststellung, als eine Frage.

Beiläufig zuckte ich mit einer Schulter. »Wer wenig begehrt, hängt von wenigem ab.«

»Ist aber eine ziemlich einsame Einstellung, die du hast«, bemerkte sie und fing an, auf ihrer Unterlippe zu kauen. Verdammt, warum sah sie mich so an?

»Koda, kannst du bitte damit aufhören, auf deine Lippe zu beißen?«, warnte ich sie.

»Wieso?«, fragte sie neckisch. Jetzt wollte sie also wieder spielen.

»Hör auf, so zu tun, als wüsstest du nicht, was ich meine. Schließlich …« Ich beendete den Satz nicht, als ich Kodas Gesichtsausdruck sah. Sie blickte starr in meine Richtung, jedoch durch mich hindurch, ihre Haut färbte sich auf einmal aschfahl. Ihr Atem ging schwer, in kurzen Zügen. Dann blinzelte sie und ihr Blick fixierte meinen und das ließ mein Blut gefrieren. »Koda, was ist los?« Panisch packte ich ihre Schultern.

Ihr Blick hielt meinem Stand, aber sie neigte den Kopf zur Seite, als wüsste sie nicht, wen oder was sie da vor sich hatte. Als versuchte sie, zu verstehen, was gesagt wurde. Verdammt, was geschah hier? Mit einem Mal krümmte sie sich und legte ihre Hände auf den Bauch. Ihr Gesicht verzog sich und plötzlich schrie sie gellend, so sehr, dass er sich durch meine Eingeweide zog. Scheiße, was sollte ich tun?

33
CAYDEN

Sie fiel auf die Knie, stöhnte und ächzte qualvoll. Ohne nachzudenken, legte ich einen Arm über ihren Rücken und den anderen schob ich unter ihre Kniekehlen und hob sie hoch, um sie auf mein Bett zu legen. Sobald sie auf der Matratze lag, rollte sie sich japsend zusammen. Schweißperlen standen auf ihrer Stirn. Sakra, was passierte nur mit ihr? Panik kroch in meine Knochen. Mit zwei Schritten erreichte ich die Tür, öffnete sie und machte einen Satz zum gegenüberliegenden Zimmer. Mit aller Kraft pochte ich gegen die Tür.

»Raia!«, brüllte ich. »Mach die verdammte Tür auf!« Scheinbar endlose Sekunden verstrichen, ehe ich Schritte hörte.

»Diaful! Cayden, du hast hoffentlich einen guten …« Ihr Keifen verstummte, als sie mein Gesicht sah. »Was ist los?«

»Koda hat … sie ist … hat Schmerzen …« Unbeholfen fuchtelte ich mit den Armen herum. *Verdammt, reiß dich zusammen!* Raia schob mich zur Seite, wahrscheinlich weil sie keine Geduld hatte, sich mein Gestammel anzuhören und rannte mit wehendem blauen Seidenmantel in mein Zimmer. Von dem Lärm, den wir veranstalteten, wurde anscheinend auch Khalees geweckt, denn er erschien verschlafen im Türrahmen, zwei Zimmer weiter. Barfuß und nur in einer hellblauen Stoffhose.

Träge rieb er sich über ein Auge. »Was'n los?«

»Etwas stimmt nicht mit Koda.« Ich eilte wieder ins Zimmer, Khalees folgte mir sofort.

»Was ist passiert«, fragte Raia aufgebracht, während sie sich über Koda beugte und ihr eine Hand auf die Stirn legte.

»Wir haben uns unterhalten und auf einmal ist sie zusammengebrochen.«

»Einfach so? Vielleicht waren es deine Worte, die sie zusammenbrechen ließen.«

»Das ist nicht witzig, *Khal*«, betonte ich und fuhr durch meine Haare. »Sie könnte …« Plötzlich kam mir ein Gedanke. Mein Blick fiel auf die Flasche, die Koda mitgebracht und aus der sie getrunken hatte. Ich sprang zum Tisch, schnappte mir die Flasche und roch an der Öffnung.

Eine bittere Note strömte mir in die Nase. »Sie wurde vergiftet«, stellte ich entsetzt fest. Auch ohne Kodas Kräuterwissen konnte ich mit Sicherheit sagen, dass es sich nicht um reinen Port handelte. Das Problem war herauszufinden, welches Gift er enthielt. Meine Hoffnung lag nun bei Raia und Khalees. Als wir uns ansahen, konnte ich ihre Unsicherheit erkennen und sie bestimmt meine Verzweiflung. Kahlees nahm mir die Flasche ab und hielt sie sich mit geschlossenen Augen unter die Nase.

Raia musterte ihn, ihre Augen wanderten von seinem Oberkörper weiter nach unten und wieder hinauf. Sie bemerkte, dass ich sie beobachtete und wirkte mit einem Mal ertappt. Hastig schaute sie zu Koda. Unter anderen Umständen hätte mich diese Beobachtung amüsiert, doch in diesem Augenblick dachte ich nur an Koda.

»Wenn ich raten müsste, würde ich sagen, es ist die Bittersüß-Pflanze.« Khal schwenkte die Flasche in seiner

Hand, als würde ihm die Flüssigkeit so verraten, was sich in ihr verbarg.

»Raten reicht hier aber nicht«, sagte ich aufgebracht.

»Gib mir die Flasche, Khal.« Raia streckte ihre Hand aus, als eben dieser sie böse ansah. Sie stöhnte genervt. »Stell dich nicht so an. Ich mag den Spitznamen. Und jetzt her damit.« Stumm hielt er ihr die Flasche hin, die sie ihm aus der Hand schnappte und roch ebenfalls daran. Doch anstatt sie sinken zu lassen, setzte sie die Flasche an. Geistesgegenwärtig schlug Khal ihr diese aus der Hand, die an der Wand zerschellte und den Wein in alle Richtungen verteilte. Ein roter Rinnsal lief Raias Mundwinkel hinab. »Du hast, glaube ich, recht. Ich denke auch, es ist Bittersüß.«

Entsetzt starrte ich sie an. »Bist du noch ganz dicht?«

»Das ist kein Spaß«, rügte Khal sie.

Energisch wischte Raia sich über den Mundwinkel. »Schon gut, schon gut. Ich hätte es wieder ausgespuckt.«

Seufzend fuhr ich mir durchs Haar. »Und was können wir nun dagegen tun?«

Raia tippte sich nachdenklich mit dem Zeigefinger ans Kinn. »Ich glaube, da hilft Stachelknolle. Da…«

»Glauben reicht hier a…«

»Cayden!«

Unwirsch rieb ich mir übers Gesicht. »Tut mir leid, red weiter.«

Raias Kiefer mahlten. »Also, wir müssten einen Trunk aus der Stachelknolle brauen. Die Knolle muss mit ein paar Blättern zusammen gekocht werden.«

Ich schritt im Zimmer auf und ab. »In der Stadt gibt es einen Konfektionari, der allerhand Kräuter und Gewürze verkauft.«

Raia nickte. »Dann sollte jemand dorthin und nach der Knolle fragen. Das ist unsere beste und wahrscheinlich einzige Chance.«

»Gut, ich gehe.« Eigentlich wollte ich Koda nicht allein lassen, aber ich kannte mich hier besser aus als die anderen. Ohne auf eine Erwiderung zu warten, lief ich zur Tür hinaus und stürmte die Treppe hinunter, durch die Taverne, wo ich beinah einen Gast umnietete. Dabei bemerkte ich den misstrauischen Blick des Wirts, der mir jedoch egal war. Wichtig war nur *sie*.

In dem Moment, in dem ich zwischen den leeren, engen Gassen verschwand, hörte ich einen Schrei, der mir durch Mark und Bein ging und mir eiskalt den Rücken hinunter lief. Bisher kannte ich nur von den Beschreibungen aus Geschichten, wie der Schrei klingen würde. Ohrenbetäubend, fast schmerzhaft, weil er sich so qualvoll anhörte. Meine Befürchtung bestätigte sich, als ich mich umdrehte.

Oberhalb der Dächer dieser Stadt schwebte eine Banshee. Anders als in den Überlieferungen und Erzählungen, hatte sie ein menschliches Gesicht, ihre Haut schimmerte silbergrau und sie trug ein dunkles Kleid. Wie ihre schwarzen langen Haare wogte es um sie herum wie Tinte im Wasser. Ein heller Schein umgab sie, sonst wäre sie vollkommen mit der Nacht verschmolzen. Ihre gelben Augen fingen mich ein, kurz darauf schwebte sie davon. Schwer schluckend schaute ich ihr nach.

Langsam ließ ich den Blick schweifen, keine Menschenseele rannte panisch herum oder schrie. Scheinbar hatte niemand den Schrei gehört. Geistig vor mir sah ich ein Gesicht, mit leuchtend grünen Augen, rotbraunem Haar und vollen rosigen Lippen. Es hatte sich mir eingebrannt und ich wollte um jeden Preis verhindern, dieses Gesicht nur noch in meiner Erinnerung sehen zu können. Was jedoch bald geschehen würde, wenn ich die Stadt verließ.

Schweratmend griff ich mir an die Brust, ehe ich zum Konfektionari hastete und betete, dass dieser Schrei nicht Koda galt.

Hinter der nächsten Ecke blieb ich abrupt stehen und riss die Augen auf. Hastig drückte ich mich gegen die Hauswand. Verdammt, was wollte Jorshor denn hier?

»Wurde der Plan angefertigt?«, fragte dieser.

»So gut wie fertig. Falls es Geheimgänge gibt, finden wir sie noch. Dann ist für den Ball alles bereit.«

»Hemnall, du bist sicher, dass der Prinz um diese Zeit in seinen Gemächern ist?«

»So war es die letzten Nächte.«

»Deacon, du weißt hoffentlich, wo und wann die Gardisten Wache halten?«

»Jep, alles notiert.«

»Gut, morgen werden wir sehen, wie stark er ist. Den Rest besprechen wir in der *Klippe*.«

Mit schmalen Augen lauschte ich dem Gespräch, doch ich hatte keine Zeit mehr. Koda brauchte das Gegenmittel. Ich huschte zurück in die nächste Gasse, und in die nächste.

Das Türglas vibrierte, als ich mit der Schulter gegen die Tür prallte, die nicht nachgab. Vergeblich rüttelte ich am Türknauf, sie blieb verschlossen.

»Scheiße!« Hektisch drückte ich meine Nase gegen das Glas, schirmte das Gesicht mit beiden Händen ab und spähte in den Laden. Darin war es dunkel, doch ich erkannte unzählige Flaschen, Violen und Krüge voller Krimskrams in den vielen Regalen, die in dem schmalen, langen Raum standen. »Hallo?«, rief ich und hämmerte gegen die Tür. »Ist da jemand? Ich brauche Hilfe!« Erleichtert stieß ich die Luft aus, als Licht den hinteren Teil erhellte. Ein Schatten bewegte sich, wurde größer, doch anders als die Größe des Schattens vermuten ließ, kam ein ziemlich kleiner Mann angerauscht.

»Sakra, wer veranstaltet hier solch einen Lärm?«, keifte er hinter verschlossener Tür und starrte mich durch das Glas an.

»Bitte, ich brauche dringend Stachelknolle!«

Mit finsterer Miene musterte er mich weiterhin. »Könnt Ihr lesen?«

Perplex blinzelte ich. »Was? J… Ja, natürlich kann ich lesen.«

»Prima, dann könnt Ihr ja lesen, dass geschlossen ist«, brummte er und deutete auf eine Stelle über mir.

Stirnrunzelnd hob ich den Kopf und sah auf das Schild, ehe mein Blick zu dem Ladenbesitzer zurückschnellte. »Ich brauche unbedingt diese Knolle, jemand wurde vergiftet!« Mein Puls stieg, langsam verlor ich die Geduld.

Der kleine Mann lachte krächzend. »Hier? Im Vertex? Das ist wohl kaum pa…«

Das Glas splitterte, als ich die Tür eintrat. Mein Herz pochte mir bis zum Hals, während ich den Konfektionari am Kragen seiner schicken Tunika packte und zu mir zog. Nur seine Zehen berührten noch den Boden und seine Augen waren kugelrund. »Stachelknolle! Jetzt!«

»Ist ja gut, ist ja gut. Lasst mich sofort los!« Das tat ich und er taumelte nach hinten und stieß gegen ein Regal. Fluchend drehte er sich um, schaute von links nach rechts. Dann holte er einen Hocker, stellte sich darauf, und holte ein Gefäß aus dem oberen Fach. »Das ist unerhört. Unverschämter Vagabund …« Er murmelte weitere Beleidigungen, während er zwei grüne Knollen in eine Tüte packte.

Hastig schmiss ich einige Binare auf den Thresen, schnappte mir die Knollen und eilte hinaus.

»Unerhört so etwas! Und dann noch zu wenig bezahlen …«

Seine Schimpftirade ging in dem Rauschen in meinen Ohren unter. Hoffentlich kam ich nicht zu spät. Ich rannte so schnell, dass ich beinah über meine Füße stolperte. Schwer atmend kam ich an der Unterkunft an, hastete durch die mittlerweile leere Taverne, die Treppen hinauf.

Keuchend schwankte ich in Kodas Zimmer, in dem Raia und Khal sich zu mir umdrehten und verunsichert wirkten.

»Brauchst du auch Medizin? Du bekommst ja kaum Luft«, erwähnte Raia.

Mein Blick huschte zum Bett und eine Hand schnellte zu meiner krampfenden Brust. Kodas Haut sah bereits gräulich aus. Abwesend wedelte ich mit der Tüte herum, bis Raia sie mir aus der Hand riss. Sie hackte die Knolle in Stücke, schmiss sie in dampfendes Wasser, und ließ dazu noch einige Blätter reinfallen. Das Ganze musste einige Minuten ziehen. Ungeduldig pilgerte ich im Zimmer auf und ab, schaute aus dem Fenster und ging wieder hin und her. Dabei sah ich immer zum Bett und kontrollierte Kodas Zustand.

Mir kamen die Minuten wie Stunden vor. Dann endlich schöpfte Raia einen Becher voll des Tranks und schritt zum Bett. Vorsichtig hob sie Kodas Kopf an und den Becher an ihre blassen Lippen. Es schmerzte, in ihr bleiches und schweißgebadetes Gesicht zu sehen. Stattdessen schielte ich zu Khal und musterte ihn. Immer noch saß er nur in seiner Schlafhose da. Verdammt, unter seiner Kleidung versteckten sich solche Muskeln? Seine Haare trug er zu einem geflochtenen Zopf, der ihm bis zu seiner Hüfte reichte. Ein leiser Laut ertönte hinter mir und ich fuhr herum.

Nach weiteren unerträglichen Minuten öffnete Koda ihre wunderschönen Augen und ihr unkontrolliert hin- und herspringender Blick fand direkt den meinen. Meine Gebete waren erhört worden. Doch das hieß, es müsste jemand anderes sterben, natürlich nur, wenn man den Geschichten über Banshees glaubte. Trotzdem fiel mir ein tonnenschwerer Brocken vom Herzen. In dem Moment wurde mir etwas klar: Ich konnte nicht gehen.

»Cayden?«, krächzte sie mit heiserer Stimme.

In einem Schritt stand ich am Bett. »Ich bin hier, Koda.«

»Du bist ein Idiot!«

***

Schritte ertönten und ich sah nach oben, als Koda langsam die Stufen der Herberge hinunterstieg. Mir stockte der Atem und mein Mund blieb offen stehen. Ich konnte nicht anders, als sie regelrecht anzuglotzen. Sakra! Ihre Haare waren locker hochgesteckt, ein paar Strähnen hingen gewellt herunter. Sie sah einfach atemberaubend schön aus in ihrem goldenen Kleid. Es schmiegte sich korsettartig um ihren Oberkörper, verzierter, leichter Stoff bedeckte ihre Schultern und fiel nach hinten elegant bis zum Boden. Auf Hüfthöhe öffnete sich vorne das Oberkleid und gab den Blick auf den schwarzen Unterrock frei. Goldene und schwarz schimmernde Federn verteilten sich von vorne am Saum des Kleides entlang nach hinten abfallend und bedeckten die kleine Schleppe. Dazu trug sie nur ihre Halskette mit dem nun schwarzen Lexandrith. Ob dessen Farbe etwas mit ihrem Mal zu tun hatte? Sicherlich sah ich umwerfend aus in meinem dunkelgrauen Ensemble, doch nicht so fesselnd wie Koda.

Unten angekommen, blieb sie vor mir stehen und legte den Kopf in den Nacken. Mit einem strahlenden Blick, bei dem ich Gänsehaut bekam, sah sie mir in die Augen, und wieder durchfuhr ein Blitz meinen Körper. Ganz langsam drehte sie sich einmal um die eigene Achse und blickte mich dann wieder mit einem viel zu zuckersüßen Lächeln an. »Na, gefällt dir, was du siehst?«, säuselte sie.

Aha, ich hatte recht gehabt. Sie war durchtrieben, denn ich wusste genau, worauf sie da anspielte. »Schon verstanden. Ich sehe meinen Fehler ein«, sagte ich mit erhobenen Händen. »Es war überheblich von mir, anzunehmen, dass du bei diesem stahlharten Körper schwach geworden und am liebsten über mich hergefallen wärst.« Demonstrativ deutete ich mit beiden Händen auf meinen Körper.

Koda verdrehte stöhnend die Augen. Anscheinend hatte ich es verdammt nötig, wenn ich in diesem Augenblick daran dachte, wie sie dieses Geräusch im Bett von sich gab.

O Heiliger … Mein Gewissen würde sich die Hand vor die Stirn schlagen, wenn es Hände hätte.

»Du bist unmöglich!«

»Und du bist wunderschön«, entgegnete ich.

Sie schien verlegen zu sein, ihre Wangen färbten sich rosig. Mir fiel eine Last von den Schultern, da sie nun wieder Farbe im Gesicht hatte. Nach dieser Nacht fühlte sie sich schon viel besser. Und nun stand sie mit diesem atemberaubenden Kleid vor mir. Wie ein wahrer Gentleman hielt ich ihr den Arm hin, woraufhin sie ihren nach kurzem Zögern einhakte. Sie duftete wieder nach den roten Blumen und einem Hauch Vanille. Tief sog ich ihn ein, um alles aufzunehmen. So gingen wir gemeinsam aus der Taverne, ignorierten die gaffenden Gäste im Schankraum.

Raia und Khal warteten bereits vor der Kutsche. Auch Raia trug ein elegantes Kleid in Hellblau, das ihre Haut zum Strahlen brachte. Khal einen feinen Zwirn, bestehend aus glänzender Hose und Hemd in einem hellen Grau, dazu trug er wie ich eine schwarze Weste. Nur Nathaniel glänzte mal wieder mit Abwesenheit. Was für ein Trottel. Wenn ich daran dachte, dass dies der letzte Abend sein sollte, an dem ich mit Koda zusammen sein konnte, schnürte sich meine Brust erneut zusammen.

Khal sah mich anerkennend an, einen Mundwinkel nach oben gezogen, auch Raia lächelte mich schief an und wandte sich dann an Koda. »Wahnsinn, Koda. Das Kleid sieht fantastisch aus und du funkelst richtig. Und ich meine nicht nur wegen dem Kleid.«

Kodas Mundwinkel zuckten. »Danke, aber ich muss sagen, ich bin erstaunt, dich so zu sehen. Dein Kleid steht dir wahnsinnig gut.«

Ich räusperte mich. »Einigen wir uns doch darauf, dass jeder bei unserem Anblick schwach wird und wir einfach umwerfend aussehen.«

»Da stimme ich dir zu«, antwortete Khal und fing an zu lachen. Koda und Raia stimmten mit ein und wandten sich zur Kutsche.

Der König scheute keine Kosten, um sich bei uns einzuschleimen, war jedoch in Anbetracht von Kodas und Raias Kleidung praktisch. Koda hob ihr Kleid vorne an und stieg zuerst in die Kutsche, gefolgt von Raia und Khal, dann von mir. Auf der harten Sitzbank fühlte ich mich eingeengt, was aber auch daran lag, dass ich neben Khal saß, der einfach viel zu groß für dieses Ding war. Oder das Ding viel zu klein für ihn. Mein Blick huschte automatisch zu Koda, die mich ansah, dann aber schnell den Kopf senkte und ihre behandschuhten Hände musterte. Ein triumphierendes Grinsen konnte ich mir nicht verkneifen. Dann schaute sie aus der Kutsche und setzte ihr Puppengesicht auf, was ich mittlerweile so liebte. Als würde ihr die Stadt eine Geschichte erzählen.

Die Fahrt über die Pflastersteine gestaltete sich holprig. Nach wenigen Minuten sah ich durch das Kutschfenster schon das dunkle Schloss aus Basalt. Es war mir nie wirklich aufgefallen, aber es wirkte nicht nur durch die Farbe düster, sondern verursachte ein beklemmendes Gefühl, je näher man ihm kam. Die Kutsche fuhr auf dem Weg, der durch den Garten des Schlosses führte. Gesäumt von akkurat geschnittenen, rechteckig angeordneten Hecken und je einem Brunnen in Form von Kolkras zu jeder Seite. Immer diese verdammten Vögel. Einfach nur widerlich.

Wir hielten vor der Treppe zu dem großen Tor und jeder holte seine Maske hervor und setzte sie auf, ehe wir ausstiegen.

»Nun denn, lasst uns ein wenig Spaß haben bei der spießigen Gesellschaft.« Bevor Koda ausstieg, umfasste ich sanft ihr Handgelenk und hielt sie zurück, woraufhin sie überrascht auf ihre Hand schaute. »Ich habe noch etwas für dich.«

Unter Herzklopfen holte ich die Eytelia-Blume heraus, die ich auf meiner nächtlichen Wanderung aus einem Blumenkübel gepflückt hatte, und reichte sie ihr.

Mit einem leicht ungläubigen Blick sah sie auf die Blume. Ihren Gesichtsausdruck konnte ich durch die Maske nicht deuten und ich bekam Panik, dass sie es für idiotisch hielt. Mit runden Augen schaute sie zu mir auf und im nächsten Moment verzogen sich ihre Lippen zu einem Lächeln. Nach langer Zeit fühlte ich mich wieder als ein wichtiger Teil im Leben eines anderen.

Ich konnte nicht gehen. Ich konnte sie nicht verlassen!

34
KODALINE

Das Mädchen lief und lief, ohne sich umzudrehen. In den engen Gassen, durch die sie stolperte, stank es fürchterlich nach Urin und Kot. Vor einer sehr hohen Mauer blieb sie schließlich stehen. Sie hob den Kopf und musste ihn so weit in den Nacken legen, dass es ihr weh tat. Hier ging es nicht weiter und sie wusste nicht mehr, wohin. Dann fiel dem Mädchen ein Mann in einem Pferdekarren auf. Sie blickte sich noch einmal zu dem riesigen dunklen Gebäude um, das rundherum von Fackeln beleuchtet wurde und aus dem immer noch wildes Geschrei zu hören war. Dann rannte das Mädchen, ohne nachzudenken, zu dem Mann auf dem Karren, kletterte unbemerkt hinauf und versteckte sich unter einer Plane. Sie sah nur noch die Mauern, die sie hinter sich ließen, als sie durch das riesige Tor verschwanden.

Immer wieder starrte ich Cayden an, der mir gegenüber in der Kutsche saß, da er einfach unfassbar gut aussah. Während ich die Treppe in der Herberge hinuntergelaufen war, hatte ich aufpassen müssen, nicht zu stolpern und die Stufen runterzupurzeln. Nicht nur, weil ich es nicht gewohnt war, auf solch hohen Absätzen zu laufen, sondern auch wegen Caydens Anblick. Das Hemd mit dem Stehkragen ließ ihn verdammt verwegen aussehen noch dazu mit der schwarzen Weste mit den seitlichen Knöpfen. Das passende Jackett reichte ihm bis zu den Knien und seine schwarzen Lederstiefel glänzten vor Politur. Hitze schoss in meine Wangen, als er zu mir schaute, und ein Kribbeln durchströmte meinen Körper. Ertappt senkte ich den Blick auf meine kurzen Armstulpen aus Spitze, die am Saum mit Federn des Kolkras geschmückt waren.

Uns war erlaubt worden, in die Stadt zu gehen, um unsere Kostüme für den Maskenball zu besorgen, egal, wie viel sie kosteten. Mein Kleid hatte jedoch irgendwann auf meinem Bett gelegen. Bestimmt kam es von Nate. Wer sollte mir sonst ein Kleid schenken? Doch wieso begleitete er uns nicht und wo steckte er? Er hatte mir zu verstehen gegeben, dass er Abstand brauchte, was für mich aber hieß, dass er eigentlich nicht mit mir zusammen sein wollte. Wenn ich zu sehr darüber nachdachte, brach es mir das Herz. Andererseits brodelte es in mir aufgrund der Tatsache, wie er sich verhielt. Immerhin kannten wir uns seit Jahren und es machte mich wahnsinnig, dass er nicht mit mir sprechen wollte. Doch dadurch ließ ich mir nicht den Abend vermiesen.

Nun standen wir vor dem Eingang des Schlosses und holten unsere Masken hervor. Meine war wie das Kleid aus Gold, hatte kleine Aussparungen für die Augen und verlief schmal über die Nase und an einer Seite fächerten sich goldene und schwarze Federn auf. Zwei zarte Ketten liefen unter den Augen entlang von der Nase bis zur Schläfe. Sie kitzelten ein wenig auf der Wange. Caydens Maske war schlicht in Schwarz gehalten und mit ein paar goldenen Ornamenten verziert. Sie bedeckte auf einer Seite ein Auge und Nase, auf der anderen sein halbes Gesicht. Seine Narbe über der linken Augenbraue war noch leicht zu sehen. Raia und Khalees trugen beide eine Schnabelmaske, seine schwarz, ihre weiß. Zusammen mit ihrem weißen Haar hätte sie wie eine Figur aus Alabaster ausgesehen, wäre nicht ihre bronzefarbene Haut.

Wir hatten uns dazu entschieden, unsere Waffen mitzunehmen, die Khal vorher mit einer Verschleierungstechnik präpariert hatte. Trotzdem trug jeder einen Umhang, damit sie nicht doch direkt auffielen. Doch es war nicht leicht, ein Doppelschwert elegant unter einem Umhang zu tragen. Beeindruckend, welche Fähigkeiten Khal besaß, und das mir einmal mehr bewusst machte, wie erbärmlich meine Kräfte waren.

Cayden hielt mir eine Eytelia-Blume hin, die ich gebannt anstarrte. Ich konnte nicht glauben, dass er so etwas für mich tat. Doch er hatte mir auch den Dolch geschenkt. Vorsichtig nahm ich die Blume und sah zu ihm auf. Zum ersten Mal wirkte sein Lächeln warmherzig und er schien erleichtert, sein Blick brannte sich in meine Augen. Heilige Scheiße, sein Blick!

»Kommt ihr oder wollt ihr den Abend in der Kutsche verbringen?«, rief Raia und riss mich wieder ins Hier und Jetzt.

Cayden räusperte sich und stieg aus. Ehe ich aussteigen konnte, hielt er mir seine Hand hin, um mir hinaus zu helfen. Unweigerlich musste ich an den Abend des Cynheai denken, als mir Nate aus der Kutsche geholfen hatte, und mir blieb ein Kloß im Hals stecken. Es kam mir vor, als lägen Jahre dazwischen, obwohl es nur zwei Monate her war. Trotz allem versuchte ich, ein neutrales Gesicht aufzusetzen und lächelte Cayden an, während ich seine Hand ergriff.

Es dämmerte bereits und hier und da standen Feuerschalen, die ein warmes Licht an das Gemäuer warfen. Über dem Eingang waren Stoffbahnen in Schwarz und Gold drapiert, ebenso unter jedem Fenster ringsherum. Vor der Treppe blieb ich stehen und drehte mich einmal im Kreis, um mir ein Bild zu machen. Staunend über diesen imposanten Anblick stand mir der Mund offen. Am Eingang entdeckte ich Cayden, der bereits wartend an einer Säule lehnte, die Arme vor der Brust verschränkt und einen Mundwinkel hochgezogen. Bestimmt kam ich ihm wie eine richtige Landpomeranze vor, die nie die Außenwelt gesehen hatte.

Zwei massive Kolkras aus Stein, die vor den Säulen neben dem Eingang saßen, bewachten anscheinend das Schloss, aber ich hatte das Gefühl, sie starrten mich an. Was natürlich nur Einbildung sein konnte. Damit ich nicht auf mein Kleid trat, hob ich es vorn etwas an, um die Stufen hochzugehen. Hoffentlich flog ich nicht auf die Nase.

»Ist was?« Ich bemühte mich, unbeeindruckt zu klingen, und ging an ihm vorbei durch die Tür. Im Foyer stoppte ich wieder abrupt und Cayden blieb an meiner Seite stehen. Doch ich *war* beeindruckt. Zwar waren wir gestern schon hier gewesen, aber durch das Licht der Fackeln und die Dekorationen wirkte es noch pompöser. Dazu die glitzernden Kleider, Masken, Seidenumhänge und Zylinder überall. Das hatte etwas Magisches.

Cayden beugte sich etwas zu mir. »Es ist normal, überwältigt zu sein, wenn man so etwas zum ersten Mal sieht. Ich mache mich nicht über dich lustig, Koda.«

Meine Augenbrauen zogen sich nach oben und ich drehte mich zu ihm. Er sah geradeaus in die Menschenmenge.

»Danke, aber das dachte ich auch nicht. Dennoch ist es gut zu wissen, dass du dich nicht über mich lustig machst.« Ich beobachtete wieder nur den einen Mundwinkel, der nach oben zuckte.

Wir schritten durch den langen Flur mit dem vielen Stuck an der Decke und bogen rechts ab, dann links. In jeder Ecke befanden sich Kerzenständer oder seltsame Marmorstatuen eines Wesens, das ich nicht zuordnen konnte. Es besaß Ansätze von federlosen Flügeln und menschliche Augen, doch der Rest des Gesichts ähnelte dem eines Tieres und es hatte Klauen. Wie gruselig. Das Fest fand in dem Saal statt, in dem König Taraîn uns gestern empfangen hatte. Und mir stockte der Atem, als wir ihn betraten. Man wusste nicht, wo man zuerst hinschauen sollte. Glänzende Kohlebecken aus Obsidian, die jede der acht Marmorsäulen zur Hälfte einschlossen, erleuchteten jeden Teil des Thronsaals und bedeckten ihn mit tanzenden Schatten und den warmen Strahlen des Feuers. Die künstlerischen Darstellungen von Legenden an der Decke wirkten lebendig im flackernden Licht der riesigen Kronleuchter, und auch hier blickten Skulpturen und Statuen dieser unbekannten Wesen auf den Marmorboden dieses beeindruckenden Saals. Höhergestellte Gäste machten es sich in Polsterstühlen auf den luxuriösen Balkonen mit Blick auf die gesamte Halle gemütlich. Die großen Fenster wurden von dunklen Vorhängen eingefasst, die mit goldenen Blättern und ausgefallenen Quasten verziert waren. Gestern hatte ich mich nicht in Ruhe umschauen können, da ich mich zu sehr auf den König konzentriert hatte.

»Heilige Scheiße!«, entfuhr es mir.

Caydens Kopf wirbelte zu mir herum, durch die Maske erkannte ich seine geweiteten Augen, als sich mein Blick auf ihn richtete. »Solche Worte kenne ich gar nicht von dir.«

»Du kennst so einiges nicht von mir.« Durch die Maske zwinkerte ich ihm zu, seine Augen wurden noch größer. »Du müsstest mal dein Gesicht sehen.« Ich prustete los. »Auch mit deiner Maske kann ich es erahnen.«

»Ist das so?« Seine Stimme klang tief und ruhig, irgendwie gefährlich.

Bevor ich reagieren konnte, gab er mir einen Klaps auf den Hintern. »Cayden!«, rief ich schockiert. Verdammt, wie kam er dazu, mir vor all den Leuten einen Klaps zu geben? »Uns sieht jeder!« Dafür würde ich ihn büßen lassen!

»Nein, tun sie nicht. Und das bist du selber Schuld.« Wie auf der Pirsch stand er da und ehe er die Arme um mich schlingen konnte, drehte ich mich fort. Doch nach einem Schritt packte er mich und ich kreischte wie eine Irre. Anscheinend wollte er mich mitten ins Geschehen schleppen, da tauchten Khalees' und Raias zur Seite geneigten Köpfe mit schiefem Lächeln in meinem Sichtfeld auf.

»Khal, Raia … schön euch zu sehen«, stieß ich gepresst hervor. Cayden schwang mich herum, um sich ihnen zuzuwenden. Mein Blut gefror augenblicklich in den Adern, als mein Blick an Cayden vorbei auf ein Podest mit zwei Thronen fiel. Geistesabwesend tippte ich Cayden in die Seite, damit er mich endlich losließ. Da er nicht reagierte, wurde mein Tippen zu einem Trommeln.

»Sakra, Koda, ist ja gut«, brummte er und ließ mich frei. »Ich hätte dich …« Mitten im Satz hielt er inne, denn er musste meinen Gesichtsausdruck bemerkt haben. Aus dem Augenwinkel sah ich, wie er sich umdrehte und meinem Blick folgte.

Seine Anspannung spürte ich durch unsere Kleidung, als er dasselbe sah wie ich. Nate stand auf dem Podest neben einem Thron und fixierte mich, in seinen Augen loderten Wut und Abneigung. Bei diesem Anblick rang ich schwer nach Atem, er versetzte mir einen Stich ins Herz. Er trug eine grün-schwarze Rüstung mit goldenen Verzierungen, aber es war nicht die Rüstung, die er in Kôlhave geholt hatte. Was weitere Fragen aufwarf, war die Tatsache, dass er da oben stand und nicht bei uns, nicht bei *mir*.

Auf dem Thron, neben dem Nate stand, musste Prinz Malos sitzen. Dessen tiefblaue Augen wurden von schwarzen Haaren und hohen Wangenknochen umrahmt. Er hatte eine feminine Ausstrahlung und schien sehr viel Wert auf sein Äußeres zu legen. In Gegenwart des Königs zu seiner linken, wirkte er wie ein schmächtiger Jüngling. An den Zeigefingern trug er goldene Ringe, die diese wie Krallen verlängerten. Auch aus dieser Entfernung sah ich, dass sie so spitz waren, um jemanden damit leicht eine Stichwunde zuzufügen. Sein beiges Seidengewand war mit Goldfäden bestickt, an Ärmelbund und Kragen mit Edelsteinen verziert und ergoss sich seitlich über die erste Stufe des Podestes. Seine Miene unter der schwarzen Maske ließ darauf schließen, dass er lieber woanders wäre. Bei längerer Betrachtung konnte ich mir durchaus vorstellen, dass er seinem Vater und dem Hauptmann der Garde einen Pfeil durch den Arm gejagt hatte.

Cayden legte mir kaum merklich eine Hand auf den Rücken, vielleicht um mir zu verdeutlichen, dass er für mich da war. Es war wirklich ein kleiner Trost, ihn bei mir zu wissen. Seltsam, da ich ihn am Anfang nicht hatte ausstehen können. Ein ganz in schwarz gekleideter Mann neben dem König erregte meine Aufmerksamkeit, da er mich ansah, als wollte er mich fressen. Er trug einen Brustpanzer, Umhang sowie eine ebenso schwarze Maske. Schnell wandte ich den Blick wieder Nate zu, der sich in dem Moment vom Podest entfernte und irgendwohin im hinteren Bereich verschwand. Mein Puls stieg. Doch ehe ich ihm folgen konnte, erhob sich der König, und die Geigen und Violinen verstummten. Alle verneigten sich, doch ich stand wie gelähmt da und starrte an die Stelle, wo sich Nate gerade noch befunden hatte. Jemand zerrte an meinem Arm und ich bemerkte Cayden neben mir. Blinzelnd erwachte ich aus der Starre und vollführte eine nicht gerade vornehme Verbeugung.

»Verehrter Orden, werte Lords und Ladies, geschätzte Gäste«, eröffnete er seine Rede und hielt die Arme seitlich ausgestreckt, die Handflächen nach oben gerichtet. Auf mich wirkte es, als wollte er beten. Mein Blick wanderte kurz hinauf zu den Balkonen, auf denen die Ordensmitglieder gehüllt in ihre dunklen Gewänder standen. Durch die über-großen Kapuzen lagen ihre Gesichter im Dunkeln, nur die Feuerschalen warfen hier und da Licht darauf. Wusste irgendjemand, wie sie wirklich aussahen? Trotz seines protzigen schweren Gewands in purem Gold, schwarzen Federn und Edelsteinen hätte der König einer der Vanden sein können, oder wie er sagte, des Ordens der Gezeiten. Seine Maske wirkte ebenso protzig, mit dem fein gearbeiteten Metall auf der Stirn, das sein Emblem widerspiegelte, und der zu einem Kolkraschnabel geformten Nase.

In dem Moment stellte ich erschrocken fest, dass ich die gleichen Farben trug wie er. Gold und Schwarz. War das Kleid doch nicht von Nate gewesen? Aber wieso ließ der König ein Kleid für mich besorgen? Ich musste einiges mit Nate klären, jetzt! Das Blabla des Königs konnte ich mir sparen. Mit einem Finger tippte ich Cayden auf die Schulter und er neigte automatisch den Kopf, damit ich ihm ins Ohr flüstern konnte.

»Ich muss zu Nate«, hauchte ich.

Daraufhin sah er mich tadelnd an und seine eisblauen Augen schienen plötzlich saphirblau, als spiegelten sie so seinen Unmut. Er nahm meine Hand und strich mit dem Daumen über den Handrücken. Sofort kribbelte es wieder.

»Pass auf dich auf.«

Wieso machte er sich solche Sorgen? Es handelte sich schließlich um Nate, den ich suchen wollte. Doch ich nickte nur beruhigend, wie ich es auch oft bei meiner Mutter getan hatte. So unauffällig wie möglich bewegte ich mich zwischen den Gästen vorwärts, rechts an den Musikern vorbei und huschte flink durch die Tür, durch die Nate verschwunden sein musste. Anders als ich erwartet hatte, stand ich alleine in einem langen Flur, natürlich dunkel gehalten. Keine Gardisten, die sich hier aufhielten. Rote Stoffbahnen hingen in regelmäßigen Abständen von der Decke, vielleicht um ein wenig Farbe reinzubringen. Nur vereinzelte Fackeln spendeten dürftiges Licht, und die Lämpchen, die hier und da an den Wänden hingen, leuchteten wie Carlameôn, geflügelte Tierchen, die ein zumeist grünes schwaches Licht aussendeten. Nicht sonderlich hell.

Plötzlich packte mich jemand am Handgelenk und ich kreischte laut auf. Doch mein Schrei verstummte, als ich die alte Frau vom Markt erkannte, die diese seltsamen Dinge aus Knochen schnitzte. Jetzt kam ich mir dumm vor. Etwas verlegen lächelte ich sie an. Zwar lächelte sie ebenfalls, aber es wirkte aufgesetzt.

»Makâi, ich bin Kodaline.«

»Fedelm. Ich wünschte, wir uns früher getroffen.« Mütterlich tätschelte sie meine Hand. »Du hier fort.«

Ihr Akzent war viel stärker als Khalees' und ich wusste nicht, ob ich sie richtig verstanden hatte. »Wie bitte?«

»Sofort weg von hier. Große Gefahr für dich. Kipôen uy Vaban.«

Mein ganzer Körper spannte sich bei diesen Worten an. Die gleichen Worte, die Myrna zu mir gesagt hatte. *Schmerz und Leid.* »Aber ich kann hier nicht weg. Ich gehöre bald zur Elite des Königs, zum Schutz des Prinzen.« Dass ich erst Anwärterin war, verschwieg ich lieber.

Sie packte meine Hand immer fester. »Nein, hier fort! Vertraue keinem! Menschen dich verraten, du kennst und du vertraust.«

Mit gerunzelter Stirn starrte ich sie an. »Was soll das bedeuten? Wer verrät mich?«

Schwer seufzend schüttelte die alte Frau den Kopf. »Das ich nicht sagen kann.«

»Woher wissen Sie es dann?« Irgendwann wand ich mich aus ihrem Griff. Ihr zerfurchtes Gesicht wirkte aufrichtig, und sie sah mich mitleidvoll an. Irritiert schaute ich zurück. Anscheinend würde ich keine zufriedenstellende Antwort von ihr bekommen. »Ich werde aufpassen.« Dann wandte ich mich ab und ging den Flur entlang, ohne mich nochmal umzudrehen. Jemand, den ich kannte, würde mich verraten?

Vertraute ich Nate? Natürlich, und er würde mich nicht verraten, auch wenn er gerade anscheinend eine schwierige Zeit durchmachte. Und Raia und Khal? Cayden? Sie alle kannte ich nicht besonders gut. Raia und ich hatten zwar keinen guten Start gehabt, aber auch ihr traute ich keinen Verrat zu, Khal erst recht nicht. Blieb also nur noch einer …

»Verdammt!« Zögernd und verwirrt lief ich an einer Tür vorbei, dann an zwei weiteren, die sich gegenüberlagen. Würde Cayden mich verraten? Aber womit und was hätte er davon? Er hatte mal gesagt, er wäre mir gegenüber nicht abgeneigt. Mit einem Seufzer schüttelte ich den Kopf. Das musste nichts heißen. Sein Bruder war wegen ihm gestorben, hatte er ihn vielleicht auch verraten? Bei den letzten beiden Türen blieb ich stehen, denn es ging sowieso nicht weiter. Mein Kopf drehte sich nach links, dann nach rechts. Aus einem Bauchgefühl heraus öffnete ich die zweite Tür und schlüpfte hinein. Erschrocken holte ich Luft, da Nate auf einmal vor mir stand, und konnte gerade so verhindern, loszuschreien. Er wirkte ebenfalls ziemlich überrascht, aber noch mehr missgelaunt, mich hier zu sehen.

»Sakra, Nate. Du hast mich erschreckt.«

»Was machst du hier?«, fragte er emotionslos.

Stirnrunzelnd sah ich ihn an. »Ich habe dich gesucht.«

»Wieso das?«

Mein Herz bekam einen Riss. »Wieso? Vielleicht weil wir uns seit zwölf Jahren kennen und die besten Freunde sind und wir bis vor Kurzem ein Paar waren. Weil ich dachte, du liebst mich.«

Für eine Sekunde schloss er die Augen. »Du sagst es bereits, *waren* … auch wenn nur wenige Wochen vergangen sind, jetzt ist alles anders.«

Meine Augen begannen zu brennen und ich versuchte, eine Träne wegzublinzeln, während ich den Klumpen im Hals hinunterschluckte. »Hast du mich denn nicht geliebt, war das alles nur gespielt?« Meine Stimme brach.

Er raufte sich die Haare und verschränkte die Hände im Nacken, eher er sich schwer seufzend umdrehte. Dann ließ er die Arme sinken und wandte sich wieder zu mir. Seine braunen Augen lagen fest auf mir und mein Herz machte einen kleinen Hüpfer. »Natürlich war es nicht gespielt … *ist* nicht gespielt.«

Ein bisschen Hoffnung züngelte in mir empor.

»Aber ich sagte ja bereits, dass ich einiges zu verarbeiten habe, und ich denke, es ist das Beste, wenn ich das allein mache.«

Die Hoffnung erlosch zischend. »Was verschweigst du mir, Nate? Wir konnten doch immer über alles sprechen.« Den flehenden Klang in meiner Stimme erkannte ich nicht wieder. Ich hasste es.

Nate senkte den Kopf, schüttelte ihn. »Ich befürchte, du wirst mich hassen, wenn ich es erzähle. Ich kann es nicht.«

Das war nicht Nathaniel Terbis, der Mann, den ich vor zwölf Jahren kennengelernt hatte, der mir Teachâin beigebracht hatte, dem ich bedingungslos vertrauen konnte. Es fühlte sich an, als flatterten unzählige Carlameôn durch meinen Körper und knabberten meine Eingeweide an.

»Wären wir doch nur in Fabula geblieben«, flüsterte ich verzweifelt. Meine Lippen bebten und eine Träne befreite sich aus meinem Augenwinkel.

Nate nahm meine Hand und strich, wie Cayden eben, mit dem Daumen über meinen Handrücken. War es verstörend oder traurig, dass ich seine Berührung zwar schön fand, aber nicht dieses elektrisierende Gefühl wie bei Cayden verspürte? Demjenigen, der mich womöglich verraten wollte. Wie auch immer. Verdammt …

Nate legte die andere Hand an meine Wange. »Wahrscheinlich werde ich dich immer lieben, egal was passiert.«

Unvermittelt beugte er sich zu mir hinunter und küsste

mich. Sanft, sinnlich, kurz. Während er sich von mir löste und meine Hand losließ, wusste ich, dass es das Ende unserer Beziehung, vielleicht sogar unserer Freundschaft bedeutete. Dann wandte er sich zur Tür und ging ohne ein weiteres Wort hinaus.

»Nate …«, flehte ich. Doch er drehte sich nicht um. Ich fühlte mich hohl, das Flattern war fort. Genau wie Nate.

35
KODALINE

In meinen Gedanken ging ich die letzten Minuten noch
einmal durch. Das sollte es nun gewesen sein? Aus und
vorbei? Einfach so, nach zwölf Jahren? Der Kloß in meinem
Hals wurde immer größer.

»Wieso, Nate?« Tränen kullerten über meine Wangen
und ich stieß einen Schluchzer aus, schloss die Augen und
atmete tief durch. Es roch nach poliertem Holz und alten
Büchern. Erst nachdem ich die Augen wieder öffnete und
mich im Raum umsah, stellte ich fest, dass es sich um eine
kleine Bibliothek handelte. Sofort breitete sich Wärme
in meiner Brust aus, es hatte etwas Heimeliges, und ich
entspannte mich zumindest ein wenig. Fahrig wischte ich
mir die Tränen fort und sah mir die Bücher an. Streifte über
die Buchrücken, während ich ein Regal entlangging. In der
gegenüberliegenden Ecke befand sich ein schwarz-goldenes
Brokat-Sofa, welches aber unbenutzt aussah. Hier könnte
ich mich den ganzen Tag aufhalten. Kurzerhand schnallte
ich den Gürtel ab und lehnte mein Schwert an ein Regal.
In dem Moment öffnete sich die Tür. Ich wirbelte herum
und erstarrte.

Erleichtert stieß ich die Luft aus, als Cayden hereinkam.

Und doch enttäuschte es mich, denn für den Bruchteil einer Sekunde hatte ich gehofft, es wäre Nate.

Cayden sah mich neugierig an, den Kopf schief gelegt und die Hände in die Hosentaschen gesteckt. Sein Jackett hatte er aufgeknöpft. »Hier bist du also. Wir haben uns schon Sorgen gemacht. Fast hätte ich das ganze Schloss nach dir abgesucht. Du hast die vor Speichel triefende Rede des Königs verpasst.«

»Spar dir das.« Es klang schroffer als beabsichtigt und ich wischte mir die letzten getrockneten Tränen weg.

Irritiert kniff er die Augen zusammen. »Was meinst du?«

»Ich meine, so zu tun, als würde ich dir etwas bedeuten. Ich weiß nicht, was du vorhast und damit bezwecken willst, aber lass es sein.«

Er wirkte überrumpelt, hob beide Augenbrauen und kam einen Schritt auf mich zu, sodass ich den Kopf leicht in den Nacken legen musste, um ihn anzusehen. Sofort nahm ich seinen frischen intensiven Duft nach zerriebenen Blättern wahr.

»Hast du zu lange an den Büchern geschnüffelt?«, fragte er trocken.

Ich verzog das Gesicht. »Nein, was soll die Frage?«

»Was die Frage soll? Was sollen deine Anschuldigungen?« Mit den Händen fuhr er sich durch seine dunklen Haare und trat einen Schritt zurück. Ein paar Strähnen fielen ihm sofort wieder in die Stirn.

Ich wedelte mit einer Hand herum. »Das musst du doch wissen. Nur so macht es Sinn.« Sobald ich es gesagt hatte, kam es mir allerdings lächerlich vor und Hitze stieg mir in die Wangen.

Cayden schnaubte. »Es macht gerade überhaupt keinen Sinn. Was ist passiert? Und wieso hast du geheult?«

Wie konnte er das sofort wissen, war es so offensichtlich? Mist, sah ich dermaßen verheult aus? Seufzend rieb ich mir über die freie Stelle meiner Stirn. »Erinnerst du dich an die alte Frau, mit der wir auf dem Markt gesprochen haben?« Er nickte langsam und sah mich erwartungsvoll an. Schnell räusperte ich mich. »Sie prophezeite mir … etwas … dass ich von jemandem verraten werden würde, dem ich vertraue …«

Cayden brach in Gelächter aus, was sich ein wenig verrückt anhörte. Dieser Mistkerl.

»Und du denkst, ich bin derjenige, der dich verrät? Warum sollte ich das tun?« Er machte wieder einen Schritt auf mich zu, und ich konnte nicht mehr klar denken.

Blinzelnd starrte ich ihn an. »Ich … ich weiß es nicht. Aber sie sagte die gleichen Worte zu mir, wie Myrna.« Aufgebracht fuchtelte ich mit den Händen herum und zuckte dann entschuldigend mit den Schultern.

»Und diesen alten Fregatten schenkst du mehr Glauben als mir? Weißt du noch, was ich zu dir in dem Schuppen auf dem Vosnari-Pass gesagt habe?«

Skeptisch zog ich eine Augenbraue nach oben. »Du hast einiges gesagt.«

»Als ich neben dir lag, sagte ich, dass ich nicht abgeneigt wäre. Damit meine ich natürlich nicht nur, dass ich gerne mit dir … du weißt schon. Ich meine, ich mag dich, und ich verbringe gerne Zeit mit dir. Und daran hat sich nichts geändert.«

Daran konnte ich mich gut erinnern, ich hatte nur versucht, es zu verdrängen. An seine Hand auf meinem Bauch erinnerte ich mich ebenfalls gut. Bei dem Gedanken daran kribbelte es sofort überall.

Fahrig rieb er sich übers Kinn. »Ich befürchte sogar, es hat sich verschlimmert.«

»Verschlimmert?«, fragte ich schnippisch. »Bin ich eine Krankheit?«

Er lachte schnaubend. »Dass ich mich nicht hemmungslos an dich heranschmeiße, liegt an meiner guten Körperbeherrschung. Aber auch diese hat ihre Grenzen und droht zu zerbersten.«

Die Gletscher in seinen Augen funkelten mich an und ich schluckte schwer. So sehr ich mich auch wehren und mich von ihm fernhalten wollte, ich konnte es nicht. Einen Moment standen wir einfach da, hörten nur unsere Atemzüge. Die Luft zwischen uns knisterte förmlich. Verdammter Mist!

Wer sich von uns als Erstes bewegte, konnte ich nicht sagen. Unsere Körper prallten mit voller Wucht gegeneinander und wir konnten nur gerade so verhindern, umzukippen. Seine Lippen pressten sich auf meine, während seine Hände meinen Körper erforschten. Sie erkundeten jeden Zentimeter, streiften langsam von meinem Hals, über meine Schultern, meinen Rücken hinab bis zu meinem Hintern, wo er zudrückte und mir ein Keuchen entlockte. Heiliger Dûwal. Auch ich ließ die Hände forschend über seinen muskulösen Körper gleiten. Einen tiefen kehligen Laut stieß er aus, als meine Hände von seiner Taille zu seinem Bauch streiften. Er packte meine Schultern und schob mich ein wenig zurück, um mich anzusehen. Wir atmeten beide schwer, trugen beide noch unsere Masken, was zugegebenermaßen verführerisch war, aber auch etwas störend. Sein Gesicht spiegelte meine Gefühle wieder: Überraschung, Verlangen, Unsicherheit …

Wie sehr ich das wollte, hatte ich nicht gewusst. Bis jetzt. Ich fühlte mich total aufgewühlt, doch es fühlte sich auch so gut an. Und das brauchte ich jetzt. Handelte ich egoistisch?

»Koda … ist es … das …«, stammelte er keuchend.

Mein Verstand setzte aus. Ich schob seine Maske nach oben, packte mit beiden Händen sein Gesicht, zog ihn zu mir herunter und brachte ihn mit meinen Lippen zum Schweigen. Überrascht murmelte er vor sich hin, erwiderte den Kuss dann so hitzig, dass ich quiekte und spürte, wie er lächelte. Mit beiden Händen umfasste er meine Taille, führte mich rückwärts, während seine Hände langsam über meine Kurven glitten. Jede Faser meines Körpers fühlte sich an wie elektrisiert. Irgendwann spürte ich das Sofa an meinen Waden, ich ließ mich darauf sinken, wobei Cayden mich mit einer Hand im Rücken stützte. Hastig riss er sich die Maske ganz vom Kopf und ließ sie fallen. Seine Lippen waren weich und warm. Seine Zunge streifte langsam über meine Unterlippe und mein Körper reagierte explosionsartig. O Heiliger! Cayden presste seinen Körper der Länge nach gegen meinen, ich spürte seine Erregtheit durch den Stoff des Kleides, was mich stöhnen ließ. Ein tiefes Grollen brachte seine Brust zum Vibrieren.

»Scheiße, hier ist viel zu viel Stoff«, raunte er. Fummelte an dem Kleid herum und versuchte, darunter zu gelangen. Beinah verzweifelt zog er an dem Seidenband, das sich um meine Taille schnürte. Ich schmunzelte, woraufhin er mich mit verengten Augen anschaute. Ein schiefes Lächeln erschien auf seinen schönen Lippen. Mein Puls pochte bis zum Hals, das Klopfen in meiner Brust wurde schneller, als er seinen Kopf neigte und meinen Hals küsste. Seine Lippen wanderten tiefer zu den Ansätzen meiner Brüste. Keuchend und ungeduldig warf ich den Kopf zurück und griff in seine Haare. Bei den heiligen, verdammten Vanden, was tat ich hier? Ich konnte nicht klar denken, ich wusste gerade nur, wie sehr mein Verlangen wuchs.

Ein Schaben und Rumpeln ließ mich innehalten. Ich riss die Augen weit auf, zog Cayden reflexartig an den Haaren hoch, woraufhin er zischend Luft holte.

»Ich werde mir auf jeden Fall die Haare schneiden, sobald ich kann«, stieß er hervor.

Augenrollend schnalzte ich mit der Zunge. »Hast du das nicht gehört?«

Sein Mundwinkel verzog sich verwegen. »Nein, tut mir leid, ich war etwas abgelenkt.«

Ein Klicken ertönte und die Tür öffnete sich.

Noch nie hatte ich jemanden gesehen, der sich so schnell bewegte wie Cayden. Jedenfalls nicht ohne Magie. Er sprang auf und schnappte sich die Maske von Boden, drehte sich durch den Schwung, den er mitgenommen hatte, und krachte gegen das Bücherregal neben der Tür, das daraufhin gefährlich wankte. In demselben Moment, in dem die Person den Raum betrat, zog er die Maske herunter und fing ganz nebenbei ein Buch auf, das wegen dem Zusammenprall aus dem Regal fiel. Beeindruckt hob ich die Brauen. Sehr elegant.

Der Mann, der einen ekeligen grünen Anzug und eine rote Maske mit einer Knobelnase trug, sah uns erschrocken und zugleich erzürnt an.

»Was machen Sie hier?«, blaffte er.

»Wonach sieht es denn aus, verehrter Herr?« Cayden hielt das Buch demonstrativ hoch.

»Das ist doch eine Bibliothek, oder nicht?«, säuselte ich.

Verunsichert sah er zwischen Cayden und mir hin und her. »Natürlich ist es eine Bibliothek, aber … es ist …«, stammelte er.

»Es steht nirgendwo ein Hinweis, dass wir nicht hier sein dürfen. Oder?« Demonstrativ ließ ich den Blick durch den Raum schweifen.

Der Mann räusperte sich. »Nun gut, aber in einer Stunde sind sie hier draußen«, forderte er und zeigte erst auf mich, dann auf Cayden.

»In Ordnung, ich danke Euch.« Mein übertriebenes Lächeln schien ihm zu gefallen, doch als ich an ihm vorbei zu Cayden sah, musste er sich beherrschen, nicht in Gelächter auszubrechen. Nachdem der Mann die Tür hinter sich geschlossen hatte, ließ ich mich zurückfallen und den Kopf auf die Lehne sinken. Um meinen Puls zu beruhigen, atmete ich erst mal tief durch.

»Das war …« Cayden sprach nicht weiter.

Langsam hob ich meinen Kopf und musterte ihn von oben bis unten, genau wie er mich. »Ja …«, antwortete ich nickend. Ich konnte es selbst nicht beschreiben. Allmählich beruhigte sich mein Puls.

»Wenn wir nicht gestört worden wären … dann …«

»Dann?«, fragte ich verschmitzt, stand vom Sofa auf und ging auf ihn zu. Ganz langsam. Verlegen rieb er sich den Nacken und hüstelte gekünstelt. Mir gefiel es, mit anzusehen, wie er sich wand.

»In einer Bibliothek, wie skandalös das doch gewesen wäre.«

O ja, es gefiel mir. Nun stand ich dicht vor ihm und sah neckisch zu ihm auf. Er wirkte wirklich nervös, was ich nicht für möglich gehalten hatte. Ich legte meine Hände auf seine Brust, spürte, wie sich die Muskeln anspannten. Langsam glitt ich weiter hinauf, am Kragen seiner Weste entlang. Die ganze Zeit sah ich ihm in die Augen, beobachtete, wie er mit sich einen Kampf ausfocht, ob er etwas riskieren sollte oder nicht. Warum hielt er sich auf einmal zurück? Mit einem Mal blitzte Nate vor meinem inneren Auge auf. Verdammt! Nate … Nein, nicht jetzt!

In dem Moment legte Cayden zögernd seine Arme um meine Taille, vertrieb meine Gedanken sofort. Strich sanft über meinen Rücken, drückte mich dann eng an sich und ließ eine Hand zu meinem Hintern gleiten. Es prickelte überall in meinem Körper. Er neigte seinen Kopf, streifte mit seinen Lippen die meinen, nur einen Hauch. O Heiliger …!

»Weißt du eigentlich, wie …« Ein Poltern unterbrach Cayden.

Das gleiche Geräusch wie eben. Ein dumpfes Pochen, das von der anderen Seite der Wand kommen musste. Wieder ertönte ein Schaben, das all meine Härchen an den Armen aufstellen ließ.

»Wo kommt das her?«, fragte ich mehr mich selbst,

während ich mich von Cayden löste und zu der Wand ging, an der das Sofa stand. Mit einer Hand strich ich darüber, hielt ein Ohr dagegen und horchte. Ich meinte, ein rasselndes Geräusch zu hören, wieder dieses Schaben. Etwas war hinter der Wand, aber wo? Was konnte es sein?

»Hier ist irgendetwas«, sagte ich zu Cayden, als er neben mich trat. Vorsichtig ließ ich die Finger wieder über die Wand gleiten, über die Spalten in dem Gemäuer. Da. An der linken Ecke der Wand fühlte ich etwas, eine leichte Unebenheit. Die Strähnen meiner Haare wirbelten leicht auf. Ein Luftzug. Fahrig folgte ich mit einer Hand dem Luftzug und als ich den Umriss erahnte, hielt ich inne. Ich drückte gegen die Mauer, erst oben, dann weiter unten, doch nichts passierte.

»Sakra!«, fluchte ich.

»Ich scheine einen schlechten Einfluss auf dich zu haben, wenn du so fluchst«, ertönte seine Stimme dicht hinter mir. Dann stieß er mich leicht mit dem Ellbogen an.

Mein Kopf fuhr herum und ich funkelte ihn an. »Such lieber nach einem versteckten Hebel oder andere Möglichkeiten, diese Tür zu öffnen.« Dann wandte ich mich wieder der Wand zu.

»Warum so gereizt?«, fragte er vorwurfsvoll, aber ich antwortete nicht. Er murmelte unverständliche Worte vor sich hin, als auf einmal das Gemäuer nachgab, gerade, als ich erneut dagegen drückte. Ehe ich kopfüber ins Dunkel fallen konnte, packe Cayden mich schnell. Vor uns tat sich ein dunkler Gang auf, und irgendwo dorther kamen diese abscheulichen Geräusche. Mit Herzklopfen drehte ich mich zu Cayden, neugierig aber auch verängstigt.

Noch immer hatte er seine Arme um mich geschlungen, drückte mich fester an sich, während er mich skeptisch ansah. »Du willst da doch nicht wirklich durchgehen oder? Wir wissen nicht, was uns erwartet.«

»Für einen Feigling hätte ich dich nicht gehalten.« Sofort

dachte ich amüsiert an Raia. Zu ihr hatte ich genau die gleichen Worte gesagt, weil sie Khal nichts von ihren Gefühlen erzählen wollte. Cayden biss sanft in mein Ohrläppchen und ich erschauerte. Ich spürte sein Grinsen, als er seine Wange gegen meine drückte.

Seine Nasenspitze fuhr über meine Haut. »Durchtriebenes Stück.« Er küsste mich auf die Wange und Wärme durchflutete mich.

Verdammt, wie konnte das so schnell passieren? Aber es fühlte sich so normal an, als wäre es immer so gewesen. Als würden wir uns ewig kennen. Doch Schuldgefühle stießen mir bitter auf. Behutsam schob ich Cayden zur Seite, um zu der Stelle zu gehen, wo ich mein Schwert abgelegt hatte. Während ich das Leder-Bandelier ergriff und mir umschnallte, ging ich zur Tür und trat in den Flur.

»Wo willst du hin?«, flüsterte Cayden mit fester Stimme.

Ohne zu antworten, nahm ich eine Fackel aus einer der Halterungen.

Anerkennung lag in seinem Gesicht, als ich wieder in den Raum kam. »Kudra Atâmi.«

Erst warf ich ihm einen vernichtenden Blick zu, weil die Bezeichnung *schlaues Mädchen* eher sarkastisch klang, ehe ich einmal tief einatmete und ins Dunkel trat.

Cayden folgte dicht hinter mir.

36
KODALINE

Eine Treppe führte in einer langgezogenen Kurve nach unten, in einen schmalen Gang hinein. Ohne Fackel wäre es stockfinster, und selbst das Feuer schien der dunkle Basalt zu schlucken. Ein aufgeregtes Kribbeln jagte durch meinen Körper. Im Fackelschein vor uns blitzte ein silbernes Schimmern auf. Es stammte von einer Eisentür, wie wir Sekunden später feststellten. Was mochte hinter einer solch schweren Tür verborgen sein?

»Und jetzt? Wir haben natürlich keinen Schlüssel dabei.« Enttäuscht seufzte ich.

Auf einmal fummelte Cayden in meinen Haaren herum, pikste und zwickte mich. »Autsch, was machst du da, Diaful?«

Er schnaubte. »Mein neuer Spitzname, was?« Damit hielt er mir zwei Haarnadeln vor die Nase, die er rausgezogen hatte.

Meine Mundwinkel zuckten. »Kudro Tamâ.« Es hieß so viel wie *schlauer Junge*. Wobei *Bengel* die bessere Übersetzung wäre.

Jetzt gluckste Cayden und stupste mit einem Finger auf meine Nase. Er machte sich gleich daran, das Schloss mit den Haarnadeln zu knacken. Drehte eine Hand, hob die andere etwas höher, dann andersherum.

Klack. Wir beide zuckten leicht zusammen. Aus dem Augenwinkel sah ich, wie er triumphierend strahlte.

Stirnrunzelnd wandte ich mich ihm zu. »Will ich wissen, woher du das kannst?«

»Besser nicht, nachher denkst du noch schlecht von mir.«

Ich prustete los. Cayden verschränkte beleidigt die Arme vor der Brust. Seine Augen verengten sich, doch seine Lippen verzogen sich schelmisch. »Tut mir leid.«, sagte ich. »Na dann, los.«

Cayden stieß vorsichtig die dicke Tür auf, die quietschte und verdammt schwer zu sein schien, da er angestrengt sein Gesicht verzog. Sofort wehte uns ein Gestank von Unrat, Moder und Chemikalien entgegen und ich hielt mir die Nase zu. Verunsichert schaute ich zu Cayden, der sich auch den Ärmel vor die Nase schob.

»Nase zu und durch, was?«, scherzte er.

Mit dem Arm vor der Nase verdrehte ich die Augen. Langsam betraten wir den Raum, zugestellt mit allerhand Krimskrams. Statuen von vergessenen Herrschern und Völkern der Fae, hochgewachsen und anmutig. Alte Lampen, Tische und Stühle standen herum. Ein leises, ächzendes Geräusch ließ mich aufschrecken. Das Schaben. Instinktiv rückte ich näher zu Cayden, der sofort einen Arm um mich legte.

Wir bahnten uns einen Weg durch das Gerümpel, bis wir plötzlich wieder ringsherum Platz hatten. Doch meine Augen brannten von diesem beißenden Geruch und weiteten sich vor Schock, als ich mich nach rechts drehte. Langsam ließ ich den Arm sinken, der meine Nase schützte, vergaß den Gestank.

An der kompletten rechten Wand reihten sich hohe Käfige aneinander. Darin befanden sich irgendwelche Kreaturen, doch ich konnte sie nicht erkennen. Als ich näher herangehen wollte, fasste Cayden meine Hand. »Nicht.«

Ich schob seine Hand weg. »Ich muss wissen, was das für Wesen sind.«

Sein Blick wirkte fast flehend, dann stieß er frustriert Luft aus, als er begriff, dass er mich nicht umstimmen konnte. Langsam näherte ich mich mit vorsichtigen Schritten den Käfigen, um niemanden aufzuschrecken. Mich inbegriffen. Cayden folgte mir, wenn auch widerwillig. Ich blickte in den ersten Käfig und drückte die Hand vor den Mund.

Diese Kreatur war groß. Schmutzverschmierter Stoff hing an seinen Schultern wie ein altes Leinentuch. Es gab überall Löcher, die Hose war zerfetzt, bedeckte das Wichtigste nur noch dürftig. Es galt kaum noch als ein Kleidungsstück. Schlagartig jagte ein eisiger Schauer meine Wirbelsäule entlang. Heilige Scheiße, ein Mensch! Oder zumindest das, was davon noch übrig war. Jetzt zogen sich schwarze Adern durch aschfahle Haut, offene Wunden nässten, Haare lagen büschelweise auf dem verdreckten Boden. Resigniert starrte er in eine Ecke und schabte mit den Fingern über den Stein. Immer und immer wieder, wodurch die Fingernägel abgebrochen und blutig waren. Mein Herz krampfte sich bei diesem Anblick zusammen und ein flaues Gefühl breitete sich in meiner Magengegend aus. Neben ihm lagen ein toter Kolkra und Exkremente.

In meinem Hinterkopf blitzte sofort ein Bild auf, sah die Worte in dem Buch vor mir, die diese Geschichte erzählten. Aber nein, das konnte nicht sein. Ich schluckte und schob den Gedanken beiseite. Schnell griff ich nach Caydens Hand.

»Was ist hier passiert?«, flüsterte ich entsetzt, bewegte mich dennoch die Reihe weiter entlang. Einige Wesen waren bereits tot. Kein Wunder, dass es hier so stank. Es fiel mir schwer, nicht loszuschreien, wegen dieses Bildes, das sich uns bot. Auch in den anderen Käfigen lagen tote Vögel. Ich versuchte, flach zu atmen, um diesen Gestank besser ertragen zu können, aber die Übelkeit kroch langsam meine Kehle hoch. Eines dieser Menschenwesen trug ein großes Tuch um den Hals und hatte es so um das Gesicht gewickelt, dass es die Nase bedeckte. Aus irgendeinem Grund schien er anders zu sein, anscheinend machte ihm der Gestank noch etwas aus, als wäre er noch nicht ... mutiert? Plötzlich streckte er den Arm nach mir aus und ich sprang kreischend zurück, bis ich gegen Cayden stieß. Hektisch atmend legte ich mir eine Hand auf mein wild schlagendes Herz. Mein Blick fiel auf Tische mit seltsamen Instrumenten und Gläschen mit Flüssigkeiten links von uns.

Verstört fischte ich nach Caydens Hand, der seine Finger mit meinen verschränkten. »Verdammter Mist! Cayden, was ist das hier?«

»Ich weiß es nicht, aber wir müssen glaub ich nicht darüber diskutieren, dass sie nicht freiwillig hier sind und es einmal Menschen waren. Und das hier kranke Dinge passiert sind.«

Mein Griff verstärkte sich und ich blickte ihn entgeistert an. »Weißt du noch, wie ich euch von Myrna erzählt habe? Was sie mir über den König sagte, über die Menschen, die verschwunden sind?« Nach diesen Worten blieb ein bitterer Beigeschmack auf meiner Zunge zurück.

»Du glaubst doch nicht ...« Ich sah, wie es in ihm arbeitete und er dann ungläubig den Kopf schüttelte. »Wir müssen den anderen davon erzählen«, sagte er schließlich.

Ich nickte. »Geh schon vor, ich komme sofort nach.«

Ungläubig schnaubte er. »Bist du noch ganz bei Sinnen? Ich lasse dich nicht allein hier.«

»Doch, tust du. Los, geh schon.«

Funkelnd starrte er mich an. »Ich lasse dich nicht allein, Koda!«

»Na gut, dann halt nicht«, zischte ich genervt. Die Wand auf der anderen Seite des Raums erregte meine Aufmerksamkeit und ich bewegte mich dorthin. Caydens vorsichtige Schritte folgten mir. Dort hingen Bildnisse. Vermutlich von den Ahnen und Urahnen. Schwarzer durchscheinender Stoff bedeckte eines der Bilder und ich entfernte ihn.

Das Bildnis zeigte den jetzigen König in jüngeren Jahren. In aufrechter Haltung, eine Hand hinter dem Rücken, die andere lag auf der Schulter einer atemberaubend schönen Frau mit dunklen Haaren, die sich in großen Wellen über ihre Schulter ergossen. Sie saß vor ihm auf einem Stuhl und trug ein ausladendes, karminrotes Kleid aus glänzendem Stoff mit goldenen Ornamenten. Es bildete einen starken Kontrast zu den wahnsinnig grünen Augen. Neben der schönen Frau stand ein kleines Mädchen mit feuerroten Haaren. Es trug ein türkises Kleidchen mit Spitzenborte an Ärmeln und Saum, eine Hand auf dem Schoß der Mutter. Ich beugte mich näher an das Bild heran und kniff die Augen zusammen. Beim König fielen mir dunkle Adern auf, wie bei diesen Wesen hier, auch die Augenfarbe schien anders. Nicht grün. Mir stellte sich die Frage, ob der König deswegen überwiegend Handschuhe trug. Was für grausame Taten verheimlichte er? Die Kleidung … das Kleid von dem Mädchen, dieses Spitzenkleid hatte ich schon mal gesehen. Und die grünen …

Gedanken und Bilder flackerten durch meinen Kopf und das Blut rauschte heiß durch meine Adern. Ich holte scharf Luft. »Heilige Scheiße!«

»Koda, was …«

So schnell mich meine Füße tragen konnten, was sich in diesen Schuhen verdammt schwierig gestaltete, rannte ich mit gehobenem Rock aus dieser widerwärtigen Kammer. Die Treppe nach oben, durch die kleine Bibliothek und den Flur entlang. An der Tür zum Ballsaal hielt ich kurz inne, um mich zu sammeln und bemerkte erst da mein Zittern. Ich atmete tief durch, dann betrat ich den Saal, drängte mich so schnell wie möglich durch die Menschenschar, an verwirrten Gardisten vorbei und die erstbeste Tür hinaus aus diesem Schloss. Caydens laute Rufe ignorierte ich. Sie gingen irgendwann in dem Getöse unter, als Alarm geschlagen wurde. Schlagartig kamen die Erinnerungen von den damaligen Ereignissen an der Gilbôia-Passage wieder. Die Soldaten hatten unschuldige Menschen getötet und die Klippen heruntergeschubst. Auch an dem Tag war Alarm geschlagen worden. Wieso hatte ich das vergessen? Mein Herz hämmerte gegen meine Rippen. Menschen kreischten, Gebrüll ertönte. Wieso nur war ich hierher gekommen?

***

O´Jeminh! Nein. Nein. Nein!

Das durfte nicht wahr sein, ich konnte es nicht glauben. Mein Magen verkrampfte und mir wurde schlecht. Unruhig lief ich hin und her, keuchte und mein ganzer Körper zitterte, als bräche eine Eiseskälte herein. Ich konnte kaum atmen und legte mir schützend die Hand an den Hals. Als ob das was brächte. Meine Knie gaben nach und ich sank zu Boden, riss mir die Maske ab und vergrub das Gesicht in den Händen. Meine Schultern bebten, der ganze Körper schmerzte, durch den das Blut noch immer laut hörbar rauschte.

Aber es war *mein* Kleid, *meine* Augen. Waren das etwa meine Eltern? Wenn ich alle Zusammenhänge richtig deutete, dann hatte der König Kolkraveni-Blut in sich. Bei Dûwal, hoffentlich irrte ich mich. Bei dem, was sich im Keller abgespielt hatte, drehte sich mir vollends der Magen um. Würgend beugte ich mich nach vorn und spie ins Gras vor dem Schloss, in den königlichen Garten. Hinter mir hörte ich lautes Stimmengewirr, wilde Schreie, um mich herum liefen Gäste Richtung Stadtkern. Niemand achtete auf mich. Dûwal sei Dank. Als ich sicher war, dass nichts mehr aus meinem Magen raus wollte, wischte ich mir mit dem Handrücken den Mund ab. Langsam drehte ich mich zum Schloss. Gardisten liefen hinter den Gästen her, versuchten, sie aufzuhalten, zur

Not mit Gewalt. Was war geschehen? Hatten Cayden und ich den Alarm ausgelöst, weil wir in diesem schrecklichen Keller gewesen waren? Wieso verfolgten die königlichen Gardisten die Gäste?

In dem Getümmel erkannte ich Ilian Sûdrac, der gut aussehende Kommandant, der uns am Anfang unserer Reise begrüßt hatte. Er schien leicht verletzt zu sein, wurde von einem anderen Gardisten gestützt, dann trafen sich unsere Blicke. Seine Augen weiteten sich. Ich hoffte, keinen Sabber am Mund zu haben, doch er ließ sich nichts anmerken und sie entfernten sich vom Schloss. Von meinem Standort aus hielt ich nach den anderen Ausschau und fand Raia und Khal am Eingang zum Sanctum. Erleichternd stieß ich die Luft aus. Doch keine Spur von Nate oder Cayden. Suchend drehte ich mich weiter, entdeckte Cayden etwa fünfzig Mittar von mir entfernt, auf der Wiese gegenüber, nahe dem Brunnen. Vor ihm stand der maskierte Mann aus der Bibliothek, mit dem ekeligen grünen Anzug. Da er gewusst hatte, wo wir gewesen waren, hatte er uns womöglich verraten. Aber warum zum Diaful?

Ehe ich einen Schritt in seine Richtung gehen konnte, spürte ich plötzlich einen stechenden Schmerz im Arm, der mich zischend Luft holen ließ. Aber er verschwand so schnell, wie er gekommen war. Neuer Schmerz durchzuckte plötzlich meinen Schädel, als mich ein dumpfer Schlag traf. Taumelnd drehte ich mich zur Seite und stürzte zu Boden. Im ersten Moment verschwamm mein Blick, mein Körper schwankte beim Versuch, aufzustehen, und ich kippte erneut. Stöhnend fasste ich mir an meine pochende Schläfe und blickte nach oben. Der Mann vom Ball, der neben dem König gestanden und mich die ganze Zeit angestarrt hatte, stand vor mir. Eine Hand ruhte auf dem Schwertknauf.

»Ich dachte mir, dich hinterrücks zu erstechen, wäre zu einfach.« Der Blick durch die Maske, die er immer noch trug, wirkte skrupellos. Auch wenn es dunkel war, konnte ich es sehen. »Außerdem macht es so viel mehr Spaß«, gab er eisig von sich. Ein vernichtendes Lächeln lag auf seinen Lippen. Irgendwie kam mir die Stimme bekannt vor, aber vielleicht täuschte ich mich, weil ich nicht klar denken konnte.

Mühsam rappelte ich mich auf. Kaum dass ich wieder auf den Beinen stand, machte er einen großen Schritt auf mich zu und ließ sein Schwert im hohen Bogen auf mich herabsausen. Ich hatte nicht mitbekommen, dass er es gezogen hatte, so schnell ging alles. Den Hieb konnte ich gerade noch abwehren, indem ich mein Schwert zog. Das Klirren von Klinge auf Klinge ertönte. Es vibrierte in meinen Armen und kostete mich verdammt viel Kraft. Wir verharrten ein paar Sekunden in dieser Position. Mit aller Macht versuchte ich seine Klinge von mir wegzudrücken, drehte mich und schlug sein Schwert mit dem letzten Schwung nach unten. Während ich die Klingen mit einer schnellen Handbewegung löste, schnitt ich ihn am Unterarm.

»Ahh, verdammt ...«, fluchte er. Funkelte mich durch die Maske an. Eine Blutspur schlängelte sich von der Wunde am Arm bis zum Handgelenk. Dann schnitt er eine fiese Fratze, die mir ein ekeliges Kribbeln bescherte. Im nächsten Moment hob er den Arm und leckte sich genüsslich das Blut ab, als wäre es Beerenkonfitüre. Angewidert schaute ich ihn an, was ihn noch mehr amüsierte.

Ein raues Lachen schallte aus seiner Kehle. »Aber, aber, Prinzesschen, kannst du etwa kein Blut sehen? Ich fürchte, dann bist du als Anwärterin der Elite fehl am Platz«, spottete er.

Bei dem Wort erstarrte ich. Das konnte doch kein Zufall sein, nur einer nannte mich Prinzesschen. Nein. Unmöglich. Aber das hieße ja ...

Er zog sich die Maske herunter und mit einem Schritt stand er vor mir. Magnus.

Anscheinend hatte ich nicht geatmet und holte tief Luft.

»Du verdammtes … Faviti! Wie konntest du?«, keuchte ich. Schockiert trat ich einen Schritt zurück, kam ins Straucheln und landete unsanft auf dem Hintern. Mein Schwert fiel mir aus der Hand.

»Zugegeben, du bist zäher, als ich dachte. Ich wollte es schon auf dem Vosnari-Pass zu Ende bringen, doch es kam zu einer überraschenden Wende.«

»Du warst das?« Dass ich das nicht bemerkt hatte. Wieso war mir das nicht aufgefallen, wo ich ihn doch fast jeden Tag gesehen hatte, seine Körpersprache und Stimme kennen musste?

»In eurem Lager war ich ebenfalls. Ich habe euch im Auge behalten. Leider habe ich es versäumt, dich als Kind zu töten, da hatte ich anscheinend …« Er wedelte unbedeutend mit einer Hand. »… zu viel Mitleid mit einem kleinen Mädchen.«

Ungläubig starrte ich von unten zu ihm hoch. »Was ist damals mit meinem Vater passiert? Ich meine den Mann, der mich aufgenommen und sich um mich gekümmert hat. Deron Bridai.« Ich wollte die Antwort nicht hören, aber ich musste Gewissheit haben.

»Um dich besser beobachten und nach Anzeichen Ausschau halten zu können, dass der König in Gefahr ist, musste ich nah an dich herankommen. Und das ging am besten, indem ich den Platz deines Vaters einnahm.«

Entsetzt holte ich Luft. Meine Augen begannen zu brennen. Ich wusste nicht, ob ich mich erneut übergeben oder einfach schreien wollte. Es war alles eine Lüge! »Was für Anzeichen? Wurde ich deswegen hierher eingeladen? Und Nate?«, stieß ich gepresst hervor.

Boshaft neigte er den Kopf. »Hinter alldem stecken gewisse Beweggründe. Wieso du nun hier bist, kannst du dir denken. Und dein Freund würde uns wohl kaum in Ruhe lassen, wenn du tot bist.«

Ich schluckte schwer. »Was …?« Jetzt stand er über mir und hielt die Schwertspitze auf meine Brust gerichtet, bereit, mein Herz zu durchbohren. Verzweifelt versuchte ich, an mein Doppelklingenschwert heranzukommen.

»Es wird erleichternd für mich sein, euch bald auch nicht mehr am Hals zu haben.«

Eine heiße Woge flutete meinen Körper. »Was ist mit meiner Mutter? Wenn du ihr etwas angetan hast, bringe ich dich um!«, fauchte ich ihm hasserfüllt entgegen. Für einen kurzen Augenblick sah ich etwas wie Angst über sein Gesicht huschen. Dann war der Moment vorbei und er verhöhnte mich mit seinem Blick. Da fiel mir etwas ein. Schnell, aber kaum merklich krempelte ich das Kleid am linken Bein bis zu meinem Oberschenkel hoch. O'Jeminh! Mir blieben nur Sekunden. Scharfer Schmerz zog sich über meine Brust, als die Klinge in meine Haut ritzte. Zischend holte ich Luft. *Schneller, Koda, schneller!*

»Leb wohl, Prinzesschen.«

Bevor er sein Schwert in meine Brust stoßen konnte, zog ich den Dolch, den Cayden mir geschenkt hatte, aus dem Gurt an meinem Oberschenkel und rammte Magnus die Klinge in den Schritt. Ein gellender Schrei ertönte, dann fiel er zur Seite, das Schwert immer noch in den Händen. Als er auf dem Boden landete, ließ er los und fasste sich zwischen die Beine.

»Du Miststück!«, brüllte er.

Genugtuung machte sich in mir breit. Schnell schnappte ich mir sein Schwert, er musste sich erst um andere Sachen kümmern. »Es ist äußerst dumm, *Mädchen* zu unterschätzen«, spottete ich nun, so wie er es immer getan hatte. »Wenn du uns noch einmal zu nahe kommst, hetze ich die Harpyie auf dich und schaue zu, wie sich dich in Stücke reißt.« Ich baute mich vor ihm auf. »Und sollte sie doch was übrig lassen, schlitze ich dir die Kehle auf. Verstanden?«

»So einfach kommst du nicht davon, Prinzesschen«, krächzte Magnus.

Ich beachtete ihn nicht. Doch nun kamen zwei Gardisten plötzlich angelaufen und mein Herz blieb stehen. Bestimmt würden sie mich verhaften. So ein verdammter Mist. Hastig wirbelte ich herum und lief los. In Caydens Richtung. Ich riss die Augen auf, als ich erkannte, dass er nicht mehr da war, wo ich ihn zuletzt gesehen hatte. Scheiße.

»Helft mir gefälligst zuerst, ihr Tölpel«, donnerte Magnus hinter mir. »Es werden sich andere schon noch um das kleine Weibsstück kümmern.«

Mein Kiefer mahlte, doch ich rannte weiter. »Tut Euer Schlechtestes«, keuchte ich. Einer der Wachen brüllte etwas. Jemand packte mich am Arm und ich schrie los. Ich drehte mich um, bereit, zu kämpfen, obwohl sich mein Arm taub und schwer zugleich anfühlte. Und blickte direkt in Caydens besorgte Augen. »Scheiße, erschreck mich nicht so.« Außer Atem schaute ich zurück. Die Gardisten trugen Magnus, wahrscheinlich zum Verarzten, wieder Richtung Schloss. Tief durchatmend wandte ich mich um.

»Geht es dir gut, Koda?« Er musterte mich mit hochgezogener Augenbraue, gefolgt von Sorgenfalten auf der Stirn.

Finster starrte ich ihn an, konnte meinen Puls nur langsam beruhigen. Noch immer fassungslos von der Tatsache, dass Magnus Nefaris die ganze Zeit gelogen hatte, meiner Mutter und mir etwas vorgespielt hatte. Fassungslos, was der König mit den Menschen trieb. Alles, was erzählt worden war, stimmte. Nun wollte ich wirklich schreien.

»Koda, heiliger Dûwal. Cayden hat uns darüber informiert, was ihr gefunden habt.«

Ich hatte nicht bemerkt, dass Raia und Khal dazu gekommen waren, und ich blinzelte sie an. »Ihr kennt noch nicht das Ende der Geschichte.« Also erzählte ich ihnen alles genau. Über die Theorie der verschwundenen Menschen, den Käfigen, dem Bild, Magnus, dem König ...

Alle waren verstummt.

»Bist du dir da ganz sicher? Vielleicht war es ein ähnliches Kleid, und vielleicht ... Wie hätte er das machen sollen? Wenn das wirklich stimmt, was ich ziemlich in Frage stelle, dann hieße das ja, dass du ebenfalls die Macht besitzt, Kräfte zu entziehen. Also auch unsere«, gab Raia nach einiger Zeit zu bedenken.

Ratlos zuckte ich mit den Schultern. Diese Gedanken hatte ich auch schon. Wenn es stimmte, floss auch durch meine Adern Kolkraveni-Blut, aber wie stark war dieser Teil?

Raias Gesicht hellte auf. »Das bedeutet, du könntest dich gegen Taraîn behaupten, Koda. Ihn auffordern, mit den Gräueltaten dieser Experimente aufzuhören. Und wenn es sein muss, gegen ihn kämpfen.«

Ich schüttelte den Kopf. »Ich glaube nicht, dass ich das kann. Ich weiß doch nicht, wie stark diese Macht ist, wenn ich sie überhaupt besitze. Was ist, wenn ich bei dem Kampf versage und wir alle draufgehen, weil er euch dann wahrscheinlich ebenfalls abmurkst?«

Cayden trat vor mich und umfasste sanft meine Oberarme. Ich musste mich zusammenreißen, vor Schmerz nicht zurückzuweichen. Warum tat mir der Arm nur so weh? »Also erstens glaube ich daran, dass du es schaffen kannst«, sagte er mit ernster Miene ohne den Hauch von Humor, »und zweitens, falls du es doch vergeigen solltest ... tja, dann gehen wir halt hops und entschlummern in Frieden.« Und schon erschien sein schelmisches Lächeln wieder. Obwohl etwas Wehmütiges in seinen Augen flackerte. »Und eins kann ich dir noch mit Bestimmtheit sagen.« Er löste die Hände von meinen Armen und verschränkte sie vor seiner Brust.

»Besser aufrecht sterben, als auf allen vieren leben.« Seine Augen huschten über mein Gesicht und er fasste vorsichtig an meine Schläfe, an der ich den Schlag abbekommen hatte.

Zischend zuckte ich zurück und kniff die Augen zusammen. »Ach das, nicht der Rede wert.«

Natürlich merkte Cayden, dass ich log. »Das sollten wir desinfizieren und kühlen«, sagte er. Unsicher neigte er den Kopf. »Aber auch dein hinterhältiges Schmunzeln macht mir Sorgen. Auf der ganzen Reise hab ich dich kaum lachen sehen. Und jetzt nach einem Kampf, in dem du hättest getötet werden können, machst du so ein ruchloses Gesicht?« Er schüttelte den Kopf, amüsierte sich aber anscheinend darüber.

Blinzelnd öffnete ich den Mund, mir war das nicht bewusst gewesen. »Oh. Das liegt wohl daran, dass ich an Magnus gedacht habe und es richtig guttut, endlich jemanden blutend am Boden gesehen zu haben, den man so gar nicht leiden kann.«

Er lachte laut los und ich konnte nicht anders als mit einzustimmen. Mir wurde schummrig, ich fühlte mich ausgelaugt und wollte einfach nur aus diesem Kleid und den Schuhen heraus und schlafen. Aber dennoch überfiel mich ein nervöses Kribbeln, denn ich hatte Nate nicht gesehen, seitdem er aus der Bibliothek verschwunden war.

»Wenigstens ihr habt Spaß«, bemerkte Raia gereizt. Wie auch sonst, Raia war fast immer gereizt.

»Hat jemand von euch Nate gesehen?«, fragte ich.

»Jetzt, wo du es sagst, fällt mir auf, dass ich ihn nicht mehr gesehen habe, seit wir aus dem Saal gerannt sind«, antwortete Khalees.

»Wo war er denn überhaupt, während wir uns aus dem Staub gemacht haben?«, fragte Raia. Misstrauen lag in ihrer Stimme.

»Wenn ihr mich fragt, läuft er nicht mehr rund, seit wir den Vosnari-Pass genommen haben, falls er überhaupt jemals rund lief.«

Mit großen Augen starrte ich ihn an. »Cayden!«

»Hey, das ist halt meine Meinung.« Entschuldigend hob er beide Arme. Aber ich musste ihm recht geben. Nate verhielt sich wirklich seltsam seit einiger Zeit. Die Geschichte mit seiner Mutter, seine Mimik, während er darüber gesprochen hatte, jagten mir Angst ein. Und die Worte, die er zu mir gesagt hatte … Nein, das war nicht mehr mein Nate.

»Wir sollten zur Herberge zurück, vielleicht ist er schon dort«, sagte Raia. Das hoffte ich, bezweifelte es aber aus irgendeinem Grund.

Etwas Warmes lief über meinen Arm, kitzelte mich und ich senkte den Blick. Blut. Hatte ich mich so schwer verletzt? Es floss weiter meinen Arm entlang und als es die Spitzen meiner Finger erreichte, ließen die Tropfen los und fielen zu Boden.

»Kodaline, wann ist das passiert?«, fragte Raia besorgt.

Stirnrunzelnd betrachtete ich die Blutspur. »Ich bin nicht sicher«, antwortete ich mit leiser Stimme.

Cayden stand sofort bei mir. »Zieh dein Kleid aus.«

»Wie bitte? Wieso soll ich mich ausziehen?«, fragte ich aufgebracht.

»Sakra. Dann lass es.« Er packte den Stoff an der Schulter und zog so fest daran, dass er zerriss. Schockiert öffnete ich den Mund. Mein schönes Kleid.

»Du kannst mir gern später dafür danken, wenn du nicht verblutest bist«, sagte er, als er mein Gesicht sah.

Mit einem Mal wurde ich müde, fühlte mich schwach.

»Gut, ich werde mich kurz hinlegen. Dann danke ich dir vielleicht. Ich bin müde. So elendig müde …« Meine Augen fielen zu. Ich spürte, wie sich mein Körper zur Seite neigte, Caydens Arme, die mich hielten. Unweigerlich musste ich lächeln, ehe mein Bewusstsein dahinschwand.

37
CAYDEN

Nervös lief ich im Zimmer auf und ab, fuhr mir durch die Haare und atmete schwer. Wieso verdammt wühlte es mich so auf? Raia hatte sofort die Wunde an ihrem Arm versorgt, nachdem ich Koda vor Stunden hierhergebracht hatte. Auch wenn ich sie schon mit weniger am Leib gesehen hatte – und Dûwal wusste, dass ich nichts dagegen einzuwenden hätte, sie in all ihrer unverhüllten Pracht zu sehen –, hatte ich es nicht fertiggebracht, ihr das Kleid auszuziehen. Nicht unter solchen Umständen. Daraufhin hatte ich natürlich Raias Genugtuung und ihr gehässiges Grinsen ertragen müssen. Vor etwa einer Stunde hatte sie Koda etwas zu essen und zu trinken gebracht. Inzwischen hatte ich den Anzug gegen Lederhose und Hemd getauscht, die Maske lag auf meinem Bett und ich nahm sie hoch.

Die Erinnerungen an die Bibliothek ließen mich schmunzeln und ein heißes Kribbeln durchfuhr meinen Körper. Eigentlich konnte ich es immer noch nicht glauben. Am Anfang hatte sie mich gehasst. Was hatte sich also geändert? Ihre Berührungen und Küsse hatten sich keineswegs nach Hass angefühlt. Mir wurde immer heißer, je länger ich daran dachte. Am besten lenkte ich mich ab, bevor ich gleich doch noch über sie herfiel. Unpassend, Cayden, wirklich unpassend.

Die Tatsache, dass Koda mit dem König verwandt war, machte mich immer noch sprachlos. Und beunruhigte mich. Mir wurde schlecht bei dem Gedanken, dass ich anfangs darüber gescherzt hatte, sie sei eine Prinzessin und müsste deshalb beschützt werden. Verdammt, sie *war* eine Prinzessin! Doch beschützen musste man sie vor diesem Ekel von König. Und ich hatte sie geradewegs hierhergebracht. *Große Klasse, Cayden!* Umso schneller musste ich dafür sorgen, dass ich sie wieder in Sicherheit brachte, sobald es ihr besser ging. Während ich mich auf den Weg zu ihrem Zimmer begab, dachte ich an ihren Gesichtsausdruck wegen der Bezeichnung *Kudra Atâmi*. Aber ich hatte es keinesfalls abwertend gemeint.

Noch immer mit einem Lächeln auf den Lippen klopfte ich an. Als nach einigen Sekunden keine Reaktion kam, klopfte ich erneut. Vielleicht schlief sie auch, dann hatte ich sie jetzt vermutlich geweckt. Immer noch keine Antwort. Möglichst leise drückte ich die Klinke nach unten und steckte vorsichtig den Kopf durch die Tür. Mein Blick fiel auf das Bett. Leer, aber die Laken waren durchwühlt. Mit einem mulmigen Gefühl betrat ich das Zimmer, schaute zum Bett, zum Schrank, der offen stand. Sie wird doch nicht …?

Mit einem Schritt stand ich vor dem Schrank, sah mich um, während mein Puls sich beschleunigte. Ihre Sachen waren weg. Sakra, wo wollte sie hin? Wieso sagte sie niemandem Bescheid? Ein Stechen in der Brust ließ mich zu Boden schauen, da fiel mir eine feine Rille im Holz auf, die vom Schrank aus bis zur Tür verlief. Ich hockte mich hin und fuhr mit den Fingern über die Rillen. Ein Kratzer, aber was hinterließ solche Spuren? Langsam ließ ich den Blick schweifen, stellte ernüchtert fest, dass ihr Schwert fehlte. War sie wirklich einfach so verschwunden? In meinen Ohren rauschte es, als ich aufsprang und mit den Händen über mein Gesicht wischte. Den Blick auf den Boden gerichtet, folgte ich dem Kratzer bis zur Treppe, der hinunter in den Schankraum führte. Bei den Vanden, sie war nicht einfach gegangen …

Wütend schlug ich mit der Faust gegen die Wand und Putz rieselte auf den Boden. Den Schmerz ignorierte ich, als ich zu Khalees' Zimmer rannte.

»Khal!«, brüllte ich und schlug wild auf die Tür ein. Beinah landete meine Faust in seinem Gesicht, weil er die Tür so schwungvoll öffnete, aber ich konnte sie noch abbremsen.

»Was soll das werden? Und wieso nennt ihr alle mich jetzt so? Hört auf damit.« Er wirkte leicht gereizt, was nicht oft vorkam bei seinem sonnigen Gemüt. Seine Haare trug er wieder zu einem geflochtenen Zopf.

Unwirsch fuhr ich mir durchs Haar. »Koda, sie ist nicht … sie wurde entführt.«

Seine Augen weiteten sich, er überlegte nicht lange, bevor er in sein Zimmer eilte und seine Sachen zusammenpackte, inklusive Kampfstab und natürlich Haarband. Er preschte an mir vorbei und rempelte mich dabei an, als er zu Raias Zimmer rannte.

»Hey, ich will sie auch finden, wahrscheinlich mehr als du, deswegen musst du mich aber nicht umnieten.« Khal antwortete nicht und ich folgte ihm ohne Murren.

»Was ist denn mit euch los?« Raia stand in ihrem Seidenmantel mit vor der Brust verschränkten Armen in der Tür, die weißen Haare zu einem Knoten gebunden. Ihre Augen funkelten böse.

Vorwitzig warf ich einen Blick in Raias Zimmer, in der Hoffnung, dass ich mich irrte und Koda vielleicht einfach auf dem Bett saß. Ich seufzte. »War noch jemand bei Koda? Hast du irgendwelche ungewöhnlichen Geräusche gehört?«

Raia legte die Stirn in Falten und sah uns an, als wären wir nicht ganz bei uns. »Könnt ihr mir mal verraten …«

»Koda wurde entführt«, antwortete Khalees für mich und trat ins Zimmer, gefolgt von mir.

Jetzt schaute Raia ihn mit weit aufgerissenen Augen an.

»Das ist doch Unsinn! Wer sollte sie entführen?«

Puh, wo sollte ich da anfangen? »Sie ist die Tochter des Königs, und soviel ich weiß älter als Malos. Was bedeutet, sie ist die rechtmäßige Thronerbin, wenn Taraîn abdankt oder stirbt. Also hat sie viele Feinde.« Und ich hatte dabei geholfen, sie hierher zu führen. Mir wurde schlecht. Was war ich doch für ein arrogantes Arschloch!

»Aber vielleicht stimmt es nicht und das ist alles nur ein Missverständnis.« Raia fuhr sich aufgebracht durch die Haare und der Knoten löste sich.

»Sie hat ein Bild von sich als Kind gesehen, zusammen mit Taraîn. Sie kann einen Fennôl rufen, ohne ihn zu beschwören, und die Kolkraveni haben sie nicht angegriffen ...« Seufzend schüttelte ich den Kopf. »Ich habe gesehen, was unten im Keller versteckt wird.« Bei den Gedanken an diese armen Kreaturen schauderte es mir. Sie wurden gefoltert und wer weiß was noch, und dann ihrem Elend überlassen. »Glaubt mir, dieser König duldet niemand anderen außer sich selbst. Egal, ob das Erbe gewollt ist oder nicht. Egal, ob es das eigen Fleisch und Blut ist.«

»Also wiederholt sich die Geschichte von Balôr? König Taraîn experimentiert mit Menschen ... und Kolkras?« Raia wurde erschreckend blass für ihre Hautfarbe.

»Es sieht ganz danach aus. Das erklärt dann wohl das schwarze Mal an Kodas Arm«, sagte Khal mit belegter Stimme.

Wobei wir immer noch nicht wussten, wie oder woher sie es bekommen hatte. »Wisst ihr noch, als Koda uns erzählt hat, was Myrna über den König gesagt hat? Über das Gerücht, es gäbe eine Rebellengruppe, die gegen ihn vorgehen will?«, fragte ich.

Beide nickten.

»Wenn ich die Rebellen finde, könnten wir zusammen das Schloss stürmen.«

»Bist du irre?«, platzte Raia heraus. »Weißt du, was du da sagst? Zum einen wissen wir nicht, ob es sie wirklich gibt, zum anderen wäre es Hochverrat, sich ihnen anzuschließen. Falls wir geschnappt werden, bedeutet das unser Ende. Außerdem wissen wir doch gar nicht, ob Koda überhaupt im Schloss ist.« Aufgebracht marschierte sie im Zimmer hin und her.

»Zum Glück habe ich einen Anhaltspunkt dafür, dass es diese Rebellen tatsächlich gibt. Und Koda kann nur im Schloss sein.« Das musste sie. Verdammt. Wenn ich Koda nicht befreien konnte und wir scheiterten, war es mir egal zu sterben. Denn dann hätte ich es nicht anders verdient. Nicht, wenn durch meine Schuld schon wieder jemand verletzt oder sogar getötet würde.

Raia schmälerte die Augen. »Woher weißt du das mit den Rebellen?«

»Auf meiner nächtlichen Wanderung für die Besorgung der Knolle habe ich etwas aufgeschnappt. Doch da hatte ich nur Kodas Rettung im Kopf.« Raia nickte verstehend. Ich rieb mir den Nacken. »Das andere Problem ist, dass ich befürchte, ihr wurde etwas verabreicht. Es war eine Kratzspur von ihrem Schwert auf dem Boden, also hatte man sie aus dem Zimmer geschleift.«

Raia presste die Lippen zusammen. »Versteh mich jetzt nicht falsch, aber es könnte sie jemand auch bewusstlos geschlagen haben. Und wer könnte sie entführt haben?«

»Nenne es Intuition, keine Ahnung. Es wäre aber besser, wenn wir darauf vorbereitet wären. Fragt sich nur, mit was sie eventuell vergiftet wurde.« Nachdenklich biss ich mir auf die Unterlippe. »Die Einzigen, die vermutlich wissen, dass wir hier sind, sind Lord Alart, der König und vielleicht

Magnus und …«

»Nathaniel«, beendete Raia den Satz mit erstickter Stimme.

»Wir sollten für alles gewappnet sein«, sagte ich. Hatte Nathaniel deswegen beim Prinzen gestanden? Weil er für ihn arbeitete? Aber wieso sollte er gemeinsame Sache mit dem König machen? *Hast du nicht auch im Auftrag des Königs gehandelt?* Nicht schon wieder. Ja, und ich bereute es. Doch was konnte der König Nathaniel anbieten, dass er dafür Koda hinterging und sie sogar entführte? Eine Erinnerung blitzte in meinem Kopf auf, von etwas, das Koda gesagt hatte, als wir in der Bibliothek gewesen waren.

Sie prophezeite, dass ich von jemanden verraten werde, dem ich vertraue.

In dieser Sache hatte die alte Frau wohl leider recht!

38
KODALINE

Meine Augenlider fühlten sich elend schwer an und ich musste mich anstrengen, um sie zu öffnen. Während ich mich umsah, klärte sich mein Blick, und fand mich im Zimmer der Herberge wieder. Mein Arm pochte schmerzvoll, mein ganzer Oberarm wurde von einem Verband bedeckt. Wie viel Blut hatte ich verloren? Ich hob den Arm etwas an und stöhnte sofort vor Schmerzen. Es klopfte leise an der Tür.

»Herein«, krächzte ich, und langsam öffnete sich diese.

Raia kam vorsichtig herein und trug ein Tablett mit einer Schüssel und einer Tasse. Ich vermutete Tee. »Schön, dass du wach bist.« Selbst wenn sie nette Worte sagte, klang es irgendwie immer sarkastisch. »Wir dachten schon, du möchtest Winterschlaf halten.« Sie stellte das Tablett auf den Nachttisch und hielt mir einen Teller hin. »Hier, iss das. Die Suppe wird dir guttun.«

Dûwal sei Dank, ich verhungerte bereits. Mein Magen knurrte. Ich schnupperte an der Suppe und rümpfte angewidert die Nase. »Igitt, ist es das, was ich denke?«

»Nun, wenn du gekochten Stachelrochen meinst. Dann

ja«, gab sie schulterzuckend zurück. »Nase zu und durch. Du musst zu Kräften kommen. Ich werde gleich nochmal nach dir sehen.« In ihren Augen blitzte etwas auf. »Übrigens war Cayden krank vor Sorge um dich. Anscheinend ist er doch nicht nur an sich selbst interessiert.« Sie kräuselte die Lippen, während sie ging.

In letzter Zeit lächelte sie oft, lag es vielleicht an Khalees? Dieser Gedanke amüsierte mich. Ich sah in den tiefen Teller und seufzte. Gut, einen Löffel. Also schöpfte ich etwas Suppe, schluckte sie herunter und verzog sofort das Gesicht. Nein, immer noch so ekelig bitter und miefig wie in meiner Erinnerung. Ich stellte den Teller aufs Tablett, nahm die Tasse Tee und hielt die Nase hinein. Disteltee. Viel besser als Stachelrochen. Davon nahm ich einen großen Schluck und genoss die Wärme, die meinen Hals hinunterlief.

Da ich mich bereits kräftiger fühlte, stand ich auf, um mich anzuziehen, fand im ersten Moment jedoch meine Kleider nicht. Ob Cayden mich ausgezogen hatte? Bei dem Gedanken bekam ich heiße Wangen. Plötzlich schwang die Tür auf. Vor lauter Schreck hielt ich die Hände vor meine Brüste, obwohl ich ein kurzes Hemdchen trug. Mir kamen Caydens Worte in den Sinn. *Verklemmt!* Verdammt, er hatte recht. Erleichtert stieß ich die Luft aus, als ich Nate sah.

Trotzdem schaute ich ihn perplex an. »Nate, hast du mich vielleicht erschreckt. Was verschafft mir die Ehre? Und wo warst du überhaupt?«, fragte ich schnippisch. Eilig öffnete ich den Schrank, der gegenüber des Bettes stand, in der Hoffnung, meine Kleider zu finden.

Hinter mir räusperte Nate sich. »Ich bringe dich zum König.«

Siehe da, gewaschen und gefaltet lagen mein Top, meine grüne Tunika und die braune Lederhose im Schrank. Ich nahm alles heraus und fing an, mich anzuziehen, während seine Worte nur zäh bei mir ankamen. Nachdem ich die

Tunika über den Kopf geschoben hatte, wandte ich mich zu ihm um und sah ihn stirnrunzelnd an. »Was? Wie meinst du das, du bringst mich zum König? Warum?« Ich schnappte meinen Gurt mit dem Doppelklingenschwert, das neben dem Schrank lehnte und legte ihn um. Dabei blickte ich kurz in den Spiegel und strich wenigstens meine Haare etwas glatt.

Plötzlich packte Nate mich am Arm, erschrocken fuhr ich herum. In seinem Blick erkannte ich Entschlossenheit, Wut, aber noch etwas anderes … Scham?

»Was soll das, Nate?«, fragte ich verwirrt.

»Es tut mir leid, Koda. Ich muss es tun. Zu lange habe ich mich verloren gefühlt zwischen alldem hier. Ich kann das nicht mehr.« Er hob die Hand und machte eine ausladende Geste.

Irritiert schüttelte ich den Kopf. »Wovon zum Diaful sprichst du?«

»Ist dir denn nicht mal in den Sinn gekommen, wie es für mich ist, meine Macht nicht nutzen zu können, obwohl ich ebenfalls ein Elementar bin?« Er wirkte aufgebracht und traurig. »Zuzusehen, welche Auswirkungen die Verbindung zu den Fennôl auf euch hat?« Seufzend schüttelte er den Kopf, ehe sich seine Miene verhärtete. »Und außerdem … will ich Rache am Tod meiner Mutter«, sagte er mit kalter Stimme.

Ich schluckte schwer, versuchte, meine brennenden Augen zu ignorieren und die drohenden Tränen zu unterdrücken.

»Aber was hat das mit mir zu tun?« Hilflos sah ich ihn an, trotz der Macht, die ich angeblich hatte. Dennoch konnte ich nichts tun.

»Weil deine Mutter die Schuld an ihrem Tod trägt.« Nate schaute von oben auf mich herab.

Es schmerzte in meiner Brust, dass er so redete, nach allem, was wir beide erlebt hatten und nach der jahrelangen Freundschaft. Vielleicht war davon auch nichts echt gewesen.

»Meine Mutter? Wie kann sie Schuld daran sein? Und

ich weiß, dass die Einladung nur ein Vorwand war. Aber wieso ... was machen dann ...« Ich verstand gar nichts mehr.

»Ich rede von deiner leiblichen Mutter. Der Frau, die dich geboren hat. Meine Mutter hatte ihr geholfen, und deswegen musste sie sterben.« Verzweifelt schüttelte Nate den Kopf. »Natürlich war es ein Vorwand, wovon ich aber nicht von Anfang an gewusst habe. Glaubst du, die Elite des Königs soll aus unerfahrenen Bauern und Möchtegern-Soldaten bestehen?«

Mein Atem ging stoßweise, weil ich wirklich nervös wurde.

»Nate, was redest du da? Ich verstehe nicht ...« Mit einem Mal kribbelte es überall in meinem Körper und ein Taubheitsgefühl kroch in meine Glieder. Mein Herz fing an zu rasen und mein Mund trocknete aus. Heilige Scheiße, was passierte gerade? *Gift* schoss mir durch den Kopf. Ich wurde vergiftet – schon wieder! Es musste etwas im Essen oder im Tee gewesen sein. Aber ... Meine Beine gaben nach und ich fiel auf die Knie, spürte noch, wie Nathaniel meinen Kopf stützte, ehe ich zu Boden kippte. Dieser schwirrte, als surrte ein Schwarm Bienen darin herum, und ein metallischer Geschmack lag auf meiner Zunge.

»Warum?«, wimmerte ich leise.

Dann wurde es schwarz um mich herum.

39
CAYDEN

Noch in der Nacht machte ich mich auf den Weg ins Innere des Vertex. Nicht in die heimelige Gegend, nein, ich musste natürlich in die übelste Ecke der Stadt. Während Koda auf dem Maskenball auf der Suche nach Nathaniel gewesen war, hatte ich noch einen Moment dagestanden und mich umgesehen. Hätte ich gewusst, was er vorgehabt hatte, dann … Dafür würde ich ihn erwürgen. Das Gute an Masken war, dass sie halfen unerkannt zu bleiben. Bei manchen Menschen gab es allerdings Eigenheiten oder Merkmale, die sie enttarnten. So wie bei dem dicken Kerl mit den aschblonden Haaren und der platten Nase. Da half auch die rote Maske nichts, die seinen Riechkolben nicht einmal bedeckt hatte.

Jorshor, ein Bruder des Freundes meines Bruders. Einer jener Freunde meines Bruders, der mit ihm umgekommen war, weshalb Jorshor es auf mich abgesehen hatte. Natürlich nicht ganz unberechtigt. Aber das hieß nicht, dass ich mich nicht wehren würde. Eines Tages war es zu jenem Zwischenfall gekommen, bei dem ich ihm das Gesicht eingeschlagen hatte. Nachdem man mich von ihm runtergezerrt hatte, war vor lauter Blut nicht mehr genau zu erkennen gewesen, ob

Nase und Wangenknochen noch vorhanden waren. Dafür sah er inzwischen wieder ganz gut aus.

Nein, mal ehrlich, er sah grässlich aus. Ich konnte nur hoffen, dass er nicht allzu nachtragend war. Auf dem Fest hatte ich mich unauffällig näher rangeschlichen. Er hatte dort mit den zwei anderen Typen aus der Schenke in Asgûla gestanden, dessen Namen mir entfallen waren. In dem Moment hatte ich mich an die Gesprächsfetzen erinnert, als ich für Koda die Knolle besorgt und deswegen nicht alles mitbekommen hatte. Auch auf dem Ball hatte ich nicht verfolgen können, was sie geplant hatten.

Doch ich wusste, wo ich sie finden würde. Bei schwachem Mondlicht eilte ich durch die engen verdreckten Gassen im äußeren Viertel des Vertex, wo der Unrat einfach in schmale Rillen am Straßenrand geschüttet wurde. Das klappte so gut, als versuchte man, in ein Schnapsglas zu pinkeln. Ein paar Fackeln, die im Wind flackerten, hingen an Mauern. In der nächsten Gasse, in die ich bog, kamen mir einige Schwiemelköpfe entgegen, die eindeutig einen zu viel gekippt hatten. Während zwei an mir vorbei torkelten, sangen sie ein Kneipenlied in schiefen Tönen.

Die Banshee lässt nur einen Schrei, doch wissen wir nicht, wer gemeint.

Weil es sein kann schnell vorbei, drum trinken wir vereint.

Welchen armen Schlucker es wohl erwischt hatte, nachdem ich ihren Schrei gehört hatte? Doch ich hasste dieses Gegröle. Schon bei Myrna hatte ich mich zusammenreißen müssen, nicht hinauszulaufen. Nur wegen Koda war ich dennoch geblieben, wobei ich auch zugeben musste, dass ihr Gesang niedlich geklungen hatte. Zumindest hatte sie versucht, zu singen, genauso wie Khal, der eine ziemlich tiefe Stimme besaß. Kurz vor dem Eingang der Schenke feilte ich nochmal an meinem Plan, atmete tief durch und trat ein.

Während ich den Raum Richtung Theke durchquerte,

wurde ich von jedem schief angesehen. Gesindel und Abschaum, die niemand hier haben wollte. Am Tresen bestellte ich mir einen starken Azano, hell und trocken. Sofort setzte ich das Glas an und legte den Kopf in den Nacken, um einen großen Schluck zu trinken. Als ich den Kopf wieder senkte, stand Jorshor mit zornigen braunen Augen vor mir, einen Arm auf die Theke gestützt, die andere Hand in die Hüfte gestemmt. Unter seinem dunklen Mantel blitzte eine helle Tunika hervor, die den Anschein machte, bald nachzugeben und mir die Knöpfe um die Ohren zu hauen.

»Was bei den Vanden lässt dich so lebensmüde werden, herzukommen, CC?« So ähnlich hatte ich mir die Begrüßung vorgestellt. Für diesen Spitznamen hätte ich am liebsten erneut seine Nase zertrümmert, doch dann würde er uns wahrscheinlich nicht helfen.

Ich zuckte mit einem Mundwinkel. »Nett, dass du fragst.« Er kniff die Augen zusammen und seine Nasenflügel bebten. »In der Tat habe ich einen Drang zum Dramatischen. Mir ist zu Ohren gekommen, ihr führt etwas im Schilde, das mit dem König zu tun hat.«

Seine Augen huschten zwischen meinen hin und her.

»Wovon sprichst du?«

Mit einer Handbewegung winkte ich ab. »Es verletzt mich ein wenig, dass du mich nach allem, was wir zusammen erlebt haben, für dumm verkaufst. Ich weiß, was ihr vorhabt. Zumindest, dass ihr etwas vorhattet, bevor es zu dem Zwischenfall beim Maskenball gekommen ist. Und nun würde ich gern erfahren, was ihr jetzt vorhabt.«

Ein ächzendes, heiseres Lachen entkam seiner Kehle und er hielt sich eine Hand an den Wanst. »Hab vergessen, was für einen Humor du hast, Carvost. Dir soll ich etwas erzählen? Gerade dir? Sei froh, dass ich nicht auf der Stelle dein Fleisch in Brand setze.«

In der Zwischenzeit hatten sich Jorshors zwei Anhängsel zu uns an die Theke gesellt.

»Da bin ich wirklich froh, denn ich mag mein Gesicht und auch meinen Körper. Aber ich denke, ihr wisst nicht genug über den König, um ihn zu stürzen. Denn das habt ihr doch vor, nicht wahr?«

Die drei warfen sich fragende Blicke zu, ehe sie in Gelächter ausbrachen. Vielleicht sollte ich sie ins Verderben rennen lassen.

Jorshor lehnte sich weiter gegen die Theke. »Das denke ich doch, wir beobachten das Königshaus schon eine Weile, und wir wissen, dass wir erst mal seinen Spross aus dem Weg räumen müssen, um die Herrschaft seiner Linie zu beenden.«

Ich schnalzte mit der Zunge. »Schon mal ein guter Ansatz, aber Malos ist das kleinste Problem. Habt ihr eine Ahnung, welche Macht der König besitzt?« Neugierig schaute ich mich um. »Und ihr werdet doch mit mehr auffahren als euch drei Grazien will ich hoffen.«

Jorshors Augenlid zuckte. »Sehr viel mehr! Und wahrscheinlich besitzt er die gleiche Macht wie jeder Elfennöl. Du wirst uns aber bestimmt aufklären.« Spöttelnd verbeugte er sich.

Amüsiert zuckte ich mit den Schultern. »Das werde ich. Doch zuerst erzählt *ihr* mir, wie euer Plan aussieht.«

Sein Gesicht kam meinem immer näher. »Wieso sollten wir das tun? Wegen dir konnte ich wochenlang nicht klar sehen und zwei Monate lang nur durch den Mund atmen.«

Am liebsten hätte ich mir selber auf die Schulter geklopft. Um nicht loszulachen, räusperte ich mich. »Ihr werdet wahrscheinlich länger leben, wenn ihr es tut.«

»Und wieso sollten wir dir glauben?«, fragte er und stieß mit einem Finger gegen meine Brust. Er stellte meine Geduld wirklich auf die Probe.

»Gutes Argument. Ich schlage euch etwas vor.« In Ruhe

trank ich den Rest Azano. »Also, wenn wir Erfolg haben, und dank mir noch am Leben sind, werdet ihr Gold und Edelsteine erhalten. Falls wir versagen, was wir tun werden, wenn wir nicht zusammen arbeiten, bekommt ihr nichts außer vermutlich den Tod.«

Jorshor neigte den Kopf erst zur einen, dann zur anderen Seite und musterte mich abschließend forschend.

»Na gut, Carvost, unterhalten wir uns.«

***

»Er hat nach einer Elite gesucht, dann soll er sie bekommen! Nur wird er sich wünschen, uns niemals hergeholt zu haben!«, sagte Khal voller Wut, wodurch sein Akzent wieder stärker durchkam.

»Heiliger, Khal … du musst wirklich an deiner Aussprache arbeiten«, zog ich ihn auf, wofür ich sofort einen bösen Blick erntete. »Aber du hast recht. Er hat sich mit den Falschen angelegt.«

»Und du glaubst, wir können ihnen trauen?«, fragte Raia aufbrausend. Meine Neuigkeiten hatten sie nicht gerade erfreut. »Woher kennst du den Kopf der Rebellen, diesen Josh?«

»Jorshor«, korrigierte ich sie. Nachdenklich kratzte ich mich am Hinterkopf. »Vermutlich können wir ihnen nicht trauen, aber wir haben keine andere Wahl. Sie sind unsere beste Chance, Koda unversehrt da raus zu holen. Und unser Verhältnis ist … kompliziert.«

»Erklär mir nochmal, wie wir so einfach da reinspazieren sollen!« Raias Stimme klang nun gefasster, aber immer noch gereizt.

»Die Wachen am Haupttor übernehmen Jorshor und die anderen, während wir uns hineinschleichen. Es gibt einen Geheimgang westlich vom Haupttor, den ich auf dem Weg zum ersten Treffen mit dem König gesehen habe, den ich allerdings nur im Notfall nutzen möchte, da ich nicht weiß, was uns da erwartet.«

»Wir wissen doch gar nicht, wo sie Koda gefangen halten.«

»Einer von Jorshors Leuten hat eine Karte angefertigt, die hoffentlich alle Räume und Geheimgänge darstellt. Sie haben mir ein Duplikat gegeben.«

»Und wie können wir uns im Schloss bewegen, ohne einer Menge Gardisten zu begegnen?« Raia klang richtig genervt, da sie vermutlich davon ausging, ich wäre planlos. Meine Mundwinkel zuckten nach oben.

»Dafür habe ich auch etwas. Etwas Magisches.«

»Bitte keine Rauchkugeln«, gab Khal von sich.

Ich wedelte mit der Hand. »Tse, nicht doch. Viel besser.«

»Soll ich es aus dir rausprügeln?« Ah, die alte Raia. Kurz hatte ich schon gedacht, sie wäre verschwunden.

»Nicht nötig. Wir benutzen einen Verschleierungszauber.«

Raia lachte plötzlich, als hätte ich einen guten Witz erzählt. »Du willst einen Trank brauen, durch den wir von den anderen unbemerkt bleiben?«

»Das ist niedere Magie«, warnte Khal.

»Es ist mir bewusst, dass wir damit gegen die Regeln verstoßen, aber wenn euch etwas Besseres einfällt, lasst hören.« Auffordernd hob ich die Brauen

Für Menschen ohne magische Fähigkeiten, den *Wrathaî*, waren Tränke eine Möglichkeit, trotzdem Magie anzuwenden. Was nicht immer glimpflich ausging. Nicht einmal bei vorhandenen magischen Fähigkeiten. Raia verdrehte die Augen und schnaubte, und Khal rieb sich mit einer Hand den Nacken.

»Wer soll den Trank brauen?«, fragte er.

»Da hier wohl jeder weiß, dass ich kein besonderes Händchen für Kräuterkunde habe und ihr bestimmt nicht wollt, dass ich uns vergifte, schlage ich vor, Raia braut den Trank.«

»Da gebe ich dir recht«, antwortete Khal.

Raia grummelte vor sich hin und lief dann fluchend in meinem Zimmer auf und ab.

»Unsere Kräuterexpertin wurde leider entführt, aber dir traue ich zu, dass du uns nicht umbringst«, fügte ich hinzu.

Sie blieb abrupt stehen und drehte sich zu mir um, mit wütend funkelnden, violetten Iriden. Wahnsinn, hatten die immer schon so ausgesehen wie eine ferne Galaxie? Ihr Zeigefinger hob sich drohend. »Na gut. Aber nur um sicherzustellen, dass wir überhaupt die Chance bekommen, Koda da rauszuholen.«

Triumphierend lächelte ich sie an, erntete jedoch einen missbilligten Blick, wobei mein Lächeln schnell verebbte. Ich holte den Zettel aus meiner Hosentasche hervor, den Jorshor mir gegeben hatte. Falls dieses Rezept nicht funktionierte, würde ich ihn umbringen.

Auf dem Rückweg von der Klippe zur *feenhaften Taverne* – bei dem Namen konnte ich noch immer nur den Kopf schütteln –, war ich nochmals zu dem Konfektionari gegangen, um die nötigen Zutaten zu holen. Zum Glück schien der alte Mann keinen Schlaf zu gebrauchen.

F̶EUERBLÜTEN

SÜßER SUMAC

B̶LUTANIS̶

B̶ITTERE SAFLORBLUME̶

Von manchen dieser Dinge hatte ich nicht mal gewusst, dass sie existierten. Ich wollte gar nicht daran denken, was ich dafür gezahlt hatte. *Schadenersatz* hatte der alte Mann gezetert. Den Zettel reichte ich Raia, die das Rezept sofort studierte. Nach einer Weile fluchte sie erneut.

»Soll das ein Witz sein?«, keifte sie. »*Mahlen Sie die Feuerblüte und die Blüten der bitteren Saflorblume zu einem feinen Pulver.* Womit soll ich das machen?« Sie fuchtelte wild mit den Armen herum.

Khal ging aus meinem Zimmer, aber ich fragte nicht warum.

»Erhitzen Sie das Pulver, sodass eine Masse entsteht, fügen Sie nach und nach Blutanis hinzu und lassen Sie es abkühlen. Dann kochen Sie es erneut auf, bis es wieder flüssig wird. Erst danach fügen Sie süßen Sumac hinzu.« Ihre Augen wanderten zu mir. Drohend. Warnend. »Wenn das nicht funktioniert, erwürge ich dich.«

Mit solcherlei hatte ich schon gerechnet. In diesem Augenblick kam Khal wieder, in den Händen eine Art Stößel aus Holz, den er Raia gab.

»Nicht nur deswegen hoffe ich, dass es funktioniert. Aber du musst dich beeilen.« Die violetten Augen funkelten mich schon wieder böse an. »So schnell wie du kannst«, verbesserte ich mich. Khal schien belustigt und schüttelte den Kopf. Mit dem Ellbogen stieß ich ihm in die Rippen. »Wie du schon sagtest, Khal, er wird es bereuen, uns hergeholt zu haben.«

»Dann kann ich endlich meinen neuen Kampfstock ausprobieren.« Bei diesen Worten zuckten seine Mundwinkel und er wirkte richtig verträumt.

»Das … freut mich, Khal.«

Raia zerkleinerte die Blüten mit dem Stößel, bis ein Pulver entstand. Dann stellte sie das Schälchen auf die Feuerstelle. Ich ging zu meinem Schrank, öffnete ihn und holte die Lederrüstung heraus, die extra für mich angefertigt worden war. Vom König natürlich. Ein großzügiger Brustpanzer, dazu Schulterpanzer und Tassetten in Grün, Braun und Gold. Einzelne Elemente hatten die Form von Blättern. Wenn ich noch Zeit gehabt hätte, eine andere zu besorgen, hätte ich diese hier verbrannt.

Ich breitete alles auf meinem Bett aus und legte den Gürtel mit dem oriwydgehärtetem Schwert dazu.

»Muss das so stinken?«, fragte Raia mit gerümpfter Nase, während die Masse abkühlte.

»Wahrscheinlich ein Zeichen, dass du alles richtig machst.«

»Am besten gehen wir nochmal den Plan durch.«

Ich griff in meine Hosentasche und legte den gezeichneten Plan vom Schloss auf den Tisch. Mit dem Zeigefinger deutete ich auf eine Stelle. »Ganz einfach, nachdem wir den Trank zu uns genommen haben, und wir davon ausgehen, dass er funktioniert, nehmen wir den Haupteingang und trennen uns. Khal, du übernimmst den Ostflügel. Raia, du gehst nach Westen und ich suche im Hauptgebäude.« In der Zwischenzeit erhitzte Raia die stinkende Masse wieder und wartete, dass sie flüssig wurde.

»Wollen wir hoffen, dass wir Koda schnell finden und sofort verschwinden können. Denkt dran, der Trank hält nicht lange. Deswegen ist es gut, dass Jorshor und seine Bande die Wachen in Schach halten. Wir müssen uns beeilen. Wenn ihr sie nach einer halben Stunde nicht gefunden habt, kehrt ihr zur Herberge zurück und wartet dort.«

Khal rieb sich übers Kinn. »Was ist, wenn einem von uns was passiert und die anderen nicht Bescheid wissen? Wir sollten uns erst mal an einem sicheren Ort im Schloss treffen. Oder zumindest in der Nähe. Dann können wir zur Not umkehren, falls jemand von uns Hilfe braucht.«

Ich warf einen Blick auf Raia, die gerade das Fläschchen süßen Sumacs vor sich hielt und sich die lila Flüssigkeit darin anschaute. Auch, wenn ich viel Mist baute und noch mehr gebaut hatte, musste ich Koda wiedersehen. Wenigstens ein einziges Mal. Khal hatte vermutlich recht, aber wo konnten wir hin, ohne Gefahr zu laufen, entdeckt zu werden? Noch einmal studierte ich den Plan, bis mir ein Raum ins Auge stach.

»In Ordnung, es gibt eine kleine Planänderung. Sobald es dunkel wird, treffen wir Jorshor an den Treppen, die zu den Gärten führen.«

»Welche Forderungen haben die Rebellen gestellt? Sie

werden uns wohl nicht aus Herzensgüte helfen.«

»Jorshor geht davon aus, dass er alle Schätze des Schlosses haben kann. Und ich habe zugesagt, dass er einen Teil meiner Bel… hart verdienten Binare haben kann. Was natürlich nicht der Fall sein wird.« Mein Puls pochte mir bis zum Hals. Hoffentlich registrierten die beiden meinen Aussetzer nicht.

Raias Augen schmälerten sich. »Du solltest nicht mit dem Feuer spielen, wenn du es nicht beherrschst.«

Unbedeutend winkte ich ab. »Aber nicht doch. Mach dir keine Sorgen.«

Ihre Mimik sagte eindeutig etwas anderes, dann zuckte sie jedoch mit den Schultern. »Perfekt, dann können wir bald zusammen anstoßen. Der Drink ist gerade fertig geworden.« Raia hielt das Schälchen mit einer blauen Flüssigkeit hoch. Na dann, Prikâi.

40
CAYDEN

»Denk an unsere Abmachung, Carvost, sonst kommst du nicht lebend hier raus.«

»Und ich hoffe für dich, dein Helferlein hat sich beim Zeichnen nicht vertan. Und dass der Trank wirklich funktioniert. Sonst bekommst du mehr als eine platte Nase.«

Drohend zeigte er mit dem Finger auf mich. »Pass auf, du Streuner …«

»Ihr haltet jetzt gefälligst eure Kauleisten. Wir sind leider aufeinander angewiesen und solange wir nicht heile da rauskommen, droht keiner irgendwem, ist das klar?«, keifte Raia.

Zu meiner Verwunderung sahen Jorshor und seine Freunde beschämt zu Boden. Belustigt presste ich die Lippen zusammen, um mir ein Lachen zu verkneifen. Raia schien es zu merken, denn sie sah mich warnend an, ehe ihre Mundwinkel minimal zuckten. Schnell räusperte ich mich und schaute weg. Bevor wir losgegangen waren, hatte sie uns kleine Fläschchen mit dem Trank gegeben. Wenn es funktionierte, konnten wir uns unbemerkt durch das Schloss bewegen, dennoch durften wir keine lauten Geräusche erzeugen, weil man uns trotzdem noch hören konnte. Nun, wie gesagt, vorausgesetzt, Raias Gebräu wirkte auch.

»Bereit?«, fragte ich Raia und Khal, die ihre Fläschchen schon in den Händen hielten.

»Haben wir eine Wahl?«, erwiderte Raia gereizt.

Halbherzig zuckte ich mit den Schultern. »Wir könnten auch so da rein gehen und sehen, wie weit wir kommen. Vermutlich sind wir erheblich in der Unterzahl.«

Daraufhin grummelte sie nur.

Euphorisch hob ich das Fläschchen. »Besser aufrecht sterben …«

»… als auf allen vieren leben«, beendete Khal zu meiner Überraschung den Satz und hob ebenfalls sein Fläschchen. Raia stöhnte und verdrehte die Augen, schloss sich uns dann aber an.

Ich wandte mich an Jorshor. »Sicher, dass ihr ohne Sichtschutz das Schloss stürmen wollt?«

»Und ob. Unsere Gegner sollen uns ins Gesicht sehen können. Zum Wohl«, sagte er. »Wir sehen uns drinnen. Hemnall, Deacon, kommt. Treten wir denen mal kräftig in ihre Gardistenärsche.«

Während sie die Treppe hinter sich ließen, tranken wir das Gebräu. Nach einigen Sekunden meinte ich etwas zu spüren. Bloß ein Kribbeln, nichts weiter.

»Wie wirkt der Trank, sind wir für jeden unsichtbar oder werden wir uns gegenseitig noch sehen?«, fragte Raia.

»Ähm, gute Frage. Aber ich glaube, wir werden uns dann auch nicht mehr sehen können.«

Es schien, als würde sich Khal allmählich verpuffen, und auch Raias Körper verschwand nach und nach, bis sie sich wie Nebel auflöste.

»Ist ja Wahnsinn. Gut gemacht, Raia. Wir leben noch«, bemerkte ich.

»Du hast Glück, dass ich dich nicht mehr sehen kann.«

Schnaubend stieß ich die Luft aus. Da traf mich etwas Hartes, Kleines auf der Brust. Vermutlich ihre Faust.

»Autsch! Was soll das?«

»Ich kann dich nicht sehen, aber immer noch hören.«

Neben mir lachte Khal. Frustriert drehte ich mich Richtung Treppe und wurde von hinten angerempelt, sodass ich fast nach vorn kippte. »Verdammt.«

»Wenn wir ständig übereinander stolpern, kommen wir erst am Schloss an, wenn die Wirkung des Tranks aufhört.« Khal hatte recht. Das mussten wir anders klären.

»Wie lange hält dieser Trank noch gleich?«, fragte ich.

»Das ist nicht ganz klar. Ich bin keine Meisterin in Kräuterkunde.«

Hand in Hand gingen wir die Treppe hinauf, achteten auf jede Bewegung um uns herum. Doch es war trügerisch still und in den Gärten oder vor dem Eingang des Schlosses standen keine Wachen.

»Hier stimmt doch etwas nicht. Wo sind die ganzen Wachen?«, flüsterte Raia.

Aber ich konnte keine Antwort geben, denn ich hatte keine. Jorshor und seine Leute wollten am Nebeneingang hinein. Wir traten durch die große Tür in die Eingangshalle, an dessen Ende rechts und links eine Treppe nach oben und unten führte, sowie eine Tür in den anderen Teil des Schlosses, das Sanctum.

»In Ordnung, Raia, du gehst nach links, Khal nach rechts. Ich werde nach oben gehen. Wenn was schief geht, treffen wir uns rechts an dieser Treppe, die nach unten führt.« Ich erhielt keine Antwort, wodurch ich doch etwas nervös wurde. »Seid ihr noch da?«, flüsterte ich.

»Ja, Cayden, wir sind noch da, zumindest bin ich es, weil du immer noch meine Hand hältst«, zischte Raia leise.

»Raia hat meine Hand zwar losgelassen, aber ich bin auch noch da«, flüsterte Khal.

Sakra, wie peinlich! »Oh … nun denn, dann los.« Schnell ließ ich Raias Hand los und sprintete ohne ein weiteres Wort zu der Treppe nach oben. Wenn die Zeichnung stimmte, befanden sich hier das Gemach des Prinzen und der Zugang zu den Balkonen über dem Thronsaal.

Nach einem langen Flur, wie es ihn auch in der unteren Etage gab, öffnete ich vorsichtig die erste Tür auf der linken Seite. Doch leider entpuppte sich dieser Raum als eine Art Abstellkammer. Auf zum nächsten. Ein leeres Gästezimmer. Weiter. Als ich um eine Ecke bog, kam mir ein Gardist entgegen. Ich drückte mich an die Wand und hielt den Atem an. Er wirkte gehetzt und bemerkte mich zum Glück nicht. Ehe ich weitergehen konnte, kamen aus der Tür am Ende des Flurs weitere Gardisten. Erneut presste ich mich gegen die Wand und stieß dabei mit der Schulter gegen die harte Kante eines Holzrahmens. Gerade, als die Truppe an mir vorbeirannte, fiel das Gemälde von der Wand. Scheiße!

Einer der Gardisten blieb abrupt stehen und drehte sich in meine Richtung. Er schaute sich um und kam genau auf mich zu. Zeitgleich bewegte ich mich ganz langsam und möglichst geräuschlos weiter den Gang entlang, hielt dabei die Luft an. Der Gardist hob das Bild auf, sah es mit zusammengekniffenen Augen an und er schaute sich noch einmal um, sah mich direkt an. Mein Herz schlug schneller, ich bewegte mich nicht. Doch dann hängte der Gardist das Bild wieder an die Wand und verschwand um die Ecke. Sofort stieß ich erleichtert die Luft aus und atmete tief durch.

Die nächste Tür befand sich auf der rechten Seite und ich hielt mein Ohr daran, um zu horchen. Es war nichts Auffälliges zu hören, also packte ich den Türgriff und öffnete sie langsam. Das Zimmer war bis auf dezentes Kerzenlicht dunkel, die grünen seidenen Vorhänge auf der gegenüberliegenden Seite waren zugezogen und warfen Schatten. Rechts stand ein großes Himmelbett mit reich verzierten Pfosten und einem Baldachin, ebenfalls aus Seide, in Türkis und Blau mit Goldgarn bestickt.

Es gab lauter Kitsch. Messingfiguren auf dem Kaminsims gegenüber des Bettes, daneben ein goldgerahmter Spiegel. Irgendetwas zog mich in dieses Zimmer und ich trat weiter hinein.

Mein Blick fiel auf das Bett, in dem niemand lag, doch die Bettlaken waren zerwühlt. Ein Ölgemälde über dem Kamin an der Wand stellte einen kleinen Jungen mit schwarzem Haar und blauen Augen dar. Ich musste gar nicht erst überlegen, um zu wissen, dass es sich um den jungen Prinzen handelte. Daneben war noch eine Person abgebildet, jedoch hatte jemand das Gesicht zerkratzt. Sie trug ein blassgelbes Kleid und ich vermutete, dass es sich um seine Mutter handelte. Der Aufbau des Bildes erinnerte mich an jenes im Keller. Nur fehlte hier Taraîn. Wo Malos' Mutter wohl jetzt war? Ob Jorshor und seine Leute schon hier gewesen waren und es erledigt hatten? Wenn, dann hatten sie zumindest keine Schweinerei hinterlassen. Nicht so wie Lord Alarts Handlanger bei den Dawnsteg-Brüdern.

Jemand packte meinen Arm und verdrehte ihn mir auf dem Rücken, woraufhin ich aufschrie und mich nach vorn beugte. Hatte die Wirkung des Tranks etwa schon nachgelassen? Dann hatte sie nicht einmal annähernd so lange angehalten wie gedacht. Ein seltsames Gefühl breitete sich in mir aus, welches von der Berührung am Arm ausging. Es brannte auf der Haut und ich fühlte mich plötzlich abgeschlagen und müde. Doch mein Puls schoss hoch und Hitze flutete meinen Körper. Verdammt, versuchte gerade wirklich jemand, meine Kräfte zu entziehen? Vermutlich dann auch, mich zu töten.

»Was habt Ihr hier drinnen verloren? Niemand darf hier herein.« Die Stimme gehörte vermutlich dem Prinzen. Ich riss die Augen auf. Er hatte also auch die Kräfte seines Vaters geerbt. Wie Koda.

»Entschuldigt, Eure Hoheit, lasst es mich bitte erklären.«

Bei meinen eigenen Worten wurde mir schlecht. Und warum sollte er überhaupt auf mich hören? Ja, gute Frage! Er ließ nicht los. Mein Herz trommelte so schnell, als würde es jeden Moment explodieren. Ich ärgerte mich über mich selbst und grummelte wütend vor mich hin. Mit aller Kraft, die mir noch blieb, versuchte ich, mich aus dieser Position zu winden. Ich zerrte Malos an seinem feinen Mantel herum und hakte meinen Fuß um seinen, zog ihm den Boden unter den Füßen weg, sodass er keuchend neben mir auf dem Bauch landete und ich nun seinen Arm auf den Rücken drehte.

Mit einem Knie nagelte ich ihn am Boden fest. Nicht einmal ein Prinzlein hatte das Recht, mir meine Kräfte und vor allem meinen Lebenshauch zu stehlen.

»Ahh, sofort aufhören! Ich befehle es Euch!«, keuchte der Prinz.

Mir entfuhr ein zynisches Grunzen. Ganz der königliche Schnösel. Doch ich hatte nicht gedacht, dass er so stark und fast so groß wäre wie ich. Auf dem Podest hatte er viel kleiner gewirkt. Sein schwarzes Haar hatte er im Nacken mit einem Seidenband zusammengebunden, mittlerweile war es jedoch ein wenig zerzaust. Bei Dûwal, bestand hier alles aus Seide? Das Brennen und die Hitze in meinem Körper flauten ab. Trotzdem schwirrte mir der Kopf.

»Auf Befehle reagiere ich immer so empfindlich, Eure Hoheit. Sagt doch *bitte*.« Er strampelte mit den Beinen, und wirkte überhaupt nicht mehr königlich.

»Es ist eine Frechheit, etwas Derartiges von mir zu verlangen. Wenn die Euch erwischen, werdet Ihr den Fennôl vorgeworfen und von ihnen in Stücke gerissen.«

»Und wen meint Ihr mit *die*?«

»Die Gardisten meines Vaters natürlich. Wenn mein Vater davon erfährt ...«

Mist, ich hielt mich bereits zu lange hier auf. Ich musste Koda finden. »Apropos ... wo Ihr ihn gerade erwähnt, könnt

Ihr zufällig sagen, wo er sich zur Zeit aufhält und wo er Gefangene festhält?«

Malos' Kopf fuhr zur Seite und er funkelte mich aus dem Augenwinkel heraus an. »Das werde ich bestimmt nicht.«

»Seid Ihr sicher?« Langsam schob ich seinen Arm weiter nach oben, woraufhin er laut schrie, und ich hielt ihm schnell mit der freien Hand den Mund zu. Er zappelte inbrünstig mit den Beinen und ich ließ wieder etwas lockerer. »Sagt Ihr es mir?«

»Wieso sollte ich Euch das erzählen? Falls mein Vater Gefangene festhält, dann bestimmt aus gutem Grund. So jemanden wie Euch würde ich auch festnehmen.«

Diese Beleidigung ignorierte ich mal. So etwas war ich gewohnt. »Ist es auch ein guter Grund, eine junge Frau festzuhalten, weil sie rein zufällig sein eigen Fleisch und Blut ist? Worüber sie natürlich überaus schockiert ist.«

»Wovon redet Ihr da?«

Soso … »Interessant, Euer Vater hat Euch also nichts von Eurer Schwester erzählt, oder genau genommen Halbschwester? Wir glauben, dass er sie töten will und wir vermuten, sie ist irgendwo in diesem Schloss. Und um sie zu finden, würde ich alles tun.«

»Ihr lügt! Was wollt Ihr mit solchen Anschuldigungen bezwecken?«

»Glaubt mir, hätte der König nicht vor, das Wichtigste in meinem Leben zu töten, wäre ich schon längst auf einem Schiff in ein anderes Land. Aber wenn Ihr mir nicht glauben wollt, werft doch mal einen Blick in Euren königlichen Kellerraum unter der Bibliothek. Und vorausgesetzt, dass Ihr ruhig bleibt und mich nicht angreift, lasse ich Euch los. Bleibt Ihr ruhig?«

Einige Sekunden verstrichen, ehe er langsam nickte.

41
CAYDEN

Vorsichtig ließ ich Malos' Arm los und richtete mich auf. Auch der Prinz erhob sich, strich sich den mit Wesen der Nächte bestickten, dunkelblauen Mantel glatt. Er schaute mich aus seinen blauen Augen misstrauisch an. Gab es deswegen in diesem Zimmer und an ihm alles in Blau? Ich vermutete, diese Augen hatte er von der Frau geerbt, dessen Gesicht auf dem Gemälde zerkratzt worden war. Wahrscheinlich hatte er von ihr auch diese feinen Gesichtszüge.

Aus heiterem Himmel gab er mir eine Ohrfeige, die verdammt zwickte. Mit einer Hand an der brennenden Wange funkelte ich ihn an. Zugegeben, ich hatte es verdient, nachdem ich einen Prinzen zu Boden geworfen hatte. Trotzdem musste ich mich zusammenreißen, es ihm nicht zurückzuzahlen.

»Also, Ihr wollt mir erzählen, dass ich eine Halbschwester habe und der König, mein Vater, sie töten will, weil …?« Dabei schüttelte er seine Hand aus, die von der Ohrfeige offenbar kribbelte, und hob fragend die Augenbrauen.

»Eine wirklich gute Frage. Meine Vermutung ist, weil er sich bedroht fühlt und denkt, sie will sich auf einmal den Thron unter den Nagel reißen. Denn sie wäre die Erste in der Thronfolge. Willst du … verzeiht … wollt *Ihr* sie nun auch umbringen, weil Euch die Macht zu Kopf gestiegen ist und sie Euch die Krone wegschnappen könnte?«

Seine Mundwinkel zuckten kaum wahrnehmbar. »Ehrlich gesagt, wäre ich darüber erleichtert. Die Vorstellung, über ein ganzes Land zu herrschen, wenn man von Anfang an unterschätzt wird, bereitet mir Magenschmerzen. Ich bin nicht erpicht darauf, ein Herrscher zu sein, den niemand leiden mag.«

Verdattert hob ich die Augenbrauen. Damit hatte ich nicht gerechnet. Er wirkte regelrecht niedergeschlagen.

»Aber dass er mir nicht erzählt hat, dass ich eine Halbschwester habe, verstehe ich nicht. Warum sollte er mir so etwas verheimlichen?«

»Vielleicht, damit Ihr nicht abgelenkt werdet oder sie womöglich kennenlernen möchtet und somit den Plan Eures Vaters gefährdet. Warum verheimlicht er die Kreaturen im Keller?«, sprudelte es aus mir heraus, und ich biss mir auf die Zunge. Ich hatte bereits zu viel erzählt.

»Welche Kreaturen? Was bei Dûwal geht hier vor, wovon ich anscheinend nichts weiß?« Er ballte die Hände zu Fäusten und fing an, auf und ab zu gehen. Dann blieb er vor mir stehen und richtete drohend seinen beringten Zeigefinger auf mich. »Sagt mir jetzt sofort, was hier los ist …« Da er anscheinend nicht wusste, wie er mich ansprechen sollte, schloss er den Mund.

»Cayden Carvost, Eure Hoheit.« Den Knicks sparte ich mir und neigte nur leicht den Kopf. Seine Augen weiteten sich kaum merklich. Anscheinend hatte er von mir schon mal gehört. Dass es etwas Positives war, bezweifelte ich. »Nun, wo soll ich anfangen? Euer Vater hat uns als Anwärter der Elite herbeordert, darunter Kodaline, Eure Halbschwester. Doch bis gestern wusste sie selbst nichts davon. Auf dem Weg hierher hatten wir einige Schwierigkeiten, wurden angegriffen, Koda vergiftet. Während des Maskenballs haben Kodaline und ich die grauenhafte Entdeckung im Keller gemacht. Euer Vater … er hat …« Wie erklärte man so etwas nur?

Der Prinz starrte mich mit offenem Mund an. »Was hat er getan? Sagt schon!«

»Euch dürfte ja klar sein, dass Euer Vater Kolkraveni-Blut in sich trägt, somit muss es auch durch Eure Adern fließen. Doch er experimentierte darüber hinaus anscheinend mit Menschen und Kolkras, vielleicht um seine Macht noch zu verstärken oder mehr von seinesgleichen zu erschaffen, doch den genauen Grund weiß wohl nur er.«

Prinz Malos wurde bleich wie ein Geist. Da er nach einigen Sekunden immer noch nichts gesagt hatte, wedelte ich mit der Hand vor seinem Gesicht herum. Dann zeigte er endlich eine Reaktion. »Ihr … Ihr sagt die Wahrheit? Ich besitze Kräfte der Kolkraveni?«

Verdattert ließ ich die Schultern sinken. Ich hatte ihm gerade erzählt, dass sein Vater mittels Experimenten schreckliche Kreaturen erschuf, und sein erster Gedanke war das Kolkraveni-Blut in seinen Adern?

»Ich habe keinen Grund, Euch anzulügen. Es kann sein, dass der Keller nun noch besser abgesichertt wird, nachdem wir dort eingebrochen sind. Aber durch die Bibliothek gelangt man in den Geheimgang. Wenn Ihr wollt, zeige ich …« Plötzlich wurde mir seine Frage erst richtig bewusst. »Moment, Ihr wusstet gar nicht, dass Ihr diese Macht besitzt? Vorhin habt Ihr sie benutzt, um mir die Kräfte zu entziehen.«

»Nein, das war nicht meine Absicht … Zumindest wusste ich nicht, dass ich sie benutzt habe. Aber ich habe ein seltsames Gefühl verspürt, einen Energieschub. Das … das verstehe ich alles nicht. Wieso hat mein Vater das getan? Wieso hat er mich mein ganzes Leben lang angelogen?« Seine Augen richteten sich auf irgendetwas im Zimmer.

Er wirkte in sich gekehrt, sprach wohl eher mit sich selbst als mit mir. »Wie viele seid ihr? Wer von euren Leuten ist noch hier?«, fragte er dann eindeutig an mich gerichtet.

»Das werdet Ihr noch früh genug herausfinden!«

Malos atmete schwer aus und strich sich die Haare an den Seiten glatt. Seine Eitelkeit amüsierte mich. »Ich glaube ich weiß, wo sie ist«, sagte der Prinz und ich funkelte ihn an, da er es erst jetzt erwähnte.

***

Raia und Khal kamen mir schon entgegengelaufen, als ich elegant die Treppe hinuntersegelte. Offenbar hatte ich die ganze Zeit in dem Zimmer verbracht, da sie bereits am vereinbarten Treffpunkt ankamen. Ohne etwas zu erklären, eilte ich voraus und signalisierte ihnen, mir zu folgen. Im Erdgeschoss stiegen wir eine der schmalen Steintreppen hinunter und mussten uns dort sofort in einer Ecke verstecken, weil in diesem Gang Gardisten Kontrollgänge absolvierten. Zum Glück stand in der Nähe eine große Statue eines Kangarak, hinter der wir Deckung suchen konnten. Es gab hier so viele Türen, dass ich mir wie in einem Irrgarten vorkam, womit ich nicht gerechnet hatte. Ein Glück, dass wir eine, wenn auch grobe, Zeichnung der Räume hatten. Doch an fast jeder Tür standen zwei Gardisten Wache, also hatte Prinz Malos wohl recht. Sie musste im Ratssaal sein, der ausgerechnet am Ende dieses Flurs lag. Vermutlich wurde dieser noch stärker bewacht.

Vorsichtig lugte ich um einen steinernen Flügel. »Wir brauchen ein Ablenkungsmanöver. Oder wir kämpfen uns durch bis zum Ende.« Fragend sah ich zu den beiden.

Raia biss sich auf die Unterlippe. »Ich hätte eine Idee. Ich könnte versuchen, das Feuer in den Räumen und in den Gängen aufzuspüren, um es zu beeinflussen und sie abzulenken. Aber ich habe so etwas erst einmal geschafft.«

»In Ordnung, falls du aus Versehen etwas in Brand setzt, werde ich das Wasser beeinflussen und das Feuer löschen«, erwiderte Khal.

Seinen Blick zu Raia konnte ich nicht deuten, aber sie schaute ihn für ihre Verhältnisse viel zu nett an. Mit zusammengekniffenen Augen beobachtete ich die beiden. Lief da was zwischen ihnen?

»Gut, solange ihr von eurer Fleischeslust nicht abgelenkt werdet, bis wir Koda gerettet haben, ist mir egal, was ihr macht.«

Raia riss die Augen auf und hätte in diesem Moment vermutlich *mich* am liebsten in Flammen aufgehen lassen. Khal rieb sich nur den Nacken und runzelte die Stirn. Beschwichtigend hob ich die Hände, da Raia mich weiterhin anfunkelte. Nach einem letzten bösen Blick konzentrierte sie sich und schloss die Augen. Öffnete die Hände, spreizte die Finger und nach einigen Sekunden flackerte eine Fackel neben uns im Gang auf. Das klappte schon mal gut. In den Gängen knisterte und zischte es, langsam bildete sich Rauch und breitete sich aus. Das Gemurmel der Gardisten ertönte, einige kamen in unsere Nähe und liefen die Gänge ab.

»Seht in der Bibliothek nach, ob mit den Büchern alles in Ordnung ist. Wenn ihnen etwas zustößt, lässt der König uns köpfen.«

Sie rannten an uns vorbei und bogen in den nächsten Gang ab. Gab es dort so kostbare Bücher? Verständnislos schüttelte ich den Kopf. Der Rauch wurde dichter, sodass man kaum noch etwas sehen konnte, und wir banden uns Tücher um Nase und Mund, die Khal aus irgendeinem Grund dabei hatte. Raia nickte zu dem Gang, um mir zu bedeuten, dass ich vorangehen sollte. Ich ging in die Hocke, da der Rauch sich oben hielt und ich keine Rauchvergiftung bekommen wollte. Schwarze, glänzende Stiefel zogen an mir vorbei und ich legte mich flach hin. Um leise und unbemerkt an ihnen vorbeizukommen, kroch ich durch den Gang. Mein Puls schoss hoch, als ich eine Wache einige Mittar vor mir bemerkte. Genau vor der der Tür, hinter der ich den Ratssaal vermutete. Schreie erklangen und im nächsten Moment stürmte eine lebendige Fackel an mir vorbei. Erleichtert entwich die Luft aus meinem Mund. Noch einmal drehte ich den Kopf und warf einen Blick zurück, ob irgendwo Stiefel zu sehen waren. Negativ. Ich sprang auf die Füße und öffnete die Tür, die zu meiner Verwunderung nicht verschlossen war. Mein Herz raste augenblicklich, als ich in den Raum sah und sie entdeckte. Kodaline.

Sie lag auf einem massiven Steintisch in der Mitte des Saals. Es sah aus wie ein verdammter Ritualaltar. An der Decke hing ein gigantischer Kronleuchter und rechts stand ein Podest mit einem Thron aus dunklem Metall. Niemand sonst war hier. Meine Beine bewegten sich automatisch Richtung Tisch und ich hechtete zu ihr. Ihre blasse Haut erschreckte mich und fühlte sich eiskalt, aber nicht verschwitzt an, als ich meine Hand auf ihre Stirn legte. Vorsichtig drückte ich einen Finger auf ihre blauen Lippen und hob ihn an. Klebrige Fäden zogen sich nach oben und ich schluckte. Kein Fieber, bläuliche Lippen. Sie wurde wirklich vergiftet. Es musste Nachttrilium sein, wenn Raia richtig mit ihrer Vermutung lag.

Wenn sie fiebrig und verschwitzt ist, handelt es sich wahrscheinlich um Bittersüß. Die Symptome von Nachttrilium sind mir leider nicht bekannt, wollen wir hoffen, dass es hilft.

Hastig holte ich die zwei Fläschchen aus der Jacke, die Raia mir mitgegeben hatte, bevor wir aufgebrochen waren. Eins mit dem Gegengift für Bittersüß, das andere mit dem Mittel gegen Nachttrilium. Ich hielt beide in den Händen, schaute sie mir genauer an. Dunkel bei Bittersüß, hell bei Nachttrilium. Oder doch andersherum?

Verdammte Scheiße, was hatte Raia gesagt?

Was könnte passieren, wenn ich beide verabreiche?

Genau kann ich das nicht sagen, ich kenne mich nicht so gut aus wie Koda. Vielleicht Krämpfe und Übelkeit.

Bei den Vanden, mir fiel es nicht mehr ein. Nun ja, besser ich verabreiche beide und sie übergab sich im schlimmsten Fall, als dass ich das falsche Gegengift verabreichte und sie starb. Beide Gegengifte fest umklammert, schloss ich die Augen und atmete noch einmal tief durch. Dann entkorkte ich ein Fläschchen, öffnete Kodas Mund und hielt inne. Meine Glieder kribbelten, es fühlte sich falsch an. Ich stellte das Gläschen weg, öffnete das andere mit der dunklen Flüssigkeit und träufelte etwas daraus in Kodas Mund. Jetzt betete ich, dass es helfen würde.

Einige schnelle Herzschläge lang passierte nichts, Koda lag noch immer ruhig da. Was, wenn ich doch falsch entschieden hatte? Meine Kehle schnürte sich zu. Dann riss sie plötzlich die Augen auf und schnappte schmerzerfüllt nach Luft. Heiliger, mein Herz …

Ihre Augen verengten sich. »Er hat mich getötet! Dieser verdammte Bastard hat mich getötet. Genau wie sie gesagt hat«, hauchte sie.

Dann schloss sie die Lider wieder, ihre Atmung beruhigte sich. Sie atmete gleichmäßig. Aber ich wurde aus ihren verworrenen Worten nicht schlau. Was hatte das zu bedeuten? Waren das nur Halluzinationen im Giftrausch gewesen?

42
KODALINE

Meine Lider öffneten sich einen Spalt. Ein Gesicht erschien über mir, das ich nicht erkannte. Die Person packte meine Schultern und schüttelte mich. Mein Puls stieg. Nein, nicht schon wieder! Wieder dieser Traum. Nein, verdammt. Nein! *Wach auf, Koda, wach auf!*

Aber ich wachte nicht auf. Immer noch beugte sich da jemand über mich. Allerdings klarte meine Sicht auf, was sonst im Traum nicht vorkam, und ich erkannte Konturen. Ein Mann mit längeren Haaren, die in alle Richtungen standen. Immer noch schüttelte er mich und ich ... Redete er mit mir? Erneut versuchte ich, mich darauf zu konzentrieren, aufzuwachen, oder den Traum in einen anderen zu verwandeln. Noch einmal schloss ich die Augen und hoffentlich, hoffentlich, lag ich in einem weichen Bett, wenn ich sie wieder öffnete.

Dann fluteten Bilder meine Gedanken mit wirren Fetzen von Cayden, der mich mit einem Verlangen küsste, bei dem es mich auch jetzt noch wie elektrische Schläge traf. Der Ballsaal mit dem vielen Gold, dem Glanz und der Lichter, dem König mit seinem Sohn, die grässlichen armen Kreaturen im Keller. Das Familienporträt und Nate, der mich verraten hatte. Heiliger Mist, mein Nate … hatte mich verraten.

»Hier entlang! Sie sind zum Ratssaal gelaufen!« Rufe, die von irgendwoher kamen.

Mit einem Schlag öffnete ich die Augen, bäumte mich auf und atmete so heftig ein, als hätte ich eine ganze Zeit lang nicht geatmet. Plötzlich erkannte ich Cayden vor mir und mir blieb beinah das Herz stehen. Ohne zu realisieren, was gerade passierte, drückte er mich an sich, so fest, dass ich wirklich keine Luft bekam. Aus irgendeinem Grund fühlte sich seine Brust um einiges härter an als sonst.

»Cayden …«, ächzte ich. Er ließ etwas von mir ab und sah mir erleichtert in die Augen, umfasste mein Gesicht mit seinen Händen.

»Sakra, ich dachte, ich hätte dich verloren.«

Bevor ich etwas erwidern konnte, presste er die Lippen auf meine. Er küsste mich so stürmisch, als gäbe es kein Morgen. Meine Lippen prickelten durch diese Berührung. Für diese kurze Zeit schien alles in Ordnung und ich verlor mich in dem Augenblick. Langsam entfernte er sich von mir, durchbohrte mich mit seinem Blick.

»Wir werden hier rauskommen. Das verspreche ich.«

Erst jetzt wurde ich mir der Umgebung bewusst. Je mehr ich erkannte, umso schneller schlug mein Herz. Ich befand mich in dem Saal aus meinem Traum. Die Säulen aus hellem Marmor, der riesige Kronleuchter in der Mitte des Saals mit dem Steintisch darunter, auf dem ich bis gerade gelegen hatte. Nur war es kein Traum gewesen, sondern eine Vision. Heilige Scheiße!

Die Voraussage ist jedoch tückisch. Nicht alles, was man sieht, passiert auch.

In diesem Fall schon. Cayden trug seine Rüstung, das erklärte natürlich, warum sich seine Brust so hart angefühlt hatte. Und die ganze Zeit war *er* es! Derjenige, der sich über mich beugte, mich bei den Schultern packte. Er war hier, um mich zu befreien. Hinter Cayden nahm ich eine Bewegung wahr und mein Puls schoss in die Höhe. Als Khal und Raia erschienen, atmete ich erleichtert auf. Sie waren mit ihm hier. Alle waren hier, meinetwegen. Ich schluckte. Fast alle … Auch sie trugen ihre Rüstungen. Mein Doppelklingenschwert fehlte. Verdammter Mist. Mir schwirrte der Kopf.

»Was für eine herzergreifende Szene.«

Ich wirbelte herum und schaute in Nates Gesicht. Er stand in der großen Tür, umgeben von Gardisten. Eine hämische Miene verunstaltete seine Züge. Sofort überrollte mich eine Woge der Übelkeit. »Nate«, flüsterte ich.

Cayden legte seine Hand auf meine, die ich auf dem Tisch abstützte.

Nate kam langsam auf uns zu und mein Herz schlug mir bis zum Hals. »Was hast du getan?« Meine Stimme klang heiser. Die Anstrengungen der letzten Tage forderten ihren Tribut.

Nates Kiefer mahlte. »Wie ich sagte, ich habe dich zum König gebracht.«

»Ja, das sagtest du«, erwiderte ich aufgebracht. »Und dann hast du mich entführt, Nate. Wieso?«

»Er hat dich zu einer Audienz geladen.«

Neben mir schnaubte Cayden verächtlich. Sie tauschten eisige Blicke, bevor Nate sich wieder an mich wandte.

»Es wird sich alles aufklären, Kodaline.«

So hatte er mich schon lange nicht mehr genannt. Natürlich hieß ich so, aber es hörte sich falsch aus seinem Mund an. Mein Atem ging rau. »Du hast mich entführt, um mich zu einer Audienz beim König zu bringen?« Das konnte er doch nicht ernst meinen! Er seufzte schwer. Was sollte das alles?

»Was hat der König dir dafür geboten, dass du Koda auslieferst?«, fragte Cayden argwöhnisch. Bei diesen Worten versteifte ich mich. Das Lächeln, das Nate aufsetzte, machte mir Angst. Die Tür des Ratssaals öffnete sich mit Schwung.

König Taraîn kam mit seinem Gefolge hereinstolziert, das schwarz-rote Uniformen trug, darunter befand sich auch Magnus. Er schien nicht so verletzt zu sein, wie ich gehofft hatte. Vor Wut ballte ich die Fäuste und meine Nägel bohrten sich in die Handflächen. In meinem Hals bildete sich ein Knoten, der mir die Luft zuschnürte. Kolkras und andere Vögel zierten den mit Goldgarn bestickten, beigen seidigen Umhang des Königs. Dabei musste ich an den Keller denken und das trieb sofort die Magensäure in meine Kehle.

Taraîn ging nach links und mein Blick folgte ihm. Da bemerkte ich den Thron auf dem Podest an der Wand. Saß er da oben, wenn sich die Vanden mit allen Lords und den restlichen Bücklingen des Königs hier zusammenfanden? Ein sehr unnahbarer König, was bestimmt auch in den eigenen Reihen Ablehnung hervorrief. Neben dem Thron postierten sich nun ebenfalls einige der Vanden. Wie gewohnt dunkel gewandet, die großen Kapuzen tief ins Gesicht gezogen, sodass man sie nicht erkannte. Ich dachte immer, sie würden sich aus dem König nichts machen und dass letztendlich sie darüber entschieden, welche Gesetze durchgebracht wurden. Wüssten sie über diese Kreaturen im Keller Bescheid, hätten sie Taraîn doch inzwischen sicherlich gestoppt. Schließlich stand auf solch einen Verstoß gegen das Verbot, Magie durch Mutation zu verstärken, die Todesstrafe. Jemand musste es ihnen sagen, damit nicht noch mehr Menschen litten oder starben.

»Hört mir bitte zu!«, rief ich an einen der Vanden gerichtet. »Unter der Bibliothek…«

Jemand packte mich plötzlich am Arm und mein Kopf fuhr herum. Nate. Die Worte blieben mir im Hals stecken. Für einen kurzen Moment hatte ich vergessen, dass er hier war. Er drängte mich Richtung Thron, aber mir fehlte die Kraft, um mich loszureißen und ich funkelte ihn böse an. Ich sah ihm an, wie schwer es ihm fiel und wie unangenehm ihm die Situation war. Wie konnte er mir das antun? Cayden knurrte neben mir, meinte ich zumindest, aber wegen meiner Zerstreutheit wollte ich nicht darauf wetten.

»Ich hatte einen Traum. Nein ... eine Vision.«

Verwirrt schaute ich zum Thron hoch, von wo aus der König mich herablassend ansah.

»Ich sah, wie du fröhlich über die Felder spaziertest, bei Dûwal, und das quicklebendig.«

Was erzählte er da? Tot konnte ich ja wohl kaum über die Felder spazieren.

»Nun, diese Vision ist lange her und hat sich mittlerweile geändert. Und dennoch unternahm einer meiner Befehlshaber den Versuch, dich aus dem Weg zu räumen, obwohl ich es ausdrücklich untersagt habe. Wenn man sicher sein will, dass etwas so erledigt wird, wie man es sich vorstellt, macht man es am besten selbst.« Bei diesem Satz schaute er zu Magnus, der wiederum den Kopf gesenkt hielt. Bei seinem Anblick brodelte die Wut in mir und meine Wangen brannten. Eine winzige Genugtuung war zu sehen, dass er einen Krückstock benötigte und das Gesicht verzog bei jeder Bewegung. Wenigstens trug er ein paar Wunden mit sich, die er wohl noch lange spüren würde.

Der König lachte auf. »Eine Bestrafung hat er, wie alle sehen können, bereits erhalten. Wenn auch leider nicht durch meine Hand. Aber ich muss schon sagen, es war eine Wonne. Beinah blüht väterlicher Stolz auf.«

Ich verstand die Worte des Königs nicht, Magnus sollte mich nicht töten? Doch bei *väterlichem Stolz* verkrampfte ich. Es stimme also? Verdammter Mist. Die Erkenntnis schlug Sekunden später ein und ich riss die Augen auf. Eine Erinnerung tauchte auf, die hinter meinem betäubten Zustand verschleiert lag. Magnus hatte es gewusst ... die ganze Zeit! Faviti! Ich hatte *Prinzesschen* immer für einen idiotischen Spitznamen gehalten, dabei hatte er die ganze

Zeit gewusst, wer ich wirklich war. Wie gern würde ich ihm auf der Stelle alle Macht der Elfennôl auf den Hals jagen, wenn ich sicher wäre, dass meine Macht funktionierte. Und ich nicht so verwirrt wäre.

»Und was ist es, was Ihr wollt, Majestät?«, presste ich hervor und bemühte mich um eine feste Stimme.

Ein hinterhältiges Grinsen schlich sich auf sein Gesicht.

»Oh, nun, ich denke, du bist nicht auf den Kopf gefallen und hast schon geahnt, dass ich dich töten wollte. Das möchte ich auch immer noch. Aber vorher wirst du Teil von etwas Großem. Einzigartigem. Und dazu brauche ich nur deine Macht.«

***

Er musste mich gar nicht töten, denn mein Herz hörte von ganz allein auf zu schlagen. Mir entglitten sämtliche Gesichtszüge. Das krächzende Lachen des Königs belehrte mich jedoch eines Besseren, denn mein Herz schlug doch noch. Es trommelte los und ich fing an, unkontrolliert zu atmen. Geriet ich gerade in Panik?

»Nein!« Nate trat einen Schritt vor. Der König blickte ihn forsch an. »Ihr hattet mir versichert, ihr würde nichts zustoßen. Als König solltet Ihr Euer Wort halten«, knurrte er. Was redete er da?

»Hüte deine Zunge, Wrathaî«, zischte jemand neben dem König. Alle um uns herum holten entrüstet Luft. Er trug die Uniform der Gardisten, doch ich erkannte ihn. Ilian Sûdrac, der Kommandant, der uns damals untereinander vorgestellt hatte. Wieso nannte er ihn absichtlich so? Ob er auch in dieses intrigante Spiel eingeweiht gewesen war?

Nates Zorn verzerrte sein Gesicht, aber er blieb stumm.

»Es ist also wahr … dass …?«, setzte ich an. Aber ich schaffte es nicht, die Worte über meine Lippen zu bringen.

Ein Kloß steckte in meinem Hals.

»Dass ich der Grund für deine Existenz bin? Leider ja. Es wird nicht passieren, dass mein Sohn Malos zu meinen Lebzeiten den Thron besteigt. Noch weniger möchte ich, dass irgendein Bauernmädchen die Herrschaft über mein Land übernimmt, also ist es von Nöten, dieses Hindernis aus dem Weg zu schaffen. Nachdem ich mir deine Macht zu Eigen gemacht habe, natürlich.«

Leider. Hindernis. Die Gedanken überschlugen sich in meinem Kopf. Meine Fingernägel vergruben sich in meine Oberschenkel. Ich rang nach Fassung. »Nun, da wir verwandt sind, *Eure Majestät*, vergebt mir bitte meinen Tonfall, wenn ich sage: Steckt Euch den Thron sonst wo hin. Der kleine Prinz kann den Thron haben, ich will ihn nicht! Und was soll das Gerede über meine Macht?«

Schockiertes Gemurmel ertönte überall um uns herum. Doch Taraîn lachte nur und klopfte dabei sogar auf die Lehne seines Throns. »Ich hatte mich schon gefragt, welche Eigenschaften du von mir geerbt haben könntest.«

Zorn wallte heiß und lodernd in mir auf. »Eigenschaften? Nicht einmal in meinen Träumen könnte ich so scheußlich sein. Aber Ihr wollt sehen, womit Ihr mich gebrandmarkt habt?«, fragte ich und zerrte an dem Ärmel meiner Tunika, um die drei schwarzen Linien an meinem Oberarm freizulegen. Sie waren wie ein Brandzeichen des Königs, meines Vaters. Bis vor Kurzem hatte ich es nicht verstanden, doch seit ich mich auf dem Bild wiedererkannt hatte, brodelten Erinnerungen an die Oberfläche, die ich lange Jahre in den Tiefen meines Unterbewusstseins versteckt hatte.

Diese Linien hatte ich ihm zu verdanken. Als ich damals nach meiner Mutter gesucht hatte, meiner leiblichen Mutter, hatte er mich in den dunklen Gängen unterhalb des Schlosses gefunden und festgehalten. Meine Haut hatte gezischt und ich hatte geschrien, weil es so weh getan hatte. Nachdem ich ihn gebissen und er mich losgelassen hatte, war ich davongerannt, so schnell ich konnte. Bis meine spätere Mutter Fina mich gefunden hatte. Das, was nach dem Biss der Schuppen-Burmesin mit mir geschehen war, war ein Vorbote der in mir schlummernden Macht gewesen. Doch ich hatte die Gedanken, dass es etwas mit den Kolkraveni zu tun haben könnte, verdrängt. Ich hatte es nicht wahrhaben wollen. Auch wenn es mir schwerfiel, versuchte ich meine Unsicherheit und Angst zu verstecken.

»Wer ist meine richtige Mutter? Wo ist sie? Habt Ihr sie etwa auch aus dem Weg räumen lassen, weil sie nicht in Eure Pläne passte oder lästig wurde?«

Die anwesenden Vanden schreckten etwas zurück und ein entsetztes Raunen und Getuschel hallte durch den Saal.

Taraîn lehnte sich auf seinem Thron neugierig vor. »Dürfte ich wohl deinen Arm sehen? Es war äußerst interessant zu erfahren, was du für ein Mal hast. Wann hast du deine Macht zum ersten Mal gespürt?«

Ein hysterisches Lachen brach aus mir heraus. »Meine verfluchte Macht? Was ändert es an meiner Situation, wenn Ihr erfahrt, wann sich diese Pest bei mir bemerkbar gemacht hat? Aber ich glaube, Ihr überschätzt meine Fähigkeiten enorm.«

»Reine Neugier, meine Liebe. Aber du weißt nicht, wer deine Mutter ist? Obwohl du ihren Namen trägst? Du hast sie übrigens schon gesehen, denn sie ziert unsere Münzen. Ich sollte es wohl ändern lassen.« Nachdenklich strich er sich über sein Kinn. »Ich denke, *du* unterschätzt dich. Du hast nur einen kleinen Antsoß benötigt. Deine eigentliche Macht ist nicht die der Fennôl. Du bist der perfekte Hybrid, den ich bisher nicht erschaffen konnte. Anscheinend hast du keine Ahnung, wie viel Macht in dir steckt, sie hat so lange tief in dir geschlummert. Malos dagegen ist zu schwach. Vielleicht mit deiner Macht zusammen wird er mir nützlich sein.«

»Was soll … wie bitte?« Mein Name, der Name … Ophelia. Die Münze in dem Umschlag. Nicht die Macht der Fennôl? Ein Hybrid? Was meinte er mit *zusammen*? Bei Dûwal, mir drehte sich alles. Die Wände des Saals schienen näher zu kommen.

Gelangweilt wedelte er mit einer Hand herum. »Doch du hast recht, es ist gleichgültig. Interessant ist allerdings, was manche Menschen bereit sind, zu tun, wenn man ihnen das Richtige anbietet. Und deswegen war Mister Terbis so nett, dich für wenige magische Fähigkeiten herzubringen. Um Zwietracht zu säen, bedarf es nur einem charmanten jungen Mann, der vorgibt, dich zu mögen. Ich bin froh, dass Sie ihren Auftrag ebenfalls ernst genommen haben, Mister Carvost. Zugegeben, Sie waren meine Versicherung, falls mein erster Befehlshaber versagt hätte. Wir wissen ja, wie das geendet hat. Und siehe da, Sie haben mir sogar weiteres Material für meine Studie geliefert.«

Bitterer Schmerz durchzuckte mich. Ich bekam nur noch Gesprächsfetzen mit, musste mich beherrschen, nicht zusammenzubrechen. Das dumpfe Fluchen von Raia, Khal und den anderen drang zu mir. Mir war, als bliebe die Zeit stehen. Ich richtete den Blick erst auf Nate, dem ich seine Reue ansah. Dann wandte ich mich langsam zu Cayden, der mir erschrocken und blass in die Augen schaute. Er öffnete den Mund, doch es kam kein Wort über seine Lippen.

»Wollen Sie nicht wissen, warum ich Sie gewählt habe, Mister Carvost?«, fragte der König. »Weil Sie für Geld und Freiheit fast alles tun würden, ohne Rücksicht auf andere. Und anscheinend hatte ich recht, nicht wahr? Nun fügt sich alles zusammen. Denn schon bald wird es eine neue Macht geben, und keiner kann etwas dagegen tun.«

»Ihr werdet tief fallen«, knurrte Cayden.

Nur beiläufig hörte ich sie reden, das gehässige Lachen des Königs. Ich dachte daran, dass ich ausgeliefert worden war, von meinem Freund und von jemandem, von dem ich ebenfalls dachte, ihm vertrauen zu können. Ich hatte das Gefühl, als würde etwas elend Schweres auf meine Brust drücken. Und es schmerzte.

Alles passierte wie im Rausch. Blitze erhellten plötzlich den Raum, Rauch stieg auf.

Jemand packte mich am Arm, zerrte mich weg und meine Beine bewegten sich ohne mein Zutun. Mir war nicht klar, was gerade passierte. Raia lief vor mir her und als ich hinunterschaute, sah ich meine Hand mit ihrer verschränkt. Mit Khal zusammen rannten wir auf die andere Seite des Ratsaals zu. Ein lautes, tiefes Heulen brachte mich aus der Trance zurück und ich drehte mich um. Chaos war ausgebrochen, ein dicker Kerl kämpfte mit einem Gardisten, also schien er auf unserer Seite zu sein, obwohl ich ihn nicht kannte. Hinter ihnen kämpften weitere Gardisten mit Leuten, die ich ebenso wenig kannte. Doch das Heulen stammte nicht von einem Barghest, sondern von dem Fenrir. Seine gewaltige Größe nahm mir schier den Atem und ich verlangsamte meine Schritte, weil ich ihn genauer betrachten wollte. Dadurch bremste ich Raia ab, die neben mir fluchte. Knurrend schnappte er nach den mir unbekannten Leuten und fräste sich durch den Saal. Durch das Gewusel konnte ich Nate zuerst nicht entdecken, doch dann sah ich ihn in der Nähe von Taraîn, er stand schützend vor dem König. Verteidigte er ihn etwa noch immer? Heiliger Mist, Nate, wie konntest du nur?

Raia zerrte an mir, sodass ich keuchend stolperte.

»Wir müssen abhauen, Koda, solange der König abgelenkt ist.«

Nicht Raia hatte gesprochen. Mein Kopf fuhr herum und ich blickte in diese eisblauen Augen, die mich so fesselten und ich so liebte. Doch jetzt konnte ich ihn kaum ansehen und wischte mir wütend die Tränen weg, die so plötzlich über meine Wangen liefen.

Abrupt blieb ich stehen. »Sag mir nicht, was ich tun soll«, fauchte ich.

Er zuckte etwas zurück und auch Raia und Khal sahen verunsichert aus. Als ich die beiden kurz ansah, schauten sie schnell weg, als hätten sie Angst, mich zu lange anzusehen. Ich spürte die Wut und auch die Macht in mir pulsieren und vermutete, dass sich meine Augen wieder veränderten. Genau wie auf den Nebelfeldern.

Aber darum machte ich mir gerade keine Gedanken und wandte mich zornig an Cayden. »Du hast ständig gesagt, du traust ihm nicht. Ich habe mich dir geöffnet und mit dir über ihn geredet. Jetzt stelle ich dir die Frage: Was hat der König *dir* geboten, um mich hierher zu bringen?«

Nervös rieb er sich mit einer Hand über den Nacken und trat von einem Fuß auf den anderen. Das durfte einfach nicht wahr sein. »Es ist nicht so …«

»… wie ich denke? Das willst du mir erzählen? Hol dir deine verdammte Belohnung und hau ab, und rede nie wieder mit mir!« Hitze stieg mir in die Wangen. Mein Blick schweifte kurz an Cayden vorbei, da sah ich Magnus in seiner schwarzen, goldverzierten Lederrüstung, wie er sich mit einem der fremden Kerle einen Kampf lieferte. Schmerzhaft presste ich die Lippen zusammen. Wieso konnte der Mistkerl noch kämpfen? So wie der Unbekannte aussah, hatte er kaum eine Chance. Mein Kopf war leer, ich dachte an nichts mehr, außer dass Magnus sterben würde. Ich schritt an Cayden vorbei und zückte mein Schwert. Das Blut rauschte in meinen Ohren und hämmerte durch meine Adern.

»Koda, nicht!«

Diesmal war es Raia, die sprach, aber es schien mir wie aus weiter Ferne. Nur noch einige Mittar trennten mich von ihm, in dem Moment stieß er seinem Gegner das Schwert in den Bauch. Ein Junge, wie ich feststellen musste, und er schrie schmerzverzerrt auf. Er hielt sich eine Hand auf die Wunde, aus der das Blut strömte, sackte winselnd in sich zusammen. Nach wenigen Sekunden röchelte er schließlich, immer leiser werdend. Dann folgte Stille. Er war höchstens so alt gewesen wie ich, was meine Wut noch mehr schürte.

Magnus wandte den Blick von dem leblosen Körper ab und schaute nun zu mir. Sofort bildete sich ein boshaftes Grinsen auf seinem Gesicht. »So, Prinzesschen, wollen wir doch mal sehen, ob du was dazugelernt hast.«

Mein Herz donnerte gegen meine Rippen. Er hatte auch meine Mutter belogen, Fina. Und sie so schrecklich behandelt. Verdammter Bastard! »Ich bin nicht diejenige, die einen Dolch in die Juwelen bekommen hat.«

Sein Blick verfinsterte sich. »Und dafür wirst du nun deine gerechte Strafe erhalten. Bei dir werde ich mir etwas mehr Zeit lassen, als bei deinem Vater ... Oh, verzeih bitte, ich meine natürlich nicht den König, sondern Deron.«

Meine Augen weiteten sich, da es mir in diesem Moment erst bewusst wurde. *Er* hatte meinen Vater ermordet. Mein Gesicht brannte, Wut stieg heiß in mir hoch. Ich spannte den Kiefer an und biss die Zähne zusammen.

»Warum? Warum musste er sterben?« Innerlich brach ich zusammen, doch ich wollte ihm nicht die Genugtuung geben.

»Wie ich bereits sagte, leider war er bei der Planumsetzung im Weg. Nur so konnte ich all die Jahre ein Auge auf dich werfen. Das ist alles.«

Das ist alles. Der kochende Zorn in mir zerrte mich hoch und gleichzeitig drückte mich die Trauer beinah zu Boden, ich wollte am liebsten in Tränen ausbrechen. Mit bebenden Nasenflügeln starrte ich ihn an.

»Gleich werden wir sehen, wer seine Strafe erhält. Du hättest mich töten sollen, als wir noch in Fabula waren.« Dann hob ich das Schwert, drehte mich und holte Schwung, doch Magnus parierte meinen Schlag und ich taumelte von dem Aufprall zurück. Anscheinend fehlte mir Kraft in den Armen und ich ärgerte mich, dass ich nicht öfter mit Nate trainiert hatte. Mit einem großen Schritt trat er auf mich zu und schwang sein Schwert in einer ständigen Auf- und Abwärtsbewegung und ich hielt so gut es ging dagegen, während ich immer weiter zurückwich. Mein ganzer Körper zitterte. Irgendwie musste ich mich beruhigen. Ich musste das schaffen, für mich, für meine Mutter und meinen Vater.

»Reiß dich zusammen, Koda!«, presste ich durch zusammengebissene Zähne. Verzweifelt zwang ich meinen Körper, das Zittern unter Kontrolle zu bringen, damit ich das Schwert halten, geschweige denn, mich verteidigen konnte. In meinem Kopf schwirrten die Gedanken wild durcheinander. Die Synapsen meines Gehirns versuchten, die Verbindung zu meiner Erinnerung zu knüpfen. Vage erinnerte ich mich an die Worte von Professor Berengier, als ich mich noch in Dagônren befunden hatte.

Du kannst deine Macht nutzen, um Energie zu bündeln. Konzentriere dich auf dein Element, auf die Luft die du atmest und auf den Boden, auf dem du stehst.

So weit so gut. Früher hatte ich es nie geschafft, doch jetzt, wo sich die Magie gezeigt hatte, konnte ich es schaffen. Ich konzentrierte mich auf die Energie um mich herum, griff nach den Partikeln in der Luft und aus dem Boden. Magnus holte aus und ließ sein Schwert mit voller Wucht auf mich niederstürzen, doch ich blockte den Angriff mit mehr Leichtigkeit als zuvor. Es hatte funktioniert, die Energie zu bündeln, und ich lächelte breit, wozu mir eigentlich überhaupt nicht zumute war. Magnus Züge entglitten ihm. Das Lachen, das sein Gesicht eben noch entstellt hatte, verschwand.

»Was …« Mehr sagte er nicht, und in seinen Augen sah ich den Zorn und die Abneigung, die er gegen mich gehegt hatte, je älter ich wurde. Anscheinend hatte ich als Kind noch eine Schonfrist gehabt. Ich starrte ihn nieder, was ihn offenbar wütend machte, aber auch irritierte. Er grinste arglistig. »Übrigens soll ich dich von deiner Mutter grüßen.«

Hitze flutete meinen Körper und ich blickte ihn todbringend an. »Wenn du ihr auch nur …«

»Ich weiß, du drohtest mir mit dem Tod. Als ich ihr erzählte, was los ist, wollte sie es natürlich erst nicht glauben. Doch als ihr klar wurde, wer du bist, da wollte sie mich tatsächlich hintergehen, nach allem, was ich für sie und ihr aufgenommenes Balg getan habe. Dass sie jetzt im Verlies verrottet, hat sie sich selbst zuzuschreiben.«

»Was du für uns getan hast?«, fragte ich verächtlich und fing an, zu lachen, was sich anhörte, als wäre ich verrückt. »Nichts, wofür ich dankbar sein könnte, hast du getan, nichts hast du aus freiem Willen getan.« Die Worte spuckte ich aus wie schimmeliges Brot.

»Du warst schon immer ein undankbares Stück«, zischte er.

Erst jetzt realisierte ich die Worte, die er zuvor gesprochen hatte. »Was hast du ihr angetan, Paskaveri? Wo ist sie?« Meine Hände verkrampften sich um den Griff des Schwertes. Mein Herz verkrampfte sich ebenso.

»Sie hat ein neues Zuhause gefunden in Asgûla. Dort wird sich Lord Alart gut um sie kümmern.«

Cayden hatte mir einmal erzählt, was der Lord zwei Brüdern angetan hatte, die ihn ausgeliefert hatten. Von den dunklen Kammern im Keller. Von jetzt an hasste ich Kellerräume, egal wo. Ich hielt das Schwert vor mich, die Hände fest positioniert, und schmetterte ihm die Klinge ins Gesicht. Metallisches Klirren. Ein durchdringender Schrei folgte und sofort tropfte Blut aus seiner Nase und er hielt sich den Ärmel seines Mantels darunter. Leider hatte er den Schlag mit seinem Schwert abgedämpft.

Ein tiefer Schnitt prangte an seiner Augenbraue, der nun quer über sein Gesicht verlief und schwächer wurde. Fahrig wischte er das Blut weg und ging sofort in den Angriff über. »Ich werde dich langsam töten, mein Prinzesschen.«

43
KODALINE

Gerade so konnte ich seinen Schwerthieb parieren und schnellte zurück, um Abstand zwischen uns zu bringen. Ich riss das Schwert im selben Moment hoch, in dem er auf meine Kehle zielte. Blitzschnell drehte ich mich nach links und verzog schmerzvoll mein Gesicht, als mir die Klinge einen Schnitt am Arm verpasste. Mist, das war knapp. Tänzelnd bewegte er sich um mich herum und ich folgte seinen Bewegungen. Ich führte eine Finte nach rechts aus, aber er merkte es. Jemineh, er wich jeder Attacke mit einer mich wahnsinnig machenden Leichtigkeit aus. Wie konnte er sich so geschmeidig bewegen? War der Krückstock nur Ablenkung gewesen?

Magnus löste eine Hand vom Schwertgriff und stieß mir den Ellbogen in die Rippen, sodass ich keuchend nach vorne klappte. Er packte mich am Hals und drückte mir die Luft ab, während er meinen Körper anhob. Verdammt, wie schaffte er das nur? Japsend hielt ich mit einer Hand das Schwert, mit der anderen zerkratzte ich Magnus' Arm, versuchte, seine Finger von meinem Hals zu lösen. Wie ein Schraubstock hielt er mich fest. Mein Puls donnerte mir in den Ohren und eine Träne rollte über meine Wange.

Auch wenn der Gedanke daran schmerzte, probierte ich, mich an das Training mit Nate zu erinnern. Eines der letzten.

Jeder hat Schwächen, hatte er zu mir gesagt, nachdem er mich abgelenkt und ich meine Deckung vernachlässigt hatte. Das hatte nicht unbedingt etwas mit einer Kampfkunst zu tun, doch es fiel mir nichts anders ein. Ich trat Magnus in seine Kronjuwelen. Dorthin, wo ich ihn mit dem Dolch erwischt hatte. Gellend schrie er und ließ von mir ab, sodass ich auf den Knien landete und röchelnd Luft holte. So schnell wie möglich nahm ich das Schwert wieder fest in die Hände und stellte mich in Abwehrposition. Magnus drehte sich gekrümmt um, seine dunkelbraunen Augen blitzten wütend, das Blut klebte ihm an der Nase und am Mund. Schnaufend richtete er sich auf.

»Das war es für dich.« Erneut hieb er in Richtung meines Oberkörpers.

Wenn die anderen stärker sind, musst du schneller und gerissener sein.

Ich duckte mich, durchdrang seine Verteidigung und rammte ihm eine Klinge in den Fuß, was ihn aufschreien ließ. Ehe ich den nächsten Atemzug nahm, zog ich die Klinge wieder heraus und schwang das andere Ende des Schwertes hoch vor mir durch die Luft, während ich herumwirbelte, bis ich erneut mit dem Gesicht vor ihm stand. Noch schwer atmend, das Schwert in Abwehrhaltung, sah ich das Blut an der Klinge. Wie in Zeitlupe richtete ich den Blick nach vorn und sah Blut seinen Hals entlanglaufen. Aus der klaffenden Wunde in seiner Kehle. Mein Herz trommelte wild. Mit aufgerissenen Augen, voller Panik und Entsetzen, blickte er mich an. Genau wie der junge Mann zuvor, röchelte er und Blut sprudelte aus seinem Mund. Mit einem dumpfen Aufprall sackte er zusammen und blieb bäuchlings liegen. Sein Kopf war zur Seite geneigt und seine aufgerissenen Augen starrten ins Leere. Blut verteilte sich auf dem Boden.

Der rote Teppich breitete sich unter seinem Gesicht aus, verteilte sich bis zu den Schultern.

Wir sind frei, Amâir! Nein, sie wurde gefangen gehalten. Kurz schloss ich die Augen. Ich atmete tief durch und schaute auf, erhaschte einen kurzen Blick auf den König, der sich alles mit einem seltsam zufriedenen Gesichtsausdruck anschaute. Anscheinend war er nicht traurig darüber, einen seiner Befehlshaber verloren zu haben, der ihn ohnehin enttäuscht hatte. Dass sich so ein Scheusal ausgerechnet als mein Erzeuger entpuppt hatte. Diese Tatsache und auch der Kampf gingen nicht spurlos an mir vorbei, meine Beine und Arme zitterten und fühlten sich fremd an. Schwer atmend schaute ich auf meine Hände. Durch die erneut jemand getötet worden war. Nur diesmal übermannten mich keine Schuldgefühle. Verdammt, ich hatte Khal oder Raia lange nicht mehr gesehen.

Über mir bemerkte ich einen Schatten und mein Puls schoss hoch. Ein Kolkraveni! Ein brennender, allumfassender Schmerz bohrte sich in meine untere Körperhälfte, der mich aufschreien ließ. Als Nächstes sah ich dunkles Fell, das einen riesigen Kopf bedeckte. Zähne, so lang wie meine Elle. Heiliger Mist, der Fenrir! Mit seinem riesigen Maul hielt er mich gepackt, dann schleuderte er mich durch den Saal. Unsanft landete ich auf dem Marmorboden und rutschte darüber, bis ich von einer Säule gestoppt wurde.

Der Aufprall raubte mir den Atem und ich ächzte vor Schmerzen. Bei einem Blick auf meine Hüfte holte ich zischend Luft und drückte mir eine Hand auf den Zahnabdruck, aus dem das Blut quoll. Total überflüssig, da seine Zähne riesig waren und mehrere Löcher meinen Oberschenkel und meine Hüfte zierten. Vorsichtig befühlte ich meinen unteren Rücken, zuckte vor Schmerz und presste die Lippen aufeinander. Ich sah an meinem Bein hinab, vorbei an meinem Fuß und entdeckte die roten Schliere, die ich beim Rutschen auf dem Boden hinterlassen hatte. Mein Herz raste, als ich das viele Blut sah. Leichter Schwindel überkam mich, ich blinzelte, aber er blieb. Wie aus dem Nichts stand Raia bei mir und hockte sich neben mich. Sofort riss sie sich ein Stück Stoff von der Tunika unter ihrer Lederrüstung ab und drückte ihn auf mein Bein.

»Verdammt, hätte ich doch auch meine schöne Lederrüstung angezogen. Und sie ist so schön. Irgendwie fühle ich mich nicht angemessen gekleidet.« Während ich versuchte, zu lachen, schmerzte mein ganzer Körper und ich verzog das Gesicht, doch als ich zu Raia sah, erkannte ich ein schmales Lächeln.

»Scheiße, wie kannst du immer noch lachen?« Sie schüttelte den Kopf, aber mit gekräuselten Lippen.

»Ehrlich gesagt habe ich keine Ahnung. Ich habe Angst, dass ich meine Mutter nicht wiedersehe, aber gleichzeitig fühle ich mich auf eine Art erleichtert, vielleicht weil Magnus nun tot ist. Es klingt bestimmt merkwürdig.«

»Nein, überhaupt nicht.« Fluchend riss sie ein weiteres Stück Stoff ab und presste es auf meinen Rücken. Ich stieß einen erstickten Laut aus. »Wir müssen die Blutungen stillen, Koda.«

Nachdenklich blickte ich zu ihr hoch. »Hast du eigentlich mal mit Khal geredet?«

Ihr Blick schoss sofort in meine Richtung und sie sah mich forschend an. »Nein, es war irgendwie nie … der richtige Zeitpunkt. So wie jetzt auch nicht der richtige Zeitpunkt ist, mich danach zu fragen, findest du nicht?« Sie zog eine Augenbraue nach oben und ich prustete los, was wieder in meinen Gliedern schmerzte.

Hinter ihr bemerkte ich plötzlich einen dunklen Umriss, der größer wurde. Erneut blinzelte ich die Verschwommenheit aus meinen Augen und mir gefror das restliche Blut, als ich den Fenrir erkannte. Dieser senkte den massigen Kopf, öffnete sein Maul und fletschte die riesigen Zähne.

»Raia«, wisperte ich laut genug, dass sie mich hörte.

Irritiert sah sie mich an, aber riss eine Sekunde später die Augen auf. Sofort drehte sie sich um und schreckte zurück. Doch bevor der Fenrir sich auf uns stürzen konnte, wurde er von einem Blitz getroffen und strauchelte mit einem Heulen zur Seite. Dann sprang Nate mit gezücktem Schwert auf ihn zu, gefolgt von Cayden. Sah ich das richtig? Die beiden kämpften zusammen?

»Sakra, was passiert hier? Wo kam der Blitz her?« Oder hatte ich schon so viel Blut verloren, dass ich halluzinierte?

»Es war … er kam von … ich weiß es nicht.« Raia wirkte genauso verwirrt wie ich, aber offensichtlich halluzinierte ich nicht.

Mit einem Arm stützte ich mich ab, stellte das gesunde Bein auf und stemmte mich hoch. Zischend holte ich Luft, weil mein ganzer Körper brennend pochte. Raia stützte mich.

»Danke. Wieso hab ich das Gefühl, die Einzige zu sein, die ständig verletzt wird?«

»Ganz einfach, weil es so ist. Du bist ein Tollpatsch.«

Ihre Ehrlichkeit brachte mich zum Schmunzeln und ich schnaubte belustigt. Was direkt bestraft wurde, indem der Schmerz durch meinen Körper zog. Ich verschaffte mir einen Überblick, was hier überhaupt passierte, und ließ den Blick durch den Saal schweifen. Chaos. Pures Chaos. Einige der Männer, die ich nicht kannte, aber auf unserer Seite zu sein schienen, lagen zerstreut auf dem hellen von Blutlachen und roten Tropfen gesprenkelten Marmorboden. Am anderen Ende kauerte ein Barghest in Angriffsstellung, vor ihm ein Kerberos mit grauschwarz gestromtem Fell und drei Köpfen, dessen Größe mir den Atem verschlug. Der Barghest schien keine Chance gegen ihn zu haben, doch dann erschien ein weiterer und noch einer. Nun standen sie zu dritt knurrend vor dem Kerberos, von dem jeder Kopf einen

Barghest anvisierte. Hier suchte die Magie ihresgleichen und nur der Stärkere konnte siegen. Kämpfe der Elementare, egal ob zwischen Menschen oder Tieren. Wie im Kampf gegen Magnus konzentrierte ich mich auf die Energie, die mich umgab, um sie zu bündeln. Wirre Stimmen hallten durch meinen Kopf und ein überwältigendes Gefühl der Macht breitete sich in meinem Körper aus. Doch ich spürte eine Kälte, die ihre Klauen nach mir ausstreckte. Erschrocken öffnete ich die Augen und sah entsetzt die schwarzen Nebelschwaden um mich herum. Verunsichert schaute ich zu Raia, die ebenfalls stocksteif dastand und mich anstarrte.

Sie waren hier, ich konnte sie spüren. Und meine Befürchtung wurde bestätigt, als ich mich wieder der Mitte des Saals zuwandte. Kolkraveni schwebten als Schatten über uns. Augenblicklich hielt ich Ausschau nach dem König auf seinem Thron und folgte seinem Blick. Er schaute verärgert zu dem Kampf zwischen dem Fenrir, Nate und Cayden. Neben ihm standen zwei der Vanden, des Gezeiten-Ordens, der solche Machtkämpfe normalerweise nie zugelassen hätte. Und erst recht nicht, wenn Kolkraveni involviert waren. Warum also unternahmen sie nichts und versteckten sich nur unter ihren großen Kapuzen?

»Weil sie gemeinsame Sache mit dem König machen!«, murmelte ich.

»Wie bitte?«, fragte Raia.

Seufzend ließ ich die Schultern hängen. »Ach, es ist nur … ist dir schon aufgefallen, dass die Vanden bisher nichts unternommen haben?«

Sie ließ den Blick schweifen und blieb bei den dunkel gewandeten Männern hängen. Dann kniff sie die Augen zusammen und nickte langsam. »Also wenn du mich fragst, stinkt hier etwas gewaltig! Entweder machen sie gemeinsame Sache mit ihm oder stehen unter der Fuchtel des Königs. Sonst hätten sie schon eingegriffen.«

»Sehe ich auch so. Aber wenn sie auf Taraîns Seite sind, haben wir kaum eine Chance, fürchte ich.« Im Augenwinkel sah ich einen Schatten vorbeihuschen und ich schnellte mit dem Kopf herum. Der Schatten bewegte sich auf Nate und Cayden zu, doch es war mehr als einer. In der Sekunde heulte der Fenrir laut auf und der Boden vibrierte unter meinen Füßen. Als ich mich zum König drehte, grinste dieser boshaft. O´Jeminh! Meine Atmung beschleunigte sich.

Taraîn konnte ihre Gedanken steuern und ihnen Befehle erteilen. Aber … dann müsste ich auch in der Lage dazu sein, oder nicht? Wütend schnaubte ich. Kaum hatte sich meine Magie gezeigt, bekam ich einen Höhenflug. Doch wenn ich es nicht einmal versuchte … Ich atmete tief durch, fixierte die Schatten und konzentrierte mich auf ihre … ihre … bei Dûwal, auf was sollte ich mich konzentrieren? Mir fehlte einfach die Erfahrung. Mist! Ganz ruhig, erneut tief durchatmen und probieren. Ein Kolkraveni erreichte Nate und griff mit seinen klauenartigen Fingern nach seinem Arm, was ihn in die Knie zwang. Er schrie los. Es sollte brennen wie Feuer, wenn sie einem die Macht entzogen. Aber wieso ließ er nicht von Nate ab, wo er doch keine magischen Fähigkeiten besaß? Oder war da bereits etwas? Vom König? Aber wie sollte das funktionieren? Eine gefühlte Ewigkeit starrte ich auf den Kolkraveni und dann endlich, bewegte er sich und drehte irritiert seinen Kopf in meine Richtung. Er ließ Nate los und schwebte in seiner Schattengestalt auf mich zu.

»Koda, was hast du getan?«, fragte Raia ziemlich aufgebracht. Das konnte ich ihr nicht verübeln, denn ich wusste es selbst nicht.

»Ich habe keine Ahnung!« Der Kolkraveni erreichte uns und wollte nach mir greifen, doch Raia schlug ihm mit ihrem Dolch die Hand nach unten, woraufhin er fauchte und zischend die spitzen Zähne zeigte. Sofort ging er auf sie los. In mir brodelte es und die Hitze ließ meine Adern wild pulsieren. Der Zorn darüber, dass Taraîn diese Wesen auf uns hetzte, die Vanden nicht eingriffen und ich meine Macht nicht kontrollieren konnte, doch vor allem über Nates und Caydens Verrat durchbrach die Oberfläche. Ich ließ einen Schrei los und streckte die Arme aus. Die aufgestauten Gefühle brachen aus mir heraus und eine Druckwelle fegte diesen und auch die anderen Kolkraveni fort und sie zerstoben in der Luft.

Automatisch fand mein Blick den des Königs und ich sah, wie seine Iriden fast vollkommen schwarz wurden und unbändiger Zorn darin funkelte. Die Vanden sahen einander an, zögerten, etwas zu unternehmen. Schließlich wandten sie sich ab und verließen, ohne ein Wort an den König zu richten, den Saal. Was zum …? Diese verdammten Feiglinge! Langsam erhob sich Taraîn und kam auf mich zu. Mein Puls schoss in die Höhe. Was sollte ich tun? Ich wollte wegrennen, aber meine Beine machten nicht das, was sie sollten. Meine Glieder fühlten sich an wie Gummi, dazu kam der Blutverlust, der mir zu schaffen machte.

Er blieb ein paar Mittar entfernt vor mir stehen, die Arme hinter dem Rücken verschränkt und schaute mich an, wobei Kälte meine Wirbelsäule herunterrieselte. Aber ich wollte mir nichts anmerken lassen, reckte mein Kinn und spiegelte seine Miene.

»Verneige dich vor dem König!«, ertönte von irgendwoher eine vertraute Stimme. Wieder Kommandant Sûdrac. Was für ein Mistkerl, ich hatte ihn falsch eingeschätzt. Mit immer noch dunklen Augen sah Taraîn mich erwartungsvoll an. Doch wenn er glaubte, ich würde mich ihm beugen, hatte er sich bitter getäuscht. Dass er mein Erzeuger war, konnte ich leider nicht ändern, aber ich würde mich nicht ergeben und mich keinem König für ekelhafte Experimente zur Verfügung stellen, der mich eh tot sehen wollte.

Da kam mir Caydens Motto in den Sinn, die nun mehr

Bedeutung für mich hatten.

»Besser aufrecht sterben, als auf allen vieren leben!«, sagte ich. Automatisch schaute ich zu Cayden, der das Schwert sinken ließ und mich perplex ansah. Nichtsdestotrotz konnte ich ihm den Triumph im Gesicht ansehen. Aber auch wenn er mir wichtig war und ich etwas für ihn empfand, konnte ich ihm nicht verzeihen, dass er mich so hintergangen hatte.

Eine Bewegung im Augenwinkel ließ mich wieder zu Taraîn sehen. Mit einer schnellen Bewegung zückte er sein breites Schwert und schwang es vor sich hin und her, sodass ich den Oberkörper zurücklehnte, obwohl er noch ein Stück entfernt stand. Gerade als er vorschnellte und sein Schwert hinabsausen ließ, wurde ich zur Seite gestoßen. Landete mit einem Aufschrei auf dem Marmor, aber auch das Schwert fiel klirrend zu Boden. Schmerzhaft stöhnend richtete ich mich auf, um zu sehen, wer mich umgenietet hatte. Nate kniete neben mir, er hatte mich gerettet. Sein Hemd war zerrissen und auf seinem Arm prangten feuerrote Linien, dort wo der Kolkraveni ihn mit seinen Klauen berührt hatte. Nicht so markant wie meine, aber auch diese Narben würden bleiben.

»Danke, Nate.« Das Atmen fiel mir schwer wegen der Schmerzen. Er grinste mich schief an und ein großer Brocken löste sich von meinem Herzen.

»Ich muss sagen, ich bin etwas enttäuscht von dir, Nathaniel. Hatte ich dir nicht magische Fähigkeiten versprochen, fast endlose Macht?«, verkündete Taraîn.

Fassungslos blickte ich zu ihm, er hielt sein Schwert vor sich und streifte mit den Fingern über das Metall. Ein ekeliges Prickeln überströmte meine Haut.

»Und das dankst du mir, indem du dich mir in den Weg stellst?«

Entschlossen erhob sich Nate und hielt mir die Hand hin, um mir aufzuhelfen. Meine Hände zitterten, eine dunkle Kälte schlich sich in meinen Körper.

»Es tut mir leid, Majestät. Aber mir ist jetzt erst klar geworden, wie dumm es war, die wichtigste Person in meinem Leben zu verraten. Und das für ein wenig Zauberei und einen machtgierigen Widerling.«

Taraîns Lachen klang grausam. »Oh, das sollte dir auch leidtun.«

Er schloss die Augen und nur einige Augenblicke später wurde Nate von einem Kolkraveni in die Lüfte gehoben, der ihm dabei fast den Arm aufschlitzte. Nate brüllte schmerzverzerrt, wie ein Blitz durchzuckte es meinen Körper und ich schnappte hörbar nach Luft. Der Kolkraveni ließ ihn willkürlich fallen. Nate kam hart auf und rollte über den Boden, bis er irgendwann zum liegen kam und sich nicht mehr rührte. Sofort setzte ich mich in Bewegung und rannte zu ihm. Ehe ich ihn erreichte, wurde ich herumgerissen. Taraîn hielt mich gepackt. Wie hatte er mich so schnell eingeholt?

Er stieß mir vor die Brust, presste mir die Luft aus meinen Lungen und ich keuchte elendig. »Du und deine Freunde seid ziemlich lästig.«

»Nun, ich erinnere Euch nur ungern daran, aber … Ihr seid schuld, dass wir hier sind«, antwortete ich mit erstickter Stimme.

Sein breiter Kiefer spannte sich an und er schnaubte höhnisch. »Da habe ich wohl unüberlegt gehandelt. Aber es wird keine Fehler mehr geben.« In dem Moment holte er mit dem Schwert aus.

Eine Klinge schob sich klirrend zwischen seine, und meine Kehle. Cayden stemmte sich mit seiner Waffe dagegen und ich taumelte ein paar Schritte zurück. Ich schaute zu Nate und atmete erleichtert aus, als er sich regte. Ein Fluchen ließ mich herumwirbeln. Cayden drückte die Arme hoch, wirbelte das Schwert um das von Taraîn und stieß ihn weg, wobei ihm die Klinge aus den Händen fiel und klappernd auf dem Boden landete. Ungläubig sah er zu seinem Schwert, dann zu Cayden. Jetzt sah er auf jeden Fall wütend aus.

Cayden nutzte den Moment, eilte zu mir und stützte mich, da ich wankte. Kurz sahen wir einander an und ich spürte diese Verbindung, die schon von Anfang an zwischen uns bestanden hatte, doch sein Verrat schmerzte zu sehr. Hastig löste ich mich von ihm und richtete den Blick auf Nate, der inzwischen aufgestanden war und sich hinter Cayden stellte. In diesem Moment entdeckte ich Taraîn hinter Nate, der auf ihn losstürmte und mir wurde augenblicklich eiskalt. Blanke Panik wallte in mir auf.

»Nate! Hinter dir!«, brüllte ich, so laut ich konnte, doch es war zu spät. Gerade als Nate sich umdrehte, rammte Taraîn ihm ein zweischneidig gezacktes Messer in die Brust. Blut quoll aus der klaffenden Wunde. Sehr viel Blut.

»Nein!« Ich kreischte so laut, dass mein Hals brannte, als hätte ich Glut verschluckt.

Mit weit aufgerissenen Augen schaute Nate an sich hinunter, sah den Messergriff aus seiner Brust ragen. Genüsslich drückte der König ihm die Klinge tiefer ins Fleisch, ehe er von ihm abließ. Schreiend rannte ich zu Nate. Er sackte keuchend zusammen, als ich ihn erreichte, und ich konnte ihn gerade noch auffangen. Nur schemenhaft bekam ich alles um mich herum mit. Dass der König von uns weggerissen wurde. Dass im Saal eine erneute Welle von Chaos ausbrach.

Nate sank in meine Arme und ich ließ mich langsam mit ihm zu Boden sinken. Ich winkelte ein Bein an und hob mit einer Hand seinen Kopf an, um ihn darauf abzulegen. Die andere Hand schwebte zitternd über dem Messer, das immer noch in seinem Körper steckte. Meine Augen brannten und ich sah nur verschwommen vor lauter Tränen.

»Bitte …«, flüsterte ich heiser. Er streckte eine Hand nach mir aus und berührte meine Wange. Wischte die Tränen weg. »Ich hole Hilfe, finde einen Heiler, du wirst wieder gesund, Nate.« Hilfesuchend drehte ich wild meinen Kopf. Hier musste es doch irgendjemanden geben, der sich mit Wundversorgung auskannte. Irgendjemanden …

Plötzlich griff Nate nach meinem Handgelenk und ich wandte mich ihm ruckartig wieder zu.

»Es tut mir leid …«, stieß er angestrengt hervor. Abwehrend schüttelte ich den Kopf, wollte nicht hören, was er sagte. »Ich liebe dich. Habe dich immer geliebt … *Und könnt ich doch ewig bei dir weilen, und an deiner Seite ruh'n …*« Leise, keuchend kamen diese Worte über seine Lippen. Ein Schluchzer löste sich aus meiner Kehle.

»*Doch … musst du nun … von mir eilen, zu viel hier ist noch zu tun …*« Meine Stimme brach und mit zitternden Händen nahm ich seine Hand, küsste sie und presste sie an meine Wange, nahm die andere fest in die andere Hand. Er drückte sie daraufhin sanft.

»Ich warte auf dich in der Oberwelt.« Seine Worte waren kaum zu hören. Dann schloss er die Augen und atmete lange aus, als wäre er erleichtert.

Bumbum, Bum … Bum, Bum … Bum … B …

Einige Sekunden vergingen, in denen ich ihn einfach nur anstarrte. Seine Brust hob sich nicht mehr und der Griff seiner Hand lockerte sich. Nur meine Hand hielt sie noch fest umklammert. Ich hatte das Gefühl, zu ersticken.

»Bleib bei mir, Nate. Bitte!« Meine Lippen bebten. Nein, das dufte nicht sein. Nein! Nein! Nein! Ein Tränenschleier nahm mir erneut die Sicht. Eilig wischte ich ihn weg.

»Naaaate!«, schrie ich. Ich schüttelte ihn, schrie immer und immer wieder seinen Namen. Irgendwann wurde das Schreien zu einem Krächzen, weil meine Stimme versagte, und meine Worte erstickten in meiner Kehle. Mit bebenden Lippen und zitternden Händen packte ich nach dem Messergriff, holte stoßweise Luft. Ruckartig zog ich das Messer aus seiner Brust und warf es weg. Während ich mit einer Hand die Wunde bedeckte, beugte ich mich zu ihm hinunter. Meine Lippen berührten ein letztes Mal die seinen. Dann legte ich schluchzend den Kopf auf seine Brust und weinte hemmungslos.

Ein Teil von mir zerbrach. Verzweiflung und Trauer umklammerten mein Herz mit eiserner Faust.

44
CAYDEN

Koda hatte ein gutes Herz. Das war eine Art an ihr, die ich bewunderte. Es zerriss mir meines, sie so zu sehen. Sie klammerte sich immer noch an Nathaniel, hatte ihn sich auf den Schoß gezogen. Wiegte ihn bereits einige Zeit hin und her, als hielte sie ein kleines Kind zur Beruhigung in den Armen. Zwischendurch bebte ihr Körper und ein lautes Schluchzen war zu hören. Schrecklich, ich konnte es kaum mit ansehen, es hinterließ ein beklemmendes Gefühl in meiner Brust.

Khal stand ein paar Mittar von uns entfernt, hielt die Hände vor sich und zeichnete mit ihnen einen Kreis in die Luft. Mein Kopf wirbelte zu Taraîn herum, der von einer Wasserkugel umschlossen in der Luft schwebte und wild mit Armen und Beinen strampelte. Sein Haar und sein königlicher Umhang trieben um ihn herum. Mit offenem Mund schnellte mein Kopf wieder zu Khal, der die Kugel hin und her schwenkte, was mich absurderweise durstig machte auf einen Cognac. Ich blinzelte die Gedanken weg und in dem Moment hob er die Hände, die Wasserkugel ahmte seine Bewegungen nach, dann senkte er sie in einer schnellen Abwärtsbewegung und die Kugel platschte auf den Boden.

Sofort rannten Gardisten zu dem König und versammelten sich um ihn. Einige von ihnen liefen auf uns zu, wurden jedoch von Jorshors Männern aufgehalten.

Wieder richtete ich meine Aufmerksamkeit auf Koda, die von alldem nichts mitbekam.

»Sie muss da weg«, flüsterte Raia mir ans Ohr, die plötzlich neben mir stand.

Aber ich zuckte nicht zurück, so fixiert war ich auf Kodaline, und spürte, wie mir eine Träne entwich, die ich schnell wegwischte.

»Keine Angst, ich behalte es für mich.« Dabei knuffte Raia mich in die Rippen. Trotzdem würde sie es mit Sicherheit bei jeder sich bietenden Gelegenheit zur Sprache bringen.

Ein schmales Grinsen bildete sich auf meinen Lippen, was jedoch gleich verblasste. »Sie wird ihn nicht zurücklassen wollen«, sagte ich matt. Selbst ich würde ihn nicht hierlassen, auch wenn wir keine Freunde waren. So ein Ende hatte ich ihm bestimmt nicht gewünscht. Raia nickte zustimmend.

»Auf dich wird sie hören.«

Zynisch schnaubte ich. »Das bezweifle ich. Bestimmt wird sie mir nie verzeihen. Ich kann mir selber nicht verzeihen. Wenn sie mir keine verpasst oder mich nicht mit ihrem Dolch ersticht, wäre ich schon sehr überrascht.«

Einen Moment antwortete sie nicht darauf. »Das wird sich zeigen«, sagte sie dann. »Ich rede schließlich auch noch mit dir, obwohl ich dir das Fell über die Ohren ziehen will.«

Raia hinter mir stehend zu wissen, beruhigte mich etwas und bestärkte mich bei der Entscheidung. Erneut fiel mein Blick zum König, der noch immer blass und klatschnass dalag und mit den Armen fuchtelte. Wie ein pummeliger Fisch an Land. Solange die anderen noch damit beschäftigt waren, sich um ihn zu scharen, sollten wir hier verschwinden.

Mein Magen fühlte sich an, als wüsste er nicht, ob er rebellieren und sich entleeren, oder gelassen bleiben sollte.

Mit diesem Gefühl setzte ich mich in Bewegung. Bei Koda angekommen, räusperte ich mich kurz. Immer noch wiegte sie Nate hin und her, was mir die Kehle zuschnürte.

»Koda?«

Mitten in der Bewegung hielt sie inne. »Geh weg!« Sie würdigte mich keines Blickes und ihr Tonfall glich dem ewigen Eis auf der Spitze des Ouvosnari.

Tatsächlich wäre ich sehr überrascht, wenn sie mich nicht abmurksen würde, und bekam schwitzige Handflächen.

»Wir müssen von hier weg, Koda. Im Moment ist Taraîn abgelenkt, diese Chance sollten wir nutzen.«

»Ich sagte, geh *weg!* Verzieh dich, Cayden!« Sie sprach ruhig und langsam, doch ihre Stimme klang immer noch eisig und rau. Als wäre es nicht ihre eigene.

»Es tut mir so leid, was passiert ist. Was ich getan habe … es war dumm und ich bereue es zutiefst. Und was mit Nathaniel geschehen ist, tut mir ebenso leid, auch wenn du es vielleicht nicht glauben magst.«

Langsam schloss sie die Augen, atmete schwer und in mäßigem Tempo, als musste sie sich auf etwas vorbereiten. Und ich hoffte sehr, dass sie nicht darüber nachdachte, mir den Dolch ins Herz zu rammen. Koda drehte sich gemächlich zu mir, ich erstarrte. Ihre Augen waren dunkel. So voller Dunkelheit, als blickten sie ins Leere, ins tiefe Nichts. Ihr Körper schien nur noch eine Hülle zu sein. Doch die Hülle bewegte sich auf einmal, richtete sich auf und ich trat sofort einen Schritt zurück. Ihre bis jetzt leblose Mimik verzerrte sich vor Wut und die schwarzen Augen funkelten, wie auf den Nebelfeldern. Ich konnte sie kaum ansehen, so verstörend fand ich es. Doch wegsehen konnte ich auch nicht, weil ihre Augen mich so sehr fesselten.

»Koda, was hast du vor?« Meine Stimme klang zittrig und unsicher. Ihr Anblick jagte mir einen Schauer über den Rücken, wie sie dastand in ihrer blutverschmierten

Kleidung. An den Fingern und auch an ihrer Wange klebte noch mehr Blut, weil sie auf Nathaniels Brust gelegen hatte. Die wutverzerrte Miene, umrahmt von ihren rotbraunen wilden Haaren, ließen mir die Härchen zu Berge stehen. Ihre Augen starrten an mir vorbei und ich folgte der Richtung. Der König stand mittlerweile aufrecht und schnauzte die Gardisten um sich herum an, die versuchten, seine Kleidung zu richten und ihn mit Fragen zu löchern, ob alles in Ordnung sei.

Nein, nichts war mehr in Ordnung. So, wie Koda den König anstarrte, hatte sie nichts Gutes im Sinn. Sie machte einen Schritt nach vorn und ich legte ihr automatisch eine Hand auf die Schulter, um sie aufzuhalten. Ihr Kopf wirbelte zu mir herum und ich hatte das Gefühl, ihre Augen brannten sich in meine Seele. Sie bedeckte meine Hand mit ihrer und ein Hoffnungsschimmer keimte in mir auf, dass sie von der Idee abließe. Aber anstatt sie zu ergreifen, fing meine Hand an, wie Feuer zu brennen, und ich zog sie mit einem Aufschrei zurück.

Einen kurzen Moment verweilte ihr Blick noch auf mir, ehe sie sich auf den König konzentrierte und voranschritt. Hatte sie etwa gerade ... Nein. Ungläubig senkte ich den Blick auf meine Hand. Sie benutzte die Macht der Kolkraveni? Gegen mich? Hasste sie mich so sehr? Ich hätte den Dolch doch vorgezogen.

Bevor ich ihr hinterherlaufen konnte, rempelte mich ein muskelbepackter Gardist an. Echt jetzt? »Verzeihung, war ich etwa im Weg?«

Er drehte sich um. Ein höhnisches Grinsen gab seinem Gesicht etwas Dümmliches. Sofort stürmte er auf mich zu und ich blockte den Angriff mit meinem Schwert, indem ich es von unten gegen die Klinge stemmte. Wie unhöflich von ihm, noch nicht einmal zu antworten. Wie zu erwarten, hatte er eindeutig einen Vorteil, was die Kraft anging. Aber bestimmt nicht, wenn es ums Köpfchen ging.

Also spielte ich ein wenig mit ihm. »Mann, das sieht echt nicht gut aus.«

»Was?«, fragte der Gardist grimmig und ließ sein Schwert etwas sinken.

»Nun, das, was ich hier vor mir sehe.«

Einen Moment sagte er nichts, aber ich erkannte, wie es in seinem Gehirn arbeitete und sich die Rädchen drehten. Es war eine Wonne. Dann kniff er die Augen zusammen, als er es wohl geschnallt hatte. »Du mieser …«

Abermals ging er auf mich los und schlug zu. Erneut hielt ich dagegen. Es kostete mich Kraft, aber ich schaffte es. Immer wieder schwang er sein Schwert, preschte auf mich zu mit einer ständigen Auf- und Abwärtsbewegung seiner Arme, während ich parierte und mich rückwärts bewegte.

»Brauchst du Hilfe?«, hörte ich Khal rechts von mir rufen.

»Nein, danke. Das schaffe ich schon.«

Die Schläge des Muskelpaketes wurden langsamer. Mittlerweile hatten wir den halben Saal durchquert und wegen ihm konnte ich nicht nach Koda sehen und zur Not eingreifen. Er wurde lästig. Und er war, wie ich zugeben musste, sehr hartnäckig. Ich erhaschte einen kurzen Blick auf Koda, die ihr Doppelklingenschwert gegen Taraîn erhob. *Heiliger Dûwal, mach bloß nichts Dummes!*

»Hast du nichts Besseres vor?«, keuchte ich. Jeden Schwerthieb zu parieren, strengte an. »Es muss doch etwas geben, was mehr … deiner würdig ist.«

»Und was sollte das deiner Meinung nach sein?«, fragte er ebenfalls keuchend. Er wurde müde. Ich hoffte es, denn ich hatte keine Lust mehr. Zu allem Überfluss stolperte ich über einen am Boden liegenden Körper und landete auf dem Rücken, wobei mir die Luft wegblieb.

Grinsend schaute er auf mich herab. »So, willst du dich jetzt immer noch über mich lustig machen?«

»Nun ja, was ich vor mir sehe, sieht immer noch nicht gut aus. Und jetzt ist es auch noch hochrot im Gesicht und schwitzt.«

Die schwarze Uniform mit den roten Einfassungen an Schultern und Kragen spannte sich an den Oberarmen und an der Brust. Langsam hob er sein Schwert und zog eine Grimasse. Nicht gut. Sein Schwert sauste hinab, ich rollte mich rechtzeitig zur Seite weg und schaute hastig nach oben. In dem Moment bekam er einen Hieb mit einem massiven Eisenhammer ins Gesicht. Es knackte und das Blut spritzte augenblicklich in alle Richtungen. Ich zuckte zurück, als warme Tropfen auf meinem Gesicht landeten, und verzog es angewidert. Höchst unerfreulich. Genervt über diese Misere richtete ich den Blick neben den Muskelprotz und entdeckte überraschend Jorshor, der immer noch den Hammer hielt. Mit einem Schmatzen zog er diesen aus dem Gesicht und ließ ihn sinken. Sofort kippte der Gardist nach hinten wie ein Stein. Stöhnend rappelte ich mich auf und ging zu Jorshor, der neben dem Körper stand. Ich schaute in sein blutbesprenkeltes Gesicht, das sehr zufrieden wirkte, ließ dann den Blick nach unten sinken. Blut. Überall. Die Stirn und Nase des Muskelprotzes waren tief in den Schädel gedrückt, inklusive Augäpfel.

»Ist das nicht ein wenig übertrieben?« Angeekelt nickte ich zu dem Hammer, an dem Hautfetzen und natürlich Blut klebten. Anscheinend Stolz darauf, lehnte Jorshor sich demonstrativ auf den breiten geriffelten Ledergriff.

»Damit kannst du mehr als eine platte Nase schlagen.«

Über diese Anspielung musste ich lachen. »Da hast du vollkommen recht. Trotzdem ist es eine ziemliche Schweinerei.«

Amüsiert nickte er, ehe er den Hammer drohend auf mich richtete, als wöge das verdammte Teil nichts. »Auch wenn du jetzt wahrscheinlich keine Belohnung bekommst, die Edelsteine werde ich mir trotzdem holen.«

Daraufhin breitete ich die Arme aus. »Damit hast du wahrscheinlich auch recht. Bedien dich. Es sind bestimmt genug für alle da.« Jetzt wollte ich unbedingt zu Koda, doch ich richtete mich noch einmal an Jorshor. »Danke für deine Hilfe.« Er nickte knapp.

Dann wandte ich mich der Mitte des Saals zu, wo ich sie zuletzt gesehen hatte. Taraîn hatte sie im Kampf soweit zurückgedrängt, dass sie auf das Podest ausgewichen war. Sein breites und langes Zweihänderschwert wurde *Dwaeifol* genannt, *Göttlich*. Doch ich empfand diesen Namen als lächerlich. Damit wollte er nur sich selbst so bezeichnen. Sie stolperte rückwärts und landete auf dem Thron. Die Armlehnen fingen an, sich zu bewegen, schlängelten sich wie Tentakel nach oben und wanden sich um Kodas Handgelenke. Sie zogen sich zu. Koda holte scharf Luft, sie zerrte daran, doch das Metall schien sich wieder verfestigt zu haben.

Sie saß in der Falle. Taraîn stürzte sich auf Koda, stolperte jedoch plötzlich und fiel auf die Knie. Sein Kopf schoss in die Richtung, in der Khal grinsend seinen Kampfstab zwischen seine Beine hielt. Wie Nate vorhin, flog auch Khal nun durch die Luft. Schnell suchte ich Raia im Gedrängel und entdeckte sie kämpfend mit einem schlaksigen Gardisten. Sie wirbelte die Dolche durch die Luft, drehte sich immer schneller, sodass ihr Gegenüber zurückwich und die Deckung vernachlässigte. Dann blieb sie abrupt stehen und auch der Gardist bewegte sich nicht mehr und sah sie perplex an. Ehe er es kommen sah, rammte sie ihm einen Dolch in den Hals, erwischte offenbar die Halsschlagader, denn das Blut schoss nur so heraus. Was für eine Sauerei. Er fiel auf der Stelle um. Hässlich, aber schnell.

»Raia, ich brauche dich hier«, rief ich. Sofort drehte sie sich zu mir, zog erst noch den Dolch aus dem Hals des armen Gardisten und kam zu mir. »Koda steckt in der Klemme.«

Sie folgte der Richtung, in die ich schaute und nickte.

»Und was genau soll ich machen?«

»Du musst ihre Fesseln lösen, indem du das Metall erhitzt.«

Skeptisch kniff sie die Augen zusammen. »Dir ist bewusst, dass ich sie damit durch das heiße Metall verbrenne?«

Nein, da hatte ich nicht drüber nachgedacht, verdammt. Sie schüttelte den Kopf, als sie meinen angespannten Kiefer bemerkte.

»Aber so, wie es aussieht, ist unsere Hilfe gar nicht von Nöten.«

Irritiert sah ich sie an, dann ruckte mein Kopf sofort zum Thron und ich riss erschrocken die Augen auf. Mit vor Anstrengung hochrotem Gesicht stemmte Koda ihre Arme gegen das Metall, bis sich die Fesseln um ihre Handgelenke so weit lösten, dass sie ihre Hände befreien konnte. Wo hatte sie verdammt noch mal diese Kraft her? Dieser Blitz hatte mich auch überrumpelt, ich wusste nicht, wer ihn herbeigerufen haben könnte. Wurden in diesem Raum die Kräfte verstärkt? Aber wenn ja, wodurch?

Taraîn hatte sich aufgerappelt und schoss auf Koda zu, die ihn mit dem Griff ihres Schwertes abwehrte und zurückstieß. Sofort sprang sie auf und entfernte sich vom Thron, Taraîn hinterher.

Jetzt, wo ich mit Sicherheit sagen konnte, was er für ein Mensch … oder etwas Menschenartiges war, konnte ich mir auch gut vorstellen, dass er seinen Vater, König Tidus getötet hatte. Machtgierig, skrupellos, so wie Myrna ihn beschrieben hatte. Wir hätten bestimmt noch besser vorbereitet sein können. Koda schrie und meine Aufmerksamkeit richtete sich wieder auf sie. Taraîn hatte sie an der Schulter erwischt und sie wich auf die Treppe des Podestes zurück. Verdammt, was hatte sie vor? Taraîn schnappte ihren Fuß und sie stolperte. Schwer atmend bahnte ich mir einen Weg durch die Kämpfenden. Schubste jemanden zur Seite, damit ich schneller vorankam. Er könnte sie so erstechen, doch er zerrte sie zurück und drehte sie zu ihm. Drückte sie zu Boden, packte sie an der Vorderseite der Tunika und beugte sich über sie. Dieser Bastard spielte mit ihr und genoss es, denn wenn er sie töten würde, wären ihre Kräfte nutzlos.

»Denkst du wirklich, du hast eine Chance, *Tochter*?«

»Wage es nicht, mich so zu nennen, Faviti.« Sie spuckte ihm Gesicht.

Wieder versperrte mir ein Gardist den Weg und ich knurrte ihn wütend an. Blitzschnell packte ich ihn und drückte ihm die Luft ab. Mittlerweile beherrschte ich den Griff, sodass es nur Sekunden dauerte, bis er ohnmächtig zu Boden ging.

In dem Moment verpasste Taraîn Koda eine Ohrfeige, wodurch ihr Kopf von der Wucht zur Seite wirbelte, und er versetzte ihr einen Tritt in den Magen. Meine Finger kribbelten vor Zorn. Koda klappte keuchend nach vorne. Doch abgesehen davon machte sie keinerlei Geräusche, sondern hob langsam ihren Kopf. Blut rann aus einer Platzwunde an ihrer Wange, ihre Augen strahlten pure Wut aus.

Ohne aufzuatmen, hievte Taraîn sie hoch und drehte sich, die Hände an ihrem Kragen und Ärmel, und schleuderte sie gegen eine Marmorsäule. Sie schrie gellend auf und sackte zusammen, während ich bei diesem Anblick erschrocken zusammenzuckte. Mein Herz raste.

Vielleicht brauchte er sie doch nicht lebend. Oder es war ihm inzwischen egal. Er wird sie in Stücke schlagen.

45
CAYDEN

Nein, ich würde *ihn* in Stücke schlagen! In ganz kleine und dann verfütterte ich die Einzelteile an den Barrateaôn, diese wirbellose bösartige Kreatur, die im Gezeiten-Meer lebte. Jedenfalls der Legende nach. Legenden über Legenden.

Koda stand mit schmerzverzerrtem Gesicht auf, humpelte und fasste sich mit der linken Hand an ihren Arm, der leblos herunterhing. Aus einem Gefühl heraus schaute ich mich im Ratssaal um und runzelte die Stirn bei dem Anblick, der sich mir bot. Jeder, wirklich jeder, hatte aufgehört, zu kämpfen. Alle versammelten sich um Taraîn und Koda. Sogar die Fennôl beobachteten sie und standen zahm wie Haustiere bei ihren Beschwörern.

Khal, den ich schon eine gefühlte Ewigkeit nicht mehr gesehen hatte, tauchte neben mir auf, und ich zuckte vor Schreck leicht zusammen. Verdammt, er bewegte sich geräuschlos wie ein Geist. »So was hab ich noch nie erlebt«, sagte er.

»Ich kann mich auch an keine vergleichbare Situation erinnern.«

Koda rannte auf eine Tür zu, Taraîn hinterher, als der Marmor plötzlich aufbrach, bröckelte und sich der Boden erhob. Was zum …? Eine Bodenwelle bäumte sich zu einer hohen Wand aus Stein auf und bewegte sich auf die beiden zu und räumte alles aus dem Weg. Khal, Raia und ich konnten gerade noch zur Seite springen, ehe wir von Steinbrocken erschlagen wurden.

»Was bei Dûwal geht hier vor? Was sind das für Mächte?«, keifte Raia.

Es war also keine Einbildung von mir, dass hier keineswegs normale Kräfte am Werk waren. »Darauf kenne ich noch keine Antwort, doch ich hoffe, wir erfahren es bald.«

»Verdammt!«, zischte sie.

Fragend wandte ich mich an Raia, die ein blutverschmiertes Stück Stoff in einer Hand hielt.

Als sie meinen Blick bemerkte, seufzte sie. »Das ist der provisorische Verband, den ich an Kodas Bein angebracht habe. Er ist wohl abgefallen.«

Ein eisiger Schauer rieselte meine Wirbelsäule entlang.

»Da ist verdammt viel Blut dran.«

»Ein Wunder, dass sie noch steht«, bemerkte Khal.

Das wunderte mich selbst und ich machte mir Sorgen, aber als ich nach Koda Ausschau hielt, entdeckte ich sie nirgends. Mein Herz trommelte gegen meine Rippen. »Sakra, wo ist sie?«

Überall lagen Tote und Verletzte herum, viele von den herunterfallenden Steinen erschlagen, darunter auch einige von Jorshors Leuten. Ich hatte nicht gewusst, dass es so viele Rebellen gab. Doch nachdem, was sie mir in der *Klippe* erzählt hatten, wunderte mich das nicht. Aber da ich die anderen nicht noch mehr beunruhigen wollte, hatte ich es erst mal für mich behalten. Die Barghests machten kehrt und liefen davon. Über mir sah ich einen Schatten und schreckte zurück, doch der Kolkraveni beachtete mich nicht und schwebte ebenfalls nach draußen. Waren Koda und der König etwa dort? Im Hof?

»Los, schnell nach draußen. Vielleicht sind sie da«, rief ich Khal und Raia zu.

Wir machten uns auf den Weg und eilten auf den Ausgang zu, hinaus aus den Ratssaal, der nur noch ein einziger Trümmerhaufen war. Während ich einen Blick zurückwarf, entdeckte ich Nathaniels Körper und, scheiße, ich musste einen Knoten im Hals runterschlucken. Zwei Gardisten und ihre Fennôls versperrten den Ausgang. Ich holte tief Luft. Ich hatte das Kämpfen satt. Gerade als wir die Mitte des Saals erreichten, fiel mir ein Schimmern in dem zerstörten Boden auf und ich blieb stehen. Durch die Risse schien ein schwaches blaues Licht, ich folgte einem Riss wenige Mittar entfernt und schaute hinein. Das Licht waren Adern, die unter der Erde verliefen. Aber was hatte es damit auf sich und wo kamen sie her? In dem See am Vosnari-Pass hatte ich dieses Licht auch schon gesehen. Was geschah nur in diesem Land? Khalees und Raia beugten sich ebenfalls über den Abgrund.

Kahl rieb sich übers Kinn. »Sehr seltsam. So etwas hab ich noch nicht gesehen.«

Verwundert zuckten meine Augenbrauen hoch. »Seltsam, dass nicht einmal *du* weißt, was es ist.« Sonst wusste er auf alles eine Antwort. Er legte die Stirn in Falten und sah mich an.

Raia verdrehte die Augen. »Im Moment ist es auch nicht wichtig. Aber wir können ja nicht behaupten, von dir jemals etwas sonderlich Geistreiches gehört zu haben.«

Mir blieb der Mund offen stehen. Hatte sie mich gerade etwa dumm genannt? Khal prustete los, wedelte mit der Hand und klopfte mir auf die Schulter. Ich warf Raia einen giftigen Blick zu und wandte mich zum Gehen. Mir fiel jedoch noch etwas auf und ich drehte mich zum Podest um, hatte das Gefühl, dass der Thron sich über uns lustig machte. Zwischen Trümmern und Schutt entdeckte ich in einer Ecke die Umrisse einer Tür an der Wand. Verstohlen blickte ich mich um, und als niemand auf mich achtete, bewegte ich mich langsam dorthin, bedeutete Khal und Raia, mir zu folgen. Jorshor und einige seiner Leute kämpften erneut mit Gardisten, die noch lebten oder nicht die Flucht ergriffen hatten, und waren abgelenkt. Ungelenk kletterten wir über Marmorstücke und Beton, was einmal der Boden gewesen war. Ebenso über viele leblose Körper, die ich so gut es ging, ignorierte.

Wir eilten zu der Tür, und wie bei dem Laden des Konfektionaris prallte ich erst einmal hart gegen den Stein. »Scheiße!« Khal half mir, die Tür zu öffnen und wir rannten die engen Gänge entlang, erst links, dann rechts, wieder und wieder. Es war dunkel und stank modrig. Irgendwann führte eine wackelige, schmale Wendeltreppe hinauf, die einzustürzen drohte. Vor uns lag erneut ein enger, dunkler Gang, am Ende schien jedoch Licht durch einen Spalt, weshalb wir dort einen Ausgang vermuteten.

Vor der Tür blieben wir stehen und Raia packte plötzlich meinen Arm. Nur ein schwacher Lichtstrahl schien durch den Türspalt auf ihr Gesicht. »Hast du es gewusst? Dass sie die Tochter des Königs ist, meine ich?«

Hitze schoss mir in die Wangen. Ich schüttelte den Kopf und presste die Lippen zusammen. »Nein. Aber ich will ehrlich sein … Hätte ich es gewusst, dann hätte ich wahrscheinlich mehr Belohnung gefordert. Ich hatte nur meine Freiheit im Kopf, sonst nichts. Ich wollte einfach von hier weg und neu anfangen.«

Ihre Augen verengten sich. »Und jetzt?«

»Jetzt …«, antwortete ich und fuhr mir mit einer Hand durchs Haar. »Jetzt habe ich meine Freiheit wohl für immer verloren, doch was noch schlimmer ist, ich habe auch die Frau verloren, die ich liebe.«

Verblüfft sah sie mich an, lächelte kurz darauf. Und

es wirkte für ihre Verhältnisse sehr warmherzig. »Cayden Carvost, am Anfang unserer Reise hätte ich nicht geglaubt, das jemals zu dir zu sagen, aber ... du bist doch nicht so ein Idiot, wie ich annahm. Und ich denke, das renkt sich wieder ein.« Überraschenderweise nahm sie meine Hand und drückte sie. Einen Moment schaute ich auf unsere Hände, ehe ich sie mit hochgezogener Augenbraue musterte.

»Und ich muss sagen, diese Reise hat dich total verweichlicht.« Mein Mund verzog sich zu einem schelmischen Grinsen. Sie presste die Lippen zusammen und boxte mich gegen den bereits pochenden Arm. »Autsch ... na gut, vielleicht nicht ganz.« Er schmerzte immer noch leicht von der Bisswunde des Barghests damals auf den Nebelfeldern. Damals. Wenige Tage waren seitdem vergangen, es kam mir aber wie eine Ewigkeit vor. Genau wie die Reise hierher. Diese Reise hatte alles verändert, sie hatte mich gelehrt, nicht nur an mich zu denken. Dass es Wichtigeres gab. Doch jetzt drohte alles zu zerbrechen. Ich wollte die Tür öffnen, aber es geschah nichts, egal, ob ich am Griff zog oder drückte. Mit aller Kraft presste ich mich dagegen, doch auch so passierte nichts. Anscheinend war sie lange nicht mehr genutzt worden oder verriegelt.

»Wir müssen zusammen da...« In dem Moment rannte Khal an mir vorbei, warf sich gegen die Tür und sie gab sofort nach. »...gegendrücken.« Jetzt kam ich mir wirklich dumm vor. Raia beäugte mich kurz mit hochgezogener Augenbraue und grinste gehässig. Warnend zeigte ich mit dem Finger auf sie. »Wehe, du sagst jetzt etwas.«

Kopfschüttelnd folgte sie Khal. Wir traten nach draußen und sofort wurde mir klar, dass wir aus der Geheimtür kamen, die ich gestern auf dem Weg zum Treffen mit dem König gesehen hatte. Hier tummelten sich also die restlichen Gardisten und ich erkannte ein paar von Jorshors Leuten. Doch sie standen nur da und sahen gebannt auf eine Stelle. Mein Puls schoss sofort in die Höhe, denn vor den Gärten des Schlosses standen sich Taraîn und Koda mit wenig Abstand gegenüber.

»Und jetzt habe ich es satt, mich mit dir herumzuplagen«, sagte dieser. Seine Faust landete in Kodas Bauch und sie keuchte schwer, taumelte zur Seite und erbrach sich kurze Zeit darauf.

Ich werde ihn umbringen, ganz langsam und qualvoll.

Nach vorne gebeugt spuckte sie aus, auch bei Dämmerung erkannte ich, dass sie Blut ausspie. Ihre Lippen verzogen sich zu einem falschen Lächeln, welches ihre Zähne zeigte, doch es lief mir kalt den Rücken herunter bei ihrem blut-besudelten Mund. Mittlerweile war sie von oben bis unten mit Blut beschmiert. Ich mochte gar nicht mehr hinsehen.

Ihre dunklen Augen schimmerten wieder bläulich. Der Gedanke, dass das blaue Licht, das aus der Erde schien, mit ihr zu tun haben könnte, verkeilte sich immer weiter in meinem Gehirn. Doch ich verdrängte ihn, so gut es ging, denn es konnte nicht stimmen.

Kodas Puppengesicht, das sie so oft aufgesetzt hatte, wenn jemand Geschichten erzählt hatte, war verschwunden. Dieser Gesichtsausdruck, den ich so liebte. Hoffentlich würde ich ihn irgendwann wieder sehen. Auf einmal stieß Koda einen Kampfschrei aus, hielt ihr Doppelklingenschwert über sich und legte den Kopf in den Nacken. Sie wirkte wie in einem Rausch. Besessen von der Macht und voller Wut. Der König brüllte ihr seine Antwort entgegen, Dwaeifol mit beiden Händen fest im Griff. Es folgten noch andere Schreie, aus der Luft. Ich sah Harpyien über uns kreisen und wir hielten uns die Ohren zu, als sie weitere Schreie ausstießen. Ein tiefes Brüllen gesellte sich dazu und ein Fenrir erschien aus einer dunklen Wolke hinter Koda, ein zweiter tauchte hinter dem König auf.

»Heilige Scheiße!«, entfuhr es mir. Jetzt zeigte sich die

Macht, die von ihnen ausging. Die von Koda ausging, deren Macht wirklich sehr stark zu sein schien. Der Fenrir kam zu ihr, senkte den Kopf und stupste sie mit der Schnauze an, damit sie seinen monströsen Kopf streichelte. Noch nie hatte ich eine solche Verbindung zwischen einem Elementar und einem Fennôl gesehen. Mal abgesehen davon, dass Koda eigentlich eine Adhair war, kein Talami, so wie ich. Doch scheinbar konnte sie beide Mächte nutzen, sogar noch mehr als das. Meine Augen weiteten sich. *Hybrid.* So hatte Taraîn sie bezeichnet.

Auch Taraîn wirkte davon überrascht, lächelte Sekunden später begierig. Gierig auf ihre Macht. Ich schüttelte den Ekel ab. Koda zog sich zurück, als der riesige Wolf sich bereitmachte, anzugreifen. Die beiden Fenrir knurrten einander an, stemmten ihre riesigen Pfoten mit den messerscharfen Krallen in den Boden und stürmten zeitgleich aufeinander los. Ein gewaltiges Fellknäuel aus zwei Leibern wirbelte Dreck auf und warf viele Umstehende um oder überrollte sie, während es über den Hof wütete. Die Harpyien stürzten sich auf alles, was sie sich krallen konnten, auch auf ihresgleichen, und zerfetzten die Körper. Es regnete Blut und ich zog schützend mein Hemd über den Kopf. Ich hatte wirklich genug davon.

Koda und Taraîn standen sich in einiger Entfernung gegenüber, schwer atmend. Er machte einen Schritt nach vorn, dann noch einen, rannte los und Koda stürmte auf ihn zu. Der König holte aus und schlug zu, woraufhin ein dumpfer Aufprall ertönte. Seine Klinge hatte sich in den Griff von ihrem Schwert gebohrt und steckte fest. Es musste ein echt gutes Doppelklingenschwert sein, wenn es den Angriff so unbeschadet überstand. Vor allem musste Koda wirklich stärker geworden sein, wenn sie solch einen Schlag so leicht abblocken konnte. Woher hatte sie nur plötzlich diese Macht? Sie stellte ihren rechten Fuß auf Taraîns Oberschenkel und stieß sich ab, um die Waffen voneinander zu lösen, woraufhin er fluchte und zurücktaumelte. Nun hatten sie wieder etwas Abstand zueinander. So hatte sie bisher nie gekämpft, ohne jegliche Angst, als hätte es schon immer in ihr geschlummert.

»Ich hätte daran denken müssen, dass du etwas hartnäckiger bist, da du schließlich von mir …«

»Wage es nicht, es auszusprechen!« Kodas Stimme klang immer noch fremd, kalt und weit entfernt.

Daraufhin lachte er laut und kehlig. »Nun, ich denke, leugnen kannst du es nicht.«

Koda griff erneut an, preschte nach vorn, doch Taraîn war ein guter Kämpfer und parierte jeden Angriff.

Ich musste eingreifen! Bevor ich mich in Bewegung setzen konnte, wurde ich am Arm festgehalten. Nicht schon wieder … »Was soll das, Khal?«

»Nicht ganz.« Mein Kopf fuhr herum. Es war gar nicht Kahl, der mich zurückhielt, sonder Jorshor. »Tu es nicht. In diesem Zustand wird sie dich töten.«

Ich legte die Stirn in Falten. »Was redest du für einen Quatsch?«

Er nickte zu Koda. »Sieh sie dir an. Das Einzige, was sie sieht, ist der König, und sie will ihn töten. Wenn du dazwischen gehst, ist es ihr womöglich egal, ob du getötet wirst, dem König erst recht. Er würde sich wahrscheinlich freuen.«

Mit zusammengekniffenen Augen sah ihn an. Jorshor hatte vermutlich nicht unrecht. Doch ich konnte doch nicht einfach so zusehen, wie der Bastard sie fertigmachte. Vehement schüttelte ich den Kopf. »Es ist meine Schuld, dass sie hier ist. Ich muss etwas unternehmen.«

Nachdenklich neigte er den Kopf. »Wie du meinst. Sag nicht, ich hätte dich nicht gewarnt.«

Um Taraîn bildeten sich Rauchschwaden, die sich langsam ausbreiteten. Meine Atmung beschleunigte sich, weil das nichts Gutes bedeuten konnte. Doch Koda ließ ihn nicht zu Ende führen, was er begonnen hatte. Mit einer schnellen Drehung zog sie ihm schwungvoll die Klinge über den Bauch. Ich verzog mein Gesicht, weil es schmerzhaft aussah.

Taraîn schrie laut auf und legte die Hand auf den Stoff seiner Tunika, der sich schnell rot färbte. Seine Augen verengten sich zu Schlitzen, als er sie anfunkelte.

»Du kleines Miststück! Ich muss dir danken, dass du diesen Nichtsnutz Magnus aus dem Weg geräumt hast, ehe er dich töten konnte. Du machst es mir dennoch wirklich schwer, dich nicht auf der Stelle umbringen zu wollen. Doch nachdem du mir eine Kostprobe dessen geliefert hast, was in dir steckt, wird es mir umso mehr ein Vergnügen sein, dich zu beseitigen. Dem König von Velandir!« Triumphierend und herablassend reckte er das Kinn.

Koda spiegelte seine Miene. »Du wirst nicht mehr lange König sein.«

Noch einmal beobachtete ich, wie sich Rauchschwaden formten, immer schneller und immer dunkler emporstiegen und Taraîn einhüllten. Koda griff ihn wieder an, doch sie wurde weit zurückgeschleudert, kaum dass sie den Rauch berührte, und landete ächzend auf dem Gras. Taraîn lachte kehlig, rau und verächtlich. Wie konnte man sein eigen Fleisch und Blut so hassen? *Du weißt das!* Vor Wut ballte ich die Fäuste und spannte den Kiefer so sehr an, dass meine Zähne schmerzten.

»Wenn du meinst, du könntest mich so einfach besiegen, bist du noch naiver, als es deine Mutter war.«

Koda sagte nichts, doch ich konnte sehen, wie sehr er sie mit seinen Worten verletzt hatte. Ihre Unterlippe zitterte. Langsam und gequält vor Schmerzen stand sie auf. Ihre Verletzungen konnte ich gar nicht mehr zählen. Ich konnte nicht mehr zusehen, ich musste sie dort wegholen. Als ich einen Schritt nach vorn trat, wurde ich schon wieder gepackt.

Das durfte doch nicht wahr sein!

Fahrig warf ich einen Blick über die Schulter. »Was soll das verdammt nochmal Jor…« Natürlich, diesmal war es Khal, der mich zurückhielt. »Du nicht auch noch«, blaffte ich ihn an.

Khal drückte meine Schulter. »Sie schafft das.«

»Ich sage nicht, dass ich ihr nichts zutraue, aber sie kann nicht mehr. Sie hat zu viele Verletzungen, Khal.« Mit einen Arm deutete ich auf sie. Khal grinste belustigt und legte den Kopf in den Nacken. Waren alle Menschen aus Têos so gelassen? »Dir mag sie vielleicht nicht so am H… Uff!« Eine Faust traf mich und ich musste nicht lange überlegen, wessen. Ehe ich Raia anschnauzen konnte, brachte ihr Blick mich zum Schweigen. Blitzschnell packte sie mein Kinn, drehte meinen Kopf etwas und hob ihn an, sodass ich nach oben sehen musste. Sie ließ los und sofort klappte mir die Kinnlade herunter. Seine mächtigen Flügelschläge bliesen uns allen den Wind ins Gesicht und mir kamen die Tränen, während er sich dem Boden näherte.

»Aber … das … ist das …« Mehr als dieses Gestammel bekam ich nicht heraus.

»Ja, das, mein Freund, ist der Kangarak!«, bestätigte Khal.

»Das ist unmöglich!« Das war auch mein Gedanke, aber es war der König, der ihn ausgesprochen hatte. »Er existiert nicht!«

Nun, offensichtlich doch. Koda schaute ihn ehrfürchtig an, als er die riesigen Krallen auf den Boden setzte und neben ihr landete. Er neigte den Kopf, als verbeugte er sich vor ihr, oder als wollte er sie fressen, denn er könnte sie in einem Bissen verschlingen. Verdutzt starrte sie auf den wuchtigen Kopf, streckte dann zögernd die Hand aus und legte sie auf den Schnabel. Eine Art Energiestoß ging von der Berührung aus, wehte durch ihre Haare und die Kopffedern des Vogels. Irgendetwas passierte da, aber ich hatte keinen

Schimmer, was. Koda atmete mit geschlossenen Augen tief durch und ließ die Hand dann ruhig sinken. Nun richtete sie ihre Aufmerksamkeit wieder an den König. Doch alle anderen starrten diesen Vogel an.

Sein rotes Gefieder glänzte wie Rubine, er plusterte seine schwarze Brust auf, während er die Flügel ausbreitete, die eine Spannweite von mindestens fünf Mann hatten. Dann öffnete er den Schnabel und schrie. Laut und hoch. Rings um uns herum gingen das Gefolge des Königs, mitsamt der Fennôl, und der König selbst in die Knie. Der Schrei tat in den Ohren weh, aber es schien so, als würde der Ton ihnen wirkliche Schmerzen verursachen. Raia, Khal und ich sahen einander planlos an. Die Kolkraveni nahmen ihre Schattengestalt an und verschwanden. Der Kangarak half uns. Nein, er half Koda!

Während seine Leute noch auf dem Boden kauerten, rappelte sich der König wieder auf und fluchte vor sich hin. Er gab seinem Fennôl den Befehl anzugreifen. Doch der wirkte im Moment eher wie ein Welpe, der kuscheln wollte. Nach einigem Zögern rannte der Fenrir dennoch auf den Kangarak zu, was diesen nicht im Geringsten aus der Ruhe brachte. Der Fenrir setzte zum Sprung an und wurde durch einen Flügelschlag des Kangaraks zur Seite geschleudert und gegen die Schlossmauern geschmettert. Laut aufheulend fiel er zu Boden.

Allmählich erhoben sich die Gardisten wieder und gerieten in Aufregung, liefen planlos durch die Gärten. Manche rannten fluchend davon, andere waren dem König gegen-über so loyal, dass sie weiterkämpften. Mit trommelndem Herzen sah ich, wie Koda losstürmte, genau wie Taraîn. Beide hoben ihre Schwerter, während sie aufeinander zuliefen. Sie humpelte etwas, aber das hielt sie nicht davon ab, zu rennen. Um Koda herum flackerte es seltsam, als umgäbe sie ein Energiefeld. Nervös huschten meine Augen zwischen dem

König und ihr hin und her. Die Klingen trafen aufeinander und da sah ich nur noch grelles Licht. Eine explosionsartige Druckwelle fegte alles weg, die Fenster des Schlosses barsten und dunkler Rauch versperrte die Sicht. Mit voller Wucht prallte ich rücklings gegen etwas Hartes und mir blieb die Luft weg. Schmerz durchzuckte meinen Kopf und Rumpf. Eilig rollte ich mich auf den Bauch und hielt die Hände über den Kopf, um mich vor den herumfliegenden Glassplittern zu schützen. Einige Augenblicke später schaute ich auf und stellte fest, dass ich gegen eine kleine Steinmauer geflogen war. Bestimmt hatte ich mir die Rippen geprellt. Jetzt war ich froh, meine Lederrüstung nicht verbrannt zu haben. Dennoch stöhnte ich vor Schmerzen, ein abgerissener Schulterschutz hing nur noch an einem dünnen Lederriemen herunter.

In meinen Ohren fiepte es unaufhörlich und die Sicht wurde durch den Rauch getrübt, der die ganze Umgebung einhüllte. Die Luft bestand jetzt nur noch aus dem Gestank des Todes und den Schreien der Sterbenden. Ich konnte nicht begreifen, was zur verdammten Unterwelt hier passierte. Als die Sicht klarer wurde, suchte ich die Umgebung nach Koda ab und fand sie schnell. Doch bei diesem Anblick fühlte es sich an, als würde mir jemand ins Herz stechen und drehte die Klinge noch einmal. Koda lag blutüberströmt neben dem Fenrir, der König einige Mittar entfernt, und beide bewegten sich nicht mehr. Und mir ging nur eins dabei immer wieder durch den Kopf …

Wenn sie tot war, wäre es meine Schuld.

46
KODALINE

Taraîn und ich standen uns auf dem Hof gegenüber. Ich hielt die restlichen Magiekugeln, die mir meine Mutter mitgegeben hatte, in der Hand und zerdrückte sie. Ein Magiefeld umschloss mich und alles, was ich berührte, so auch mein Schwert. Die Macht in mir wurde mit jeder Sekunde stärker, das fühlte ich. Der majestätische Kangarak verlieh mir ebenfalls Stärke. Meine Wut und die Magie kontrollierten alle meine Sinne, als ich auf Taraîn zulief. Die Klingen surrten, als sich diese berührten. Ein gleißendes Licht blendete mich. Selbst, als die Explosion mich von den Füßen riss, spürte ich ein unbeschreibliches Gefühl in meinen Gliedern bis in die Fingerspitzen …

Dunkelheit herrschte um mich herum, als ich schwerfällig die Augen öffnete. Doch ich erkannte sofort, dass der Boden mit Blut getränkt war. Langsam ließ ich den Blick wandern, fand den König etwas entfernt von mir, aber mir fehlte die Kraft, mich zu bewegen und zu prüfen, ob er noch atmete. Er lag auf dem Boden in einer dreckigen Pfütze, gemischt mit seinem und wahrscheinlich meinem eigenen Blut. Dann erkannte ich, dass sich seine Brust schwach hob und senkte. Enttäuschung machte sich in mir breit. Aber auch meine

Atmung ging flach, meine Glieder fühlten sich nicht an wie meine. Irgendwie als wäre ich körperlos. Meine Sicht begann zu flackern, alles verschwamm.

Plötzlich schwebte ich wie durch Zauberhand, erblickte am Firmament viele glitzernde Lichter. Es kitzelte, als sich kleine, warme Flüsse aus purpurroter Farbe über meinen Körper schlängelten. Was für ein seltsames Gefühl, zu sterben, warm und kitzelig. Einfach loslassen, in die endlose Tiefe gleiten … es wäre so leicht.

Alles wäre wieder einfach. Nate wäre bei ihr.

»Glaubst du, es geht mir nur um die Macht der Kolkraveni? Damit ich stärker bin als alle anderen? Ich verfolge noch ein weit größeres Ziel, meine Liebe!«

»Rede nicht so mit mir. Was hast du vor? Wieso mussten all die Menschen sterben?«

»Es war ein notwendiges Übel. Doch du wirst schon bald erfahren, was passieren wird.«

»Wie konntest du so etwas tun, Diaful? Und warum kannst du mich nicht einfach in Ruhe lassen? Warum willst du mich unbedingt tot sehen? Ich will den Thron nicht!«

»Ah, vorbei mit dem höflichen Tonfall. Nun, ich kann nicht leugnen, dass du mir … sehr ähnlich bist. Es ist einfach nur zur Sicherheit, zu meinem Schutz und dem meines Sohnes, falls du dich vielleicht doch anders entscheidest.«

»Ich bin dir keinesfalls ähnlich! Und ich werde mich niemals umentscheiden. Aber bald wird wohl dein Sohn regieren, weil du sterben wirst. Ich werde dich umbringen, für alles, was du mir genommen hast.«

»Pah, törichtes Kind.«

Seine Stimme hallte in meinem Kopf, er verfolgte mich in meine Träume. Ich befand mich immer wieder im Dämmerzustand, meine Träume verschwammen mit der Realität. Ich konnte nicht einmal sagen, wo ich mich befand. Doch ich schwor mir selbst, ich würde Nate rächen. Auch wenn ich dabei den Tod finden sollte und er mich verraten hatte. Er hatte es vermutlich aus purer Verzweiflung getan. Zuerst hatte ich seine Worte nicht verstanden, als er meine Mutter dafür verantwortlich gemacht hatte, Schuld am Tod seiner eigenen gewesen zu sein. Nun begriff ich. Sie war die Zofe der Königin gewesen, meiner leiblichen Mutter. Nate musste es von Taraîn erfahren haben. Und ich hatte sie gekannt. An dem Tag des Aufstandes hatte sie uns geholfen. Ich erinnerte mich an ihre braunen Locken, ihre Augen, so haselnussbraun wie die von Nate.

Wir flohen, rannten durch die große Eingangshalle. Sie führte uns die weite Treppe hinunter, achtete darauf, dass uns niemand folgte. Dann schob sie uns in Richtung der Steintreppe, doch bevor wir in die Geheimgänge traten, zerrte sie ein Gardist zurück, aber sie konnte sich losreißen.

»Flieht, meine Königin, bringt Euch und Eure Tochter in Sicherheit. Sagt meinem Sohn, dass ich ihn liebe und immer bei ihm sein werde«, rief sie panisch.

Meine Mutter zog mich mit sich, doch ich blickte zurück, als sie plötzlich einen Schmerzenslaut ausstieß. Ich sah die aufgerissenen Augen dieser Frau und die Schwertspitze, die aus ihrem Bauch ragte.

***

Ich schlug die Augen auf. Augenblicklich schoss der Schmerz in meinen Körper und ich ächzte laut, wand mich in dem Bett. Ich lag in einem Bett, doch wie kam ich hierher? Wieso lebte ich noch? Mit angestrengtem Blick sah ich an mir herunter, hob, so gut es ging, die Decke hoch. Ein Verband zierte meine Hüfte und den Oberschenkel. Riesige Zähne blitzten vor meinem inneren Auge auf, tiefe Bisswunden, die stark pochten. Vermutlich eine ausgerenkte Schulter, da ich sie kaum bewegen konnte und es ziemlich schmerzte. Schnittwunden an Armen und Beinen, und ein dicker Verband verdeckte meinen Bauch. Die Gedanken überschlugen sich in meinem Kopf. Wo waren die anderen gewesen, während ich gegen Taraîn gekämpft hatte?

Magnus war tot.

Heiliger Mist, ich hatte ihn getötet. Und er hatte meine Mutter nach Asgûla verfrachtet, zu diesem schmierigen Ekel. Ich musste sie da rausholen. Dieser Lord würde auch noch seine Strafe erhalten. Dieser Traum aus meiner Vergangenheit, von meiner Mutter … Der Kangarak. Er existierte tatsächlich und er hatte mir geholfen. Ich hatte seine Magie gespürt, wie sie in meinem Blut pulsiert hatte. An alles, was nach dem Angriff auf Taraîn geschehen war, konnte ich mich nicht erinnern. Wer mich hergebracht hatte, was mit ihm oder mit den anderen passiert war. Aber irgendetwas war mit mir passiert, ich spürte es. Etwas fehlte und war mir genommen worden. Ich ließ den Blick schweifen und erkannte, dass ich in meinem Zimmer der *Feenhafte Taverne* lag. Neben mir bemerkte ich Cayden. Spürte ihn. Er saß an meinem Bett. Im Augenwinkel konnte ich sein Gesicht erkennen, doch mein Blick glitt an ihm vorbei in weite Ferne. Ich konnte ihm nicht in die Augen sehen.

»Wie bin ich hierhergekommen?«, fragte ich heiser.

»Ich habe dich getragen.« Seine Stimme klang ebenfalls mitgenommen. Hart und rau.

»Den ganzen Weg?«

»Jep.«

Kein Wunder, dass er sich so fertig anhörte. »Wo sind Raia und Khal?«

»Sie sind in ihren Zimmern, ich glaube, sie schlafen noch.«

Langsam schaute ich nach draußen. Vermutlich schliefen sie noch, es dämmerte. »Was ist mit dir? Brauchst du keinen Schlaf?«

»Kann sein, dass ich mal eingenickt bin in diesem Sessel,

aber ich wollte dich in deinem Zustand nicht allein lassen.«

Mein Kopf nickte mechanisch. Alles fühlte sich falsch an.

»Was ist passiert, was ist mit Taraîn, ist er …?«

Seufzend schüttelte er den Kopf. »Der Bastard ist entkommen. Als ich zu dir gerannt bin, haben die Gardisten ihn geschnappt und sind mit ihm fort. Aber du warst schwer verletzt, da war er mir egal. Er hat sich irgendwo verkrochen, seit dem Tag hat ihn jedenfalls keiner mehr gesehen.«

Mein Kiefer mahlte. Er hätte tot sein können, nein *sollen*. Ich hätte ihn töten müssen. »Wie lange habe ich geschlafen?«

»Etwa zwei Tage. Was genau passiert ist, kann ich nicht sagen. Da waren dieses helle Licht und die Explosion. Als ob sich etwas entladen hätte.«

Ja, die Explosion. Ich hatte diese energiegeladene Macht gespürt und zugleich hatte es sich angefühlt, als zerrisse sie meinen Körper.

Cayden wartete auf eine Reaktion. Da ich nicht antwortete, rutschte er nervös im Sessel hin und her. »Wie … wie fühlst du dich?«

Einen Augenblick musste ich über die Frage nachdenken und ich ließ meinen Kopf tiefer ins Kissen sinken. »Hat sich schon mal eine Faust in deine Brust gebohrt? Haben sich die Finger um dein Herz geschlossen und dann zugedrückt, bis du das Gefühl hattest, dein Herz explodiert? Dass es so zerquetscht wird wie schwarze Beeren?« Einen Moment lang herrschte Stille.

»Nun, als m… Nein, ich denke nicht.« Cayden sprach ganz ruhig und leise, als wollte er mich nicht verschrecken. Was hatte er zuerst sagen wollen?

»Bis vor kurzem hätte ich das nie beschreiben können, aber genau das habe ich gefühlt.«

»Es wird wieder vorbei gehen, Koda. Was du jetzt fühlst, wird vorbei gehen. Ich bin bei dir, egal, wie lang du dafür brauchst, mir zu verzeihen.«

Langsam schloss ich die Augen und atmete durch. »Leere, nichts als Leere fühle ich jetzt.« Wie hatte ich all das nicht sehen können? Wieso war mir nicht aufgefallen, dass der Mann, der elf Jahre mit uns zusammen gewohnt hatte, gemeinsame Sache mit diesem Monster gemacht hatte? Ich schluckte. Nate. Auch er hatte mich verraten, aber wir hatten uns gekannt, seit wir Kinder waren. Konnte ich ihm böse sein? Nein … und jetzt war er tot. Meinetwegen, weil er mich gerettet hatte. Ich hatte ihn geliebt. Und jetzt würde ich ihn nie wieder sehen.

Hätte Cayden von diesem Auftrag erzählt, hätten wir es vielleicht verhindern können. Langsam drehte ich mein Gesicht in seine Richtung und er schaute mich verunsichert an. Die Leuchtkraft seiner eisblauen Augen hatte etwas nachgelassen. Er sah müde aus.

»Es kann nichts vorbei gehen, was ich nicht fühle«, sagte ich. Kaum mehr als ein Flüstern. »Ich fühle nichts. Da ist nichts mehr.« Dann drehte ich mich weg, wandte ihm den Rücken zu, auch wenn ich wegen der Schmerzen am gesamten Körper hätte schreien und heulen können. Cayden war nicht dumm, also verstand er es richtigerweise als Zeichen, zu gehen. Hinter mir hörte ich ihn schwer atmen, dann stand er auf und das Holz knarzte, während er zur Tür ging. Auch, nachdem sie sich schloss und ich allein war, vergoss ich keine Träne. Etwas fehlte.

***

Ich konnte nicht sagen, wie lange ich bereits in diesem Zimmer gelegen hatte, aber es war mir egal. Das Einzige, was mich jetzt interessierte, war, meine Mutter aus Asgûla zu befreien. Die Schmerzen waren erträglicher geworden, wenn ich mich auch immer noch nicht bücken oder beugen konnte. Ich machte mir eher Gedanken darüber, keine mehr zu spüren. Denn durch die Schmerzen fühlte ich mich wenigstens noch lebendig. Gerade hatte ich aber ein anderes Problem, und zwar beim Versuch mich anzuziehen.

»Ah, verdammte Scheiße!« Plötzlich wurde die Tür aufgerissen und Cayden stürmte herein. Er fiel fast über seine Füße, als er mich halbnackt vor ihm stehen sah und blitzartig abbremste. Eine meiner Augenbrauen hob sich. »Hast du etwa die ganze Zeit vor der Tür gehockt und gelauscht, darauf gewartet, bis ich ein verdächtiges Geräusch von mir gebe?«

Seinem Gesichtsausdruck nach hatte ich tatsächlich recht, dann räusperte er sich und rieb sich den Nacken. »Ich … ich will einfach da sein, falls etwas passiert.« Er sah sich schnell um, dann schaute er verlegen zu Boden. Was stimmte denn nicht mit ihm? »Es hätte schließlich auch etwas Schlimmes passieren können, du hättest gestürzt sein können.«

Wenn das mal kein schlechtes Gewissen war. Und obwohl ich ihn dafür hasste, was er getan hatte, beruhigte es mich, dass er geblieben war. Aber verzeihen konnte ich ihm noch lange nicht. »Dann kann ich ja froh sein, über einen persönlichen Aufpasser zu verfügen.«

»Du bedeutest mit sehr viel, Koda. Wäre es schlimmer ausgegangen, dann … ich wüsste nicht, was ich getan hätte. Aber das hätte ich mir niemals verziehen.«

»Ich weiß.« Das tat ich wirklich. Unter anderen Umständen wäre ich ihm wahrscheinlich um den Hals gefallen. Aber jetzt … jetzt war alles anders. Beim zweiten Versuch, mir die Tunika anzuziehen, verzog ich das Gesicht.

»Bitte, Koda, lass mich dir helfen.«

Seufzend ergab ich mich und hielt ihm die Tunika hin, die er vorsichtig nahm, als wäre sie ein kostbarer Gegenstand. Dann hob ich den Arm, den ich gut bewegen konnte, damit er sie mir über den Kopf stülpen konnte. Ein schmerzhaftes Ziehen zeigte mir, dass ich den anderen Arm immer noch nicht so bewegen konnte, wie ich wollte.

Frustriert stöhnte ich. »Du musst die Schlinge lösen und den Arm anheben, bitte.«

Nach kurzem Zögern löste er den Verband unter meiner Brust und wickelte ihn auf. Nachdem er die Schlinge entfernt hatte, ließ ich den Arm hängen und holte sofort scharf Luft. Augenblicklich hielt Cayden still und bewegte seine Finger nicht mehr.

»Bist du sicher, dass du schon so weit bist? Warte doch noch ein paar Tage, damit dein Arm heilt ... und alles andere.«

Mit zusammengekniffenen Augen drehte ich mich zu ihm.

»Es ist schon zu viel Zeit vergangen, seit diesem Tag. Meine Mutter sitzt in Asgûla in irgendeiner kalten und feuchten Kammer. Und ich weiß nicht, was diese Mistkerle dort mit ihr anstellen.«

Er wich einen kleinen Schritt zurück. »Das verstehe ich, Koda, aber ...«

»Wie solltest du das verstehen?«, zischte ich.

Sein Kiefer mahlte und er schnaubte bitter. »Ich habe meinen Bruder verloren, und ich habe keine Ahnung, ob meine Mutter noch lebt. Also denke ich schon, dass ich das verstehe.« Auch seine Stimme klang schroff. Meine Energie war mir zu schade, um mit ihm zu streiten. Und ich hatte überreagiert.

»Du hast nie erzählt, was mit deinem Bruder passiert ist. Es tut mir leid wegen deiner Mutter. Dann hilf mir bitte, Cayden, ich will, so schnell es geht, zu ihr.«

»In Ordnung.« Er senkte den Kopf und schloss seufzend die Augen. »Er und seine Freunde sind bei einer Explosion umgekommen. Für die ich selber verantwortlich war. Ich wollte damals dem König und auch dem Lord einen Denkzettel verpassen, weil sie für so viel Armut in Asgûla und in anderen Städten verantwortlich waren und solch absurde Gesetze erlassen hatten, durch die die Bürger noch mehr leiden mussten. Mein Bruder wusste, was ich vorhatte, und wollte natürlich mitkommen. Doch er war damals erst vierzehn und ich hatte ihm verboten, in die Nähe des Ratsgebäudes zu kommen. Du kannst dir bestimmt denken, was dann passiert ist …« Nach diesen Worten wirkte er bedrückt und ich hatte ihn noch nie derart traurig gesehen.

»Dein Bruder hat natürlich nicht auf dich gehört.« Nur mit einem Nicken und ohne ein weiteres Wort schob er behutsam meinen Arm durch den Ärmel, hielt wieder inne, als ich mein Gesicht schmerzvoll verzog. »Was war dann?«, fragte ich keuchend.

Er atmete schwer aus. »Als ich schon in sicherer Entfernung war, sah ich nur noch Vasha, den Freund meines Bruders, um die Ecke kommen. Und da wurde mir klar, dass auch Darren nicht weit sein konnte, denn wo er war, war auch Vasha.« Er schluckte schwer. »Doch es war zu spät. In dem Augenblick, als er um die Ecke kam und ich losrennen wollte, explodierte die Hälfte des Gebäudes. Die Druckwelle hatte mich gegen eine Hauswand geschleudert, die Glassplitter mein Gesicht zerschnitten.«

Heiliger. Daher also die Narben.

»Als ich benommen wieder auf die Beine kam, war mir in jenem Moment schon bewusst, dass er tot war. Diese Explosion war keine normale gewesen, sondern durch Blutmagie verstärkt.«

»Cayden …« Blutmagie war gefährlich, und nicht ohne Grund verboten. Doch wen wollte ich hier zurechtweisen?

»Ja, ich weiß, es ist verboten. Doch ich war so wütend. Ich wusste, dass ich schuld bin und wollte meinen Bruder nicht zerstückelt und verteilt auf der Straße sehen. Das konnte ich nicht, also bin ich abgehauen. Der Vicar Adinet hatte mich jedoch gesehen. Und seitdem laufe ich vor meiner Vergangenheit und meiner Strafe davon.«

Beim Versuch, meine Hand zu heben und auf seine

Schulter zu legen, durchzuckte mich der Schmerz und ich ließ sie langsam sinken. »Verdammte Scheiße.«

»Seitdem du mit uns unterwegs bist, drückst du dich ganz schön vulgär aus. Und du bist stur wie ein Alpitar!«

»Und du nervst wie eine schuppige Burmesin!« Daraufhin schüttelte er den Kopf, doch seine Mundwinkel zuckten leicht. »Mach weiter«, sagte ich.

»Steck deinen Kopf hierdurch.« Er hielt mir den Ausschnitt hin und ich schob den Kopf durch die Öffnung. Dann zog er die Tunika nach unten, berührte dabei meine Haut an einigen Stellen. Es sollte sich gut anfühlen, doch es fühlte sich an, als verbrannte meine Haut bei seiner Berührung. Er merkte, dass etwas nicht stimmte, sagte aber nichts. Vielleicht dachte er, es würde reichen, mir noch mehr Zeit zu geben, bis ich … was, damit klarkam? Alles vergaß? Wohl kaum. Dafür reichte alle Zeit der Welt nicht.

»Danke.« Mehr kam mir nicht über die Lippen, nachdem er fertig war. Er wollte bereits gehen, da fiel mir noch etwas ein, was ich nicht bedacht hatte, und fasste nach seinem Handgelenk. »Cayden?«

»Ja?« Er klang hoffnungsvoll.

Zerknirscht sah ich ihn an. »Hilfst du mir bitte noch mit meiner Hose?«

47
KODALINE

Als Cayden mich wieder allein ließ, dachte ich an seinen Bruder. An den Jungen, der noch sein ganzes Leben vor sich gehabt hätte. Cayden hatte ihn nicht einmal beerdigen können. Sofort schweiften meine Gedanken ab. Zu Nate, der ebenfalls tot war. Mein bester Freund, Gefährte, Liebhaber. Ich hatte mich auch nicht vom ihm verabschieden können, wie er es verdient hätte. Die anderen mussten mir sagen, was passiert war, nachdem ich bewusstlos geworden war.

In mir herrschte eine tiefe schwarze Leere und momentan konnte ich mir nicht vorstellen, sie je wieder füllen zu können. Ich warf die Tasche über die gesunde Schulter und ging zur Treppe, fand die anderen bereits im hinteren Bereich des Schankraums am Tisch sitzend vor.

Während ich am Eingang und an der Theke vorbeilief, beobachtete Raia mich besorgt, ehe sich mir jemand in den Weg stellte. Genervt schaute ich auf. Vor mir stand ein Mann mittleren Alters mit schwarzgraumelierten Haaren, braunen Augen, die von Fältchen umgeben waren. Eines davon schaute mich durch ein Einglas hindurch an. Wer trug denn so etwas? Unauffällig ließ ich meinen Blick tiefer wandern. Der feinen grauen Weste mit den unzähligen Stickereien und dem schwarzen Jackett nach zu urteilen, ein Krämer oder Kaufmann.

»Eure Hoheit! Wir haben von den Ereignissen gehört, es ist uns eine Ehre, Euch zu treffen, und wir sind überaus froh, dass Ihr hier seid.«

Ruckartig drehte ich mich um, weil ich kurz glaubte, Taraîn stünde hinter mir. Worauf meine Schulter sofort mit einem schmerzhaften Pochen reagierte. Doch hinter mir stand niemand. Dann wurde mir klar, dass er mich meinte. Die Wut darüber stieg in heißen Wellen in mir hoch.

»Redet mich nie wieder mit diesem Titel an, verstanden?! Woher wissen Sie eigentlich, wer ich bin?«, fragte ich durch zusammengepresste Zähne.

Erst fiel ihm alles aus dem Gesicht, inklusive Einglas. Dann verzogen sich seine Mundwinkel zu einem Lächeln. »Jeder kennt mittlerweile Euer Gesicht, Ho… verehrte Kodaline.« Er deutete auf die Wand hinter mir und mein ganzer Körper spannte sich an, als ich mein gezeichnetes Abbild auf diesem Plakat erblickte. Darunter stand etwas geschrieben.

DIE TOTGEGLAUBTE PRINZESSIN IST ZURÜCKGEKEHRT!

MANÉSKA YR AIORN VÁRNYIK – ÈARIS FYNI

Skeptisch kniff ich die Augen zusammen. »Was steht da noch? Diese Sprache kenne ich nicht.«

»Oh, das ist eine sehr alte Sprache, von einem längst vergessenen Volk. Nur wenige können sie lesen oder schreiben.«

»Und Sie gehören nicht zufällig dazu?«

»Nein, Verehrteste. Ich beherrsche diese Sprache leider nicht. Aber ich kann Euch vielleicht bei der Suche nach jemandem behilflich sein, der es kann.«

Sein eben noch freundliches Lächeln verwandelte sich in ein berechnendes Grinsen.

Meine Finger verkrampften sich und ich musste mich beherrschen, ihm keine zu verpassen, weil er so geschwollen redete und gerade anscheinend versuchte, mich zu bestechen.

»Falls ich Ihre Hilfe brauche, lasse ich es Sie wissen, Mister …«

»Verzeiht mir meine Unhöflichkeit, mein Name ist Lazar Evanore.«

Er fiel in eine tiefe Verbeugung und nahm dabei seinen lächerlich großen Hut vom Kopf. Kurz darauf erhob er sich wieder und schaute mich nach meinem Geschmack etwas zu überheblich an. »Falls ihr Eure Meinung ändert, scheut nicht, mich zu fragen.« Mit diesen Worten drückte er mir eine kleine Karte in die Hand und verschwand durch die Tür. Argwöhnisch schaute ich ihm hinterher, bis ich ihn nicht mehr sah, dann warf ich einen Blick auf die Karte.

Lazar Evanore

Krämer für alles Magische – und darüber hinaus

Ihr findet mich auf den großen Märkten Velandirs

Was sollte *darüber hinaus* bedeuten und wie konnte man ihn finden, wenn er sich auf Dutzend Märkten aufhalten konnte? Mit gerunzelter Stirn steckte ich die Karte in eine Hosentasche und ging endlich zum Tisch.

Schon wieder ruhte Raias Blick auf mir, aber jetzt wirkte sie skeptisch. »Wer war dieser feine Pinkel, der dich da vollgequatscht hat?«

Ich zuckte mit den Schultern. »Nur irgendein Krämer. Ich wüsste gern, ob noch mehr solcher Plakate irgendwo an den Wänden hängen.« Auf meine Worte hin blieben alle verdächtig ruhig. Mein Blick fiel auf einen Zettel, der auf dem Tisch lag. Langsam ließ ich mich auf den freien Stuhl sinken und blickte auf das Papier. Ich starrte auf mein Gesicht, mit Tinte gedruckt, als würde ich in einen Spiegel ohne Farben schauen.

»Was hieß das nur?«, flüsterte ich mehr zu mir selbst. Dieselben Worte stachen wieder hervor.

Manéska yr aiorn Várnyik – Èaris fyni

Meine Finger krümmten sich und ich zerknüllte den Zettel. »Willst du mir etwas sagen?«, fragte ich an Cayden gerichtet, weil ich bemerkte, dass er mich die ganz Zeit ansah wie jemand, der überlegte, ob er etwas erzählen sollte oder nicht.

Mit einer Hand rieb er sich über den Nacken. »Ich verstehe nicht viel, aber da steht etwas von *erheben*.«

»Wie meinst du das? *Erheben*?« Raia wirkte mal wieder genervt. Mittlerweile konnte ich sie verstehen und mochte ihre schroffe Art. Vielleicht lag es auch daran, dass ich mich leer fühlte und es mir nicht mehr so viel ausmachte, ob sie genervt war oder nicht.

»Wie gesagt, ich verstehe nicht viel von der Sprache, aber ein Wort lautet *erhebt*.«

»Woher kennst du die alte Sprache?« Jetzt sahen sie mich verdutzt an.

»Du weißt, dass es die alte Sprache ist?«, fragte Khal.

»Das ist keine Sprache, sondern nur Wörter mit Zungenbrechern«, motzte Raia und verschränkte die Arme vor der Brust.

Da konnte ich nicht widersprechen. Immer noch hielt ich den zerknüllten Zettel in der Hand und zupfte an einer Ecke herum. »Der Krämer hat mir erzählt, dass es eine alte Sprache sei, von einem alten Volk.«

»Können wir also davon ausgehen, dass sich wer auch immer erheben soll?«

»Vor Jahrhunderten war dies hier eine andere Welt, ohne Kolkras, geschweige denn Kolkraveni. Es könnte schon sein, dass das Volk der alten Welt vielleicht gemeint ist«, merkte Khal an.

Da fiel mir wieder die Geschichte ein, die mir meine Mutter öfter als Kind erzählt hatte. Diese stand jedoch nicht in meinem Buch *Geschichten in Velandir*. »Du redest von den Fae.«

Khal schaute mich verwundert an, nickte dann jedoch und verzog einen Mundwinkel. »In dir steckt mehr, als es scheint.«

Raia fuchtelte mit ihren Händen herum. »Vergessen wir mal die Tatsache, dass irgendwer will, dass sich irgendwer erhebt. Und seien es auch die Fae, was ich für äußerst unwahrscheinlich halte. Was ist mit dir, Koda ... wie ... geht es dir?«

Erst richtete ich den Blick auf sie, dann auf Khal und schließlich auf Cayden. Alle hatten den gleichen bemitleidenswerten Ausdruck im Gesicht, und ich hasste es. Ich zuckte mit den Schultern. »Na, blendend.«

Caydens Hand schob sich näher zu meiner. »Rede doch mit uns. Dann geht es dir womöglich besser. Außerdem hast du noch gar nicht den Teller mit den Trauben und dem Käse angerührt. Wenn man isst, geht es einem immer besser.«

»Ich habe keinen Hunger«, giftete ich ihn an. Auch daran merkte ich, dass etwas nicht stimmte. Sogar, wenn ich mal krank gewesen war, wollte ich essen. Am liebsten die Suppe von meiner Mutter, eingekochtes Gemüse mit Knochen des Markhorschweins. Doch auch das war vorbei. »Aber du willst, dass ich darüber rede? Darüber, dass meine Kräfte verschwunden sind, gerade, nachdem ich sie erhalten habe? Darüber, dass ich mein ganzes Leben schon eine Prinzessin bin und mein Vater ein Scheusal mit Größenwahn ist, der Menschen quält? Darüber, dass ich Kolkraveniblut in mir habe? Oder darüber, dass Nate getötet wurde, und es hätte verhindert werden können?«

Caydens Nasenflügel blähten sich und seine Hand, die neben meiner lag, ballte sich zur Faust und er zog sie zurück. Doch er sagte nichts. Raia warf Cayden einen bösen Blick zu, wirkte aber unschlüssig, ob sie etwas sagen sollte oder nicht, als sie mich ansah.

Schwer seufzend verdrehte ich die Augen. »Sag es schon.«

Raia schüttelte den Kopf. »Über Nate wage ich nicht zu sprechen. Doch wie kommst du darauf, dass du keine Macht mehr besitzt?«

»Auf meinem Zimmer hatte ich genug Zeit, es herauszufinden. Ich konnte nicht mal mehr einen Windhauch erzeugen, um eine Kerze auszupusten. Ich habe keinerlei magischer Fähigkeiten mehr.«

»Wie kann das sein?«, fragt Khal.

Cayden rieb sich den Nacken. »Können sich Mächte entladen?«

Er hatte mir bereits gesagt, dass es so ausgesehen hatte, während ich mit Taraîn zusammengestoßen war. »Es scheint jedenfalls so. Anders kann ich es mir auch nicht erklären.«

»Das erklärt vielleicht auch die Explosion. Eure Macht prallte mit voller Wucht aufeinander und entlud sich auf diese Art«, sagte Khal.

Das brachte mich auf einen anderen Gedanken. »Wenn ich meine Kräfte verloren habe, wäre es doch möglich, dass Taraîn seine ebenfalls verloren hat.«

Alle sahen einander an, ehe Khal nickte. »Das wäre eine interessante Wendung.«

»Was aber nichts daran ändert, dass er noch immer König ist und wahrscheinlich weiterhin deinen Tod will. Vor allem, wo du für ihn nun nicht mehr nützlich bist, wenn du wirklich deine Macht verloren hast.« Cayden, der Pessimist.

»Aber dann wäre er verwundbar«, entgegnete Raia.

Mein Kiefer mahlte. »Genauso wie ich.«

»Bei dem Volk der Shiolteki wird eine Legende über ein Lebewesen erzählt, dass einem die verloren gegangenen Kräfte zurückgeben kann«, erwähnte Khal.

Cayden schnaubte. »Ihr und eure Legenden. Und weißt du auch welches Lebewesen?«

»Nicht genau, doch es soll sich in den Lüften, aber auch in den Tiefen Velandirs aufhalten und sehr mächtig sein.«

»Das beschränkt die Auswahl auf etwa zehn Möglichkeiten, ist doch super.«

»Halt den Schnabel, Cayden«, zischte Raia. Er bedachte sie mit einem beleidigten Blick.

Beiläufig holte ich mein Buch aus der Tasche und schlug es auf. »Bisher habe ich gedacht, es wäre einfach ein Gedicht, doch es ist anscheinend viel mehr als das, es könnten Hinweise sein. Hört euch das an:

ICH KOMME AUS TIEFSTER FINSTERNIS, DOCH IST MEIN HERZ
NICHT KALT

GESTEIN UND GEBEIN UM MICH HERUM

ICH LEBE TAUSEND LEBEN, DOCH WERDE ICH NICHT ALT

DIE SEE, SO FROSTKLIRREND WIE EIS

ICH STERBE VIELE MALE, ABER BIN NIE WIRKLICH TOT

DEM HIMMEL SO NAH

ICH KÄMPFE GEGEN MONSTER UND DÄMONEN, DOCH NUR
WENN DU BIST IN NOT

FEUER UMGIBT MICH, SO HEIß WIE IN DER UNTERWELT

Geht es vielleicht sogar um den Kangarak? Zumindest ist er doch meinetwegen vor dem Schloss erschienen, als ich Hilfe brauchte.« Aber wie sollte der Kangarak an meinem Magieverlust etwas ändern? »Doch aus den Sätzen werde ich nicht ganz schlau.«

»Du könntest wirklich recht haben, Koda.«

»Das Einzige, was ich davon ableiten könnte, ist *Die See, so frostklirrend wie Eis*. Damit ist vermutlich das Meer um die Eisbucht gemeint. Es heißt schließlich nicht umsonst so«, sagte Cayden und stützte den Kopf auf seine Hand.

»Gestein und Gebein vermute ich unter der Erde … aber wo?«, rätselte Raia.

Khal stützte sich mit den Unterarmen auf den Tisch.

»Tja, das herauszufinden, wird wahrscheinlich etwas Zeit in Anspruch nehmen.«

Zustimmend nickte ich ihm zu. »Ich gehe davon aus, dass

Taraîn ebenfalls versucht, seine Macht wiederzuerlangen, und wenn ich ihn finden sollte, werde ich nicht zögern und ihm die Kehle aufschlitzen. Egal, ob ich meine Kräfte zurückgewonnen habe oder nicht.«

Er würde dafür bezahlen, für alles, was er mir angetan hatte, für alles, was er dem Volk angetan hatte. Vor allem aber für Nate. Ich würde ihn in Stücke reißen, das schwor ich mir. Der König würde sich wünschen, in Kôsumitra gestorben zu sein. Die Blicke der anderen lagen auf mir, forschend, abschätzend. Wahrscheinlich dachten sie, ich hatte den Verstand verloren.

»Du kannst ebenfalls davon ausgehen, dass ich dich begleiten werde und jeder Angreifer meinen Stock zu spüren bekommt.« Khal grinste mich schief an und Raia erwiderte es, als sie erst ihn, dann mich ansah.

»Auch ich werde dich begleiten. Mittlerweile kann ich dich ganz gut leiden.« Sie zwinkerte mir zu, woraufhin mir ein Zucken meiner Mundwinkel gelang.

Von Cayden erwartete ich nichts, ich wusste auch nicht, ob ich ihn dabei haben wollte. Einen Moment lang sagte niemand etwas.

Schließlich räusperte Cayden sich. »Wenn du das möchtest, werde ich dich auch begleiten. Es liegt an dir.«

Daraufhin nickte ich langsam. »Ich werde darüber nachdenken. Doch ich habe noch eine andere Sache zu klären.« Mein Puls beschleunigte sich bei den Gedanken und mein Magen drehte sich um. »Bringt mich bitte zu Nate. Ich will zu ihm.« Jetzt tauschten die anderen wieder besorgte Blicke. Nun schlug mir mein Herz bis zum Hals. »Was ist? Wo ist er?«

»Er … er wurde in die kleine Kapelle nahe dem Schloss gebracht. Wir machen uns nur Sorgen, was passiert, wenn du ihn siehst.«

Mit zusammengekniffenen Augen funkelte ich Cayden an.

»Soweit ich mich erinnere, wurde er nicht geköpft, sondern

es wurde ihm ein Dolch in seine Brust gebohrt. Also was soll das?« Meine Worte schienen sie noch mehr zu verunsichern. Vor zwei Monaten hätte ich so etwas nie gesagt. Aber das war davor … vor allem.

Cayden schluckte. »Das ist richtig … nur … bist du bereit, ihn zu sehen?«

»Es ist schon viel zu viel Zeit vergangen. Ich gehe zu Nate, und dann suche ich meine Mutter.« Vetûr lag bereits in der Luft und der erste Schnee würde fallen. Bis dahin wollte ich Fina finden. Doch vorher stand mir die schwerste Aufgabe meines bisherigen Lebens bevor. Es schmerzte, als wanderten messerscharfe Klingen in meinem Magen umher, alles in mir fühlte sich zerrissen an.

»Bringt mich zu Nate.«

ENDE BAND 1

Es war einmal ...

... eine junge Frau, die sich dachte *Hey, schreib doch einfach mal ein Buch* ...

Es ist eine gefühlte Ewigkeit her, seit ich diese Geschichte geschrieben und von einigen testgelesen wurde. Immerhin ist "Dunkelkrone", so wie es einmal hieß, mein wahres, richtiges Buchbaby. Whispering Of Souls - Calling war allerdings mein Debüt.

Deswegen danke ich allen, die damals einen ersten Blick darauf geworfen und mir bereits wertvolle Kritik gegeben haben.

Zu der Zeit war es noch ein riesiges Durcheinander. Plot Holes, so weit das Auge reicht (oder liest! Wortwitz, haha...)

Die letzten zwei Jahre habe ich wieder und wieder daran gearbeitet. Die vermeintlichen Plot Holes, die nun eventuell als solche gesehen werden; keine Panik, es gibt einen zweiten Band, in dem alles aufgeklärt wird ... oder?

Steffi, ich danke dir für die Entwirrung der Geschichte und Koordination der verlorenen Charaktere. Die meisten laufen immerhin in die richtige Richtung. Manche tun sich da allerdings schwer.

Ich danke auch erneut meiner Squad dafür, dass ihr wieder all meine nervigen Fragen beantwortet habt. Danke für eure Unterstützung!

Danke Freya, dass du so kurzfristig diese genialen Zeichnungen gezaubert hast! Etwas Platz für neue Tattoos habe ich auf jeden Fall noch! ;)

Ansonsten danke ich natürlich euch, die Leseratten, die

dieses Buch gelesen und im besten Fall auch gemocht haben.

Eines kann ich bereits sagen; Band zwei wird eine Spur ernster, brutaler und auch heißer!

Ich freue mich, wenn ihr die weitere Reise mit Koda, Cayden und Co ebenfalls bestreitet.

Bis bald, eure

Ich freue mich übrigens riesig, dass du mein Buch bis zu dieser Stelle gelesen hast. Wenn dir das Buch gefallen hat, wäre es toll, wenn du eine Bewertung auf einer Plattform deiner Wahl (oder mehreren) abgibst.

THEMEN, DIE EVENTUELL PROBLEMATISCH SEIN KÖNNEN:

- Alkoholkonsum
- [sexualisierte] Gewalt
- Mord, Blut, Folter

GLOSSAR

Menschen und Orte

Velandir [Ve-lan-dir]
Kontinent, der sich in die fünf Lande Ebonrun, Midrun, Bayrun, Amberhall und Dimmhall aufteilt

Amberhall [Am-ber-hall]
Fabula [Fah-bu-la] : Hauptstadt von Amberhall im Südwesten; Wohnort von Kodaline, ihrer Ziehmutter und Nathaniel

Bayrun [Bai-run]
Teôs [Te-jos] : Nordöstliche Hauptstadt von Bayrun; letzter Wohnort von Raia und Khalees

Elfennôl [El-fenn-yol]
Bewohner (Menschen) von Velandir, die über magische Fähigkeiten verfügen – auch Elementare genannt

Fennôl [Fenn-yol]
Mächtige und magische Wesen, die erscheinen, wenn sie durch Elementare herbeibeschworen werden.

Ebonrun [Ebon-run]
Kôsumitra [Ko-su-mitra] : Hauptstadt von Ebonrun und Stadt der Könige; Amtssitz des Gezeiten-Ordens; amtierender König ist Taraîn; Geburtsort von Kodaline

Sujet [Su-jet] : Kleinstadt neben der Stadt der Könige; früherer Wohnort von Kodaline und Nathaniel

Dagônren [Da-gon-ren] : Schule der Elfennôl, wo sie lernen, ihre Macht einzusetzen

Dimmhall [Dimm-hall]
Kôlhave [Kol-hawe] : Westliche Hafen- und Hauptstadt von Dimmhall; Arbeitsort von Nathaniel

Midrun [Mi-drun]
Asgûla [Ass-gu-la] : Hauptstadt von Midrun unterhalb des Vosnari-Passes; Geburtsort von Cayden; Sitz des Rates von Velandir ; Zweitsitz von Lord Alart.

Gilbôia-Passage [Gil-bhoya] : Verbindet Midrun mit Amberhall und Dimmhall.

Oartarik-Wörterbuch A-Z

Dialekte: Dhutarik [Midrun] / Eknabi [Amberhall]

Amâir [A-mär] : Mutter, Mama

As Vâr [Ass-war] : Frühjahrs-Tagundnachtgleiche

As Terâr [Ass-Terah] : Herbst-Tagundnachtgleiche

Diaful [Di-a-full] : Geschöpf aus der Unterwelt

Faviti [Fa-wi-tie] : Arschloch

Halviti [Hal-wi-tie] : Idiot

Kipôen uy Vaban [Ki-po-en ui Wa-ban] : Schmerz und Leid

Kudra Atâmi [Ku-dra Ata-mi] : Schlaues Mädchen

Kudro Tamâ [Ku-dro Ta-ma] : Schlauer Junge

Kutpan [Kut-pan] : Schnapsgebräu aus dem Getreide Ohri

Labu Noctar [La-bu Nok-ta] : Gute Nacht

Labu Savîn [La-bu Sa-wiin] : Guten Morgen

Mae Vabanu [Mäi Wa-ba-nu] : Entschuldigung

Makâi [Ma-kaii] : Hallo

(Mo) Amâ [Mo-ama] : (Mein) Herz

(Mo) Stâmha [Mo Stam-ma] : (Mein) Schatz, Liebling

(Mo) Sânh [Mo San] : (Mein) Herr

Ohri [Ori] : Getreideart

O'Jeminh [O Je-min] : O mein Gott (umgangsspr.)

Paskaveri [Pass-ka-weri] : Mistkerl

Prikâi [Pri-Kaii] : Prost, zum Wohl

Sakra [Sa-kra] : Verdammt, Verflucht

Strôpa [Stro-ppa] : Konkubine

Sûmar [Su-mar] : Sommersonnenwende

Tal lain pask [Tal lain pask] : So ein Mist

Vetûr [We-tur] : Wintersonnenwende

Vidâi [Wie-Daii] : Hallo, Sei gegrüßt

Wrathaî [Wra θ-aii] : Versager, Nichtsnutz; Beleidigung für
Menschen ohne magische Fähigkeiten

Fennôl & Magische Wesen

Fennôl

Harpyie – Mischwesen mit dem Körper eines Raubvogels und dem Kopf einer Frau, extrem schnell und in der Lage Orkane und Wirbelstürme über Gewässern und auf offenen Flächen zu entfachen; ist von einem unstillbaren Hunger getrieben und sehr schwer zu töten; **Element: Luft**

Gryffon – Mischwesen mit dem Oberkörper eines Raubvogels und den kräftigen Hinterläufen einer großen Katze; kann zuweilen in die Zukunft blicken; Element: Erde und Luft

Fenrir – riesiger Wolf, der alles zermalmt, was er erwischt; seine Macht liegt in seiner ungeheuren Kraft und seiner Größe; **Element: Erde**

Barghest – Dämonenhund; schwarz wie die Nacht; verfolgt schuldbeladene Seelen (die jemandem Leid zugefügt haben), meist bis in den Tod; **Element: Erde**

Erinnye – Rachegöttin; zeigt sich als eine von drei Schwestern: Alecto, die Unerbittliche/Böse; Megeara, die Eifersüchtige/Widerwillige oder Tisiphone, die Rächerin/Vergelterin; tritt als Frau mit grün schimmernder Haut in Erscheinung, die sich meist in eine schwarzfließende Rüstung hüllt; verfolgt Mörder und andere Frevler und treibt sie in den Wahnsinn (Die verlorenen Seelen irren über die Nebelfelder) **Element: Feuer**

Kerberos – Dreiköpfiger Höllenhund; bewacht den Eingang der Unterwelt oder in der sterblichen Welt jegliche Tür, wenn er dazu beschworen wird; **Element: Feuer**

Kelpie – Gestaltwandler; zeigt sich meist als schwarzes Wasserpferd, das Reiter, die sich auf es setzen, in die Tiefen des Sees zerrt; kann mit eigenem Zaumzeug oder einem Brautschleier bezwungen werden; tritt in seiner menschlichen Form als großer muskulöser Mann in Erscheinung; **Element: Wasser**

Nixe – Wasserwesen, das vornehmlich in Flüssen lebt; hat Schlangenhaare, einen Fächerkamm, der von Hüfte bis Flossenspitze verläuft, und Krallen an den Fingern; **Element: Wasser**

Magische Wesen

Kolkra – großer schwarzer Vogel; schnell, immer auf der Suche nach Nahrung; kann seine Beute ungesehen von anderen verstecken; Luftakrobat, fliegt aus purer Freude; kein bestimmtes Element

Kolkraveni – Wesen, das von der Magie angelockt wird und sich als Schatten fortbewegen, die Gestalt eines konturlosen Menschen annehmen oder sich in große Kolkra verwandeln kann; deswegen schwer, es auf Anhieb zu erkennen; giert nach der Macht der Elementare und entzieht ihnen diese durch Berührung; wenn es nicht aufgehalten wird, saugt es zudem den Lebensatem der Elementare aus und wird dadurch fast unsterblich

Banshee – Geisterfrau/Todesfee; prophezeit den Tod einer Person, ohne zu wissen, wer sterben wird; zwischen dem Schrei der Banshee bis zum Tod vergehen 12-24 Stunden; sonst sehr friedlich; kein bestimmtes Element

Dryade – Nymphen der Eichbäume; werden Teil des Baums; stirbt der Baum, stirbt auch die Dryade; lockt Menschen mit ihrem Gesang an; kein bestimmtes Element

Kangarak – größtes Fabelwesen Velandirs; riesiger Vogel, dessen Federn eine heilende Wirkung haben und sogar verloren-gegangene Kräfte zurückgeben können; sehr scheu, doch sollte sich eine Freundschaft zwischen ihm und einem Menschen/Elementar entwickeln, achtet der Kangarak auf diese Person und hilft ihr in der Not; nur sehr mächtige Elementare können einen Kangarak heraufbeschwören; kein bestimmtes Element

Falisaera – Pferdeähnliches Wesen mit einem gestreckten Körper und langen, grazilen Beinen, einem schlanken Hals mit wallender Mähne, einen zierlichen Kopf mit einem Geweih und schimmerndem Fell; geben ein melancholisches Singsang wieder

PARANORMALE, EMOTIONSGELADENE GOTHIC ROMANCE

Eine Studentin, die geisterhafte Erscheinungen sieht. Ein Mord, den sie mit Hilfe ihres Tutors – der selbst ein dunkles Geheimnis hütet – um jeden Preis aufklären will. Eine tödliche Gefahr, die ihnen auflauert. Schicksale, die durch ein ganzes Jahrhundert miteinander verwoben sind.

Whispering Of Souls - Calling
ISBN 978-3-7568-8430-8
Whispering Of Souls - Lost
ISBN 978-3-7583-2615-8

DIE AUTORIN

Stephanie K. Jules ist auf dem Land aufgewachsen und lebt heute noch ländlich gelegen in der Nähe von Köln. Sie liebt es, zu wandern, das Abenteuer des Reisens und bereist neben den üblichen Urlaubszielen auch gedanklich fremde und mystische Welten. Eine Tagträumerin. Wenn sie nicht gerade ihre Nase wortwörtlich in Bücher steckt oder chaotisch und tollpatschig durchs Leben stolpert, ist sie gerne kreativ. Fotografiert, zeichnet oder schreibt. Neben ihrem Debütroman Whispering Of Souls, der im Selfpublishing erschienen ist, schlummern noch einige Geschichten in ihrer digitalen Schublade.

Mehr zur Autorin auf
www.stephaniekjules.com
Instagram: @itsstephaniekjules
Twitter: @stephaniekjules / Facebook: Stephanie K. Jules